Clara

IMPRIME au CANADA
COPYRIGHT © 2003-2007 par
André Mathieu

Dépôt légal:
Bibliothèque nationale du Canada
Bibliothèque nationale du Québec

ISBN 2-922512-26-6

André Mathieu

Clara

(trilogie Docteur Campagne tome 3)

ROMAN

L'Éditeur
9-5257, Frontenac
Lac-Mégantic G6B 1H2

Plus l'attachement est grand, plus l'arrachement est cruel !
A.Mathieu

Aucun bateau n'est plus difficile à piloter que celui de l'amour humain !
A.Mathieu

Prologue

Résumé des deux premiers tomes de la série.

1. Docteur Campagne

Samuel Goulet, jeune médecin qui a perdu sa fiancée, quitte la grande ville pour aller s'établir avec sa mère dans la lointaine campagne beauceronne.

L'homme possède une voix exceptionnelle et s'en sert autant à son balcon du coeur du village qu'au jubé de la chorale paroissiale, ce qui fait chavirer le coeur de bien des jeunes filles en fleur et l'a aussitôt transformé en star paroissiale.

Il fait la rencontre accidentelle d'une quêteuse de grands chemins qui, sans le vouloir et pour cette raison peut-être, le fascine par son mystère et sa beauté vêtue de haillons. Il recherche sa présence, mais la distance, la forêt et le mariage de la jeune femme apparaissent des obstacles insurmontables que seul Dieu pourrait aplanir.

Une jeune mère de la paroisse meurt et ses enfants sont dispersés. Le docteur prend sous son aile l'aînée, Clara, une fillette de dix ans, l'adopte et avec sa mère, la transforme peu à peu en jeune personne de belle éducation.

D'autres événements hasardeux surviendront pour rapprocher Catherine et Samuel, mais pas des plus heureux. Il y a la mort violente d'une jeune femme, Rose-Anna Bougie, et tous ces doigts accusateurs pointés vers la mendiante venue d'ailleurs et en qui l'on voit le bouc émissaire parfait.

Grâce à Clara, le docteur qui agit comme coroner, délivre Catherine du piège mortel qui a claqué sur elle et dont elle ne peut pas se libérer seule tant les mâchoires en sont puissantes.

Le jour même où le père de Rose-Anna monte sur l'échafaud, Samuel et Catherine partent en carriole, en randonnée sentimentale...

On est fin décembre 1939. L'Europe est en guerre depuis quatre mois, mais ce n'est encore qu'une bien drôle de guerre...

2. *Les fleurs du soir*

Établi depuis deux ans (1938-1939) dans la lointaine campagne beauceronne, le jeune docteur Samuel Goulet dispense soulagement et joie de vivre autour de lui. Une joie de vivre que plusieurs multiplient par leur joie d'aimer...

Une jeune mendiante qui le fascine depuis le jour de leur rencontre est maintenant libre de partager son sentiment.

Mais c'est la guerre en Europe. Et Samuel, tout comme son père avant lui au premier conflit mondial, s'y sent appelé par un devoir impérieux. Car pour lui, santé et liberté sont des valeurs fondamentales sans lesquelles l'amour est impossible. Son milieu met pourtant le spirituel à la gouverne de la personne humaine et clame que le reste s'arrange de soi...

Samuel est à peine rendu outre-mer qu'un télégramme en provenance d'Angleterre apprend aux siens la triste nouvelle de sa tragique disparition durant un bombardement sur la ville de Londres.

Qu'adviendra-il de ses soupirantes qu'il appelait si joyeusement les fleurs du soir ? Bernadette, Cécile, Gaby, Marie-Anna, Germaine, Rose et surtout la belle Catherine qu'il a sauvée des griffes de l'ours dans *Docteur Campagne*... Clara, sa fille adoptive, ne pourra pas attendre elle, pour devenir femme.

Les fleurs du soir retrace aussi les méandres tordus de la guerre et la vie insoutenable dans l'univers concentrationnaire en lequel survivra Samuel durant cinq longues années.

Mais que de changements à son retour à la maison ! Catherine mariée avec Roméo Boutin, cet homme dont le jeune médecin et sa mère Armandine avaient adopté la fille aînée, Clara, avant la guerre.

Et puis un fils, Emmanuel, dont il devra continuer de cacher à tous qu'il est son enfant et pas celui du mari de Catherine...

C'est ici que commence ce troisième tome de la série *Docteur Campagne* et qui s'intitule *Clara*.

Personnages

dans

Docteur Campagne et Les Fleurs du soir

Notes

–Les personnages au nom en caractères gras sont réels et la plupart d'entre eux portent leur nom véritable.

–Un astérisque signifie: personnage présent dans *Docteur Campagne* et *Les fleurs du soir*.

–Deux astérisques: personnage présent dans **un seul** des deux tomes.

–Le lecteur de *Clara* pourra se référer à ce lexique de personnages pour une compréhension parfaite de la trame et de l'évolution des caractères sans avoir obligatoirement à lire les deux premiers tomes de la série de 3 ou de les lire dans l'ordre.

====

*Samuel Goulet, né en 1905, devenu médecin, surnommé *Docteur Campagne*. C'est un fils de la ville établi dans la campagne beauceronne après avoir perdu sa fiancée par la tuberculose.

*Armandine Goulet, née dans les années 1870, sa mère, veuve qui le suit et voit à l'ordinaire de la maison, et seconde son fils dans sa pratique médicale.

*Catherine Bussière, femme dans la vingtaine (en 38), quêteuse de grands chemins qui exerce son métier autant par quête de liberté que de sous pour nourrir ses deux jeunes enfants Carmen et Lucien.

*Clara Boutin (Goulet), née en 28, adoptée par les Goulet suite à la mort de sa mère et la dispersion de sa famille. Ses parents adoptifs font s'épanouir son très grand talent vocal.

***Bernadette Grégoire**, née en 1904. Encore célibataire dans la trentaine, elle habite dans sa propre maison voisine de celle des Goulet. Son personnage fut dans une douzaine de livres de l'auteur. Joyeuse, heureuse, dévotieuse, colporteuse de nouvelles, mais que de bonnes, audacieuse, elle va partout et met de la couleur en abondance dans la vie morose de cette époque et de ces gens.

**Mathias Bougie, quinquagénaire aux atavismes amérindiens, renfermé, bizarre et finalement très dangereux.

**Rose-Anna Bougie, sa fille qui trouve la mort par la faute de son père.

**La femme Bougie, morte de tuberculose. Elle ne possède pas de prénom dans le livre. C'est donc une des nombreuses sans-nom de l'époque.

*Roméo Boutin, jeune père de famille. Il hésite trop avant de faire venir le docteur et sa femme meurt de la fièvre puerpérale. Dans *Les fleurs du soir*, il épouse Catherine qui est enceinte de Samuel parti à la guerre puis soi-disant tué à Londres.

**Maria Boutin, mère de Clara et de 7 autres enfants.

***Jeanne d'Arc Maheux**, maîtresse d'école de dix-sept ans (en 38) qui n'a pas froid aux yeux.

***Éva Maheux**, mère de Jeanne d'Arc et de nombreux autres enfants. Née en 1901.

***Ernest Maheux**, né en 1899, forgeron de village, bougonneux, "ordilleux" et obstineux, mais juste et honnête.

***Laurent-Paul Maheux** dit Paulo, garçon qui s'intéresse beaucoup à Clara, mais qui rate les plus belles opportunités.

***Pampalon Grégoire**, hôtelier, personnage généreux, grand conteur à l'esprit ouvert.

***Freddy Grégoire**, frère de Pampalon et Bernadette, marchand général et maire de la paroisse.

***Luc Grégoire**, né en 1923, fils de Pampalon et ami de Jeanne d'Arc. Grand et fort comme un ours.

***Jean Jobin**, vieil homme bourru qui fut longtemps secrétaire municipal et maître-chantre.

***Gaby Champagne**, maître de chapelle, jolie jeune femme qui fréquente un temps le docteur Goulet.

*Marie-Anna Nadeau, organiste. Une autre jolie jeune femme qui aimerait bien fréquenter le nouveau docteur. Elle finit par épouser son Raoul.

*Raoul Blais, jeune homme qui n'a d'yeux que pour la belle Marie-Anna.

*Uldéric Blais, industriel qui possède une autorité plutôt ferme sur les gens et les événements paroissiaux.

*Dominique Blais, fils d'Uldéric, joyeux luron, employé des pompes funèbres et grand farceur. Et grand buveur...

*Monique Blais, jeune femme que le docteur attire aussi comme plusieurs de ces *fleurs du soir*.

**Cécile Jacques, autre jeune femme qui rêve au beau et talentueux Samuel.

*Joseph Boulanger, cultivateur qui vit au voisinage des Bougie et des Boutin au fond du rang dit le Grand-Shenley.

*Germaine Boulanger, épouse de Joseph, femme aux désirs interdits...

*Rose Martin, personnage central de la série de volumes dite la série des *Rose*, comprenant *Rose, Le coeur de Rose, Rose et le diable* ainsi que *Les parfums de Rose*. Si elle a 50 ans dans la série des *Rose*, elle n'en a encore que 38 dans *Docteur Campagne*. En fait, née en 1900, elle "suit les années" et musele en sa chair trop vive ce qu'elle perçoit comme 'un certain désir'.

*Curé **Thomas Ennis**, jeune prêtre assez paternaliste, mais qui aime ses paroissiens et recherche sincèrement la justice pour tous.

*Vicaire **Joseph Turgeon**, jeune prêtre de fort belle apparence, coqueluche secrète de certaines qui lui vouent un culte inavouable... Inavouable aussi est chez lui un certain penchant...

**Suzanne Gaboury, enfant de 10 ans morte dans un incendie et qu'en raison de l'exposition de son corps l'on va surnommer l'enfant-boudin.

*Tommy Gaboury, son grand-père qui se défend d'avoir agi avec négligence criminelle.

*Docteur **Raoul Poulin**, médecin de la paroisse voisine et futur député. Il remplace, de concert avec le docteur Roy, Samuel pendant la guerre.

**Marcel Lavoie, époux légitime de Catherine. Il meurt dans un accident de train...

**Louis Talbot, époux de Rose-Anna Bougie, exilé aux États en attendant la guerre.

***François Bélanger**, jeune homme au visage monstrueux. Il a du mal à se faire comprendre, mais il est très sensible.

***Pit Roy**, homme curieux comme une belette. Il est un fan de Maurice Duplessis dont il est le sosie.

***Athanase Pépin**, père de grosse famille, accidenté du travail, fier et bougon.

*Huguette Lapointe, meilleure amie de Clara.

***Soeur Clara**, supérieure du couvent.

***Soeur Bethléem**, religieuse qui enseigne le piano aux enfants.

**Le policier Vachon et son adjoint Thibodeau: enquêteurs dans l'affaire Bougie.

***Marcelle Champagne**, patiente de Samuel, morte de leucémie peu après le départ du docteur pour la guerre.

***Paul-Eugène Parent**, jeune homme à l'esprit d'aventure et qui croit satisfaire ses désirs en partant pour la guerre. Il y trouvera la mort en 1945.

**Camilien Tremblay, prêtre. Ami de Samuel, il est arrêté à Paris et interné dans les camps d'Allemagne. Il sera tué par injection létale.

**David Haussmann, jeune homme juif interné à Dachau. Kapo et ami de Samuel Goulet. Il fait office de sage, mais il disparaîtra dans la tourmente...

**Marjolaine Lalande, une Alsacienne d'origine franco-allemande et qui travaille pour la Gestapo. Elle fera en sorte de violer Samuel le jour de Noël puis le fera arrêter.

***Napoléon Lambert**, homme aveugle qui vit en face des Goulet, qui prédit le temps et 'soigne' les animaux. Il sonne les cloches de l'église et porte le courrier du bureau de poste au presbytère deux fois par jour.

*Anne-Marie-Lambert, son épouse. Elle est correspondante au journal L'Éclaireur de la Beauce.

*Jos Page au nom véritable de Joseph Lepage. Homme très malpropre et malodorant, un peu benêt et sans-gêne.

*Laurier Dubreuil, jeune homme bourré d'orgueil et venu d'ailleurs. Et qui donne des leçons à tous ceux qu'il rencontre, ce qui ne lui réussit pas toujours.

*Gilles Maheux, enfant d'Ernest et Éva, né en 1940. Il pleure constamment et fait mourir sa mère.

*André Maheux, dernier-né des Maheux, né en 1942. Une tête énorme. Mais un enfant qui ne pleure jamais. Et toujours perdu dans ses rêves.

**Vicaire Antoine Gilbert: remplaçant de l'abbé Turgeon.

*Blanc Gaboury: jeune homme, postillon du roi.

*Armand Grégoire, frère de Bernadette. Noceur et peu travaillant.

**Gretel, une femme allemande qui ne livre jamais son patronyme. Proche des S.S. et de leur pensée, elle met des gens à mort et fait de Samuel Goulet son 'esclave' sexuel.

**Joseph Raschner, médecin-chef à Dachau.

**Alfred Racine et Jérôme Corriveau, deux Canadiens, compagnons de Samuel au camp d'entraînement.

**Le colonel Passy, chargé des F.F.L.

**De Gaulle

**Docteur Pelletier. Il remplace Samuel à Shenley en 1942. Pas trop apprécié dans la paroisse, il s'en va vite.

Et plusieurs autres. Fernande Maheux, la fouine. Yves Grégoire, le gamin débrouillard. Jean-Jacques Labbé, enfant calculateur. Colette et Menomme Grégoire. Gus Poulin, époux de Rose. Ida. Itha. Irma. Et puis d'autres encore: Dolorès, Lise, Emmanuel (fils de Samuel et Catherine), Jeannine, enfant handicapée etc...

Chapitre 1

Lorsque son fils, revenu depuis trois minutes à peine et resté prostré debout, au milieu du salon, effondré, écrasé de douleur, battu jusque dans ses espoirs ultimes, espoirs qui à Dachau l'avaient préservé de la détresse et de la folie, lorsque ce fils malheureux se fut vidé d'une immense vague de larmes venue d'un océan de pleurs que les années de misère avaient accumulé en lui, Armandine lui révéla le nom de l'homme qui depuis 1940 partageait la destinée de Catherine, sa fiancée perdue.

Il hocha la tête à plusieurs reprises et, s'asseyant sur la divan, parvint à trouver à travers sa souffrance lourde un sourire de tendresse :

–Remariée avec Roméo Boutin... Jamais j'aurais imaginé ça... Roméo... Ah, mais c'est un bon choix, un très bon choix... C'est drôle, la vie, maman... Roméo m'a donné une fille, sa fille aînée, et moi, je lui ai donné mon fils aîné en retour...

Elle s'assit sur le fauteuil devant lui, près du piano endormi et recouvert d'une housse blanche. Ils eurent un échange lent, ponctué de pauses :

–Est-ce que tu sais que c'est en plein les paroles que je leur ai dites, à lui et à Catherine, pour qu'ils s'épousent ?... Et j'ai tout fait pour qu'ils le fassent au plus vite... afin de protéger ton image, ton nom, ton souvenir chez les paroissiens... Je me sens ridicule maintenant... tellement ridicule...

–Vous avez fait ce qu'il fallait compte tenu de la mentalité. Et puis... j'étais mort aux yeux de tous... Catherine aurait fini par se remarier de toute façon... Je suis parti ça fait cinq longues années, maman... Et... ils ont combien d'enfants en tout maintenant ?

–Aucun des enfants de Roméo ne leur est revenu. Toutes les familles d'adoption ont refusé de les rendre et ça valait mieux comme ça, je pense. Catherine avait déjà les deux siens propres, Carmen et Lucien que tu aimais et que tu protégeais. Et puis ils ont eu... eh bien ton fils, Emmanuel...

Il eut un léger sourire ému :

–Emmanuel ? C'est bien une idée de Catherine, un prénom comme ça...

Sa mère eut le même sourire pour dire :

–C'était mon idée et elle a accepté...

–C'est une belle idée... Et ils en ont d'autres bien à eux ?

–Deux, oui. Deux filles. L'une, hélas ! est handicapée. Et l'autre a quelques mois seulement, mais elle est en bonne santé. Elle s'appelle Denise.

–Emmanuel est en bonne santé, lui, au moins ?

–Parfaite santé ! Trotteux comme une souris. Sauteux comme un lièvre. Bourré d'énergie. Je l'aime beaucoup... Je l'adore.

–J'en doute pas, maman.

–Elle nous l'amène souvent, tu sais.

–J'ai hâte de le connaître...

La femme sourcilla :

–Tu vas taire la vérité, j'imagine ?

Il réfléchit un moment, prolongeant le souci de sa mère :

–C'est mieux sûrement, puisque la vérité est étouffée déjà. Mais avec tout ce que j'ai vécu là-bas, ça se saurait que je n'en serais aucunement embarrassé, vous savez. Mais... comme on dit : ici, faut jouer le jeu d'ici. Il faut composer avec la réalité comme... j'ai dû le faire là-bas...

–J'ai peur que Catherine, elle va savoir vite que t'es revenu... elle va le savoir par le téléphone... Le temps de le dire, toutes les lignes de la paroisse vont pas dérougir... Est-ce-que tu m'entends ?

Songeur depuis quelques secondes, le regard perdu, Samuel retrouva le moment présent :

–Faudrait peut-être aller la voir, vous et moi, tout à l'heure. Rassurer Roméo sur l'hypothèque et tout...

–Je l'ai fait lever, l'hypothèque sur sa terre. Comme... cadeau de noce.

Il se mit à rire doucement :

–Vous êtes impayable, maman. Mais vous avez bien fait, vous avez très bien agi.

–T'as faim ? T'as sûrement pas déjeuné. Arriver de Québec de même, c'est pas à la porte...

–J'arrive de Mégantic... Suis passé par la gare de Saint-Évariste hier, mais je voulais descendre à Saint-Samuel... et je suis allé directement chez Catherine pour la voir au plus vite... m'en voudrez-vous, maman ?

–Non... sûrement pas à cause de ma petite personne, mon fils, mais parce que tu aurais moins souffert en venant directement ici. Et puis tu aurais rencontré notre belle grande Clara. Tu sais qu'elle conduit l'auto comme un homme asteur. Les gens trouvaient ça bien drôle de la voir passer au volant de la Chrysler. On se promenait comme des vraies folles, toutes les deux. À Saint-Georges, au théâtre, à Québec dans les magasins, dans le Grand-Shenley chez Catherine... Des fois, on allait chercher Emmanuel et on faisait un tour jusqu'à Saint-Sébastien... ah, on emmenait Carmen et Lucien avec nous autres... On a fait des pique-niques au lac Drolet, au lac Lambton, au lac Saint-Benoît... souvent avec Bernadette. Elle nous a fait rire, elle, ça se peut pas. Elle est pas gênée, elle va partout, elle parle à tout le monde. Une vraie boute-en-train...

Puis Armandine perdit son enthousiasme :

–Et toi, pendant ce temps-là, pendant qu'on s'amusait, tu vivais dans un camp de concentration... On sait ce qui est arrivé là-bas... l'holocauste et tout... Toi... tu souffrais pour que nous, on soit des personnes libres et heureuses... On dirait donc qu'en ce bas monde, la somme des joies doit toujours finir par égaler la somme des souffrances.

Samuel fronça les sourcils :

–Non, maman, je dirais, moi, que la balance penche du côté de la souffrance et de beaucoup. Dieu dort, maman. Il dort depuis qu'il a créé l'humanité. Dieu dort comme c'est pas croyable !...

Armandine frissonna. Il venait de la moustiquaire de la porte d'entrée un air frais d'automne précoce. Mais les paroles aigries de son fils ajoutaient quelque chose à la chair de poule de ses bras. Pour parler ainsi, il avait dû aller très loin sur le chemin de la souffrance. Et il lui faudrait du temps, beaucoup de temps pour s'en remettre. Toute sa vie peut-être. La mère en elle s'empara de toute sa bonne volonté : son devoir était de contribuer tant qu'elle le pourrait à sa rééducation aux valeurs fondamentales, à sa rééducation au bonheur si cela était réalisable.

–T'as donc vécu des choses si terribles ?

–Mais... je n'en parlerai pas... pas maintenant, on verra plus tard... Pour le moment, il me faut, comme me le disait un ami juif à Dachau, David Haussmann, absorber les immenses changements trouvés à mon retour ici. Vous n'avez pas beaucoup changé, maman. Quelques petites rides de plus, mais l'esprit est toujours le même.... Et puis Catherine et notre Clara...

–Tu vois...

–Non, comme je suis ingrat ! Un fils ingrat ! C'est de vous d'abord que je veux tout savoir. Pardonnez-moi !

–Quand c'est nos parents, tout va de soi ! On se dit qu'ils nous diront ce qu'ils ont à dire sans qu'on ait besoin de les questionner. C'est naturel. Parlons donc de Clara si tu veux.

–Clara : mais quelle jolie jeune fille maintenant ! Elle qui n'était encore qu'une enfant quand je suis parti.

–Non, Samuel, non ! Toi, tu la voyais encore comme une enfant, mais elle s'est transformée en femme sous tes yeux. Avant même que tu partes pour la guerre. Et je ne parle pas que de ses menstruations mais aussi et surtout de son intérieur... tu as dû en prendre conscience dans la lettre qu'elle a cachée au fond de ta valise avant ton départ...

Il devint soupçonneux :

–Qu'est-ce que vous me dites là ? Au fond de ma valise ? Vous parlez des quelques mots sur une feuille qu'elle avait mise à ma vue la nuit précédant mon départ ou bien de quelque chose d'autre ?

–Non, mais non ! Une autre. Ils nous en ont envoyé la copie d'Angleterre presque en même temps que le télégramme nous disant que tu avais été tué dans ce bombardement sur Londres.

–Mais je n'ai jamais vu cette lettre, maman. C'est eux qui l'ont trouvée puis envoyée pour rendre ma mort encore plus vraisemblable et même... évidente. Mais c'est de la marmelade dans le plus pur style S.S. ! Et pourtant soigneusement brassée par les services britanniques, pas l'intelligence allemande...

–Je te la montrerai avec le télégramme : j'ai tout gardé. Même que Clara l'a lue en public à l'église.

–Voici ce qui est arrivé dans les grandes lignes depuis mon départ d'ici, maman... Je n'irai pas dans les détails atroces de certains événements survenus au camp de concentration par exemple... c'est trop pénible à se rappeler...

Et il parla de son séjour à Valcartier puis de son embarquement prématuré pour l'Angleterre. Et de ses rencontres avec des personnages ayant influencé le cours de sa vie. Camilien Tremblay, le prêtre. Le colonel Passy aux Forces Françaises Libres. Alfred Racine et Jérôme Corriveau, deux collègues envoyés comme lui et Camilien en France pour y participer à l'organisation de la Résistance. Il dut parler aussi de cette femme cruelle de la Gestapo. Puis des gens de Dachau. Son ami David Haussmann, l'homme qui à force de lui enseigner le compromis lui avait sans doute sauvé la vie.

Le médecin-chef Raschner. Et la femme S.S. au prénom scandinave de Gretel : atroce et inhumaine. Il fit comprendre à sa mère pourquoi il n'était pas revenu dès la libération ni n'avait communiqué avec sa famille.

–Fallait que je donne trois mois pour réparer un peu ce que j'avais contribué à maintenir d'horreur dans les camps, même contre ma volonté. Et je voulais revenir et prendre le taureau des changements par les cornes comme je le fais maintenant. Pour souffrir moins...

Elle se leva et dit, approuvant d'un signe de tête :

–Tu as bien fait, bien fait sur toute la ligne. Viens dans la cuisine, on va continuer à jaser, le temps que je te prépare à manger. Viens...

Il se rendit compte que dans cette pièce non plus, rien n'avait changé. Le poêle à bois, le vieux réfrigérateur, la table, les chaises : tout était pareil. Et en bon état de marche, lui dit-elle.

Il prit place à la table, là même où il mangeait autrefois. Elle entreprit de concocter son repas du matin.

–Comme ça, t'as vu notre belle grande Clara sans la reconnaître. Elle est magnifique, tu sais. Elle a été ma joie toutes ces années. Et j'ai eu tellement de peine ces derniers temps à mesure que l'heure de son départ approchait. La décision de l'adopter à la mort de sa mère, ce fut le plus belle décision de ma vie...

–Et de la mienne, maman.

–Et de la tienne, bien sûr ! On a décidé ensemble, je le sais. Ah, je te dis qu'il y en a plusieurs qui lui courent après dans la paroisse. Des fourmis qui se poussaillent autour d'un morceau de sucre à la crème...

–C'est terrible de ne pas l'avoir reconnue à la gare ! Et elle non plus ne m'a pas reconnu. Mais elle a posé sur moi un regard pour le moins... comment dire... interrogateur... Elle avait l'air de chercher au fond d'elle-même. Et le Blanc Gaboury qui avait marché avec elle devant mon nez pour porter ses valises jusqu'à la voiture à voyageurs, me l'a dit trop tard : le train s'en allait déjà. Et puis vous voyez que je ne suis pas trop disponible pour la course à pied. Je me suis fait une entorse à la cheville avant de partir d'Europe. Mais c'est pas grave. Dans quelques jours, je vais pouvoir accrocher ma canne et marcher comme avant.

–Tu vois, je n'ai même pas eu le temps de te demander pourquoi tu boitais autant.

–On ne peut pas tout se dire en quelques minutes. Il faudra des mois peut-être, maman. Parlez-moi de tous ceux de par ici...

–Je vais tout d'abord te dire les noms de ceux que tu ne verras plus. Il y a le vicaire Turgeon qui a été remplacé. C'est l'abbé Gilbert qui a pris sa place : Antoine Gilbert. Et puis il y a Marcelle Champagne qui est décédée... quelques jours après ton départ.

–Marcelle ? Quelle tristesse ! Si jeune ! J'aurais pu prolonger sa vie en restant.

–Mais pas la sauver et monsieur le curé l'a bien fait comprendre à ses parents qui avaient envie de te reprocher ton départ... Et puis le fils de Nil Parent, Paul-Eugène, s'est enrôlé...

–Ça, je savais.

–Et ils ont reçu un télégramme annonçant sa mort... dans les tout derniers jours d'avril... et de la guerre en Europe... Il est mort en Allemagne. Mais lui, c'est sûrement pas une fausse nouvelle... Et puis il y a les mariages... Cécile Jacques et Philippe Boutin.

–Le Blanc me l'a dit. Il m'en a pas mal raconté en venant de la gare. Mais... dites-moi tout quand même. Savoir deux fois, c'est savoir cent fois.

–Marie-Anna Nadeau et Raoul Blais, ils se sont mariés aussi : ils ont un bébé, le petit Denis. Mignon comme tout. Et puis il y en a un autre mariage, qui n'est pas encore célébré, mais c'est tout comme : la belle Jeanne d'Arc Maheux et le grand Luc Grégoire. Ont vécu à Montréal tous les deux... pas ensemble, là, mais... Et sont revenus. Ont annoncé leur mariage pour l'été prochain. Elle fait l'école à Notre-Dame-des-Bois. C'est le grand amour... Et puis notre chère Bernadette : de plus en plus vieille fille, elle.

Bien assis, Samuel gardait les bras croisés, le regard tranquille, bouffi et un peu las mais dans lequel revenaient une certaine brillance et parfois des lueurs d'une joie fugitive si lointaine. Elle poursuivit son travail en cassant des oeufs dans la poêle. Il dit :

–Et Gaby : toujours disponible, me disait Blanc.

Armandine s'arrêta, se tourna et le sonda :

–Peut-être qu'elle t'attendait... qu'elle avait le pressentiment que tu reviendrais un jour ou l'autre.

–Je ne pense pas.

–On sait jamais. On sait pas ce qui se passe entre nos deux oreilles la nuit. L'esprit voyage peut-être plus qu'on pense. Et si son esprit avait voyagé jusque dans ton camp en Allemagne ?

–Je suis encore moins l'homme qu'il faut à Gaby qu'en 38-39. Elle finira par trouver celui qui...

Les oeufs se mirent à pétiller. Armandine ajouta dans la poêle quelques minces tranches de jambon :

–Et puis Dominique et Armand, ils prennent encore un coup solide. Armand s'est bâti un camp au milieu de la cour arrière à monsieur Freddé et il passe là des mois sans retourner avec Bernadette. Un enfant de plus chez les Maheux. Oh, tu as eu un remplaçant durant quelques mois, je veux dire autre que les docteurs Poulin et Roy. Un dénommé Pelletier. Il pensionnait chez Bernadette. J'ai pas voulu qu'il prenne ta chambre ici. J'ignore pourquoi, mais les gens ne l'aimaient pas beaucoup. Même que monsieur Ernest lui a fait une crise de colère quand sa dame a accouché du dernier; c'est la goutte qui a fait déborder le vase et il est parti pas longtemps après. Et puis ensuite... quoi donc... monsieur le curé est toujours le même... calme... impassible... il dirige encore le chant du haut de la chaire... et il a encore sa Cadillac 12...

Armandine poursuivait, mais son fils n'écoutait plus. Accoudé à la table, son esprit voyageait dans le passé, dans les rues droites et froides de Dachau. Il se revoyait transportant la dépouille de Camilien que venait d'assassiner cette femme nazie. Et l'air froid de l'automne prématuré vint à son tour le chercher. Il s'enveloppa les épaules. Elle réagit :

–Je vais fermer la porte...

–Laissez, j'y vais.

Il s'y rendit. Il aperçut alors qui déambulait sur le trottoir une inconnue qui en avait le cou cassé de regarder vers lui qu'elle ne pouvait toutefois distinguer à travers le treillis. Une jeune fille. Sans doute quelqu'un qu'il connaissait, mais qui, elle aussi, n'était plus la même.

Il referma et revint à la cuisine :

–Je vais dépendre la porte aujourd'hui pour installer celle d'hiver.

–Pas besoin : y a monsieur Ernest qui va venir cette semaine pour ça et quelques autres nécessités de la saison. Et puis sur le coup du midi, le temps sera agréable. Le soleil va tout réchauffer d'ici là. Les arbres autour, ça rafraîchit tellement les choses de la maison. Tout jaunit déjà : c'est le temps des récoltes dans les champs. Faut déjà penser à s'encabaner pour l'hiver.

Il se rendit mettre le nez dans une fenêtre arrière :

–Vous avez fait un jardin ?

–Avec Clara, oui. Et on a eu l'aide inestimable de Bernadette. Elle est capable de faire pousser n'importe quoi, elle. Approche, les oeuf sont prêts et les rôties sont pas loin de l'être dans le grille-pain.

–Je vais me laver les mains...

–Pas en haut, là. Viens à l'évier ici, tiens, un linge pour ça.

Il se savonna vigoureusement les deux mains comme autrefois, comme pour aller examiner un malade, comme pour accoucher, comme pour aimer ensuite.

Elle posa les deux assiettes sur la table, s'assit à l'autre bout et posa ses mains une sur l'autre :

–Et tout à l'heure, je vais te sortir le nécessaire pour ta barbe. Que je puisse voir ton visage comme il faut. Depuis quand portes-tu la barbe ?

–Depuis trois mois seulement. Depuis la libération du camp.

Il finit de s'essuyer les mains et prit place.

–Tu n'avais pas le nécessaire pour la faire ?

–Oui. J'aurais pu avoir tout le nécessaire. N'oublie pas que j'étais dans un hôpital de campagne américain. Avec eux, on ne manque jamais de rien, surtout pas du nécessaire.

–Alors pourquoi la barbe ? T'as jamais été porté à la laisser pousser.

–Tout d'abord, j'ai envie de dire en signe d'expiation pour avoir 'participé' aux exactions nazies. Et puis pour préparer mon retour. Pour me faire voir comme un homme différent. Je savais que plus rien ne serait comme avant à mon retour tout en espérant que certaines choses le soient. Et je voulais qu'on me regarde aussi comme un homme transformé. Je vais la garder encore pendant une semaine ou deux, le temps de m'adapter et le temps que les gens s'adaptent à moi... Et parlez-moi encore de tout le monde de par ici. Gardons Catherine et Clara pour plus tard. Je vais d'abord me faire, m'habituer au peu que je sais d'elles encore...

Son regard devint luisant, ras d'eau. Il se mit à manger. Sa mère énuméra les décès des personnes âgées de ces dernières années. Puis elle revint sur le sujet des mariages et des naissances. Et la pensée de Samuel voyageait dans le temps et l'espace, allait à Dachau et en revenait pour entrer dans l'église du village et assister par l'imagination à toutes ces cérémonies de vie soulignant des étapes existentielles...

***

Chapitre 2

Freddé le prit pour une blague à la Blanc. Une de ces farces sans grand goût et un peu sinistres rôdant le plus souvent autour de la mort, de la maladie ou de l'au-delà dans ses plus sombres perspectives. Il éclata de rire :

–Le docteur Goulet ? Revenu d'entre les morts ? En v'là une bonne à matin !

–C'est pas une farce, monsieur Grégoire : il a monté de Saint-Évariste avec moé. Je l'ai laissé chez eux...

Mais le Blanc fut interrompu par la toux. Freddé dit :

–Ça va ben prendre un autre service au cimetière pour son déterrement : c'est rare qu'on voit ça.

Et il rit à bedaine sautillante. Fort contrarié, le Blanc n'insista pas. Et quitta les lieux sans essayer de convaincre plus et en grommelant :

–Cré-moé, cré-moé pas, moé, je m'en...

La toux et la porte du magasin l'interrompirent encore. Bernadette entra en coup de vent :

–Mon doux Jésus, le Blanc, mais on dirait quasiment que t'es consomption ! Tu tousses pire que Tavie Buteau.

–Ça, c'est pas de tes affaires pantoute ! parvint à dire le jeune homme en noir.

29

–Je dis ça pour ton bien, pour que tu te fasses soigner.

Il parvint à dire à voix éraillée :

–Si tu t'y prends de même pour me faire savoir que le docteur Goulet est revenu de l'autre bord, là, ben j'te dirai que je le savais avant toé. C'est moé que je l'ai vu le premier à la station tantôt.

Bernadette ne s'arrêta pas à ce discours nébuleux et incongru :

–Pis la petite Clara, pas trop mortifiée de s'en aller aux études, elle ?

–Le docteur, il l'a même pas reconnue, sa fille adoptée...

–Adoptive.

–Pis elle non plus...

–Ah ! Ah bon !

Et chacun poursuivit son chemin. Quand au milieu du magasin, la femme entendit la porte se refermer, elle courut vers le bureau de poste en demandant à son frère :

–Coudon, Freddé, le Blanc Gaboury a-t-il pris un coup de trop à matin ? Il nage en plein délire... comme ils disent : c'est pas un delirium tremens, c'est un delirium très épais...

–J'ai ben vu ça ! Paraît qu'ils vont faire un service pour déterrer le docteur Goulet du cimetière. Ben pas lui, là, mais ce qu'ils ont enterré là... pour le personnifier comme ils disaient en 40...

Elle souleva la trappe de bois et traversa dans la pièce étroite du bureau de poste :

–Le Poléon Lambert est pas là, lui, à matin ? C'est rare, ça...

–Il va venir, crains pas.

La femme trouva ses lunettes posées sur le haut coffre-fort vert occupant le coin arrière, les mit et alla se placer devant un gros paquet de journaux. C'est elle qui les distribuerait dans les cases appropriées tandis que son frère commençait la diffusion du courrier sous forme de lettres.

On n'entendait jamais l'aveugle marcher. Il avait le pas

feutré des Indiens et des chaussures genre espadrilles sur le poids plutôt léger d'un petit personnage. Ce fut son rire qui fit sursauter le frère et la soeur Grégoire.

–Avez-vous su la nouvelle, vous autres ?

–Quelle nouvelle ? dirent les deux autres en mélangeant leurs voix.

L'arrivant rit encore, les épaules en à coups. Son visage rougissait. Ses paupières fermées sur le vide éternel battaient.

–Le petit docteur qui nous est revenu.

–Ben voyons donc, s'écria Bernadette. Y a-t-il une épidémie de "virage-fou" à matin ?

–Tu veux rire de nous autres ? enchérit Freddé.

–Ben non, ben non... Moé pis ma femme, on l'a vu arriver chez eux. La barbe longue de même. Les cheveux longs. Il ressemble à Notre-Seigneur Jésus-Christ.

Bernadette fronça les sourcils au-dessus de ses lunettes et son regard devint menaçant :

–Écoute, Poléon Lambert, on rit pas avec ces affaires-là. Mêle pas Notre-Seigneur dans des folies pour rire... ça porterait pas chance.

–Depuis quand que toé, tu vois clair mieux que tout le monde ? fit Freddé, le ton bourru, la main interdite au-dessus d'un paquet de lettres, une dans la main.

–Tu sauras, Freddé Grégoire que j'sus pas tuseul pour voir comme toé. Ma femme dit pis moé, je déduis...

–Ouais !...

–Pis comme c'est là, elle guette par le châssis pour le voir sortir de chez eux ou ben pour le voir dans un châssis de chez eux... Le petit Docteur Campagne, il est arrivé avec le Blanc, ça fait pas un quart d'heure.

Bernadette roula un exemplaire du Soleil et le fit glisser dans la case de son destinataire :

–Une autre folie au Blanc Gaboury, ça !

–L'homme qu'on a vu avec sa canne pis sa valise, c'est-il

31

une folie au Blanc Gaboury, ça ?

–Ça sera un neveu à madame Armandine, voyons ! Venu pour remplacer Clara pour un petit bout de temps. Voir si le docteur Goulet va sortir de sa tombe en Angleterre pis au cimetière.

Napoléon se tut et s'adossa au mur. Après tout, sa femme et lui n'étaient pas sûrs hors de tout doute de l'identité du visiteur à la maison Goulet. Mais il le fut lorsque tout à coup, il ressentit une présence, quelqu'un s'approchant et qui marchait sur trois jambes, la troisième étant une canne. Par son oreille très fine, l'aveugle décelait pas mal de choses qui échappaient aux autres. Déjà cloué à la cloison, il cloua à son visage écarlate un sourire d'attente bourré de malice en supputant sur la suite.

–Monsieur Freddé, comment allez-vous ? demanda la voix de Samuel que Napoléon reconnut sans le moindre doute.

Resté légèrement en retrait dans l'ombre du réduit séparant le bureau de poste du magasin, Samuel tendait la main au bout de son bras droit allongé.

–Qui c'est ça ? Montre-toé comme il faut ! dit Freddé.

Bernadette s'approcha, un *Soleil* à la main.

Samuel parut. La femme s'écria, le visage qui lui blanchissait et le coeur qui lui sautait dans la poitrine :

–Mon Dieu moi : Notre-Seigneur Jésus-Christ... je veux dire le bon docteur Goulet. Ça se peut pas...

Et elle fit le signe de la croix.

–Ben l'air que ça se peut, dit Freddé en tendant la main au visiteur.

–C'est moi en chair et en os.

–Je vous l'avais dit ! glissa l'aveugle.

–Monsieur Lambert, dit Samuel, comment allez-vous ?

–On est ben content de te voir revenir.

Bernadette parut dans la lumière, à la gauche de son frère et regarda le revenant, les yeux grands comme le monde :

–J'ai donc prié pour toi... mais ça doit pas être ça qui t'a ressuscité.

–Ça aurait pu aider.

Il lui serra la main au-dessus de la trappe :

–J'aimerais te dire un mot dans le particulier.

–Qui ? Moi ?

–C'est à toé qu'il parle, dit Freddé sèchement.

–Toi, Freddé, finis ça tout seul à matin, la malle. Faut que je parle à... mais j'en reviens pas... t'es mort...

–Non, je suis là. Tu viens de me toucher la main.

L'aveugle s'écria :

–Ça vous prend donc ben du temps à vous ouvrir les yeux, vous autres, le monde qui voit clair.

Et Samuel rejoignit Bernadette à part, chacun contournant d'un côté et de l'autre la cage des escaliers. Chemin faisant, elle se pinçait pour y croire.

–C'est rien qu'une demande que je voulais te faire : celle de ne pas alerter Catherine. Je vais tâcher de la voir avant la fin de la journée.

Elle se dressa sur ses ergots :

–Pourquoi me dire ça à moi ? Suis pas une colporteuse de grands chemins...

–C'est parce que tu la connais si bien. Vous étiez de grandes amies...

–On l'est encore... C'est certain que c'est pas à moi de lui apprendre la nouvelle non plus. Dors tranquille, je vas tenir ça là...

Elle montra ses lèvres closes et fit un regard absolu.

–Je savais que tu comprendrais. Et là, je vais aller rendre visite à monsieur le curé. À tout seigneur tout honneur !

–Lui qui cherche un docteur, ça fait des années : il va être soulagé.

–À plus tard là !

–C'est ça, oui...

La femme tourna les talons pour regagner le bureau de poste, mais devant la porte menant aux hangars, elle bifurqua et s'engouffra dans ces entrepôts aux odeurs de moulée et d'avoine... Elle sortit par l'arrière du magasin, longea la maison rouge abandonnée, déboucha sur le terrain menant à l'église et tomba sur Samuel qui, de son pas ralenti par sa blessure, cheminait vers le presbytère. La pauvre femme qui souffrait déjà le martyre l'arrêta :

–Au moins, je peux le dire à d'autres ? Pas à Catherine...

–A tous ceux que tu veux à l'exception de Catherine.

Elle porta la main à la bouche :

–J'y pense : pauvre toi, ta fiancée qui est mariée avec un autre. Mais c'est pas de sa faute : tout le monde te pensait...

–Je sais tout, Bernadette, je sais tout. Va... va annoncer la nouvelle ?

–La bonne nouvelle, la grande nouvelle... Seigneur si j'y vas ! Le premier que je vas voir, c'est mon frère Pampalon et sa femme Ida... non, je vas aller voir monsieur et madame Maheux...

–Avertis-les pour Catherine... sans dire que c'est moi qui te le demande.

Elle tourna les talons et fit quelques pas vers la boutique de forge puis se ravisa de nouveau et prit la direction du haut du village en disant :

–Je m'en vas voir d'abord les Champagne, les Labbé pis les Bellegarde...

Mais Blanc s'était arrêté dans ce bout-là. Et la nouvelle courait bien plus vite que cette pauvre Bernadette. Elle passerait sa journée essoufflée sans jamais pouvoir l'apprendre à quiconque, pas même à Ernest qui lui dira :

–Tout le monde sait ça dans la paroisse. Fais-toé donc pas mourir à courir...

*

Samuel appuya sur le bouton de la sonnerie électrique du presbytère. Mademoiselle Létourneau vint ouvrir et tourna les talons aussi vite en disant en même temps qu'il saluait et demandait à voir le curé :

—Attendez, je fais venir monsieur le curé.

Et elle s'engouffra dans le bureau du prêtre qui travaillait à écrire quelque chose :

—Un mendiant. Il veut vous voir.

—J'y vais, j'y vais.

Elle poursuivit et retourna à la cuisine par l'autre porte de la pièce. Le curé se fit attendre. L'autre prêtre descendit du second étage, arriva devant le vestibule :

—On vous a répondu ?

—Oui. J'attends monsieur le curé.

Le vicaire Gilbert, homme à visage ovale et sanguin, aux cheveux très noirs, disparut dans son bureau sur la gauche en se demandant qui était ce personnage étrange qui affichait les symptômes du paupérisme tout en offrant le regard d'une profonde connaissance.

Le curé fut là. Il salua dans l'indifférence et montra l'entrée de son bureau en invitant du geste son visiteur à y entrer. Le presbytère ne doit-il pas aux pauvres tous les égards, pensait-il en le suivant et refermant la porte derrière lui.

—Paraît que vous avez besoin d'un docteur par ici ?

—Besoin, c'est pas le mot, mon cher monsieur, ça fait cinq ans qu'on vit avec des remplaçants.

—Les docteurs Poulin et Roy ne font-ils pas l'affaire ?

—C'est sûr que...

Le curé montra une chaise devant son bureau qu'il contournait. Samuel prit place. Il s'interrompit.

—Vous les connaissez ? dit l'abbé un peu mystifié.

—Un peu, oui.

Le curé s'assit et scruta le regard de son visiteur jusqu'au fond de l'âme :

—Mais qui êtes-vous donc, monsieur ?

—Je suis celui qui vient au nom du Seigneur... non, non, c'est une blague. Je suis arrivé dans la paroisse tout à l'heure... j'arrive du bureau de poste et...

35

–Et mademoiselle Bernadette vous aura tracé l'historique de la paroisse depuis sa fondation en 1873, je suppose. Elle sait tout, elle voit tout, elle dit tout... Soit dit sans méchanceté... parce qu'elle agit sans malice.

–Vous allez vite aux conclusions, monsieur le curé; ce n'est pas dans vos habitudes.

Le prêtre cette fois fut estomaqué. Il poussa sur ses lunettes rondes, un geste inutile qu'il ne posait jamais.

–Et comment connaissez-vous mes habitudes ? Elle n'a pas pu aller dans de tels détails tout de même.

–Je connais même le contenu de vos lettres... *"Monsieur, croyez que si tout passe en ce bas monde, les sentiments de mes paroissiens et paroissiennes vous seront éternels."*

–Qu'est-ce que tout ça veut dire ? Mettez toutes les cartes sur table, monsieur. Monsieur qui, d'abord ?

–Monsieur Goulet.

–Bon, monsieur Goulet, qu'est-ce qui vous amène dans notre paroisse ? Vous êtes un devin et un diseur de bonne aventure ? Jeteur de sorts ? Vous lisez dans une boule de cristal ? Est-ce que vous êtes venu demander la charité ?

Le prêtre fit mine d'ouvrir un tiroir.

Samuel décida de livrer la marchandise et de cesser de jouer le jeu de la devinette. Il jeta tout bonnement :

–Suis le docteur Goulet. Je viens reprendre ma place parmi les miens.

–Qu'est-ce que cette histoire, monsieur l'inconnu ?

–Je suis Samuel Goulet. Je reviens de la guerre. J'ai été fait prisonnier en 40 et j'ai passé 5 ans dans un camp de concentration à Dachau en Allemagne. J'ai été libéré en avril mais je suis resté trois mois de plus en guise de réparation pour avoir survécu alors que tant d'autres ont péri...

Le curé resta muet, ébahi. Samuel attendait. Finalement le prêtre parvint à mettre de l'ordre dans ses idées jusque là chaotiques :

–Qu'est-ce que tu as dit il y a un moment au sujet du contenu de mes lettres ?

–Que je...

–La phrase que tu as citée d'une de mes lettres, je pense.

–Ah... oui... *"Monsieur, croyez que si tout passe en ce bas monde, les sentiments de mes paroissiens et paroissiennes vous seront éternels."*

–C'était pour te persuader, si je me rappelle, de venir t'établir parmi nous ?

–En plein ça ! Et c'est cette phrase qui a fait de moi le 'docteur campagne' que je suis devenu.

Le curé répéta lentement certains mots :

–Les sentiments de mes paroissiens et paroissiennes vous seront éternels... C'est ça, la clef de tout ! C'est la force des sentiments de toute une paroisse qui t'a ramené ici. Ils ont prié pour toi et... la place est même restée libre. Il est venu un docteur en 42, mais il a plié bagage après quelques mois. Je ne comprenais pas trop pourquoi...

Tout en parlant, le prêtre se leva et contourna son bureau pour s'approcher de son visiteur inattendu. Il tendit la main. Samuel se leva pour la serrer :

–Bienvenue chez vous, docteur campagne !

–Je vous remercie.

–Ils t'ont attendu, mon ami...

–Pas tous... il y a Catherine qui...

–À sa manière, elle t'a attendu : tu verras l'avenir... Je n'en reviens pas... je n'en reviens pas... Attends-moi...

Le curé marcha rapidement vers la cuisine et cria à madame Létourneau de venir, puis se rendit du côté du vicaire et le héla à son tour. Quand ils furent dans son bureau tous les deux, il leur présenta le nouveau venu.

–Je suis fier de vous présenter, à vous, madame Létourneau qui le connaissez déjà et à vous, monsieur le vicaire Gilbert qui le connaissez pour en avoir entendu parler... notre cher docteur Samuel Goulet. L'homme à la voix d'or... qui n'est jamais mort comme on nous l'a dit. Clara nous a quittés, aujourd'hui, je pense, et le bon Dieu nous envoie en retour notre cher docteur... le plus dévoué des médecins... le plus talentueux des chanteurs...

–N'en mettez pas tant, monsieur le curé ! Et puis cinq ans ont passé. Cinq ans, ça vous change un homme.

Il serra la main de la servante et du vicaire. Le curé retourna s'asseoir, redit les grandes lignes de sa vie depuis son départ, données par le visiteur lui-même quelques instants plus tôt.

–Il a été fait prisonnier... 5 ans à Dachau...

–À Dachau ?! s'étonna le vicaire. Le pire de tous les camps de concentration.

–Peut-être pas, non... Auschwitz fut bien pire... et d'autres aussi...

–Monsieur le vicaire, ne parlez pas à travers de votre chapeau, dit le curé avec autorité. Asseyez-vous si vous le désirez et écoutons Samuel. Ah, comme je suis heureux de ce retour ! C'est un des grands événements de ma vie. Et des plus étonnants. Je sais que mes paroissiens y sont pour beaucoup, je le sais...

–Et Dieu sûrement aussi qui veille sur nous tous, enchérit le vicaire en prenant place.

Samuel le regarda d'un drôle d'air avec le goût de dire:

–Trop facile d'arranger la notion de Dieu à sa propre sauce quand la vie vous exempte de l'horreur à son paroxysme...

***

Chapitre 3

"J'imagine qu'avant de reprendre ta pratique médicale, tu vas te raser un peu !? Sûrement !? Autrement, on va te prendre pour Notre-Seigneur Jésus-Christ et on va attendre de toi des miracles..."

Sur le chemin du retour à la maison, Samuel se rappelait l'une des dernières phrases du curé quand il était parti du presbytère un moment plus tôt.

Tandis que dans le haut du village, cette pauvre Bernadette courait comme une folle derrière la grande nouvelle qu'elle ne parvenait jamais à rattraper pour mieux l'annoncer, d'autres l'apprenaient directement, sans intermédiaire.

Ce fut le cas d'Ernest Maheux qui sortit en trombe de sa forge quand il vit passer ce barbu chevelu pour la seconde fois en une heure.

Il l'avait tout d'abord vu entrer au magasin puis aller vers le presbytère. Parler en chemin avec Bernadette... Et alors, son imagination s'était mise à la grosse ouvrage...

Fer au feu, marteau battant le fer rouge, fer trempé, fer cloué à un sabot de cheval : chaque geste en était un de réflexion profonde, de recherche entêtée. Qui était donc cet homme dont il connaissait si bien le pas, le port de tête, les manières pas trop agricoles, et qui avait l'air de marcher vers le presbytère ? Et la Bernadette qui se sauvait comme une perdue vers le haut du village : pour une fois qu'il aurait voulu la voir venir à la boutique !... Le noir personnage aux yeux plus rouges que le feu de forge pensa traverser la rue et aller acheter n'importe quoi au magasin. Là, il saurait bien... L'idée même de courir pour savoir réveilla sa colère qui ne dormait toujours, comme le chat gris de la maison, que d'un seul oeil. Le deuxième fer lui donna du fil à retordre. Le feu ayant baissé, le métal n'avait pas atteint la bonne température pour se bien travailler. Il dut le battre plus d'une fois et cette contrariété tisonna son impatience agressive, faute pour lui d'avoir mieux tisonné le feu.

Quand Samuel dont il pressentait et surveillait le retour prochain du presbytère, parut à sa vue, il posa son marteau sur l'enclume et marcha de son pas le plus long hors de la boutique.

Et sans s'arrêter, sans même regarder s'il venait des véhicules depuis une direction ou l'autre de la grand-rue, indifférent à tout, il traversa et se dirigea droit sur l'inconnu qu'il savait maintenant reconnaître.

—Monsieur Maheux ! s'exclama Samuel en s'arrêtant quand l'autre fut à quelques pas seulement, en biais avec le magasin.

—Samuel Goulet, ça me le disait itou que t'étais pas mort pantoute...

Chez Pampalon, on regardait par la fenêtre. Même chose chez Brousseau, chez Bellegarde, chez Gosselin, chez Lapointe, chez Beaulieu... On savait déjà par le téléphone. Mais on ne savait pas assez encore. On voulait savoir plus. On voulait tout savoir...

—Ils m'ont fait passer pour mort pour m'envoyer en mission en France. Et j'ai été fait prisonnier. Cinq ans de camp en Allemagne.

Ernest prit toute son exaspération retenue et la transforma en gestes et en mots. Il pointa Samuel de l'index en disant de sa voix la plus noire :

—Ils l'ont perdue, leur maudite guerre : c'est ben bon pour eux autres. Pis moé, j'sus content en maudit torrieu de te voir revenu. C'est toé qui vas être notre docteur asteur. On n'a eu un, en 42... un trou du cul de la ville... ben pas de la même ville que toé par exemple... il est venu nous péter de la broue par icitte pis on l'a mis dehors... quasiment, faut dire...

Samuel sourit et frotta sa barbe. Ernest le pointa encore du doigt et fit les yeux encore plus menaçants :

–Sais-tu c'est quoi que tu devrais faire à soir, toé, là ? Monter dans ton balcon...

Le docteur sourit en hochant la tête :

–Non, pas un concert, j'arrive.

–Laisse-moé donc finir de parler... Pas chanter, c'est sûr que c'est pas le temps... mais parler au monde... Pour dire ce qu'il faut dire. Pour pas qu'il se dise toutes sortes de folies dans la paroisse... Autrement, tu vas être obligé tout le temps de conter ta vie depus que t'es parti... pis t'auras pas le temps de soigner ton monde.

Samuel mit sa tête en biais :

–C'est une idée qui mérite considération.

–Ben c'est ça... moé, je retourne forger pis toé, retourne soigner. Des docteurs qui viennent une fois par semaine, c'est bon à rien, ça...

Samuel tendit la main. Il comprenait ce que cet homme voulait lui dire derrière ses manières frustes, et en était content :

–Content de vous revoir !

Ernest fut sur le point de serrer la main tendue et leva à peine la sienne, mais eut le temps de la retenir :

–J'ai la main sale... pleine de suie, là... pis on a pas besoin de ça, tout le temps, se serrer la main... c'est quoi ça donne, là ? Du taponnage pour rien en toute... Hitler a serré la main à ben du monde pour leur tordre le cou pas long après...

Il tourna les talons et repartit sous le regard souriant du médecin. Se jurant en son for intérieur de ne plus jamais faire allusion à cette paternité de Samuel quant au petit Emmanuel Boutin, paternité dont il garderait toujours la conviction profonde. De toute façon, vieux de cinq ans, le sujet ne le faisait plus jamais sourire au-dessus de son feu de forge...

*

Ernest avait vu juste. Il passa sur le trottoir toutes sortes d'idées dans les heures à venir.

"Paraît qu'il a été dans la résistance..."

"La quoi ?"

"Résistance... ça se peut-il ?"

"La ville de Paris ? Libérée ça fait un bout de temps... comment ça fait qu'il revient rien qu'aujourd'hui ?"

"Il était pas à Paris, il était à Dachau."

"D'la chaux ? Comme que tu mets sur les patates pour les bibittes ?"

"Pas d'la chaux, Dachau : innocent !"

"Y en a qui ont dit qu'il s'est fait couper les pieds... à moitié en arrière des orteils pour pas qu'il se sauve du camp de concentration..."

"Moé, j'ai su qu'il va faire du bureau demain : ça, c'est un docteur."

*

Après le repas du midi, Samuel et sa mère montèrent dans l'auto, remisée dans le garage en raison du départ de Clara, et se mirent en route pour se rendre chez Catherine. Ils espéraient qu'elle ne sache pas la nouvelle du retour pour que tout se règle en une seule rencontre. Pour boire la coupe amère en une seule fois. Mais le téléphone de tous les rangs n'avait pas dérougi depuis le matin. Sinon Bernadette tenue au secret, il s'était peut-être trouvé une bonne âme pour apprendre la cruelle vérité à celle qui ne l'attendait plus depuis cinq ans mais le portait pour toujours dans la portion la plus sensible et belle de son coeur.

L'homme avait voulu que sa mère soit de la visite afin qu'elle puisse occuper Roméo pendant que lui et Catherine feraient le point, et surtout pour rassurer là-bas tous ceux qui auraient besoin de l'être.

Au tournant du Grand-Shenley, ils firent une rencontre imprévue mais qui aurait bien pu être anticipée car il s'agissait de Rose Poulin-Martin. Elle aussi comme pas mal tout le monde avait appris la grande nouvelle. C'est Gus qui la lui avait criée depuis le garage tandis qu'elle était dehors à laver des vitres. Et n'y tenant pas, elle avait décidé de marcher à l'extérieur, n'importe où pour que sa chair entière absorbe le si heureux événement de même que dans l'espoir d'apercevoir quelque part le fantôme en chair et en os. Et voici que l'occasion se présentait. Plus audacieuse encore qu'avant la guerre, elle agita son bras de bas en haut dès qu'elle aperçut la voiture entrer dans le rang. Et la fit stopper.

–Bonjour, madame Rose ! lui dit Samuel par la portière dont il achevait d'abaisser la vitre.

Elle éclata de rire, ce qui lui arrivait rarement, et dit :

–C'est la plus grande nouvelle depuis la résurrection de Notre-Seigneur Jésus-Christ.

–Mon Dieu, Rose, dit Armandine à travers la personne de son fils au volant, te voilà rendue bien chrétienne !

–Comment on pourrait s'empêcher de rendre hommage au Seigneur qui nous a rendu notre Samuel... votre Samuel, madame Armandine.

–Tu peux dire 'notre'... Et je vais te le prêter... tant que tu voudras... pour te faire soigner...

Chacun comprenait tout ce que les phrases cachaient d'allusions et de sous-entendus et cela était loin de déplaire à Rose qui serait ainsi la première de toutes à lancer un message au docteur. Elle pouvait déjà lire dans cette barbe, dans ces cheveux, ces yeux, ces rides nouvelles sur son front de la quarantaine, que l'homme avait changé et qu'en lui, l'impensable d'avant la guerre pouvait bien être devenu le joyeux possible pourvu que ce possible demeurât clandestin.

–J'vas pas manquer de vous l'emprunter.

–Je vais reprendre ma pratique dans quelques jours.

–Vous savez, une femme, à mon âge, ça commence à donner des signes d'usure.

–Vous êtes encore jeune, madame Rose.

–Quarante-cinq ans, c'est pas si jeune que ça !

–Et soixante-dix donc ! dit Armandine.

–En tout cas, craignez pas, madame Goulet, on va en prendre soin, de notre docteur.

–C'est aussi lui qui va prendre soin de vous autres.

–Et tout le monde sera content.

–Content de vous avoir vue, dit Samuel qui s'apprêta à repartir.

Rose étira le bras en disant :

–Avant que tu repartes, laisse-moi te toucher un peu pour voir si t'es ben réel.

Il lui prit la main et lui fit serrer son bras, son épaule et la lui mit jusque sur sa barbe :

–Vous voyez, c'est du vrai !

Rose fut étonnée de cette réaction. Jamais il ne l'aurait eue avant sa longue absence. C'est qu'il avait donc appris la valeur du contact ou bien avait vécu des choses qui feraient de lui un homme bien différent de tous ces Gus de la paroisse et du Québec, incapables de toucher à une femme comme une femme a besoin de se faire toucher.

–Rien de plus vrai qu'un homme vrai !

–J'te le prête pas aujourd'hui, Rose. On a quelqu'un à voir et quelque chose d'important à faire.

–Je vous retiens pas : je voulais juste saluer Samuel en passant. Je vous ai reconnus...

–Et nous aussi, dit Armandine. À la prochaine !

Rose rajusta ses lunettes sur son nez et dit de sa voix la plus pointue, l'oeil rapetissé :

–On va se revoir.

–C'est ça.

Et l'auto se remit à rouler en direction de la grande côte. On changea aussitôt de sujet de conversation. Il fut question de Clara et de ses aptitudes au volant.

–Elle a appris comme ça à chauffer une machine. C'est le grand Luc Grégoire qui lui a montré.

–Tout de même, elle n'a pas son permis de conduire.

–Tu sais bien que c'est à dix-huit ans et à condition que quelqu'un signe pour elle. Pas une femme, pas quelqu'un d'inapte comme moi, mais un homme. Je me demandais tout le temps qui le ferait, mais comme t'es revenu...

–Elle s'est jamais fait arrêter par le 'spotteur' ? Aller à Saint-Georges, à Québec... vous avez eu du toupet toutes les deux.

–Des lois sont faites pour être obéies, d'autres pour être contournées.

–Jamais arrêtée, la Clara, jamais d'accident ?

Armandine se mit la main devant la bouche :

–Mon doux Jésus, j'oubliais : elle doit appeler de Québec cet après-midi. Si je réponds pas, elle va se croire obligée d'appeler son amie Huguette Lapointe. Et là, elle va savoir que t'es revenu.

–Retournons.

–Non, faut aller voir Catherine.

–Allons parler à Huguette Lapointe...

–Non, je vais faire mieux, on va retourner à la maison et je vais appeler Clara. Comme ça, on va garder la situation sous contrôle.

–Et demain, on ira la voir à Québec.

Samuel ramena l'auto devant la maison et attendit sa mère sans descendre lui-même pour qu'elle soit plus naturelle encore au téléphone. D'autres gens bien intentionnés et heureusement surpris vinrent saluer le docteur. Parmi eux Dominique Blais qui lui serra la main :

–Il pouvait rien nous arriver de mieux dans la paroisse.

–Merci ! Et Monique, elle est mariée ?

–Non ! Mais partie en ville.

–Comme plusieurs autres.

–Mais y en a qui reviennent et justement, en v'là un...

Luc Grégoire s'amenait à bicyclette. Entre-temps, la femme Lambert cria son plaisir à Samuel depuis sa galerie :

–Bonjour, monsieur Samuel ! Bienvenue par chez nous !

–Bonjour, madame Lambert. Merci là...

–Suis en train d'écrire un article sur ton retour. C'est toute la Beauce qui en reviendra pas. Je dois-t-il prendre une photo d'avant la guerre ou ben...

–Si vous en avez une.

–Sûrement ! Ils ont ça à Beauceville dans leurs archives à L'Éclaireur.

Il rit, se montra le menton :

–En refaire une : j'ai la barbe trop longue, ça remplirait toute la page.

–En tout cas, l'article va couvrir au moins une demi-page. Pis la manchette va être en première page. J'ai téléphoné au rédacteur en chef : il va m'arranger ça à la mode, lui, là. On va faire du docteur Goulet l'homme le plus célèbre de la Beauce. Avant Édouard Lacroix.

–Oh, oh, oh... avant Édouard Lacroix : j'ai des croûtes à manger. Quinze ans député au fédéral... Il l'était à mon départ, il doit l'être encore.

Dominique prit la parole :

–Il l'a été jusque l'année passée. En tout dix-neuf ans. Pis là, avec André Laurendeau et Maxime Raymond, ils ont fondé un parti au provincial : le Bloc populaire. Édouard Lacroix a été élu, mais il s'est même pas présenté à l'Assemblée législative pis a démissionné ça fait quelques mois.

–Et qui sont nos députés maintenant ?

Avant d'entendre la réponse, Samuel lança à la femme journaliste :

–Merci, madame Lambert !

–Y a pas de quoi !

Dominique dit :

–Au fédéral, c'est Ludger Dionne. Au provincial, c'est Georges-Octave Poulin.

–Ça me dit quelque chose...

–C'est le frère du docteur Raoul qui fait du bureau dans ton bureau. Pis qui a été lui-même député au provincial en 36-37 avant que tu t'installes dans la paroisse.

–Moi, je l'appelais toujours le futur député; et il me répondait tout le temps l'ancien député. Je prédis qu'il va retourner en politique. Il a le virus de la politique dans le sang.

–Pourquoi que tu te présenterais pas, toi, Samuel, aux prochaines élections.

–Moi ? Député ?

–Tu passerais comme une balle.

Le front de Samuel se rembrunit. Le mot utilisé suffisait à le ramener tout droit au camp et au bruit de toutes ces détonations entendues au crépuscule et signifiant la mort.

Un grand éclat de rire l'attrapa par le chignon du cou pour le remettre dans la réalité du moment. Luc venait de s'arrêter à côté de l'auto et restait sur sa bicyclette, un pied à terre pour préserver l'état de stabilité.

–C'est une machine que je reconnais, mais c'est un homme que je reconnais encore mieux, même avec la barbe.

–Salut, grand Luc ! fit Samuel en tendant la main que l'autre serra.

–D'après ce que je vois, l'homme a été aussi ben entretenu que la machine. Faut dire que monsieur Gus en a pris bon soin, de la Chrysler. Et mademoiselle Clara aussi d'après ce que j'ai su. Mais j'ai été parti aussi longtemps que toi, mon Samuel Goulet, le savais-tu ?

–Le Blanc m'a dit ça. T'as passé plusieurs années à Montréal. T'auras vu qu'en ville, c'est pas plus le paradis que par ici...

–Bah !... je travaillais dur le jour. Débardeur. La nuit... ben je dormais...

Dominique glissa en riant :

–Pis le reste du temps, c'était pour la belle Jeanne d'Arc.

–Pas beaucoup, tu sauras. Elle, elle travaillait sur un autre 'shift' à Canadair.

Et l'échange se poursuivit sur des riens du quotidien. On fit remarquer à Samuel que la rue était maintenant recouverte d'asphalte et que ça datait de peu. Le curé avait beaucoup travaillé sur ce dossier de concert avec le maire et le député Georges-Octave. Une promesse d'élection tenue. Et en pavant la grand-rue, on avait bleui politiquement les trois quarts de la paroisse.

À l'intérieur, Armandine attendait pour avoir la ligne vers Québec, ce qui s'avérait plutôt long. Et Samuel en profitait pour rentrer un peu plus dans sa peau de docteur campagne.

Pit Roy s'amena de son pas le plus rapide tout en se donnant l'air du gars pas pressé du tout.

–En v'là un qui va nous parler de Duplessis, dit Dominique aux deux autres.

Ça ne devait pas manquer. L'arrivant prit la parole le premier pour dire d'abord qu'il savait déjà la nouvelle du retour de Samuel et il ajouta :

–Le temps que t'a vécu ici, c'était le temps de Duplessis. Ben comme toé, monsieur Duplessis est revenu au pouvoir. L'année passée, lui, pis c'est pas pour trois ans c'te fois-là...

–Attention, Pit, moi, je ne suis pas revenu au pouvoir de quelque chose. Suis ni député, ni maire, ni conseiller, ni même marguillier.

–T'étais coroner. C'est toé qui a sauvé la petite madame de Saint-Sébastien...

–C'était pas un pouvoir, mais une fonction.

Dominique dit :

–Je disais justement tantôt qu'il passerait comme une balle si disons il se présentait député de Beauce... contre Georges-Octave, mettons, à la prochaine élection.

Pit blanchit :

–Les libéraux reviendront pas au pouvoir de notre vivant, tu sauras, Dominique Blais.

–Ben embêtant, mon Pit ! On n'est pas si vieux que ça...

Samuel déclara :

–Si vous vous souvenez, en 39, quand Godbout a battu

Duplessis et pris le pouvoir, je ne me suis pas impliqué. Le docteur Poulin a tout fait pour que je prenne position. Pas question ! Je n'ai parlé de politique à personne.

–Bonne idée ! lança Luc. Quand on sert le public, c'est plus prudent de se la fermer...

Enfin Armandine obtint la ligne et Clara au bout du fil :

–Comment ce fut, le voyage, ma fille ?

–Tout a bien été, m'man.

–Pas été malade en machine toujours ?

–J'étais en train, vous le savez.

–Oui, mais de la gare à ton collège ?

–En taxi. J'ai demandé pour être en avant.

–Il te manque rien dans tes bagages ?

–Non. J'ai tout déballé. Mis ce qu'il faut dans mon casier et mon bureau de chevet. Mes valises vides en entreposage dans un hangar avec celles des autres pensionnaires.

–T'as pas eu le temps de t'ennuyer ?

–Savez-vous quelle a été ma première pensée en arrivant, à part penser à vous naturellement ?

–Dis-moi.

–Pour 'pa.

Armandine fut interloquée un instant, se demandant si la jeune fille avait pu reconnaître Samuel à retardement. Et puis non, dès les premiers mots au téléphone, elle aurait su.

–Et puis ?...

–C'était à la gare du Palais. C'est comme si... en descendant du train, il avait été là, sur le quai, à m'attendre pour me ramener à la maison. C'est drôle, trouvez-vous ?

–Le plus important, c'est que tu t'y fasses, là-bas.

–Inquiétez-vous plus pour vous, m'man, que pour moi.

–Tu viens de partir et j'ai bien hâte que tu reviennes.

–Ça va aller au congé de la Toussaint.

–Si t'as besoin de quoi que ce soit, tu vas m'appeler ? Tu

vas m'écrire ? Me téléphoner ?

–Toutes les semaines. Et là, je veux appeler Huguette pour lui dire que tout va bien.

–Non, tu devrais pas... ça va coûter de l'argent pour rien. Je vas lui dire...

–J'aimerais ça lui parler.

–Tu lui parleras... plus tard... Tu veux donc pas me donner l'occasion de la faire venir ici ?

–Ah, si c'est pour ça, oui, m'man !

–Et si ça adonne, on t'appellera peut-être d'ici.

Cette pauvre Armandine eut tout le mal du monde à cacher la vérité à sa fille adoptive et sans la distance et la modification de sa voix par la ligne du téléphone, nul doute que Clara aurait lu en son coeur comme dans un grand livre ouvert, ce qu'elle avait appris à faire bien mieux encore que de conduire la voiture familiale.

Elles raccrochèrent. La vieille femme ravala ses larmes, secoua la tête et se dépêcha de retourner à l'auto.

–Messieurs, je vais vous laisser : il nous faut partir. On se reverra dans les prochains jours.

Les trois hommes le saluèrent et regardèrent l'auto s'en aller. Pit dit :

–Tout un homme !

–Plus grand qu'avant de partir, enchérit Luc.

–Mais...

Dominique ne poursuivit pas et n'exprima pas la réserve que ce 'mais' voulait amener. Les deux autres comprirent car 'mais' est un mot tellement bourré de sens derrière ses apparences si vagues... Cette fois, il contenait la souffrance que l'homme avait pu lire dans la figure du personnage ressuscité d'entre les morts...

***

Chapitre 4

Un genou posé sur la structure de bois qui supportait l'engin, Roméo Boutin empoigna la tige de contrôle de la compression et l'appuya afin de désenclencher le mécanisme, le temps de faire tourner à vide la roue d'air à l'aide d'une manivelle. Ce qu'il fit. Et il banda les muscles de son bras droit, et fit virer la roue double pour ensuite relâcher le clapet afin que la machine entre sur son propre pouvoir.

–Teuf ! Teuf ! Teuf ! Teuf teuf teuf teuf teuf...

Ça y était !

Appuyée au manche d'une fourche, debout sur une haute charretée d'avoine en épis, Catherine regardait son mari travailler. On s'apprêtait à battre un autre chargement après plusieurs déjà, ce jour de récolte.

Ils étaient six à y travailler. Elle et son mari. Le père Zoël Poulin et Joseph Boulanger. Carmen et Lucien qui avaient été retirés de l'école par exception pour ce jour seulement et pas le lendemain ou la veille.

Les trois autres enfants de la maison, Emmanuel, quatre ans, Jeannine, fillette handicapée de deux ans et Denise, bébé de quelques mois, étaient sous la garde de Germaine Boulanger. On s'échangeait du temps et des services pour que tout puisse se faire dans les délais prescrits par la saison. Tout le champ d'avoine de Roméo avait été coupé la veille et laissé à sécher sur place. Puis, ce matin-là, quand la rosée s'était envolée en vapeur, on avait réuni les épis en tas à l'aide de grands râteaux. Et on avait commencé à le battre ensuite à l'aide de cette batteuse appartenant à Joseph et qu'il louait pour une pitance à ses voisins du rang.

L'avoine des Boulanger avait quelques jours de retard et quand elle serait à pleine maturité dans sa belle dorure gorgée de soleil, c'est Catherine qui garderait les jeunes enfants à Germaine tandis que les hommes aidés des adolescents s'occuperaient du battage.

Ainsi allait la vie dans cette communauté agricole où chacun pouvait compter sur les autres en retour d'un morceau de soi qu'au temps opportun, il mettait à la disposition des autres.

Quand l'engin tourna à plein régime, Roméo prit la lourde courroie de cuir déjà reliée à la batteuse et, la tenant prudemment par le côté, son regard qui lançait un défi à la roue d'utilisation, il la fit glisser pour transmettre le pouvoir de tourner de l'engin en celui de battre de la machine aratoire. Ça lui réussit du premier coup, ce qui arrivait une fois sur deux. Mais la courroie battant contre elle-même, elle risquait de finir par tomber, ce qui créerait un problème désagréable advenant que la batteuse soit remplie d'avoine à ce moment-là. Il fallait donc faire en sorte que la courroie bande; pour ça, il contourna l'engin et à l'aide d'une pince de fer, le repoussa d'un petit pouce.

On était prêt pour recommencer.

Roméo donnait à manger à la machine. Catherine servait son mari en approchant de lui des monceaux d'épis. À l'arrière, Joseph Boulanger minotait, aidé de Carmen qui évasait les poches de jute contenant l'avoine en grains. Et enfin, à l'arrière, Zoël aidé de Lucien déblayait la paille qu'on brûlait sur place à une certaine distance de la batteuse.

Roméo sauta sur le plancher qui mettait ses mains à hauteur de la gueule vorace de la batteuse et regarda sa femme qui semblait figée en haut du chargement. Il lui cria pardessus le bruit combiné des deux machines :

–Catherine, on est prêt.

Mais elle restait là, sans bouger, sans dire, le regard médusé. L'homme tourna la tête et vit pour quelle raison elle se comportait ainsi. Au loin, près de la maison, une auto venait lentement. Il crut qu'il s'agissait d'un de ses frères. Puis reconnut l'automobile des Goulet qui lui était si familière. Qu'est-ce que Clara venait donc faire là ? On savait qu'elle devait partir pour les études à Québec, peut-être venait-elle saluer en partant. L'homme fit la grimace : on n'avait pas le temps de perdre un quart d'heure. Le ciel n'attendait pas toujours les cultivateurs, même les plus dévotieux.

Catherine ne parvenait pas à sourire malgré son bonheur de voir Clara et l'auto qui pour elle n'était pas celle des Goulet mais bien toujours celle de Samuel. Elle ne fut pas longue à se rendre compte qu'il y avait un passager. Armandine sans aucun doute. Et Clara au volant.

–Elle va défoncer la panne à l'huile dans le petit chemin, dit Roméo sans que personne ne l'entende.

Catherine était tiraillée entre deux pôles, deux sentiments dont l'un plutôt étrange. Il lui paraissait que cette visite allait bien au-delà de la simple salutation de dernière minute par Clara que sa mère adoptive accompagnait. Pourquoi la jeune fille osait-elle emprunter le chemin du champ, tortueux et rocheux ? On la savait habile au volant sur la route, mais là...

Vêtue de pantalons d'homme, en denim foncé, bien trop grands, et d'une chemise ample à carreaux rouges sur fond noir, la femme ne laissait pas voir ses formes élargies, augmentées, arrondies par les années et les grossesses. Mais elle n'était pas non plus de ces baquèses qui vous écrasent un mulon de paille pour le rendre imbattable en une minute. Et son visage avait gardé sa pureté, sa force de caractère, sa confiance en elle-même. Adaptée à la routine générale en matière de travail et de foi, elle conservait une volonté que Roméo savait ne jamais devoir parvenir à soumettre entièrement à la sienne.

Elle n'obéissait pas à son mari, elle obéissait à la vie. Là seulement se trouvait sa faiblesse par comparaison avec la force morale de celle que Samuel avait connue quand un accident de vélo l'avait jeté à ses pieds dans la sucrerie ce jour de juin 1938.

–Je la vois, maman, dit Samuel. Elle est sur le voyage de paille.

–Suis un peu myope, tu sais... Mes lunettes servent à y voir de près, pas de loin.

–Mes mains tremblent, mon coeur bat : suis complètement bouleversé, maman. Je...

–Vaut mieux que ce soit maintenant que tout à l'heure.

–Et si ça dure ?

–Tu dois agir comme quelqu'un qui s'est adapté à la situation nouvelle, aux changements imposés par la vie. Tu dois te montrer fort et... allonger si je peux dire, l'espace de la guerre entre toi et elle... et Roméo et les enfants...

–Oui, mais... il y a mon fils, maman.

–Ne dis surtout pas 'mon fils' devant elle et devant Roméo. Ni devant personne...

–Je sais, je sais, maman. Mais entre nous...

–Même là... habitue-toi à ne pas dire ces mots-là ! Il faudra la même distance entre toi et le petit Emmanuel qu'entre Clara et son père Roméo. La même exacte distance, Samuel, est-ce que tu comprends cela ?

–Mais bien entendu, mais bien entendu ! Je passe quarante ans : je ne suis plus un adolescent ni tout à fait un jeune homme. Faut bien voir les choses en face.

Armandine dit avec un brin d'impatience :

–Mais t'es bouleversé et quand on est bouleversé, on perd parfois les pédales.

–J'en ai vu d'autres, vous savez, en Europe.

–Tu as connu... l'amour ?

–Bien sûr que non ! Personne jamais n'a remplacé Catherine, vous ou Clara... Au contraire, pour traverser les moments insupportables, je me raccrochais à l'image de chacune de vous. Vous étiez comme... une sorte de Trinité. La mère, vous; la fille, Clara; l'amoureuse, Catherine... Qu'est-ce qui m'arrive donc ? Je me surprends à parler de ces choses-là tout naturellement... jamais j'aurais fait ça avant la guerre ?

–La misère ouvre le coeur : on l'a si souvent vu du temps de la crise.

–Mais elle en dessèche certains aussi...

On ne fut pas en mesure de poursuivre la discussion. L'auto emprunta une courbe et, pour un temps, seule Armandine fut visible aux gens des travaux d'automne.

Roméo regardait venir la Chrysler, un coude appuyé à la table de la batteuse, une allumette de bois dans le coin de la bouche. Tant qu'à faire, il prendrait cinq minutes pour allumer sa pipe et tirer une touche durant ce que lui aussi pensait devoir être une visite de salutation de la part de sa fille aînée. Mais quand l'auto se redressa dans la courbe suivante, assez près maintenant, et que son chauffeur barbu parut, l'homme devint très inquiet. C'était bien la Chrysler des Goulet. C'était bien Armandine côté passager... Se pouvait-il qu'il soit arrivé quelque chose à Clara ?

Cela suffit à l'inciter à descendre de l'estrade et à se rendre arrêter l'engin. Car comment parler dans tout ce bruit autrement que par le langage des sourds-muets ? Un langage que sa femme avait commencé d'apprendre.

L'auto s'arrêta à une vingtaine de pieds de la batteuse. La vieille dame fit un signe de la main à l'endroit de Catherine qui maintenant serrait le manche de son outil, les traits crispés, le coeur arrêté, l'esprit survolté. Et pourtant, elle ne reconnaissait pas encore Samuel en cet homme aux airs de Notre-Seigneur qui descendit de la voiture et posa sur elle un regard insistant.

Au bout de la batteuse, mue par une drôle d'intuition, une jeune adolescente parut, penchée, se demandant pourquoi on arrêtait le processus qui venait à peine de commencer. L'auto et ses occupants en étaient la cause bien évidemment. C'était une jolie jeune personne aux cheveux plus brillants que les épis d'avoine et aux yeux à la douceur triste.

Pendant que l'engin décélérait, Roméo s'approcha :

–Je pensais que c'était Clara.

–Partie pour Québec, dit Armandine.

Alors l'homme devint interrogateur par les paupières et les gestes hésitants. La femme reprit sans sourciller :

–Je vous amène un revenant.

Samuel fit quelques pas, mais comme il devait plisser les yeux à cause du soleil, il était encore moins identifiable qu'à sa descente de voiture.

–Je comprends toujours pas, fit Roméo qui se mit à sourire sans conviction.

Aucun nuage ne traversait ce ciel de septembre et tout, là-haut, brillait d'un bleu pur et intense. Et pourtant la foudre éclata dans la tête de Catherine. Son corps reconnut ce corps qui l'avait prise un jour lointain et qui avait déversé en elle la vie nouvelle. Ce fut une perception charnelle, violente, à la fois magnifique et cruelle pour toutes ses fibres profondes. Puis la mémoire des sens se déversa quant à elle dans la mémoire du grand sens de l'esprit. Plus qu'intuitive, plus que sensuelle, sa cognition plongea toute sa raison dans la vérité, dans la certitude, dans l'évidence...

Sa bouche cria sans que sa volonté ne l'ait ordonné :

–Samuel ! Samuel ! Samuel !

Il ouvrit les bras sans toutefois les soulever bien haut, à la manière de Jésus-Christ sur les icônes ou les statues :

–C'est moi, Catherine, je suis là.

Roméo entra aussitôt dans la ronde des étonnements incommensurables :

–Quoi ? Samuel Goulet ?

Armandine prit la parole pour mettre de l'ordre dans les têtes :

–Il a pas été tué à Londres. Il a été retenu prisonnier en Allemagne dans un camp durant toute la guerre. Il est revenu ce matin. Il a voulu, et moi aussi, venir ici en premier. Il sait que vous êtes mariés. Il sait notre secret... Il sait tout ce qu'il doit savoir.

Un cri rauque fut entendu :

–Non, il sait pas tout...

C'était la voix de Catherine. La jeune femme venait de recevoir, tout comme Rose-Anna Bougie naguère, un coup de poinçon en pleine poitrine, en plein coeur. Il lui paraissait que toute sa vie s'écroulait en cet instant. Que toutes les agressions, que tous les deuils qu'elle avait subis depuis son enfance, venaient de se réunir en un immense bouquet de malheur fabriqué d'épines seulement, et que ce ciel de grandeur et de grâce le lui enfonçait dans l'âme. Et dans tout son corps de la gorge aux entrailles.

Mais elle ne dit pas ce qui restait accroché dans sa poitrine, ce cri de désespoir ultime et d'amour infini qui aurait pu s'habiller de mots plus noirs que la mort :

"Dieu, qui donc êtes-vous pour laisser des choses pareilles arriver ? Mais quelle sorte de Dieu êtes-vous donc ?"

La pauvre femme ignorait que Samuel avait tenu semblable propos devant les horreurs insoutenables du camp de concentration en affirmant un jour que Satan n'est que la main gauche du Créateur.

–C'est moi, Catherine, c'est moi, Roméo. Suis pas un fantôme. Les Anglais ont détruit mon identité. Les Français m'ont traité comme une quantité négligeable. Les Allemands m'ont dégradé et utilisé. L'Europe, c'est pas pour un Canadien français. Suis de retour avec les miens.

–Arrivé à matin, dit Armandine. Il va reprendre sa pratique médicale la semaine prochaine.

Roméo, crispé, serra la main tendue. Catherine se laissa glisser sur la paille en bas du chargement. Elle courut vers Samuel et s'arrêta à trois pas, vis-à-vis le regard de son mari. Et, tremblante, atrocement mutilée dans sa nature profonde, elle serra aussi la main tendue. Le docteur lui, serrait les mâchoires. Il savait le faire pour l'avoir tant fait. Il avait vu combien de drames dans sa pratique, avait participé à combien d'agonies sans en être lui-même l'objet. Plus que tout, combien d'hommes n'avait-il pas vus partir du Block 25 pour n'y jamais revenir et que les coups de fusil du crépuscule avaient annoncé la disparition de la surface de la terre ? Et combien d'autres étaient entrés dans la chambre de Gretel pour eux aussi se faire oblitérer de la race humaine sans avoir fait quoi que ce soit pour le mériter ?

D'autres vinrent exprimer leur surprise. Carmen, timidement. Lucien qui ne se souvenait pas clairement comme sa grande soeur. Joseph Boulanger, plus petit et courbé que jamais. Et enfin le père Zoël qui marchait en tricolant, mains de travers sur les côtés de ses jambes, la pipe oscillant dans sa bouche et la casquette de serre-frein enfoncée jusqu'aux oreilles.

Roméo était absolument atterré, abasourdi, assommé. Plusieurs idées, incongrues et négatives, se bousculaient dans son cerveau. Qu'adviendrait-il de la levée de l'hypothèque faite par la mère de Samuel ? Saurait-on dans la paroisse que l'enfant Emmanuel n'était pas le sien et se moquerait-on de lui pour ça ? Catherine voudrait-elle se séparer de lui comme elle l'avait fait de son premier mari ? Que de problèmes en perspective ! Pourquoi ce diable d'homme était-il donc revenu ? Et dire que Roméo avait presque prévu au soir de sa noce et plus tard ce retour impossible, comme s'il en avait eu le sombre pressentiment...

Comme si elle avait lu en lui, Armandine s'empressa de le rassurer :

–Roméo, ce qu'on a fait à propos de l'hypothèque sera refait de la même manière, mais avec la signature de Samuel. Tracasse-toi pas avec ça.... Et... viens donc avec moi un peu, je voudrais te parler en particulier...

Elle l'entraîna par le bras. Il jeta un oeil du côté de Catherine et suivit la vieille dame dont la voix se faisait tout ce qu'il y a de maternel.

–Carmen pis Lucien, retournez à votre ouvrage, maman veut parler avec monsieur Samuel, dit Catherine aux enfants.

Le message, sans être exprimé clairement, s'adressait

aussi à Joseph et le père Zoël qui, après les salutations ébahies au docteur, s'éloignèrent en se parlant l'un l'autre pour se persuader et se livrer des explications savantes. Il ne resta plus, près de la batteuse, que Catherine et Samuel, à se regarder sans rien se dire et à tout se dire à la fois dans un court instant d'éternité.

Hors de vue de son fils et Catherine, Armandine commença par rassurer Roméo à propos de sa femme et de l'avenir de leurs relations tous ensemble, eu égard aux nouvelles dispositions de Samuel et considérant que les deux familles étaient, qu'on le veuille ou non, très imbriquées l'une dans l'autre.

Mais c'est Roméo qui amena ce propos par son souci exprimé :

–Arrivé à matin : déjà icitte. C'est quoi, dans le futur ?

Armandine lui toucha le bras et se mit en travers de sa vue afin que Samuel et Catherine restent à l'abri au moins quelques minutes et puissent se dire l'essentiel émotionnel. Et elle commença de lui expliquer que si rien n'effacerait jamais le sentiment qu'ils avaient partagé, rien non plus n'effacerait les cinq années de leur séparation, lesquelles avaient tissé pour chacun d'autres liens, avaient creusé dans leurs âmes des fossés assez importants pour mettre hors de tout danger la vie familiale installée sur cette ferme.

Pendant ces mots solides et lénifiants, d'autres mots étaient à se dire : tous simples, ébarbés, battus pour n'en garder que le meilleur apte à nourrir l'esprit, à le rassasier à jamais, dorés comme l'avoine, doux comme les grains, nets parce que passés au crible de la raison et de l'incontournable réalité :

–Tu as crié : il sait pas tout. Mais je sais pour...

–Notre fils... oui, ta mère l'a laissé entendre...

–Il... est gardé ?

–Chez Germaine... pour la journée.

–Quand pourrai-je le voir ?

–Quand tu voudras.

–Je voudrais que tu sois là... Je ne peux arrêter chez les Boulanger pour cette seule raison : ils auraient des doutes...

–Toi aussi, tu veux garder le secret... qui n'a pas été facile à garder, tu peux me croire.

–C'est mieux pour tout le monde. Ce sera notre lien le plus fort désormais à part l'autre...

–L'autre... le lien éternel...

–Le lien éternel.

–Tu dis qu'il s'est dépêché de courir ici, je te dirai pire : hier il s'est rendu tout droit à Saint-Samuel puis il s'est rendu chez Catherine à Saint-Sébastien...

Roméo grimaça et pencha la tête. Elle poursuivit :

–Mais c'est pas pire, c'est bien mieux comme ça. Il a absorbé le choc et il a eu le temps de se faire à l'idée.

–Il devait toujours ben s'attendre...

–Oui, à du changement, à du gros changement, mais tout le temps qu'il était prisonnier en Allemagne, il vivait de l'illusion qu'elle l'attendait. Il s'accrochait à cette idée comme à une bouée de sauvetage pour tenir le coup. Et il a bien fait. Et tu devrais te montrer content, Roméo, pas avoir peur et faire ton jaloux.

–Pas jaloux, moé ! Pourquoi vous me dites ça ?

–J'ai pas dit que tu l'es, j'ai juste dit de pas le faire.

–Je veux juste pas de trouble. C'est déjà assez dur d'être redevable envers un homme pour la moitié de ce qu'on a.

–Redevable en quoi ?

–Ben... Clara... pis l'hypothèque...

–Pour Clara, c'est nous autres, qu'on est redevables. C'est un cadeau que tu nous a fait. Le plus beau cadeau au monde. Et Samuel au camp de concentration, il faisait pas rien que de penser à Catherine, il pensait à Clara, à moi, à toi, Roméo, oui, à toi aussi... et à tout le monde de la paroisse. C'est ça qui le tenait. Tu sais ce que le curé lui a dit tout à l'heure ?

–Il a vu le curé ?

–Il lui a rendu visite en premier. Et tu sais ce que le curé lui a dit ? Je vais te le dire. Il a dit : *"C'est la force des sentiments de toute une paroisse qui t'a ramené par ici."* C'est tout pareil à la corvée qui t'a mis debout. Et je suis sûre que dans cette force collective, Roméo, il y a aussi un peu de la tienne. Parce que le retour de Samuel, ça va s'avérer quelque chose de bon pour toi. L'avenir nous le dira...

–L'avenir nous le dira, dit l'autre sur un ton t'acquiescement.

Catherine souleva légèrement la jambe gauche, leva la tête :

–J'ai l'air de la chienne à Jacques, attriquée comme ça. Une femme de cultivateur, c'est pas une femme de docteur.

Il s'agissait d'une manière de savoir ce qu'il voyait réellement en elle maintenant, à part leur passé. Il lui adressa un sourire bourré de tendresse naïve :

–Pour moi, tu es ce qu'il y a de plus beau dans tout l'univers. Et je te comprends tellement maintenant. Je sais ce que fut ta guerre interminable contre d'autres et contre toi-même. Et c'est elle qui te permet de comprendre, sans avoir besoin d'un récit, cette guerre que j'ai traversée. Le soir, au camp, je nous voyais parfois, habillés comme tu es, partir pour la pêche ou, tu te souviens, en carriole. C'était là le souvenir le plus émouvant que je sortais de toutes mes mémoires, plus beau encore que nos... rares étreintes... C'est pas peu dire...

–On devrait se garder des choses à se dire pour plus tard. Et puis trop se parler, ce serait comme de la drogue : ensuite, on aurait un mal terrible au sevrage...

–Retournons à eux avec le sourire. Ils comprendront que... que nous comprenons la vie et l'acceptons... Et même si on ne se touche pas, je te serre très fort dans mes bras.

–Et moi aussi, tu penses !

Elle marcha à ses côtés mais en gardant une distance nette qui saurait parler à Roméo et aux autres s'il s'en trouvait aux alentours immédiats.

Quand les quatre personnes furent réunies tout en se disant des banalités, Samuel se frappa les mains l'une contre l'autre :

–Savez-vous ce que j'aurais envie de faire aujourd'hui ?

–Tu nous le dis et on te laisse faire, blagua Catherine.

–Je voudrais vous aider aux récoltes. Pas dans l'idée de vous aider, mais dans l'idée de m'aider, moi... en prenant à pleines mains les fruits de chez nous... le produit de la terre canadienne. Engagez-moi et c'est moi qui vais vous payer. Quand on a fini, on monte tous à l'hôtel chez monsieur Pampalon et on mange pour fêter ça. Je m'occupe de tout. Maman va appeler madame Ida... Et si ça peut compenser pour le temps qu'on vient de vous prendre. Dis-moi ce qu'il faut faire, Roméo, si bien sûr tu acceptes ma proposition.

L'autre examina Samuel de pied en cap et il dit avec une fausse désinvolture, cherchant à cacher ce sentiment de jalousie dont Armandine l'avait habillé l'espace d'une parole :

–Te faudrait du linge. On a ce qu'il faut à la maison. Je vas envoyer Carmen avec toé... non, Catherine, va donc avec eux autres pis trouve du linge pour Samuel. Un homme de plus pis à cinq heures, on a fini le battage. Il restera à déménager l'engin pis la batteuse demain matin.

Mais dès que sa femme fut partie avec les Goulet, Roméo regretta d'avoir crâné. Il remit en marche l'engin et la batteuse et demanda au père Zoël de prendre la place de Catherine sur le chargement. Et à l'arrière, au besoin, Joseph irait aider Lucien à déblayer la paille. Tant qu'il verrait la Chrysler, se dit-il, rien de bien sérieux ne saurait se passer entre sa femme et le revenant... Il oubliait que la mère de Samuel ne conduisait pas et que de toute façon, l'automobile reviendrait au champ avec Catherine et Samuel, tandis que la vieille dame rentrerait au village par un autre moyen.

Une fois à la maison, les trois occupants de la voiture entrèrent à l'intérieur. Armandine téléphona aussitôt au village, à l'hôtel, afin de réserver pour un repas à six personnes, soit Roméo et Catherine, elle-même et Samuel ainsi que Carmen et Lucien. Ida ne manqua pas de faire l'étonnée à propos du docteur rescapé des camps allemands. Pampalon se glissa à son tour sur la ligne. Elle lui demanda de venir la prendre chez Roméo Boutin.

Pendant ce temps, Catherine trouvait et donnait du linge à Samuel qui alla se changer dans la chambre. Ce fut bref et il parut en homme des champs, vêtu d'overall et d'une chemise à carreaux. Et larges bretelles jaunes élastiques. Il revint en l'esprit d'Armandine une idée qu'elle avait eue au retour du champ un peu plus tôt : laisser quelques minutes de vraie solitude à deux à Catherine et à son fils. Pour cela et pour ne pas alerter Roméo, elle annonça qu'elle allait attendre dehors l'arrivée de son taxi. Et son sourire en dit long sur son intention. Ses mots encore plus quand elle sortit par la porte avant de la maison :

–Si vous avez des choses à vous dire, faites-le maintenant. Vous n'aurez peut-être jamais une meilleure chance de votre vie. Moi, j'attends Pampalon dehors et je ne vais pas revenir en dedans.

Elle n'attendit pas de réponse et sortit le plus vite qu'elle put sous le regard médusé et amusé des deux anciens fiancés.

–Faudrait pas trop retarder, dit Catherine en s'approchant de la porte arrière. Pour pas inquiéter Roméo...

–Il a droit à toi vingt-quatre heures par jour à l'année longue, donne-moi droit à toi cinq minutes.

Il la rattrapa et lui mit la main aux deux épaules.

–Mais on est dans sa maison.

–Et dans la tienne aussi, Cathou.

–Tu ne dois pas m'appeler comme ça : c'est si loin.

–Ce qui est éternel n'est jamais loin. Ce qui est éternel est toujours présent. L'éternité, c'est le présent perpétuel.

–Je sais, mais...

–Cet accident de vélo, cette randonnée en tandem, cette affreuse journée de l'affaire Bougie ici même, dans cette maison, nos rencontres amoureuses chez toi, cette tournée en carriole, ces concerts au balcon avec toi que je sais m'entendre en bas dans la balançoire et aimer... et m'aimer : tout ça, Catherine, c'est ici et maintenant. C'est ici et maintenant pour toujours, qu'on le veuille ou pas.

–Je sais, je sais, mais...

–Le mot 'mais' est si souvent cruel qu'on devrait toujours s'abstenir de le prononcer. Tu as été la première à parler du sentiment éternel tout à l'heure. Tu sais, j'ignorais que j'avais un fils... un fils de toi. Et je me dis que nous devrions le faire ici et maintenant. Sans qu'il soit besoin d'une relation charnelle. Rien qu'à te serrer fort dans mes bras. Rien que pour une minute. Faire cet enfant que la nature nous a fait. Et dans notre imagination, on revivra le moment réel où on l'a fait. Faisons fusion. Fusion de l'esprit cinq ans après la fusion des corps pour que notre fils soit à jamais.

La femme se recula d'un pas contre lui. Pencha la tête vers l'arrière contre son épaule. L'y appuya tout doucement. Il promena sa bouche contre sa joue. Puis il l'étreignit avec tendresse et passion en lui murmurant à l'oreille :

–Cette étreinte nous appartient. Nous y avons droit. Depuis le début des temps. Maman le comprend. Elle nous donne la chance...

Catherine se sentit d'accord. Et elle se tourna pour que l'étreinte soit pleine et entière et puisse sceller à jamais leur grand pacte d'amour infini. Chacun savait que ce serait leur dernière étreinte. Les âmes s'entourèrent, fusionnèrent...

***

Chapitre 5

Deux plates-formes attelées attendaient, l'une, remplie, le long de la batteuse et l'autre à quelque distance. Avec une paire de bras d'homme de plus, on pourrait aller charger tandis que le battage du premier chargement se ferait. Une grande économie de temps. Roméo pensa que le mieux serait de confier à Samuel et Joseph le soin d'aller ramasser l'avoine sur le champ. À cinq, on s'arrangerait au battage. Le père Zoël travaillerait avec Carmen à l'empochage et Lucien serait seul au déblayage vers le feu. Catherine reprenait sa tâche sur le chargement et Roméo retrouvait la sienne à la table pour alimenter à la machine.

Quand Samuel revint avec Catherine en auto, ce qui avait été planifié fut exécuté avec l'assentiment de tous. Roméo pensait que le moment était venu de séparer définitivement ces deux-là qui venaient de se retrouver. Ils avaient eu le temps amplement, selon lui, de se dire ce qu'ils avaient à se dire. Lui qui écoutait *Un homme et son péché* tous les soirs emprunta, comme ça lui arrivait souvent, une parole de Séraphin qu'il grommela :

–Ça finit là !

Et Samuel mit la main à la paille.

Il n'avait pas fait que de la médecine en Europe : les travaux durs le connaissaient. Il eut un bon échange avec

Joseph sans jamais aller bien loin dans ses réponses aux questions sur Dachau et l'univers concentrationnaire. Parfois, à l'insu de son compagnon, il lorgnait du côté de Catherine et il savait que sans tourner les yeux vers lui, elle le regardait à travers la vitre du temps et de l'éternité.

Il fut bientôt parsemé de fétus de paille et il lui arrivait d'en extraire un parmi les poils de sa barbe ou de sa tête.

–Quelqu'un qui est allé loin comme toi, Samuel, on dirait que c'est un surhomme, nous autres, les petits cultivateurs de la Beauce.

Samuel éclata de rire :

–J'ai rien fait durant cinq ans, sinon assister à la mort, tandis que vous autres, ici, vous faisiez pousser la vie à pleines clôtures. Sans compter celle dans le ventre de vos femmes. Tu as combien d'enfants de plus qu'à mon départ en 40, mon Joseph ?

–Sais pas trop : une couple.

–Tu vois. Et Roméo en a trois de plus.

–Deux.

–Deux ?

–Non, trois, c'est vrai, t'as raison. Le petit gars pis deux petites filles. Le Roméo, en tout, ça lui fait onze enfants : huit du premier lit pis deux avec sa Catherine. Sans compter les deux à Catherine de son premier mariage.

–Une chance qu'ils sont pas tous dans la même maison : ça ferait du monde à table.

–Pis à messe.

Ils se parlèrent de l'agrandissement de la maison réalisé par Roméo avant la guerre.

–Des souvenirs qui ne s'oublieront jamais ! soupira Samuel en ajoutant une dernière gerbe au 'voyage'.

De retour à la batteuse avant que le premier chargement ne soit fini de vider encore, Samuel alla prendre la place du père Zoël auprès de Carmen. La jeune fille avait pour tâche de vider les contenants de bois placés sous les trémies afin de recevoir d'un côté les grains d'avoine et de l'autre la balle ou enveloppes des grains décortiqués, et de vider les premiers dans une grande cuve de bois d'où on prélevait ensuite les quantités requises pour remplir les sacs de jute. Il fallait qu'elle fasse vite pour fournir à libérer les trémies tout en évasant les poches que remplissait le vieux Zoël.

Mais voici que tout allait comme sur des roulettes depuis l'arrivée de Samuel. Il ajusta son rythme au sien et lui donnait tout le temps d'aller quérir le minot rempli et de le remplacer par un autre vide avant de suspendre un nouveau sac aux clous qui retenaient contre la cuve un côté de la gueule.

Et il trouva aisément moyen de lui parler, de la questionner sur ses études, sur ses rêves. Elle en était à sa dernière année à l'école du rang et ignorait encore si elle se ferait instruire davantage. Roméo n'était pas très favorable à des études prolongées. Il pensait comme la plupart des hommes de la paroisse et du pays. Mais Catherine ne partageait pas son point de vue et pour que la jeune fille soit plus autonome dans son avenir qu'elle ne l'avait été dans son passé, elle tâchait de la pousser à étudier au moins jusqu'à la fin de sa onzième année au couvent du village. Après quoi, elle pourrait enseigner ou bien on l'enverrait à l'école Normale pour deux ou trois ans, ce qui lui donnerait un meilleur diplôme et donc un meilleur salaire. D'aucuns disaient que des maîtresses d'école gagnaient en certaines paroisses près de mille dollars par année. Mais dans la paroisse, les salaires ne dépassaient pas six cents et c'est pourquoi Jeanne d'Arc Maheux s'expatriait pour gagner son pain.

Carmen connaissait toutes ces choses et en parlait assez aisément. Samuel disait toutes sortes de paroles favorables à l'instruction poussée. Elle tomba vite sous le charme de ce personnage dont elle se souvenait avec tant d'acuité. Il était si rare qu'un adulte de sexe masculin osât s'adresser à des enfants autrement que pour les traiter comme des enfants, qu'elle ne pourrait jamais oublier celui qui avait failli devenir son second père quand elle n'avait encore que huit ans.

Leur échange n'était quand même pas facile en raison du bruit excessif de l'engin et de tous ces alluchons s'enchevêtrant dans le ventre de la batteuse, et ce brasse-camarade des trémies, et les chaînes entraînant les râteaux dans le tunnel de sortie de la paille, et surtout les dents voraces de la bouche largement ouverte dont se méfiait Roméo. Tant d'hommes vivaient avec un bras ou une main en moins pour avoir manqué d'attention en alimentant une batteuse... Et tant d'autres n'avaient pas survécu à pareil accident...

Samuel savait par les rondeurs de la jeune fille qu'elle était femme. Et puis rares étaient celles qui n'avaient pas encore leurs règles à cet âge bien qu'il s'en trouvât de temps à autre, ce que son métier lui permettait de savoir.

Lucien faisait son travail sans jamais dire quoi que ce soit. Il attendait d'avoir pas mal de paille à mettre sous la dent de sa fourche et courait la jeter par gros tas sur le feu qui la consumait à mesure. Roméo trouvait préférable de ne pas accumuler ces résidus et risquer que le feu emporté par le vent saute au bois ou bien aux bâtiments malgré la distance de l'un et de l'autre. Excès de prudence de sa part. Et le jeune adolescent souriait peu. Il donnait l'air de quelqu'un qui se satisfait à lui-même par la pensée et qui n'a aucun besoin de communiquer. Il répondit de la manière la plus laconique qui soit, le plus souvent par un oui ou un non, aux nombreuses questions que Samuel put lui poser entre les deux chargements suivants alors qu'il l'aida et laissa Joseph seconder Carmen dans sa tâche.

Et l'après-midi passa. Vers les trois heures, on prit une période de repos. Roméo se rendit à un puits le long d'une clôture et en ramena de l'eau fraîche plein une chaudière toute cabossée mais, dit-il, parfaitement propre. Catherine qui avait apporté des biscuits en offrit, en distribua. Elle fit en sorte de traiter Samuel sur le même pied que les autres et cette attitude parut trop froide à Roméo pour n'être pas suspecte. Il n'arrêtait pas de se demander ce qui avait pu se passer tandis qu'ils étaient à la maison avec Armandine. Pas grand-chose sans aucun doute, mais déjà trop certainement ! Il questionnerait sa femme dans leur chambre ce soir-là. Et peut-être n'aurait-il même pas à lui dire un mot pour l'interroger, ses gestes et attitudes en révélant bien plus que des réponses calculées.

Et le travail dura ce que Roméo avait prévu : moins long-temps grâce à ces bras de surplus que le hasard lui avait apportés durant la journée. À cinq heures, on pouvait arrêter l'engin.

–Laissons tout ça drette-là pour à soir ! dit l'homme quand le bruit des machines se fut enfin tu.

–'Demon' matin, on va déménager toute la réguine su'l bonhomme Omer Boucher, s'exclama Joseph.

–Tout le monde embarque, on s'en va souper à l'hôtel, cria Samuel en s'approchant de la Chrysler. Madame Pampa-lon nous attend pour cinq heures et demie, en tout cas pas plus tard que six heures, là.

–Pas si vite, lança Catherine qui s'approchait du groupe se formant autour de l'auto, long balai à la main, menaçant comme une arme de combat. Si vous pensez que je vous laisse embarquer dans la machine emmanchés de même, vous autres. Sales comme des... ben on le dira pas... Bon, alignez-vous que je vous nettoie ça. Ensuite Carmen, tu vas me balayer à mon tour... Allez, allez, en rang tout le monde : c'est l'opération balai...

–Pas moé, dit Joseph en quittant. Je m'en retourne à pied à maison à travers les clos.

–Pis moé avec, fit le père Zoël.

–Père Zoël, dit Samuel, vous monterez toujours pas au village à pied, là, vous ?

–J'ai coutume, mon ami, j'ai coutume.

–Ça fait rien, on a une place.

On salua Joseph qui s'éloignait déjà. Catherine lui dit qu'on s'arrêterait pour qu'elle s'occupe (allaitement) du bébé. Et Samuel se reprit d'attention pour le père Zoël re-tenu par son bras gauche qui tenait la fourche, prêt à mar-cher les trois milles du rang malgré son âge, son évident manque de résistance et sa fatigue du jour.

–En arrière : Roméo, Catherine et Lucien. En avant : Carmen et... et pis vous au bord de la porte.

L'adolescente fut troublée par cette perspective. Samuel

la choisissait parmi tous pour être à son côté. C'était comme si elle se sentait la remplaçante de sa mère dans le coeur du docteur où la place était forcément, pensait-elle, devenue vacante par la force des choses. Elle ne poussa pas plus avant sa réflexion et se laissa transporter par la joie de se voir arriver au village à côté de cet homme tant admiré et tant aimé.

–Ben, j'm'en vas embarquer sur le bord de la garde, là, pour pas salir ta machine par en dedans, fit le vieil homme.

–Mais c'est dangereux, ça.

Samuel pensait à la faiblesse apparente de ce presque vieillard. Zoël lui répondit, la voix chevrotante et pourtant des plus fermes :

–Pantoute ! Pis si j'tombe, tu me soigneras, t'es docteur.

–Un docteur pas de trousse, c'est comme... comme vous pas de broc à foin pour faire les récoltes.

–Inquiète-toé pas pour moé ! Tu veux que j'embarque : laisse-moé embarquer à ma manière.

Samuel n'insista pas. Carmen fut déçue de la décision du père Zoël. Elle pourrait moins se rapprocher de Samuel. Déjà Catherine balayait Roméo de bons coups de balai aux épaules, à la poitrine, sur les pantalons, devant, derrière. Puis ce fut au tour de Carmen qui ensuite balaya aussi sa mère tel que demandé. Catherine poursuivit sa tâche sur Lucien, et vint le tour de Samuel.

–Envoye, comme les autres, même si c'est ta machine.

–Tu fais du zèle, Catherine. On a un aspirateur à la maison. Avec un fil d'extension, on peut nettoyer l'intérieur de l'auto en dedans de quinze minutes.

–Un aspirateur ? s'étonna joyeusement la femme.

–Yes, madame ! C'est notre chère Clara qui a fait acheter ça à maman durant la guerre. Elles ont pêché ça à Québec, à la Compagnie Paquet. De l'importation des États-Unis vers 41 ou 42, dans ces eaux-là...

Roméo ne voulut pas être en reste :

–Nous autres itou, ça retardera pas qu'on va en acheter

un flambant neu'.

–Sont beaucoup trop chers encore. Attends que les usines de guerre se remettent à fonctionner à plein régime. Les prix des produits de consommation vont pas tarder à baisser. Ça sera le temps d'acheter.

–Un aspirateur ! s'écria Catherine. Le bonheur total...

Et elle se mit à rire. Et jeta un coup d'oeil droit dans les yeux de Samuel comme pour lui redire ce qu'ils s'étaient juré sans les mots du serment à la maison plus tôt dans la journée.

–En tout cas là, le balai, c'est encore ce qu'il y a de mieux. Tourne-toi, Samuel...

Roméo resta là à regarder faire. Elle tâcha de remplacer les saletés par des étoiles imaginaires tout en camouflant son intention et son désir par des gestes désinvoltes, nécessaires. Pendant ce temps, le père Zoël chargeait sa pipe et Lucien prenait place à l'arrière de la voiture, au bord de la porte du côté opposé.

–Bon, ben je vais laisser le reste pour l'aspirateur.

Et, vivement, elle lança le balai vers la batteuse. Sans attendre, et comme planifié par Samuel, Carmen monta à l'avant. Puis ses deux parents prirent place avec le jeune adolescent sur la banquette arrière, Catherine serrée entre les deux hommes.

Les portières furent refermées et Samuel dut attendre, une fois assis au volant, que le père Zoël allume sa pipe.

–Si ç'a du bon sens, aller manger à l'hôtel habillés de même, se désola Catherine.

Roméo objecta :

–On est pas plus sales pantoute que les gars de la Shawinigan ou ben que les gars de 'truck' qui arrêtent à l'hôtel tout le temps : c'est pas du linge d'étable qu'on a sur le dos, c'est du linge pour travailler dehors.

–C'est vrai, approuva Samuel, et moi, j'aurai pas honte. J'ai vu pire...

Il n'en dit pas plus et on resta silencieux pour en savoir

plus long. En vain. Le père Zoël s'installa comme prévu sur le marchepied. Il inséra le manche de sa fourche à l'intérieur par la portière à la vitre à moitié abaissée :

–Quen ben ça, la p'tite Carmen !

L'adolescente se tourna vers Samuel qui fit un signe voulant dire : c'est pas nécessaire. Elle se glissa au milieu de l'espace entre lui et la portière. Le bonhomme s'étançonna à l'aide de sa main gauche entrée dans l'auto et appuyée au toit. De l'autre, il avait l'intention de tenir sa pipe fumante.

On se mit en route. Pas nécessaire de s'arrêter à la maison. On ne verrouillait jamais. Qui aurait pu venir voler quoi que ce soit à l'intérieur ? À leur passage, Joseph salua de la fourche, lui qui n'avait pas eu le temps de se rendre au chemin encore. Il aurait bien aimé être invité à souper aussi, mais comprenait que les Goulet et les Boutin formaient une sorte de tissu plus serré et qu'ils voudraient se trouver entre eux pour le repas des retrouvailles. Il ne cessait de s'étonner de l'attitude de Samuel : venir travailler à la dure le jour même de son retour et pas du tout dans sa sphère à lui. Sans doute une manière d'absorber le coup d'avoir appris que sa fiancée ne serait jamais son épouse à moins d'un accident qui enverrait Roméo droit au cimetière. Et même là, il pourrait être trop tard si le docteur entre-temps avait lui-même fondé une famille. Quand les chemins bifurquent, il y a peu d'espoir de les voir se croiser de nouveau.

Le père Zoël tenait serré le bouquin de sa pipe. Le danger que le vent emporte sa casquette était mince car Samuel allait à vitesse raisonnable et parce que le calotte agrippait la tête du bonhomme jusqu'aux yeux.

–Comme ça, la Clara est partie à matin pour Québec ? dit Roméo qui le savait pourtant.

–Comme je le disais, je l'ai manquée d'une fraction de minute. Elle m'est passée devant le nez avec le Blanc Gaboury qui portait ses deux valises. Pas reconnu les valises non plus, tu penses.

Catherine demeura silencieuse. Il lui semblait intégrer les ondes de choc à la façon d'une plage de sable au bord de la mer et qui reçoit par vagues les assaut de l'onde, les apprivoise, les amenuise grâce au temps et à la distance. Bien sûr, il se trouvait en son coeur un immense bonheur de savoir son fiancé revenu, mais il lui paraissait insoutenable d'avoir à emprisonner encore plus loin en elle le sentiment éternel qui les unissait.

Au moment d'arriver à la hauteur de la maison Boulanger, elle demanda à Samuel de s'arrêter et d'engager la voiture dans la montée ou bien d'attendre au chemin.

–Faut que je m'occupe du bébé : ça sera pas trop long.

Ce qui voulait dire qu'il lui fallait allaiter l'enfant. L'heure était venue. Elle l'avait fait au dernier moment avant de partir de chez les Boulanger sur le coup de midi pour retourner aux champs.

Il entra dans la montée et gara l'auto de travers dans l'herbe. Elle descendit en disant qu'elle voulait par la même occasion demander elle-même à Germaine de garder les enfants jusqu'au milieu de la soirée, ajoutant :

–Comme on dit, Germaine, c'est une Germaine et c'est dur de lui imposer quelque chose si on lui demande pas. Elle est comme ça.

Catherine cachait la troisième partie de son intention du moment : celle de ramener avec elle le petit Emmanuel. Quoi qu'en pense Roméo. Et pour que Samuel puisse le voir le plus tôt possible et l'aimer tout comme elle-même. Il serait l'expression concrète de leur certitude échangée par l'étreinte de la cuisine. Autant prendre de suite les vagues les plus énormes.

–En bonne vérité du bon Dieu, dit Germaine, les mains sur les hanches devant la porte d'entrée où était la visiteuse, tu veux me dire c'est qu'il arrive ? Je pensais que c'était Clara. J'ai vu passer Pampalon avec madame Goulet. Pis là, je vois un étranger qui chauffe la machine à madame Goulet. C'est plus que compliqué, tout ça.

–J'aurais pensé que tu l'avais appris par le téléphone.

–Appris quoi ?

–Le retour de Samuel Goulet.

–Non, non, tu veux rire de moé.

–Il est là, c'est lui qui mène. Il a travaillé avec nous autres tout l'après-midi. Joseph arrive : il va te le dire.

–Ah ben si tu penses que je vas rester les bras croisés à me faire dire des menteries de même... je vas aller voir par moi-même si c'est la vérité que tu me dis là... Pis si c'est pour me faire étriver, pis me faire un tour de cochon, je te dis d'avance que j'trouverais pas ça drôle... Tasse-toé... Ah, le bébé est dans la chambre : t'as rien qu'à y aller.

Il y avait brasse-camarade dans la cuisine. Des enfants s'amusaient. Et parmi eux un petit noiraud de quatre ans, les yeux bleus, et qui courut à sa mère.

–Continue à jouer, le temps que maman va aller dans la chambre. Ensuite, va mettre ta petite blouse : on va aller prendre une belle 'ride' de machine.

L'enfant alla vite à un réduit sous l'escalier et y retrouva sa veste en cuir frangé, style indien, qu'il apporta quelques instants plus tard à sa mère dans la chambre. Déjà Catherine était installée avec le bébé dans une berçante et lui donnait le sein, utilisant un linge mis sur le lit par Germaine pour cacher son épaule et la tête de l'enfant. Chez elle, la femme ne se cachait jamais des autres enfants pour allaiter les bébés et il leur était tout naturel de la voir faire.

–Retourne jouer, le temps que maman s'occupe du bébé.

Emmanuel obéit.

Cinq heures s'étant écoulées depuis le dernier allaitement, le lait trempait le soutien-gorge et surtout, l'enfant affamé et limoneux ne se faisait pas prier pour téter avidement. Si bien qu'il suffit d'un quart d'heure pour le gaver. Il faudrait qu'on soit de retour vers les neufs heures du soir pour son dernier boire.

Dans l'intervalle, Germaine sortit et se rendit à l'auto. Joseph arrivait sur les entrefaites.

–Ça se peut pas ! s'écria-t-elle en riant aux éclats. Pas le docteur Goulet ?!

–Lui-même, en personne, dit Samuel en ouvrant la portière pour descendre à moitié et serrer la main de la femme.

–T'es pas mort : je m'en doutais itou des fois. Te souviens-tu qu'on avait chanté une chanson ?

–Sûr que je m'en rappelle ! Et je me souviens même de la chanson. C'était *Les jolis yeux de Suzon*.

–Pis y avait la mère à Joseph qui fessait sur le plancher avec son bâton.

–Et madame Boulanger, toujours dans sa chambre là-haut à nous entendre ?

Joseph intervint, l'air sérieux, un peu ironique :

–Non, elle est dans sa chambre au cimetière. Ça fait une couple d'années, hein, la mère ?

–En 1943.

–Pis comme ça, on va retrouver notre docteur ?

–Paraît que personne a voulu prendre ma place. Ça doit être que le monde est trop dur à soigner par ici.

Et Samuel rit à son tour avant d'ajouter :

–Non, non, c'est que du bon monde...

–Bon, je vas retourner en dedans... parce que j'ai de la marmaille pas mal, pis trois en plus aujourd'hui... mais ça me fait plaisir de garder les enfants à Roméo. J'en ai pour une semaine à revenir de ma surprise, moé...

–On manquera pas de se revoir.

–J'serai pas plus malade qu'avant, mais j'vas aller voir le docteur plus souvent, asteur que t'es là.

–Plaisir !

Et quand elle fut à gravir les marches de l'escalier, il lui lança en paroles et sans chanter :

> *J'avais un bois planté de chênes,*
> *Respectés par le bûcheron,*
> *Et ma grange était toujours pleine,*
> *À la fin de chaque moisson !*

La femme se tourna et répondit du tac au tac, mais sans chanter non plus :

J'avais caché sans qu'on s'en doute
Tout mon argent dans la maison !
Ma fortune, je l'ai donnée toute,
Pour les jolis yeux de Suzon !...

Autant lui donner la réplique, se dit Samuel qui livra les paroles du troisième couplet :

Je n'ai plus rien, ni sou, ni maille,
Et je n'ai plus le coeur joyeux;
Je suis plus bon à rien qui vaille !
Trop de malheurs m'ont rendu vieux !

Germaine finit la chanson, toujours sans mélodie :

Suzon m'a fait perdre la tête,
J'ai vendu jusqu'à ma maison !
Et pourtant, et pourtant je regrette
Les jolis yeux de Suzon.

Que de sens caché dans ces paroles ! songea Samuel. Comme elle exprimait bien un côté de sa vie depuis ces cinq années perdues ! Les jolis yeux de Catherine, il les avait perdus par idéal. Tous ces malheurs l'avaient rendu vieux et maintenant, il se demandait s'il avait agi comme il aurait dû. Le bonheur engendre la certitude et le malheur enfante le doute. Il se remit derrière le volant et fut un moment silencieux. Carmen essayait de comprendre ce qui venait de se passer réellement. Mais elle n'y parvenait pas.

Puis Roméo questionna Samuel sur la guerre et les camps. L'autre se contenta du principal et omit d'entrer dans

76

les détails. Il lui semblait depuis la libération que pour s'éloigner d'un pareil désastre et du trouble intérieur que les souvenirs lui causaient, le mieux était d'y penser le moins possible et surtout de ne pas alimenter son malaise en racontant aux curieux les temps pénibles passés là-bas. Samuel aussi interrogea. Il fit raconter à Roméo ses travaux d'amélioration de la terre à Bougie depuis qu'il était entré en sa possession en 40.

Carmen écouta. Elle aimait attendre ainsi.

Le père Zoël terminait sa pipée, assis sur le marchepied, courbé en avant, crachant entre les poffes et parfois rotant à cause d'un estomac vide.

Lucien engrangeait tout ce que les adultes s'échangeaient. Ça lui en ferait à dire aux amis de l'école le lendemain. On boirait ses paroles.

Enfin parut Catherine qui sortit devant Emmanuel et ensuite le prit par la main pour descendre l'escalier. La conversation fut brusquement interrompue entre les deux hommes et Samuel regarda ce petit Indien au si beau visage, et qui semblait avoir le sourire désarmant.

Quand elle fut à l'auto, Catherine ne monta pas tout de suite à l'arrière par la portière laissée ouverte et présenta l'enfant à son père naturel :

–Samuel, c'est Emmanuel.

–Je...

–Il est fait solide : va nous faire un bon cultivateur, avança Roméo.

–Il fera ce qu'il voudra, opposa sa femme.

Samuel demeurait calme. Il regarda les yeux du petit qui ne lui accorda qu'un bref regard et tourna la tête à gauche et à droite pour trouver quelque chose à voir. Ou pour rien du tout et simplement parce qu'il était timide comme la plupart des enfants.

–Tu viens avec nous autres faire un tour de machine ? lui dit Samuel en surveillant sa réaction.

Après une brève hésitation le petit acquiesça d'un signe

de tête, les yeux grands comme le ciel. Il délaissa la main de sa mère et, plus sûr de lui, monta avec son père Roméo et son grand frère Lucien.

Catherine et Samuel se regardèrent mutuellement le temps d'un sourire éternel, le même sourire que celui de l'enfant...

***

Chapitre 6

–Le char s'en vient, le char s'en vient, le char s'en vient...

Le mot sautait d'un carré de trottoir à l'autre, semblablement à un petit chariot d'enfant qui claque au passage des joints d'espacement entre les carreaux de ciment. Et des gens allaient et venaient bien plus qu'à l'accoutumée sur ce trottoir tout neuf qui courait depuis le devant de l'église dans les deux directions sur cent cinquante mètres. On avait affaire au magasin, au bureau de poste voire à l'église, même si on était près de six heures du soir, un moment de relâche, si ce n'est l'angélus, dans les rites intensifs de la très sainte Église catholique.

"Le docteur Goulet est revenu."

"Ça fait longtemps que je le sais, moé."

"Comment ça : il est arrivé rien que d'à matin."

"Mais moé, là, je l'ai su tusuite."

"Comment que t'as donc su ça ?"

"Le téléphone."

"Qui ça, au téléphone ?"

"Madame Ida."

"C'est effrayant comme le monde, ça colporte vite les nouvelles."

"C'est ben dit, ce que tu dis là."

L'on se demanda qui était cet homme-araignée collé au véhicule jusqu'à ce que la casquette rayée du père Zoël témoigne de son identité. Identité que sa pipe confirma. Pipe morte mais qui s'énervait entre ses dents. L'homme avait demandé à Samuel de l'emporter, lui et son broc à foin, jusqu'au magasin chez Freddé pour y acheter du canayen fort et prendre sa malle au bureau de poste. Au fond, le bonhomme était fier de se voir ainsi accroché à la Chrysler des Goulet, une 'machine' qui malgré son âge n'était dépassée en dignité que par la Cadillac 12 du curé Ennis.

Les badauds se montraient de la plus totale indiscrétion en regardant passer la voiture qui roulait à basse allure. Samuel saluait de signes de la main. On lui répondait par des sourires ébahis, des mines froides cachant des coeurs réchauffés. Il avait du mal à mettre un nom sur les visages, mais il y apposait une identité : celle de l'ami, du concitoyen, de la patiente confiante, du paroissien à part entière.

Armandine et Pampalon étaient sur la galerie de l'hôtel à les attendre. Le soir commençait à se montrer en même temps que sa fraîche ordonnait aux marcheurs de se revêtir de gilets ou vestes plus chauds. Devant l'hôtel, le terrain vacant aménagé en terrasse entre l'église et le magasin, et qui servait de stationnement pour les automobiles, et plus loin vers la salle paroissiale, de support à la patinoire l'hiver, portait au moins une dizaine de véhicules. Des gens de la paroisse venus s'ajouter aux autres pour peut-être apercevoir celui qui de héros du temps de paix était devenu héros de guerre.

La Chrysler s'arrêta au pied de l'escalier de l'établissement hôtelier, cette bâtisse à auvents bleus, blanche sur trois étages, sans compter la cave, et qui avait été témoin de la première nuit de leur mariage du couple Boutin. Le père Zoël fut naturellement le premier descendu. Armandine grimaça : Samuel l'avait-il donc invité à souper avec eux ? Il avait l'air d'un bonhomme de paille tant il transportait de fétus. Mais il tira sa fourche et s'en servit pour saluer les gens de la galerie. Pampalon lui dit en taquinerie :

–Père Zoël, vous auriez pu vous casser la gueule, là, vous, voyager de même sur le marchepied dans les grosses côtes du Grand-Shenley.

–Tu sauras, mon Pampalon, que j'ai beau branler dans le manche, j'me tiens deboutte.

Pampalon éclata de son plus gros rire :

–À votre âge, j'pourrai pas en dire autant.

Roméo descendit en même temps que Samuel qui dut s'arrêter un moment pour saluer les gens et se laisser zieuter par tous ceux qui ne croiraient à ce retour que s'ils en étaient les témoins de visu. Catherine suivit son mari et le couple fut rejoint sur la galerie par Carmen et Lucien. Le père Zoël fit quelques pas et resta un moment pas loin de Samuel comme pour recevoir lui aussi par voie d'éclaboussement une partie des regards de salutations et d'hommage lancés par ces quelques dizaines de personnes.

Et l'on se retrouva bientôt à l'intérieur, dans la petite salle à manger où il ne manquait plus sur les tables que les mets préparés par la cuisinière. On avait regroupé deux tables pour l'occasion et Pampalon invita chacun à prendre place, en commençant par les deux hommes à chaque extrémité. Catherine s'assit voisin de son mari avec son jeune fils entre elle et Samuel, installé dans une chaise haute. Et de l'autre côté, Carmen prit place à côté de Samuel tandis que son frère s'asseyait au centre entre elle et madame Goulet. Comme si l'hôtelier avait réfléchi à l'avance à la meilleure disposition des convives afin que l'harmonie règne au cours de ce repas.

Il restait néanmoins l'espace d'une place entre le petit Emmanuel et son père naturel. Et il y avait même là une tasse qui intriguait le docteur. Pampalon le vit dans son regard et donna explication :

–Savez-vous, madame Armandine et moi, on a une surprise à vous faire tout à l'heure... quelqu'un que vous vous attendez peut-être pas à voir... Mais on vous en dit pas plus long, hein, madame Goulet ?

–Secret bien gardé : le plus beau des secrets, affirma la dame sur un large sourire.

–Qu'est-ce qu'il fait bon vivre chez soi ! déclara Samuel qui émit un soupir de femme.

Il y avait là une interrogation exclamative peu courante dans le langage populaire, et intégrée par Samuel lors de son séjour à Paris. Et cela interpella Catherine qui tout en se préoccupant de son fils qui lui demandait si on mangerait du gâteau, essayait de mesurer les changements survenus en Samuel ces dernières années. Comment pourrait-elle savoir autrement qu'en observant les détails indicateurs ? Ces changements, réels ou non, les distançaient pour l'heure encore.

Samuel sentait son coeur se serrer chaque fois qu'il posait les yeux sur son fils. Et en même temps, il vibrait à la joie triste sinon au bonheur. Un mélange de sentiments qui relevait du chaos. On se fiait sur lui pour prendre la parole et pour entretenir la conversation, mais il n'en avait pas le désir. Et lui de se fier sur sa mère pour combler les vides laissés par les autres.

Et pendant que la femme évoquait le départ de Clara et le retour de son fils ce matin-là, lui fixa son regard sur un vieux crucifix suspendu au-dessus de la porte d'entrée et sur lequel on avait attaché du rameau tressé. Ce n'est pourtant pas au camp de concentration que sa mémoire le ramena, mais bien au même endroit six ans plus tôt, ce midi de profonde inquiétude où il y avait mangé en la compagnie du chef de police Vachon.

—

«Vachon se leva pour serrer la main tendue et les deux hommes reprirent place pour aussitôt entrer dans le sujet. Le policier révéla tout ce qu'il savait. Il termina en énumérant tous les éléments qui faisaient pointer l'accusation tout droit dans une seule direction : celle de la mendiante.

–Le mobile, l'arme du crime, les pièces à conviction, tout est là, dit le rouquin policier.»

Le chef était sincère. Mais Samuel agissant en tant que coroner n'avait pas cru un seul mot de ce qu'il avait dit.

«Samuel lui sourit de manière énigmatique :

–Le coroner aura pas grand-chose à faire pour gagner son argent. Il en faudrait partout, des fins limiers comme vous deux.»

—

Mais voici que toutes ces années plus tard, Samuel brassait en son esprit les éléments d'une autre enquête : celle visant à établir la responsabilité de chacun dans l'assassinat d'un amour qui aurait dû l'unir à cette femme pour toujours.

De quoi une quêteuse de grands chemins aurait-elle pu se rendre coupable alors ? De quoi un homme, réduit à l'impuissance et à l'indigence par la machine nazie, aussi à la dépendance, pourrait-il se rendre responsable dans la mort apparente de deux coeurs ? Ils avaient été les jouets de la fatalité. Et s'ils avaient pris la mauvaise décision en étant persuadés de prendre la bonne, alors ils n'avaient pas fauté. Et ne pouvaient que regretter les coups du sort. Et s'en plaindre toute leur vie.

Emmanuel se mit à regarder son père naturel d'un drôle d'air. Roméo le remarqua : son front se rembrunit. Catherine demanda à Ida qui venait servir des bols de soupe, d'apporter de l'orangeade pour l'enfant afin de l'occuper à quelque chose qui ne mette personne mal à l'aise. La femme, un personnage aux airs virils et à la voix puissante, se pencha et dit à l'enfant :

–T'aimes-tu ça, de l'orangeade Saint-Georges, mon petit gars ?

Le garçonnet ignorait le sens de la question. Sa mère répondit à sa place :

–Oui, oui, il en a déjà bu à la maison. Il boit ça comme un petit safre.

–Ben dans ce cas-là, je vas t'en amener une belle bouteille, tu vas voir.

–Dis merci à la madame.

–R'ci...

–Pis dis-moé donc comment tu t'appelles.

–M'anuel...

–Manuel ? Un beau nom, ça. Quasiment comme Samuel, ben oui...

Pampalon crut bon d'intervenir et le fit par la porte qui menait aux cuisines :

–Ida, faut sortir le pain de boeuf avant qu'il brûle...

Catherine eut le temps de dire à la femme :

–C'est Emmanuel, pas Manuel. Lui, il raccourcit ça, vous comprenez.

Pendant ce temps, Armandine entretenait l'attention de Roméo en le faisant parler des travaux de la terre et ceux de son voisinage. Catherine voyait aux autres enfants. Et Samuel restait en retrait, sourire à gauche, à droite. Tous ceux-là vers Carmen, la jeune fille les engrangeait dans son coeur. Qu'elle aurait voulu avoir vingt ans, trente au moins !...

Après la soupe aux pois : le pain de boeuf accompagné de macédoine en conserve. Le temps qu'on mit à manger, on parla peu. C'est que les estomacs avaient perdu pas mal d'altitude avec tout ce travail du jour qui les tirait vers les pieds. On félicita la cuisinière qui agissait aussi comme serveuse. Ida se montra satisfaite. Samuel parla un peu de ce qui servait d'aliments à Dachau sans trop entrer dans les détails, juste assez pour qu'on rende justice à la nourriture locale.

À un moment donné, il fut question de Clara. Voilà un sujet qui faisait l'unanimité dans l'agrément. Sans être là, la jeune fille mettait de la fierté dans toutes les assiettes sans exception. Et aussi dans cette tasse vide et en attente qu'au moment du thé, Ida retourna et remplit après avoir perçu par le bruit qu'on entrait par la porte principale.

–Notre invité, madame Armandine, jeta Pampalon en passant devant la porte pour se rendre accueillir le personnage qui parut bientôt.

C'était, Samuel et Roméo s'en doutaient bien un peu avant, le curé Ennis venu bénir le repas de ces deux familles mais aussi parler au nom des sacrements et du statu quo. Il savait le grand amour qui avait uni Catherine et le docteur. Il savait que la sainte Église avait sanctionné les changements survenus. Il voulait que les coeurs s'adaptent à la nouvelle situation et s'unissent désormais, non pas pour regarder vers l'arrière mais vers l'avenir.

On se leva par respect pour la soutane. Il fit ses salutations. Prit place. Figea Emmanuel dans l'incertitude et la crainte. Annonça :

–Il y a plein de gens qui veulent te voir dehors, Samuel. Le mieux serait de leur parler au balcon de ta maison plus tard en soirée.

–On sera pas à la maison avant la grande noirceur et la grande fraîcheur.

–En ce cas, tu devrais leur parler ici, sur la galerie de l'hôtel. Tu es leur héros. Ils te réclament sans le dire. C'est leur présence, leur silence qui te le demandent.

Ida déposa sur la table un plein plat de biscuits secs puis, aidée de son mari, distribua des assiettes avec du gâteau au chocolat dessus.

Armandine prit la parole :

–On en a parlé. C'est une bonne idée. Comme ça, t'aurais pas, Samuel, à passer ton temps à répondre aux questions sur ton emprisonnement et sur la guerre.

–Je... je ne suis pas en désaccord.

Le curé ordonna :

–Pampalon, va dire aux gens de se réunir sur le terrasse devant l'hôtel. Samuel va leur adresser la parole dans quelques minutes.

–Tout de suite, monsieur le curé !

–Et je me charge de te présenter à la foule.

–Foule ?

–Y a pas mal de monde, tu vas voir. Ils veulent te souhaiter un bon retour. Et surtout, surtout ils veulent savoir... Faut mettre un peu de chaleur sur leur curiosité... C'est le premier remède avant de soigner leurs bobos.

–Qu'est-ce qu'on attend alors, monsieur le curé ?

–Donnons un peu de temps à Pampalon et mangeons notre gâteau entre-temps.

Ensuite ils se levèrent.

–On y va nous autres itou ? suggéra Catherine à Roméo.

–Pourquoi pas ?

–Vous pouvez pas manquer ça, fit Armandine qui se levait à son tour.

Mais Roméo donna un ordre à Carmen :

–Toé, tu vas rester icitte, là, pour t'occuper de ton petit frère.

Samuel échangea un regard avec Catherine puis sa mère. L'adolescente questionna sa mère du regard et lui signifia qu'elle aussi voulait aller sur la galerie écouter ce qu'on dirait.

–Tu vas rester avec Emmanuel, toi, Carmen.

Et la femme se pencha sur son fils pour lui dire :

–Carmen va rester avec toi. On va revenir vite. Tu vas avoir encore du gâteau.

Il acquiesça et quand Samuel quitta la pièce, les yeux de l'enfant rencontrèrent les siens. Le garçonnet sourit un peu. L'homme en fut attendri.

Ils étaient une bonne cinquantaine sous la brunante. Le curé leur fit signe de s'approcher encore. Tandis que le mouvement se produisait, l'aveugle Lambert au bras de sa femme arrivait d'un bon pas. Elle contournait les badauds et entraînait son mari au point le plus près de la galerie. Il lui faudrait tout entendre, tout noter dans un calepin noir qu'elle avait avec elle en se servant d'un crayon au plomb inséré dans une lourde mèche de cheveux écrasée sur son oreille. Et le prêtre prit la parole lentement après avoir imposé le pur silence par son regard le plus scrutateur :

–Mes bien chers amis, vous savez déjà tout comme moi, mais tout comme moi aussi, vous avez encore du mal à le croire. L'Histoire de notre paroisse, qui avait enterré notre cher docteur Samuel Goulet en 1941, est obligée maintenant et c'est fort heureux, de nous le rendre. Ce n'est pas une résurrection comme celle de Notre-Seigneur, mais c'est un événement d'exception qui restera gravé dans les annales de cette belle paroisse. Il a traversé l'océan en 1940 sur un bateau avec des troupes canadiennes. Il a subi un entraînement en Angleterre afin d'aller en France aider les troupes dites F.F.L. Il fut fait prisonnier et passa quatre ans dans un camp appelé Dachau en Allemagne. Il y a eu libération au mois d'avril. Mais Samuel a voulu donner encore trois mois de sa vie à la cause de la liberté des peuples et c'est pourquoi il a servi dans un hôpital américain. Voilà les grandes lignes dont vous devez vous souvenir. Pour les détails de surplus, c'est lui qui va vous les servir brièvement. Comme il va peut-être vous le demander lui-même tout à l'heure, lorsque vous saurez ce qu'il vous aura dit, tâchez de respecter son désir d'oublier et ne le questionnez pas sur ce qu'il a vécu là-bas pour nous défendre tous... Et s'il vous plaît, n'occupez pas la rue entre les trottoirs afin de donner une chance aux automobiles de circuler même si elles se font peu nombreuses à cette heure-ci du soir.

En fait, le curé en voyait une qui venait depuis le haut du village et qui portait sur le toit l'enseigne lumineuse d'un taxi. Ce n'était pas Foster Drouin ou le prêtre l'aurait reconnu, lui qui savait la marque et la couleur de toutes les autos de la paroisse. Et parce qu'il y avait un temps d'arrêt entre la prise de la parole par le curé et celle par Samuel, tous les yeux se tournèrent vers cette automobile qui roulait à très basse vitesse puis qui s'arrêta de l'autre côté du chemin droit devant l'hôtel, vis-à-vis la Chrysler des Goulet.

Le chauffeur casqué se pressa de descendre et alla ouvrir la portière arrière, non pas parce que son passager était une vedette quelconque mais parce que la poignée intérieure permettant d'ouvrir la dite portière était brisée. Et le personnage apparut qui jusque là avait été rendu méconnaissable par l'ombre du soir.

C'était une passagère.

Une jeune passagère.

C'était Clara.

***

Chapitre 7

–Clara ! s'écria Armandine, mais qu'est-ce qui se passe donc, ma grande ?

Une fois encore, Samuel ne prit conscience qu'il s'agissait de sa fille adoptive qu'au moment où sa mère lança toute sa surprise dans un même élan fort.

La jeune fille, revenue sans bagage, aurait des comptes à rendre à sa mère, et le savait bien, mais cela ne diminuait en rien sa détermination. Après l'appel d'Armandine au début de l'après-midi, elle avait reçu un téléphone de son amie Huguette Lapointe qui lui apprenait le retour de Samuel. Abasourdie, incapable d'y croire malgré les certitudes exprimées, incrédule, car un tel scénario relevait dans son esprit de la pure fiction, elle s'était empressée de téléphoner à la maison à trois reprises. Puis avait tenté en vain de rejoindre Catherine ou son père naturel. Personne pour décrocher chez Roméo à l'exception des coabonnés venus fouiner sur la ligne mais se gardant bien de répondre ou dire quoi que ce soit. Alors elle était entrée en contact avec le garage Poulin où elle présuma que Samuel pouvait se trouver pour y faire mettre l'auto en ordre en vue d'un éventuel voyage à Québec. Gus avait répondu, sans se questionner sur la raison véritable de cet appel. Et la jeune fille avait utilisé un subterfuge pour savoir la vérité vraie :

"Monsieur Poulin, c'est Clara Goulet. Est-ce que je peux parler à 'pa ?"

"À qui ?"

"Ben... le docteur Goulet."

"Il est pas icitte pantoute, là, lui. Non... ma femme par exemple, elle l'a vu tantôt en machine avec madame Goulet. Paraît qu'ils s'en allaient voir Catherine pis Roméo Boutin... ben ton... ton..."

"Mon père naturel."

"C'est ça, ouen."

"Ben comme ça, je vas les rejoindre là-bas."

"À c't'heure-là, tu les manqueras pas."

Cette confirmation lui avait occasionné un second choc au coeur après la révélation d'Huguette. En raccrochant, la lumière s'était faite dans l'esprit de la jeune fille. Et l'image de Samuel, cet homme étrange à la gare, venait s'inscrire en sa mémoire comme sur un écran géant. Ils s'étaient vus, éva-lués, manqués de si peu... Mais pourquoi l'excluait-on de la vérité ? se demanda-t-elle encore. Cela ne ressemblait ni à sa mère ni à Samuel... Pas l'homme qu'elle avait connu en tout cas...

Alors elle s'était rendue tout droit au bureau de la mère Supérieure afin d'obtenir la permission de retourner chez elle en catastrophe. La soeur connaissait son histoire, et la nouvelle de cette "résurrection non annoncée" du docteur Goulet l'étonna tout autant. Elle y crut après explications; et devant la certitude bouleversée exprimée par la jeune fille, lui facilita les choses, dérogeant au principe voulant qu'elle ne prenne aucune décision importante à propos de l'encadre-ment usuel des pensionnaires, incluant leur présence à l'inté-rieur des murs, sans en parler aux parents d'abord. Et puis connaissant de réputation le talent vocal exceptionnel de la jeune fille, songeant derrière ses pensées exprimées qu'elle avait peut-être la vocation religieuse, elle n'avait pas tardé à invoquer l'idée qu'il s'agissait d'un cas de force majeure... Et entrait aussitôt en contact téléphonique avec la taverne où les taxis faisant la navette soir et matin entre la Beauce et

Québec, se tenaient le jour. Foster Drouin dont Clara mentionna le nom sans penser qu'il ne s'y trouvait pas ce jour-là, ce qui l'avait obligée à prendre le train le matin, brillant par son absence, la soeur faisait venir un taxi de Saint-Georges.

Toujours pointilleuse dans ses dépenses de jeune fille par respect et reconnaissance envers sa mère adoptive, Clara, cette fois, avait ponctionné à même ses budgets des deux mois à venir, quitte à s'organiser à la bonne franquette au moment de ses règles pour économiser, et aussi à se passer de toute douceur disponible au magasin du pensionnat.

Et c'est donc ce taxi de Saint-Georges qui, payé par Clara à leur entrée dans le village, venait de la déposer devant l'hôtel Grégoire. Au dernier moment, elle avait reconnu les gens sur la galerie et la Chrysler devant la porte. À voir tout ce monde à l'écoute, il lui traversa l'esprit que son père adoptif était sur le point de –ou en train de– livrer un de ces concerts comme naguère, puis elle se dit vivement que ça n'avait aucun sens. Arrivé de la guerre le matin, on ne chante pas pour le peuple le soir venu.

–Si c'est pas notre chère, notre très chère Clara ! s'exclama le curé dans des mots exclamatifs mais d'une voix mesurée.

La jeune fille s'arrêta au pied de l'escalier. Son regard, après s'être promené l'espace d'un éclair sur tous, se posa tout entier en celui de Samuel. Le temps s'arrêta pour tout le monde, y compris les gens de la place. Personne ne savait plus quoi faire à part retenir son souffle. Clara était au coeur des liens réunissant comme dans une sorte de noeud gordien sentimental, les représentants d'une paroisse, les membres de deux familles et même le ciel par le prêtre. Il manquait la mère naturelle de Clara, Maria, pour toujours endormie dans la mort, de même qu'Emmanuel et Carmen que la jeune fille considérait, malgré l'absence de consanguinité entre elle et eux, comme ses frère et soeur.

Parmi les paroissiens, Rose, les bras croisés sous son opulente poitrine, le regard agrandi par les verres épais de ses lunettes, eut un pressentiment qui la fit sourire mais qu'elle se serait bien gardée de dire à quiconque. Si les années lui donnaient raison, alors peut-être s'en parlerait-elle à elle-même...

Sur le perron du magasin, Pit Roy glissa à l'oreille de Luc Grégoire :

–Une belle grande fille, la Clara, trouves-tu ça, toé ?

Mais Luc n'avait guère le goût d'échanger en ce moment de grande intensité, et seulement celui d'attendre pour voir...

Un couple arrivé plus tôt en auto, véhicule stationné sur la terrasse, et qui en était descendu pour mieux entendre le curé, n'avait pas le coeur à la réalité du moment et chacune des deux personnes avait à la mémoire l'image de celui qui ne reviendra pas et dormait pour l'éternité en terre étrangère. Nil Parent et son épouse regrettaient leur fils comme souvent, mais ils ne tenaient plus rigueur à Samuel de l'avoir entraîné à la guerre par son exemple.

Le professeur Beaudoin ne recueillait en ce moment l'attention de personne, pas plus des jeunes garçons que sa réputation terrorisait, que les garçons plus âgés dont il était déjà le maître d'école et qui se chargeaient de la lui forger dure, cette réputation. Il se tenait à l'écart, seul entre deux voitures sur la terrasse, curieux de connaître les réactions à venir dans cette scène arrêtée devant l'hôtel, et en même temps contrarié par le temps que ce 'spectacle' durait, lui qui avait soif mais n'entrait prendre sa bière du soir qu'à l'abri de l'obscurité et par la porte arrière de l'établissement de Pampalon.

Honoré Grégoire, fils de Freddé, prénommé comme son grand-père décédé en 32, âgé de seize ans, personnage effacé, toujours bien mis de sa personne, anxieux et pourtant très posé en apparence, s'était approché quant à lui du coin de la terrasse dont la muraille traçait la ligne de démarcation entre la propriété de la fabrique et celle de son père. Le pied droit accroché à une pierre entre les autres, le coude appuyé à la plus grosse formant l'angle, il avait le coeur qui battait la chamade. Clara dont il rêvait depuis longtemps mais qui n'allait jamais plus loin que de le saluer vaguement quand ils se rencontraient au magasin ou sur le trottoir était-elle déjà de retour à cause du retour du docteur ? Et cela voulait-il dire qu'elle ne repartirait plus à Québec ? Ce départ lui avait brisé le coeur, mais en parler à qui quand on a cet âge et qu'on est un homme ?

Et Laurent-Paul Maheux, adolescent du même âge, embusqué au coin de la galerie des voisins séparant l'hôtel de sa maison, regardait, résigné. Toutes ces années lui avaient enseigné à oublier Clara qui lui témoignait toujours autant d'indifférence. Mais le jeune homme manquait singulièrement d'audace et d'assiduité. Et il n'y comprenait rien au besoin naturel des jeunes filles de se faire redemander encore et encore les mêmes choses.

François Bélanger faisait partie de la petite assemblée improvisée. Lui et le Blanc Gaboury dont l'auto était garée devant le bureau de poste, prête à partir pour la cueillette de la malle du soir à la gare, s'étaient parlé avant que le curé ne prenne la parole. Et maintenant que la situation se corsait, – Blanc avait vu Clara descendre du taxi et s'en était grandement étonné puisqu'il la savait partie pour Québec le matin même– ils se taisaient, tous deux, debout en retrait dans le chemin mitoyen entre l'hôtel et la résidence Pelchat. Ils avaient l'habitude de se taire. L'adversité les rendait stoïques même si tous les deux n'étaient encore qu'en train de franchir le cap de la trentaine. La consomption latente de l'un et la hideur permanente de l'autre se rencontraient sur un même terrain de résignation baignée d'amertume et de fausse indifférence. Ils s'avancèrent de quelques pas pour voir eux aussi en se disant qu'ils avaient droit à ça comme tous les autres paroissiens présents.

Un groupe de personnes se tenait pas loin dans une semblable attente à celle de tous les autres paroissiens présents sur la place centrale, celles-là à l'ombre du clocher de l'église à quelques pas du perron. C'étaient les bonnes soeurs du couvent, au nombre de six. Un peu trop loin de l'hôtel pour être reconnues par Samuel, elles ne l'auraient pas été davantage à courte distance puisque parmi elles, il ne s'en trouvait qu'une seule de son temps d'avant la guerre :

soeur Saint-François-de-Paul, petite, blafarde et naïve. Et toujours enseignant en quatrième. Quand elle vit descendre de taxi son ancienne et meilleure élève de onzième année, soeur Thérèse sollicita de la supérieure la permission de quitter le groupe afin de s'approcher pour saluer Clara et peut-être poser un acte de vertu en l'aidant à traverser ce grand bonheur aux allures d'épreuve qui avait éclaté au-dessus de la paroisse comme une bombe atomique à la guerre du Pacifique. La supérieure lui adjoignit la soeur de première année, Mère Paul-Arthur, nouvelle au couvent et que pas même Clara ne connaissait. Les deux religieuses traversèrent d'abord la rue principale et firent des pas lents en direction de l'hôtel pour s'arrêter au milieu de la rue transversale. Elles aussi retenaient leur haleine. Et faisaient barrage à quelques larmes inspirées par la scène pathétique se déroulant sous leurs yeux.

–'Pa ? dit enfin Clara.

–C'est Clara ? C'est bien toi ?

–C'est elle, tu vois ben, dit Armandine avec en voix un brin d'impatience servant à masquer son bonheur de voir leur petite famille regroupée dans de bien curieuses circonstances.

Clara gravit les marches et fut devant Samuel. De nouveau, ils se dévisagèrent. De nouveau leurs yeux plongèrent au fin fond du coeur de l'autre. Et il se produisit un événement rarissime, mais que tout le monde attendait : la jeune fille se jeta dans les bras de son père adoptif qui la reçut en hésitant une fraction de seconde, lui qui n'avait pas été éduqué à ces marques d'affection et qui pourtant ces dernières années en avait souvent été le témoin au contact des cultures européennes, surtout la russe. Et elle éclata en sanglots, de lourds sanglots qui les inondèrent tous les deux. L'homme leva un bras en direction de sa mère pour l'inviter à les rejoindre, ce qu'elle fit en grommelant. Puis il dit :

–Catherine, viens donc, toi aussi. Roméo, viens embrasser... notre belle grande fille.

La femme fit ce qu'il voulait et quand Roméo fut avec

eux tous, Clara se laissa étreindre aussi par lui : une première dans sa vie de dix-sept ans. Le curé ouvrit grand les bras puis souleva les mains au-dessus de sa tête et déclencha les applaudissements en multipliant les signes de tête. Il passa sur les assistants un grand vent de soulagement, d'espoir et d'amour. Les hommes serrèrent les dents. Les femmes esquissèrent des sourires aussitôt réprimés. Un seul homme pleura : François Bélanger que personne n'avait jamais pris dans ses bras. Il feignit le besoin de se moucher et se recula dans l'ombre une fois de plus.

–Comment tu l'as su ? demanda Armandine quand le groupe commença à se ventiler et qu'il ne resta plus que des personnages debout en cercle autour du bonheur.

–Huguette. Je l'ai appelée et ensuite monsieur Gus. Mais j'ai essayé de vous appeler à la maison et j'ai essayé chez papa au Grand-Shenley.

Armandine parla pour rassurer :

–On était aux champs... On devait aller te voir demain, ma grande. On pouvait pas le faire aujourd'hui...

–On voulait pas te le dire au téléphone, enchérit Samuel.

Le visage luisant de ses larmes, Clara marmonna :

–Je l'ai toujours pensé que 'pa reviendrait, je l'ai toujours su en moi-même...

Elle regarda son père naturel et poursuivit :

–C'est maman Boutin au cimetière qui me le disait chaque fois que j'allais la voir.

–La plupart des adultes l'ont cru mort parce que l'évidence était là, intervint le curé. Ça prouve qu'il faut toujours garder son coeur d'enfant.

Ces mots échangés échappaient aux gens du public qui furent portés à s'approcher jusqu'à noircir la rue devant.

–Quelle journée que celle d'un tel retour ! fit le prêtre aux assistants.

Samuel commenta :

–Vous n'avez jamais si bien dit.

–Vas-tu quand même t'adresser à eux ?

–Encore plus, maintenant que la famille est complète.

–Il manque quelqu'un, dit Catherine. Attendez une minute, je reviens.

Et elle se rendit chercher Carmen et amena son fils en le tenant par la main. Samuel fit placer sa mère à sa droite et Clara à sa gauche. Les Boutin formèrent une ligne derrière les Goulet. Le curé se mit près de Clara.

–Mes amis, c'est un immense cadeau du ciel qui m'est offert ici ce soir. Voir tant de monde venir me souhaiter la bienvenue sans que rien n'ait été organisé, recevoir pareil accueil spontané, voilà qui fait grand, très grand plaisir.

Promenant son regard sur les gens, Clara ne tarda pas à repérer soeur Thérèse et la salua de la main. La religieuse crut qu'elle s'adressait à quelqu'un d'autre, mais finit par comprendre et salua de la même façon. Tout en parlant, Samuel tourna la tête de ce côté et put voir le geste. Il sourit un peu et ce fut à la satisfaction des deux religieuses.

–Je vais vous raconter en fort peu de mots ce qui m'est arrivé depuis mon départ en juin 40, il y a plus de cinq ans déjà. Monsieur le curé vous a donné les grandes lignes de ma vie depuis ce jour-là, je ne vous en dirai pas beaucoup plus afin qu'il me soit donné d'oublier. Et vous me comprendrez. J'ai vu l'Angleterre bombardée. J'ai vu la France occupée. J'ai vu l'Allemagne ravagée. J'ai vu des êtres humains, hommes, femmes, vieillards, enfants, périr sous les bombes à Londres. J'ai vu d'autres gens ramper devant les bottes allemandes, se soumettre, se faire enchaîner dans le silence et la résignation. J'ai vu des Juifs, des Gitans, des Russes, des Polonais se faire tuer près de fosses communes où on les jetait sans aucun égard et y être parfois ensevelis vivants. J'ai vu ce que la race humaine peut générer de pire. J'ai vu la tristesse, la détresse, la folie humaine. J'ai vu des images atroces, des hommes et femmes féroces, des chiens enragés déchiqueter des prisonniers, des détenus se faire électrocuter dans les clôtures pour avoir voulu s'enfuir, des infortunés se faire pendre sur la place publique pour faire exemple et pour avoir commis le crime abominable de n'être pas de la race supérieure, pas plus que vous et moi ne le sommes... J'ai vu le corps d'un prêtre, mon ami Camilien Tremblay, qu'on venait de faire mourir par injection létale. Et je l'ai transporté de mes mains avec l'aide d'un ami juif jusqu'au four crématoire sur ordre des nazis. J'ai croisé des êtres sans scrupules. On a fait de moi un objet méprisable, un jouet manipulé, un déchet, un parfait démuni qui, pour ne pas mourir, n'avait d'autre choix que d'obéir.

Des regards atterrés, horrifiés s'échangeaient dans la foule. Des personnes trouvaient le temps de prier entre les mots de Samuel. D'autres s'engonçaient dans leurs pensées moelleuses en érigeant des barrières devant l'insupportable inconfort suscité par des propos aussi effrayants. D'autres encore béatifiaient le docteur en leur coeur et se disaient que ses souffrances en feraient plus qu'un médecin, peut-être même un thaumaturge. Il poursuivit sur une autre note :

–Mais j'ai aussi côtoyé le courage, la commisération, la pitié, la charité. J'ai vu des gens partager leur pitance quand ça leur était possible et qu'ils n'étaient pas sous menace de mort pour l'avoir fait. J'ai vu des hommes faire le sacrifice de leur vie pour sauver d'autres hommes... On m'a persuadé que je devais survivre pour aider mon semblable au camp, que ce n'était pas par ce même sacrifice que je pouvais apporter le meilleur aux autres. Mais cela fut pour moi pendant tout le temps de mon internement un cas de conscience aigu. Pour vous aider à suivre mon cheminement, laissez-moi vous parler un peu des figures marquantes que j'ai rencontrées depuis ma traversée de l'Atlantique en été 1940...

Il donna une ou deux minutes à chacun, Camilien, les gens des F.F.L., Marlene Leiter, David Haussmann, le docteur Raschner, l'infirmière Gretel et quelques autres, sans toutefois parler des abus sexuels dont il avait été victime aux mains des deux femmes nazies. Voilà un secret qu'il entendait garder pour lui à tout jamais.

–Je me souviendrai de ces choses pendant l'éternité entière si vous me passez ce paradoxe... je veux dire par là que l'éternité ne peut être entière puisqu'elle ne finit jamais...

"Qu'est-ce qu'il raboudine là ?" se demanda le curé qui se retint de froncer les sourcils. Dans le catéchisme et dans l'enseignement de la sainte Église, on parle abondamment de l'éternité entière, de toute l'éternité et il ne faut pas essayer de comprendre les contradictions apparentes dans les concepts. Croire suffit au regard de l'Église.

Clara avait des ailes et flottait littéralement dans la stratosphère du bonheur. Son retour de Québec lui vaudrait bien une certaine remontrance de la part de sa mère adoptive, mais c'était là un détail d'une si faible importance à comparer aux émotions vécues et aux promesses d'avenir entrevues.

Catherine se souvenait de tout ce qui ne serait jamais plus. Elle tâchait d'imaginer ce que sa vie et celle de Samuel auraient été sans ce départ pour l'Europe. À sa manière, elle aussi avait vécu dans un univers concentrationnaire. Une femme de cultivateur écrasée de lourds travaux nécessaires, mère maintenant de cinq enfants, privée d'une liberté qu'elle avait goûtée et aimée sur les grands chemins, aurait traversé les années sans tristesse aux côtés d'un homme aimé : elle les avait subies dans la résignation et le plus souvent l'impuissance aux côtés d'un être bon, certes, malgré ses défauts, mais pour qui elle ne ressentait pas le grand élan. Ni aucun élan véritable. Pour trouver le bonheur dans ce petit monde de labeur incessant, il aurait fallu bien plus que la raison, il aurait aussi fallu le coeur.

Et maintenant, ce retour de Samuel lui mettait devant les yeux avec une terrible acuité tout ce que le futur exigerait d'elle. D'abnégation. D'amour qu'on écrase au fond de son ventre et de son âme. D'angoisse devant une enfant si sérieusement handicapée... Vieillir sans aimer, c'est se flétrir, corps et esprit, coeur et chair, bien avant son temps, bien des lunes avant que la tige n'ait fini d'abreuver et nourrir la fleur.

Emmanuel serait son sauveur.

Cette phrase devenue une soupape de sécurité capable de faire passer le trop-plein d'émotions afin que les regrets ne se transforment pas en désespérance et ne fassent d'un amour éternel une mortification éternelle, elle en ferait son leitmotiv. C'était déjà une chose acquise.

Roméo gardait la tête penchée en avant, une main au menton, en attente, en écoute, en insécurité profonde. Il ne fallait pas que ce retour soit l'image de ce qui leur adviendrait désormais, à lui et sa femme. Il avait à élever une famille, une terre, une vie : ce n'est pas avec une espèce de Donalda malheureuse accrochée à des souvenirs et à des chimères qu'il le ferait. Il lui faudrait agir, semer des obstacles sur le chemin allant d'elle à cet homme dangereux comme jamais, faire du Grand-Shenley un sentier si étroit qu'il ne soit possible d'y avancer qu'à deux de front.

Il n'y avait aucune place dans leur vie pour Samuel Goulet. Assez d'élever son 'bâtard' !...

Samuel se rendit compte qu'il avait emprunté un chemin où personne ne le suivrait. Trop philosophique. Le seul qui puisse le faire était le curé : or, par définition, le prêtre était imbu des dires de son Église. Et puis, il ne devait jamais critiquer directement, ni indirectement les éléments de la foi, même les plus ténus. Ce n'était pas à lui mais au temps de se faire le balai de Catherine pour nettoyer les personnes des brindilles de saleté les recouvrant. Jamais ici, dans cette paroisse hautement catholique, il ne redirait comme au camp, que Satan n'existe pas et qu'il n'est que la main gauche du Seigneur. Pas même devant des abominations comme ces petites Suzanne Gaboury brûlées vives par la faute d'un grand-père égoïste et inconscient.

Cette pensée, ce souvenir étaient trop lourds en lui pour qu'il ne les attache point à d'autres. Il promena son regard sur l'assistance à la recherche de Tommy Gaboury, l'homme qui avait embarré dans la maison une fillette de six ans après avoir mis une attisée dans la fournaise puis qui s'était rendu jouer aux cartes autre part dans le village. Il ne le vit pas. Peut-être était-il décédé ? En tout cas, il canaliserait le sentiment de révolte vers ailleurs...

–On se rappelle tous de la mort de la petite Suzanne dans l'incendie de la maison de ses grands-parents. Cinq ans, dix, cent ans n'effaceront jamais le souvenir de ce petit corps affreusement calciné. Eh bien, les siècles n'effaceront jamais de l'esprit des hommes les atrocités commises dans les camps de concentration. Des millions d'hommes, de femmes et d'enfants gazés, brûlés, détruits par la folie furieuse d'un petit nombre d'individus sans coeur et sans âme.

Le curé agrandissait les yeux et multipliait les signes de tête affirmatifs.

Clara ferma les siens et chercha à oblitérer l'image de l'enfant-boudin qu'il lui avait été donné de voir peu après son arrivée au village, entraînée là, devant ce corps méprisé, par la curiosité morbide d'autres enfants de son âge ou plus vieux.

Armandine rapetissait ses yeux sans les fermer, interdite à mi-chemin entre les souvenirs et l'avenir. Elle tout comme Roméo songeait à ce qui ne devrait pas arriver et à ce qui devrait se produire pour que tous puissent traverser les événements incontournables en passant par les meilleures voies et les moins rocailleuses. Certes, elle avait donné à son fils et Catherine carte blanche ce jour-là afin que soit évacuée d'eux, au moins en partie, l'énorme pression émotionnelle que leur première rencontre provoquait inévitablement, mais à compter de maintenant, c'est vers une autre qu'elle tâcherait de diriger son regard, vers une de ces femmes qu'il appelait si joyeusement ses "fleurs du soir" du temps qu'il donnait des concerts au balcon. Sauf que les chères fleurs n'étaient plus disponibles et que le mariage leur avait coupé la tige. Qu'importe, d'autres avaient poussé depuis. Des fleurs disparaissent, d'autre apparaissent. Sauf qu'elle aurait pas mal de difficulté à manoeuvrer de façon que son fils en vienne à épancher son coeur vers quelqu'un dans la vingtaine, lui qui était maintenant bien entré dans la quarantaine. Quelques années de différence, cinq, dix et à la rigueur et à la limite quinze entre un homme et une femme pour envisager le mariage, il pourrait en être, mais davantage, il ne voudrait même pas y songer. Or les jolies fleurs accessibles dans cette paroisse n'avaient pas trente ans et toutes rôdaient autour de vingt...

Elle commença d'en dresser la liste en son esprit, de toutes ces nouvelles fleurs du soir. Il y avait Lucille Lapointe, la fille aînée du marchand-colporteur, autour de vingt ans, grande, blonde, jolie, polie... Mais si jeune encore... Et puis Irène Veilleux qui distribuait la malle dans les rangs de la paroisse... débrouillarde, boute-en-train, de bonne race et près de vingt-cinq ans. Et puis une autre candidate possible : Évelyne Gosselin, si sociable, si souriante, si talentueuse en cuisine, en tenue de maison à seconder sa mère... une réputation qui n'était plus à faire. Et aussi la Fernande Maheux devenue femme et qui achevait son cours à l'école Normale de Beauceville, mais si jeune encore elle aussi. Tiens, parmi les maîtresses d'école encore libres, il y avait Armande Bilodeau, elle aussi âgée de vingt-cinq ans.

Mais qui aux alentours de la quarantaine pourrait bien intéresser Samuel ? Pas Bernadette Grégoire malgré ses qualités de cuisinière, sa propreté, sa vaillance, son rire et sa capacité d'empathie. Elle se serait vite désistée devant toute entreprise de n'importe quel homme. En fait, elle était de ces rares femmes qui ne sont ni soeurs ni mariées et ne veulent être ni l'une ni l'autre.

–Essayez d'imaginer que les deux ou trois personnes qui sont les plus près de vous en ce moment seront arrêtées par des soldats bottés, amenées en dehors du village... Et puis vous entendez des détonations et ne revoyez plus jamais ces gens-là. Ou bien, comble d'horreur, on vous oblige à vous rendre là-bas, plus loin, sur le terrain de la Fabrique où une potence est érigée et dont il pend à l'année des cordes prêtes à ôter la vie de quelqu'un. Puis on fait monter sur le gibet un de vos voisins, une de vos connaissances, et on les exécute parce qu'ils ont commis le crime d'avoir les cheveux roux ou de porter le prénom d'Alfred ou de Benjamin...

Imelda Lapointe, se dit Armandine. De l'âge de Bernadette. Donc de Samuel ou presque. Vigoureuse comme dix. Elle travaillait comme une forcenée là où on voulait bien l'embaucher. Combien de fois n'avait-elle pas secondé Armandine dans son grand ménage du printemps ou de l'automne ? Une femme à tout faire. Certes, elle n'était pas à la hauteur de Samuel pour ce qui est du rang social, de l'instruction, des connaissances, mais... mais Catherine l'était encore moins et il l'avait aimée au point de faire avec elle un enfant à naître hors des liens du 'bon' mariage, soit le leur...

–En terminant, je me déclare l'homme le plus heureux de retrouver mes co-paroissiens d'ici. Je reprendrai ma pratique médicale la semaine prochaine. Et aussi, si je suis toujours le bienvenu, je vais retourner au choeur de chant aux côtés de ma chère Clara quand elle sera parmi nous, Clara, ma fille adoptive dont je suis fier et qui est, vous le savez tous, la fille aînée de mon ami Roméo Boutin ici présent.

Une femme lança les applaudissements. Samuel la repéra et lui adressa un sourire et un signe de la main et de la tête. C'était Marie-Anna Nadeau qui ressentait un petit pincement au coeur de s'être mariée trop vite et se disait que Samuel aurait peut-être fini par s'intéresser à elle... Mais elle se consolait à la pensée qu'ils seraient voisins pour peut-être longtemps et qu'elle aurait l'occasion de le croiser tous les jours et de le côtoyer au jubé de l'orgue et de la chorale.

Gaby Champagne n'était pas au rendez-vous des curieux. Elle aussi avait appris le retour de Samuel et la nouvelle avait eu sur elle encore plus que sur la paroisse entière l'effet d'une bombe. Mais l'homme avait été source de grandes déceptions dans sa vie. Il l'avait fréquentée un temps puis délaissée parce qu'il y avait entre elle et Clara une inimitié profonde. Et puis il avait déserté son poste de docteur aussi bien que de choriste principal pour courir l'aventure en Europe. Jamais elle n'était parvenue à se rendre à ses raisons comme par exemple son frère Alphonse et sa belle-soeur. Et elle continuait de rejeter sur lui une part de responsabilité dans la mort de Marcelle, sa nièce bien-aimée.

–Des années bien remplies m'attendent et vous attendent; elles le seront encore mieux si on les vit ensemble... Et nous les vivrons ensemble...

Une lumière double s'alluma en l'esprit d'Armandine. Il lui paraissait que l'une d'elles pourrait peut-être éclairer la vie de Samuel et partant la sienne ainsi que celle de Clara.

Deux noms brillèrent en sa tête : Julienne Jobin et Irène Joli-coeur. Deux amies. Deux femmes de la trentaine avancée. Des presque voisines de la rue de l'hôtel. L'une qui prenait soin de sa mère après le décès du vieux Jean, son père. Et l'autre qui enseignait au couvent avec les soeurs, en deuxième année. Une femme réservée que la Irène, capable de coudre, de jardiner et qui vivait avec ses vieux parents.

—Je vous remercie du fond du coeur, termina Samuel, et je vous dis la même bienvenue que celle que vous êtes venus me souhaiter ce soir.

Ce furent des applaudissements. Dominique Blais cria depuis le magasin général :

—On va se dépêcher d'être malades, nous autres.

Le curé commenta pour tous :

—Faudrait pas accabler notre bon docteur. Il travaillera, mais il aura besoin aussi de se reposer de temps en temps de tout ce qu'il a vécu durant les cinq ans de son absence. Je dirai en finissant qu'on a bien hâte de l'entendre chanter. Parce que vous savez, ceux qui chantent du fond du coeur aiment la paix. Bonne soirée !

Le docteur sourit à quelques-uns, donna la main à d'autres. On le prit par le bras. C'était Clara qui lui demandait de la suivre. Elle qui avait si souvent parlé de lui à soeur Thérèse, désirait le lui présenter. Il la suivit et on rattrapa vite les deux religieuses qui marchaient vers leur groupe tandis que l'assistance se dispersait et que les gens sur la galerie rentraient dans l'hôtel.

—Soeur Thérèse, soeur Thérèse...

Les deux religieuses se retournèrent. On était au bord du soir, mais il faisait toujours assez clair pour bien voir les personnes. Samuel aima tout de suite les deux visages encadrés de blanc et de noir de ces jeunes soeurs.

—Clara, comme je suis contente de te revoir ! Mais je croyais que tu étais partie pour Québec ce matin...

—Vous pensez bien qu'en apprenant la nouvelle du retour de mon père, je suis revenue le plus vite possible.

–On va la reconduire demain, dit Samuel. Elle nous a joué un tour en revenant. Mais on est enchantés, ma mère et moi, qu'elle l'ait fait.

–Je vous présente mon père Samuel. C'est mon père adoptif.

La soeur présenta sa main légère et dévisagea le personnage en disant :

–Comme elle vous a regretté, oui, comme elle vous a regretté ! Et je souhaite qu'elle n'ait plus jamais à vous regretter de cette manière.

Samuel serra la main tendue :

–Elle a trop de reconnaissance. Elle avait une peine énorme quand on l'a adoptée et ça a provoqué en elle une dette grosse comme l'église tandis qu'elle ne nous doit rien du tout. Elle nous a tant fait honneur, elle a mis tant de soleil dans la maison que c'est nous qui avons une grande dette envers elle.

L'autre soeur attendait en souriant bonnement et vaguement sans toutefois perdre une seule nuance des émotions exprimées dans les visages. C'était une très jolie personne. D'un abord facile. Le regard vert et doux. Les lèvres minces qu'il lui arrivait de mouiller...

–Je vous présente mère Paul-Arthur, dit soeur Thérèse. Pas besoin de vous présenter monsieur le docteur Goulet, n'est-ce pas, ma soeur ? Et cette chère Clara dont je vous ai souvent parlé depuis votre arrivée l'autre semaine.

La jeune soeur choisit de serrer tout d'abord la main de la jeune fille puis celle de son père adoptif. Sa voix était belle, riche et réservée :

–J'ai beaucoup aimé vous entendre tout à l'heure. C'était vraiment touchant. Je dois dire que ce qui m'a le plus fait réfléchir, c'est cette idée à propos de l'éternité entière.

–Ne me dites pas ! Je pensais que j'étais en train de faire décrocher tout le monde avec un petit détour philosophique embroussaillé...

–Pas moi, j'aurais même voulu que vous m'entraîniez un

petit peu plus loin, dans un ailleurs inconnu, tout là-bas... je ne sais pas... dans votre ailleurs disons...

Cette réplique et ce visage firent impression sur l'homme. Clara ne le remarqua point, qui échangeait des petites choses avec celle qui lui avait enseigné pendant deux années en dixième et onzième.

Soeur Thérèse mit fin à la rencontre en montrant les autres soeurs qui attendaient au pied du perron de l'église. On se salua et les Goulet firent demi-tour.

–Tu dois commencer à avoir faim ?

–Non... pas trop.

–On va te faire servir à souper par madame Ida.

–J'ai pas besoin.

–Oui, tu as besoin. Le voyage à Québec, aller et retour dans la même journée, la soirée qui vient : il faut que tu manges.

–Suis contente, 'pa...

–Et moi donc ! Et tellement surpris de te voir. Et dire qu'on s'est manqué de peu à la gare... Y a toutes sortes de choses qui brassaient dans ma tête...

–Et dans la mienne ? Je me demandais qui était donc cet homme qui ressemblait tant à Notre-Seigneur Jésus-Christ...

–Tout le monde me dit ça, c'est drôle; j'ai pas voulu usurper l'image de Notre-Seigneur...

Ils marchaient lentement côte à côte. Elle soupira :

–C'est notre pauvre Catherine qui doit prendre ça dur.

–C'est le destin, Clara, tu sais.

–Mais qu'est-ce qu'ils ont fait pour effacer votre identité ? Comment tout ça s'est-il produit, 'pa ?

Il lui raconta rapidement comment il avait été prêté aux F.F.L. et dit que les Britanniques étaient responsables du drame, pas les Français. Mais il ne pouvait l'affirmer hors de tout doute.

Et sur la galerie, avant d'entrer, il fut question de la lettre que la jeune fille avait cachée dans sa valise et dont le télégramme qui la contenait avait confirmé celui de l'annonce de sa mort dans un bombardement sur Londres.

Au dernier moment, tout juste avant de franchir le seuil, elle lui confia à mi-voix :

—'Pa, je sais pour Emmanuel... mais c'est un secret éternel. Je l'ai entendu sans le faire exprès.

Il garda un moment de silence :

—Est-ce que tu sais que tu es devenue une jeune fille merveilleusement belle ? Est-ce que tu as un amoureux par ici ? Peut-être Paulo encore ?

Un peu embarrassée, elle bredouilla :

—Non... je... Plus tard... Suis bien trop jeune... Je dois faire des études.

Il lui prit les deux mains :

—J'aime t'entendre dire ça. Je vois que tu vas continuer de nous faire honneur.

Elle sourit, le regard brillant...

Et le coeur noyé de bonheur.

***

Chapitre 8

–J'voudrais ben savoir c'est quoi qu'il s'est passé icitte-dans, après-midi, moé, là.

Catherine avait l'habitude du niveau de langage de son mari. Les quelques correctifs que pour lui faire plaisir aux alentours du mariage, il avait apportés à la prononciation de mots comme lit et ici au lieu de litte et icitte, avaient tôt fait de fondre dans la fiente des vaches et le lisier de porc. Mais le ton, lui, n'était pas coutumier. Roméo n'était pas homme à la nature violente et pourtant, elle put aisément percevoir derrière sa phrase la virulence de la jalousie qui couve.

Faire l'innocente aurait été essayer de se disculper, de cacher quelque chose. Donc pour lui une faute quelconque. Elle devait prendre le taureau par les cornes. Et parla posément, avec mesure :

–Tu le sais comme moi, Roméo. C'est toi le premier qui m'a dit de venir trouver du linge pour Samuel. C'est ce que j'ai fait. Madame Goulet a téléphoné à son taxi le temps que Samuel allait se changer de vêtements dans la chambre. À ce sujet-là, va falloir lui rapporter son linge propre demain...

–Si je t'ai dit de venir, ça voulait pas dire que j'voulais que tu viennes.

–Coudon, là, si tu dis blanc pis que ça veut dire noir, je donne où de la tête, moi. À part de ça, j'avais pas besoin de ta permission pour venir, tu sauras.

Les époux étaient couchés depuis quelques instants dans leur chambre. Le bébé dormait dans son ber entre la porte à moitié ouverte et la cloison intérieure.

Roméo ne parvenait pas à gober les réponses de sa femme. Quelque part au fond de lui, quelque chose disait qu'il ne courait aucun danger dans cette histoire, que le choc du retour devait être absorbé par ces deux-là qui s'étaient tout de même épousés en quelque sorte par leur sentiment partagé et par la chair. Quelque chose d'autre fabriquait de toutes pièces des situations impossibles et pour lui, sources de souffrance morale intense. La présence d'Armandine avec eux à la maison et les rares minutes qui leur avaient été imparties alors signaient la garantie qu'ils n'avaient pas pu s'étreindre. Il les voyait quand même en des baisers passionnés et des attouchements interdits par les bonnes moeurs, par le sacrement du mariage, par la sainte Église catholique et par Dieu lui-même. Tous lui donnaient raison dans ses échafaudages malsains.

La femme reprit :

–J'aurais eu l'air d'une belle dinde de refuser ça.

–T'avais rien qu'à dire que y en avait pas du linge à sa pointure icitte.

–Ben ben ben voyons voyons, dirait la veuve Maltaire.

–Pas de quoi rire : on se parle d'affaires sérieuses...

–C'est que tu veux savoir de plus ?

–Moé, j'dis qu'il peut s'en passer en maudit dans cinq minutes.

–Dans ta tête, oui : tout un roman, tout un film !

–Ben parle !

–Écoute, Roméo, on est pas dans le programme à Séraphin de la radio, là.

Le couple et les deux enfants, Carmen et Lucien, écoutaient religieusement *Un homme et son péché* tous les soirs de semaine depuis que l'électricité avait été apportée au fond du Grand-Shenley et des autres rangs l'année d'avant par le nouveau gouvernement Duplessis. Et un vieux rêve de Catherine s'était réalisé : Roméo avait fait installer un chauffe-eau électrique et un bain, y consacrant tous ses profits de trappage de deux hivers au complet. Rares étaient ceux qui dans les rangs bénéficiaient de pareille installation et la femme en était reconnaissante envers son mari. Mais on ne vend pas sa liberté de penser pour un plat d'eau chaude.

–Justement : c'est la vraie vie. Ça fait que parle...

–Tu veux que je te dise quoi ? T'as tout vu de loin. Madame Goulet, Samuel et moi, on a rentré dans la maison. Elle a téléphoné, il s'est changé de linge, on est revenu tous les deux en machine, Samuel pis moi, tandis que madame Armandine attendait monsieur Pampalon. C'est quoi que tu veux de plus ?

–Pis toé, c'est quoi que tu ressentais en dedans durant tout ce temps-là ? J'suppose que tu devais regretter en maudit de t'avoir mariée avec moé, là ?

–Pas en maudit comme tu dis, mais je me suis dit depuis que Samuel est revenu que ma vie aurait pas été la même si lui avait pas eu l'idée de s'en aller à la guerre.

–Qui va à chasse perd sa place !

–Ben d'accord avec toi et c'est ça qui lui est arrivé.

–Comme j'ai entendu Ernest Maheux le dire pour le gars à Nil Parent : il avait embelle à pas aller à la guerre pis ça finit là, qu'il dorme en paix six pieds sous terre.

–Sauf que... ben Samuel est pas trop mort comme t'as vu aujourd'hui.

–Ça veut dire quoi, ça, là, encore ?

–Qu'il va falloir s'habituer à sa présence parmi nous. On va avoir affaire à se faire soigner, à faire soigner les enfants. Et faudra jamais oublier l'existence du petit Manu.

Roméo avait surnommé ainsi l'enfant et même si Catherine n'aimait guère ce diminutif et ne l'employait jamais, voici qu'elle venait de le faire pour aider à ramener le calme et la sérénité dans l'âme de son homme.

–Ben toé, tu vas avoir affaire à continuer à te faire soigner par le docteur Poulin.

–Non, Roméo, je vas me faire soigner par Samuel.

–Jamais ! Jamais de ta maudite vie !

–Sais-tu que j'suis maître de ma personne. Me semble que je t'ai mis les points sur les I, ça fait longtemps là-dessus. Je m'appartiens. Tu t'appartiens...

Il s'opposa vivement :

–Pantoute ! T'appartiens à ton mari. Comme moé, ton mari, je t'appartiens. Pis ça, c'est approuvé par l'Église pis c'est écrit dans les lois du mariage catholique. Dans la maison, y a un chef pis c'est l'homme. Pis l'homme, c'est moé, icitte.

Hérissée au plus haut point, Catherine se dit qu'aux grands maux, il fallait les grands remèdes. Son ton et les mots qu'elle choisit pour exprimer sa pensée démontreraient sa détermination à ne pas s'en laisser imposer en s'adaptant à la façon même de parler de son mari. Elle le battrait sur son propre terrain. Et dit en pesant chaque mot :

–Tu peux ben aller t'assire sur le tas de fumier en arrière de la grange, Roméo Boutin. Je vas me faire soigner par qui je voudrai pis c'est pas toé qui vas m'en empêcher. Prends-moé pas pour une jument que tu vas dompter comme tu veux, en y montrant de l'avoine dans ton plat pis en tenant ton fouet dans l'autre main. Je m'appelle un être humain. Je m'appelle une femme. Je m'appelle Catherine Bussière. Pis si asteur, je m'appelle Catherine Boutin, c'est parce que je le veux ben, pas parce que l'Église a décidé que ça serait de même.

L'homme se rendit compte que les mots ne suffisaient plus. Il aurait eu beau en ajouter d'autres, en chercher des plus forts, leur donner le ton de la colère la plus noire, rien n'y ferait. Son sentiment de jalousie explosa. Pour la mâter, pour la ramener à la raison, pour la remettre dans le droit chemin, ce chemin souhaité par le sacrement du mariage, par l'Église et par Dieu, il ne lui restait plus que la force physique comme argument de combat. La peur est le commencement de la sagesse, disait souvent le curé en chaire. Et cette parole ne tombait pas dans l'oreille d'hommes tous sourds dans cette paroisse.

Il lui attrapa un poignet sous les couvertures puis, en glissant rapidement son autre main, trouva l'autre. Et il serra fort.

–Qu'est-ce que tu fais ? C'est pas la bonne façon...

Il ne voulut rien entendre et serra encore en ramenant les bras au-dessus de l'oreiller de sa femme. Et il se déplaça à l'aide de ses jambes et monta sur elle.

–Arrête, Roméo : c'est encore temps.

Elle savait que ce n'était pas un jeu avant d'accomplir leur devoir conjugal. Ou alors il aurait fallu qu'elle enlève d'abord sa culotte et soulève sa jaquette de nuit. De plus, elle ne sentait pas la virilité de son mari.

–Tu me fais mal : arrête ça tout de suite !

La respiration accélérée de Roméo indiquait à la femme qu'elle avait moins affaire à un homme et davantage à une bête maintenant. Une sorte d'entre-deux qui cherchait à imposer sa volonté avec l'argument suprême du mâle, et qui marquait son territoire en provoquant des bleus et ecchymoses sur l'objet possédé. Catherine avait déjà planté une fourche dans un personnage agissant de cette manière odieuse. Cette fois, elle était prisonnière dans la plus totale impuissance. Crucifiée par des clous bien plus solides qu'à cette époque. Il y avait maintenant Emmanuel. Il y avait Jeannine, leur enfant handicapée. Il y avait ce nouveau bébé. Et la terre. Et ce sentiment ressurgi d'entre les morts le jour même. Et il y avait l'eau chaude et le bain...

–Écoute, Roméo, suis ta femme pour la vie... Le retour de Samuel n'y changera rien. On va s'accoutumer. Mais veut veut pas, on aura affaire à lui. Clara, c'est encore ta fille de sang, que tu sois d'accord ou pas. Pis pour le soignage, on verra à mesure...

Il relâcha un peu l'étreinte :

–Ben retire ce que t'as dit tantôt... les bêtises que tu m'as chantées... pis de me dire que tu m'appartiens pas...

Elle prit sa voix la plus douce :

–Roméo, on s'est toujours respectés depuis cinq ans, tous les deux. On commencera pas à se chicaner parce que le docteur est revenu. Tout est changé asteur. C'est comme t'as dit : il avait beau pas partir.

–Pour c'te fois-là, ça finit là, mais... Pis asteur, ben écartille-toé les jambes...

Il dut abandonner son emprise sur ses poignets. Elle les frotta un court moment en se demandant ce qu'elle devait faire maintenant. Après quelques soupirs, elle releva sa jaquette et entreprit de faire glisser sa culotte vers le bas...

*

–Schnell ! Schnell ! Schnell !

Un soldat S.S. poussait Samuel devant lui, arme au poing, menaçant, vociférant comme ceux-là aimaient tant le faire. Le docteur Canadien se voyait à son tour conduit vers le lieu de son exécution à l'extérieur des murs du camp, du côté de la forêt. Autant en finir maintenant et ne plus servir d'instrument aux mains de la férocité nazie, même si Haussmann, le kapo juif, entretenait en lui l'idée qu'il servait bien plus à soulager la souffrance des détenus qu'à y contribuer.

On lui avait fait prendre sa trousse, histoire de se débarrasser de lui, et de ses maigres bagages sans doute. Peut-être un coup monté par Gretel pour se venger de sa mutation loin de l'hôpital du camp suite à la mort du prêtre.

Il lui fallut marcher au pas de course devant le pistolet pointé et la rage bavée du S.S.. Et ce jusqu'à la lisière de la forêt où un spectacle horrifiant l'attendait et qui l'aurait fait vomir s'il n'avait pas été médecin et n'avait vu auparavant des cas de pleurésie hémorragique comme celui de la femme Bougie avant la guerre.

Il y avait là une fosse remplie de cadavres empilés dans un amas chaotique et atroce. Une trentaine à première vue. Samuel pensa qu'il serait le trente et unième. Un corps bougea un bras, signe de vie. Aussitôt le S.S. pointa son arme sur lui et tira sans l'atteindre.

Mais ce n'était pas pour tuer Samuel qu'on l'avait amené là. Un autre soldat S.S. gisait sur le sol près de la fosse, atteint d'une balle, un projectile issu d'un tir ami. Un accident. Il fut demandé au docteur qui maintenant comprenait et parlait la langue allemande, d'y voir. Il était le seul médecin disponible ce soir-là, tous les docteurs allemands, y compris Raschner, le médecin-chef, assistant à une réunion dite 'importante' à Munich.

On était à la brunante. Le blessé avait reçu la balle dans l'épaule et souffrait le martyre. Pas loin, quelques soldats lui jetaient à l'occasion un coup d'oeil, indifférents à ses gémissements et même honteux de la chose. Un vrai S.S. ne se plaint jamais.

—Faut le transporter immédiatement à l'hôpital. Je devrai opérer. Rien à faire ici.

Le S.S. fit un sourire bourré de sadisme et mit le canon de son pistolet sur la tempe de Samuel :

—S'il crève, tu crèves.

—Tire, merdeux, c'est tout ce que j'espère. Tire donc ! Je serai débarrassé de toute cette puanteur nazie et de ce puant d'Hitler du même coup. Tire donc ! Tu attends quoi pour tirer ? Tire...

Le jeune caporal de la Waffen-S.S. serra les mâchoires. Des gouttes de sueur perlèrent sur son front. Tous les projectiles qu'il désirait tirer à cette pourriture de Canadien passaient par son seul regard et il devait les retenir dans le chargeur de son arme de crainte de s'attirer de gros ennuis avec le commandement du camp, surtout s'il advenait que son collègue meure faute de soins médicaux.

Il rengaina et lança un ordre aux soldats en attente qui s'amenèrent.

—On ne va pas le transporter comme ça : faut une civière. Ou bien la blessure se rouvrira et il perdra encore du sang.

Le caporal dépêcha deux hommes pour aller prendre un brancard à l'unité de soins la plus rapprochée et leur ordonna de le faire au pas de course. Ils obéirent. Pendant ce temps, Samuel commença de traiter le blessé, tandis que le

S.S. sortait de nouveau son pistolet et le dirigeait vers le blessé de la fosse qui bougeait sporadiquement le bras. Il visa, tira, tira et tira encore. Rechargea et tira de nouveau...

Ces coups retentissaient dans le crâne de Samuel trois ans plus tard en cette nuit de septembre alors qu'il s'était endormi une heure plus tôt dans sa chambre retrouvée après une journée remplie à capacité : celle de son retour chez lui.

Entré en plein cauchemar, voici qu'il lançait des sons exprimant la colère et le désespoir, et qui réveillèrent même sa mère au premier étage et mit en alerte Clara qui, elle, ne dormait pas malgré sa propre fatigue du jour.

La jeune fille enfila sa jaquette blanche par-dessus ses dessous de nuit, fit de la lumière dans la chambre et ouvrit la porte. Les cris de Samuel se poursuivant, elle marcha dans le couloir le long de la rampe de sécurité entourant la cage de l'escalier et s'y arrêta. Armandine approcha du pied de l'escalier, fit de la lumière et elles s'aperçurent.

–Qu'est-ce qu'on fait, m'man ?

–Va le réveiller, veux-tu ?

–Vous pensez ?

–Vas-y, Clara !

La jeune fille se rendit à la porte de Samuel, hésita un instant puis enfin l'ouvrit. La lumière du couloir ne suffisait pas à y voir distinctement et elle leva le bouton du commutateur. L'image qui lui apparut la saisit jusqu'au coeur. Les poings fermés, Samuel, échevelé, grimaçant, bougeait les bras comme quelqu'un qui cherche à attraper quelque chose sans avoir le contrôle de ses membres. Il affichait les réflexes d'un jeune enfant ou d'une personne atteinte de paralysie cérébrale. Peut-être, songea Clara, traversait-il un cauchemar que lui inspirait l'enfant handicapée de Catherine !

–'Pa... 'Pa... 'Pa... c'est Clara... 'Pa... 'Pa...

–Va le secouer pis fais attention pour pas qu'il te frappe, demanda Armandine à haute voix.

Clara jeta un ultime coup d'oeil à sa mère adoptive. Elle

entra dans la chambre et s'approcha du lit où se poursuivait l'insondable et sûrement insoutenable rêve noir que traversait Samuel en ce moment. Elle le toucha à l'épaule. Il lança son bras vers elle; Clara ne l'évita que par son intention première de le toucher seulement et retirer ensuite sa main.

Alors elle cria :

–Samuel, Samuel, Samuel...

L'homme endormi cessa de gesticuler. Il demeura un moment sans bouger. Clara répéta son prénom mais bien plus en douceur :

–Samuel, Samuel...

Il ouvrit les yeux, prit conscience de la présence de sa fille adoptive debout à côté du lit :

–Qu'est-ce que tu fais là ?

–Vous faisiez... un cauchemar. Maman Mandine m'a dit de venir vous réveiller.

–Clara, Clara, ma petite fille. Si tu savais ce qu'est la guerre, si tu savais...

Il leva le bras dans un geste qui demandait la main de la jeune fille; elle la tendit et il la pressa entre les siennes :

–Tu sais, à mesure que les années passent, je me dis que j'ai fait la pire erreur de toute ma vie en partant.

–Vous pensiez bien faire, 'pa.

–Ou bien est-ce que je fuyais quelque chose ?

–Monsieur le curé a toujours dit que vous aviez un idéal plus élevé que la plupart des gens et que c'est pour ça que vous étiez parti.

–Monsieur le curé bénit tous les gens et leurs intentions.

–Il avait raison, 'pa. Même... même Catherine a toujours cru que vous aviez fait le bon choix. La souffrance, c'est le destin. Et... il en sortira du mieux, vous verrez.

L'homme sourit, ne dit rien pendant un moment puis secoua la tête :

–Toi, en tout cas, t'aurais pas pu mieux grandir. Tu es... une jeune fille admirable.

–J'ai pas de mérite : vous et m'man Mandine, vous m'avez... tout donné.

–Et tu nous a tant donné.

Il laissa sa main.

–Et là, je vais tâcher de dormir. Et toi aussi, il faut que tu dormes. Demain est un autre jour. Et il faut qu'on aille tous à Québec... Maman ne t'a fait aucun reproche d'être revenue et ça veut dire qu'elle en était bien contente.

–Je pouvais pas m'empêcher de le faire.

Au loin, Armandine cria :

–T'es réveillé, Samuel ?

Il répondit :

–Oui, maman : tout va bien. Clara s'en retourne dans sa chambre et tout ira...

La jeune fille tourna les talons. Il la regarda marcher sur le pas d'une ballerine, légère comme la brise d'un soir d'été. Il avait bien hâte de chanter de nouveau en duo avec elle. Après toutes ces années d'humiliation, il sut que son ego n'était pas brisé à jamais car il renouait avec la fierté à voir sa grande si harmonieuse...

***

Chapitre 9

Tôt le jour suivant, la sonnerie du téléphone retentit dans le couloir d'en bas et sortit Armandine de son lit. Son heure de réveil était dépassée. Le brouhaha de la veille et de la nuit avait étiré quelque peu son temps de sommeil. C'était la supérieure de Mérici qui, la veille, avait à deux reprises essayé en vain de la rejoindre après le départ de Clara pour la Beauce. Un tout petit doute, à peine perceptible, lui avait effleuré l'esprit. Et si Clara qui n'avait tout de même que dix-sept ans et quittait le giron familial pour la première fois, n'avait pas pu absorber le choc de la rentrée scolaire si loin de chez elle et avait inventé cette histoire afin de retourner supplier sa mère de ne pas l'envoyer pensionnaire ? Il y avait une chance sur mille pour que la chose se soit produite, mais on ne devient supérieure de couvent que si l'on sait prévoir l'imprévisible...

De toute façon, elle camoufla son trouble derrière de la bienveillance et de la condescendance :

–Quelle histoire incroyable ! dit-elle après son identification et les quelques banalités de départ.

–Comme dit mon fils : en temps de guerre, la réalité dépasse souvent la fiction. Vous avez cru Clara, j'espère ? C'est une jeune fille qui respecte la vérité, vous savez.

–Oh, je n'ai pas douté d'elle une seule seconde ! Mais,

117

oui, c'est l'énormité de l'événement qui me fait vous appeler. J'ai pensé que votre fille pourrait passer le reste de la semaine parmi les siens. J'imagine qu'elle n'a pas eu grand temps pour renouer avec son père adoptif hier soir. Nous, quand elle reviendra, dimanche peut-être ? on verra à ce qu'elle rattrape vite le temps perdu. Ses affaires sont déjà installées; on fera pour elle l'achat du nécessaire pour qu'elle entreprenne sa douzième année sur le bon pied. Qu'est-ce que vous en dites, madame Goulet ?

–Excellente idée ! Mais je voudrais d'abord en parler avec elle. Vous savez, je prends de moins en moins de décisions pour elle. Je veux en faire une jeune femme autonome, capable de mener sa barque, de voler de ses propres ailes sans toujours se fier à quelqu'un d'autre. J'appelle ça son entraînement à la vie.

–C'est... une façon de voir qui n'est pas bête. Je vous attends sur la ligne ?

–Je vais la chercher.

La vieille dame aurait crié à sa fille de descendre avant le retour de son fils, mais là, pour ne pas le réveiller, elle mit trois ou quatre minutes pour aller chercher Clara et l'amener avec elle au premier étage en lui expliquant la raison de l'appel. La religieuse réitéra sa proposition à la jeune fille qui s'en montra enchantée et exprima sa reconnaissance pour tant de compréhension.

Clara dit qu'elle retournerait dimanche comme la soeur le proposait, si Samuel était d'accord.

–Il le sera, dit Armandine qui reprit le téléphone pour terminer l'appel.

Et c'est ainsi que furent donnés à Clara trois autres jours encore pour revivre des scènes d'antan comme les repas en famille et les conversations au salon. Mais elle ne devait pas avoir beaucoup de temps avec Samuel qui était sollicité de partout dès qu'il mettait le nez hors de la maison. Le curé avait eu beau demander aux gens de ne pas le questionner sur les dures années en Allemagne, rares étaient ceux qui respectaient la consigne.

Ce jour-là, Roméo descendit au village à bride abattue en voiture fine, ayant prétexté l'achat de clous, d'une vitre et de mastic frais. Il ramena avec lui le linge propre de Samuel et entra le porter dans sa boîte après avoir attaché par la bride au tronc d'un laurier devant la porte des Goulet le cheval survolté. En faisant le train ce matin-là, sans dire un seul mot à sa femme, l'air taciturne, il avait conçu le projet de parler à Samuel et de mettre cartes sur table, et l'obliger à dévoiler ses intentions véritables quant à Catherine, quant au 'petit Manu', quant à l'hypothèque que madame Goulet ne pouvait avoir effacée légalement et que le retour de son détenteur original risquait de rendre de nouveau valide et en force. On l'avait déjà rassuré à ce propos la veille, mais il demeurait dans un état de profonde insécurité.

C'est Clara qui alla ouvrir. Il l'examina de la tête aux pieds sans oser la regarder dans les yeux tout en balbutiant :

–Le linge à ton père... Il est-y icitte, lui ?...

–Je vais le chercher.

Elle prit la boîte et se rendit à la cuisine où Samuel était attablé avec sa mère.

–C'est votre linge, 'pa : c'est mon père. Il veut vous voir.

–Roméo ! s'étonna Samuel. Mais fais-le venir à table.

Et Samuel cria son invitation vers la porte menant au salon et au vestibule d'entrée.

L'homme s'approcha, embarrassé mais en même temps déterminé. Il apparut dans l'embrasure en faisant tourner nerveusement sa casquette entre ses doigts. Samuel lui dit :

–J'avais justement affaire à toi...

Puis il dit à sa mère et à Clara :

–Je vais le voir, je vais l'emmener au bureau... j'ai des choses à lui dire... Et on reviendra tout à l'heure prendre une tasse de thé tous ensemble.

Chacune des deux femmes pensa qu'il serait question de Catherine. Elles s'échangèrent un regard et se comprirent.

–Viens, Roméo, on va jaser un petit quart d'heure.

Ils furent bientôt assis un en face de l'autre de chaque

côté du bureau encore embarrassé des affaires du docteur Poulin. Samuel ne traîna pas en banalités que les yeux de son interlocuteur semblaient vouloir utiliser en entrée en matière et lui dit, le ton ferme et définitif :

–Roméo, hier, fallait que je commence à mettre de l'ordre là-dedans...

Il désigna sa tête avec son index et poursuivit :

–Parce que dans un camp nazi, même si rien au monde est plus ordonné, ça vous vire une tête à l'envers. J'ai revu Catherine, c'était normal. On a vu ce qu'on avait à voir; on s'est dit ce qu'on avait à se dire. La page est tournée. Sa vie, c'est avec toi; ma vie, c'est autrement. Tu pourrais être inquiet que ça serait parfaitement normal; mais dors sur tes deux oreilles. Tout ce que je te demande, c'est d'élever l'enfant comme si c'était le tien. Tu dois le faire avec les deux enfants à Catherine de son premier mariage. Tu sais que les tiens sont élevés par d'autres. De ton côté, t'élèves trois enfants des autres. C'est le sort qui a voulu ça et c'est pas nécessairement mauvais. Qu'est-ce que t'en dis ?

Roméo retroussa l'épaule droite et pencha la tête de ce côté. Les mots entendus le rassuraient, dégonflaient la tumeur que la veille avait fait surgir en son âme.

–Ben content de l'entendre, ça fait deux problèmes de réglés. Pis l'autre...

–L'hypothèque ?

–Ben... ouais.

–On te l'a dit hier. Et pour te rassurer tout à fait, je vais contresigner le papier de libération signé par ma mère et te donner ce papier-là. Ça va tenir force de loi, sois-en certain. Tu auras le papier et nos deux signatures. Si en plus il faut le notarier, on le fera. Qu'est-ce que tu dis de ça ?

–Quand c'est que tout va ben, on a rien à dire, hein ?

–Si t'as quoi que ce soit que tu voulais me dire, hésite pas, je t'écoute.

–C'est ben correct de même...

Le regard de Samuel se mit à briller :

–Roméo, je peux te dire que notre Clara, on va faire quelqu'un de bien avec elle. Tâche de faire la même chose avec le petit Emmanuel. Quand ce sera le temps des études, je serai là pour t'aider. C'est-il quelque chose qui fait ton affaire, ça ?

–Ben ben correct.

Samuel ouvrit les bras et se remit sur ses jambes :

–Dans ce cas-là, allons boire une tasse de thé. Je vais te donner le papier contresigné dans la cuisine. Les femmes diront pas qu'on les fait attendre à placoter... comme eux autres le font tout le temps.

La blague fit sourire Roméo qui précéda son hôte vers l'autre pièce. En le suivant, Samuel se demandait s'il l'avait vraiment rassuré jusqu'au fond de l'âme. Le temps aiderait. Et puis quand Roméo verrait son intérêt pour d'autres personnes du beau sexe...

*

Des centaines de cous tordus assistaient à la messe du dimanche qui était sur le point de commencer. On tournait la tête sans arrêt pour voir le docteur à sa place de naguère au jubé de la chorale. Mais il n'y était pas. Et nombreux étaient ceux des dix rangs de la paroisse qui attendaient de le voir pour le croire. Samuel était tellement mort dans leur tête...

Il déboucha enfin de l'escalier venu du tambour, précédé de sa fille adoptive, maintenant aussi grande que lui et qui avait le visage rouge comme une fraise en sachant, sans oser le voir, que tous les regards portaient sur eux.

Clara portait un tailleur beige qui affinait sa taille déjà plutôt mince. Et un petit chapeau soucoupe sur le coin de la tête. Charmante dans sa timidité, discrète dans son vêtement et son regard, hésitante dans des gestes pourtant très affirmés, elle n'attira vraiment l'attention qu'au moment de gravir les marches de l'escalier menant au dernier jubé. Elle y perdit pied à la troisième et Samuel la reçut sur lui et la retint par les épaules. Une rumeur parcourut l'assistance.

Grâce à sa présence, ceux qui n'avaient pas eu l'occasion de voir le docteur en personne les jours précédents le recon-

121

nurent sous sa barbe et sa chevelure.

Quand parut Clara à côté de l'orgue, Gaby Champagne se sentit fondre. Elle était de ceux qui n'avaient pas encore revu Samuel et elle redoutait le moment de leur rencontre. Son coeur en secret n'avait jamais cessé de battre pour lui. Qui sait se disait-elle depuis qu'elle avait appris la stupéfiante nouvelle de son retour, si quelque part au fin fond de sa substance, elle ne l'avait pas toujours attendu ? Les autres jeunes femmes qui naguère faisaient les doux yeux au personnage, y compris cette quêteuse venue d'ailleurs, avaient toutes convolé en justes noces à part elle. N'était-ce point là un signe du destin on ne peut plus clair ?

Elle avait fait libérer les deux places, celle de Samuel du côté des hommes et celle de Clara parmi les choristes féminines. Le choeur avait beau être mixte, on ne mélangeait les sexes que lors de chants particuliers ou de fêtes hors de l'ordinaire. Question d'harmonie !

En attente devant son instrument, Marie-Anna tourna la tête et salua les arrivants. C'était moins du neuf pour elle puisqu'elle avait été des premières heures du retour du docteur. Ils s'étaient adressé la parole brièvement à deux reprises. Chacun avait définitivement classé l'autre comme une agréable connaissance à croiser régulièrement.

Gaby alla au-devant des Goulet. Elle tendit la main à Clara puis serra celle de Samuel et leur confia à voix basse qu'elle avait réservé une place pour chacun. Ce qu'elle avait imaginé comme situation grandiose ne fut que ça. Un costume de religieuse à deux rangs devant attira l'attention de la jeune fille. Dur de reconnaître une soeur de dos. Samuel retrouva sa place voisin de cette religieuse, séparé d'elle par l'allée seulement. Il lui sourit en guise de salutation. Elle fit un léger signe de tête en sa direction. Et là, Clara sut que c'était mère Paul-Arthur, nouvellement arrivée dans la paroisse. Sans doute qu'on avait remplacé la jeune fille par une autre voix jugée apte à le faire.

Il ne devait se passer rien d'exceptionnel au cours de la messe à part la curiosité soutenue des fidèles et les mots du curé à propos du retour de Samuel. Le prêtre parla de miracle de la vie.

–C'est, je vous le dis, l'oeuvre d'une paroisse entière, de vos prières ferventes. Notre docteur nous est revenu parce qu'il est resté dans nos coeurs à tous...

Dans son banc à l'arrière de l'église, Catherine rajusta le collet de chemise d'Emmanuel. L'enfant la regarda et sourit. Elle lui sourit aussi et il passa dans ses yeux un énorme sentiment d'amour. Elle s'en voulait de trop aimer cet enfant alors que quatre autres avaient besoin d'elle et de son coeur. Jeannine surtout, si faible, si démunie, si triste à voir !

Armandine dans le banc familial continuait de supputer sur les jeunes femmes disponibles pour son fils. C'est qu'elle commençait à ressentir plusieurs signes de l'âge : arthrose dans le cou et le genou gauche, drôles de battements cardiaques pour lesquels jamais elle n'avait consulté les deux médecins en fonction dans la paroisse ces dernières années, chutes de pression matinales et douleurs intermittentes au niveau du sciatique. Et par bouts de temps, arthrite dans les deux mains. Elle ne parviendrait pas à tenir la maison convenablement encore bien longtemps. Clara devait poursuivre ses études encore trois ou quatre ans. Elle avait dessein d'aller à l'école Normale l'année suivante et deviendrait donc maîtresse d'école, mais prendrait-elle un poste dans la paroisse, une fois bardée d'un diplôme qui lui permettrait d'enseigner dans les classes avancées ?

La femme réalisait combien Catherine aurait été l'épouse idéale pour Samuel. Ces deux-là étaient faits l'un pour l'autre. Et le petit Emmanuel, si plein de vie, de charme, d'intelligence, en était la preuve vivante. Elle regrettait ses réticences du temps qu'il la fréquentait avant la guerre.

Mais il fallait se cracher dans les mains et composer avec les nouvelles réalités. Elle se reprit d'attention pour le curé qui avait préparé tous les mots de son sermon afin d'en tirer le maximum d'effets et parmi ceux-là, serrer les liens unissant le docteur Goulet à sa paroisse d'adoption. Car il craignait que suite aux changements survenus en son absence, et tout spécialement le mariage de Catherine et Roméo, il ne vienne à l'idée de Samuel de s'exiler tout comme il l'avait fait pour fuir son deuil de sa chère Elzire.

–Mes bien chers frères, il est fort étonnant de se rendre compte que la guerre n'aura pas eu que des conséquences négatives et le bon Dieu y est sûrement pour beaucoup. Elle nous aura fait prendre conscience à quel point un membre de notre communauté est important. Important au point que nous l'avons enterré officiellement dans notre cimetière sans même avoir sa dépouille à mettre en terre... C'est drôle de souligner semblable événement, mais il faut bien en voir le sens profond. Nous avons tous pleuré ensemble sur le tombe de celui que nous pensions mort; nous avons prié ensemble pour le repos de son âme; voici que nous rendons hommage à Dieu tous ensemble de nous l'avoir rendu en santé et prêt à se dévouer pour ses concitoyens qui ont tous besoin de lui. Le médecin, dans une paroisse, c'est l'équivalent du prêtre. Le prêtre soigne l'âme; le docteur le corps. Et il faut prendre soin des deux. Men sana in corpore sano. Une âme saine dans un corps sain...

Clara mesurait toute la vérité de ce propos, elle qui depuis son arrivée chez les Goulet mettait chaque jour en pratique cette maxime latine que Samuel se plaisait à lui répéter. Elle avait développé sa santé physique. Sa mère adoptive lui avait fait manger des aliments plus sains que ceux absorbés par les autres enfants de cet âge. Bien moins de sucre. Bien moins de caries. En fait, il ne lui manquait qu'une seule dent, une molaire et il n'y paraissait pas quand elle riait. Et puis elle avait abondamment pratiqué la marche, le patin, la raquette, la pêche... Maintenant que son père adoptif était revenu, elle pourrait comme naguère aller en randonnée en carriole avec lui et visiter Catherine. On emmènerait Bernadette pour ajouter au plaisir du divertissement au grand air...

–Nous connaissons maintenant les grandes lignes du séjour de notre ami Samuel en Europe. Ainsi que je l'ai demandé le soir même de son retour, je vous prie de ne pas le questionner afin que puissent s'éloigner de lui le plus rapidement possible les terribles souvenirs de ce qu'il a vécu au cours de cette guerre... Seulement les entendre nous fait frémir; imaginez sans cesse les revivre par l'esprit...

L'épouse de Nil Parent remerciait Dieu d'avoir protégé son fils jusqu'à la fin de la guerre. Au moins, il avait sans aucun doute peu souffert. Une balle, une mine, un tir de char, avait dit son mari et tout était fini pour lui. Mais on ne savait pas au juste... peut-être avait-il été à l'agonie durant de longues heures...

Mère Paul-Arthur avait été favorablement impressionnée par le docteur Goulet le soir de son retour et plus encore quand il était venu s'asseoir de l'autre côté de l'allée au début de la messe. L'homme dégageait une bonne odeur et elle avait trouvé un si haut degré de commisération dans ses beaux yeux bleus, profonds et doux. Comme bien d'autres, femmes surtout, mais plus encore qu'elles et plus que l'autre soir, elle le confondait quelque part dans son imagination avec l'image qu'elle se faisait depuis toujours de Notre-Seigneur Jésus-Christ.

Toutes ces femmes qu'Armandine pressentait pour futures possibles à son fils songeaient à lui, elles aussi, en ce moment propice où tout les y inclinaient. Il y avait Irène Jolicoeur qui imprimait toujours à son menton une légère oscillation quand quelque chose lui apportait du bonheur. Petite, brunette, elle avait fui les garçons de son âge par excès de timidité quand c'était le temps de préparer son avenir.

Lucille Lapointe, elle, se tenait droite et digne dans le banc familial de l'allée centrale dans la nef. Aînée de sa famille, âme bien pétrie, elle avait terminé sa onzième année au couvent et secondait sa mère dans la tenue de la maison en attendant le prince charmant. Il lui passait par l'esprit que la maison du docteur serait accueillante. Contrairement à Gaby, elle aimait bien Clara et lui parlait quand l'occasion se présentait et il lui semblait que l'adolescente appréciait cela.

Menue, pas des plus jolies, mais fort charmante, Julienne Jobin était enfouie dans l'ombre, dans le tout dernier banc d'un groupe de quelques-uns seulement à l'arrière de l'église, à côté du grand tambour, plus hauts que les autres.

125

Elle s'y était fait prendre les mains souvent dans son jeune temps par des gars de son âge. Et plus que les mains parfois. Ça s'était dit. Elle avait été populaire sans plus. Sa réputation avait contribué pas mal à la faire coiffer du bonnet de la Sainte- Catherine. Loin de désespérer, elle se savait les aptitudes les plus secrètes pour rendre un homme heureux.

–Pour terminer, je vais vous accorder en ce jour de grâce une permission toute spéciale...

Le curé aimait transgresser les consignes catholiques. Ça indiquait aux gens sa capacité d'autonomie, son leadership. Il y avait pensé encore ces derniers jours en préparant son sermon du dimanche. Et il aimait encore davantage donner à ses ouailles l'occasion de le faire grâce à sa volonté...

–Je vais vous demander de vous lever tous...

Il attendit qu'on le fasse en même temps qu'il appuyait son dire de son geste d'autorité et poursuivit :

–Et d'applaudir non seulement notre bon docteur Goulet mais aussi Dieu lui-même qui nous l'a ramené sain et sauf. Applaudissons, mes bien chers frères et soeurs...

C'était la première fois, de mémoire du nonagénaire Théophile Dubé, qu'une telle chose se produisait dans l'église. Le vieil homme n'en revenait pas et pourtant, lui comme tous, entra dans le mouvement. Et tous ceux qui pouvaient voir les occupants du jubé de l'orgue de leur place se tournèrent, entraînant à leur suite tous les autres qui levèrent la tête bien en vain.

Samuel s'avança le plus près qu'il put de la rambarde et se pencha en avant pour saluer. Clara fut sur le point de lancer un cri d'alerte, craignant qu'il ne tombe. Le perdre ainsi serait bien la pire folie qui puisse se produire sur cette terre et ne saurait être que l'oeuvre de bien mauvais esprits.

L'homme salua aussi les collègues du choeur de chant. Il regarda avec intensité Gaby Champagne puis Clara et enfin la petite soeur Paul-Arthur...

***

Chapitre 10

Armandine cassa trois oeufs, sépara les blancs des jaunes et recueillit chaque partie dans un bol séparé. Elle lança un appel à Clara qui était à feuilleter un album de chansons au salon, assise au piano, cherchant quelque chose de circonstance à chanter, peut-être en duo, avant leur départ à tous trois pour Québec dans une heure ou deux, histoire de mieux renouer encore avec leur passé heureux.

–Fille, viendrais-tu ici une minute ?

–Oui m'man !

Clara vint à la cuisine. Sa mère lui tendit le petit récipient de porcelaine contenant les blancs d'oeuf ajoutés de lait en disant :

–Va porter ça à 'pa, en haut, dans la salle de bains. Bien sûr, tu frappes avant d'entrer... Je sais que tu le ferais... Dis-lui de se mettre ça sur le visage après l'alcool. L'alcool, ça assèche trop la peau.

–O.K !

En souriant à ce O.K ! si typique des jeunes, la femme la regarda gravir lestement les marches de l'escalier. Puis elle tourna les talons et retourna dans sa cuisine avant de se rendre au bureau afin d'y commencer un ménage et y ramener le plus possible l'ordre particulier qu'aimait y voir son fils

127

avant la guerre.

Clara frappa à trois reprises à l'aide de son majeur re-
courbé. Nulle réponse. Elle entendit de l'eau couler et frappa
une autre fois, plus fort et en y ajoutant un simple mot important :

–'Pa...

–Oui, Clara... une seconde...

À l'intérieur, l'homme revêtit une robe de chambre, un
des rares vêtements lui appartenant et que sa mère n'avait
pas distribué avec les autres en 41 après son 'enterrement'.
Elle était en taffetas bleu foncé.

Quand il ouvrit, la jeune fille ne put réprimer un sourire
un peu moqueur à voir ainsi la moitié de son visage recouvert de mousse blanche et l'autre dont la barbe avait été tout
écharognée avec des ciseaux.

–Faut avoir l'air fou pour finir par avoir l'air fin, dit-il en
souriant aussi.

–C'est m'man qui m'envoie. Faut vous mettre ça dans le
visage après l'alcool...

–Ah, du blanc d'oeuf, bien sûr, fit-il en prenant le bol
qu'elle tendait dans l'entrebâillement de la porte.

Elle sourit de nouveau et son oeil pétilla. Mais l'homme
baissa les yeux comme pour l'examiner de pied en cap. Il
posait souvent ce geste depuis son arrivée et voilà qui troublait la jeune fille, particulièrement en ce moment et à cet
endroit. Elle crut qu'étonné par les changements survenus en
elle, il évaluait ainsi les signes de sa féminité. Elle n'avait
pas remarqué qu'il faisait pareil avec tout le monde à se présenter devant lui. Un réflexe conditionné ancré dans son inconscient du temps de son internement. Devant un soldat ou
officier S.S. il fallait ainsi baisser les yeux et les garder à
terre ou bien risquer de recevoir un coup de crosse de revol-
ver ou de fusil, ou d'être mis dans un trou noir pendant plusieurs jours, ce qui, toutefois, ne lui était jamais arrivé en
raison des privilèges que lui valait sa fonction de médecin
subalterne.

–Merci, Clara. Dans un quart d'heure, je descends.

Il fut sur le point de refermer la porte, mais retint son geste et demanda :

–Voudriez-vous qu'on chante quelque chose avant de partir pour Québec ? Peut-être que ça vous aiderait un tout petit peu à oublier...

–On verra tout à l'heure, ma fille. Peut-être... je ne te dis pas non... pourvu que ça ne soit pas Lily Marlène.

–C'est comme vous voudrez.

Et elle tourna les talons. Puis descendit l'escalier. Quand elle fut au milieu, il apparut au-dessus et lança :

–Oublie ce que j'ai dit, fille... pour Lily Marlène... Au contraire, on chantera ça si tu veux. Même que ça serait plein d'allure.

–Mais je n'ai pas les paroles, 'pa.

–Je les sais par coeur. Je les écrirai pour toi. Et on fera solo-duo.

–O.K !

La jeune fille retourna au salon en se demandant pourquoi ce volte-face était survenu. Pourvu que ça ne soit pas Lily Marlène puis, l'instant d'après, pourvu que ça soit Lily Marlène. Elle s'assit sur le grand divan et Armandine vint lui porter une tasse de thé chaud en disant :

–Aurais-tu le goût d'inviter Huguette à venir avec nous autres te reconduire à Québec ?

La jeune fille mit sa tête en biais :

–Oui... dans un sens... mais j'aime mieux être toute seule avec vous... avec ma famille.

–Je te comprends, dit la vieille dame en lui jetant un regard plein de tendresse. Et moi, je retourne faire du ménage dans le bureau.

–Je vais vous aider.

–Non, non, je sais où va chaque chose, pas toi. Et puis c'est ton congé avant ton année scolaire.

–J'ai eu mes vacances.

Armandine mit son doigt en travers sur sa bouche et sa tête en biais dans une douce autorité :

–Obéis à ta vieille maman, veux-tu ?... Et parlant de maman, tu sais ce qu'on devrait faire tous les trois avant de partir, on devrait aller au cimetière prier pour ta mère et aussi... pour Samuel... sur sa tombe... Ça va être drôle de voir comment il réagit devant son épitaphe, tu penses pas ?

Clara sourit :

–O.K !

Armandine disparut par la porte du bureau qu'elle referma derrière elle. Clara se mit à fredonner tout doucement Lily Marlène à la manière que Samuel l'avait fait ce jour de Noël 1940 à la demande pressante de cette franco-allemande de la Gestapo.

Tam ta lam ta lam tam
Tam ta lam ta lam
Tam ta lam ta lam tam
Ta lam ta lam ta lam

...

Tous deux, Lily Marlène...

Parfois la jeune fille interrompait son chantonnement pour se mettre à l'écoute de craquements dans l'escalier à survenir quand Samuel reviendrait d'en haut. Les minutes et le thé s'écoulèrent puis, tandis qu'elle fredonnait toujours, elle sentit tout à coup une présence mais ne pouvait voir si quelqu'un se trouvait vraiment là, de l'autre côté du mur, à l'écouter peut-être ou bien à attendre qu'elle s'arrête pour entrer.

Elle fut sur le point de dire 'pa, c'est vous ? Mais se ravisa. Et poursuivit son chant doux et tendre à la petite voix de fillette.

Soudain, avec une douceur semblable, une voix masculine entra dans la sienne pour s'y fusionner avec des mots :

Devant la caserne
Quand le jour s'enfuit,
La vieille lanterne
Soudain s'allume et luit.
C'est dans ce coin-là que le soir,
On s'attendait remplis d'espoir
Tous deux, Lily Marlène. (bis)

Au deuxième "tous deux Lily Marlène", Clara y mit des mots, les seuls qu'elle savait de la chanson. Puis Samuel fit son apparition dans le salon, visage découvert, frais rasé, triste.

–Tu dois te demander pourquoi je ne voulais pas la chanter et ensuite le contraire ? Je te dirai que dans un premier temps, j'ai réagi en refoulant loin en moi de bien mauvais souvenirs et qu'ensuite, je me suis dit que la meilleure façon de les exorciser pour ainsi dire, c'est de les prendre de face et de les pétrir à ma main... même pas pour les écrabouiller, mais pour les façonner de manière utile... Construire du neuf sur des débris...

Pour la jeune fille, c'était comme si elle retrouvait son père adoptif pour une seconde fois. Sans sa barbe et malgré ses cheveux encore longs, il était comme redevenu lui-même. L'homme de naguère, pas celui de la guerre. Elle aurait donc voulu le serrer fort dans ses bras, mais voilà qui ne se faisait pas, sinon dans une circonstance aussi exceptionnelle qu'une première rencontre telle celle sur la galerie de l'hôtel, le soir de son retour.

Elle se leva vivement et prit un calepin et un crayon sur une tablette en encoignure et les lui tendit :

–Écrivez-moi les mots, 'pa.

–Les mots ? fit-il distraitement, lui qui venait d'être assailli par l'idée que, quoi qu'il fasse, cette jeune fille ne serait jamais sa fille comme Emmanuel pouvait être son fils.

Et c'est précisément sa rencontre avec ce fils inconnu qui lui avait infiltré ce déplorable doute en tête. Surtout, surtout, il n'en dirait jamais mot à Clara pour ne pas risquer de la blesser profondément. Et il lui revint en tête l'image de ce matin d'enterrement de sa mère alors qu'elle n'avait nulle part où aller tandis que les sept autres enfants Boutin avaient déjà trouvé une famille d'accueil. Comme elle faisait pitié ainsi endeuillée et abandonnée ! Il lui vint de l'eau aux yeux.

–Ça va vous aider à oublier, dit-elle en reprenant les propres mots de Samuel un moment plus tôt, croyant qu'il songeait toujours aux événements déplorables survenus en Allemagne.

–En réalité, j'ai pas besoin de les écrire, je les ai. C'est quelqu'un qui me les a donnés il y a plusieurs années.

Il fouilla dans la poche intérieure de son veston et en sortit une feuille jaunie qu'il tendit à Clara. Et ensemble, ils chantèrent a cappella la suite de Lily Marlène, debout, au milieu du salon, elle regardant Armandine qui venait d'apparaître dans la porte et Samuel regardant dans un ailleurs connu de lui seul. Il lui en passa par les yeux tout le long du chant.

Et dans la nuit sombre
Nos corps enlacés
Ne faisaient qu'une ombre
Lorsque je t'embrassais
Nous échangions ingénument
Joue contre joue bien des serments
Tous deux, Lily Marlène. (bis)

Le temps passe vite
Lorsqu'on est deux,
Hélas ! on se quitte :
Voici le couvre-feu.
Te souviens-tu de nos regrets
Lorsqu'il fallait nous séparer
Dis-moi, Lily Marlène. (bis)

La vieille lanterne
S'allume toujours
Devant la caserne
Lorsque finit le jour.
Mais tout me paraît étranger
Aurais-je donc beaucoup changé ?
Dis-moi, Lily Marlène. (bis)

Cette tendre histoire
De nos chers vingt ans
Chante en ma mémoire
Malgré les jours, les ans,
Il me semble entendre ton pas
Et je te serre entre mes bras
Lily... Lily Marlène. (bis)

–Bravo ! Bravo ! fit Armandine en applaudissant et approuvant de signes de tête.

La femme se demandait bien qui son fils pouvait ainsi, derrière les mots de la chanson, serrer entre ses bras. Que s'était-il passé là-bas pour que le premier chant qu'il veuille bien livrer depuis son arrivée soit Lily Marlène ? Elle songea à un amour impossible ou bien qui s'était mal terminé; et jamais n'aurait pu croire que l'événement associé à Lily Marlène était le viol de Samuel par cette Alsacienne de la Gestapo. Clara nourrissait les mêmes idées que sa mère adoptive dans ses propres concepts.

Une heure plus tard, ils étaient tous les trois à rire devant la pierre tombale de Samuel. Il écartait les bras, ne cessait de hocher la tête et essayait de parler sans y parvenir jusqu'au moment où il parvint à dire :

–C'est le moment le plus bizarre de toute ma vie.

–Y a de quoi !

On vit alors venir Bernadette Grégoire qui s'approchait de son pas le plus rapide et asymétrique en s'escrimant :

–Monsieur Samuel, madame Armandine, mademoiselle Clara, c'est que vous diriez de venir souper à la maison chez nous à soir ?

Elle dut répéter son invitation une fois sur place.

–T'as vu : on est venu en machine, dit Armandine. On part reconduire Clara à Québec.

–Mon doux Jésus que ça me fait de la peine !

–Ça sera pour une autre fois, dit Samuel.

Bernadette jeta un regard sur l'épitaphe qu'on lisait :

–Quand je vois ça : enterrer un homme qui va tous nous enterrer ! C'est monsieur le curé qui a eu pareille idée. Lui, des fois, j'te dis...

–Non, c'est moi, fit Armandine en souriant.

–Mon Dieu moi, suis en train de gaffer là avec ma grande gueule...

–Mais non !... Y a pas de mal du tout dans ce que tu viens de dire.

Puis elle aperçut un groupe de personnes au loin :

–Ah ben, les religieuses qui viennent au cimetière : je vas aller leur parler un peu... pour une fois qu'elles sortent de leur prison d'amiante... c'est comme ça que j'appelle le couvent des fois. Dans le fond, toutes les maisons sont des prisons si on s'emprisonne tout le temps dedans... Y en a qui sortent jamais de chez eux à part que pour aller à messe : des vrais cloportes !

–Ça, Bernadette, j'en doute un peu. S'emprisonner volontairement, ce n'est pas être en prison.

La femme réfléchit tout haut :

–Plein de bon sens, c'est que tu dis. Bon, ben à plus tard là... Pis bon voyage !... Pis bonnes études, Clara, là !...

Elle partit à l'épouvante sans la moindre remarque concernant le visage rasé de Samuel. Pas vu. Partie...

*

Une heure encore et on était sur le chemin de Québec le long de la rivière Chaudière. À Beauceville, à la demande de la jeune fille, on fit un crochet pour aller passer devant l'école Normale, histoire pour elle d'en avoir une première image en tête. Il fut alors question de Fernande Maheux qui y achevait ses études cette année-là.

–Celle-là, tu vas avoir de la misère à la reconnaître, Samuel.

–Suffira de trouver une jeune femme qui a le nez fourré partout...

–C'est ça que tu te souviens d'elle.

–Je gage qu'elle a pas su que 'pa est en vie. On devrait arrêter la voir. Elle tomberait sans connaissance.

–Tiens, mais c'est une idée, ça ! C'est dimanche : jour de visite.

–Ses parents viennent jamais la voir, ça, je le sais. Grosse famille, peu d'argent...

–Ça va la surprendre encore plus de nous voir, nous autres.

Sitôt ourdi, le joyeux complot fit mis à exécution : auto garée sous le soleil frais du jour, entrée par la grande porte, attente au parloir tandis que la soeur responsable allait prévenir Fernande dans l'aire de marche à l'arrière de la longue bâtisse de briques rouges.

À la question 'qui dois-je annoncer ?' posée par la soeur, Armandine avait répondu : sa voisine. Et Fernande s'attendait à voir Marie-Anna ou bien madame Itha. Mais ça n'avait pas grand bon sens. Elles n'avaient aucune raison de venir la visiter. Alors elle s'alarma en parcourant le couloir à la suite de la religieuse. Quelque chose de grave devait s'être produit à la maison et on venait la chercher. Elle songea à ses parents puis à ses soeurs, à ses frères... Jeanne d'Arc peut-être, étouffée par son asthme. Ou un petit gars impliqué dans un accident...

–Sont là-bas, au fond, dit la soeur.

Il y avait pas mal de monde dans le parloir. Fernande

reconnut d'abord Clara puis Armandine. Samuel se tenait à l'écart, le dos tourné.

–Contente de vous voir, mais en même temps, vous m'inquiétez un peu. Il est rien arrivé à la maison, toujours ?

–Absolument pas ! fit Armandine. On passait devant ton école. Clara a suggéré qu'on vienne te voir. Nous voilà pour dix minutes en chemin vers Québec.

Ce qui attirait l'attention chez Fernande, c'était son regard. Brun comme le soir qui tombe. Reposé. Reposant. Bienveillant. Drôle. Maternel. Et surtout curieux, curieux, curieux...

Elle regarda cet homme tout près qui restait debout planté comme un arbre, sans bouger, bras croisés, la main gauche qui lui cachait le visage en bonne partie.

–Mais, dit la vieille dame, y a pas rien que Clara et moi qui voulions te voir, il y a aussi cet homme que tu connais sûrement...

Samuel se tourna et baissa la main. Fernande crut défaillir. Elle s'écria :

–Le professeur Goulet... heu heu... je veux dire le docteur Goulet. Non, impossible !

En son esprit, elle vit un de ses professeurs ayant pour nom Achille Goulet tout déchiqueté à travers les débris d'un avion. Il se faisait un bizarre de transfert en ses pensées, une sorte d'alchimie qui mélangeait les réalités, les fruits de son imagination, les prémonitions. Elle tâcha de rajuster tout ça et d'agencer les pièces du puzzle. C'est le docteur Goulet qui était mort à Londres. Et mort sous les bombes, pas écrabouillé par un avion... Mais peut-être par la chute de maisons... d'où les débris...

–Serrez-vous la pince, dit Armandine.

Samuel tendit la sienne et Fernande approcha sa main toute molle et moite.

–Je vais perdre connaissance... mais c'est le docteur Samuel...

–Et comme ils disent : ressuscité d'entre les morts.

Clara jubilait. Mais elle ne le laissait pas paraître et riait plutôt sous cape. Armandine prit la parole :

–On se doutait que t'étais pas au courant. Personne ne t'a téléphoné pour t'apprendre la nouvelle ?

Samuel la trouvait bien jolie, cette jeune personne. Il se souvenait d'elle comme d'hier, mais pas de cette personnalité bien campée, de ce visage si auréolé de mansuétude, signe d'un coeur capable de distribuer l'indulgence à la même cadence que la sainte Église elle-même.

–Quand je pars de la maison, on m'oublie vite.

–Peut-être moins que tu penses, dit Armandine. C'est que tes parents cachent ce qu'ils ressentent au fond...

–Mon père, c'est sûr... tout le temps bourru...

–Les hommes, ils cachent tout dans les petites cellules de leur prison intérieure.

Fernande se mit à rire et toucha Samuel au bras puis à l'épaule comme d'autres avant elle s'étaient permis de le faire depuis son retour, afin de s'assurer qu'il n'était pas un fantôme.

–C'était pas vrai, ma mort sous les bombes à Londres. Une invention de l'intelligence britannique. On m'a prêté aux Forces Françaises Libres vu que je parle français et que je pouvais passer pour un provincial. Et vu que je suis docteur...

Il lui raconta son histoire en quelques minutes, sachant qu'elle ne se serait pas contentée de rien comme explication et un quart d'heure plus tard, les Goulet repartaient, laissant derrière eux une jeune femme contente et songeant que ça se produisait, des hommes de quarante ans qui s'intéressent à des femmes de la moitié de leur âge...

*

À Mérici, deux heures plus tard, au moment de leur séparation, Samuel prit Clara dans ses bras et la serra sur son coeur. Elle en resta pantelante.

–Mon Dieu ! s'exclama Armandine à l'endroit de son fils, t'as fait des progrès. C'est-il à cause de ce que j'ai dit à

Fernande à Beauceville ?

    –Ça doit être ça, maman.

*

Après leur départ, Clara se rendit aux toilettes et pleura en se demandant quel était cet étrange sentiment qui rôdait en elle... Sûrement la solitude ressentie par une nouvelle pensionnaire au premier soir...

***

Chapitre 11

Les Goulet avaient planifié un séjour d'au moins vingt-quatre heures à Québec. Il fallait renouveler ou plutôt reconstituer la garde-robe de Samuel. Du moins en partie. En tout cas pour les vêtements introuvables à Saint-Georges comme les sarraus et les chemises de couleur, particulièrement le vert qu'il disait agir sur le moral des patients et le rehausser grâce à une association inconsciente avec les tons de la renaissance présentés par la grande et puissante nature dans les herbes, fourrages et feuillages.

On prit donc une chambre dans un hôtel de la vieille capitale, le Château Frontenac. Et on s'y attabla devant un repas à deux. L'on se fit rapidement des commentaires sur l'endroit que prisait Armandine, tout en levant les verres au succès des études de Clara.

—Ça repose de notre campagne profonde, trouves-tu ?

—Tout ce qui est différent nous repose de la routine.

—C'est sûr, mais ce que je veux dire...

Ils ne purent s'en dire davantage. Quelqu'un avec une caméra s'approcha de la table :

—Je peux vous prendre en photo ?

Samuel et sa mère s'échangèrent un regard voulant dire 'pourquoi pas ?' Et ils sourirent tous deux à l'éclat de lumière qui leur sauta aux yeux.

–Encore une ?

L'homme en prit quatre en tout. Et voilà qui mit la puce à l'oreille de Samuel. Plus encore quand il aperçut un crayon inséré entre l'oreille du photographe et sa tête aux cheveux épais et noirs.

–Mon nom est Paul-Albert Drouin, je suis journaliste au Soleil. Je me permets de solliciter une entrevue avec vous.

–Mais en quel honneur ? s'exclama Armandine.

–Monsieur, vous êtes le docteur Goulet ? Le docteur Samuel Goulet ? De retour de la guerre il y a trois ou quatre jours ? Prisonnier à Dachau en Allemagne durant quatre années ? Ancien membre des Forces Françaises Libres ? Arrêté à Paris par un agent de la Gestapo ? Plus précisément une femme alsacienne franco-allemande ? Vous avez vu le général De Gaulle ? Le colonel Passy ? Vous avez vu Himmler en personne ? Je voudrais faire un article à votre sujet dans notre journal. Je peux m'asseoir ?

L'homme tira une chaise. Samuel lui toucha le bras et dit la voix douce mais agrandie tout comme le regard :

–Pas nécessairement !

S'il avait été assis, l'homme serait tombé en bas de sa chaise. Quoi, lui refuserait-on une entrevue ? Ça ne se fait pas. Qui au monde ne veut pas voir sa photo dans le journal sous la célébration écrite de ses exploits ? Ou bien ce docteur Goulet avait des choses à se reprocher, tiens, tiens...

–D'abord, est-ce qu'on peut savoir à qui on a affaire ?

–Je vous l'ai dit... voulez-vous voir ma carte de presse ?

–Pas nécessairement !

Armandine que l'idée d'une entrevue séduisait autrement plus que son fils intervint :

–Comment diable avez-vous su que nous nous trouvions ici ce soir ?

–Quand j'ai su par une connaissance de votre paroisse au sujet de votre histoire extraordinaire, j'ai eu la piqûre. J'ai appelé chez vous sans succès. J'ai appelé au presbytère. On m'a dit que vous étiez en voyage ici à Québec, pour reconduire votre fille à Mérici. J'ai téléphoné à Mérici. J'ai eu votre fille Clara et j'ai su par elle que vous étiez ici, au Château. L'inexplicable expliqué finit par être très simple.

–Si notre fille est pas avec nous, à partager ce repas, dit Samuel, c'est qu'il aurait fallu demander une faveur de plus à la directrice du collège.

Le journaliste se demanda pourquoi il glissait cette phrase inopinée qui lui paraissait inutile dans les circonstances. Même Armandine trouva son fils hors contexte.

Samuel ouvrit les mains pour dire :

–Mais monsieur, vous disposez déjà de tous les éléments pour faire votre article. Vous les avez récités par coeur comme le petit catéchisme. En plus, vous venez de prendre des photos sans vous annoncer comme journaliste, ce qui est fantasque et trompeur.

L'autre rit jaune :

–J'ai fait ça tout bonnement. Même les plus humbles personnes de coutume ne refusent pas un bel article dans un grand journal.

–Et si moi, j'ai envie de le refuser.

–Si vous le faites pas pour vous-même, faites-le pour le public lecteur. Ils ont droit à leur héros du jour... je veux dire droit à l'information...

–Sacrifice ! comme dirait un de mes concitoyens... Dites donc, vous, il me semble vous avoir vu déjà...

L'homme au visage rond pencha un peu la tête :

–Ben... peut-être... j'étais à l'enquête dans l'affaire Bougie par chez vous en 38 ou 39, sais pas trop...

–Je me souviens, là... Tu disais à tout le monde à l'extérieur de la maison : la femme Bussière est cuite. Tu la condamnais sans savoir. Ça faisait ton affaire, une femme, une quêteuse, une meurtrière... Quelle vedette à vendre aux affamés de lecteurs !

–J'avoue que j'ai sauté un peu vite aux conclusions. Manque d'expérience... Mais je me fiais que la justice était là pour rétablir les faits, la vérité.

–Oui, mais si la justice avait penché de ton bord ?! Un autre coroner à ma place... Influencé. Par la police et par les journalistes... Un coroner qui amène le jury à faire accuser cette pauvre femme. Ensuite les articles tendancieux dans ton journal. Et la grande justice à un éventuel procès qui se laisse porter par l'opinion publique forgée par toi et d'autres journalistes qui t'auraient emboîté le pas. T'aurais pu causer la perte de cette femme, le sais-tu ?

–Ce qui compte, c'est que ça s'est pas passé de même. Et ça prouve que le coroner, c'est-à-dire vous, était quelqu'un de juste et perspicace.

–Et là, on flagorne... Mais je te dirai ceci, monsieur le journaliste: sans la presse, jamais Hitler aurait pris le pouvoir en 33. Et sans Hitler, il y aurait quarante millions d'âmes de plus en ce monde. Et moi, je serais aujourd'hui avec cette femme que tu méprisais, que tu voulais vendre à ton public avide de sensations...

–Faudrait tout de même pas me rendre responsable de tous les péchés d'Israël, là, vous. Ni la presse non plus...

–Vous souvenez-vous, maman, le soir de l'enquête quand on a mangé à la maison... Paulo nous avait conté la chicane entre Dominique Blais et le journaliste d'ailleurs ?

–Ben... vaguement.

–Moi, je m'en souviens. Il a dit qu'ils se chantaient des bêtises, que Dominique l'a pris par le gargoton, qu'il le traitait de... trou du cul... qu'il l'a menacé de monter à Québec avec deux gars du moulin...

–Un nerveux, cet homme-là ! fit Drouin en posant sa caméra sur la chaise qu'il n'osait prendre.

–Et le gars, en l'occurrence ce cher monsieur ici présent, lui avait dit pour se défendre : liberté de presse, liberté de presse, liberté de presse...

–Il m'a agressé physiquement et j'aurais pu le poursuivre en justice, cet homme-là.

–Ben oui, Dominique, il lui a donné une 'binne' et nous

autres, on savait pas c'était quoi, une 'binne'... Et c'est ce même personnage qui voudrait que je lui accorde une entrevue pour lui faire plaisir et faire plaisir à ses lecteurs...

Devant l'air débiné du journaliste, Armandine qui comprenait que son fils exagérait sans même s'en rendre compte et venait de trouver un souffre-douleur, dit :

–Samuel, c'est du vieux passé, tout ça... Tu devrais la faire l'entrevue... j'imagine la fierté de Clara à son école... voir son père sur le journal... elle va montrer ça aux autres... vont voir que pour une petite fille du fond de la Beauce, sa vie est pas banale du tout.

La femme venait de mettre dans le mille. Sens du partage très élevé, visé au coeur, Samuel se sentait encore plus fier de sa fille qu'avant son départ. Armandine en remit encore un peu en chantonnant :

–Et y a personne au collège qui après ça voudra la regarder de haut.

Drouin se reprit à espérer. Il voyait dans les regards hésitants de Samuel que la femme avait atteint le bon endroit. Il fut sur le point d'en ajouter aussi, de dire un mot de la mentalité snob des élèves de Mérici, mais il se contint. Que les mots de cette femme fassent leur travail : y ajouter quoi que ce soit pourrait agir contre lui-même.

–Et puis pas rien qu'elle : imagine la fierté de monsieur le curé, des Grégoire, de tout le monde de la paroisse.

Samuel pointa son index sur le journaliste :

–Assis-toi, mais t'es mieux de pas dire n'importe quoi dans ton article.

L'homme libéra la chaise de sa caméra qu'il posa sur le plancher et prit place en se préparant à écrire dans son calepin tout en rassurant son 'héros du jour' :

–Vous serez à la une et je vais suggérer comme titre à mon chef de pupitre : héros de guerre.

–Suis pas un héros de guerre, justement. J'ai été une épave dans la tourmente, un fétu de paille dans la tornade. À partir de mon enrôlement, j'ai jamais pu prendre la moindre décision par moi-même. Ce furent les militaires d'ici qui prirent possession de ma personne, puis les Anglais, ensuite les Français et enfin les Allemands. La seule véritable décision que j'ai prise fut de servir pendant trois mois dans un hôpital américain après la guerre et là encore, les circonstances m'en ont fait faire un de plus.

–En ce cas : victime de guerre.

–Votre chef de pupitre décidera, soupira Samuel. Quelle est votre première question ?

–Vous avez vu les chambres à gaz, les crématoires, les cadavres empilés...

Samuel se mit à hocher la tête. Il se prit le front entre les doigts de la main gauche, regarda sa mère qui pencha la tête et fit un sourire en coulisse.

–J'étais à Dachau, pas à Auschwitz.

–Commençons par le commencement... vous arrivez en Angleterre en juillet 1940, quelques jours avant le début des bombardements par la Luftwaffe... Dites-moi...

Seul son désir de rendre plus heureuses les personnes mentionnées par Armandine, Clara en premier lieu, maintint Samuel dans une certaine rectitude officielle. Et puis il n'avait aucun mal à soupçonner sa mère de vouloir elle, en tête de liste, s'enorgueillir de l'article en devenir.

Il consentit à serrer la main du journaliste. Drouin avait complètement oublié déjà la mauvaise réception préalable et il allait repartir hautement satisfait. Que de sensations à livrer en pâture au public lecteur !

–Je peux vous poser une question à mon tour ?

–Sûrement !

–La connaissance qui vous a parlé de moi, je peux savoir qui c'est ?

Drouin grimaça tristement :

–Hélas ! je ne peux dévoiler mes sources.

–Échange de bons procédés entre journalistes peut-être ? fit Samuel en songeant à sa voisine d'en face madame Lambert.

–Qui lo sa ! Qui sait !

Et l'homme content disparut sous le regard d'autres gens attablés dans la grande salle à manger sous les plafonniers qui distribuaient à tous plein d'étoiles lumineuses.

–Ce qu'il faut pas endurer !

Sa mère fit la moue :

–Tout de même, il fait son travail. T'as vu pire, non ?

–C'est sûr.

Ils finirent leur potage et vint le plat principal : un mignon de boeuf.

–Je te dis que notre Clara avait la larme à l'oeil après-midi quand elle nous a vus partir.

–On aurait donc dû demander une autre permission spéciale à la supérieure.

–Je le regrette, moi aussi, Samuel.

–Gardons ça en réserve pour quand on va revenir à Québec.

–C'est loin, le fin fond de la Beauce d'ici, surtout en hiver, hein !

–Mais pourquoi elle est pas allée directement à l'école Normale de Beauceville, maman ? Pourquoi cette année intermédiaire ici ? Je ne comprends pas. Je ne me suis pas vraiment arrêté à la question, mais...

–Tu penses pas que c'est une bonne chose qu'elle passe par Mérici ? Un collège prestigieux. Son chant, son piano, sa guitare... elle va faire du théâtre. Ça va lui donner une touche de raffinement qu'elle n'aurait pas en allant seulement à Beauceville.

Samuel tranchait dans sa viande :

–Maman, maman, maman, c'est une année perdue... pour le prestige... Le chant, le piano, la guitare, le théâtre, elle aurait pu faire tout ça aussi à Beauceville.

–Mais à Beauceville, c'est d'abord et avant tout pour devenir maîtresse d'école... que j'aime donc pas l'expression... disons donc enseignante...

–Une année perdue, maman : c'est pas rien !

–Tu vas reprendre ta pratique médicale : on va pouvoir la payer facilement, son année.

–C'est pas du tout à l'argent que je pense.

–Bon... à quoi d'abord ?

–Au temps qui passe... aux années qui s'envolent... je viens d'en perdre cinq, moi...

–Tout de même, Mérici et Dachau... Samuel, je t'en prie.

–Maman, c'est uniquement le prestige de Mérici qui vous a attirée. Qu'est-ce qu'elle en disait, elle ?

–Je l'ai habituée à prendre des décisions.

–Mais sous influence...

Au fond d'elle-même, Armandine savait que son fils disait la vérité. Oui, elle avait été séduite par le prestige de Mérici. Oui, elle avait fortement influencé Clara dans sa décision d'y faire une sorte de stage avant d'entreprendre son école Normale où elle aurait pu entrer directement après sa onzième année. Et maintenant que Samuel était de retour, qu'une aura de prestige justement l'entourait et rejaillissait sur elle, ce besoin à satisfaire à travers sa fille adoptive perdait singulièrement de son acuité. Mais que faire ? Pour se disculper, elle lança comme ça, sachant que la chose n'était pas possible :

–Retirons-la de Mérici et inscrivons-là à Beauceville, si ça fait ton bonheur et le sien.

–Faudrait que ça fasse le vôtre aussi.

La femme ouvrit les mains :

–Samuel, Samuel, si ça fait votre bonheur à tous les deux, tu penses bien que ça fera le mien tout autant !

Il déposa son couteau :

–Je vous prends au mot. Finissons de manger et retournons au collège en parler avec la principale intéressée. Et demain, en route pour la maison, on s'arrête à Beauceville.

–La supérieure de Mérici voudra jamais la laisser partir : c'est une trop bonne étudiante.

–Dites donc, c'est sa fille ou c'est la nôtre ?

–Il est trop tard pour l'inscrire à Beauceville.

Samuel agrandit les yeux et fit plusieurs petits signes de tête affirmatifs :

–Vous venez de dire que c'est une bonne étudiante. Bonnes notes. Talentueuse en arts. Vertueuse. Dévotieuse...

–Pas si dévotieuse que ça... en tout cas, c'est pas une nécessité non plus que d'être dévotieuse.

–Vous pensez bien qu'ils vont la prendre.

–Surtout après avoir lu l'article à son sujet dans le journal... dans les journaux parce que dans L'Éclaireur de cette semaine, il va y avoir cet article par madame Lambert.

–Encore le prestige, maman !

–Si on l'a, pourquoi diable ne pas s'en servir ?

*

Même si on était en dehors des heures de visites des parents, il fut octroyé à Clara la permission de voir de nouveau sa mère et son père au parloir.

Ce qui l'étonnerait encore plus que leur retour inattendu fut le sujet qu'ils abordèrent avec elle. La jeune fille les écouta. Ils ne voulurent pas l'influencer. Samuel lui dit qu'il s'agissait d'une hypothèse et qu'on ne s'attendait d'elle ni à un accord ni à un désaccord. On mit dans la balance sans les peser les arguments en faveur et ceux contre son transfert à Beauceville. Quand ce fut terminé et qu'ils lui demandèrent si elle désirait qu'ils tentent de l'inscrire à l'école Normale, elle demanda à sa mère :

–M'man, je veux tellement pas vous faire de peine et vous faire plaisir...

Armandine sourit avec tendresse :

–Ce que tu choisiras, ma fille, sera ce qui me fera le plus plaisir.

–J'avais l'impression que vous préfériez me voir à Mérici pour cette année.

–Samuel m'a fait comprendre tout à l'heure que je le

147

voulais pour une raison... qui ne fait pas partie des meilleures raisons qu'on peut avoir. Et il croit, et sans doute qu'il dit vrai, que tu pourrais t'épanouir tout autant à Beauceville. Et puis il y a tous les autres avantages. On va te voir bien plus souvent. T'envoyer au loin, c'était un sacrifice, mais je voulais le faire pour ton bien.

La jeune fille tourna son regard vers Samuel :

–'Pa...

Elle ne put lui en dire plus. Le regard embué, elle s'adressa de nouveau à sa mère :

–C'est bien, ici, m'man, mais si ça vous rend heureux tous les deux autant, j'aimerais mieux à Beauceville.

–Dans ce cas-là, demain en retournant, on va arrêter là-bas et essayer de t'inscrire. Tiens ça mort ici pour ne pas t'attirer d'ennuis... on sait jamais. Et si ça marche pas là-bas, tu devras continuer ici...

Soulagée, Armandine ajouta :

–Et si ça marche là-bas, on va revenir te chercher après-demain.

–Tous mes livres sont achetés pour l'année scolaire d'ici...

Samuel se leva :

–On va arranger tout ça. Pour le moment, c'est l'inscription là-bas. D'une façon ou de l'autre, on va t'appeler demain soir pour te dire ce qu'il en est.

Quand ils furent partis, la jeune fille, comme après leur premier départ, retourna à la salle de toilettes pour y pleurer encore. Cette fois, c'étaient des larmes de joie. Elle se sentirait tellement plus à la maison à l'école Normale de Beauceville qu'au collège Mérici de Québec...

***

Chapitre 12

L'admission à l'école Normale de Beauceville fut aisée. Quelques arguments forts suffirent pour qu'on trouve une place supplémentaire dans une classe et un dortoir déjà remplis au maximum. Fille de docteur. Voix exceptionnelle. Résultats scolaires enviables. Pianiste amateur. Excellente santé. Respectueuse et bonne chrétienne.

–Il ne manque plus que son diplôme de onzième année et Clara elle-même ! s'exclama la directrice, soeur Marie-du-Bon-Conseil, femme à visage sanguin et ridé, décoré de deux poireaux, l'un au-dessus de l'oeil gauche, l'autre sur la joue droite près des lèvres.

–On vous les amène tous les deux demain sans faute, dit Samuel.

–Ça nous fera deux voyages à Québec coup sur coup, mais ça en vaut la peine, ajouta Armandine, maintenant entièrement gagnée à l'idée d'un transfert d'école pour sa fille adoptive.

Et vingt-quatre heures plus tard, dans le même bureau, les trois mêmes personnes plus, cette fois, Clara, procédaient à l'inscription officielle. Tandis qu'elle remplissait un formulaire, la soeur demanda sans lever les yeux :

–Et qu'est-ce qu'ils ont dit de ce retrait inattendu là-bas à Mérici ?

–Faut bien dire que la directrice grimaçait un peu...

–Et avec raison : une élève de cette qualité ! Notes élevées, une voix d'or, talents de musicienne, bien élevée et propre... De quoi être jalousée par ses consoeurs !

–C'est pas une petite fille qui s'en fait accroire, assura aussitôt Armandine.

La religieuse leva les yeux sur Clara :

–La petite fille est plutôt grande, madame Goulet.

–Un peu au-dessus de la moyenne, mais raisonnablement, fit Samuel.

Clara se montrait discrète, écoutant les propos sans broncher. Il y avait du bonheur en elle. Son passage à Mérici qui l'avait rendue si triste avait eu pour avantage de rendre son entrée à Beauceville des plus plaisantes jusque là, par soulagement et par espérance. Même les inconnues croisées dans les couloirs lui étaient apparues comme des têtes familières. Consanguinité beauceronne.

–En passant, il faudra des petits ajustements à ses costumes pour leur donner la couleur d'ici plutôt que celle de Mérici...

–J'y verrai, acquiesça Armandine.

–On peut le faire faire aussi par notre soeur ménagère. Ça ne vous coûtera presque rien.

–Très bien.

La soeur s'arrêta soudain. Elle recula sur sa chaise et fouilla à l'intérieur de son vêtement noir derrière un plastron blanc. Il en jaillit au bout de ses doigts faits depuis longtemps à ce geste mécanique, une montre de poche qu'elle consulta :

–Je vais aller chercher deux étudiantes du groupe des finissantes pour piloter notre nouvelle. Je reviens dans quelques minutes.

Elle se leva et avant de partir demanda :

–Vos valises, où sont-elles, Clara ? Dans l'entrée ?

–Oui, mère ! Dans le corridor à l'entrée.

Le visage de la religieuse devint sérieux et affirmatif.

–Les deux finissantes vont les emporter à ta case et au dortoir. Et je veux te féliciter, Clara, pour ton langage: en quelques mots, on se rend compte que tu ne marmonnes pas comme le font souvent nos jeunes filles venues des écoles de village. Bien mordre dans ses mots est signe de personnalité affirmée.

–Maman a toujours tâché d'affermir sa volonté, commenta Samuel.

–Et elle y a très bien réussi à ce que je vois. Malgré cela, j'espère qu'il nous reste du travail à faire. Par exemple, nous préférons utiliser le mot couloir au lieu de corridor. Ou encore le mot vêtement plutôt que le mot linge. Et ainsi de suite...

–C'est pour parfaire son instruction et son éducation qu'on vous la confie, dit Samuel.

–Ainsi en sera-t-il !

–Comment la trouves-tu, Clara ? demanda Samuel quand la soeur eut disparu et refermé la porte sans que le loquet ne s'enclenche.

–Ben... elle est O.K !

–Attention, je voudrais une opinion avec des vrais mots... par rien qu'un O.K !... O.K ?

Ils rirent tous les trois. Clara commenta :

–Ferme. Bonne. Pas trop jolie, mais ça...

–Moi, je la trouve parfaite pour une directrice, intervint Armandine. Elle sait où elle va. Attentionnée. Bonne mesure. Elle nous met en confiance.

–Je le pense, moi aussi, dit Clara avec des signes de tête et des yeux agrandis.

–Et moi également ! ajouta Samuel.

–De toute façon, Clara, les agréments de la ville de Québec, tu n'y aurais pas eu accès au pensionnat là-bas, déclara Armandine dans un de ces coq-à-l'âne qui lui étaient coutumiers.

–C'est les filles que j'ai connues qui vont être surprises. Vont dire que la petite Beauceronne s'est découragée vite.

–Bah ! c'est pas grave ! Elles te connaissent pas.

Puis il se fit une pause.

–À quoi tu penses, Clara ? demanda Samuel à sa fille devenue songeuse.

–À quelqu'un...

–Si c'est un secret, c'est un secret.

–Non... je pensais à Catherine. Je lui ai parlé à la sortie de la messe dimanche. Elle a l'air si triste... Elle m'a demandé de lui écrire.

–Oui, dit Samuel en soupirant, ça l'aiderait, que tu lui écrives.

–Je veux écrire à mes petites soeurs aussi.

–Tes petites soeurs qui s'en viennent pas mal grandes, elles aussi.

Clara jeta un profond soupir :

–J'ai été chanceuse, moi, j'ai eu la meilleure famille quand maman est morte.

Armandine et son fils s'échangèrent un regard rempli de tendresse. Samuel se racla la gorge et puisa dans ses souvenirs pour répéter quelque chose qui avait été maintes fois dit depuis l'adoption de Clara :

–Tout le monde avait une famille et toi, tu étais abandonnée. Puis en dix, quinze minutes, tu as eu trois propositions pour ton adoption.

Des larmes montèrent aux yeux de la jeune fille et une douleur commença d'étreindre sa gorge. Mais ce fut de courte durée. La porte fut clenchée. On entendit la directrice dire des mots qui ne parvenaient pas clairement. Puis elle rentra, un journal sous son bras, et retourna prendre sa place à son bureau. Elle posa l'exemplaire du Soleil et s'adressa à

Clara qu'encadraient ses parents adoptifs, tous trois assis en arc de cercle sur des chaises rembourrées :

–Vous allez pouvoir partir dans quelques minutes. Les deux finissantes vont vous faire visiter l'école et vous aider à vous installer.

–Merci, mère !

–Bon... tout est beau. Tout est bien rempli. Vous aurez la case numéro 99 et au dortoir, le lit numéro équivalent soit le 99 aussi. La clef de votre case, vous pourrez l'obtenir au magasin... pas à la procure, mais au magasin de la grande salle. Vos compagnes vous indiqueront comment faire. Il y a à faire un léger dépôt de vingt sous remboursables à la fin de l'année sur remise de la clef. Vous comprendrez que ce dépôt incite les pensionnaires à faire attention à leur clef et surtout à nous les remettre avant de partir.

–Tout à fait compréhensible, dit Samuel.

Alors la religieuse prit le journal et le souleva pour montrer la une à ses visiteurs :

–Vous reconnaissez ce monsieur et cette dame ?

–Tiens, mais c'est l'article de notre ami Drouin.

–Je l'ai lu cet avant-midi. Et j'ai pensé que vous n'aviez sans doute pas eu l'occasion de le faire à cause de vos déplacements.

–Et alors, le journaliste... pas trop dur avec moi ? Je l'ai bousculé un peu au Château Frontenac, vous savez.

–Il parle de vous comme d'un vieil ami. Tenez, lisez vous-même...

Samuel prit l'exemplaire et commença de lire ce qui le concernait. La soeur lança un cri modéré vers la porte restée entrouverte :

–Mesdemoiselles Fernande, vous pouvez venir.

Et entrèrent deux jeunes filles de la même paroisse que Clara. La soeur les avait choisies à dessein.

–Vous vous connaissez déjà. Clara, vous pouvez maintenant vous en aller avec elles et je vous souhaite bonne chance pour votre année scolaire. Et comme le dit si bien la chanson : travaillez, chantez, priez et la victoire sera toujours vôtre.

Les deux arrivantes étaient Fernande Maheux et Fernande Gosselin, des amies de longue date. Elles saluèrent les Goulet. Armandine leur sourit avec un mélange de chaleur et de mesure qui lui était habituel, tandis que Samuel décrochait pendant un moment de sa lecture.

–Tu vois, dit Fernande Maheux, que je te disais la vérité vraie. C'est bien lui, en chair et en os, notre bon docteur Goulet.

La soeur ne prisa pas cette intervention par trop familière et d'un geste de la main droite et des mots intima aux jeunes filles l'ordre de partir avec Clara.

–Bonjour m'man, dit la jeune fille à sa mère.

–Je vais t'appeler dimanche. Bonne semaine.

–Bonjour 'pa !

–À bientôt ! fit-il un peu distraitement.

Il terminait sa lecture quand il prit conscience que Clara n'était plus là. La soeur et Armandine échangeaient sur la pluie et le beau temps.

–Et alors, satisfait de l'image qu'il donne de vous ?

–Non.

–Ah non ?

–Il me décrit comme un héros et je n'en ai jamais été un et il le sait.

–Les gens ont besoin de héros. Laissez-les faire même si vous n'êtes pas d'accord.

–Mais la vérité a de l'importance, elle aussi.

–Je peux lire à mon tour ? demanda Armandine qui tendit la main pour prendre le journal.

Samuel le lui donna et poursuivit son échange avec la directrice :

–Ce qu'il écrit est exact et je l'ai déclaré devant beaucoup de gens le soir de mon retour. C'est les grandes lignes de mon odyssée européenne si je peux m'exprimer ainsi.

Mais c'est la façon de le présenter qui est biaisée. Dès le départ, son intention était de me présenter comme un héros du peuple canadien-français et il l'a fait. Je n'ai pourtant été qu'un jouet des circonstances et des hommes depuis le jour de mon enrôlement. Et quand je dis jouet, je dis jouet.

–C'est votre fille qui serait fière de vous.

–Et dire que je ne l'ai même pas saluée à cause de ce foutu article de journal !

–Je vais le découper et le donner à Clara, dit la soeur. Elle pourra dire aux autres : ça, c'est mon papa.

Entièrement submergé par cette volonté générale de faire de lui une sorte de demi-dieu, Samuel échappa plusieurs soupirs et se tut. Il se résignait à baisser les bras.

Mais on ne le laissa pas tranquille bien longtemps dans sa caverne de silence.

–C'est vrai, ce que mère directrice dit là, Samuel. Clara va être fière. Et pourquoi on ne le serait pas, hein !?

–Pour commencer, maman, je n'aime pas beaucoup le mot fier. Fier de faire partie de cette race humaine qui vient de tuer quarante millions de ses enfants ? Et de ces souffrances inimaginables causées par la guerre en plus des mortalités ? J'en ai parlé un jour avec mon ami Haussmann : il me comprenait tout en haussant les épaules...

–Vous n'en êtes tout de même pas responsable, docteur Goulet.

–Est-ce que tous les humains ne sont pas quelque part, d'une certaine manière, solidaires les uns des autres ? Mais... cessons de philosopher ! Ça me ramène à toutes ces questions que je me suis tant posées au camp en Allemagne. Et je finis toujours par me rendre compte que je tourne en rond et que je me blesse à force de m'étourdir et de tomber en bas de ma réflexion...

La soeur eut un petit éclat de rire en trois temps, d'entendre cette métaphore. Elle jugea bon ne pas insister. Son mot était dit. Au Seigneur Dieu de faire le reste !

*

Fernande Maheux prit la direction du trio.

–On va aller chercher tes valises, ensuite, on va prendre ta clef de case, ensuite, on va à ta case, ensuite, on va au dortoir.

On allait dans le couloir en piaillant quand un homme déboucha plus loin, au sortir d'une classe.

–C'est le professeur Goulet ! souffla Fernande le regard grand comme l'école.

Sa façon de le dire en suggérait plus long qu'une simple constatation. L'homme s'approcha et les trois jeunes filles devinrent muettes comme des carpes. Clara songeait à son père qui l'avait presque ignorée quand elle avait quitté le bureau de la directrice et ça la contrariait bien un peu, mais elle comprenait pourquoi ça c'était produit. Et les deux autres retenaient leur souffle.

–Tiens, les deux Fernande ! Où est-ce que vous allez comme ça en pleine heure de classe ?

–C'est mère Supérieure qui nous a demandé pour accompagner Clara, une nouvelle élève, le temps qu'il faut pour... pour...

Le professeur vint à la rescousse de la jeune fille enfargée dans sa phrase :

–Pour qu'elle s'installe comme il faut.

–C'est ça.

L'homme, un personnage approchant la cinquantaine, complet beige et cravate à pois rouges, cheveux roux et chevelure calée sur les deux côtés, regard pénétrant mais bienveillant, troublait bien des coeurs d'étudiantes sans le vouloir. Il était pourtant marié et c'est de sentiments très platoniques dont ces jeunes filles se nourrissaient. Au fond, pour chacune, il représentait le père absent qui, pour la plupart, avait été le leur : de ces hommes fermés, froids, malodorants et bougons qui formaient la fière fibre de la nation canadienne-française.

–Eh bien, mesdemoiselles, si vous êtes en retard à mon cours, je ne vous en ferai pas grief... Et on peut savoir le nom de cette nouvelle étudiante ?

–Clara Goulet, dit Clara elle-même.

–Goulet ?

–Hum hum...

–D'où ?

–De par chez nous, glissa Fernande Maheux.

–Pas la fille du docteur ?

–En plein elle ! dit Fernande encore. Voisine de chez nous à part de ça.

–Le journal de ce matin parle du docteur et un peu de vous. Et de votre mère aussi.

Fernande Gosselin pensa bien faire à dire :

–C'est ses parents adoptifs.

L'homme ouvrit les bras en disant :

–Et après ?... Je me présente puisque ces demoiselles ne le font pas. Moi, c'est le professeur Achille Goulet. Entre Goulet, on va pas se chicaner.

Il tendit la main que la jeune fille prit dans la sienne. Elle en retint pour mémoire une de ces baluches qui lui rappela presque la patte d'ours qui après avoir tué Rose-Anna Bougie (selon ce que croyaient les gens) avait sauvé Catherine Bussière d'une grave accusation et peut-être de la potence. Mais tout ça était si loin dans sa mémoire, si loin...

Elles tout comme lui poursuivirent leur chemin.

Et Clara s'installa comme il faut.

*

Ce soir-là, à l'étude, comme elle n'avait aucun travail à faire et ainsi qu'elle se l'était promis, Clara écrivit plusieurs lettres, l'une à Catherine et quatre autres à ses soeurs, soit Rolande maintenant âgée de quatorze ans, Françoise, douze ans, Colette, onze ans et Yvonne, dix ans.

Avec les années, le contact s'était atténué avec Colette qui vivait si loin et ne venait dans la Beauce avec ses parents adoptifs qu'une fois par année. Elle commença par celle-là, afin de lui donner le meilleur de sa plume ce soir-là.

"Ma petite soeur chérie,

C'est ta grande soeur Clara qui t'écris ce soir de septembre. Tu sais, je pense à toi souvent. Je t'ai bercée si souvent quand tu étais toute petite. Moi-même, j'étais si jeune. Mais maman devait s'occuper des autres enfants et moi, je prenais soin de toi.

Je suis entrée à l'école Normale aujourd'hui. Et je deviendrai donc une maîtresse d'école. Qui sait, peut-être que j'irai enseigner dans ta région de Hull ou quelque part par là, même si c'est bien loin d'ici.

Parfois j'ai beaucoup de peine de penser que nous sommes séparés, tous les enfants. Mais il faut accepter les épreuves de la vie et s'en remettre au bon Dieu pour que le bonheur s'installe quand même en chacun de nous.

Le savais-tu, que le jour de ta fête, le 31 mai, c'est aussi celui de la naissance de la petite Aurore ? Eh oui, elle est née en 1909 et toi en 1934, la même année que les jumelles Dionne. Ça ne veut pas dire que tu es née pour souffrir. Au contraire, tu seras bientôt une grande fille et tu seras heureuse, tu verras.

Je sais que tu es maintenant en cinquième année à l'école et que tu obtiens de très bonnes notes. Je me souviens quand je te montrais à lire et à écrire. Tu apprenais vite et tu aimais tellement apprendre.

Je vais te laisser. Il faut que j'écrive aussi à Rolande, à Françoise et à Yvonne. Elles, je les vois plus souvent que toi, mais je ne t'oublie pas, je ne t'oublierai jamais.

À Noël, je vais t'envoyer un petit cadeau. Mais je ne te dis pas ce que c'est. La surprise sera plus belle.

J'ai bien hâte de te revoir.

Ta grande soeur Clara."

Tout en écrivant, la jeune fille observait ses compagnes en jetant des coups d'oeil à droite et à gauche. Il lui tardait de les connaître toutes par leur nom. Cela viendrait dans les jours à venir.

Les deux Fernande se trouvaient dans la classe des finissantes et pas une étudiante parmi les débutantes n'avait la même paroisse d'origine que Clara. L'une d'elles se tournait parfois la tête, délaissant son livre de géographie, pour la regarder. Après deux ou trois fois, elles s'échangèrent un sourire. Sûrement une future amie, songea Clara qui se remit à la tâche d'écrire, cette fois à Catherine.

"Chère Catherine, cher papa et enfants,

C'est moi, Clara. Aujourd'hui, je suis déménagée d'école. Hier, j'étais à Mérici, à Sillery et me voilà à Beauceville pour commencer mon cours en vue d'obtenir mon Brevet d'enseignement.

'Pa et m'man me conseillaient de m'inscrire au brevet qui demande quatre ans d'études et j'ai suivi leur conseil. On n'est jamais trop instruit et j'ai la chance de pouvoir aller à l'école tout le temps que je voudrai.

Avez-vous récolté les patates ? Carmen est-elle contente de retourner à l'école ? Et Lucien, lui ? Emmanuel doit avoir bien hâte d'y aller aussi.

Je veux te dire, Catherine, que quand tu voudras que je m'occupe de Jeannine l'été prochain pour te soulager un peu dans tes nombreux travaux, je le ferai avec bonheur. Pour toi et pour papa Boutin.

Et vous, papa, préparez-vous votre grabat pour faire du trappage cet hiver ? Avec Catherine pour préparer les peaux, ça devrait bien aller.

Moi, ici, je vais étudier fort pour faire honneur à mes parents adoptifs et à vous deux. Je vais faire partie de la chorale de l'école Normale. C'est mère supérieure qui me l'a dit en me donnant une découpure de journal. Avez-vous vu 'pa Samuel sur le Soleil ? Je vous dis qu'ici, on me regarde avec des grands yeux parce que je suis la fille adoptive d'un héros de guerre.

J'ai encore trois lettres à écrire, alors je vous laisse. J'espère bien qu'on pourra se voir tous à l'occasion des Fêtes de Noël et du jour de l'An.

Votre grande fille Clara."

La jeune fille plia soigneusement sa feuille et l'introduisit dans une enveloppe qu'elle colla puis adressa. Et, réflexion dans l'oeil, elle se pencha de nouveau sur sa tablette à écrire et attendit que viennent d'autres mots appropriés pour une autre de ses soeurs :

"Rolande, ma petite soeur chérie...

***

Chapitre 13

Danielle Morin se pencha au-dessus de l'épaule de Clara et lui dit avec un rire contenu dans la voix :

–Ton père est une vedette, on dirait.

La jeune fille achevait tout juste sa dernière lettre et, trop absorbée par une écriture bourrée de sentiments, elle ne s'était pas rendue compte que la période d'étude venait de se terminer.

–Hein ! Quoi ?

–Je m'appelle Danielle. Toi, c'est Clara Goulet. T'as pas entendu la cloche ? Mon Dieu, quand t'écris des lettres d'amour, t'es absorbée, toi ! T'as pas entendu la cloche ?

Les autres filles défilaient derrière Danielle, sortant de la pièce pour retourner à leur case porter des livres et accessoires utiles à une étudiante.

–Ben... non...

–C'est pas grave. T'en viens-tu avec moi ? Je me cherche une amie.

–Quoi ?

–C'est ça : je me cherche une amie.

Et elle éclata de rire, son regard bleu, pétillant de joie de vivre, en attente de la réponse.

–Je voudrais finir ma lettre.

–Tu veux que je t'aide ? À qui que tu écris ?

–À ma petite soeur.

–Chanceuse ! J'ai pas de petites soeurs, moi. Rien que des espèces de frères. Mais c'est pas grave.

–Hé...

–Tu veux que je prenne la chaise à côté de toi ? Je sais d'où tu viens, tu sais.

Clara s'interrogeait. Pourquoi cette jeune fille disait-elle toujours deux ou trois choses à la fois sans attendre de réponse à ses questions ? Comme si elle était pressée par le temps. Ou comme quelqu'un qui se dépêche de vivre en double...

–Comme tu veux.

Le ton avait été neutre : sans enthousiasme réel ni contrariété non plus.

Danielle tira la chaise :

–Faudra pas trop retarder parce que soeur Cornemuse va nous japper après.

–Soeur Cornemuse ?

–La maîtresse de salle. Elle passe son temps à japper quand on fait pas à son goût.

–C'est ça, son nom ? Soeur Cornemuse ?

Danielle éclata de rire :

–Non... c'est parce qu'elle est d'origine écossaise par son père, il paraît. C'est soeur Saint-Ferdinand.

–Je la connais pas.

–Tu vas la connaître bien assez vite. C'est quoi son nom à ta petite soeur ?

–Françoise ?

–Chanceuse, moi, j'ai rien que des frères.

–J'ai pas rien qu'elle.

–Ah non ? Les autres, comment elles s'appellent ?

Clara la regarda, sourit, fit son énumération l'oeil bourré

d'espièglerie :

–Rolande, Colette, Françoise, Yvonne, Gisèle, Elzire, Carmen, Jeannine, Denise.

Danielle éclata de rire :

–T'aurais pas deux ou trois frères avec ça en plus ?

–Eugène, Lucien, Emmanuel et un autre sans nom.

–Sans nom ?

–En route...

–Ah ! En route... Ton père pis ta mère, ils travaillent pas mal fort pour la patrie canadienne.

Elle s'esclaffa de nouveau et reprit en riant moins fort :

–Pis moi, j'ai rien que des espèces de frères.

–Combien ?

–Trois... trois cents... Trois mais chacun est tannant comme cent. Vous autres, ça fait du monde à messe. Pas loin de la douzaine.

–En réalité, j'ai six vraies soeurs et un vrai frère. Les autres, c'est... Ma mère est morte ça fait six ans et mon père est remarié. Carmen et Lucien, c'est des enfants à Catherine, la femme de mon père. Et avec elle, ils ont un petit garçon, Emmanuel... et deux filles, Jeannine et Denise.

–Pas mêlant pantoute, tes histoires de famille, toi. On comprend du premier coup...

–Je vais te faire un dessin, tiens.

Elle souleva la page en écriture et en prit une autre de la tablette. Y fit des personnages sommaires.

–Mon père, c'est Roméo. Ma mère, c'est Maria. Mes soeurs, c'est elles et là, mon petit frère. Et ça, c'est moi. Bon, ma mère meurt. Mon père épouse Catherine qui a deux enfants : Carmen et Lucien. Et ils en ont ensemble trois nouveaux : Emmanuel, Jeannine et Denise. Et peut-être un quatrième en route. M'man le pense mais... c'est pas trop certain, ça...

–Maman le pense... et comment elle te l'a dit, maman ? Par le téléphone branché sur le ciel. Tu dis qu'elle est morte.

–Pas maman... m'man...

Danielle éclata de rire encore. Clara reprit :

–Quand maman est morte, j'ai été adoptée par le docteur Goulet...

–Ah, c'est pas lui, ton vrai père ?

–Et par sa mère. Elle, je l'appelle m'man. Et lui 'pa. Tu comprends-tu, là ?

L'autre soupira, rieuse :

–Dire que moi, j'ai rien que trois espèces de frères.

–Comment ils s'appellent ?

–Laval, André, Jules.

–Bon... ben je vais continuer ma lettre.

–Tu veux pas que je t'aide.

–Tu la connais pas. Tu veux que je lui dise quoi ?

–Que tu connais une fille qui s'appelle Danielle Morin pis qui est folle comme un foin.

–Tiens, c'est une bonne idée, ça.

Et les deux jeunes filles eurent un plaisir fou à continuer la lettre et à la presque finir. Soudain Danielle leva la tête vers la vitre de la porte et aperçut un visage menaçant avec les sourcils froncés. Elle marmonna :

–Ah ben sapristi du saint bon Dieu, soeur Cornemuse... tu vas l'entendre japper comme notre chien barbet. Écoute-la ben, ça sera pas long, son affaire.

La religieuse fit un sourire qui en disait long sur ses intentions pas trop catholiques et entra alors que Clara glissait sa lettre dans l'enveloppe.

–On vient d'arriver et on est déjà en train d'écrire.

Clara sourit normalement. Danielle aussi mais d'un seul côté du visage.

–Et à qui on écrit ? C'est... un secret sans doute ?

Cornemuse était un personnage au visage maigre et aux lèvres minces qu'elle aimait mouiller pour mieux limoner.

–À ma petite soeur.

–Mais... on dirait qu'il y a plusieurs lettres.

–À mes quatre petites soeurs et... à mon père.

–Mais tu l'as vu ce matin, ton père.

–Lui, c'était 'pa.

La soeur leva les yeux, leva les ailes du nez, leva les commissures de ses lèvres :

–Comprends pas... non, comprends pas...

Danielle éclata de son pire rire de la journée :

–C'est ben dur à comprendre.

–Danielle Morin, vous retournez à votre case im-mé-di-a-te-ment...

Clara afficha un air désolé. Danielle lui dit en se levant :

–À tantôt !

–À tantôt !

–Vous me donnez vos lettres ?

Clara hésita, se sentant coupable et craignant des représailles. La soeur prit elle-même le courrier et fit glisser les lettres une sur l'autre pour en lire toutes les adresses et en même temps, elle disait le prénom du destinataire :

–Rolande... Françoise... Colette... Yvonne... Roméo...

La soeur scruta le regard de la nouvelle pensionnaire :

–Roméo, c'est lui, votre père ?

–Oui.

–Et le docteur Goulet est votre père adoptif, c'est ça ?

–Oui, Mère.

–Est-ce qu'il a un lien de parenté avec le professeur Achille Goulet qui enseigne aux finissantes ?

–Je... je pense pas.

–Bon, très bien, vous pouvez retourner à votre case puis à la salle. À l'avenir, Clara, quand la cloche de la fin de l'étude sonne, vous devez vous rendre directement à votre case. Vous comprenez bien que si les pensionnaires agissent chacune pour soi, on ne se comprendra plus dans l'institution en peu de temps.

Le ton était bienveillant, rassurant. Clara se leva, mais son regard ne quittait pas les enveloppes entre les mains de la soeur.

–Ne vous inquiétez pas, c'est moi qui ai la responsabilité d'envoyer les lettres des pensionnaires à la poste et de distribuer celles qui arrivent. Elles vont se rendre à bon port et aucune ne sera ouverte... même si d'aucunes pensent que soeur Cornemuse y met son grand nez...

Clara sourit. Cette personne était moins détestable que Danielle ne l'avait laissé entendre. Elle prit sa tablette à écrire et son crayon et sortit devant la soeur qui lui dit alors de sa voix la plus pointue :

–Et vite, vite, vite, ou bien soeur Cornemuse va vous japper derrière la tête, là...

Clara accéléra le pas. Au tournant du couloir, Danielle l'attendait.

–Elle t'a jappé par la tête ?

–Ben pas trop.

–Ben elle a ses préférées... tu dois lui avoir tombé dans l'oeil.

–Sais pas.

Elles descendirent les six marches de la première portion de l'escalier et Danielle s'arrêta devant la fenêtre pour regarder à l'extérieur. Et déposa le contenu de ses mains sur la tablette du châssis. Clara s'arrêta aussi.

–Je regarde chez nous.

–Qu'est-ce que tu peux voir dehors, il fait noir comme chez le loup ?

–Je vois la maison chez nous d'ici ? Les lumières. Les chambres de mes trois espèces de frères.

–Comment ça, tu restes ici, à Beauceville et t'es pensionnaire à l'école Normale ?

–Oui m'man Clara. Mes frères sont assez tannants que mes parents ont décidé de me mettre pensionnaire pour l'année. Mais... j'suis ben contente.

–Comment ça ?

Danielle se tourna, sourit sans rien dire pendant un moment, puis elle ouvrit les mains :

–Parce que j'ai trouvé une amie.

–T'en avais pas ?

–Pas comme toi.

–Pourquoi ?

–Sais pas. Je sens que toi, tu vas être ma meilleure amie. Tu ressembles à la meilleure amie que je cherchais dans ma tête.

Elle reprit ses livres et chantonna :

–Et je sens aussi qu'on va faire du théâtre, toutes les deux.

Clara s'étonna de voir que Danielle, sous son uniforme de normalienne pourtant amincissant paraissait posséder une poitrine très lourde pour une jeune fille de cet âge, sûrement le même que le sien.

–Quel âge as-tu, Danielle ?

–Appelle-moi Dan... Ben si tu veux...

–O.K !

–Ah, j'aime ça, t'entendre dire O.K ! Je le dis souvent... Et moi, je vais t'appeler m'man. Mais si t'aimes pas ça, j'vais pas t'appeler comme ça. On cherchera quelque chose d'autre qui va te plaire.

–C'est vrai que Clara, ça se raccourcit pas trop. Cla, c'est pas trop beau.

Danielle se mit à balancer sa tête et à fredonner tout en descendant les marches de la dernière portion de l'escalier avec son amie nouvelle :

–Cla Cla... Cla Cla Cla Cla... non, c'est pas beau. Clara, c'est beau, mais au complet.

–Appelle-moi m'man, c'est correct.

–En passant, ton père, il est beau en mosus.

–Tu le connais pas.

–Je l'ai vu dans le journal.

–Ah lui, c'est 'pa... pas mon père.

–Ah ! que c'est drôle d'être avec toi !

Clara se sentait heureuse d'avoir pour amie une jeune fille si enjouée, si petite fille dans son corps de femme faite et le hasard s'en mêla en leur donnant des cases voisines. Danielle avait en effet le numéro cent.

Et elle répondit à une question posée dans les escaliers et elles se découvrirent le même âge à quelques mois près.

***

Chapitre 14

–Une véritable explosion de bébés, maman : trente-huit femmes enceintes dans la paroisse.

–Une grosse récolte en 46.

–Comme dirait Bernadette : y en a plusieurs qui vont débouler avant la fin de l'année.

–Pourvu qu'il prenne l'idée à personne d'accoucher le jour de Noël ou le jour de l'An !

–Un nouveau-né arrive à l'heure qu'il choisit d'arriver. C'est lui qui mène.

Au troisième jour de sa pratique, Samuel, en commençant la journée, faisait le bilan à la table du déjeuner des cas à suivre tels qu'ils lui avaient été transmis par ses deux fidèles remplaçants, surtout le docteur Roy, car le docteur Poulin avait fait de plus en plus de politique ces derniers temps et de moins en moins de médecine.

–Madame Lapointe, ça sera son dixième. Elle a rattrapé madame Maheux, c'est pour dire... Et Marie-Anna, son deuxième déjà... Faut-il croire que c'est beau, les grosses familles ?

–Dix enfants, maman, c'est beaucoup trop pour le corps féminin.

–Notre Catherine est bien partie pour ça. Elle s'est fiée

qu'elle était en période d'allaitement.

–Quand est-ce que le mythe de l'allaitement comme moyen d'éviter la famille va être ramené à ses justes proportions ? Moins d'enfants par maison, les gens vivraient quand même un peu mieux.

–C'est le bon Dieu qui serait pas content.

–Le bon Dieu... de quoi il se mêle, celui-là, vous voulez bien me dire ? Il se mêle de ce qui le regarde pas et ce qui le regarde, il s'en mêle pas. Mêlé, le bonhomme bon Dieu, mêlé comme ça se peut pas.

–Une chance que tu parles pas sérieusement, Samuel, parce que tu me ferais dresser les cheveux sur la tête. Je sais ben que t'as vu des choses abominables, mais...

Il regarda la chevelure de sa mère et sourit avec tendresse. Et demanda :

–Elle vous l'a dit qu'elle est enceinte ?

–Et Roméo le sait pas encore. Il va ben limoner, là, lui. Tannant des fois... comme tous les hommes.

–C'est à lui d'y voir autant qu'à elle, dites donc !

Samuel prit une gorgée de thé puis garda sa tasse enveloppée dans ses deux mains à hauteur du visage et il réfléchit tout haut :

–J'espère qu'il la traite comme il faut. Je l'ai trouvée pas mal plus vulnérable qu'avant, notre chère Catherine. Pas si forte qu'avant.

–Avec cinq enfants, bientôt six, sur les bras, une femme peut plus trop s'appartenir, et elle a sur le dos autant de chaînes que de petits.

–J'espère qu'elle va trouver de la place pour négocier avec lui. Il est pas pire que les autres, même que sur des côtés, il est mieux que la moyenne des hommes de son âge et de sa condition, mais... Maman, être entièrement dépendant de quelqu'un comme moi, je l'étais au camp, c'est l'enfer. Vous savez, un jour, un S.S. a mis le canon de son arme sur ma tempe pour me montrer qui était le maître; je lui ai dit en riant de lui pour qu'il le fasse : "Mais tire donc, mon gars ! Et va te faire enculer par ton Adolf Hitler !" Quelque chose du genre. Comme vous voyez, il a pas tiré. Mais j'étais prêt à mourir plutôt que de ramper devant lui. Par contre, en général il fallait baisser les yeux pour éviter des blessures. On a moins peur de la mort que des coups.

–Donne-moi des détails là-dessus... et permets-moi de le raconter à Catherine quand je la verrai. Ça pourrait peut-être l'aider, on sait jamais...

–Sûrement !

Suite à son récit plutôt bref, Samuel fit un retour sur la liste des personnes malades. Quatre cas devraient être suivis de près : deux femmes et deux hommes. Il les nomma tout haut pour provoquer l'opinion de sa mère sur leur état :

–Madame Hilaire Paradis...

–Ben malade ! Diabète, prise du coeur... Des funérailles pas loin.

–Madame Rémi Nadeau...

–Clouée dans son lit. Un cas désespérant a dit la docteur Poulin. Pas désespéré, mais désespérant. Elle pourrait être alitée durant vingt, trente ans.

–Monsieur Joseph Buteau...

–Un cas d'angine de poitrine. Un homme fini... Faudrait lui changer le coeur.

–Monsieur Jérôme Boulanger...

–Pire que la tuberculose selon le docteur Roy, ça serait un cancer des poumons. Question de semaines !

Samuel posa sa tasse, soupira :

–Bon, on va se cracher dans les mains. Ça va pas dérougir encore aujourd'hui.

Avant qu'il ne se lève, elle dit :

–On parlait de madame Lapointe et ça m'a fait penser : as-tu vu sa plus vieille depuis que t'es revenu ?

–Lucille ?

–Oui.

–De haut... je veux dire du jubé de l'orgue. Comme

171

d'autres, elle s'est tournée la tête pour me voir quand le curé m'a fait applaudir.

—Et comment tu l'as trouvée ?

—Une vraie belle race, ces Lapointe-là ! Du beau monde ! Tous blonds avec de si beaux visages !

—Et avenants avec le monde.

Samuel se leva et dit, une touche d'ironie dans la voix et l'oeil :

—Pensez-vous à me marier, là, vous ?

—Va ben falloir que t'en viennes là un jour ou l'autre. Va falloir une remplaçante ici pour s'occuper de toi.

—Plutôt l'autre jour que demain.

—Sais-tu que si t'avais été marié avec Catherine, tu serais pas parti pour la guerre. Tu serais avec elle ici, dans la maison. Le petit Emmanuel et peut-être un ou deux autres enfants avec vous autres. Tu l'aimais comme un fou, cette femme-là...

Il se tourna vers sa mère et la fixa dans les yeux en prononçant bien les mots :

—Je l'aime encore comme un fou, maman. La séparation a augmenté mon sentiment pour elle.

La femme hocha la tête et sa toque de cheveux accentua son mouvement de négation :

—Sentiment que tu devras museler au fond de ton coeur pour jamais, mon garçon.

—Quoi, il faudrait pour fuir en avant que je me garroche dans les bras d'une autre ?

—Lucille Lapointe est si jolie, si fine et tout...

—On n'utilise pas une belle jeune femme comme elle pour se consoler de la perte d'une autre.

Armandine mit sa tête en biais :

—Quant à ça, t'as raison. Mais faudra quand même pas que ton sentiment pour Catherine t'empêche de... de... j'sais pas... de patiner avec Lucille cet hiver, disons.

—Inquiétez-vous pas pour moi, maman ! Souciez-vous de

Catherine pour moi et en même temps que moi. Dans un sens, elle aura toujours besoin de nous.

*

Au moins la moitié des visiteurs venaient, histoire de parler avec Samuel bien plus que pour se faire soigner. Les cas n'étaient ni graves ni urgents. Le premier de ce jour-là fut celui d'Armand Grégoire. L'homme âgé de trente-huit ans, toujours célibataire et heureux de l'être, donnait les signes d'une maladie sournoise qui au premier abord indiquaient la tuberculose. Le docteur écouta sa respiration, son coeur, ses dires.

–Écoute, Samuel, si j'ai la consomption de poumons, j'aime autant pas le savoir. Le temps que je pense à d'autre chose, je pense pas à ça.

–C'est pas tout le monde malade de tuberculose qui meurt de ça. Les sanatoriums, c'est fait pour améliorer l'état des malades qui en sont atteints.

–Sanatorium ? Un camp de concentration.

–Je ne croirais pas.

Assis devant Samuel, l'autre laissa passer des lueurs entendues dans son regard :

–Tu le sais mieux que moi, c'est sûr, t'as passé cinq ans à Dachau.

–Dans un camp, on n'a pas le choix. Ici, on l'a. Si tu veux aller au sanatorium, tu y vas. Si tu veux pas, tu y vas pas. Mais faut que tu penses aux autres, aux enfants du village... Tu te tiens au bureau de poste, au magasin... si t'es contagieux...

–J'y vas pas beaucoup au bureau de poste. J'me trouve ben heureux dans mon camp.

–C'est pas sain de vivre là-dedans.

–Du mois de décembre au mois de mars, je retourne dans la maison avec Bernadette.

–Écoute, Armand, c'est pas sûr que t'as la tuberculose, mais ça regarde pour ça, j'en ai peur. Je vais envoyer ta salive au laboratoire de l'hôpital Laval : on verra bien ce qu'ils vont en déduire.

–C'est comme tu voudras... d'abord qu'il faut penser à d'autres qu'à soi-même.

–Tu vois, c'est en pensant aux autres qu'on pense à soi-même.

–Autrement dit : semez pis vous récolterez. Le langage préféré de notre bonne vieille sainte religion catholique. Et ainsi soit-il.

–Des fois, elle a des bonnes idées, notre bonne vieille sainte religion catholique.

*

Trois autres personnes attendaient dans l'étroit vestibule de l'entrée. Il y avait Luc Grégoire venu pour son pied. Et c'était son tour. Samuel l'examina puis ils s'entretinrent un moment :

–Quand est-ce que tu vas devenir propriétaire de l'hôtel, mon ami ?

–Dans quelques semaines. Avant les fêtes.

–Tes parents ont acheté l'hôtel de Saint-Évariste, selon ce que j'en sais.

–En plein ça ! Autrement, aurait fallu que j'attende de midi à quatorze heures.

–Ton avenir est assuré. Le mariage avec Jeanne d'Arc, c'est pour quand ?

–L'été prochain. On se fiance à Noël.

–Jeanne d'Arc : une personne au public ! Vous allez faire des bonnes affaires. Du renouveau à l'hôtel. De nouveaux visages quelque part, ça inspire toujours. Pas que madame Ida et monsieur Pampalon étaient détestables, loin de là. Du monde dépareillé. On va s'ennuyer de ses histoires drôles et souvent grivoises.

–Ma mère va rester un bout de temps en attendant. Jeanne d'Arc doit finir son année d'école. Tout va s'arrimer, comme on dit.

Et Luc eut ce rire qui le caractérisait et qu'il lançait à

tout bout de champ, histoire d'entraîner les autres dans sa joie ou bien de leur en donner comme ça, pour le simple plaisir de la chose.

En attente, il y avait un couple du rang le Petit-Shenley, elle enceinte et lui qui l'accompagnait pour une visite de sûreté. L'homme glissa à sa femme :

–Coudon, on dirait que c'est drôle en maudit là-dedans. Un bureau de docteur ou ben une taverne ?...

Elle, femme à cheveux noirs comme du charbon et aux sourcils épais, lui intima l'ordre de se taire par un signe sur la bouche avec son index et de la braise dans le regard. Petit, blond et obéissant, Albert se tut et croisa la jambe.

Ce fut rapide et on put entrer. Luc sortit, salué par Samuel et quand il ouvrit la porte menant à l'extérieur, il croisa Rose Martin qui arrivait. Samuel eut le temps de l'apercevoir par-dessus les épaules du cultivateur et lui fit un signe à main levée :

–Vous serez la prochaine, madame Martin.

Elle le taquina :

–Ça fait cinq ans qu'on t'attend, cinq minutes de plus ou de moins...

Il sourit, hocha la tête et disparut avec le couple.

Rose prit place, croisa les bras et riva son regard sur un cadre qui portait une photo qu'elle n'aimait pas beaucoup parce qu'elle représentait un groupe de quatre bâtisses dont une maison rouge à comble français mais toutes comme accrochées sur des rochers inégaux et donnant l'impression qu'un rien pouvait les faire sombrer dans l'eau noire qui baignait le pied du cap, eau menaçante qui pouvait être celle d'un lac ou même de la mer. Une grange et deux hangars chambranlants...

Et elle se rappela de sa rencontre avec Samuel le jour de son retour dans le commencement du Grand-Shenley tandis qu'elle y marchait et que lui y passait en auto avec sa mère. Elle avait pu lire *dans cette barbe, dans ces cheveux, ces yeux, ces rides nouvelles sur son front de la quarantaine,*

*que l'homme avait changé et qu'en lui, l'impensable d'avant
la guerre pouvait bien être devenu le joyeux possible pourvu
que ce possible demeurât clandestin.*

Il lui avait pris la main pour qu'elle serre son bras et
même touche sa barbe en disant : "Vous voyez, c'est du
vrai."

Étonnée, elle avait compris *qu'il avait donc appris la valeur du contact ou bien avait vécu des choses qui feraient de
lui un homme bien différent de tous ces Gus de la paroisse et
du Québec, incapables de toucher à une femme comme une
femme a besoin de se faire toucher.*

Mais elle savait aussi que Samuel était un vrai professionnel dans son art et qu'il n'oserait jamais mélanger visite
médicale et sensualité. Peut-être, mais à force de lui livrer
des messages, il finirait un jour ou l'autre s'il n'avait pas le
malheur de se marier avant, par se laisser tenter et lui donner
un rendez-vous quelque part dans la nature, loin des regards
suspicieux, interrogateurs, et eux-mêmes plus libidineux encore que ses intentions les plus inavouables.

Comme elle sentait sa chair chaude encore ce jour-là !
Ah, si des mains douces et fermes pouvaient donc s'y promener, s'y perdre, s'y embraser elles-mêmes au contact de
cette braise en train de couver !

Depuis le départ du vicaire Turgeon qu'il n'y avait pas eu
un bel homme libre et propre dans la paroisse. Mais le prêtre
avait gardé ses distances avec elle et n'avait pas sauté sur
l'occasion et sur elle comme elle le souhaitait, cette journée
de corvée dans la sucrerie du Grand-Shenley. Pas surprenant
si les rumeurs ayant circulé entre les branches étaient fon-
dées. On avait chuchoté que l'abbé qui cherchait à élargir
l'espace entre lui et les femmes en faisait un peu trop pour le
rétrécir quand il s'agissait de jeunes hommes et d'enfants de
choeur ou de servants de messe.

Le temps passa. Lent et long. On pouvait entendre des
voix mélangées à travers la porte. Mais sans arriver à distinguer les idées qui s'y brassaient. Et puis ce que Rose redoutait se produisit : il arriva des visiteurs. Pire que ça : deux

soeurs du couvent. Et parmi elles, cette jeune religieuse, nouvelle dans la paroisse, à qui elle l'avait vu parler le soir de son retour et qu'elle savait maintenant parmi les choristes dirigés par Gaby Champagne, côtoyant donc là-haut, trop près du bon Dieu peut-être, le beau et désirable docteur campagne.

—Ah, les rouleaux de prélart ! murmura-t-elle entre ses dents quand elle aperçut les arrivantes.

Mais elle les salua tout de même de son plus large sourire préfabriqué :

—Bonjour, les bonnes soeurs ! Quelle belle journée, vous trouvez pas ?

—Exquise ! fit Paul-Arthur en lui souriant de toutes ses dents brillantes.

—Bonjour, madame Rose, dit soeur Thérèse.

—Venez pas me dire que des jeunes personnes comme vous deux ont des problèmes de santé.

—Le Seigneur ne donne d'exemptions à personne de ce côté-là, vous savez.

—Une chance, parce que les couvents seraient remplis à pleine capacité. Moi, la première, j'y serais. Si je vous disais que j'ai hésité pas mal en 1914 et qu'un peu plus, j'entrais au couvent.

Pendant qu'elle mentait allégrement, les religieuses prenaient place, l'une près d'elle et l'autre en face, sous les bâtisses bancales du cadre.

—Passer toute ma vie avec Jésus en moi : une grâce extraordinaire !

Rose rattrapa aussitôt l'idée dans sa tête et ce "ma vie avec Jésus en moi" faillit la faire éclater de rire. Mais le lieu et les personnes ne se prêtaient pas trop aux plaisanteries d'un goût aussi douteux.

—La grâce est de tous les états ! dit soeur Thérèse à côté d'elle.

—Ah oui ! Oui, oui, oui... Fait beau, hein ! ?

—Comme en été, dit soeur Paul-Arthur devant elle.

–Quand même un peu plus frais, là... Moins pesant ! Il a fait chaud cet été en tout cas : avez-vous vu pire ?

–Nous autres, avec nos costumes de soeur, dit Thérèse, c'est jamais moins que pire.

–Oui, oui, oui... Je vous comprends. Moi, en 14, quand j'y pensais, à entrer au couvent, c'est surtout ça qui me pesait sur le dos pour ainsi dire, vos vêtements. Suis tellement, tellement chaleureuse : je sue à rien.

–Ah, on s'habitue, dit soeur Paul-Arthur. Et puis ça aide à maigrir.

Le front de Rose fut envahi par des vaguelettes quelque peu contrariées. Elle était ronde, mais juste bien assez pour que les hommes l'enveloppent de leurs hypocrites regards quand personne ne les surveillait. Et puis on ne lui trouverait jamais une odeur de sueur vieillie et de savon de Castille comme aux soeurs, elle. En tout cas certaines comme la supérieure. Mieux valait revenir aux propos badins du moment d'avant :

–Et comment vous trouvez ça par chez nous ? Je peux savoir votre nom ?

–Mère Paul-Arthur.

–Moi, c'est madame Gus Poulin-Martin. Mais tout le monde m'appelle Rose. Ou des fois madame Rose... Madame Rose, d'aucuns, ça les fait rire, mais c'est des ricaneux à la gomme, ceux-là...

Soeur Paul-Arthur éclata de rire puis ramassa son éclat avant qu'il ne s'étende trop longtemps et gêne le docteur dans son travail à l'intérieur du cabinet.

–Je connais la paroisse depuis longtemps. Suis originaire de Saint-Martin.

–Ah oui ? D'aussi proche ? Je peux savoir votre nom de famille ?

–Fortin.

–Bon, bon... vous êtes pas dépaysée par chez nous.

Elle ne put répondre. Le couple émergea du bureau et le docteur salua les religieuses tout en parlant à ceux qui partaient :

–Tout ira comme sur des roulettes, madame Gobeil.

–Merci.

–À la prochaine !... Et madame Rose, c'est à vous...

Soeur Paul-Arthur réprima un rire dans son joli visage de petite fille en entendant ces mots.

–Je peux attendre, moi. Pas pressée. Passez, vous autres, les religieuses.

–C'est chacun son tour, fit Samuel. Donc c'est à vous, madame Rose.

–C'est pas pressant nous autres non plus, dit soeur Thérèse.

–D'abord que c'est de même, fit Rose en se levant.

–À tout à l'heure ! dit-il aux religieuses.

Ils entrèrent, elle devant lui. Et il l'invita à s'asseoir sur la chaise devant son bureau en prenant place lui-même derrière.

–En quoi est-ce que je peux vous être utile ?

–Dis-moi donc tu, depuis le temps que je te connais.

–L'éthique demande que le médecin vouvoie.

–Même les enfants d'école ?

–Là, faut pas exagérer non plus.

Rose avait revêtu une robe serrée qui laissait voir ses formes un peu plus généreuses qu'en 1940 alors qu'elles l'étaient déjà. Venue en trench coat à la mode, elle en détacha la ceinture et ouvrit les pans pour s'asseoir. Et parvint à croiser la jambe.

–Je me mets à mon aise : c'est correct de même ?

–Plus on est à son aise, plus on est facile à soigner.

–Je vas m'en rappeler.

–Donc, qu'est-ce que je peux...

–J'ai tout le temps mal dans... la poitrine du côté gauche.

Samuel se souvenait qu'avant la guerre, les maux vagues de Rose étaient généralement situés dans le dos. L'âge ren-

179

dait sans doute ses douleurs plus entreprenantes.

–Y a pas le choix : va falloir faire un examen.

–Je peux revenir pour ça...

–Je vois que ça vous rend mal à votre aise...

Il n'en croyait pas un mot et Rose encore moins.

–C'est normal, hein ! Suis une femme pis t'es un homme. Et un vrai d'après ce que j'ai vu l'autre jour.

Elle s'esclaffa là-dessus.

–L'autre jour ?

–Dans le Grand-Shenley quand tu m'as fait toucher ta barbe... En passant, ça te faisait ben, une barbe de même, mais ça te fait aussi ben comme t'es là...

Il se leva sans dire et se mit en attente. Elle reprit en se levant à son tour :

–C'est quelle sorte d'examen au juste ?

–Un examen des seins par... palpation.

–Quoi ?

Il montra ses mains :

–Palper... avec ça...

–Ah, pour trouver des kystes ?

–En plein ça !

–J'ai rien... je pense.

–Il y a des bosses qu'une femme ne perçoit pas par son auto-examen. Mais si vous préférez attendre et ne pas le subir aujourd'hui.

–Non, non, j'ai pas dit ça, mais...

Elle tourna la tête vers la porte d'entrée.

–Soyez pas inquiète, personne ne va entrer. Et puis le paravent cache la table d'examen.

–Ah bon ! Il faut ce qu'il faut, hein !

–Il faut ce qu'il faut, madame Rose. Donnez-moi votre manteau et faites descendre le haut de votre robe jusqu'à votre taille ou bien ôtez-la complètement selon ce qu'il vous est possible de faire pour mettre votre poitrine à découvert.

–Faut-il que j'ôte mes lunettes ?

Il sourit :

–C'est un examen des seins, pas des yeux.

–C'est sûr, mais... ah, je dis n'importe quoi... La nervosité. Que veux-tu, quand on est une personne un peu... gênée comme moi, tu vois.

–Non, vous avez raison : je vais devoir vous faire allonger sur la table et vos lunettes pourraient vous embarrasser. Donnez-les moi... Et comment va monsieur Gus ?

–Qui ?

–Votre mari ?

–Gus ? Il passe sa vie les mains dans la mécanique. Les hommes aiment donc ça, les moteurs de machine !

–C'est qu'ils aiment réparer, faire marcher ce qui est endommagé...

–C'est pour ça que tu m'examines !?

Il rit faiblement :

–Tout de même, vous n'êtes pas une machine ! Une femme n'est pas un objet de nos jours. On est en 1946, je vous le signale.

Pendant qu'ils se parlaient, Rose faisait glisser le haut de sa robe, découvrant son soutien-gorge blanc. Elle s'arrêta, se questionna sur la suite. Le docteur qui étendait un drap propre sur la table d'auscultation répondit comme s'il avait entendu la question :

–Vous ôtez la brassière aussi.

Elle en fut stupéfaite. Qu'est-ce qui s'était donc passé durant ces années de camp pour que le docteur soit si direct, si indifférent à cette nudité carrément ordonnée, lui qui n'osait même pas lui faire un massage à l'huile électrique avant son départ et en confiait le soin à sa mère ou bien aux mains molasses de Gus ?

Elle dégrafa le vêtement attaché en avant et s'approcha de la table en le tenant contre sa poitrine.

–Donnez !

Rose fut bien obligée. Mais sa réticence n'était que superficielle. Il prit le soutien-gorge et l'accrocha au paravent sans même regarder cette poitrine si blanche comme la miche de pain mise à lever, si ramollie comme la même miche, si charnue comme la miche encore.

–Assoyez-vous ici !

Elle obéit. Un bout d'idée traversa son esprit : *incapables de toucher à une femme comme une femme a besoin de se faire toucher.*

Il se mit droit devant elle et tâta le sein où elle disait que le mal se trouvait. Les mains entourèrent, enveloppèrent, massèrent; les doigts coururent, s'arrêtèrent, firent pression; le pouce encercla l'aréole.

Rose ne ressentait rien du tout. Rien de sensuel. Pas de réaction dans sa chair. Tout ça était trop direct. Trop Gus avec ses pattes de mécanicien.

Le docteur passa à l'autre sein et procéda aux mêmes touchers. Cette fois, le fait de ne rien sentir d'agréable éveilla en elle une sorte d'embarras quant à son image. Comme ça, en pleine lumière, montrer sa poitrine rendue flasque par le temps, les grossesses et les allaitements, avait de quoi la rendre mal à l'aise.

–Couchez-vous sur le dos.

Elle obéit. Se dit que dans cette position, les choses seraient différentes. Les seins deviendraient plus ronds, plus désirables qui sait. Cette fois, il pétrit la chair dans tous les sens comme cherchant à la ramasser en un seul coin. Les deux côtés. Dans quatre directions différentes.

–Je ne trouve rien du tout. Pas le moindre kyste. Tout est parfait.

–Ben contente de vous l'entendre dire.

–J'ai remarqué que vous n'avez pas exprimé une seule fois de la douleur.

–Oui ? Ah, tu sais, une femme est accoutumée à endurer son mal sans se plaindre.

Elle exhalait le mensonge. Il lui redonna son soutien-gorge :

–Vous pouvez vous lever et vous rhabiller.

–Déjà fini ?

–Je ne vais pas vous examiner les pieds si vous n'y avez aucun mal ni aucune lésion.

–C'est sûr... Mais... as-tu soigné du monde durant les cinq ans là-bas ?

Samuel qui retournait à son bureau prit le ton de la contestation :

–Mais oui, Rose ! J'ai dit ça l'autre soir. Vous étiez dans la foule. Je n'ai pas cessé de pratiquer là-bas. C'est à cette pratique que je dois la vie. Et j'ai appris des techniques nouvelles au contact des docteurs allemands.

Elle songea : *"Ils t'ont pas montré à toucher à une femme comme une femme a besoin de se faire toucher."*

Il y eut une pause et quand elle fut rhabillée, y compris de son manteau, elle retourna s'asseoir.

–Je crois que vous n'avez rien... rien de grave. Ce sont des élancements qui arrivent chez certaines femmes. Signes avant-coureurs de la ménopause peut-être. Parlez-moi un peu de vos menstruations...

Décidément le romantisme n'était pas au rendez-vous.

La visite prit fin peu de temps après et c'est soeur Paul-Arthur qui remplaça Rose dans la chaise du visiteur. Soeur Thérèse attendrait dans le vestibule. Il vint Uldéric Blais qui lui tint compagnie et remplit la pièce de sa voix de stentor capable d'enterrer tout ce qui pourrait se dire dans le cabinet du docteur.

Samuel était troublé, mais ne le laissait pas voir. Elle plus encore.

–La voix se porte bien ? demanda-t-il.

–Toujours. Et la vôtre aussi, à en juger par ce que j'ai entendu dimanche. Et on m'a dit que votre fille adoptive pourrait chanter à la radio et dans les salles les plus réputées des plus grandes villes du monde.

–Elle a une voix superbe, il faut le dire.

–On m'a raconté que le dimanche suivant l'annonce de votre... mort, elle avait chanté l'*Ave Maria* et que toute l'église a pleuré.

–Je ne pourrais pas vous le dire, j'étais mort.

Cette plaisanterie les réunit dans une petite joie qui fit fondre un peu plus la glace que leur état créait entre eux, lui, le médecin par définition au-dessus des sentiments et elle dont tous les sentiments étaient réservés au seul Seigneur.

Ils rirent ensemble de bon coeur. Puis il dit comme à tous ses visiteurs :

–Qu'est-ce que je peux faire pour vous aujourd'hui, mère Paul-Arthur ?

–Depuis que j'ai prononcé mes voeux, le bon Dieu me met à l'épreuve, on dirait bien. J'ai des plaques rouges et de l'inflammation en certains endroits. Surtout aux coudes et aux genoux...

–Montrez-moi vos mains.

Elle les tendit, paumes dehors. Il les toucha :

–Non, de l'autre côté.

Et ensemble, lui les tenant et elle les tournant, ils firent en sorte que le dessus apparaisse.

–Bon, rien autour des ongles... Il faudrait que je voie vos coudes et même les genoux. Vous êtes d'accord ? Il faudrait aussi que j'examine votre cuir chevelu.

–Vous semblez avoir une idée de ce que j'ai.

–Oui et on a dû vous le dire si vous en avez parlé avec quelqu'un.

–J'ai pensé que c'était de l'eczéma.

–Très probablement du psoriasis. Est-ce que vous en avez dans le cuir chevelu ?

–Malheureusement un peu, oui.

–Allons, venez. Allez derrière le paravent et faites en sorte que je puisse voir vos coudes, vos genoux et aussi votre tête.

Il lut dans son regard de l'hésitation mêlée de crainte et la rassura :

–Écoutez, pas besoin d'en ôter trop. Relevez vos manches pour les coudes, et votre robe pour les genoux. Si vous portez des bas comme je l'imagine, faites-les glisser plus bas que vos genoux. Et enlevez votre coiffe.

C'était surtout cela qui indisposait la religieuse. Elle se savait les cheveux tapés sur la tête par ces linges empesés qui l'entouraient et y gardaient l'humidité. En elle, la jeune femme reprenait le pas sur la religieuse. Et l'image qu'elle pourrait donner à cet homme surpassait en importance celle qui s'offrait au regard de Dieu.

Elle se rendit derrière le paravent, ce qui était superflu dans les circonstances, et ôta sa coiffe puis reparut devant lui près de la table d'auscultation.

–Montez sur le petit banc et assoyez-vous.

Ce qu'elle fit. Il s'approcha et mit sur sa tête sa main aux doigts écartés :

–Penchez-vous un peu.

Elle obéit.

–Si c'est du psoriasis, vos vêtements vous désavantagent, le saviez-vous ?

–Mais quand j'étais novice, j'en portais des semblables.

–Le prononcé de vos voeux aura été la facteur déclenchant... un choc psychologique... et ce, même si vous vous y prépariez et si vous vous y attendiez depuis longtemps.

Elle ferma les yeux comme quand on coupait ses cheveux. Et ne put s'empêcher de ressentir du bien-être à se laisser ainsi toucher à la tête.

–Je sens les squames... et je les vois...

–On dirait que je fais des pellicules... c'est une honte.

–Le psoriasis est une maladie qui ne devrait pas faire honte à quiconque, vous savez. C'est très fréquent. Ça n'a rien à voir avec une hygiène insuffisante ou une mauvaise alimentation. En outre, ce n'est pas contagieux. Et ça peut se traiter. Si vous voulez relever vos manches...

Ce qu'elle fit. Il y trouva confirmation de son diagnostic. Son examen consista à regarder et à toucher doucement de haut en bas toute la région affectée et même d'aller un peu plus loin afin de se rendre compte s'il y avait début de la formation de cellules épidermiques, signe d'aggravation.

–C'est localisé... Maintenant les genoux... Veuillez relever votre robe...

Derrière le paravent, elle avait roulé ses bas jusqu'aux mollets et il lui suffit de retrousser la robe. Il regarda puis toucha. Elle sursauta au premier effleurement.

–Je vous ai fait mal ?

–Non, c'est... un peu... sensible... je veux dire... chatouilleuse.

–Je vais y aller plus fermement.

Et il travailla avec son pouce sur la peau d'un premier genou. Pressant. Évaluant. Un souvenir lui revint alors en force. C'est à examiner ainsi les genoux de Catherine qu'ils étaient entrés tous les deux dans un territoire inconnu, peuplé de sensations magnifiques et d'émotions indéfinissables et pures.

L'on pouvait entendre le rire tonitruant de Déric Blais au loin et ses exclamations incessantes. Et on pouvait sentir la fumée âcre de son tabac.

–Tout a l'air d'aller bien pour eux de l'autre côté et c'est tant mieux, dit-il en terminant l'auscultation de l'autre genou.

Il relâcha sa robe sur les jambes et reprit :

–J'ai su que vous étiez originaire de Saint-Martin et que votre nom de famille est Fortin. C'est le docteur Poulin qui m'a renseigné. Mais il ignorait votre prénom. Est-ce irrespectueux de vous le demander ?

–Alice.

–C'est tout de blancheur, de pureté, de propreté... comme un lys. Remettez vos choses et venez vous asseoir, on va établir un suivi curatif.

–Est-ce que ça pourrait s'étendre ?

186

–Oui. Mais c'est rare. La plupart des cas sont circonscrits aux régions affectées dans votre cas.

–Et qu'est-ce qu'on y peut faire ?

–Je vous redis que votre costume est favorable au psoriasis. Mais vous ne pouvez pas l'enlever le jour. La lumière du jour a de notables effets thérapeutiques sur la maladie. Le soleil : merveilleux ! Et vous savez quelle est la meilleure cure ? Les bains de mer. L'eau salée. Si vous viviez près de la mer Morte, ce serait l'idéal parce que l'eau y est la plus salée de toutes les mers du monde...

Elle rougit en disant :

–Faudrait que je sale mon eau de bain...

–Non, à moins de vous procurer du vrai sel de mer. Mettez plutôt du bicarbonate de soude... du bon vieux soda. Et puis il y a une crème à base de cortisone que je pourrais vous faire venir. Mais en tête de tout : lumière et soleil. Il y aura d'autres poussées, des rémissions et alors votre psoriasis blanchira. Désirez-vous que je commande la crème dont je vous ai parlé ?

–Oui.

Il prit note.

–Et voilà !... Ensemble, on va en venir à bout.

Le mot ensemble eut sur elle un effet inattendu. Elle en fut troublée autant que par les touchers de ses mains sur ses coudes, ses genoux et surtout sur sa tête. Elle se leva et se dirigea doucement vers la sortie et vers les voix qui continuaient de s'échanger idées et drôleries dans la salle d'attente.

Il la suivait en parlant :

–Vous m'en donnerez des nouvelles quand on se verra le dimanche là-haut... je veux dire au jubé de la chorale. Et on pourra en juger à mesure... Et aussi, ce qui parfois aide... priez. En tout cas, ça ne peut pas nuire.

–Je préfère que le bon Dieu réserve ses miracles pour les pauvres et les malheureux.

–Mais il est de votre devoir de vous soigner. Les enfants

ont besoin de vous. Moi, en tout cas, je ne suis pas édifié par ces récits de saintes qui se donnaient le silice et accueillaient la maladie et la souffrance à bras largement ouverts.

–Là, vous m'étonnez un peu...

–La maladie est une chose naturelle, mais la santé l'est encore davantage. Une âme saine dans un corps sain.

Elle fut sur le point de dire : on en reparlera. Mais la proposition figea dans une poussée de timidité.

Il dit :

–On en reparlera.

Lisait-il donc dans ses pensées ? se demanda-t-elle en baissant les yeux.

*

Ce soir-là, dans son lit, touchant son coude avec sa main, soeur Paul-Arthur ne parvenait pas à chasser cette sensation ressentie durant l'examen et qui, par le souvenir, s'aggravait en douceur et en agrément. Il lui fallut prier. Et elle se demanda si pour soigner une maladie physique, elle ne risquait pas d'en attraper une autre encore pire : une maladie qui s'empare d'un coeur de femme et qui le lui secoue sans ménagement chaque fois qu'elle pense à quelqu'un en particulier...

Il lui fallut dire plus d'un rosaire pour s'endormir.

*

Au même moment, Samuel faisait le bilan de sa journée de pratique. Parmi ses visiteurs, un nom flamboyait comme celui d'une fleur si blanche et si pure...

***

Chapitre 15

Les splendeurs d'automne, témoins du cycle de la vie, flamboyaient par toute la nature. Les érables allumaient la Beauce entière, vallée, hauteurs et plateaux. Un fleuve d'or et de feu coulait depuis des lointains inconnus vers des ailleurs imprécis.

Après les événements de septembre ayant remué toute une paroisse, les choses peu à peu se tassaient, se décantaient et reprenaient leur vieux cours normal. L'exceptionnel fut emporté avec la chute des feuilles. Mais pas tout à fait...

Gédéon Tanguay, Rosario Boulanger, Josaphat Bégin et autres routiers partirent pour les chantiers de la lointaine Abitibi, rêve de pécule dans leur manche de hache. Mais cette année, on ricanait à propos des jeunes.

"Feront pas vieux os avec leu' patente à gosse."

Voilà ce qu'on disait de Raymond Buteau et Alphonse Fortin, des excités de la génération suivante qui avaient osé se procurer une scie mécanique pour monter bûcher.

"Une maudite réguine, ça prend deux hommes pour te trimbaler ça."

"Vont s'apercevoir, ça sera pas long, qu'avec une hache pis un galandor (godendard), on en fait trois fois plus dans la même journée, j'te dis, hey..."

"Pis trois fois moins fatikés à par de t'ça itou, hey..."

Armand dans son camp contemplait la mort. Il se savait, de tous les Grégoire, le premier sur la liste nécrologique future. Puisque son temps était aussi réduit et compté, il ne le perdrait pas en vains efforts à travailler. Lui et le Blanc Gaboury s'étant reconnus voisins dans le même funeste calendrier furent enclins à se fréquenter avec une certaine assiduité et l'on pouvait voir souvent le soir le postillon diriger sa noire et mince personne vers le cagibi situé en plein coeur du village et y disparaître dans un autre monde connu des deux hommes seulement... sans doute lugubre...

L'état des grands malades demeurait stable. Ils étaient soutenus par un solide remède : la présence à son cabinet du docteur Goulet et la confiance extrême qu'avec tout Shenley, ils mettaient en lui.

Il se produisit donc quelques événements peu courants ces mois-là. Pampalon déménagea à Saint-Évariste et son fils aîné reprit l'hôtel. Luc fut aidé comme prévu et organisé à l'avance par plusieurs. Sa mère d'abord. Puis Imelda Lapointe qui accepta avec joie de faire les chambres, le ménage, l'entretien ménager, et qui poussait parfois le zèle jusqu'à brasser les fèves au lard, ce qui avait l'heur d'irriter au plus haut point la pointilleuse Ida qui lui disait chaque fois :

"Melda, des binnes, on s'coue pas ça ! Ça perd du goût pis ça se défait en marde de chien..."

Imelda le prenait pour une blague et recommençait à la prochaine occasion.

Plus occupé encore que dans les pires années à Dachau, Samuel trouva le temps de regarder pour échanger la vieille Chrysler sur les conseils désintéressés de Gus qui, le cas échéant, aurait bien moins de mécanique à faire sur la voiture en moins bonne santé du médecin.

Mais ce qui anima le plus les conversations en sourdine fut cette amitié grandissante se manifestant entre Samuel et la petite religieuse, les occasions aidant. Le dimanche après la messe, ils conversaient au jubé de l'orgue et il leur arrivait de prolonger l'échange jusque pas loin de l'Angélus. Et il fallait le son puissant des cloches de l'église pour les faire émerger de cet univers de petites clochettes qui sonnaient sans cesse dans leur coeur et dans leur âme à travers une musique imaginaire presque céleste. Par bonheur, la religieuse sortait alors du côté droit de l'église, et filait directement au couvent à l'abri, croyait-elle, de tous les regards, à l'exception, certains dimanches, de ceux du curé embusqué à sa fenêtre et caché par les feuilles colorées tant qu'elles durèrent, et ceux de la supérieure, pas plus compréhensifs et aussi douloureusement contrariés mais résolument muets.

La vocation de mère Paul-Arthur était mise à rude épreuve, songeait chaque fois soeur Saint-Théodore. On ne pouvait que prier pour elle. Surtout ne pas intervenir. Dieu par la main de Marie lui indiquerait le bon chemin à suivre loin des tentations du monde.

Samuel quant à lui sortait de l'église par la porte avant gauche et à part Gaby qui les voyait ensemble en quittant l'une des dernières le jubé, et parfois Marie-Anna qui pratiquait une dizaine de minutes, il était donné à peu de gens de voir les deux nouveaux amis ensemble.

Soeur Thérèse décida néanmoins d'intervenir, elle, afin de protéger sa consoeur. Elle fit en sorte de parler à part à Bernadette au magasin et lui révéla un secret dont la teneur justifierait les trop fréquents contacts entre soeur Paul-Arthur et le docteur Goulet. Elle dit que la jeune religieuse souffrait d'un grave psoriasis, qu'elle devait être suivie de près par le médecin, que le remède premier consistait en le soutien moral puisque les causes de la maladie pouvaient être surtout d'origine psychosomatique. La nouvelle étant positive et importante, elle fit rapidement des sauts de puce dans au moins tout le village grâce aux pas vaillants de la soeur du marchand qui, toutefois, pour empêcher qu'elle soit trop lourde et trop lente à circuler l'amputa du mot psychosomatique.

Quoi qu'il advienne dans les limites du raisonnable, la morale ainsi était sauve.

Jeanne d'Arc 'faisait la classe' au loin, à Notre-Dame-des-Bois et là-bas, se laissait courtiser par un ou deux jeunes hommes pour le plaisir de la chose. Rien pour s'en confesser mais Luc ne l'aurait pas prisé. Elle se montrait tellement toute à lui quand il la visitait le dimanche qu'il n'en aurait jamais rien su. Et puis cet esprit convivial de la jeune femme serait un atout majeur quand, à ses côtés, elle mènerait leur entreprise hôtelière après leur mariage.

–Veux-tu ben me dire c'est quoi que t'as tout le temps à rire avec la vieille Elmire ?

La petite bonne-femme Page (Lepage) visitait souvent Ernest à la boutique de forge et trouvait toujours quelque chose à faire réparer à un harnais, une voiture et même ses horloges que chaque fois, il lui conseillait de confier au jeune Drouin, le frère à Foster, dont on disait qu'il avait un mécanisme d'horlogerie dans la tête tant il avait de 'réussi' à monter et démonter tout objet servant à marquer le temps.

Toujours est-il que la femme du forgeron trouvait matière à reproche dans ces échanges entre son mari et la vieille fille nauséabonde aux vêtements bruns, toujours bruns, éternellement bruns. Pire, la bonne femme s'arrangeait toujours pour s'arrêter à la boutique à la brunante. Si bien qu'Éva en vint à lancer parfois à la tête d'Ernest l'expression 'ta chère brunette' pour désigner Elmire. L'homme alors se contentait d'un rire de sa voix la plus grasse et éraillée.

Même si sa mère Orpha lui faisait des suggestions à peine voilées, Lucille Lapointe était bien trop timide dans sa blondeur de jeune fille en fleur pour oser faire le moindre pas en direction de Samuel. Et puis, sans jamais se rendre compte que sa beauté estomaquait, elle était contrariée par tous ces regards insistants qui se posaient sur elle quand elle se trouvait en public, comme si on avait observé avec soin son nez qu'elle trouvait trop retroussé, son grain de beauté sur la joue qu'elle détestait, ses dents pas assez blanches à son goût. Et sortait donc peu. Elle savait l'amitié du docteur pour la religieuse et ça la sécurisait. Tout de même, il ne lui

192

ferait jamais briser ses voeux, à la bonne soeur, pour l'épouser ou alors tous deux vivraient avec la menace de l'enfer au-dessus de la tête. Elle soupirait et se reprenait d'espérance. Le temps et la patinoire lui viendraient sûrement en aide au cours de l'hiver.

Rose se tint tranquille. Tous les jours, elle s'adonnait à une longue marche à l'extérieur du village, toujours dans un rang, de préférence le Grand-Shenley. Ça lui disait qu'un jour ou l'autre, il se passerait quelque chose. Un homme s'arrêterait. Ils jaseraient. La problème était que les célibataires et les veufs se faisaient d'une 'rareté rare'... Et qu'elle se refuserait de toucher à tout homme marié ou fiancé. Et puis, elle imaginait des scènes d'amour sans savoir jusqu'où elle irait si d'aventure un prince charmant lui faisait des avances. Dépasserait-elle ce certain désir qu'elle reconnaissait en sa chair depuis trop longtemps et qui, après s'être levé lentement à l'horizon de sa jeunesse, devenait de plus en plus chaud, comme un soleil à son zénith ?

Le curé Ennis restait fidèle à Marie-Anna dans son coeur. Il avait béni son mariage avec bonheur, baptisé son premier-né. Une amitié éternelle les unirait et qui sait si dans un autre monde, il ne se trouverait pas un coin de paradis pour eux deux. Et cela aidait au prêtre à comprendre certains sentiments que devaient vivre le docteur et la trop jolie soeur Paul-Arthur.

Germaine et Joseph Boulanger entretenaient avec les Boutin, Roméo et Catherine, des liens serrés qui dépassaient même le bon voisinage. On se visitait à tout bout de champ. Germaine dominait toujours son couple tandis que Roméo cherchait à le faire, qui avait du mal à s'emparer des rênes. On s'observait. On se comparait. On s'appréciait. Et par-dessus tout, on s'entraidait. Dans l'intimité, aucun des couples ne disait du mal de l'autre. Les impératifs de la vie agricole aplanissaient leurs différences d'un mois à l'autre, d'une année à la suivante, imperceptiblement et inexorablement.

Et pourtant chacun resta soi-même. Par exemple, Joseph refusa les propositions de son voisin concernant la chasse et le trappage. Il n'avait pas les surplus d'énergie requis pour courir les bois l'automne et l'hiver. Et c'est ainsi qu'après les travaux de la saison, au temps de la chasse, Roméo partait seul dans la grande forêt de la concession des Breakey.

Un matin qu'elle le savait parti, Armandine se fit reconduire par Samuel. La mère et le fils avaient de nouveau parlé de Catherine et voulaient que le point sur sa situation se fasse dans leur tête. On se sentait une responsabilité envers elle à cause aussi du petit Emmanuel. Et d'une certaine façon de Clara.

Par un signe de la main sur le pas de la porte, Catherine salua Samuel qui refusait d'entrer, prétextant la nécessité de se trouver à son cabinet pour y recevoir une visiteuse matinale. Roméo s'était apporté à manger et ne reviendrait pas avant le milieu de l'après-midi. On aurait tout le temps pour se parler. Et on en profita.

Il fut longuement question de la déficience de Jeannine, une enfant qui par ailleurs, donnait tous les signes d'une intelligence normale.

–Ce sont des choses qui peuvent arriver dans n'importe quelle famille, et les parents n'y sont pour rien, soutint la vieille dame qui posait parfois un regard triste sur l'enfant paralysée, allongée dans sa couchette à barreaux et qui ne cessait de la dévisager et de l'examiner avec insistance comme pour tout savoir d'elle.

Emmanuel était familier avec cette dame souriante et si sympathique envers lui. Chaque fois qu'elle venait et cela était inscrit bien profondément dans ses mémoires d'enfant, elle apportait quelque chose de magique : du bonbon. Cette fois, c'était de la tire à la mélasse enveloppée dans des papiers individuels. Un produit de magasin qu'elle s'était procuré chez Freddé. Elle lui en donna à condition qu'il vienne s'asseoir sur elle; et c'est ainsi qu'elle put, avec la tendre bénédiction de Catherine, le serrer fort dans ses bras pour elle-même et au nom de son fils.

–Qu'il est donc beau, cet enfant-là ! dit-elle sur le ton de la confidence. Mais on le dit tout bas pour pas qu'il apprenne à s'en faire accroire un petit peu.

–Pas de danger, il est de bonne race !

Catherine redit ce que la femme savait déjà : elle était de nouveau enceinte. Elle fit alors une déclaration qui stupéfia Armandine :

–J'espère qu'un jour, ils vont trouver une pilule pour empêcher la famille. Des bébés à la chaîne, c'est bon pour les animaux, pas pour les femmes.

Armandine secoua la tête :

–Samuel pense la même chose, mais il ne le dit pas trop fort... Mais... faut penser à l'enseignement de la sainte Église catholique... au péché mortel...

Catherine préféra garder le silence. Assise à la table, elle continua de peler les patates. Dans une berçante, l'autre femme la regardait faire. Elle crut le moment venu d'aborder la question qui l'amenait ce jour-là. Et reçut une confidence à laquelle on aurait pu s'attendre :

–Son gros défaut, à Roméo, c'est d'être jaloux. Pas envieux, ça, non, mais il est ben inquiet depuis le retour de Samuel. Il sait qu'il pourra jamais faire mourir ce que j'ai dans le coeur. Avant, il oubliait tout ça, mais là, à tous les dimanches, à l'église, il est remis en face du passé... Emmanuel et tout le reste... comme on sait.

–Il a pas à nous en vouloir...

–Après tout ce que vous avez fait pour lui, je le sais. Il vous en veut pas non plus. Il peut pas m'en vouloir à moi non plus. Mais je pense qu'il s'en veut d'être fait de même. Il s'accepte pas comme un homme jaloux et veut pas se voir en homme jaloux. Et ça empire les affaires. Ça couve tout le temps sous la cendre. Des fois, il a envie de se servir de sa force contre moi...

Malgré son âge, Armandine bondit de sa chaise. À l'autre bout de la pièce, Emmanuel se demanda si elle était sur le

point de partir. Peut-être avait-elle d'autres bonbons en poche. À voir sa mère peler les pommes de terre, il vint à elle :

–J'en veux, maman.

–Donne-lui pas ça, il va avoir mal au ventre et il pourrait
attraper le ver solitaire.

–Vous pensez ?

–Ah oui ! Tu demanderas à Samuel.

–Jamais entendu parler de ça, moi. Lucien en a toujours
mangé comme un bon, lui.

–Mais... ce qui fait pas de mal à l'un fait pas nécessairement le même effet à l'autre.

Il tardait à la vieille dame de renforcer les défenses de la
plus jeune, et c'est par le récit du drame vécu par son fils sur
la bord de la fosse commune à Dachau qu'elle pensait pouvoir y parvenir le mieux. Terrible anecdote servant d'anti-
dote quand le poison de l'attaquant mâle se répandrait dans
l'air. Elle s'assit à table pour raconter.

Larmes et joie dans le regard, Catherine s'exclama quand
l'autre eut terminé :

–Je reconnais bien Samuel. Capable d'aller jusqu'au
bout.

–Il dit que non, qu'il s'est trop soumis là-bas. Son ami
Haussmann lui répétait tout le temps qu'il devait le faire
pour sauver les autres, pour les soulager. Il était le seul pri-
sonnier-docteur à Dachau. Et je sais qu'il a dû en sauver,
bien des vies. Mais il a pas pu sauver son ami le prêtre...

–Racontez-moi. Tout ce qui le concerne me...

Elle toucha la main de la vieille dame et continua :

–J'aime tout de lui.

–Il faut que tu aimes aussi tous les tiens, Catherine.

–Ça, craignez rien. Il manque pas de place dans mon
coeur pour tout le monde.

–S'appelait Camilien Tremblay. Se sont connus sur le bateau...

***

196

Chapitre 16

Ce même soir, à table, Catherine annonça à son mari qu'elle était enceinte. Sa seule réponse fut un 'ouais' grimaçant qui pouvait être attribué à la chaleur de son thé dont il venait de se mettre une gorgée dans la bouche.

Rien d'anormal n'apparut quand ils accomplirent leur devoir d'amour plus tard en soirée. Le lendemain, Roméo retourna à la chasse et fut chanceux, il ramena un chevreuil de bonne taille. En fait, il le tua tôt dans l'avant-midi, le saigna sur place et retourna le chercher dans l'après-midi avec un cheval et une traîne à roches.

Et ce même soir, ils accomplirent leur devoir conjugal comme de coutume. Pourtant Catherine pressentait quelque chose. Tout était trop comme à l'ordinaire pour l'être. Il lui paraissait que du feu couvait sous la cendre. Mais quelle cendre ? Qu'est-ce qui avait brûlé en lui et dont elle n'avait vu ni les flammes ni la fumée ?

L'explosion redoutée se produisit à l'heure du train quelques jours encore plus tard, un lundi. Depuis qu'elle lui avait annoncé son nouvel état de femme enceinte, que Roméo s'adonnait à de douteux et pathétiques calculs ! Il ne cessait de se demander ce qui avait pu se produire le jour du retour de Samuel à la maison. Et si ce n'était pas à ce moment, peut-être que Samuel était venu dans son dos. Il se rappelait lui avoir porté ses vêtements au village. Après son départ, il avait eu affaire au magasin, chez le cordonnier, chez le boucher Boutin-la-Viande. Peut-être que le docteur en avait profité pour monter au Grand-Shenley en machine ? Faire ce qu'il avait à faire et continuer par le chemin de la concession, faire le tour par Saint-Évariste et ne jamais le rencontrer en revenant chez lui ? Dans sa tête, les minutes des scènes imaginaires s'étaient allongées. L'impensable devint possible puis probable. Il ne se rendait pas compte que le terrible sentiment qui le gagnait de plus en plus, qui l'imbibait à le noyer, le transformait en un tout autre homme. Cet autre homme en lui toutefois gardait un certain contrôle. Il savait calculer. Il lui fallait faire parler Catherine, mais ce n'était pas en la menaçant ou en la frappant qu'il gagnerait quelque chose.

L'explosion se produisit à l'heure du train...

Le soir, Catherine ne s'y rendait jamais. Le travail incombait à Roméo, Lucien et Carmen. Elle devait veiller sur Jeannine et Denise, et préparer le repas. Emmanuel faisait son petit homme et il accompagnait souvent les trois qui se rendaient à l'étable. Sa mère lui avait bien fait comprendre qu'il ne devait jamais s'approcher des vaches, encore moins des chevaux. Le bonheur du garçonnet, c'était de s'amuser avec les chatons dans la stalle où était jeté le foin depuis la grange dans l'étable. Il les admirait, les flattait, les regardait grimper aux poutres. Et il trottait dans l'allée derrière les autres en train de faire la traite des vaches. Ou bien il allait s'asseoir sur une chaise faite exprès pour un enfant de son âge et regardait tout, entendait tout, humait toutes odeurs qui à lui ne paraissaient pas exécrables mais du plus grand naturel. Toujours souriant, toujours obéissant, toujours heureux, semblait-il à sa mère et à Carmen.

L'explosion se produisit à l'heure du train...

Ce fut une explosion de cris, de pleurs, de terreur. Si forte que Catherine, sortie dans la dépense froide, l'entendit depuis la maison. Elle reconnut aussitôt la voix de l'enfant et en fut à ce point frappée qu'elle échappa le plat de lait caillé qu'elle tenait à la main, ce qui souilla l'entier plancher de la remise. Et elle courut vers ces affreux hurlements que dans sa tête, elle associait à un accident grave, peut-être une ruade au visage du petit comme il s'en produisait trop dans le monde agricole, chose qu'elle avait toujours redoutée pour Lucien, un enfant moins docile que son jeune demi-frère.

La scène qui l'attendait était bien pire dans un sens. Au milieu de l'allée, Emmanuel avait les culottes baissées, les deux mains emprisonnées au-dessus de sa tête par la poigne terrible de Roméo et l'homme le frappait aux fesses et aux cuisses avec une lanière de cuir. Déjà du sang coulait sur sa peau.

Un cri de mort fut entendu : un cri de guerrier blessé, un cri de la chair et de l'amour tuméfiés, un cri de tous les sentiments noirs poussés à leur extrême limite. Un cri primal, global ! Ce n'était pas un mot, c'était un son rauque, puissant, ultime...

Il émergeait de la bouche de Catherine. La femme s'était arrêtée un court instant à l'intérieur de l'étable pour voir ce qui arrivait, craignant comme l'enfer un accident grave survenu à son fils. Les deux autres enfants étaient figés par la peur et l'impuissance. Chacun restait sans bouger, assis sur un petit banc, seau de lait entre les jambes, près d'une vache qu'il était à traire.

Ce hurlement de toutes les colères les soulagea un peu pourtant, tandis qu'il stoppait net le bras de la violence et du malheur, tenant cette terrifiante courroie. Roméo tourna la tête vers elle. La lueur d'un plaisir horrible et pervers échappée de son oeil fut aussitôt éteinte par celle infinie de la rage protectrice qui se pouvait lire dans le regard de sa femme.

Chacun des deux prit conscience du fait qu'il se trouvait, appuyé au mur, un broc à trois fourchons susceptible de leur rappeler à tous deux l'expulsion définitive de sa grange et de la vie de Catherine de son premier mari ce jour où il avait tenté de la violer et de la dominer. Cette tentative de viol ou même le viol le plus brutal s'il avait eu lieu, ne présentaient pour ce coeur de mère aucune commune mesure avec l'événement en cours. Roméo avait souvent ri au récit de ce drôle d'exploit accompli par elle cette fois-là. Mais le moment n'était pas à la plaisanterie.

L'enfant hurla moins quand il vit sa mère et se réfugia dans de chaudes larmes comme dans ses bras. Ses yeux noyés criaient au secours et il tordait ses petites mains impuissantes pour tâcher de les libérer de l'impitoyable emprise.

Roméo parla plus haut que les sons du garçonnet :

–Écoute, il se promène en arrière des pattes des chevaux. C'est mieux une bonne volée sur les fesses qu'une patte de cheval dans face...

Blanche comme un linceul, Catherine s'approcha de son pas habituel. Roméo ne relâchait pas les mains prisonnières ni sa lanière, et il attendait la suite, le coeur battant. Son plan diabolique issu de son cerveau malade de jalousie avait consisté à instiller la peur et donc la soumission totale en elle à travers cet enfant bâtard qu'en plus il méprisait sans trop se l'avouer. Car il le jalousait tout comme il jalousait son père naturel, et sa mère d'une autre manière. Il reprit la parole :

–C'est pour son bien. Voudrais-tu que je te le ramène à maison dans mes bras, la face échiffée comme le p'tit Lucien Breton ?

Quand elle fut encore plus proche, l'homme fut happé par quelque chose d'imprévu : l'image de sa femme sous cet angle, dans cette robe serrée qui accentuait la rondeur de sa poitrine, le saisit d'une forme de désir inconnue mais ô combien violente.

Il prit une voix plaintive :

–Il est tout le temps en arrière des pattes des chevaux...

Un bruit se fit entendre qui attira l'attention de Catherine par-dessus la scène insoutenable. Plus loin, Carmen avait réussi à sortir de sa torpeur et à rejeter d'une ruade son seau de métal avec fracas. Et elle hochait la tête négativement pour démentir cet homme et attaquer son machiavélique échafaudage dont elle n'était pas dupe.

Catherine n'avait besoin de personne pour lui rappeler qu'elle avait pris son fils tout contre elle l'année d'avant et lui avait inculqué par la douceur et en passant par sa vive sensibilité, la crainte des chevaux.

"Si tu te faisais frapper par la patte d'un cheval, tu mourrais et ta maman mourrait de peine."

Elle lui avait répété la chose à plusieurs reprises, soit dans les mêmes mots soit en d'autres, jusqu'à ce qu'elle sache qu'il les avait assimilés pour toujours. Et pour s'en assurer ensuite, elle l'avait observé. La peur des pattes des chevaux avait été installée en l'enfant par la bonne voie, celle du coeur et de la raison, pas celle de la terreur morale et de la souffrance physique extrême.

La femme ne dit pas un seul mot et leva la main pour prendre celles de son fils que l'homme libéra sans plus arguer en sa faveur... pour le moment. Elle s'accroupit et la terreur poussa le petit dans ses bras ouverts, si largement ouverts, ouverts pour l'éternité.

Pendant un moment, elle resta là, à croupetons, consolant l'enfant sur son coeur, à l'ombre du géant atroce resté debout, les bras tombés, sangle pendante et résidu de bave à la commissure des lèvres. Alors, l'homme reprit la parole de nouveau, mais s'adressa cette fois à Carmen sur le ton le plus accommodant qui lui soit possible d'avoir :

–C'est qu'il se passe, ma grande fille ? T'as échappé ta chaudière de lait ? C'est rien pantoute. Du lait, ça se remplace; un enfant, ça se remplacera jamais...

Ce n'était pas à l'adolescente qu'il parlait en fait. Et Catherine en quittant les lieux avec le petit Emmanuel ramassa les mots et les fourra comme tous les autres entendus depuis son arrivée, dans son silence le plus complet, dans l'absolu silence, celui qui remplace tous les livres, tous les discours, tous les dictionnaires.

*

Catherine soigna l'enfant, lava et désinfecta les abrasions sanglantes sans jamais cesser de le réconforter et de lui répéter qu'il guérirait vite. Ensuite, elle attendit encore quelques minutes pour qu'il finisse de décompresser puis le fit manger. Et lui témoigna dix marques d'affection, becs sur la joue, sur le front, lui brassa son gruau sur lequel elle avait mis un peu plus de cassonade qu'à l'habitude. L'enfant répondait par des oui, des non, des sourires, puis il finit par dire une phrase complète :

–Maman, j'irai pus dans les pattes des ch'faux.

Catherine se souvint coup sur coup des hochements de tête de Carmen et des douces recommandations qu'elle avait déjà faites au petit. Elle comprit que la peur extrême et la douleur physique avaient implanté dans sa tête une culpabilité si grande qu'elle lui faisait déformer la vérité, la réalité. C'est que l'enfant ne pouvait pas comprendre dans sa vulnérabilité qu'on puisse lui faire autant de mal sans qu'il ne l'ait mérité. Puni comme un criminel, il s'était aussitôt senti un criminel. Dépersonnalisation à rebours.

La femme comprit que le mal était profond et avait infligé à son esprit des bleus qui ne s'effaceraient peut-être jamais.

–À l'avenir, tu vas rester avec maman à la maison au lieu d'aller à l'étable.

Cela convint à l'enfant qui fit des signes de tête affirmatifs. Et il répéta ce qu'il avait dit :

–J'irai pus dans les pattes des ch'faux, hein, maman ?

Catherine servit le souper comme à l'accoutumée. Elle avait pris soin d'envoyer son fils à l'écart avec des jouets et une promesse de bonbons qu'elle lui achèterait quand elle irait au village. Quand son mari voulut mettre sur le tapis l'épisode de la correction, elle lui coupa net la parole :

–On en parlera plus tard. Pas devant les enfants. Ça nous regarde, pas eux autres.

–C'est comme tu veux. Serait important de leur montrer quand même que j'ai fait mon devoir.

Carmen repoussa son assiette :

–Maman, j'ai pas faim, j'ai mal au coeur, je veux aller

202

me coucher.

–Prends-toé un bon verre d'eau frette, dit Roméo. Pis va te coucher un peu, ça va se passer.

L'homme ne parlait jamais durement à la fille aînée de Catherine et quand sa féminité s'était affirmée, il avait commencé à chercher et utiliser divers prétextes pour lui faire comprendre qu'elle était sa protégée... Quant à Lucien, il le voyait d'un assez bon oeil aussi et appréciait sa paire de bras si utile aux travaux de la terre.

Par contre, il continuait de se sentir fier de Clara. Elle lui avait si souvent fait honneur à l'église et dans les fêtes publiques.

Tout ce qui lui était favorable revint dans la tête de sa femme ces heures-là. Elle refusa de prendre la correction infligée à l'enfant comme prétexte pour le noircir de pied en cap et oblitérer ses bons côtés. Roméo n'était pas si mauvais que ça avant le retour de Samuel. Mais voilà que sa jalousie gâchait l'homme. Indiscernable sentiment qui avait couvé sous la cendre toutes ces années, nouveau pour lui tout autant faute d'avoir jamais été tisonné dans sa jeunesse et durant son premier mariage. Un vice caché.

Il lui parut qu'il avait peut-être atteint son but, du moins partiellement. Que sa femme comprendrait le message, elle qui une fois déjà avait refusé de se soumettre entièrement et ne lui avait en fin de compte obéi que de mauvaise grâce. Entre deux cuillerées de gruau, il alla jusqu'à s'en vouloir d'en avoir fait un peu plus que nécessaire dans la correction infligée. Mais il se sentit peu à peu envahi par la tranquillité du soir et des personnes. Même Jeannine fut moins exigeante dans les heures qui suivirent.

Catherine mit les enfants au lit et gagna la chambre du couple au rez-de-chaussée. Enfila ses vêtements de nuit, éteignit la lumière et se coucha sans prendre un bain comme elle le faisait de plus en plus souvent le soir. Lui attendait. Il avait le goût du plaisir. Et tournoyait en sa poitrine cette sensation ressentie à l'étable en apercevant sa femme habillée comme elle l'était. Au bout de quelques instants plutôt courts, il glissa sa main sur sa hanche et vers la région pubienne. La main de sa femme s'empara de la sienne et la repoussa avec violence.

–Ben voyons, c'est quoi qui va de travers ?

Catherine se lança hors du lit et se rendit au commutateur qu'elle tourna. Une lumière jaune tomba sur la chambre et sur leurs visages. Elle s'approcha du pied du lit, le regard rempli de tous les hurlements de son fils dans l'étable, de tous ses cris de terreur semblables de sa propre enfance, des agressions subies aux mains de son premier mari, de la douleur immense d'avoir perdu Samuel deux fois plutôt qu'une, et mit sa main entre ses jambes en poussant sur sa jaquette blanche qui forma un V sur elle.

–Ça, mon gars, tu vas pus jamais toucher à ça le temps que tu vas vivre...

Elle n'eut pas le temps de passer aux conditions nouvelles qu'elle y mettrait qu'il se lança à son tour hors du lit, piqué par une rage aussi soudaine que folle provoquée par une poussée du mauvais sentiment à la source de tous leurs récents maux de couple. Aucun ne s'en laissa imposer par l'autre et chacun utilisa ses armes. Il lui prit les deux bras et serra comme il l'avait fait une fois déjà :

–T'appartiens à ton mari pis tu vas obéir à ton mari. C'est comme ça que ça marche dans ce bas monde.

Elle le regarda droit dans les yeux sans broncher, sans sourciller, sans essayer de libérer ses bras, sans manifester le moindre signe de douleur physique :

–J'ai rien qu'une chose à te dire, Roméo Boutin, rien qu'une. Tu peux me serrer les bras tant que tu voudras, je vas fermer ma gueule pis endurer, tu peux me frapper, m'étouffer, me faire des menaces, me violer, je vas tâcher de tout endurer pour pas briser la famille, pour pas nuire aux enfants, mais y a une chose que tu vas jamais refaire de ta vie, jamais, pis c'est de toucher au petit...

–J'y ai rendu service pis à toé itou...

–Les hypocrites pis les lâches, quand ils veulent faire du

mal aux autres, prennent toujours le prétexte de leur faire du bien.

–Tu l'aimes donc, ton maudit bâtard...

Elle reprit froidement son dire précédent :

–Tu pourras me faire des bleus, m'étouffer, me violer, me battre, peut-être que j'endurerai le reste de ma vie, mais tu vas jamais toucher au petit gars, tu vas jamais y toucher... parce que tu te rappelles de la fourche que j'ai plantée dans le cul à mon mari, à Saint-Sébastien, ben tu vas l'avoir, toi, dans les reins. Dans les reins, entends-tu ? Touche à l'enfant comme t'as fait aujourd'hui pis je vas prendre une fourche pis te la planter dans les reins que tu m'auras même pas vue venir... pis je vas t'étriper... les tripes vont te traîner à terre pis tu vas te traîner dedans... les fourchons vont te défoncer les reins pis la vessie... pis quand tu vas te retourner pour me supplier de pas te fesser encore, je vas t'embrocher dans le cul d'en avant, ton cul que t'aime tant pis que tu prends si soin... Tue-moi tusuite si tu veux... T'aurais avantage à le faire... Tu me verras même pas venir...

Il desserra son étreinte, mit sa tête en biais, la secoua.

–Ah, j'sais pas c'est qui m'arrive... c'est depus que le docteur est revenu... j'me possède pas...

–Accuse personne d'autre que toi-même ! Je vas t'en dire encore un peu plus... Ta jalousie, tu vas te la rentrer dans le derrière avant que je te la rentre à coups de fourche. Pis à jamais, Roméo Boutin, à jamais...

Il savait qu'elle le ferait. Il savait qu'elle mettrait ses menaces à exécution s'il ne changeait pas sa façon d'être. À son tour, comme le petit Emmanuel à l'heure du train, il avait les deux mains emprisonnées et une sangle de cuir faisait gicler le sang dans son âme.

Les mains de son corps, elles, étaient toujours libres. Mais pas tout à fait. Car la colère les menait. Il se rendit au mur près de la fenêtre et donna un formidable coup de poing dans la cloison. Les murs étant plus durs que les os en ce temps-là, il se brisa une jointure. Et retourna s'asseoir sur le lit où il se mit à gémir de douleur physique et morale.

–Je vais demander à Samuel de venir te soigner.

–On a rien qu'à y aller.

–Lui, ça va être plus vite, il est en machine.

–Attends, on va dire quoi ? Que j'ai fessé le mur parce qu'on se chicanait ?

–Tu diras ce que tu voudras, je dirai comme tu diras. Il a pas besoin de tout savoir. C'est toi le blessé, si tu veux pas dire comment tu t'es fait ça, t'as le droit...

*

Une demi-heure plus tard, Samuel arrangeait une attelle sur la main blessée.

–Qu'est-ce qui s'est donc passé ? Tu t'es battu avec un ours ?

–Parle moi-z-en pas ! J'ai glissé dans l'étable. Me suis garanti avec la main. J'avais le poing fermé. Fessé le bas de la porte. Bête de même, un accident !...

Ils étaient à table tous les trois. Samuel posa les yeux sur Catherine comme pour sonder son regard et du même coup la vérité des dires de son patient. Elle ne broncha pas. Il n'eut d'autre choix que de croire Roméo. Pour le moment...

–Asteur, j'ai un autre blessé à te faire voir, Samuel, dit la femme quand le pansement fut terminé. Viens en haut.

Déjà blême, Roméo devint livide. Elle lui ferait voir l'enfant, lui montrerait ses fesses, ses cuisses, ses bleus et le docteur n'aimerait pas ça. D'autant qu'il s'agissait de la chair de sa chair. Il savait par Catherine et Armandine à quel point cet homme réprouvait la violence physique. Par contre, il y avait des enfants battus, et bien plus que chez lui, à au moins la moitié des portes de la paroisse. Et personne n'y trouvait à redire. Même l'évangile, au dire des pères de retraite, conseillait de corriger les enfants. "Mais raisonnablement," d'ajouter le curé après leur départ afin de pondérer quelque peu leurs discutables conseils, des conseils que lui-même ne dispensait jamais, ni en chaire, ni au confessionnal, ni autre part.

Roméo dit qu'il attendrait en bas et les regarda monter

l'escalier...

Épuisé par trop de pleurs, brisé par la terreur, le petit garçon dormait à poings fermés dans son lit profond qu'il partageait avec Lucien. Et Lucien dormait encore plus profondément dans cette chambre réservée aux deux garçons mais que ne séparait encore de celle occupée par Carmen qu'un drap suspendu à une corde.

Catherine et Samuel se penchèrent au-dessus du petit. Elle tira sur la couverture puis releva doucement sa jaquette de manière à ne pas toucher aux abrasions. Devant les marques, Samuel grimaça. Chez un autre, il n'aurait pas sourcillé, mais là, les ecchymoses étaient faites dans la chair de son fils :

—Je sais que c'est pas toi qui as fait ça. Pourquoi il l'a frappé ainsi ?

—Il a dit que c'était pour l'empêcher de jouer dans les pattes des chevaux.

Le souvenir du visage tout défait du petit Lucien Breton revint à la mémoire de Samuel...

—Pas moyen de s'y prendre autrement ?

—Oui et c'était déjà fait... J'ai fait en sorte que le petit soit craintif des chevaux. Roméo avait pas besoin de faire ça et Carmen pourrait te le dire, elle aussi. Pis j'ai fait en sorte qu'il se fasse plus jamais corriger comme ça. Je te jure, Samuel, que Roméo touchera jamais plus au petit.

—T'en as la force ?

—Ta mère m'a raconté ton histoire avec le S.S. au bord de la fosse. Si on veut pas qu'une force nous détruise, il faut utiliser une force au moins égale contre elle.

Elle remit la jaquette puis la couverture en place :

—J'ai désinfecté le bobo au mercurochrome et j'ai pensé que c'était mieux de le laisser à l'air libre.

Il lui attrapa la main tandis qu'ils se redressaient tous les deux dans le clair-obscur de la chambre. Et ils regardèrent un moment leur fils dormir, si beau, si pur. Chacun ressentit toutes sortes de soubresauts dans sa poitrine. Toutes leurs larmes, plutôt de se diriger vers leurs yeux, allèrent tout droit à leurs mains qui se noyèrent l'une dans l'autre.

–Tu as fait tout ce qu'il fallait pour lui... Il est entre bonnes mains avec toi... Je veux te dire une chose, une seule : je t'aime toujours autant, Catherine.

Elle répondit posément :

–Et je t'aime toujours autant, Samuel.

–Et je t'aimerai toujours autant, Catherine.

–Et je t'aimerai toujours autant, Samuel.

Dans le noir, de l'autre côté du drap suspendu, Carmen entendait tous les mots et même les soupirs. Des larmes montèrent à ses yeux... Elle aussi aimait cet homme. D'un amour impossible et secret. Inavouable. Sans espoir...

Quand Catherine et Samuel furent de retour dans la cuisine, Roméo s'empressa de justifier ses gestes. Il insista sur les dangers courus par l'enfant. Et alla jusqu'à dire :

–Faut corriger un enfant sur le fait, autrement, il comprend pas. Mais j'pense que ça va ben aller asteur. Le mieux, ça va être de s'entendre, sa mère pis moé, pour savoir comment le prendre pis l'élever comme il faut.

Le choc subi par les propos rageurs de sa femme avait renvoyé son sentiment de jalousie jusque dans les vieux tréfonds de son âme et Roméo devait 'filer doux' par la suite. Samuel repartit en confiance. Il savait que Catherine protégerait leur fils comme il voulait qu'il le soit.

Quand ils se retrouvèrent dans leur lit, Roméo dit sur le ton du compromis et de l'armistice :

–Écoute, on fera notre devoir conjugal quand ton temps sera venu... je vas t'attendre le temps qu'il faudra... j'ai mal agi... ben mal agi... Pas fait ça pour mal faire... me suis trompé...

Et il eut la prudence de n'en pas dire davantage...

***

Chapitre 17

Vite vint l'hiver et se poursuivirent les vicissitudes de la vie.

Malgré sa farouche détermination à propos de la façon d'élever Emmanuel et les autres enfants, Catherine abdiqua un peu plus chaque jour sa liberté en raison d'un système social, politique et religieux soutenant Roméo, ses conceptions de la famille et de l'existence.

Elle avait mis toutes ses énergies dans la balance de son courage afin de protéger son fils. Et avait dû aller au maximum de la colère pour atteindre son objectif. Une formidable utilisation de force morale. Un très grand capital pour acheter ce qui n'aurait jamais dû devoir l'être.

Alourdie par sa grossesse, par ce déplorable cas de l'enfant Jeannine, par les exigences de la vie de famille quand on est déjà sept à table, épuisée dans une guerre de petite usure qu'il faut mener dans les détails chaque jour, chaque heure quand l'autre, plutôt de se faire votre allié face au monde et à l'adversité, mine sans même s'en rendre compte votre personnalité jusque dans sa plus profonde substance, la femme n'avait d'autre choix que de suivre la houle et se remettre dans le droit chemin tracé par la religion et par son époque. Un soir qu'il était d'humeur maussade, elle ouvrit ses jambes à son mari.

Roméo se fit quand même prudent, attentionné voire généreux. Il lui fallait rebâtir son image auprès des Goulet. Son inconscient le lui demandait impérativement. Et afin de montrer patte plus blanche que neige, il fut d'accord sur toute la ligne quant aux invitations à faire et accepter au temps des fêtes; et mieux, il poussa dans tous les sens pour que le plus de gens possible viennent les visiter.

Ainsi, on recevrait les Goulet le soir de Noël, les Bussière entre Noël et le jour de l'An et les Boutin incluant tous les enfants du premier mariage de Roméo le jour de l'An.

D'autre part, on visiterait les Goulet pour le réveillon de la nuit de Noël. On irait dans les deux autres familles avant et après le jour de l'An.

La tâche serait donc écrasante sur les épaules de cette pauvre mère de famille. Il en fut question chez les Goulet à la table après qu'Armandine eut appris le programme des fêtes des Boutin. Elle-même n'avait prévu qu'un seul repas, soit le réveillon de la nuit de Noël.

–C'est trop, maman, beaucoup trop pour elle.

–Je lui ai dit la même chose que toi, Samuel, mais... Je lui ai offert d'aller lui aider durant toute la journée de Noël. Elle ne veut pas du tout. Elle dit que Carmen est ben bonne, qu'elle l'aide beaucoup, qu'elle va s'en sortir. Elle dit que depuis qu'ils ont l'eau chaude à la champlure, que ça va mieux pour elle.

–Elle est intimidée par vous, maman.

–Sans raison.

–Après tout ce qu'elle a traversé dans le passé, elle a raison, au contraire.

–Je suis si embarrassante que ça ?

–Elle vous perçoit ainsi. Peut-être pas embarrassante, là, mais...

–Que c'est donc pas raisonnable !

–Mais c'est ça et on ne peut pas la blâmer pour ça.

Armandine soupira :

–Je le sais. Et je le comprends... je le comprends... Peut-être même que je ne suis pas sans avoir péché dans le passé. Catherine dans le temps, c'était pas mon premier choix pour toi. Même si j'avais pas à choisir à ta place et si je ne l'ai pas fait non plus. À cette époque-là, je lui préférais Gaby ou Marie-Anna et je sais que tu devais t'en rendre compte... À propos, vas-tu te faire accompagner pour le réveillon ? C'est dans quelques jours.

–Notre Clara qui nous arrive samedi...

–Tu réponds pas à ma question.

–Faut-il que j'aie quelqu'un absolument ?

–Je dis ça pour toi. Ça t'engagerait à rien.

–Y a peut-être Lucille Lapointe : je vais l'appeler.

Étonnée, renversée, Armandine agrandit les yeux :

–Es-tu sérieux quand tu dis ça ? Téléphoner à Lucille La pointe ?

Il haussa une épaule, regarda ailleurs, alla se lever pour remplir sa tasse de thé :

–Pourquoi pas ? Elle est jolie, avenante et tout...

–Mais moi, je pense que c'est une autre qui trotte dans ta tête.

–Ce sera toujours Catherine, vous le savez.

–Non, non, non... Ce devait être toujours Elzire. Mainte-nant, ce sera toujours Catherine. Non, Samuel, les êtres pas-sent. C'est comme ça.

Elle prit une gorgée et remit doucement la tasse dans la soucoupe :

–En plus, je n'ai pas dit qui dort dans ton coeur, j'ai bien dit qui trotte dans ta tête.

–Et qui trotterait ainsi dans ma tête comme une petite souris ?

–Une petite... souriante, t'as bien raison de le dire.

–Mais non, maman, je sais bien à qui vous faites allusion et ce n'est pas ça. C'est une belle amitié avec la petite soeur Paul-Arthur, c'est tout. C'est une belle complicité et ça ne va pas plus loin.

–Elle est mariée avec le Seigneur, Samuel. Son bonheur est là, avec sa famille. Sa famille religieuse. Tu ne devrais même pas savoir où elle vit, ne pas connaître son adresse si c'était possible.

–J'irai tout de même pas reluquer aux fenêtres du couvent, voyons donc !

–Tiens, tiens... Je vais te poser une seule question : réponds-moi franchement.

–Je le fais toujours.

–Quand le soir, tu passes pas loin du couvent et que tu regardes la bâtisse, ce qui est tout à fait normal, te demandes-tu où est mère Paul-Arthur en ce moment ? Mieux, dis-moi que tu ignores derrière quelle fenêtre allumée elle se trouve.

–Je...

–Dis-moi que tu ne sais pas où se trouve sa chambre au couvent.

–Je le sais... je le sais... Et après, c'est pas un signe d'amour éternel tout de même. Savoir où elle dort... voyons donc !

–Je te demande juste une chose : pense à ce qu'on vient de se dire. Et... dors tranquille. Va pas croire que je désapprouve ton amitié avec la petite sœur. Mais attention que ça ne dégénère pas en amour si c'est pas déjà fait. Ce serait bien pire pour elle. Inquiète-toi à son sujet et si elle perd les pédales, aide-la à retomber sur ses pattes.

–Tout est sous contrôle.

–Aucun bateau n'est plus difficile à piloter que celui de l'amour humain.

Une heure plus tard, Samuel enfila son manteau noir à col de fourrure et son chapeau paquebot en fourrure de vison bleu et il alla prendre sa marche de santé du soir. Il s'arrêterait au bureau de poste pour y quérir la malle du soir dont leur copie du Soleil qui livrait tous les détails du procès de Nuremberg ouvert le vingt novembre et que l'ex-détenu de

Dachau suivait avec avidité. Il ne manquait d'ailleurs pas d'en parler avec la soeur le dimanche après la messe durant leur inévitable échange à l'ombre de l'orgue.

Il neigeait doucement. Les flocons folâtraient sous les petites lumières jaunes des lampadaires. Non seulement Noël serait tout blanc, mais il serait assis sur un épais manteau ouatiné. À cette heure, les gens étaient à prendre le repas du soir. Ou bien l'homme et la femme se partageaient les grandes tâches de cette heure-là, elle lavant la vaisselle et lui fumant sa pipe dans une berçante profonde.

–Monsieur le docteur, monsieur le docteur, cria une voix de femme quand il passa devant chez Bernadette.

Pas difficile de savoir qui c'était. Il s'arrêta. Elle courut sur sa galerie jusqu'à l'escalier, en robe et tablier :

–Je sais que vous avez ben de l'occupation dans le temps des fêtes, mais je voulais vous inviter, tout le monde, tous les trois, pour venir prendre un petit verre de vin et prendre un sandwich la veille de Noël... Clara arrive demain, elle ?

–C'est au tour des Gosselin d'aller chercher les jeunes filles à Beauceville.

–Ça fait que... je vous attendrais la veille de Noël vers quatre heures de l'après-midi. J'ai invité Catherine pis Roméo. Ils pourront passer la soirée jusqu'à la messe de minuit. Monsieur le curé va venir faire son tour. Marie-Anna m'a dit qu'elle va traverser nous voir. Pis d'autres que je te nommerai pas. On va rire, on va s'amuser, on va fêter le petit Jésus comme il faut.

–Si maman et Clara sont d'accord, je veux bien aussi... Habillée de même dehors, là : des plans pour attraper la mort...

–La mort, moi, je l'ai attrapée par le gargoton en 42 quand j'ai fait ma pneumonie, je lui ai parlé à deux pouces du nez pis lui ai dit : débarrasse la place pis reviens pas avant que je sois rendue à quatre-vingts ans passés. Pis je la reverrai pas rôder autour de moi avant ça.

–Quelle bonne idée !

–Pis je l'ai sacrée à la porte avec un bon coup de pied à la bonne place.

Et elle s'esclaffa. Son rire fut certainement entendu à travers les siècles, se dit Samuel qui poursuivit sa route en saluant de la main. Il passa droit devant le magasin, l'église; et en vue du couvent, il leva la tête. Pour voir... Plusieurs fenêtres du troisième étage, celui des chambres des religieuses, étaient allumées. C'était la deuxième depuis la droite, celle de Paul-Arthur. L'homme s'arrêta dans la nuit et regarda cette belle lumière pure qui émanait des carreaux et saupoudrait le paysage de milliers d'étoiles sans cesse renouvelées. Il se plut à se souvenir.

C'était le dimanche d'avant...

Ite missa est.

Les gorges se raclèrent, les manteaux furent attachés, ceinturés, ceux des petits comme ceux des grands dans tous les bancs. Samuel tourna la tête. Paul-Arthur lui sourit. À l'arrière, Gaby qui les aperçut fronça les sourcils. Marie-Anna haussa les épaules. Le curé jeta aux choristes un ultime regard inquiet et tourna le dos aux fidèles pour emprunter l'escalier qui descendait de la chaire vers le plancher de la nef. Mère Supérieure se moucha le nez et fourra le mouchoir loin à l'intérieur de ses épaisseurs de vêtement.

Le choeur entama un chant de finalité qui s'empara de toute l'église pour en transporter les élans de prière vers le ciel et ainsi l'incliner à envoyer ses bénédictions au moins toute la semaine sur la paroisse : *Le Seigneur est mon berger*. Et dimanche prochain, on trouverait bien autre chose pour amadouer Dieu.

Les voix de Paul-Arthur et de Samuel se trouvèrent parmi les autres et se fusionnèrent. Catherine dans son banc n'écoutait que ce duo parmi la vingtaine de choristes. Et son coeur se taisait pour écouter religieusement. Il lui semblait communier à ces voix unifiées. Et quand ce fut terminé, elle fit son signe de croix en souhaitant que Dieu, s'il lui prenait

214

la fantaisie d'intervenir ici-bas, bénisse et réunisse d'une façon qu'il lui plairait ces deux êtres qu'elle aimait tant, lui surtout.

En quittant, crémone autour du cou, tête penchée, tenant Emmanuel par la main, elle souhaita contre tout risque de péché mortel commis par elle ou par eux, qu'ils s'aiment avec tout leur être : corps et coeur. S'ils le désiraient assez fortement...

Et les gens s'écoulèrent hors de l'église. Et les gens du jubé firent de même. Gaby ne tarda pas. Marie-Anna fut la dernière. Elle vint dire à ces deux-là qu'elle comprenait mieux que bien d'autres ne le pouvaient faire :

–Si vous avez le goût de venir pratiquer les chants de Noël lundi et mardi. On va vous attendre.

–C'est un devoir qu'il me fera plaisir de remplir, dit la soeur dans une phrase complète et guindée.

–Elle m'enlève les mots de la bouche, d'ajouter Samuel qui vit une lueur de complicité dans le regard de l'organiste.

Paul-Arthur en effet lui avait ôté les mots de la bouche comme cela se produisait souvent ! Ils pensaient la même chose au même moment, se disaient les mêmes mots que l'autre avait en tête. Ils se parlèrent un bon quart d'heure ainsi assis, la tête tournée vers l'autre, les voix basses traversant l'allée qui les séparait, les yeux dans les yeux, la joie dans la joie, le coeur dans le coeur.

Mais chacun savait que ça ne pouvait pas être de l'amour ou bien que si c'était cela, ça ne pouvait être que de l'amour sublimé sans aucun échange charnel, pas même le toucher des mains qui se désiraient tant, qui voulaient tant se réchauffer, se reposer totalement l'une dans l'autre.

–Je vais devoir retourner au couvent maintenant.

–Et moi à la maison.

–On se reverra ces soirs-ci.

–Mais on ne pourra pas se parler après les pratiques ou bien mère Supérieure...

–Ça me manquera.

Ils se levèrent. Elle le précéda dans l'allée puis contourna l'orgue et s'arrêta devant les crochets du vestiaire pour y prendre son manteau. Il la devança en étirant la main. Et prit le vêtement qu'il tint à hauteur de ses épaules. Elle tourna la tête. Le regarda. Sourit. Il fit un petit signe. Elle se retourna et lui livra ses épaules qu'il imagina sous les lourds vêtements. Il lui enfila le manteau et ses mains demeurèrent sur elle un court instant de plus qu'elles n'auraient dû. Cela en disait plus long que tous les mots du monde.

–Je vais regretter de ne pas vous voir la nuit de Noël, dit-elle, le dos toujours tourné.

–Ah non ! ? fit-il, estomaqué.

–Je vous l'ai dit, non ? Je serai dans ma famille.

–Cela me déçoit beaucoup. Je veux dire... Mais... pourquoi vous faire un devoir de venir pratiquer cette semaine si on n'aura pas l'occasion de vous entendre parmi les choristes à la messe de minuit ?

Elle hésita un court instant :

–Pour entretenir ma voix et... qui sait... pour entendre la vôtre et me la rappeler quand je serai à la messe dans l'église de mon village.

–Vous partez quand ?

–Noël est mardi en huit : je vais partir vendredi de cette semaine.

–Est-ce que je peux vous donner la main au moins puisque c'est notre dernière chance avant Noël ?

–Mais bien entendu ! cher Samuel.

Elle se retourna. Leurs yeux se parlèrent des plus belles choses au monde, celles qui ne se disent jamais et ne se peuvent être que par la proximité de deux âmes semblables, capables de se reconnaître et de s'abandonner.

Mais un tel sentiment n'avait pas le droit d'exister par la chair et pourtant la chair épiait et attendait dans l'ombre que s'ouvre une porte afin de s'y précipiter comme une perdue.

Leurs mains se touchèrent, se mélangèrent, s'épousèrent. La porte s'ouvrait devant le regard fébrile et affamé de la substance charnelle de chacun. Mais la mystique en elle puisa un sursaut d'énergie dans tous ces fruits de la méditation et de la prière entassés au fond de son coeur depuis l'éclosion de sa vocation, et elle trouva la force de dire :

–J'ai donc l'impression de distiller du poison en vous, Samuel.

–Mais... où donc allez-vous chercher une chose pareille ? Aucun poison jamais ne pourra venir de vous. Encore moins vers moi.

Elle retira sa main et, nerveusement, trouva ses gants dans sa poche de manteau et les enfila sans plus poser son regard sur lui :

–Allons... le moment est venu de partir.

Il la retint par le bras :

–Alice...

–Alice doit s'en aller et ne peut plus rester au pays des merveilles...

–Et pourquoi non ? Est-ce péché de se parler et d'aimer le faire ?

–Ce n'est peut-être pas le péché, mais c'est le meilleur chemin pour y aller tout droit.

–Alice n'est qu'une petite fille et une petite fille ne saurait commettre de péchés.

–Mais Samuel, nous sommes tous pécheurs, vous devriez le savoir.

–Allez donc, le péché n'est pas si présent qu'on nous le dit. Le péché, je l'ai vu à Dachau, je ne le vois pas à Shenley. Nos imperfections ne sont tout de même pas des péchés. Il faut cesser de vivre dans la peur constante et la culpabilité perpétuelle.

Elle dégagea son bras et descendit trois marches. Il l'arrêta d'un mot :

–La religion nous ment, Alice.

Elle hocha la tête, grimaça :

–Je ne veux pas entendre cela. Vous blasphémez, Samuel,

vous blasphémez.

–Au fond de votre coeur, vous savez bien que je ne blasphème pas du tout, et vous savez bien que je ne dis pas cela pour vous troubler mais pour vous aider à vous libérer des carcans qui nous sont mis autour du cou par...

–J'aime Notre-Seigneur...

–Et Notre-Seigneur vous aime... et il ne vous demande pas de vous torturer à propos de peccadilles et de toujours vous mortifier. Il les a rachetés, vos péchés, sur la croix. Jamais une personne comme vous ne commet de péchés, jamais.

–Je... je ne sais plus... Il y a le scandale... Nous ne devrions plus nous parler comme nous le faisons. Les gens doivent parler...

–Qu'est-ce que nous faisons de mal ici, en pleine église ? Notre échange est une sorte de chant d'amour envers Notre-Seigneur, pas une insulte, pas une agression...

Elle soupira, regarda vers le bas puis en biais vers le haut, dit en gémissant presque :

–La religion ne nous ment pas, Samuel...

–Elle nous ment, elle nous contrôle tous autant que nous sommes, au nom de Notre-Seigneur. Notre-Seigneur ne veut pas qu'un être humain se fasse du mal à lui-même. Ce n'est pas bien. Il y a assez que les autres nous en font toute notre vie ou que les coups du sort nous frappent... il ne faut pas y ajouter de l'auto-flagellation. Le Seigneur ne nous demande pas de nous avilir plus que notre condition nous définit...

–En admettant qu'elle mentirait, qu'est-ce qu'on peut y faire ? Quitter ma communauté ? Embrasser une autre religion ? Quoi, Samuel ?

–Non. Non, mais il faut rester soi-même. Vous donnez votre coeur au Seigneur, mais vous le partagez avec les tout-petits à qui vous enseignez et peut-être qu'il y en a un tout petit morceau aussi pour votre ami Samuel.

–Mon psoriasis va mieux, vous savez.

–La prière a dû faire effet.

–Bonne semaine, mon ami !

Il la regarda s'en aller et dit avec tout son coeur :

–Bonne et belle semaine à vous, ma si belle amie.

Là, dans le soir profond, ébloui par ces lumières parsemées d'étoiles de neige venues des fenêtres du troisième étage du couvent, Samuel achevait de se souvenir de cet échange du dimanche. Il lui revint une parole de sa mère : "Dis-moi que tu ignores derrière quelle fenêtre allumée elle se trouve."

Une ombre noire parut derrière le mince voile servant de rideau là-haut. Samuel reconnut la silhouette. Et se dit que la religieuse était une parmi les pierres précieuses de sa vie. Et il en fit l'énumération dans sa tête : sa mère bien sûr, sa chère Elzire, sa merveilleuse Catherine... et quelques hommes comme David et Camilien que les événements forts de la guerre avaient unis dans un même malheur... et bien certainement Clara qui serait là après-demain, samedi...

Chaque pierre avait sa forme, sa valeur, sa beauté. Chacune était unique. Comme la fleur du petit Prince...

Le ciel déversa encore plus de neige. Ses épaules, son casque blanchissaient sous les lueurs blafardes des lampadaires et l'homme poursuivait son chemin dans la solitude en se disant qu'il n'était aucunement nécessaire de définir les sentiments qu'il avait pour chacune des pierres de son jardin. Pourquoi flageller de questions un coeur qui aime ?

Mais voici que le ciel, plus que de la neige et des souvenirs, mit sur son chemin une personne qu'il ne s'attendait pas de voir et qui, elle non plus, ne s'attendait pas à le croiser dans pareille tempête que le vent laissait tranquille.

–Lucille ? Un peu plus et on entrait en collision.

–Docteur... Goulet ?

C'était la belle et si timide Lucille Lapointe. Mais dans les circonstances, sous ce ciel favorable, elle se sentait à l'aise pour jaser avec lui. Il ne saurait voir les rougeurs dans son visage et les tremblements dans ses mains...

Après avoir parlé du temps qu'il faisait, de la patinoire qui ouvrirait bientôt, des deux Fernande que la jeune femme connaissait si bien, il lui proposa de venir réveillonner avec lui et les siens dans la nuit de Noël.

Elle accepta sans manifester d'enthousiasme : il ne le fallait pas. Retenue de bon aloi.

Ils se donnèrent rendez-vous sur le perron de l'église après la messe de minuit... Et peut-être même avant. À la patinoire dimanche qui sait, si la glace était faite...

***

Chapitre 18

Ce soir-là, à Beauceville, deux jeunes personnes chaudement vêtues, encapuchonnées, le visage entouré d'un col de fourrure, couraient sous la neige en riant comme des folles. Elles se rendaient à la résidence de Danielle quelques rues plus bas que l'école Normale. Si l'une avait déjà son congé pour la période des fêtes depuis la fin de l'après-midi, il n'en était pas de même de l'autre et Clara n'avait pas sollicité la permission de soeur Cornemuse ou d'une autre pour se rendre chez les Morin à l'invitation expresse de celle qui était devenue sa meilleure amie, et une inséparable. Pour la première fois de sa vie peut-être, Clara se faisait délinquante. Danielle lui avait fait valoir que vu le départ de plusieurs pensionnaires déjà, Cornemuse n'y verrait que du feu et ne remarquerait pas son absence.

Depuis longtemps, Danielle connaissait tous les couloirs et recoins de l'école et avait fait pour son amie le tracé du chemin du retour afin que la sortie clandestine passe inaperçue. Et cette entorse au règlement sévère de l'école excitait les jeunes filles qui trouvaient à leur aventure un plaisir fleurant la perversion.

–La mosus de Cornemuse, quand on va être en face d'elle toutes les deux après les fêtes, on pourra pas s'empêcher de rire dans notre barbe. Elle va se demander pourquoi.

–Mais si je me fais prendre en retournant à l'école tout à l'heure...

–Je te le dis : tu vas entrer par la grande porte. Dans le parloir, au lieu de prendre la porte de gauche, tu prends celle de droite et tu vas arriver par un petit passage et un escalier tournant droit dans la cafétéria. Là, tu vas déboucher dans la grande salle. Tu te glisses dans les toilettes et tu sors à l'autre bout. Ni vu ni connu. Faut juste que tu retournes avant neuf heures ou bien les pensionnaires seront rendues au dortoir et là, tu subirais le supplice de la question par Cornemuse.

–Si ta mère appelle à l'école.

–Jamais de la vie. Elle va trouver ça drôle.

–Tes frères.

–Sont tannants, mais quand ils vont te voir, ils vont jamais vouloir te vendre à la directrice... Ils pourraient peut-être me le faire à moi, jamais à toi.

–Qu'est-ce que j'ai que t'as pas ?

–Ben voyons : t'es pas leur soeur, toi.

Elles marchaient maintenant dans le dernier bout de rue avant la maison et Clara s'inquiéta du temps à venir :

–S'il fallait que les chemins bloquent demain...

–Ça serait formidable, tu pourrais passer Noël avec nous autres.

–Les soeurs voudraient pas.

–T'aurais qu'à faire appeler ta mère... mieux, ton père...

–Je tiens à être avec eux autres pour Noël.

–Je te comprends... ton père est assez beau.

Embarrassée, Clara bredouilla :

–C'est pas... à cause de ça, voyons donc, toi.

–Ben non : c'est pour rire.

–On va aller chez Catherine...

Danielle soupira :

–C'est tellement triste, cette histoire-là. On peut pas imaginer que ces deux-là vont pas finir par se retrouver un jour.

–Catherine est mariée pour la vie avec mon père.

Danielle s'esclaffa :

–Pis faudrait qu'elle soit mariée avec ton père.

–Ah, si le bon Dieu a voulu ça comme ça, faut croire que c'est mieux comme ça.

–Si jamais ton vrai père meurt, Catherine pourrait se re-marier avec ton deuxième père... Écoute, je dis ça pour rire. Y a personne qui va mourir.

Chaussée de bottes aux genoux à rebord de fourrure noire, elles calaient maintenant dans quelques pouces de neige au moins. Le froid n'était pas important et le vent dor-mait sur les hauteurs, loin de la rivière pas encore gelée. L'éclairage des rues leur permettait de voir où elles allaient, mais la chute de neige voilait les habitations distantes.

–Nos traces disparaissent à mesure. Comme ça, Sherlock Holmes Cornemuse voudrait nous suivre qu'elle pourrait ja-mais...

Et c'est dans un joyeux échange qu'elles arrivèrent à la maison, une demeure à deux étages, style duplex, longue et revêtue d'amiante en carreaux, occupée par les Morin, seuls propriétaires, d'un côté, et une autre famille, locataire, de l'autre.

Danielle entra devant sa copine, sans frapper, sans aucune discrétion et cria sitôt à l'intérieur :

–C'est moi avec Clara.

Chacune en savait déjà beaucoup sur l'autre, sa famille, sa maison, sa chambre même, mais c'était la première fois que Clara se rendait chez son amie, toute sortie des pension-naires étant formellement défendue en dehors des congés ré-guliers. Et le dernier datait de la Toussaint alors que Clara avait passé chez elle la fin de semaine de quatre jours du début novembre.

On était tôt en soirée. Ni le père de Danielle ni deux de ses frères ne se trouvaient à la maison, ce qu'elles apprirent de la bouche de la mère tout en ôtant bottes et manteaux après l'avoir saluée. La femme, une personne approchant la cinquantaine, cheveux gris, regard doux et un peu las, essayait d'écouter la radio mais en était empêchée par la friture sur les ondes causée par la tempête.

–Écoutez-vous *Séraphin*, maman ?

–Le père Séraphin, il a la voix pas mal débiscaillée.

La femme était assise, emmitouflée dans une robe de chambre de laine et se berçait, l'oreille tout près d'un gros appareil de radio juché sur un vaisselier brun. Il y avait un arbre de Noël peu décoré dans un coin et une horloge debout dans l'autre. L'éclairage de la pièce était produit par deux lampes de table.

La mère de Danielle allait voir sa fille tous les dimanches à l'école et elle connaissait bien Clara maintenant. D'autant que la jeune fille était l'objet de la curiosité de plusieurs à cause de son père adoptif dont les journaux avaient relaté les 'exploits' de guerre à qui mieux mieux depuis le retour du 'valeureux soldat' en septembre.

–On vient voir ma chambre, maman.

–Bon...

–Viens en haut, Clara.

Elles se suivirent et furent bientôt dans la chambre qui parut familière à la visiteuse tant elle en connaissait les détails par les dires de son amie. Rien qui puisse étonner. Deux cadres religieux de chaque côté d'un crucifix entouré d'un entrelacement de rameau tressé. Une photo de la grand-mère maternelle de la jeune fille. Et une affiche montrant le couple Judy Garland et Robert Walker en deux amoureux romantiques et qui avaient posé pour la promotion du film *L'Horloge* dont ils se partageaient la vedette. Pour le reste, des meubles d'un certain âge, d'un certain brun, d'un poids certain. Un énorme lit à montants noirs.

–Il était blanc, mon lit...

–Et tu l'as peint en noir, tu me l'as dit.

–Je t'ai tout dit : tu sais tout de moi.

–Et toi aussi à propos de moi.

–Viens, on va s'asseoir, je vais te montrer des photos.

Et le temps passa. Trop vite. Il arrivait neuf heures quand on en reprit conscience. Trop tard.

Clara gémit :

–Si faut que la porte de l'école soit barrée.

Elles sortirent à la fine épouvante de la chambre et dévalèrent l'escalier à la même vitesse. Au salon, Laval, un grand fanal blondin, était affalé sur un divan. Lui qui attendait depuis longtemps qu'elles descendent pour voir cette jeune personne d'à peu près son âge fut peu récompensé de sa patience. Elle passa en coup de vent. Mais ils se virent assez longtemps pour que chacun trouve agréable à regarder, le visage de l'autre. Le temps d'enfiler bottes et manteaux, Danielle expliqua que son amie n'avait pas de permission et qu'il leur fallait faire vite ou risquer d'essuyer les foudres de Cornemuse.

Ce fut peine perdue. La porte de l'école Normale était fermée à clef pour la nuit et il fallut sonner. La directrice vint ouvrir en personne et Clara reçut un blâme sévère.

***

Chapitre 19

Sur le chemin du retour à la maison le jour suivant, Clara dressa le bilan de ses quatre premiers mois à l'école Normale.

Les événements, marquants pour elle, avaient été dispersés aux bons moments le long du chemin, de sorte que l'ennui causé par l'éloignement des siens avait été dilué en des joies multiples: celles de l'amitié, celles de l'art, celles du savoir acquis, celles de la découverte de personnes et d'un milieu élargi et nouveau.

Sur la côte des rapides du diable à la sortie de Beauceville, elle se rappela de son premier contact avec sa classe et sa maîtresse titulaire le lendemain de cette soirée d'étude où elle avait écrit à ses petites soeurs et fait la connaissance de Danielle et Cornemuse.

–Elle nous arrive avec quelques jours de retard, mais c'est pour une raison majeure et exceptionnelle, mesdemoiselles, soit le retour de son père de la guerre. Elle est là, au bureau près de la porte et a pour nom Clara Goulet et nous vient de Saint-Honoré-de-Shenley.

La titulaire, Sr Ste-Denise, grande et fine, blême et sourcils noirs épais, s'adressait en roulant ses R aux quinze compagnes de classe de Clara ce matin-là d'un jour brumeux.

–Je vous demanderai à toutes de vous présenter à elle par

votre prénom... en commençant par vous.

–Gisèle Dulac...

–Seulement votre prénom, seulement votre prénom, dit la soeur par-dessus les murmures qui disaient la même chose.

Mais Gisèle, nerveuse comme une poule effarouchée, jetait les yeux sur sa voisine qui en retour la regardait : toutes deux interdites.

–Bon, suivante, dit la soeur.

Tout le monde rit de Gisèle qui elle, crut qu'on se payait la tête de sa voisine et elle rit aussi.

Malgré cela, Clara la trouva bien sympathique, cette fille distraite.

–Cora.

Une fille toute petite aux cheveux roux mal coupés.

–Alphonsine.

Blonde et timide...

–Maria.

Maigre, excitée.

–Fernande.

"Tiens, encore une Fernande !"

–Colette.

"Que de tristesse dans le regard: on dirait une veuve éplorée !"

–Lucienne.

Ronde. Et joyeuse comme bien des rondes.

–Rachel.

Lointaine, indifférente et qui tourna la tête à peine pour regarder la nouvelle en classe.

–Antoinette.

–Mariette.

–Alma.

–Danielle.

"Morin," compléta Clara.

–Albertine.

L'air gars, adipeuse, regard menaçant.

–Leatitia, plus dévotieuse que le pape, ce que Clara apprendrait plus tard.

–Corinne, retirée en elle-même.

Clara en savait déjà beaucoup sur chacune par cette simple présentation mais il en restait tant à découvrir ensuite...

Il y avait deux espaces de roulement sur la route, mais guère plus. Pas question de s'en faire, Jacob Gosselin connaissait son affaire sur les chemins d'hiver. Et puis il avait fait la route dans l'autre sens deux heures plus tôt au volant de sa Pontiac 37. Après Saint-Martin, la route n'indiquait qu'une trace, mais elle restait passable. Et puis l'homme avait posé des chaînes à ses roues de voiture, qui faisaient grand bruit, empêchant les trois passagères, les deux Fernande à l'arrière et Clara à l'avant, de se parler autrement qu'en se criant.

Après avoir jeté un coup d'oeil vers ce personnage à cheveux tout blancs, le père de Fernande Gosselin, qui tenait le volant avec ses deux mains rigides, et venait de lui confier qu'il avait aperçu Samuel et sa voisine, Lucille Lapointe, se parler dans le brouillard la veille au soir devant chez lui, Clara retourna à ses souvenirs récents.

En octobre, à la formation d'une troupe de théâtre, elle et son amie Danielle y avaient adhéré. Et l'on pratiquait maintenant une pièce intitulée *Iphigénie* de Jean Racine. Un grand classique dans lequel Clara interprétait le rôle de Clytemnestre, l'épouse d'Agamemnon, Agamemnon dont le personnage était joué par Albertine. Quant à Danielle, elle y tenait le rôle d'Ulysse.

Et tandis qu'on arrivait à la hauteur du pont couvert de Notre-Dame-de-la-Providence, des vers de cette pièce que l'on prévoyait jouer devant public au printemps vinrent rôder dans l'esprit de Clara :

Pourquoi feindre à nos yeux une fausse tristesse ?

Pensez-vous par des pleurs prouver votre tendresse ?

Que de connaissances de l'être humain à tirer d'une telle pièce ! Soeur St-Victor, la responsable de la troupe, ne cessait de le redire. "En une seule pièce de Racine, il y a l'humain dans tous ses aspects, et la savoir par coeur vous sera d'une grand richesse dans vos rapports avec les autres toute votre vie."

Influencée, Clara la connaissait presque dans son entier, cette tragédie d'une grande puissance dramatique. D'autres vers lui vinrent :

De mes bras tout sanglants il faudra l'arracher.

Aussi barbare époux qu'impitoyable père,

Venez, si vous l'osez, la ravir à sa mère.

Voilà qui lui rappela cet épisode de la vie de Catherine qu'elle avait appris, sous le couvert du secret, dans une lettre reçue au temps de la chasse et qu'elle espérait joyeuse mais qui lui avait révélé l'acte odieux commis par son père Roméo à l'égard du petit Emmanuel. Catherine lui avait écrit que cela ne se reproduirait jamais et qu'elle en avait la garantie, sans approfondir la signification de ces mots.

Hélas ! je me consume en impuissants efforts,

Et rentre au trouble affreux dont à peine je sors.

Mourrai-je tant de fois sans sortir de la vie ?

Clara comprenait que ces vers étaient à l'image même de la vie de cette pauvre Catherine. Elle qui émergeait d'un malheur ne connaissait ensuite le bonheur que pour mieux replonger dans les déchirements intérieurs que les aveugles coups du sort lui valaient. Les cycles de la fatalité seraient-ils donc interminables pour elle ? Et Clara qui avait connu tant de bonheur depuis son adoption se demandait si parce qu'elle aussi était devenue femme n'entrerait pas à son tour dans la spirale infernale des déceptions, des agressions, des rejets, des coups de poing de la fatalité ?

Son enfance marquée par la pauvreté et la mort de sa mère lui donnaient à réfléchir à ces choses à l'occasion.

Iphigénie et ses personnages quittèrent sa pensée et furent remplacés par l'image de Danielle Morin et l'évaluation de leur amitié. Elle s'était fait le reproche de trop de temps passé avec elle par comparaison au trop peu de temps consacré au souvenir de sa meilleure amie d'adolescence avant Danielle, soit Huguette dont elle était maintenant séparée par la distance et ce monde complexe de l'école Normale.

On entrait en ce moment dans Saint-Georges. Le temps demeurait gris et il tombait quelques flocons épars que l'air à peine agité entraînait dans l'errance et l'indécision.

Clara avait été choyée par les visites. Ses parents adoptifs étaient venus trois fois depuis son entrée. L'une fin septembre, la suivante à la mi-octobre et une fois fin novembre. Et puis elle avait passé la fin de semaine de la Toussaint à la maison. Mais on l'avait prévenue: en hiver, on serait moins enclin à affronter la sinueuse et côteuse route longeant la rivière Chaudière. Quant à passer par les terres, Saint-Victor et Saint-Éphrem, ça ne rendait pas le périple plus sécuritaire. Elle s'y faisait d'avance et s'attendait à ne pas beaucoup voir les siens de janvier à Pâques. Par contre, on lui téléphonait tous les dimanches, et Armandine et Samuel lui parlaient tous les deux au moins une demi-heure.

Elle se revit dans diverses situations heureuses à l'école, mais au-dessus de toutes planait cette ombre consistant en une lettre qu'elle avait pour ses parents de la part de la directrice et qui les informait de l'écart de conduite de leur fille la veille. Clara devrait la faire signer par sa mère ou son père et la rapporter à l'école après le jour de l'An. Comme elle regrettait son geste ! Peut-être que Samuel ne jugerait pas durement la chose, lui qui en avait vu d'autres, mais elle voyait déjà un nuage de tristesse dans le regard d'Armandine. Elle ne se souvenait pas avoir désobéi à ses parents adoptifs, pas même cette fois où la Fernande Maheux l'avait entraînée bien malgré elle à l'exposition du corps de l'enfant-boudin. Et cette petite fugue de la veille sous la tempête, constituait une désobéissance à ses parents que la soeur directrice et le règlement de l'école représentaient.

Et puis, tandis qu'on entrait sur le chemin de Saint-

Martin lui revinrent en mémoire deux altercations qu'elle avait eues avec sa consoeur de classe Albertine qui semblait en vouloir à l'amitié qu'elle partageait avec Danielle. La pire s'était produite après la rentrée de la Toussaint, un soir, dehors, sous la lune froide, alors que les pensionnaires allaient et venaient dans la cour arrière dans l'espace de temps séparant le souper de la période d'étude.

—Je peux marcher avec vous autres, les filles ?

Et Albertine, sans attendre la réponse de l'une ou de l'autre des deux amies, s'était mise à côté de Clara qui se sentit encadrée par elle et par Danielle, sans que la chose ne la contrarie, bien au contraire, puisque le vent de novembre se faisait frisquet à cette heure.

—Vous savez quoi, les filles, Fernande Maheux, là, est en amour avec le professeur Goulet.

—Pourquoi tu dis ça ?

—Parce que c'est comme ça pis que ça devrait pas être comme ça. On tombe pas en amour avec un professeur de deux fois et demi son âge.

—Peut-être pas, fit Danielle, mais c'est pas dit que c'est la vérité.

—Tu penses que j'suis une menteuse ? Clara le croit, elle, hein, Clara ? Ça serait comme si elle tombait en amour avec son père adoptif, le docteur Goulet.

Danielle savait son amie vulnérable sur ce point. Elle le devinait quand Clara parlait de son père adoptif. Elle prit donc l'initiative. Il fallait que cette placoteuse d'Albertine cesse de répandre des ragots sur une finissante qu'elle-même connaissait un peu et surtout à travers Clara, et qu'elle respectait à cause de son éternelle bonne humeur et de son sourire grand comme le ciel. Et puis même si on n'avait pas le professeur Goulet en première année, on l'aurait dans la troisième et la quatrième, et l'homme possédait une réputation inattaquable. Encore que la rumeur colportée ne l'attaquait pas, lui, puisqu'il n'avait rien à voir avec les sentiments des jeunes normaliennes à son égard.

—Arrête de dire des choses de même, Albertine Gagné.

C'est ou bien de la calomnie pure ou bien de la médisance. T'as le choix.

–C'est vrai que je vous dis.

–Si c'est vrai ce que tu dis, c'est vrai ce que je dis : c'est de la médisance.

–Danielle Morin, tu veux me faire passer pour une placoteuse de grands chemins, fit Albertine le ton haut.

–Tu l'es. Et je le dis pas à quelqu'un d'autre, je te le dis à toi. Va donc dire à Fernande ce que tu viens de nous dire à son sujet.

Attaquée par Danielle, Albertine se tourna vers Clara :

–Non, mais te vois-tu tomber en amour avec un homme de quasiment trois fois ton âge, toi ?

Clara bouillait à l'intérieur comme ça lui arrivait rarement Et peut-être pour la première fois à ce point. Elle se surprenait de sa propre réaction mais tâcha de ne pas le laisser paraître, comme si une démonstration trop vive de son sentiment avait pu faire l'objet d'interprétations exagérées, indésirables...

–Un : même si l'autre a dix fois son âge, on peut tomber en amour. Deux : c'est pas un péché de tomber en amour, tu sauras. Toi, tu le vois comme un péché, c'est parce que tu sais pas c'est quoi...

Albertine n'avait guère de prise contre de tels arguments aussi décidés. Elle fit donc appel, tout naturellement, aux valeurs établies, acceptables, 'indéniables'.

–Oui, mais monsieur Goulet est marié.

Clara laissa tomber deux mots, lourds comme un chargement de briques:

–Pis... après...

–Pis après, pis après, voir si on tombe en amour avec un homme marié : es-tu folle, toi ?

–Y a-t-il quelqu'un qui te reproche d'être grosse, toi ? C'est-il parce que t'es pas capable de te contrôler dans la nourriture ? Ben si tu veux pas faire rire de toi parce que t'es grosse –pis ça, c'est pas rien qu'une rumeur, ça se voit– ben ris jamais de Fernande parce que, selon les dires que t'as entendus, médisance ou calomnie, elle serait... se-rait au conditionnel... en amour avec le prof Goulet.

D'avance humiliée par son poids et plus encore par ce qu'elle percevait comme une attaque personnelle, Albertine se mit à crier :

–T'es rien qu'une petite vache, Clara Goulet, pis si tu parles de même, c'est parce que tu fais pareil. Quand la poule cacasse, elle pond.

Et la jeune fille tourna brusquement les talons. Danielle lui servit un dernier coup de tue-mouche :

–T'as jamais si bien dit ! Ça serait pas toi, Albertinette, la fille en amour avec le prof Goulet ?

Albertine s'arrêta, tourna la tête et lança l'argument final de toute discussion hargneuse au pays du Québec :

–Mange de la marde, Danielle Morin.

Blême sous la lumière du lampadaire, Clara lui rétorqua au nom de son amie et d'elle-même :

–Ça serait difficile : le tas s'en va.

On était maintenant à rouler dans le village de Saint-Martin. Clara oublia l'école pour sonder les maisons en se demandant où la famille Fortin pouvait bien vivre. Elle avait si souvent entendu parler de mère Paul-Arthur depuis septembre, avait même pu voir l'amitié qui passait entre elle et son père adoptif au choeur de chant à la Toussaint, qu'elle désirait en savoir plus, bien plus à propos de cette religieuse. Curiosité normale, se disait-elle, quand il s'agit d'observer une relation aussi 'originale' que celle d'un célibataire de plus de quarante ans, docteur de la paroisse et retraité de guerre, et son père adoptif de surcroît, se lier avec une jeune soeur ayant prononcé ses voeux. Il était même arrivé à Clara de penser que ces deux-là pouvaient être, comme le disait Albertine de Fernande, tombés en amour sans dépasser les limites imposées par les convenances...

Peut-être que la soeur, comme cela arrivait souvent, maintenant que les règles avaient été assouplies, passerait la Noël dans sa famille et qu'elle l'apercevrait quelque part sur la rue. Pas difficile à repérer : si noire sur un tapis si blanc...

Et l'improbable se produisit. Passé la rivière Chaudière, tout juste de l'autre côté du pont de fer vert, Clara vit qui sortait d'une maison faite en longueur, nulle autre que mère Paul-Arthur. La soeur leva même les yeux pour regarder passer l'auto. La jeune fille multiplia les salutations de la main. Puis elle se tourna pour voir si la soeur l'avait vue. Il lui sembla que peut-être puisque la religieuse s'était arrêtée et les regardait, semblait-il, aller vers la côte de ce chemin rétréci par les neiges accumulées mais qui conduisait tout droit à son village et à sa maison.

–Qui c'est ? demanda Fernande Maheux par-dessus le bruit des chaînes et en se penchant près de l'oreille de la passagère.

–C'est mère Paul-Arthur.

–Ah, c'est elle, ça ?

–Tu la connais pas ?

–Entendu parler dans la maison à la Toussaint.

–Elle est pas au couvent. Elle doit passer Noël dans sa famille... J'ai su qu'elle fait du psoriasis.

–Quoi ?

–Du psoriasis.

–C'est quoi, ça ?

–Une maladie de peau.

–Comme... des grains de beauté, disons ? J'en ai partout, moi aussi.

–Non, non, c'est comme des boutons qui sèchent.

–J'en ai aussi, des fois.

–C'est des plaques rouges avec beaucoup de boutons qui sèchent.

–Ben là... c'est comme de la lèpre ou quoi ?

–Ben non, Fernande, je te le dirai quand on se verra...

–Où ça ?

–Durant le congé... Au magasin ou sur la rue...

–C'est O.K ! Tu me le promets, là...

–C'est O.K ! pour moi aussi.

Le reste du chemin, Clara le consacra au souvenir de sa participation au chant chorale de l'école Normale. La directrice du choeur, Sr St-Victor, n'était pas très entichée de la voix de la jeune fille et lui préférait comme soliste une étudiante de troisième année originaire de Saint-Georges et qui s'appelait Catherine Thibaudeau. Mais il se pouvait aussi, et Clara n'y avait pas songé, elle si sûre de son talent vocal, que la religieuse ait voulu donner sa pleine chance de se faire valoir à chacune et se dise que le tour de Clara viendrait à son heure.

Lui ferait-on chanter le *Minuit Chrétiens* encore cette année à l'église paroissiale ? On ne l'avait pas avertie. Et il faudrait qu'elle ait au moins une pratique afin de compenser l'insuffisance d'exercice de sa voix à Beauceville. S'il y avait la moindre chance que le chant puisse être livré par Samuel, elle s'éclipserait. Elle aurait bien plus de bonheur et de fierté à l'entendre lui, que de se faire entendre, elle, de tous...

***

Chapitre 20

–Il aurait bien pu nous reconduire en machine jusqu'à la maison ! se plaignait Fernande alors qu'elle et Clara marchaient sur la neige durcie de la rue, petite valise à la main, vers chez elles.

–Bah ! deux minutes et on est rendues.

–Quand bien même, on n'est pas des quêteuses de grands chemins, on est des filles de l'école Normale.

–Ça nous dégourdit un peu les fesses après le voyage en auto.

–Ah, pis t'as ben raison : j'étais assez tannée d'entendre les chaînes claquer dans les garde-boue. On s'entendait pas parler du tout dans la machine du père Jacob.

–C'est drôle, moi, j'entends encore... guedang, guedang, guedang, guedang... je vas l'entendre toute la journée... le guedang

Elles passaient devant le gris couvent maintenant. Clara soupira :

–Ça fait drôle de voir le couvent et de penser que j'ai été là durant sept ans de ma vie. C'est comme si... le temps avait duré sept jours...

–Y a un temps pour chaque chose.

–Ça donne la nostalgie.

–Mais ça fait avancer.

–As-tu hâte d'arriver à la maison ?

–Ben... oui...

Le ton n'était guère persuasif et en tout cas ne montrait pas un grand enthousiasme. Fernande elle-même en prit conscience et se remit à parler :

–Tu sais, Clara, faut essayer d'être bien partout où on se trouve dans la vie. C'est le grand secret de la vie, ça. Si je suis à l'école Normale, je suis bien. Ou je cherche à l'être si je viens de me donner un coup de marteau sur le pouce. Si je suis à la maison, j'essaie d'être bien, même quand mon père gueule pis rote pis pète...

Clara rit de tout coeur. Elle se trouvait choyée d'avoir pour père adoptif quelqu'un d'aussi belle éducation que Samuel. Mais elle voulut taquiner l'autre et la mettre devant une contradiction :

–Étais-tu bien tout à l'heure avec les guelang, guelang ?

–Guedang, guedang...

–Guedang, guelang... c'est du pareil au même...

–Je me bouchais les oreilles mentalement et je pensais à autre chose. Tiens, je me voyais au cours de monsieur Goulet. Ah, qu'il est donc intéressant, ce professeur-là ! Tout ce qu'il peut raconter dans son cours, j'en reviens pas. Moi, je bois ses paroles.

Clara prit une grande bouffée d'air froid et tout son courage pour lancer sur le ton de la taquinerie :

–T'es pas en amour avec lui, toujours ?

–Es-tu folle, Clara Goulet ? répondit Fernande sans hésitation. Il est marié. Il a quasiment trois fois mon âge ? Il pourrait être mon père...

Clara devint dubitative :

–Tu pourrais quand même être en amour avec lui... Ça se voit, des choses comme ça.

–Bon, arrête-moi tes folies, là, pis parle-moi du psi... pss... pso...

–Psoriasis.

–C'est ça... Attends, je vais le répéter dix fois tout haut pour m'en rappeler. Psoria...

–Psoriasis.

–Psoriasis, psoriasis, psoriasis, psoriasis, psoriasis...

Clara lui emboîta le pas, mais en chantonnant le mot sur l'air de la marche nuptiale et voilà qui adonnait drôlement bien puisqu'on se trouvait maintenant devant l'église :

–Psoriasis, psoriasis, psoriasis, psoriasis, psoriasis...

Et ça se termina par un duo des plus grands rires entendus ces jours-là au coeur du village à part peut-être celui de Bernadette.

Quelques pas encore et l'on put apercevoir un jet d'eau pas très puissant monter dans les airs là-bas dans l'enclos de la patinoire. Quelqu'un habillé de noir arrosait. Fernande s'émerveilla :

–As-tu vu mieux ? On va pouvoir patiner à Noël. Même dimanche peut-être... Le vicaire Gilbert, je te dis qu'il se grouille le derrière, lui. Pas comme le vicaire Turgeon.

Et après quelques banalités et quelques pas encore, le duo se défit à la hauteur du magasin. Fernande traversa la rue vers chez elle. Sa mère sortit sur la galerie pour l'accueillir. Clara la salua :

–Bonjour, madame Maheux.

–Oui, bonjour toi...

–Maman, s'indigna Fernande, vous aller attraper la mort. Restez donc en dedans. Vous allez me voir pareil quand je vas entrer...

–Pourquoi que le Jacob Gosselin, il vous a pas amenées jusqu'à la maison, vous deux ? Le vieux snoreau... Fait frette pas ordinaire... en bas de zéro...

–Justement, rentrez en dedans...

Clara entendait l'échange. Son coeur s'accélérait non à cause de l'effort et du froid mais de sa proximité de chez elle. Heureuse et peureuse à la fois, elle regardait le balcon où son père adoptif et elle avaient donné leur mémorable concert la veille du départ de Samuel pour l'armée et la guerre. Mais elle n'en avait aucune nostalgie et en aurait-elle eu que le sentiment s'envolerait, car en ce moment même, la porte de chez Bernadette s'ouvrit, permettant à la femme de lui adresser une salutation :

–Si c'est pas Clara ! Hey que j'suis donc contente de te voir, toi !

–Bonjour Bernadette.

–Ça va bien, ma petite Clara ?

–Hé oui !

–Ben je t'invite personnellement pour le 24 en après-midi. On va luncher tous ensemble. Ton père pis ta mère vont venir. Et puis d'autres. Vas-tu être avec nous autres ?

–Ben... oui... pourquoi pas !?

–Bonne journée, là. Je rentre, on gèle...

Et elle disparut aussi vite qu'une apparition.

Enfin Clara gravit les marches de l'escalier qu'on avait déblayées. Sans doute monsieur Lambert que Samuel embauchait le plus souvent qu'il pouvait pour accomplir diverses tâches à sa mesure. Voilà qui aidait l'aveugle à nourrir sa famille qui comptait encore deux adolescentes. Elle n'eut pas à utiliser la sonnerie que Samuel avait fait installer en septembre. La porte s'ouvrit et Armandine parut, le visage au comble du bonheur :

–Entre, ma grande, tu vas geler dehors, furent ses mots de bienvenue.

Clara y lut bien plus et y trouva une grande chaleur.

–Bonjour m'man ! 'Pa est là ?

–Il fait du bureau. Il a une patiente. Mais on va le prévenir de ton arrivée. Entre, entre vite...

Clara fut bientôt à l'intérieur. Armandine frissonna :

–Hier, c'était la neige; aujourd'hui, le froid.

–Fait chaud en masse en dedans.

–La fournaise dérougit pas aujourd'hui. Donne-moi ta valise, je vais la mettre au pied de l'escalier. Déshabille-toi et viens te réchauffer avec une bonne tasse de thé.

–Vous allez chez mademoiselle Bernadette lundi ?

–Il paraît ça. Vas-tu venir avec nous autres ?

–Elle vient de m'inviter.

–Je te dis... elle voit tout. On dirait qu'elle a des yeux aux rayons X pour voir à travers les murs de sa maison. Et moi, je l'ai même pas invitée pour le réveillon. Mais on va être assez de monde comme ça. Nous trois, Catherine et son monde, Lucille...

–Lucille ?

–Lucille Lapointe.

–En quel honneur ?

–C'est ton père qui l'a invitée.

–Ah ?!...

Clara enfila ses pantoufles roses qui l'attendaient dans le placard de l'entrée et se retrouva à sa place habituelle à table. Armandine mit du thé à infuser tout en jasant un peu de tout et de rien puis elle s'assit pour prendre des nouvelles en attendant le temps du thé :

–Quoi de neuf à l'école ?

La jeune fille soupira tristement sans répondre.

–On dirait que quelque chose ne va pas.

–Je me suis mérité un pensum hier.

–Toi, un pensum ? Mais pourquoi ?

Clara ne voulait pas que les fêtes soient assombries par un mauvais secret et s'était promis de s'en délivrer auprès de sa mère sitôt arrivée. Elle dit, la voix pâle :

–Hier... Danielle et moi, on a fait une sortie sans permission... pour aller chez elle. Ben elle, elle avait déjà son congé, mais pas moi. Suis revenue trop tard. La porte de l'école était verrouillée. A fallu que je sonne. Mère directrice était pas contente après moi. Elle m'a donné une lettre pour vous faire signer.

Armandine écoutait mais son attention semblait divisée. Toutefois, prise par son récit, Clara ne le remarqua pas. Quand elle eut fini, elle chercha à lire les reproches ou la tristesse dans le regard de sa mère adoptive sans y parvenir et n'y trouvant qu'une sorte de joie expectative dont elle n'imaginait pas la source.

Soudain, deux mains puissantes lui enveloppèrent les épaules et une voix lui dit à l'oreille :

–Salut, ma grande fille ! 'Pa est content de te voir.

Après un sursaut, tout s'ajusta dans la tête de Clara. Sa mère tout en l'écoutant avait vu arriver Samuel par l'arrière et préparer sa surprise à la jeune fille. Mais l'homme se rendit plus loin qu'il n'était jamais allé avec elle et il déposa sur sa joue un de ces becs réservés au temps du jour de l'An. Elle en fut troublée et ne put s'empêcher de laisser transparaître son embarras par le rouge qui lui monta au front et les hésitations qui s'emparèrent de sa phrase :

–Salut 'pa ! Je p...pensais que... ben vous faisiez... du bureau...

–J'ai entendu la porte. La patiente attend. J'y retourne. Je voulais te serrer fort... comme c'est la mode en Europe...

Il fit trois pas vers le bout de la table afin que les deux femmes puissent le voir mieux. Armandine dit :

–Elle me contait qu'elle avait reçu...

–Un pensum, j'ai entendu. La directrice a juste voulu montrer que le règlement est important. On va la signer, la lettre de blâme, ta mère et moi. C'est pas grave. Le pensum, c'est quoi ?

–Faut que j'écrive un texte expliquant les raisons de ne pas faire une entorse au règlement. Ou... ou bien faire un texte sur un événement du temps des fêtes... deux ou trois pages.

–Tu manqueras pas de jus. Quand on observe, on en voit de toutes les couleurs, même si on dirait à première vue qu'il se passe rien par ici.

Clara, libérée, se mit à rire :

–Il va sûrement s'en passer lundi chez mademoiselle Bernadette...

–On s'ennuie jamais quand elle est dans le décor, fit Samuel.

–Et puis la messe de minuit, le réveillon et tout, dit la mère.

–Qui va chanter le *Minuit Chrétiens* ?

–Qui d'autre que toi ? dit Samuel.

–J'aimerais mieux que ce soit vous, 'pa.

Il fit les yeux et la bouche ronds :

–J'ai pas pratiqué du tout.

–Ni moi non plus.

–Mais tu es plus prête que moi, tu l'as chanté toutes ces années depuis avant la guerre.

–C'est pour ça que c'est à votre tour. C'est vous, le héros, 'pa. Tout le monde aimerait mieux que ça soit vous, moi, la première.

–C'est à Gaby de décider. Des belles voix, ça manque pas dans la paroisse. Une vraie pépinière. Y a la petite soeur Paul-Arthur en plus de tous les autres qui se sont ajoutés durant la guerre...

–Elle sera même pas à la messe de minuit, intervint Armandine.

–Je l'ai vue à Saint-Martin en passant. Je lui envoyé la main, mais je ne sais pas si elle m'a vue.

–Elle te connaît à peine. Elle t'a vue seulement le soir de mon retour.

–À la Toussaint, 'pa, au choeur de chant.

–Oui, c'est vrai !

Clara alors chantonna en penchant la tête sur un sourire moqueur :

–Mais elle est mariée avec le Seigneur, 'pa...

Il s'agissait d'une phrase importante et pas du tout anodine. Peut-être la plus importante jamais entendue par les

Goulet de la part de leur fille adoptive. Pour la première fois depuis qu'elle vivait avec eux, Clara utilisait la subtile voie joyeuse pour livrer un message sérieux et faire entendre son opposition. Ils furent obligés de voir une maturité certaine dans cette phrase taquine dite sur des airs d'enfant. À chacun, mère et fils, il apparut de façon presque brutale qu'il n'y avait plus autre chose qu'une femme accomplie derrière cette façade aux fenêtres allumées de candeur, d'espièglerie.

Samuel se revit sous la neige, la veille au soir, en train de regarder vers le troisième étage du couvent. Et la mise en garde de sa mère lui revint en tête :

"Va pas croire que je désapprouve ton amitié avec la petite soeur. Mais attention que ça ne dégénère pas en amour si ce n'est pas déjà fait."

Armandine versa le thé en disant :

–Je pense que Clara a raison, Samuel : c'est à toi que revient de chanter le *Minuit Chrétiens*. C'est toi, le revenant. C'est toi que les paroissiens veulent entendre cette année. Clara aura bien le temps... Et puis elle aussi, tout comme moi et tout le monde, veut t'entendre...

–Appelez Gaby. Je pourrais pratiquer ce soir. Trois jours avant Noël, maman, elle aura quelqu'un.

–Elle doit se fier sur Clara. C'est pas n'importe qui qui peut chanter le *Minuit Chrétiens* comme il faut. Des grandes gueules, il en manque pas, mais des vraies belles voix... Mais même si ta voix était toute éraillée, Samuel, c'est toi que les gens veulent cette année.

–O.K! O.K! Appelez Gaby et arrangez ça à votre goût. Elle qui porte pas trop Clara dans son coeur, elle sera contente.

Clara fit les grands yeux étonnés :

–Gaby ne me porte pas dans son coeur ? Mais qu'est-ce que je lui ai fait, moi, à Gaby ?

–Demande à ta mère.

Et Samuel s'éclipsa.

Armandine soupira :

–Gaby a toujours pensé que c'était à cause de toi si Samuel l'avait délaissée pour se tourner vers Catherine dans le temps.

–Ah ben là...

*

Ce soir-là, Clara se rendit visiter sa meilleure amie Huguette qui lui parut plus distante. Il s'était établi entre elles une sorte de gêne indéfinissable. Mais ni l'une ni l'autre ne devaient analyser le phénomène d'évolution. Elles se verraient dimanche peut-être à la patinoire dont on savait que la glace était prête et belle. Ou bien entre Noël et le jour de l'An, car chacune avait un calendrier de visites plutôt chargé au temps des fêtes.

Et Samuel retrouva Gaby et Marie-Anna au jubé de l'orgue et il pratiqua le *Minuit Chrétiens*. On le félicita. On lui dit que sa voix était encore meilleure qu'avant la guerre.

"C'est la faute aux nazis," répondit-il en riant.

*

Le lendemain dimanche, 23 décembre 1945, il faisait un temps splendide. Un froid endurable. Un soleil brillant. Air pur et frisquet. On aurait dit qu'il y avait des particules de bonheur en suspension dans l'air au-dessus de la patinoire où évoluaient plusieurs patineurs et patineuses. Ce devaient être les émotions des jeunes qui s'atomisaient au-dessus de leurs têtes, en attente de prières pour les prendre en remorque et les porter tout droit au paradis.

Plusieurs émules de Barbara Ann Scott tournoyaient sur la glace retrouvée. Certaines tombaient, étourdies. Après tout, il y avait dix longs mois entre la glace de 44 et celle-là. Clara aussi avait pour idole la patineuse de fantaisie canadienne née la même année qu'elle et que les médias de tout le pays auréolaient de gloire. Elle en savait tous les exploits tout comme son amie Danielle. Championne junior du Canada en 1940 à l'âge de douze ans. Championne senior les deux dernières années et peut-être pour des années à venir. Championnat nord-américain cette année-là. Et tous lui prédisaient une médaille olympique aux prochains jeux d'hiver

245

devant se dérouler à St.Moritz en 1948.

Aucun bâton de hockey n'étant toléré sur la patinoire les dimanches après-midi, c'était alors le règne des patineurs de fantaisie ou ordinaires qui s'y rendaient pour se délasser, se divertir, et, certains ou certaines, pour rencontrer quelqu'un d'intéressant. Et intéressé...

Un couple attira tous les regards quand il parut. Clara et son père adoptif s'étaient habillés et chaussés à la maison pour la circonstance. Et avaient marché en patins sur la rue principale jusqu'à la patinoire. Avant la guerre, ils chaussaient les patins dans le lobby vitré de la salle paroissiale, mais Clara avait pris d'autres habitudes ces dernières années. Car presque toujours, quand elle allait patiner, c'est avec son amie Huguette qu'elle le faisait et elles se donnaient rendez-vous à la maison avant de s'y rendre. Ce qui ne l'empêchait pas d'aller se réchauffer et d'aller aux toilettes dans la salle publique lorsque requis.

Samuel avait conscience de ce que certains autres sur la glace risquaient de les jalouser à les voir ainsi vêtus comme un couple de patineurs artistiques, et s'était d'avance entendu avec Clara, la prévenant du même coup pour ne pas la heurter elle non plus, qu'ils formeraient couple pour quelques tours de patinoire seulement et qu'ensuite, chacun patinerait individuellement ou bien avec un autre partenaire.

Rien ne suscite autant les sentiments noirs que les clans fermés et l'exclusion, enseignait-il souvent depuis son retour du camp, lui qui avait été trop de fois témoin des abominables conséquences, même entre gens pas si mauvais de nature, de la formation de chapelles fermées. Médecin jusque dans la fibre profonde, marqué par les années de détention, il voulait se montrer ouvert aux autres jusque dans les détails sans se laisser transformer pour cela en valet de service ou en imbécile de servitude.

À Clara, il disait donc, tout comme avant la guerre, de surmonter sa timidité naturelle et son embarras devant les gens pour réduire la largeur du fossé la séparant d'eux et que creusaient l'aise financière, ses talents vocaux et autres aptitudes que, par ailleurs, elle avait pour devoir de développer au maximum afin de les mieux partager ensuite avec tous. Comme à la chorale paroissiale.

Certes, Armandine avait éduqué sa fille adoptive à ces principes de vie, mais sans la conviction enflammée que son fils y mettait maintenant, conséquence directe de ses années de camp et d'enfermement psychologique.

Qui mieux que Samuel avait enjambé l'écart entre les classes sociales, lui déjà tombé en amour avec une jeune femme pauvre et isolée qui mendiait sa vie au terrible temps de la grande dépression ?

C'est donc dans cet esprit de générosité et de solidarité que le couple entra sur la glace et figea sur lui l'attention de tous, les uns s'arrêtant carrément pour les observer, les autres les suivant des yeux sans réduire la cadence de leur joyeuse ronde et d'autres enfin les surveillant discrètement du coin de l'oeil pour mieux masquer leur curiosité tout aussi grande que celle de chacun.

Lors du magasinage de décembre à Québec, Samuel avait acheté un costume noir à la Zorro. Il ne manquait que le domino et le chapeau. Clara portait, elle, un costume blanc avec jupe craquée à mi-cuisses. Sa fierté s'ajoutait au froid pour rosir son visage. Mais elle provenait toute de se trouver ainsi avec son père adoptif, un homme admiré de la plupart et respecté de tous.

On fit un tour. Ils avaient patiné ensemble en hiver 40 alors que Clara n'avait que douze ans et avaient alors donné l'image d'un père et de sa fille vraiment. Mais plus maintenant, fin 45, alors que la jeune fille était femme aux formes forgées, affermies. Les regards sur eux contenaient plus que de la curiosité et d'aucuns même frôlaient la suspicion.

Entre autres celui du vicaire Gilbert qui vint au-devant d'eux pour les saluer et les accueillir sur sa glace. Le noir de sa soutane et de son parka accentuait la rougeur extrême de son visage. Il parla en même temps qu'il riait, ce qui lui permettait de camoufler son bégaiement. Mais qui le rendait difficile parfois à saisir et obligeait l'interlocuteur à le faire répéter.

Ils s'arrêtèrent dans un angle arrondi de la patinoire hors du cercle des patineurs.

–Bonjour, vous deux. Comme je suis content de vous voir ici !

–Bonjour, monsieur le vicaire, dit Clara.

Samuel ne dit rien mais tendit la main gantée qui serra l'autre main gantée.

–L'homme de l'année à Saint-Honoré comme disait monsieur le curé !

Samuel ouvrit les bras :

–Et pourquoi ça ?

–Les gens aiment les demi-dieux : ça les rapproche de Dieu.

–Ainsi soit-il et taratata! dit Samuel en riant sans conviction.

Le prêtre qui portait des verres fumés put tout à loisir lorgner du côté des cuisses et des jambes de Clara, et il ne s'en priva pas. Il sentit même quelque chose s'ériger sous son vêtement, mais heureusement, la soutane s'avérait une joyeuse complice de ses états d'âme et de corps.

–Et comment va notre belle grande Clara ? L'école Normale, c'est bien ?

–Très bien, monsieur le vicaire.

–Fernande Maheux m'a confié que tu as des notes excellentes, comme au couvent d'ici quand tu le fréquentais... que tu fais du théâtre et que tu as même un rôle important dans une pièce de Racine... que tu fais partie de la chorale de l'école...

–Dites donc, fit Samuel, mais vous en savez plus que moi sur elle, on dirait.

L'échange fut interrompu par la venue d'un couple formé de Jeanne d'Arc et de Luc. Duo qui se caractérisait par le rire immense qu'ils aimaient servir aux gens rencontrés. Des personnes à imiter, disait d'eux Samuel à Clara. Ils répandent du bonheur rien qu'à rire. Mais jamais le rire à ces blagues sournoises souvent faites par certains aux dépens des gens et plutôt celui né de leur sensibilité, de leur affection un pour l'autre et envers tous.

Salutations. Félicitations mutuelles. Hommage rendu au vicaire pour sa diligence à ouvrir la patinoire. Le cercle s'animait. Au loin, Fernande qui échangeait avec un couple formé de Gaby et son ami Henri-Louis aperçut la réunion joyeuse à l'autre bout et voulut y participer. Si sa grande soeur était là, pourquoi pas elle ? Et puis Clara lui avait promis quelque chose à se passer au temps des fêtes, mais elle ne s'en souvenait pas très bien... Elle prit congé du couple et se dirigea là-bas dans son costume tout vert qu'elle avait confectionné de ses propres mains à ses cours d'enseignement ménager à l'école.

Elle n'était pas seule à désirer se trouver en la compagnie du docteur Goulet et une patineuse dans le flot des cinquante ou soixante autres ne manquait rien de ce qui se passait dans le coin du petit groupe. Lucille Lapointe n'aurait jamais eu le toupet de Fernande et se faisait d'une grande discrétion que trahissaient toutefois son costume blanc et ses cheveux blonds sous sa tuque rouge.

Huguette Lapointe et Emma Boucher qui patinaient ensemble s'approchèrent de la bande de bois de l'enceinte, pas loin du regroupement sans oser aller voir leur amie Clara que tous taquinaient en ce moment en la comparant encore une fois à la championne Barbara Ann Scott.

–D'abord que vous vous moquez de moi, je m'en vais avec mes amies, dit-elle en quittant le cercle.

Ce faisant, elle répondait au voeu de Samuel quant à leur ouverture aux autres et avait conscience qu'elle ferait plaisir aux deux jeunes filles, Huguette surtout.

Fernande s'intégra. D'autres agrandirent le cercle. Marie-Anna et Raoul. Gaby et Henri-Louis. Ce dernier, un homme très sociable, possédait un don unique pour flatter les gens et il ne s'en priva pas quand il eut serré la main de Samuel, au point que celui-ci dut modérer ses transports.

–Tout le monde me félicite pour n'avoir rien fait à la guerre. Les médias m'ont consacré héros et je n'ai aucun mérite pour l'être. Je me tue à le dire à tout venant.

–Ça, va conter ça à d'autres qu'à moi, dit l'homme avec une autorité bienveillante. Henri-Louis Poulin connaît la valeur des hommes.

Samuel se moqua de lui-même :

–Ben alors, j'ai sauvé les alliés à moi tout seul.

–Tu as peut-être posé un geste sans lequel la face du monde n'aurait pas été la même.

L'homme au visage mince, le nez pointu et fin, l'oeil ironique derrière ses lunettes épaisses, se réservait toujours le dernier mot quand il s'agissait de faire l'éloge de quelqu'un et cette phrase-clou recelait un contenu applicable à tout le monde et faisait référence au galet du gamin sur la plage ou bien au nez de Cléopâtre qui, s'il avait été moins long, aurait changé la face de la terre.

–Bon, si on reste debout à placoter comme ça, on va geler tout rond, fit Samuel. Fernande, viens, allons patiner.

La jeune fille faillit tomber sur le derrière devant cette invitation qui lui donna un coup de joie au coeur. Elle ne se fit pas prier. Et le couple se forma aussitôt. Il la prit par la taille d'une main et par la main de l'autre, et ils s'élancèrent sous les regards de tous. Fernande était aux anges.

Clara s'amusa de les voir, elle qui aimait bien cette jeune femme depuis le jour de leur première rencontre. Mais son front se rembrunit quand après deux tours, Samuel délaissa cette partenaire et s'approcha de Lucille dont il fit sa nouvelle compagne du moment. Toutefois ça lui passa rapidement et la jeune fille s'amusa bientôt sans arrière-pensée.

Une arrière-pensée, Laurent-Paul Maheux en traînait une depuis longtemps, et elle portait le nom de son sentiment profond envers Clara. Jamais il n'oublierait leurs leçons de piano. Jamais il n'oublierait qu'elle était intervenue en sa faveur pour le protéger des abus de soeur Bethléem. Et cette scène indélébile alors qu'il l'avait entendue chanter dans le bocage du cap à Foley. Et combien de fois il l'avait guettée qui passait depuis la fenêtre de sa chambre, ou bien attendait des heures qu'elle sorte de chez elle, seulement pour la voir et lui lancer des flots de tendresse par la voie des ondes, ou encore s'embusque dans le magasin dans l'espoir qu'elle vienne au bureau de poste et que leurs yeux se croisent. Et cet amour refoulé si creux en lui s'était multiplié à mesure qu'elle devenait femme. De nouvelles substances rôdaient en lui dont il ignorait le nom et l'existence, et qui le bouleversaient chaque jour, chaque heure. Il avait souffert le plus terrible et silencieux des martyres en apprenant la nouvelle de son départ pour aller étudier ailleurs et plus encore quand, ce matin de septembre, il l'avait vue monter avec le Blanc Gaboury avec ses valises. Quoi de plus abominable que le départ d'un être aussi cher et qui ignore qu'il vous est si cher ?

Toutes ces choses, tous ces souvenirs formaient son arrière-pensée, laquelle, hélas ! pour lui, avait aussi fonction de carapace autour de son être mental. Et s'y ajoutaient ces mille décisions de lui parler, de lui crier son formidable amour et qui toutes, au moment ultime, avaient tourné en de honteuses retraites à l'eau de vaisselle. Ces navrants exercices à répétition ponctionnaient des énergies vitales en lui et rognaient peu à peu son système immunitaire, ce qui, s'ajoutant à trop de sexualité solo, mettait la table aux maladies futures. Mais il était encore bien jeune à l'aube de ses dix-sept ans pour ressentir en sa chair les contrecoups de ses frustrations d'ordre sentimental.

Et puis ce qui éloignait davantage l'adolescent de la jeune fille était le fait qu'il avait cessé d'aller à l'école. Son père avait fait l'acquisition d'une terre à deux milles du village en 44 et il avait besoin de bras pour l'aider à en récolter le minimum chaque année en foin, avoine, légumes et sirop d'érable. Laurent-Paul travaillait aussi à la boutique de forge pour trois fois rien et quand c'était possible, il travaillait au moulin à scie. Et quand il en revenait le soir, tout noir de sueur et de poussière de bois, il n'osait pas tourner la tête vers la maison des Goulet de crainte que Clara ne l'aperçoive si peu beau à voir. Et il marchait sur le souvenir plus important que tous les autres et qui le ramenait à cette journée du drame de Rose-Anna Bougie alors qu'il avait été avec Clara toute la journée et même au repas du soir chez elle.

De la musique se fit entendre soudain, grésillante, crachée par des hauts-parleurs accrochés aux poteaux servant de lampadaires autour de l'enceinte de glace.

Une rumeur de satisfaction parcourut les patineurs. Tous reconnaissaient l'air : *In the mood*. Et sûrement l'orchestre : celui de Glenn Miller. Piqué par la mouche de son passé et de ses échecs, Paulo se lança dans une course inutile et dérisoire comme pour fuir tout ce qui lui avait causé blessures et cicatrices, mais comme il maîtrisait mal ses lames, il perdit le contrôle au tournant et fonça tout droit et tête en avant vers la bande. Au tout dernier moment, une ombre blanchâtre passa devant lui; il sentit son corps heurter quelque chose de mou qui amortit le choc subi lorsqu'il frappa quand même en fin de compte l'enceinte de bois.

Il allait se relever tant bien que mal lorsque des patineurs arrivèrent pour y voir de quoi il retournait. C'est là qu'il prit conscience qu'il avait frappé quelqu'un et que ce patineur restait étendu sur la glace : assommé, inconscient. Et l'horreur le frappa alors en plein visage : c'était Clara Goulet, sa Clara bien-aimée à qui tant de fois il avait voulu dire son sentiment pour se river le nez chaque fois au mur de sa propre faiblesse, et à qui il venait de donner sans le vouloir une étreinte aux conséquences peut-être catastrophiques.

Samuel fut l'un des premiers à se pencher au-dessus de sa fille. Il s'agenouilla près d'elle et regarda son visage, toucha doucement sa tête à la recherche de coupures, écarta ses paupières pour voir ses pupilles. Et le jeune homme gémissait :

–Pas fait exprès, pas fait exprès...

Un cercle se forma tout autour. Laurent restait debout, bras pantelants, regard perdu, coeur et gorge serrées, à se dire qu'il avait peut-être causé un très grave accident et que quoi qu'il advienne, plus jamais elle ne voudrait même le voir ni entendre parler de lui.

–Clara, Clara... c'est 'pa... Réveille-toi, ma fille...

Tout chacun demandait à quelqu'un d'autre ce qui s'était passé. Les réponses variaient. Un accident. Une autre niaiserie du grand Maheux. Sais pas trop. Des plans pour se faire tuer. C'est lui là qui voit moins clair que Poléon Lambert. Il sait pas patiner pantoute à son âge.

La jeune fille bougea la tête. Samuel gardait son sang-froid. Il ôta sa tuque et lui fit un petit oreiller. En profita pour sonder la nuque, l'arrière du crâne. Il trouva une bosse. Il avait beau rester impassible et professionnel, l'homme sentait son coeur se serrer. Il lui revint un moment au coeur et à la tête le souvenir fugace de son ami le prêtre étendu mort dans la salle atroce à Dachau. Mais il y avait ici un élément de pure tendresse qu'il n'avait pas très souvent ressenti au cours de sa vie. Quelques rares fois avec Elzire. Plusieurs fois avec Catherine. Au moins une fois déjà avec Clara, le matin de l'enterrement de sa mère, quand il lui avait proposé l'adoption.

–Fille, c'est 'pa...

Clara entendait vaguement. Le son de la voix était si lointain. Il lui semblait voir son père adoptif au camp, là-bas, en Allemagne, et qui lui parlait au-dessus du grand océan, lui disant qu'il serait de retour bientôt. Le temps prenait son temps, tournoyait devant son regard.

Elle sentit des mains lui ôter ses mitaines et réchauffer ses mains. Quelle douce chaleur !

–Reviens avec nous autres, fille...

Elle n'avait pas le goût de revenir, de sortir de son euphorie bienfaisante. Mais enfin, elle émergea de son éphémère coma. Ce qu'elle aperçut en reprenant conscience fut le visage de son père adoptif. Lui se remémora sa première rencontre avec Catherine en 38 alors qu'il avait subi cet accident de vélo dans la sucrerie du Grand-Shenley.

–T'as mal, fille ?

–À la tête, oui.

–Je pense bien, t'as une bosse grosse comme le poing.

–Qu'est-ce qui est arrivé ?

–C'est notre Paulo qui a perdu... les pédales...

La jeune fille promena son regard sur les curieux à la recherche de celui qu'en son for intérieur elle considérait toujours comme son ami, même si elle ne lui parlait à peu près jamais, et ne le trouva pas.

–Où il est ?

Une voix féminine chantonna :

–Le grand bonyenne, il est parti, il avait trop honte.

C'était Fernande qui en voulait à son frère, mais pas trop. Elle aurait été bien incapable d'en vouloir vraiment à qui que ce soit. Et puis elle savait que Laurent n'était pas coupable, lui qui aimait tant Clara, ce qu'elle n'ignorait pas non plus.

–Je sais que c'est pas de sa faute, dit Clara à son père.

Il fit un signe de tête approbateur en clignant des deux yeux dans un geste aussi simple qu'émouvant.

–Est-ce que tu nous vois bien ? Ça tourne pas trop ?

–Un peu...

–Mal nulle part ailleurs ? Dos, épaules, poitrine ? Tu respires sans douleur ?

Elle sourit :

–Tout va bien, 'pa, tout va bien. Et là, je voudrais me relever si je veux continuer à patiner.

–Dans ce cas-là, je vais te faire faire un tour de patinoire pour tester aussi tes jambes.

–Comme ça, si je tombe, je vas pouvoir me faire soigner tout de suite.

Lucille était restée au deuxième rang des curieux. Elle enviait la blessée qui recevait tant d'attention de cet homme si attachant mais comprenait qu'il lui soit tant attaché.

Samuel aida la blessée à se remettre sur pied. Clara s'appuya contre son bras.

–Ça va bien ? Étourdie ?

–Pas trop !

Elle se toucha la tête :

–Belle prune.

–Viens, on va mettre un peu de froid dessus.

Il prit de la neige dont un tas avait été fait plus loin hors de l'enceinte et l'appliqua sur la blessure tandis que les curieux se dispersaient et reprenaient leur ronde sur une nouvelle mélodie de Glenn Miller.

Témoin de l'attroupement depuis le lobby de la salle, le vicaire accourut, comprenant qu'il s'était produit un accident. Il fut là quand les Goulet allaient partir. On lui dit ce qui était arrivé.

–Tu veux que je mette une sainte médaille sur la bosse ?

Il fouilla dans sa poche et en sortit une pièce brune aux allures de piastre dure. Clara consulta Samuel du regard. Il sourit avec condescendance. Elle se laissa soigner par le ciel. Et alla jusqu'à dire :

–Ça fait du bien, merci.

Le vicaire en profita pour lui toucher les cheveux, la nuque et le dos. La jeune fille remit sa tuque et ce qui avait été prévu fut accompli.

L'accident au fond n'avait fait qu'un seul véritable blessé. Et le voilà qui marchait la tête basse en direction de chez lui, humilié, triste, brisé... Une fois de plus...

*

Ce soir-là, le grand Laurent reçut un appel téléphonique. Il était réfugié dans sa chambre. Éva lui cria de venir répondre. Il demanda qui c'était. Elle dit l'ignorer.

Son coeur figea tout d'abord dans sa poitrine puis il se mit à faire des bonds de kangourou quand il entendit la voix de Clara au bout du fil. Sûrement qu'elle lui ferait de durs reproches. Ses oreilles se mirent à bourdonner.

–Paulo, c'est Clara. Je voulais te dire que je t'en veux pas pour aujourd'hui, tu sais. Je sais bien que tu l'as pas fait exprès. En même temps, j'en profite pour te souhaiter joyeux Noël et bonne année.

–Ben... moi... itou...

–T'as dû avoir des nouvelles de moi par ta soeur Fernande ?

–Ben... ouen... un peu...

–Et elle, ben, elle m'en donne de toi de temps en temps.

–Ah !?

–La prochaine fois, au lieu de se cogner dans les coins de patinoire, on patinera ensemble, ça va être moins dangereux, tu penses pas ?

–Ouen...

–Bon, je vais te laisser là-dessus, faut que je mette une couenne de lard sur ma bosse.

–Ouen...

–Bonsoir pis encore joyeux Noël...

–Toé tou...

Estomaqué, éberlué, plus assommé dans la bande encore que la jeune fille durant l'après-midi, il retourna dans sa chambre et jura que plus jamais il ne commettrait le péché solitaire.

Et se répéta cent mille fois, coeur sautillant : elle m'aime, elle m'aime, elle m'aime, elle m'aime...

***

Chapitre 21

Et le lundi après-midi, les Goulet et quelques autres personnes dont le vicaire fraternisaient dans les êtres du premier étage de la maison de Bernadette, la cuisine et le grand salon, transformés pour l'occasion en salle de réception. Clara avait apporté avec elle un cahier afin de prendre des notes. Et quand elle la vit écrire, l'hôtesse s'approcha en disant de sa voix chantante :

–Veux-tu ben me dire, es-tu en train de faire une enquête pour savoir si les sandwichs ou le punch seraient pas empoisonnés, là, toujours ?

Clara rit :

–C'est pour ma punition.

–Hein ? demanda l'autre les yeux énormes.

–J'ai fauté contre le règlement de l'école et je dois écrire une composition française. Je prends des notes et je vais la faire ce soir.

Les yeux de la femme s'agrandirent encore un peu plus :

–Pas à soir toujours ! À soir, c'est Noël. C'est le temps de... de fêter le petit Jésus, voyons.

–Entre l'heure du souper et la messe de minuit, j'ai le temps en masse.

–Ben peut-être, oui ! À part ceux-là des rangs qui doivent

monter au village, ça se tourne les pouces la veille de Noël au soir dans les chaumières... en attendant minuit.

Et se mit à rire.

–Pas tant que ça, Bernadette, tu sauras ! intervint Armandine assise tout près avec Éva et qui avait prêté oreille aux propos échangés entre sa fille et sa voisine.

La femme était contrariée par l'aveu public de sa faute par Clara, mais elle respectait son choix de la révéler à qui elle le voulait.

–Comment ça, madame Goulet ?

–Tu dois le savoir, tout le temps que ça prend à une femme pour préparer ça, là. Des réveillons, y en a à préparer dans presque toutes les maisons, tu sais.

Bernadette approuva de tous ses moyens :

–C'est vrai, ça, madame Goulet.

Dix-neuf personnes en tout seraient présentes à la petite fête préparée par la demoiselle Grégoire. Celles déjà rendues étaient dispersées par groupuscules de deux ou trois dans l'une ou l'autre des pièces de l'étage.

Même la chambre était occupée par deux jeunes adolescentes et amies d'enfance, Lise et Dolorès qui se racontaient leur vécu de ces quatre derniers mois. Car l'une qui, à la mort de sa mère, avait été recueillie par sa tante Bernadette avait été par la suite adoptée par une autre de ses tantes vivant, elle, à Lac-Mégantic. Toutefois, elle venait passer tous ses étés et le temps des fêtes dans son village natal où il lui était plus accessible de côtoyer ses frères et soeurs.

Le curé discutait avec Armand Grégoire au fond du salon, près de l'escalier menant au deuxième. Il était question de l'ouverture des chemins de rang par le bulldozer à Uldéric Blais. Les deux hommes s'entendaient sur la nécessité de déblayer tous les rangs de la paroisse après chaque tempête hivernale et non pas seulement celles avant Noël et le jour de l'An quand il en survenait.

Et puis il y avait Catherine et son mari qui pour l'instant se tenaient ensemble dans la cuisine sans trop se parler sinon pour faire semblant d'être heureux et à l'aise dans un milieu qui ne leur ressemblait pas autant qu'aux autres. Le seul enfant présent à la fête était Emmanuel qui restait pas loin de sa mère et trouvait amusement en des jeux ayant appartenu à Lise, et que Bernadette lui avait prêtés à l'arrivée de la famille Boutin. Leurs quatre autres enfants étaient à la maison sous la garde de Carmen devenue presque une seconde mère pour Jeannine et Denise comme l'avait été Clara pour ses soeurs avant la mort de sa mère.

Pauvre Carmen qui avait eu le coeur brisé de ne pouvoir assister à cette fête, à la messe de minuit et au réveillon chez les Goulet, elle qui cachait dans les plus profonds replis de son âme ce sentiment impossible ressenti à l'égard du docteur, elle qui rêvait souvent qu'il survienne un miracle et qu'un père Noël descende du ciel pour lui faire cadeau de plusieurs années... Pourquoi donc était-elle venue au monde vingt-cinq ans trop tard ? Mais elle ne trouvait jamais une réponse satisfaisante à cette question existentielle, jamais la moindre... Et c'est dans des larmes cachées, libératrices, qu'elle trouvait exutoire à son amour inimaginable.

On attendait Samuel d'une minute à l'autre. Il aurait à son bras la belle Lucille et cela contrariait déjà Clara qui craignait pour Catherine, et cela contrariait aussi Catherine qui avait rêvé obtenir les plus doux regards de celui qu'elle aimerait pour l'éternité. Mais cela convenait fort bien à Armandine qui préférait cette jeune femme d'avenir pour son fils à la religieuse qu'il ne pourrait jamais épouser à moins de faire éclater un scandale retentissant, et de se valoir la réprobation universelle, et vivre dans le pire des péchés.

Et Samuel frappa à la porte. Bernadette alla ouvrir. Ce fut une explosion de joie. Un accueil magnifique. Quel couple! pensa l'hôtesse. Un si bel homme. Une si belle jeune femme. Faudrait les marier dans l'année.

Elle prit leurs manteaux. Lucille resplendissait. Toute sa blondeur naturelle qui lui retombait jusqu'aux épaules et affinait encore sa taille. Une robe d'un chaud tissu blanc. Les regards se portèrent d'abord sur elle avant Samuel. Et quand ils glissèrent sur lui, ils se firent encore plus admiratifs.

Mais ce n'étaient pas eux, les héros de la fête. Non plus que sa raison d'être. Il y aurait les fiançailles d'un autre couple. Et personne, à part les fiancés eux-mêmes et Bernadette, ne le savaient encore. Il y aura des surprises, avait-elle dit à chacun. Mais elle avait réussi l'exploit inouï –pour elle– de garder le secret que pas même son oeil joyeux n'avait révélé à quiconque au moment de lancer ses invitations.

Et puis personne ne s'était mis en train d'établir un lien entre les invités présents. Le secret resterait donc bien gardé même après l'arrivée des fiancés qui ne tardèrent pas.

Jeanne d'Arc et Luc furent les derniers à faire leur apparition. Ernest qui s'entretenait avec Pampalon pas loin du bol de punch où il allait parfois remplir son verre en sapant à chaque gorgée pour montrer sa haute satisfaction, eut un doute à ce moment. Il promena son regard sur tout le monde, tira sur son étouffant noeud de cravate et reprit son échange avec le père de Luc.

Ida aidait Bernadette. Elle déposait sur la table les assiettes contenant les sandwichs, les morceaux de fromage et les hors-d'oeuvre. Femme d'action avant tout, elle avait tout le mal du monde à s'arrêter pour jaser ou ne rien faire; des choses à faire, elle en voyait sans arrêt d'une étoile à l'autre. Tout le contraire de son mari qui, sans être foncièrement paresseux, préférait placoter et s'amuser avec tout un chacun. Et elle devait toujours le pousser à l'ouvrage.

Caché entre deux fougères dans la partie la plus sombre du salon, Laurent-Paul se sentait tiraillé entre sa timidité et son envie de crier à Clara de venir s'asseoir avec lui. Il n'avait reçu d'invitation qu'au dernier moment après que Bernadette eut appris la mésaventure de la patinoire de la bouche même de Clara retournant à la maison avec son père adoptif dimanche après-midi. L'empathie avait commandé son esprit au cours de la nuit, l'avait fait entrer dans la peau trop sensible de Paulo, et au matin, elle avait appelé Éva pour lui dire d'amener aussi le jeune homme. Quant à Fernande, elle avait reçu pour tâche de garder les jeunes enfants et l'avait pris du bon pied au nom de sa chère vérité de La Palice érigée en principe et stipulant qu'il valait mieux être heureux en toutes circonstances que malheureux.

Mais Clara s'éloigna de lui. Elle se rendit auprès de son père naturel et de Catherine, saluant au passage Lucille qui, assise dans un fauteuil à l'entrée du salon, lui adressa le plus affectueux des sourires.

Samuel avait disparu, semblait-il, sans doute rendu aux toilettes.

On s'était déjà salués les uns les autres à l'arrivée du couple Boutin et la jeune fille prit place simplement auprès de Catherine qui lui fit aussitôt un signe de la tête en direction opposée à celle de Roméo et des autres.

Clara tourna la tête et aperçut Samuel accroupi, qui questionnait à propos de son jeu le petit Emmanuel assis à terre. Tout content, tout fier, l'enfant expliquait les choses, l'oeil pétillant. Il s'agissait d'un puzzle en larges morceaux, et que le garçon avait vite appris à monter tout seul.

Clara lui dit :

–'Pa, vous allez vous en faire montrer.

–J'te pense ! Il est capable de l'assembler dans deux minutes...

L'enfant défit rapidement le casse-tête assemblé et regarda cet homme dont il avait bien moins peur que de son père, attendant, l'oeil au défi et à l'ironie douce.

–Tu veux que je le fasse ?

–Oui.

–Ouais... suis pas un expert... je veux dire... sais pas...

Hésitant, Samuel prit deux morceaux et il essaya de les ajuster sans le moindrement y parvenir, au plus grand bonheur du petit qui riait chaque fois que l'homme se trompait et s'en désolait en se cognant la tête. Une scène qui donnait chaud au coeur de Catherine et de Clara, mais froid à celui de Roméo qui choisit de fermer les yeux. Il se leva et rejoignit Ernest et Pampalon au fond du salon.

Catherine et Clara eurent beau s'en donner à coeur joie pendant quelques minutes et se rappeler de beaux souvenirs d'événements survenus dans les années précédentes, elles furent interrompues par un cri de Bernadette qui appela tout le monde à table :

–Et bourrez-vous la face : le temps de l'Avent est fini. Et puis il est rien que quatre heures : ça va faire long avant le réveillon. Approchez, monsieur le curé. Vous avez la place d'honneur ici. Pis pour vous tenir compagnie durant le repas, je vous donne Jeanne d'Arc et Luc, mon neveu. On va laisser les vieux ensemble à l'autre bout...

–Qui c'est, les vieux ? lança le curé.

–C'est... Pampalon, Ernest, Armand...

Et la femme fit un clin d'oeil et se mit à rire de grand coeur. Ce qu'elle voulait d'abord, c'était de faire asseoir le plus près possible les fiancés et le prêtre. Ce serait une bénédiction pour le couple. Tout baigna. Et bientôt, la table était complète. Enfin au premier coup d'oeil. Car Paulo restait figé dans les fougères. Il aurait voulu disparaître, fondre dans le froid et la nuit qui commençait à se répandre dehors, et aussi dans la maison malgré l'éclairage des lampes et du plafond.

Il y eut donc à l'extrémité dans la cuisine le couple des fiancés. À leur droite, dans l'ordre, le curé, Armandine, Lucille, Samuel, Emmanuel, Catherine, Roméo et Clara. Et du côté gauche, Bernadette en face du curé, Éva, Ida, Pampalon, Ernest, Armand, Lise et Dolorès. Personne n'avait pris la place à l'autre extrémité, dans le salon, dans la pénombre.

–Mais... y a une place de trop, j'ai dû mal compter, dit Bernadette. Ça fait trop longtemps que je suis partie de l'école on dirait...

Paulo priait le ciel pour qu'elle change de propos. À travers les branches, il avait vu l'ordre des personnes à table et s'il n'était pas embêté de côtoyer sa soeur, il brûlait de tant d'envie de manger en la compagnie de Clara qu'il en fondait à cette idée. En même temps, il s'en voulait à mort de ne pas s'être approché quand les autres l'avaient fait. Seigneur de Seigneur, quand on est 'gêné' à ce point...

–Mangez comme il faut, une surprise vous attend, dit Bernadette.

À ce moment, plusieurs savaient ce qui s'en venait. Les parents des fiancés n'étaient plus dupes. Armand savait aussi, qui avait écouté aux portes quelques jours auparavant. Et le curé ne serait pas venu sans un événement d'une certaine importance. D'ailleurs, il avait été question qu'il se fasse remplacer par le vicaire, mais à la dernière minute, il était venu en personne.

–Ben Bernadette, ton p'tit boire, là, c'est ben buvable, dit soudain Ernest à qui le punch rappelait la limonade qui avait été servie plusieurs années auparavant par elle et Cécile Jacques sur le cap à Foley à l'occasion d'un pique-nique et d'un concert par les Goulet, père et fille.

–Suis tout à fait d'accord avec Ernest, dit le curé en levant la main.

–Pour une fois ! lança Armand qui obtint par sa réplique le rire général des adultes, y compris celui d'Ernest.

Clara avait quelques problèmes sur les bras en ce moment. Elle savait Laurent-Paul caché entre les plantes et pouvait même apercevoir ses pieds cloués, crucifiés dans le plancher. Durant toutes ces années, elle avait perçu sa timidité en même temps que son intérêt pour elle, ces choses-là n'échappant pas à une jeune fille aussi perspicace. Et puis l'événement de la veille avait dû en ajouter gros comme l'église sur son embarras de jeune homme gauche et emberlificoté dans ses sentiments et dans la confusion de son coeur. Il était venu, certes, mais avec ses parents, et maintenant se trouvait seul et devait se sentir abandonné comme elle-même l'avait été si cruellement le matin de l'enterrement de sa mère avant que trois personnes lui proposent coup sur coup de l'adopter.

Si elle signalait sa présence oubliée, d'aucuns, son propre père Ernest en tête, risquaient de se moquer de lui, croyant le faire sans méchanceté, sans tenir compte ni même connaître sa vulnérabilité.

Bernadette reprit la parole :

–J'ai trois 'tea-pots' de bon café, mais ceux qui veulent du thé, craignez pas, j'en ai aussi et du bon. Pis fort. Du vrai thé d'homme.

–Ben content ! glissa Ernest.

–Mais avant de vous en servir, on va demander à monsieur le curé de dire le bénédicité.

Ce que fit le prêtre.

L'autre problème qui tracassait Clara et auquel elle songeait en marmonnant la formule de la prière était celui de Samuel et Lucille. Elle n'arrivait pas à croire qu'un sentiment amoureux puisse être né si rapidement entre eux. Que fallait-il déduire de la présence de la jeune fille à cette fête et au réveillon ? En plus qu'il avait patiné plus longtemps avec elle la veille qu'avec toutes les autres réunies, y compris Fernande et elle-même. Fuyait-il à la fois Catherine et la petite religieuse ? Mais un telle fuite risquait-elle de le conduire aveuglément au pied de l'autel ? Ou peut-être que Lucille lui servait à son insu même d'ornement au temps des fêtes. Non, jamais Samuel n'utiliserait quelqu'un de façon aussi cavalière. Mais sa pensée revint à Laurent-Paul qui présentait un problème bien plus immédiat.

Tout le monde se mit à manger et elle du bout des doigts. Les hommes parlaient fort. Ida et Bernadette servirent les breuvages. Luc riait aux éclats avec le curé qui racontait des blagues soi-disant drôles. Clara mit des choses à manger dans une assiette puis se glissa hors de sa chaise, se leva et alla dire quelques mots à l'oreille du petit garçon qui se mit à rire. Puis elle retourna à sa place, prit l'assiette et alla tout droit à Laurent-Paul.

–Tiens ! Tu viens pas avec nous autres, ça fait que je t'apporte à manger.

–J'ai... ben... j'ai ben mal au ventre.

Enfin il avait forgé une bonne clef pour s'en sortir. Et Clara la transforma en perche tendue :

–Ben viens t'asseoir à table. Du thé chaud, ça va te faire du bien. Viens.

Il se décida à la fin.

–Ah, c'est donc lui qui manquait ! s'écria Bernadette.

Tous ne s'arrêtèrent pas pour autant, et l'arrivée du jeune homme passa plutôt inaperçue. Seule sa mère lui lança une question :

–Où c'est que t'étais donc ?

–Il a mal au ventre, dit Clara pour lui. Je vais lui donner du thé chaud.

–Il a souvent mal au ventre...

Quand il se rendit compte qu'on l'oubliait, le jeune homme se sentit soulagé de tout, y compris de son mal de ventre imaginaire.

Il y eut gâteau. Il y eut fiançailles. Il y eut félicitations. Il y eut bénédiction.

Chacun son tour, tous finirent par entrer dans l'esprit de Noël convivial et chrétien...

***

265

Chapitre 22

Lucille sentait son coeur dans la joie, son âme dans l'espérance et son corps dans une drôle de douceur. Et pourtant elle n'était pas dans son bain comme une heure plus tôt, à frotter lentement sa peau pour lui donner fraîcheur et propreté incomparables.

Par l'hygiène, par les vêtements bien mis et par les manières agréables, paraître à son mieux était dans cette famille un mode de vie instillé en chacun par la mère. Un réflexe devenu naturel.

Non, ce n'était pas du tout le moment des ablutions mais celui du *Minuit Chrétiens* et la jeune femme dans son banc, à côté de sa soeur et de ses parents, retenait son souffle comme toute l'église, sachant que Samuel serait le soliste de cette année-là, ce que les autres fidèles avaient aussi appris par la bouche du curé lors de son sermon écourté de tout à l'heure.

Il y eut un instant de flottement. Le curé jeta un coup d'oeil vers le jubé de l'orgue. On achevait de se préparer. Le soliste mit les feuilles de paroles sur le lutrin. Déjà le vicaire officiant était assis sur son banc près de l'autel dans l'attente lui aussi du moment solennel.

Marie-Anna écrasa les doigts du clavier et les pédales de l'instrument, et trancha dans l'essentiel de la rumeur venue d'en bas, composée de raclements de gorge, de quintes de toux, de bâillements sonores, de murmures et même de quelques ronflements. La lumière des pensées de chacun s'éteignit pour laisser toute la place à celle de l'émerveillement. Mais il fallut deux ou trois secondes pour que le transfert se fasse en tous...

Dominique Blais était un brin chaudasse pour avoir pris un coup toute la journée. Mais il restait assez lucide pour suivre tous les mouvements de la messe. Sans toutefois s'être rendu recevoir la sainte communion afin de ne pas s'attirer les foudres du curé qui le soupçonnerait certainement de n'être pas à jeun depuis minuit, même si les fidèles ne s'étaient approchés de la sainte table que quarante minutes après le début de l'office.

Deux jeunes hommes dans la trentaine, Armand Grégoire dans un banc de la mezzanine et le Blanc Gaboury dans la nef, rangée du fond, s'adonnaient à une réflexion sur le temps qui passe. Au premier, il semblait que quelques heures à peine s'étaient écoulées depuis ce jour de ses douze ans où il avait pris la décision de se peigner les cheveux en les imbibant d'eau pour qu'il n'en reste jamais rien de ces frisottis ayant fait depuis toujours l'orgueil de sa mère. Au second, il paraissait qu'une minute à peine avait couru depuis ce matin de septembre où apparaissait sur le quai de la gare ce revenant de la guerre. Il y avait quatre mois de cela, il y avait une éternité, il y avait une frêle seconde...

Fernande leva les yeux et aperçut Samuel qui portait son poing à sa bouche pour faire taire un bâillement. Son esprit s'envola vers l'école Normale et son cher professeur Goulet qui, lui aussi, devait chanter quelque chose dans son église en ce moment même.

À sa droite, Laurent-Paul n'osait porter son regard vers Clara dont il avait pu apercevoir le doux profil à la communion. Il avait alors guetté le moment où il la verrait descendre de l'escalier pour suivre la filée des communiants qui passait en partie par la mezzanine où se trouvait son banc. S'étant levé pour entrer dans la file alors qu'elle serait là, il se rendit compte qu'elle avait emprunté l'escalier descendant pour se rendre à la sainte table en passant par la nef. Et lui était déjà poussé par la file... Son coeur avait battu fort en l'apercevant près de la sainte table, mais cette fois, la file le retenait de s'approcher d'elle... Déception...

Ernest, tout égrianché sur le bord du banc, bras croisés, regard rivé sur rien du tout, songeait aux moyens qu'il prendrait pour convaincre sa femme du bien-fondé d'aller vivre sur la terre de la Grande-Ligne et de vendre la forge et la maison du village. Chaque fois qu'il avait abordé la question, c'est un mur de ciment qu'il avait frappé...

L'abbé Ennis dans la chaire finissait de se demander une fois encore depuis le retour de ce cher docteur qui serait l'élue de son coeur et quand il l'épouserait. Quelque chose lui disait que malgré tout son charme, ce ne serait pas encore Lucille Lapointe. Au moins, la face était sauvée et cette nouvelle fréquentation éloignait de l'esprit des gens le goût du petit scandale que suscitait la présence en la vie de Samuel, de Catherine et de soeur Paul-Arthur. Mais le prêtre plaçait bien au-dessus de ces petites considérations sentimentales le fait que la paroisse pouvait maintenant se faire soigner selon ses vrais besoins.

Lucille elle-même eut à ce moment une pensée pour quelqu'un d'autre que Samuel et ce fut pour le beau-frère de son frère aîné, un jeune homme qui chantait l'opéra et vivait à Québec. Fonctionnaire du gouvernement, Roland Gosselin envisageait de faire carrière à plein temps dans le chant classique. Sa voix était comparable à celle de Samuel, disaient certains qui connaissaient les deux. D'autres n'étaient pas de cet avis.

En ce moment même, à la maison, Éva replaçait les couvertures sur le petit dernier qui avait maintenant trois ans et demi et dormait comme un ange dans son ber bleu. Non, elle ne lui voyait plus le moindre lien avec Mathias Bougie, ce père infanticide que sans le vouloir, elle avait par ses paroles contribué à faire pendre en 39. Et quelque chose lui disait qu'il n'y aurait pas de nouvelle naissance dans son foyer. Son corps et son âme refusaient cela.

À l'église, Rose songeait à son avenir et ne le voulait surtout pas à l'image de son passé. Il lui faudrait briser cette dépendance financière de son mari. Gagner son pain. Gagner assez de sous pour être capable de payer le prix d'une plus grande liberté...

Et curieusement, ce moment précis où Samuel allait chanter fut celui que choisit un couple pour prendre la décision de s'épouser. Henri-Louis qui avait obtenu de s'asseoir au jubé de l'orgue, jeta un regard à Gaby qui lui adressa un sourire et un signe de tête affirmatif. L'homme comprit qu'elle acceptait enfin sa demande en mariage. Dépourvu de tout sentiment d'envie ou de jalousie, il croisa ses bras et s'apprêta à applaudir mentalement le soliste, ancien cavalier et ami de coeur de la maître de chapelle...

Caché derrière Dominique Blais et ceux de son banc, François Bélanger savait depuis quelque temps que la surdité le guettait, s'installait. Pas assez de ce corps fragile, de ce visage de monstre, de son bégaiement et de sa faible aptitude à la parole, voici que le ciel le privait aussi, et peu à peu, de ses sens. Car la vue aussi commençait à faiblir. Car il avait des faiblesses à l'odorat et au goût... Le pauvre homme se demandait quel crime abominable il avait bien pu commettre pour mériter tout ça à la fois. Il se consolait par la prière; il oubliait par la bière.

Jeanne d'Arc et Luc occupaient à eux seuls un des bancs

de Pampalon. Lui et Ida iraient à la messe au village de Saint-Évariste pour la première fois. Par souci d'intégration plus rapide, ils étaient parmi les plus chauds partisans de la construction d'une nouvelle église au village de la station et de la création d'une nouvelle paroisse qui se détacherait de l'ancienne. Le jeune couple de fiancés avait pris de la maturité. Dans les années de guerre à Montréal, ils avaient été très proches l'un de l'autre et ça leur avait permis de mieux contrôler en public leur feu intérieur.

Il y avait longtemps que Catherine n'avait pas été seule avec Roméo sans aucun enfant auprès d'elle. Emmanuel dormait chez les Goulet en ce moment, gardé par Armandine qui avait besoin de ce temps pour mettre la touche finale aux préparatifs du réveillon. Le couple occupait donc seul le banc des Goulet, Clara et Samuel étant tous les deux au jubé de la chorale.

Elle se rappelait de ce jour où Samuel lui avait fait apprivoiser sa peur en la conduisant à la maison Bougie devenue sienne par la suite. Un moment surtout baignait son coeur : celui où elle avait appuyé sa tête contre sa poitrine dans la carriole. Et il lui semblait entendre, toutes ces années plus tard, la doux battement de son coeur. Si toutes les déceptions de sa vie étaient le prix à payer pour cet instant de bonheur infini, elle le payait de bonne grâce. Et si toutes les souffrances de son existence étaient la facture à payer jusqu'au jour de sa mort pour que soit conçu dans son sein, vienne au monde et grandisse un enfant de Samuel, qu'il en soit ainsi...

Roméo parvenait à museler son démon de la jalousie. À force de raisonner, on devient raisonnable. Fréquenter les Goulet ne saurait que lui apporter davantage de sécurité morale. Aucun danger de perdre sa femme, tout la lui redonnait chaque jour.

Clara ressentait un grand bonheur en ce moment. Tous ceux qu'elle aimait aimaient. On ne saurait regarder avec tendresse et ne pas aimer. Et c'est dans les yeux qu'elle prenait ses lectures. Armandine aimait. La jeune fille se sentait aimée d'elle. Et comme la vieille dame s'épanouissait depuis le retour de son fils !

De plus en plus dans sa tête, Clara appelait Samuel Samuel. Et Samuel aimait, lui aussi. Catherine surtout et ça se lisait si brillamment dans ses yeux parfois. Et comme il aimait son fils caché aussi ! Il avait fallu le voir s'amuser avec lui chez Bernadette...

Comment oublierait-elle jamais son visage au-dessus du sien sur la patinoire, ces rides inquiètes sur son front, ce tracas au fond des yeux, cet immense souci dans ses mains réconfortantes ?

Au tout dernier moment avant d'entamer le chant, il se tourna vers elle et lui adressa un sourire qu'elle reçut et lui redonna chargé d'affection filiale.

Lui-même dut tourner dans son coeur le commutateur de contrôle de l'éclairage donnant sur les images d'Elzire, de Catherine, d'Alice qu'il ne parvenait plus à appeler mère Paul-Arthur et de la si belle et digne Lucille qui passerait le réveillon avec lui, et se donner tout entier à la paroisse entière... enfin à celles et ceux qui se trouvaient à la messe de minuit.

Et il ouvrit la bouche pour lancer le *Minuit Chrétiens*...

Là-bas, au fond du rang, seule à ne pas dormir à l'exception du poêle et de la fournaise, Carmen, assise dans son lit, regardait pour la nième fois une découpure de journal empruntée dans un livre appartenant à sa mère. Il y avait là une photo de son héros de guerre, de son héros de vie. Elle la porta à ses lèvres puis entre ses jeunes seins, là où le coeur bat le plus fort...

***

Chapitre 23

Lucille attendit sur le perron comme convenu. Quelques instants plus tard survint Samuel parmi le dernier flot des fidèles quittant l'église pour rentrer chez eux. Ceux des rangs se dispersaient dans les ténèbres vers les étables ou les maisons de refuge en attendant que le père revienne avec leur attelage devant la porte.

Il faisait clair de lune. Et froid. Les étoiles scintillaient dans la voûte céleste. Tous deux levèrent les yeux en même temps pour regarder la nuit profonde et sourire au bonheur d'un milieu paisible et d'une époque romantique.

–J'ai une chance incroyable de t'avoir pour le réveillon, dit-il en lui touchant le bras. Viens, il faut pas se laisser geler ici.

La voix féminine, d'une infinie douceur comme toujours, se fit suggestive :

–Allons-y donc, mon ami !

–Tu sais que c'est pas un bien gros réveillon : on sera six grandes personnes en tout. Toi, maman, Clara, Catherine, son mari et moi. Le petit Manu dort comme une bûche à cette heure-ci.

–Le petit Manu ? demanda-t-elle spontanément sans penser qu'il s'agissait d'Emmanuel.

–Emmanuel... le fils de... de Catherine... il se trouve en fait le demi-frère de Clara... C'est compliqué, l'histoire de famille à Roméo Boutin, tu sais. Ses enfants de sa première femme sont dispersés aux quatre vents. Il a marié une femme qui avait déjà deux enfants. Et ensemble, ils en ont aussi...

L'homme n'avait pas réussi à dire 'ensemble, ils en ont trois'. Il ne se résignait au mensonge qu'acculé au pied du mur et pour respecter la volonté de tous.

Elle lui dit que chez ses parents, le réveillon compterait pas moins de vingt personnes et que certains déploreraient son absence.

–Tu regrettes ?

–Non, bien sûr que non ! J'ai pas le don d'ubiquité pour me trouver en deux endroits en même temps, fit-elle sur un ton détaché.

Ils marchaient côte à côte sur le perron de l'église parmi les retardataires. Et faillirent se cogner sous l'éclairage d'un lampadaire contre un homme dont l'image s'était perdue dans le décor et qui semblait bouger à peine. Il se retourna au dernier moment. Lucille eut un sursaut quand le couple arriva face à face avec ce personnage toujours effrayant. C'était François Bélanger qui avait un mot à dire à Samuel et l'avait attendu, le dos courbé, battu par la nuit froide, mal vêtu pour ce temps de l'année.

–François, s'écria Samuel, mais qu'est-ce que tu fais si peu chaudement habillé ? Tu vas attraper la mort.

–Oudè...wè.. toé... misé... tan'...

–Tu le sais que je comprends pas ce que tu dis. Viens avec nous autres, maman est capable de te comprendre, elle. Suis-nous...

–Mini... k... tou... apab...

Ce qu'il avait dit, c'est qu'il voudrait voir Samuel étant donné qu'il avait de plus en plus de misère à entendre. Et il avait dit en plus que Dominique était lui aussi capable de saisir ce qu'il disait.

L'espace d'une seconde ou deux, Samuel vit devant lui deux visages situés à l'extrême, celui horriblement déformé de cet homme infirme et celui de Lucille divinement tracé par la nature et le clair-obscur de cette nuit de Noël. Il se souvint alors de deux vers de Nelligan devant deux portraits de sa mère :

Comment puis-je sourire à ces lèvres fanées ?
Au portrait qui sourit, comment puis-je pleurer ?

L'infirme demeurait à l'autre bout du village dans la même direction que la maison Goulet. Samuel lui saisit le bras et lui dit comme à un enfant, sur le ton d'un père :

–Viens, François, viens, on va prendre soin de toi.

Lucille fut contrariée sur le coup. Elle aurait voulu avoir cette marche à deux pour eux seuls et l'inscrire à jamais dans l'album de ses plus doux souvenirs de jeunesse, mais le sort venait d'en décider autrement.

Au moins eut-elle la conversation de Samuel qui, incapable de communiquer avec François échangea avec elle seulement. Et vivement le trio arriva à la maison. Les entendant marcher sur la galerie, Clara vint ouvrir non comme à des visiteurs mais pour accueillir le couple. Quelle ne fut pas sa surprise d'apercevoir François avec eux !

–Non, c'est pas un nouvel invité, dit Samuel. François a quelque chose à me dire et maman va le comprendre. Veux-tu aller la chercher ou lui crier de venir ?

Armandine vint et tout fut vite réglé. Elle offrit à François un vêtement à mettre par-dessus son mackinaw, mais il refusa et reprit son chemin dans la froidure, les mains dans les poches et son corps fragile replié sur lui-même.

C'est en hochant la tête de pitié que Samuel le regarda s'en aller à la manière d'un concentrationnaire qu'absorbe pas à pas la mort à petit feu.

Il fut question un moment de lui après son départ puis l'on passa à table. Ce fut un repas agréable pour tous. On taquina Clara à cause de son pensum et de sa bosse à l'arrière de la tête. Roméo fut de tous celui qui trouva le plus de plaisir à la rencontre. Il était redevenu, du moins en surface, l'homme d'avant le retour de Samuel. Pas soupçonneux, optimiste, calme et doux. C'est qu'il était bien entouré et rassuré. Armandine avait sur lui une bonne influence quand elle lui parlait. Il était fier de Clara. Et voici que Samuel avait avec lui sûrement la plus jolie et prévenante jeune fille de la paroisse. Il la voyait en future madame Goulet. Et puis tous les problèmes avec Catherine avaient été résolus. Il n'était plus guidé par la peur et son respect pour elle avait refait surface avec un peu plus d'emphase qu'auparavant. Une amélioration qu'elle-même avait perçue. Une autre après celle ayant suivi la mort de sa première épouse et mère de Clara.

Catherine sentait parfois des bouillons de larmes lui monter aux yeux; elle les noyait avec les larmes du rire quand Samuel ou Clara racontaient des anecdotes. Lui parla d'événements joyeux qui dans le pire des abîmes pouvaient survenir quand même au camp de concentration. Elle raconta son altercation avec Albertine à propos de Fernande dans une version qui cherchait à exclure tout lien avec elle-même et ses propres sentiments. On lui décerna même une médaille en applaudissements. Puis Samuel fit le récit de l'accident de la patinoire et Roméo s'en amusa beaucoup, au point de demander à sa fille pourquoi elle n'avait pas invité Laurent-Paul à réveillonner avec eux.

–Trop gêné. Il est comme... l'épouvantail dans le Magicien d'Oz : mou comme de la paille. Pauvre lui, il a donc de la misère à se tenir debout.

–C'est peut-être parce qu'il t'aime d'amour, lança Samuel, l'oeil taquin. Ça ramollit les idées, l'amour...

–Ça se pourrait bien, enchérit Catherine. C'est pas d'hier qu'il aime ta compagnie, celui-là. Je me souviens du fameux soir où j'avais moi aussi une belle bosse à la tête, pire que la tienne...

–Si je m'en souviens, dit Clara. T'étais aussi belle que François...

–Clara, faut pas rire de lui : pauvre homme ! dit Samuel.

En réalité, il défendait aussi Catherine dont le visage tuméfié l'avait tant blessé lui aussi dans son esprit.

Clara mit sa tête en biais :

–Suis pas à rire de lui... mais il est ce qu'il est, 'pa... Qu'on le veuille ou non, il n'est pas beau... même s'il possède la beauté intérieure.

–C'est vrai que j'étais pas belle à voir, dit Catherine. Mais avec l'aide du docteur, ma mâchoire s'est replacée. Savez-vous que des fois, elle me fait mal encore ?

Dubitative et silencieuse, Lucille regardait l'un et l'autre, écoutait, absorbait, emmagasinait. Elle était femme à s'adapter aux autres et plus elle en saurait sur chacun, plus elle se ferait aimer en réagissant à leurs gestes et propos de la façon la plus appropriée et qui leur plaise. Avec elle, Armandine se montra d'une aménité hors du commun, que la jeune femme lui rendit bien.

Une heure passa dans l'agrément et la convivialité. Samuel et Lucille s'apprêtèrent à partir. Au dernier moment, quand le couple fut habillé et rendu au bord de la porte, chacune des femmes restant à la maison scruta le regard de la jeune femme qui tâcha de rendre à chacune la lueur attendue tout en l'associant aux mots convenables et rassurants. À Clara, elle dit :

–En tout cas, t'es chanceuse, toi, d'avoir deux papas à Noël.

La jeune fille éclata de rire :

–Et deux mères aussi, parce que Catherine a bien failli m'adopter quand maman est morte. Et en plus, elle est mariée avec mon père. Je me dis tous les jours que je suis la fille la plus chanceuse du monde.

–Et heureuse aussi, d'ajouter Lucille de sa voix mélodieuse. Comme ça paraît que tu es heureuse !

Roméo intervint, l'émoi dans l'oeil :

–Elle a eu assez de misère quand était p'tite. Maison mal chauffée, mal isolée. Fallait qu'elle marche quasiment deux milles pour aller à l'école du Grand-Shenley. C'est elle qui faisait la classe à ses soeurs. Souvent, on mangeait pas à notre faim. La crise, on s'en rappelle pis on va s'en rappeler toute notre vie, hein, Clara ? Pis en plus qu'elle a perdu sa mère, elle avait dix ans. Ça fait qu'elle peut pas en avoir trop asteur, moé j'dis...

Clara fut émue de l'entendre, au point d'en avoir les yeux ras d'eau. Samuel fut touché de les voir. Son regard rencontra celui de Catherine. Puis celui de sa mère. On se sentait sur la même longueur d'ondes. Les coeurs étaient gros. Mais beaux. Lucille s'en voulut d'avoir induit cette scène. Elle voulut se reprendre :

–Et toi, Catherine, j'aimerais te connaître mieux. Tu viendras faire un tour au magasin. On essaiera des robes toutes faites. Et je vais pas essayer de t'en vendre, suis pas du tout vendeuse. Juste pour le plaisir !

C'est Samuel qui attrapa cette agréable proposition au vol et l'enchérit :

–Durant ce temps-là, Roméo et moi, on ira prendre une bière à l'hôtel chez Luc.

L'idée plut à Roméo qui, suivant l'expression consacrée, 'crachait pas d'dans' et avait un faible avoué pour sa préférée, la grosse Dow.

Lucille dit à Armandine :

–C'est ennuyeux de vous laisser comme ça, avec tout le désordre dans la cuisine, madame Goulet. J'aurais aimé vous aider.

–Ni toi ni personne. Je vas faire le ménage tranquillement demain matin.

Puis Lucille adressa à Roméo un regard d'une infinie douceur. Au point qu'il en fut déstabilisé. Catherine le remarqua et ne s'en offusqua aucunement. Il dit :

–Hey, j'y pense, tu vas venir avec Samuel nous voir demain. C'est une invitation.

–Garanti que c'est une invitation, ajouta Roméo.

–C'est notre souper de Noël, dit Catherine.

–C'est si Samuel me veut avec vous autres.

–Certain que je le veux ! dit-il. Mais j'attendais qu'on t'invite, allons donc.

On se salua une dernière fois. Le couple partit dans la nuit. Clara soupira tout haut :

–Est donc fine, Lucille.

–C'est vrai, approuva Catherine. Hein, Roméo ?

–Ben... c'est sûr...

Armandine mit le fion final :

–Et si c'était la femme idéale pour Samuel, hein ?!?

Il y a de ces êtres simples et nobles qui font l'unanimité autour d'eux : Lucille Lapointe en était...

*

–Vous êtes sûre, madame Goulet, de pas vouloir faire la vaisselle à soir ? demanda Catherine.

–Demain sera un autre jour. J'aurai du temps et moins de fatigue.

–De toute manière, suis accoutumée de me lever de bonne heure, je vas vous aider.

–Et moi aussi ! d'ajouter Clara.

Il avait été d'avance établi que Roméo coucherait dans la chambre à débarras tandis que Catherine partagerait la chambre de Clara. L'homme s'était plié de bonne grâce à ce scénario quand on lui avait dit vouloir être entre femmes pour placoter un peu avant de dormir ou au réveil. Et puis son attitude démontrait à sa femme et peut-être à ceux à qui elle aurait pu révéler ses agressions de l'automne, son détachement et l'absence (ou la guérison) de tout sentiment noir en lui.

Quant au garçon Emmanuel, il dormait dans la chambre de Samuel, la pièce la plus chaude du deuxième étage. Il y avait un petit lit contre le mur qui formait angle droit avec celui de son père naturel et c'est là qu'il reposait. Catherine et Clara s'y arrêtèrent une fois rendues en haut avant de se rendre à leur chambre alors que Roméo était déjà à s'installer dans ses pénates, l'envie de dormir l'emportant sur toute autre considération chez lui.

Le faible éclairage d'une lampe de chevet leur permit de voir l'enfant, si beau à voir dans son pyjama de laine grise, les cheveux en épis, le nez retroussé.

–Un ange du paradis, soupira doucement Clara.

–Comme son papa.

Elles s'échangèrent un regard entendu et rempli d'affection complice.

–Suis contente qu'il dorme avec 'pa cette nuit. Contente pour les deux...

–Et moi donc !

Elles se retrouvèrent dans la chambre de Clara et se déshabillèrent puis enfilèrent chacune une jaquette blanche tout en jasant à propos de la soirée, de Lucille, de François et jusque de Roméo. Même si près de quinze ans les séparaient, elles s'entendaient à merveille pour avoir connu toutes deux la misère et avoir été réunies par les mêmes événements et les mêmes personnes. Deux personnes non rattachées par les liens du sang n'auraient pas pu être aussi proches l'une de l'autre par les alliances du coeur. Samuel, père adoptif de Clara et amoureux de Catherine. Roméo, père naturel de Clara et époux de Catherine. Elles se le redirent une fois encore comme pour ne jamais cesser de s'étonner des fantaisies du destin.

Quand elles furent au lit, bien installées dans l'ombre de la nuit, elles se parlèrent quelques instants de celui qu'on appelait encore parfois familièrement et avec affection 'docteur campagne'.

–A-t-il beaucoup changé à tes yeux, Clara ?

–Je dois dire que oui.

–Me semble à moi que c'est le même homme.

–Oui, oui... mais tu as bien dit : changé à mes yeux, Catherine.

–C'est vrai.

–Il est juste un peu plus triste, on dirait. Songeur. Son

passé qui lui hante l'esprit. C'est vrai, des fois, son esprit est loin. Les souvenirs d'Allemagne, c'est sûr.

–Il en parle pas ?

–Jamais !

–C'est la meilleure manière d'oublier. Il doit pas parler de moi non plus.

–Pas souvent, mais des fois oui. En fait, ça lui arrive plus souvent que tu pourrais penser.

Catherine soupira profondément :

–Je dois te dire que je pense à lui tous les jours.

–Et je dois te dire qu'il va t'aimer toujours.

–Il est capable d'aimer aussi quelqu'un d'autre : tu as vu ce soir.

–Lucille est belle, aimable, remplie de qualités, mais je pense qu'il pense bien plus à la petite soeur du couvent. Elle, son regard pétille quand il en parle.

–Mais Clara, elle est religieuse.

–M'man dit que ça le protège. Leur sentiment doit rester platonique. Comme entre les filles à l'école Normale et le professeur Goulet.

–Qu'est-ce que tu me dis là ?

–Les finissantes, elles ont toutes un accrochage sur notre professeur Goulet.

–Et pas toi ?

–Suis pas finissante.

–Et après ?

–Il m'enseigne pas. Je le vois rarement dans les couloirs. J'aurai un accrochage quand je serai finissante.

Elles se mirent à rire.

Puis Clara se fit sérieuse :

–Papa, il est O.K. avec toi, toujours ?

–Ah, il y eu une petite crise à l'automne. Fallait qu'il digère le retour de Samuel. C'est le petit qui a pris la claque. Mais c'est fini. Jamais plus, je te le dis.

–Pis le reste ?

–Suis bien traitée. On manque de rien. Il me fait pas de grossièretés. Mais c'est un homme. Un homme, c'est un homme. C'est pas délicat. C'est plein d'échardes, d'épines. Mais... je lui apprends des choses. La propreté sur lui après l'ouvrage. Manger autrement que tout le temps pareil. Pas penser que notre sainte religion a tout le temps raison sur toute la ligne. Dans le fond, on change pas, mais en surface on s'améliore. C'est son cas. Ça, je peux dire qu'il s'est beaucoup amélioré depuis que je le connais.

–Tu penses qu'on change pas ?

–À ton âge oui et je dirais... jusqu'à vingt ans. Mais quand ton dedans est forgé, c'est pour la vie. Ce qui veut pas dire qu'une personne peut pas s'améliorer. C'est le cas de ton père Roméo.

–Eh bon !...

Il y eut une pause. Chacune pensa que l'autre dormait. Catherine alors posa une question qui embêta considérablement Clara :

–Et toi, quel est ton sentiment... le vrai de vrai... envers Samuel ? Es-tu capable de rester seulement sa fille adoptive ou si...

Question à laquelle toutefois l'autre répondit sans hésiter mais sans vraiment répondre et plutôt par une question d'esquive :

–Qu'est-ce que tu vas chercher là, Catherine ? Voyons donc, suis pas Fernande, moi... Mais ça me surprend donc que tu me demandes ça !...

–T'es une femme asteur, Clara, t'es plus une enfant. Il a adopté une fillette, il la perd de vue durant cinq ans et il retrouve une femme faite comme on dit.

Elle s'opposa vivement :

–Il me voit toujours comme celle que j'étais avant qu'il parte.

–En es-tu bien sûre ?

–Quoi, tu penses pas ?

–Il ne te regarde pas de la même façon.

–J'ai pas remarqué.

–Toi non plus, tu ne le regardes pas de la même façon.

–Comme t'as dit : j'étais enfant et je suis femme. Je ne regarde plus personne de la même façon. Rien de plus normal, non !

–Je voulais juste te dire une impression. Si tu crois que je me trompe, c'est pas grave.

–T'es en train de me dire que je dois faire attention ?

–Pas à lui ? Samuel est un homme de respect.

–Mais à moi ?

–Non plus.

–Mais attention à quoi alors ?

–À vous deux... Ce que tu as raconté pour Albertine m'a frappée. On aurait dit que ce que tu lui disais, tu te le disais à toi-même.

–Mais j'ai pas dit grand-chose; c'est plutôt Danielle qui lui a parlé...

Catherine bâilla.

–Suis au bout du rouleau. On dort ?

–O.K !

Il fallut quand même un peu de temps à Clara avant de s'endormir. Elle surveillait le bruit que ferait Samuel à son retour.

*

Sur le pas de la porte du magasin Lapointe, le couple s'arrêta pour se dire au revoir.

–Je te remercie pour l'invitation, dit-elle, ce fut un beau réveillon.

–J'étais très content de t'avoir avec moi. C'est flatteur pour un homme de mon âge d'être avec la plus jolie jeune femme de la paroisse et... j'ai envie de dire dans grand.

–C'est flatteur et ça te fait me flatter ?

Il rit :

–Je te laisse là-dessus, il est tard. Et je te rappelle demain pour te dire l'heure du départ...

–Tu veux pas entrer te réchauffer un peu ? Rien qu'une minute...

–O.K !

Et la minute en dura quinze.

La famille vivait à l'autre bout de la longue bâtisse, de l'autre côté de la cloison du magasin. À l'entrée où resta le couple, il faisait noir comme au confessionnal et on dut se deviner pour trouver le ton juste des phrases et des mots, ce qui rendit l'échange plus authentique. Certes, il était trop tôt pour se parler de sentiments, mais chacun à sa façon lançait vers l'autre des élans du coeur enrobés de silence et de mots prononcés dans des soupirs et même des frissons induits par le froid. Ils se parlèrent d'elle, de certains membres de sa famille, du commerce de vêtements et de chant.

Il fut surpris d'une de ses questions :

–En revenant de la guerre, est-ce que tu as pensé retourner vivre en ville ?

–Je ne pouvais pas laisser la paroisse plus longtemps sans docteur.

–C'est curieux : s'oublier complètement pour les autres.

–Écoute, c'est pas un sacrifice pour moi de vivre par ici. Tu vois, sans ça, je t'aurais jamais connue.

–Avant de partir pour la guerre, tu ne me voyais pas, on dirait.

–Tu as toujours été d'une si grande discrétion. Et puis tu n'avais pas vingt ans, la différence d'âge et tout...

–Et si on parlait de mère Paul-Arthur ?

–Quelle merveilleuse amie ! C'est très agréable de philosopher avec elle. On parle de Dieu, du pape, de l'histoire des religions, un sujet qui nous passionne tous les deux. Mais n'aie pas peur, suis pas en amour avec elle.

–Tu vas me trouver curieuse.

–Non, c'est juste que dans la vie, on aime savoir où on

met les pieds avec les gens de notre entourage. Et on le sait bien mieux quand les autres s'ouvrent et parlent, qu'à imaginer ce qui se passe dans leur tête et dans leur coeur.

Le grand problème du docteur campagne depuis son retour, c'est précisément qu'il ignorait tout à fait où il se situait par rapport aux personnes, Catherine, Clara, la religieuse et maintenant Lucille. C'était comme une soupe de sentiments dans son coeur et il ne parvenait pas à en utiliser l'alphabet pour écrire des noms, des mots...

Il retourna à la maison en s'interrogeant, sans plus ressentir le froid de la nuit, tout entier à son monde émotionnel et à se dire que les hommes de son âge en général connaissaient bien moins de difficulté avec cet univers complexe. Peut-être devrait-il lui aussi entrer dans le mariage, classer ses affaires intérieures, faire des enfants, vivre dans les normes, se laisser guider par la sainte religion, les bonnes moeurs, les grandes tendances...

Mais pouvait-il en être pour lui comme pour la généralité? Un passé trouble n'était-il pas le garant d'un avenir tumultueux ? Qu'est-ce qui l'empêchait d'épouser quelqu'un ? Était-il donc à ce propos une sorte de Bernadette au masculin ? Un célibataire à tout crin ?

Il se fit discret à son arrivée, ôta ses chaussures, ses vêtements du dessus et monta à sa chambre. Tant de choses avaient occupé son esprit cette nuit-là qu'il en avait oublié la présence de son fils naturel dans la pièce. Pour mieux le regarder et ne pas risquer de réveiller les dormeurs, il passa outre à ses ablutions habituelles du soir et décida de se coucher sans attendre.

Il enfila un pyjama. Avant d'entrer sous les couvertures, il s'assit sur le lit afin de regarder le petit garçon dormir dans la pénombre. Il lui vint par vagues une tendresse pure qui remonta à ses yeux et alla baigner l'enfant. Mais aussi une certaine tristesse d'en être séparé et de ne pas connaître le bonheur de partager sa vie de tous les jours et celle de sa mère. Et la sempiternelle question de tant de gens à travers la planète revenait le harceler : pourquoi la guerre ? Mais il lui donnait une réponse parfois : la somme des maux de ce monde est égale à la somme des joies. Le positif est en balance avec le négatif. Voilà qui rend son propre malheur moins pénible en le privant de son caractère unique...

Puis, afin de racheter tout ce qu'il n'avait pas accompli de la bonne façon, il fit un serment qu'il énonça tout haut bien qu'à mi-voix et tout doucement :

–Mon fils, je te promets de veiller sur toi à jamais. Je le ferai à travers les yeux de ta mère. Je le ferai à travers mes prières et mes voeux. Je veillerai sur toi... toujours. Dors paisiblement, je serai toujours en alerte pas très loin... Tu seras un homme, mon fils...

***

Chapitre 24

Au cours de l'hiver 46, Clara crut s'être amourachée de quelqu'un: le frère de Danielle, Laval Morin. Ils s'étaient vus en coup de vent le soir de tempête quelques jours avant Noël puis s'étaient revus à la rentrée de janvier alors que Clara était descendue chez les Morin et pas directement à l'école, afin d'y passer quelques heures de liberté avec son amie.

En réalité, elle s'était prise d'une grande affection pour le sentiment d'amitié lui-même. Sentiment qui comportait un aspect d'exclusivité puisque seule Danielle en faisait l'objet et pas une autre de sa centaine de consoeurs. Et pour le mieux justifier aux yeux des normaliennes ainsi que pour faire taire une voix intérieure venue de la nuit de Noël et du renversant échange qu'alors elle avait eu avec Catherine à propos de Samuel, voilà qu'elle était devenue l'amie de coeur de ce jeune homme de bonne apparence qui, au masculin, lui rappelait vaguement Lucille Lapointe.

Mais le règlement de l'école rendait ce lien rédhibitoire et il fallait donc qu'il demeurât dans la semi-clandestinité. Ce fut donc comme pour plusieurs autres jeunes filles un amour épistolaire sans profondeur ni engagement. L'illusion de l'amour que traversent tous les jeunes de cet âge. Mais qui faisait jaser et qui excitait les petites passions, bonnes ou mauvaises, des principaux intéressés et des témoins.

Un soir, Albertine dénonça Clara à Cornemuse. Et Cornemuse la remercia de son 'honnêteté' et lui promit considération en retour. Et le jour suivant, elle intercepta une lettre de Danielle à son frère et l'ouvrit dans sa chambre-bureau-infirmerie durant la période de l'étude du soir. Elle y trouva ce que la délatrice avait dit qu'elle y trouverait : une lettre de Clara à l'attention de Laval Morin.

Et elle lut...

"Cher ami,

Je suis contente de pouvoir t'envoyer ces quelques mots. J'ai bien reçu ta merveilleuse et gentille lettre et j'y réponds en ajoutant des nouvelles de moi.

Tu me demandes si nous pourrons nous voir durant l'été prochain. C'est bien loin encore, l'été 46, tu sais. Cinq mois au moins. Mais je crois bien que oui, on pourra se voir. Tu sais que je peux conduire une automobile. Je demanderai à 'pa de me la prêter et je viendrai visiter Danielle. Peut-être que tous les trois, on pourra aller en pique-nique à votre petit chalet de la Callway. Si tes parents sont d'accord bien entendu."

Cornemuse souriait et hochait la tête. Il émanait de la tendresse de son regard au fond de son visage sec et pointu. Elle se souvenait de son premier amour et ça lui valait des palpitations au coeur. Elle poursuivit sa lecture.

"Tu sais quoi, Laval, ça m'a payé de faire une entorse au règlement avant Noël en allant chez vous avec Danielle. Mère directrice m'a donné pour pensum de faire une longue rédaction française sur un événement du temps des fêtes. Je devais faire trois pages, j'en ai fait six. J'ai choisi un repas genre buffet chez notre voisine, mademoiselle Bernadette, la veille de Noël. Et ce fut tellement facile d'écrire les six pages. Il y avait là-bas tant de personnes colorées et intéressantes, à commencer par monsieur le curé. Et puis mes parents adoptifs. Et mon père naturel avec son épouse Catherine que j'aime beaucoup et que 'pa aurait épousée s'il n'était pas parti pour la guerre. Et un beau petit couple qui s'est fiancé. Lui, un grand six-pieds et elle à peine cinq

pieds, mais heureux comme une reine et un roi. Ils furent les souverains de la fête. Il y avait les parents des deux... le père de Luc qui a le drôle de nom de Pampalon et son épouse Ida, de même que les parents de Jeanne d'Arc (la soeur de Fernande qui est finissante ici et que tu connais peut-être), madame Éva et monsieur Ernest.

Et quelques autres comme le frère de mademoiselle Bernadette, monsieur Armand etc...

Et qu'est-ce qu'il est advenu de ma composition française ? Je l'ai donnée à mère directrice avec ma lettre de blâme signée par 'pa et m'man. Elle l'a lue puis me l'a redonnée en me conseillant de m'en servir dans mes cours de français. Ce que j'ai fait. Et j'ai eu une note de... tiens-toi bien... 95%. Ma plus belle note en rédaction française de toute ma vie.

Mieux encore, le fait d'avoir écrit ce texte à partir de notes le soir dans ma chambre tandis qu'il neigeait dehors et que je pouvais parfois jeter un coup d'oeil sur des passants sombres ou sur les fenêtres allumées de jaune de la maison d'en face appartenant à un monsieur aveugle, m'a donné le goût de la littérature. J'aimais lire. J'aime encore ça. Mais maintenant, j'adore écrire.

Finalement, grâce au règlement sévère de l'école, grâce à Cornemuse qui le fait appliquer strictement, j'ai eu les meilleures notes de ma vie en rédaction et j'ai eu la piqûre de l'écriture. Magnifique... Et dire qu'on dit que le crime ne paie pas !"

Soeur Cornemuse fronça les sourcils et rejeta la lettre pour un instant sur le bureau. Elle contempla une menace devant son regard puis reprit sa lecture.

"Parlant de Cornemuse, elle n'est pas méchante. Elle grogne, mais je l'aime bien. Je sens qu'elle a beaucoup de coeur et qu'elle le cache. Je suis sûre qu'elle a dû aimer beaucoup dans sa vie. Oui, elle camoufle son coeur sous des dehors bourrus... comme monsieur Freddé, le marchand général près de chez nous, dans mon village. Il maugrée souvent mais je l'ai surpris plusieurs fois alors qu'il était en

train de pleurer. Il a un bon fond comme tous ceux de sa famille, me dit souvent 'pa.

Bon, je te quitte là-dessus. J'aime beaucoup correspondre avec toi. Je ne pourrai pas te rencontrer le soir en arrière de l'école parce que si je me fais prendre, je pourrais être renvoyée. Et je ne veux surtout jamais faire de peine à 'pa et m'man. Ils ont tant fait pour moi. Ils sont si fiers de moi. Ils m'aiment tant. Tu comprends cela ?

J'ai hâte de recevoir de tes nouvelles à travers ta soeur Danielle, ma meilleure amie, si belle et si bonne !

Clara Goulet."

L'oeil luisant, Cornemuse replia la lettre et la remit avec l'autre qu'elle ne lut pas, dans l'enveloppe dont elle colla le rabat avec de la colle à la pomme de terre. Elle se souvint d'une parole dite à Clara le soir de son arrivée à propos du courrier :

"Ne vous inquiétez pas, c'est moi qui ai la responsabilité d'envoyer les lettres des pensionnaires à la poste et de distribuer celles qui arrivent. Elles vont se rendre à bon port et aucune ne sera ouverte... même si d'aucunes pensent que soeur Cornemuse y met son grand nez..."

La soeur se leva et alla se regarder dans un miroir. Et se parla avec le sens du pardon :

–Qui est sans péché ? Et puis, où est le péché de surveiller les bonnes moeurs dans cette école, hein ? Faut bien voir à la vertu des jeunes filles. Tu as bien agi, ma vieille. Et où est le danger pour Clara ? Si on ne t'avait pas tant rabrouée, toi... Cornemuse... peut-être que... Non, non, tu ne vas pas encore une fois remettre tes voeux en question...

*

La jeune fille interprétant le rôle d'Iphigénie dans la pièce que l'on préparait pour Pâques et dont la mise en scène était assurée par Fernande Maheux, le tout sur la direction de Sr St-Victor, ayant abandonné l'école Normale, Clara qui connaissait toute la pièce accepta de la remplacer et les soirées de répétition reprirent bientôt...

*

Dans sa chambre, soeur Paul-Arthur priait le ciel de la réconforter, de jeter une lumière éblouissante sur son esprit. On arrivait fin janvier et depuis son retour après le jour de l'an, pas une seule fois, elle n'était retournée au choeur de chant le dimanche. Pas une seule fois, elle n'avait parlé à Samuel. Pas une seule fois, elle ne l'avait vu. Mais cent fois par jour, elle avait pensé à lui. Et dix fois au moins par nuit.

Et lui, de son côté, se demandait pourquoi elle semblait fuir ainsi. Savait-elle à propos de la présence de Lucille dans sa vie et voulait-elle laisser toute la place à une jeune femme libre d'elle-même ? Ou bien traversait-elle une crise spiri- tuelle ? Il eut envie de lui écrire mais se retint. Mère supé- rieure risquait d'ouvrir l'enveloppe et de lire son message. Certains soirs en allant voir Lucille, il regardait à la fenêtre haute en espérant la voir et pouvoir lui faire un signe de la main qui dirait son grand désir de la revoir.

Il osa demander à Gaby ce qu'il advenait de soeur Paul- Arthur comme choriste. Elle dit ignorer si la jeune religieuse reviendrait ou quand elle le ferait. Il n'insista pas pour ne pas trop alimenter les supputations.

Et un jour de février, il reçut une lettre qui n'avait pas transité par le bureau de poste mais qui lui fut apportée par un jeune élève de l'école, en fait le petit Gilles Maheux à qui la soeur enseignait en première année.

Samuel donna au garçonnet une pièce de dix cents et l'enfant s'en montra enchanté. Il repartit en dansant et en jetant sa pièce en l'air pour ensuite la rattraper, parfois la perdre dans la neige et la retrouver aussitôt. Lui qui avait tant hurlé et pleuré dans les premières années de sa vie était devenu l'enfant le plus joyeux du village et souvent, quand il faisait un coup pendable, le plus souvent au magasin chez Freddé, on l'entendait rire à gorge déployée et, si on le pour- chassait, se sauver en riant encore plus.

Et le docteur alla s'asseoir à son bureau pour lire sa mis- sive avec intérêt et attention.

"Cher ami,

Après avoir beaucoup réfléchi, beaucoup pleuré, trop aimé, j'en suis venue à la conclusion qu'il valait mieux que je ne retourne pas à la chorale le dimanche. Notre amitié est trop forte pour s'accommoder de mes voeux et de mon état de religieuse. Je sais que vous allez comprendre, vous qui comprenez tant de choses ici-bas.

J'ai parlé avec mademoiselle Bernadette qui m'a appris la belle nouvelle à votre propos et celui de Lucille. Vous formez un bien beau couple. Je vais beaucoup prier pour vous, cher Samuel. Est-ce que vous voyez ces larmes dans mes yeux ? Je les offre au Seigneur pour que notre amitié demeure éternelle et aussi pure qu'elle l'a toujours été; notre éloignement en sera la garantie la meilleure.

Soeur Paul-Arthur."

Samuel prit sa plume et sa tablette à écrire et avant de s'y mettre logea un appel chez les Maheux, réclamant de Gilles qu'il revienne au bureau avant de retourner à l'école. En l'attendant, il écrivit :

"Non, je ne comprends pas. Il ne s'agit pas seulement de notre amitié mais aussi du suivi de votre psoriasis. Dans les deux cas, vous vous devez des choses à vous-même. Cessez de vous complaire dans la souffrance et la contrariété. Notre lien sera d'autant plus facile à tenir fort et sans le moindre danger que je fréquente maintenant quelqu'un comme vous le savez et en faites état dans votre missive par ailleurs fort gentille et agréable à lire. Je veux vous revoir le plus tôt possible à l'église. Dieu lui-même y sera notre témoin et notre gardien. Nos âmes y seront en sécurité comme depuis septembre jusqu'à Noël.

Pardonnez le ton du commandement; sachez qu'il s'inspire du Seigneur lui-même qui y mettait la pression lorsque nécessaire.

Je vous attends dimanche. Je veux savoir où en est votre mal. Je veux de vos nouvelles si vous voulez m'en dire. Comment furent vos heures familiales au temps des fêtes ? Vos frères, vos soeurs, vos parents, comment vont-ils tous ? M'en parlerez-vous comme je le souhaite ?

Je vous attends dimanche.

Je vous envoie cette lettre par le petit Maheux. Il est heureux, ce garçon. Il chante, il rit, il court, il est vivant : je voudrais qu'il soit mon fils.

Je vous attends dimanche.

Samuel Goulet."

Il en coûta au docteur une autre pièce de dix cents et le garçonnet dans sa tête se vit transformé en courrier hebdomadaire à faire la navette entre le bureau et le couvent, mais aucune autre lettre ne devait suivre, car la religieuse retrouverait sa place à la chorale le dimanche d'après.

*

–Samuel, Samuel, viens donc tusuite, il s'est passé quelque chose au garage.

–Qui parle ?

–C'est Rose.

–Il est arrivé quoi ?

–C'est mon mari... sais pas... il est endormi pis pas moyen de le réveiller.

–Il aurait fait tourner un moteur sans aérer le garage ?

–J'ai ben peur, oui.

–J'arrive.

Samuel prit le nécessaire pour un cas d'asphyxie au monoxyde de carbone, le mit dans sa trousse et courut au garage. C'était plus rapide de s'y rendre à pied, ce qu'il fit. Il trouva Gus couché sur la banquette avant d'une auto et endormi profondément mais vivant. Il le toucha, lui parla, regarda ses pupilles. Rose, bras croisés sous un chandail, regardait faire sans sourciller :

–Je l'ai brassé, mais rien...

–Le moteur tournait quand vous êtes entrée ?

–Ça sentait le gaz à plein nez. J'ai laissé la petite porte ouverte pour faire de l'air. J'ai arrêté la machine de virer.

J'ai jamais pu le réveiller, lui.

Le sang-froid de Rose étonnait Samuel. Mais l'heure n'était pas aux jugements sur les attitudes. Il courut à la grande porte et l'ouvrit en tirant sur la chaîne qui actionnait le treuil.

–Ça prend de l'air en masse, de l'oxygène... D'un autre côté, pour pas qu'il gèle tout rond, allez me chercher deux ou trois couvertures de laine...

–J'y vas.

Pendant ce temps, il téléphona à l'hôpital –en fait un dispensaire à Saint-Georges rattaché à l'Hôtel-Dieu de Québec– afin qu'on envoie une ambulance. Gus pouvait mourir d'un moment à l'autre d'une défaillance cardiaque. Ou il pourrait rester dans le coma des heures et des heures. Même si l'homme devait reprendre ses esprits, il pourrait subir des séquelles immédiates et prolongées de son intoxication. Il aurait des nausées, des vomissements, des maux de tête incroyables et une période de dépression profonde. Samuel se demanda si cet accident en était bien un. Ou peut-être que Gus avait pris un coup, qu'il avait voulu faire de la mécanique... Le capot de l'auto était fermé et ça tracassait le médecin. Le mécanicien avait peut-être cherché à dégager des fils sous le tableau de bord : rien n'indiquait ça non plus.

Il lui vaporisa du liquide dans la bouche comme le faisaient les asthmatiques. Puis quand il fut certain que l'air de l'intérieur était entièrement rénové, purifié, oxygéné au maximum, il alla refermer la porte. Rose revint à ce moment les bras chargés de couvertures. On recouvrit Gus.

–Y a pas autre chose à faire. L'hôpital nous envoie une ambulance. Elle sera là dans un quart d'heure probablement.

–Il est sauvé ?

–Je crois que oui.

Tous deux debout près de la portière ouverte, ils regardaient l'homme inconscient respirer. Rose prit Samuel par un poignet et l'interrogea en sondant profondément son regard :

–C'est un accident ou non ?

–Je... je crois.

–Dis-moi ce que t'en penses réellement.

Il demanda :

–Il prend un coup des fois en cachette ?

–Il en prend à l'occasion, mais c'est rare qu'il va se déranger.

–C'est lui qui au réveil va nous donner la réponse. Et si je vous posais la même question, Rose ? Est-il homme à vouloir cesser de vivre ?

–Pas à ma connaissance. Non, pas du tout.

À son tour, Samuel prit le poignet de la femme :

–Rose... dites-moi qu'il n'a pas de raisons de vouloir mettre fin à ses jours.

Elle fit des signes de la tête, des épaules, de la bouche :

–Pas à ma connaissance.

–Entre vous deux, ça baigne... jour et nuit ?

Rose songea rapidement au certain désir qui la travaillait depuis des années mais se dit que cela ne faisait que la rendre plus ardente au lit, à la plus grande satisfaction de son époux. Les revenus du garage étaient bien meilleurs que durant la crise. De bons enfants, sains, sources de joie pour les parents.

–Minute, là, essaie pas de me faire sentir coupable.

–Loin de moi cette idée, Rose. Plus on en saura sur son cas, mieux ce sera pour le garder.

–J'veux pas rapetisser des grosses affaires, mais j'veux pas non plus grossir des niaiseries. Il rit tout le temps, tu le sais. Il aime le monde. Il est content de partir travailler le matin. Il est content de revenir le soir. Il est un peu mou un peu partout, mais ça...

–C'est O.K., vous me donnez l'heure juste. Dormez tranquille, tout va s'arranger.

Mais Rose ne devait pas dormir tranquille ce soir-là en l'absence de son homme. Que serait son avenir sans lui s'il venait à partir ? Sur quelle source de revenu pourrait-elle compter ? Fallait envisager autre chose. On disait de Josa-phat Quirion, le bedeau en place, qu'il parlait de quitter la paroisse pour aller s'établir à Mégantic. Si la rumeur était fondée, ça pourrait être l'emploi rêvé pour Gus à l'approche de la cinquantaine. Même qu'on pourrait déménager dans le loyer du sacristain à la salle paroissiale. C'est au curé qu'il lui faudrait s'adresser. Elle le ferait dès le lendemain. Le ga-rage, on pourrait le vendre. Jean Nadeau, un jeune industriel, en avait parlé à Gus. Il réduirait les frais d'entretien mécani-que de ses camions s'il possédait le garage lui-même. Et en tirerait du profit supplémentaire s'ajoutant à celui escompté dans sa petite usine de fuseaux récemment ouverte au bout de la rue de l'hôtel. Et engagerait Gus comme mécanicien. Même qu'il envisageait déménager le garage sur la rue de l'hôtel advenant son achat.

Gus revint par autobus le soir suivant. Rose lui fit part de ses réflexions. Il se montra ouvert à toutes ses idées. Puis au lit, elle lui posa la grande question :

–C'est qu'il t'est arrivé dans le garage ?

–Me suis endormi. Pas plus que ça. Pas moins que ça.

–T'as pas fait exprès, là, toujours ?

–Es-tu folle ? J'aime ben trop la vie pour ça... La preuve que j'aime la vie, regarde...

Il eut un petit rire et glissa sa main sur la cuisse de Rose en remontant...

Paradoxe pour une femme comme elle: en ce moment, elle songeait à bien autre chose qu'à la sexualité. Et se disait l'urgence de trouver sa propre source de revenu. Et l'idée de devenir représentante par les portes revint avec plus de force que déjà auparavant. Ce travail lui serait aisé, elle qui aimait tant la marche et tout autant jaser avec le monde...

Le nom Avon lui vint alors en tête. Comme une lumière brillante...

***

Chapitre 25

"Tant qu'Ernest Maheux te respectera comme docteur, la paroisse va te respecter. Pas qu'il représente tout le monde, là, lui, mais parce que c'est le plus chialeux."

Telle était en substance l'opinion du curé qui l'avait toutefois exprimée en des mots tellement plus mesurés. Mais voici qu'ils étaient parvenus à Samuel par la bouche de l'aveugle, un être qui n'y allait pas par quatre chemins pour dire les choses, tant les plus agréables que les plus dures.

Mais pour un docteur, soigner un homme sombre qui maugrée d'une étoile à l'autre, c'est risqué. Car il a vite fait de jeter sur les épaules du soignant la responsabilité d'une guérison trop lente à son goût, d'un effet secondaire désagréable voire d'une absence de son bureau du praticien, imposée par une visite médicale quelque part dans la paroisse.

–Maudit torrieu que ça fait mal ! J'ai besoin de mes deux yeux, tu sauras, mon gars !

Le forgeron n'avait même pas pris le temps de sonner ou de frapper, encore moins d'attendre dans la petite salle, et il était entré directement dans le bureau. Samuel accourut auprès de lui en le voyant, et si mal en point du visage. La paupière droite sautillait sans arrêt et il semblait se trouver du sang à la grandeur du blanc de l'oeil.

–Venez vous étendre. Et dites-moi ce qui est arrivé.

–J'pense que j'me suis fait éborgner, maudit torrieu.

–Comment c'est arrivé ?

–Un coup de marteau de travers pis une étincelle qui m'a revolé dans l'oeil...

Samuel craignait déjà le pire. L'homme s'étendit, tête sur un coussin de cuir recouvert d'un linge blanc. Et ne cessant de hocher la tête dans les deux sens.

Le docteur lui mit une main ferme sur le côté droit pour qu'il cesse de bouger ainsi et qu'il soit possible d'y regarder de plus près, se demandant si l'oeil n'était pas en train de couler.

–Si t'as tcheuq'chose pour arrêter le mal... Tu sauras que s'il me reste pus rien qu'un oeil, j'vas passer ma vie à avoir peur de perdre l'autre pis de me ramasser comme Poléon Lambert. J'ai une famille à faire vivre, moé, maudit torrieu... J'ai pas envie de charrier la malle du curé soir et matin pour une pitance...

Samuel prit un ton paterne et calmant :

–Ça paraît toujours pire, ces choses-là. Inquiétez-vous pas pour rien.

Ernest s'insurgea :

–C'est pas rien, une graine de fer rouge dans l'oeil...

–Je vais vous donner un peu de morphine: ce sera moins douloureux.

–C'que tu voudras, mais fais tcheuq'chose...

Le docteur injecta une dose de morphine au blessé. Puis il gela la région de l'oeil droit afin de pouvoir y travailler à son aise et pour faire en sorte que l'homme ne ressente plus de mal. Entre-temps, l'échange verbal se poursuivit :

–Si j's'rais cultivateur itou au lieu que forgeron ! Mais ma femme veut pas déménager... pas pantoute...

Samuel se fit sévère et réprimanda :

–Si vous portiez des lunettes itou pour battre le fer...

–C'est pas la première fois que tu me dis ça, là, toé.

–Je vous le dis chaque fois que je vais à la forge.

–C'est vré en maudit torrieu, c'est qu'tu dis, là, toé. On court après notre mal pis après ça, on dit que c'est la faute à tout le monde à part que soi-même... oué, oué... hein... hein... maudit torrieu oué...

La cornée était piquée par l'escarbille et une hémorragie avait eu lieu dans le globe oculaire. Heureusement l'humeur aqueuse n'avait pas coulé, sembla-t-il au médecin. La seule chose à faire consistait à retirer l'éclat de métal très fin puis à verser sur la cornée un liquide ophtalmologique et espérer que la nature répare les dommages. Puis installer un pansement pour fixer la paupière en position fermée et protéger l'oeil de toute pression.

Les soins se firent. Ernest se remit debout. Il était euphorique maintenant. Et en ces moments, il avait le goût de parler des femmes. Drogue aidant, il ne s'en priva point :

–Un docteur, c'est chanceux... les belles grosses femmes qui viennent se faire soigner...

–Monsieur Maheux, examiner une poitrine de femme ou votre oeil blessé, c'est du pareil au même pour un docteur.

–J'vas te crère, oué...

–Comment vous faire comprendre ?

–C'que j'comprends, moé, c'est que quand j'pogne une patte de cheval entre mes deux genoux pour la ferrer, c'est pas pareil que si ça serait une patte de femme...

–On ferre pas un pied de femme.

–C'est ça j'dis !

Samuel était tout mêlé dans la comparaison avancée par le forgeron. Il voulut clore ce début de propos qui le rendait mal à l'aise :

–Vous savez bien qu'un docteur qui agirait mal en la matière que vous évoquez se ferait vite dénoncer et peut-être poursuivre.

–Je te dirai, mon gars, que y a des prêtres en masse qui le font, oué, oué... Y confessent les bonnes femmes... pis... pis ben on dira pas le reste, là. J'me comprends...

–J'en sais rien, moi.

–J'vas te crère, oué... Ah, j'te r'doute pas pantoute, toé, là. J'ai voulu te faire étriver... Mais moé, à ta place... c'est pas sûr que j'me tchendrais trantchille... tu m'comprends ?

Ernest parvint à faire un clin d'oeil de son oeil encore valide. Il était rassuré et joyeux. Mais Samuel était contrarié par les propos entendus :

–Si vous étiez derrière mon bureau, vous changeriez d'idée et vous feriez ce qu'il faut pour vos malades, pas plus, pas moins. Vous êtes un homme honnête.

–T'as ben raison, ouais. Comment c'est que j'te dois ?

–J'ai quelque chose à faire faire à la boutique; on fera un échange si vous voulez.

–Comme tu veux. Là, j'peux reprendre mon ouvrage ?

–Votre oeil : ça devrait bien évoluer. L'éclat de métal était trop petit et pas rendu assez loin pour causer des dommages irréparables. La nature va finir de vous soigner. J'ai fait ce que j'ai pu. Reposez-vous pour la journée...

–Ben ben ben content à matin.

Samuel suivit son patient jusqu'à la porte :

–Vous devriez pas parler à peu près à propos des prêtres et de ce qui passe dans un bureau de docteur...

–C'est vré que des fois, j'sus un peu langue sale. Ma femme me le dit, mais... on est pas parfait parsonne...

Samuel lui mit la main sur l'épaule :

–C'est rien, j'ai vu un million de fois pire en Allemagne.

–Une bonne fois, tu devrais me conter ça... Ça pourrait m'aider à comprendre des affaires... pis à me comprendre moé-même itou...

Samuel devint songeur. Peut-être en effet qu'il faisait montre d'égocentrisme en taisant son passé de détenu et que d'en parler serait bien plus altruiste quitte à rouvrir des plaies en son coeur. On ne peut donner pas le meilleur de soi sans souffrir quelque part. Ou alors on se donne l'illusion d'aider les autres et on ne fait que prendre d'eux. La visite d'Ernest le ferait réfléchir...

*

300

Trois jours plus tard, Samuel se rendit à la forge. On était en plein carême, en fait aux trois quarts de cette période de mortification : mi-mars. Il trouva le forgeron en train de façonner un fer sur l'enclume. Et sourit en l'apercevant. Ernest portait toujours son pansement, mais le tissu en était noirci par la suie de charbon et l'homme avait réussi à enfiler par-dessus des lunettes qui restaient tout de travers et lui donnaient dans la pénombre allure d'un savant fou en train d'inventer quelque patente philosophale.

–Bonjour, monsieur Maheux. Comment va votre oeil ?

–Y s'plaint pas ! fit l'homme sèchement.

–Et vous ?

–J'me plains pas !

Bang ! Marteau sur fer rougi. Escarbilles qui vont dans toutes les directions. Temps d'arrêt.

–Pis toé, mon gars ?

–J'me plains pas !

Ernest se fit sec :

–Ben dis c'que t'as à dire, j'ai pas grand temps à moé à matin.

–D'abord, vous devriez venir faire changer votre pansement.

–Pourquoi c'est faire ?

–L'asepsie...

–C'est quoi que ça mange l'hiver, ça ?

–Barrer le chemin aux microbes.

–J'peux y aller demain au matin ?

–Huit heures.

–Ben bon de même. À part de ça, c'est que j'peux faire pour toé ?

–Je viens vous inviter, vous et madame Maheux à venir avec nous autres à Beauceville la semaine de Pâques pour voir une pièce de théâtre. En fait le dimanche avant Pâques. Clara joue le rôle principal dedans. Et c'est votre fille Fernande qui assure la mise en scène.

–Pas entendu parler de ça.

–Fernande en a pas parlé ?

–Elle dit pas grand-chose de ses affaires à son école.

–Peut-être qu'elle pense que vous ne l'écouteriez pas.

–Elle a ben le droit de penser ça.

Bang ! Marteau sur fer rougi. Escarbilles qui vont dans toutes les directions. Temps d'arrêt. Examen du fer dans tous les sens.

–Une belle pièce : Iphigénie de Jean Racine.

–Jean Racine.

Ernest braqua son oeil interrogateur sur son visiteur :

–C'est pas un gars à Tine Racine, ça, toujours ?

–Tine Racine ?

–C'est de lui que j'ai acheté la boutique de forge icitte pis la maison en 32.

–Tine... Racine...

–Ernestine... Mais tout le monde l'appelait Tine.

–Non, Jean Racine, c'est pas parent avec Tine.

–Fernande l'aurait dit à sa mère.

Bang ! Marteau sur fer rougi. Escarbilles qui vont dans toutes les directions. Temps d'arrêt. Examen du fer dans tous les sens.

–Ben j'pense qu'on ira pas avec vous autres.

–Vous avez déjà vu ça, une pièce de théâtre ?

–Suis allé aux vues, tu sauras. J'ai vu des films de cow-boys pis d'autres affaires...

–Le théâtre et le cinéma, c'est deux.

–Ah !... Mais j'vas te dire la vérité, la semaine de Pâques, c'est la grosse semaine de sucre. J'ai une sucrerie. Je ferme la boutique un mois pour faire mon sucre. Si une grosse coulée des érables arrive, j'vas pas laisser renverser les chaudières pour aller voir ton histoire à Racine, là...

–Monsieur Maheux, ça ferait plaisir à votre fille Fernande, ça ferait plaisir à madame Maheux, ça ferait plaisir à tout le monde. Et ça ne vous coûtera pas un traître sou. Imaginez qu'il y a eu un concours à Beauceville et que j'ai gagné quatre billets pour assister à la pièce. J'ai décidé de vous en offrir deux. Vous viendriez avec nous autres. On partirait vers quatre heures de l'après-midi, on reviendrait vers onze heures du soir. À moins qu'il fasse tempête.

–Le souper, lui ?

–Y a un souper à l'école pour les parents des élèves. C'est compris. Ça serait pas mal une belle soirée pour vous et madame Maheux.

Ernest leva le marteau et s'apprêta à frapper le fer, mais il retint son bras pour dire :

–J'vas penser à ça.

–J'ai besoin d'une réponse maintenant.

–J'sais pas si ma femme...

–Vous savez bien qu'elle va dire oui.

–Elle, se promener en machine, elle pense rien qu'à ça.

–Alors ?

–J'vas penser à ça.

–Non, j'ai besoin d'une réponse maintenant ou je vais donner les billets à quelqu'un d'autre.

–Ben c'est ça, fais ça de même.

–Non, monsieur Maheux. C'est vous et madame Maheux que je veux emmener à Beauceville. Pensez à votre fille. Elle va être heureuse de voir ses parents assister à la pièce.

Samuel fit une courte pause et poursuivit, une lueur nouvelle dans le regard:

–Comme vous, elle est fière de son ouvrage...

Le marteau restait interdit à hauteur de l'épaule. Le coup donné par Samuel frappa dans le mille. Ernest répéta en questionnant, l'oeil rapetissé :

–Fière de son ouvrage ?

–Comme vous.

Le forgeron maugréa comme pour se débarrasser d'une tâche :

–Ben c'est correct d'abord que c'est de même. On va y aller pour y faire plaisir.

–Je donne les billets à madame Maheux en passant.

Détaché et indifférent, Ernest jeta :

–Tu peux ben faire ça si tu veux.

Samuel tourna les talons.

Bang ! Marteau sur fer rougi. Escarbilles qui vont dans toutes les directions. Temps d'arrêt. Examen du fer dans tous les sens.

*

Ernest, bras croisés, yeux grands ouverts écoutait avec soin, accomplissant ce qu'il considérait comme son devoir. Et il ne voyait pas Clara, mais son personnage.

Iphigénie

> *Hélas ! si vous m'aimez, si pour grâce dernière*
> *Vous daignez d'une amante écouter la prière,*
> *C'est maintenant, Seigneur, qu'il faut me le prouver.*
> *Car enfin ce cruel, que vous allez braver,*
> *Cet ennemi barbare, injuste, sanguinaire,*
> *Songez, quoi qu'il ait fait, songez qu'il est mon père.*

Ernest, son épouse, les Goulet et Lucille se suivaient dans le troisième rang de chaises alignées. Le forgeron était content des honneurs qui lui étaient faits. Voyage en auto avec les Goulet. Repas à la cafétéria de l'école avec Fernande et Clara, et venue à leur table d'un journaliste qui avait reconnu Samuel, le héros de guerre, et pris des photos pour l'album-souvenir 1946 de l'école.

Achille

> *Lui, votre père ? Après son horrible dessein,*
> *Je ne le connais plus que pour votre assassin.*

Ernest qui avait fini ses études en troisième année et

avait tout le mal du monde à signer son nom, ne perdait pas un mot de la pièce, pas une phrase, pas un sens réel ou caché. Dans son érablière, les arbres coulaient comme des déchaînés et il le savait par le temps qu'il faisait au midi. Ses deux fils adolescents, Laurent-Paul et Léandre étaient là-bas pour courir les érables, mais il aurait fallu au moins trois hommes faits pour fournir à tout ramasser de cette coulée. Néanmoins en ce moment, c'était pour lui le cadet de ses soucis... Il était entièrement accaparé par la pièce.

Iphigénie

> *C'est mon père, Seigneur, je vous le dis encore,*
> *Mais un père que j'aime, un père que j'adore,*
> *Qui me chérit lui-même, et dont jusqu'à ce jour*
> *Je n'ai jamais reçu que des marques d'amour.*
> *Mon coeur dans ce respect, élevé dès l'enfance,*
> *Ne peut que s'affliger de tout ce qui l'offense.*
> *Et loin d'oser ici, par un prompt changement,*
> *Approuver la fureur de votre emportement,*
> *Loin que par mes discours je l'attise moi-même,*
> *Croyez qu'il faut aimer autant que je vous aime,*
> *Pour avoir pu souffrir tous les noms odieux*
> *Dont votre amour le vient d'outrager à mes yeux.*
> *Et pourquoi voulez-vous qu'inhumain et barbare,*
> *Il ne gémisse pas du coup qu'on me prépare ?*
> *Quel père de son sang se plaît à se priver ?*
> *Pourquoi me perdrait-il, s'il pouvait me sauver ?*
> *J'ai vu, n'en doutez point, ses larmes se répandre.*
> *Faut-il le condamner avant que de l'entendre ?*
> *Hélas ! de tant d'horreurs son coeur déjà troublé*
> *Doit-il de votre haine être encore accablé ?*

Samuel le connaissait enfin, le fameux professeur Goulet

dont avait souvent parlé Clara. Fernande l'avait conduit à leur table du souper pour un moment, avec la permission joyeuse de son épouse, pour lui présenter Maheux et Goulet.

–J'ai toujours cru que mon destin me réservait la notoriété, avait alors lancé à la blague le prof Goulet. Sais pas... à cause des événements, pas de ma modeste personne de professeur d'école Normale. Mais vous, cher docteur, votre courage à la guerre que vantent les journaux...

Samuel ricana :

–Heu heu, je vous interromps ici... Je n'ai accompli aucun exploit, aucun acte de courage à la guerre. Je n'ai d'ailleurs reçu aucune médaille. Pour ce qui est de la notoriété... disons locale, elle a passé en coup de vent. Wind in the trees...

–On parle beaucoup de vous pourtant.

–Ce sont les étudiantes originaires de ma paroisse, j'en suis certain. Ça les valorise quelque peu...

Lucille intervint de manière surprenante :

–Avec tous ses talents, Clara n'a pas besoin de se servir de la personne de son père pour se mettre en valeur.

–Vous avez bien raison, mademoiselle. Elle possède une réputation d'excellence en tout.

C'est à ce moment que Samuel avait été saisi d'une terrible prémonition. Il lui parut voir sur le journal le nom Goulet en grosses lettres noires, mais le prénom n'était pas le sien et plutôt celui de cet homme devant lui : Achille. Il lui sembla voir en un éclair une montagne enneigée, un avion, puis les débris de l'appareil et des corps dispersés.

Le docteur avait commencé de prévoir les choses à Dachau, la souffrance morale extrême ayant fait émerger de ses profondeurs inconnues des ressources nouvelles et bien étranges. Mais il refusait d'y croire et n'avait été en mesure de vérifier la matérialisation de ces visions qu'à une ou deux reprises. Et puis il n'en avait jamais à propos de lui-même, ce qui lui paraissait relever du contrat signé entre la nature et l'existence.

C'était une faculté au voisinage de la prémonition qui l'avait poussé à insister auprès d'Ernest pour l'amener à Iphigénie. Samuel n'avait pas songé à la pertinence de cette pièce dans la vie d'un père aussi bougon envers ses enfants. S'était-il aussi fabriqué à son insu un lien entre le destin tragique du personnage Achille de la mythologie grecque et la vision de mort à propos du professeur Goulet ?

En ce moment, presque aux deux tiers de la pièce, voici que le propos d'Iphigénie exprimait l'amour filial et que les vrais mots pour le dire y étaient tous. Deux alexandrins continuaient de tinter comme une cloche d'airain dans les têtes de Samuel et d'Ernest.

Quel père de son sang se plaît à se priver ?
Pourquoi me perdrait-il, s'il pouvait me sauver ?

Samuel prétexta un changement de position sur sa chaise pour jeter un coup d'oeil du côté d'Ernest. Absent de lui-même, l'homme était entré dans l'univers de la pièce avec toutes ses facultés mentales : sa fixité d'image le disait. Et s'il avait fallu ce tirage et ces billets gagnés pour réaligner le train du destin d'un homme sur les rails de son coeur !?

Oui, mais sans les problèmes de grossesse de Catherine, c'est sans doute les Boutin qui seraient venus assister à la prestation de Clara dans le personnage d'Iphigénie, au lieu des époux Maheux. Ah, cela aussi faisait partie du destin non seulement de la femme enceinte, mais de celui des autres aux alentours dont celui d'Ernest, tout comme le destin du pire des hommes, Mathias Bougie, avait grandement contribué à forger celui de Catherine.

Une répartie d'Iphigénie alla droit au coeur de Samuel.
Vous voyez de quel oeil, et comme indifférente,
J'ai reçu de ma mort la nouvelle sanglante.
Je n'en ai point pâli. Que n'avez-vous pu voir
À quel excès allait tantôt mon désespoir,

Quand presque en arrivant un récit peu fidèle
M'a de votre inconstance annoncé la nouvelle !
Qui sait même, qui sait si le ciel irrité
A pu souffrir l'excès de ma félicité ?
Hélas ! il me semblait qu'une flamme si belle
M'élevait au-dessus du sort d'une mortelle.

À ce moment, Lucille osa toucher la main de son ami sans qu'il n'y paraisse aux alentours. En sa tête, elle faisait le bilan de ses fréquentations avec lui. Et il lui paraissait qu'il n'était pas bien favorable en dépit des apparences. Samuel s'occupait de tant de monde à part elle. Et il avait tant de coeur pour Catherine encore, pour Elzire encore, pour Clara toujours, pour mère Paul-Arthur surtout... La jeune fille portait un costume rose pompon qui lui conférait un air juvénile sans pour autant la départir de sa placidité et de sa dignité naturelles. Elle écoutait la pièce d'une oreille et son coeur de l'autre. Peut-être le temps était-il venu de faire le point avec lui. Elle étudia, remarqua les pressions qu'il fit sur sa main pendant les actes et scènes qui suivirent et perçut que chaque fois que le personnage de Clara parlait, il se produisait une sorte de trouble indéfinissable chez son compagnon. Elle l'attribua au fait qu'il soit son père adoptif. Mais l'attitude soulevait quand même une question en elle.

Il lui fut répondu par les regards d'Iphigénie que la comédienne Clara dirigeait parfois sur Samuel et elle-même, mais le plus souvent sur ce Laval Morin assis dans la première rangée pas loin des prêtres, jeune homme qu'ils avaient connu au repas du soir et qui passait pour l'ami de coeur de la jeune fille. Et la pièce se poursuivait.

Iphigénie

> *Mon père,*
> *Cessez de vous troubler, vous n'êtes point trahi.*
> *Quand vous commanderez, vous serez obéi.*
> *Ma vie est votre bien. Vous voulez le reprendre :*

Vos ordres sans détour pouvaient se faire entendre.
D'un oeil aussi content, d'un coeur aussi soumis
Que j'acceptais l'époux que vous m'aviez promis,
Je saurai, s'il le faut, victime obéissante,
Tendre au fer de Calchas une tête innocente,
En respectant le coup par vous-même ordonné,
Vous rendre tout le sang que vous m'avez donné.

Chez le couple Maheux, ce n'était pas Ernest qui grommelait comme à son habitude mais Éva qui ne le faisait pourtant jamais autrement que tout haut. "Espèce de père barbare, se disait-elle en soutien du propos d'Achille. Sacrifier sa propre fille, son propre sang en la négociant comme une tête de bétail... !"

En coulisse, par un interstice aménagé entre deux panneaux du décor, Fernande observait la réaction du public et en particulier de certaines personnes. Son travail de semence étant terminé, c'était jour de récolte pour elle comme pour les acteurs de la tragédie. Et son regard allait de Sr St-Victor à sa mère en passant par le visage de Samuel, le faciès de la soeur directrice, la rigidité de son père et surtout la noblesse et la bonté des réactions du professeur Goulet. Pour elle, il était et de loin l'être le plus important de l'assistance et c'est son opinion sur la pièce qui compterait avant tout et l'emporterait sur toutes les autres jusqu'à les balayer si elles devaient se heurter en s'opposant. Ce que dirait monsieur Achille serait sa récompense ou sa déception.

Assis près de ses parents, Laval admirait le talent de Clara dans le rôle d'Iphigénie. Il ne s'identifiait à aucun des autres personnages, surtout pas Agamemnon, mais pas non plus Achille, l'amoureux d'Iphigénie. En fait, il était moins enclin que d'autres à entrer dans le décor et la pièce, préférant voir Clara, ses yeux, son visage, son corps, derrière le masque théâtral qui en faisait une autre.

Et pourtant il eut un moment de bouleversement lors d'un échange entre Iphigénie et Achille à l'acte V.

Iphigénie

Je le sais bien, Seigneur. Aussi tout mon espoir
N'est plus qu'au coup mortel que je vais recevoir.

Achille

Vous, mourir ? Ah ! cessez de tenir ce langage,
Songez-vous quel serment vous et moi nous engage ?
Songez-vous (pour trancher d'inutiles discours)
Que le bonheur d'Achille est fondé sur vos jours ?

Iphigénie

Le ciel n'a point aux jours de cette infortunée
Attaché le bonheur de votre destinée.
Notre amour nous trompait; et les arrêts du sort
Veulent que ce bonheur soit un fruit de ma mort.

...

Plus loin Éva se racla la gorge. Samuel le prenait moins au sérieux. Ernest restait sidéré. Laval distrait. Achille enchanté par le seul art contenu dans la pièce.

Achille

...

Ma gloire, mon amour vous ordonnent de vivre.
Venez, Madame; il faut les en croire, et me suivre.

Iphigénie

Qui ? moi ? Que contre un père osant me révolter,
Je mérite la mort que j'irais éviter ?
Où serait le respect ? Et ce devoir suprême...

Tout le monde fut grandement soulagé quand Ulysse apprit à Clytemnestre, mère d'Iphigénie, que sa fille avait finalement survécu. Et chacun dans l'assistance partagea le bonheur retrouvé de cette femme tant affligée par la souffrance indicible de perdre son enfant par la volonté de son époux.

Clytemnestre

Ma fille ! Ah ! Prince. Ô ciel ! Je demeure éperdue.
Quel miracle, Seigneur, quel Dieu me l'a rendue ?

Et après la longue réponse d'Ulysse, Clytemnestre mit fin à la pièce par deux vers exprimant sa reconnaissance.

Clytemnestre

Par quel prix, quel encens, ô Ciel, puis-je jamais
Récompenser Achille, et payer tes bienfaits !

La scène devint sombre. On comprit que c'était la fin. Le professeur Goulet qui connaissait bien la pièce et en était sûr, lui, déclencha les applaudissements. Ernest fut un des premiers à lui emboîter le pas en y ajoutant d'incessants oué oué oué qui signifiaient son sceau d'approbation pour tout ce qu'il avait vu et entendu. Il y eut une fermeture de rideau. Les comédiennes groupèrent leurs personnages en un rang à l'avant-scène et le rideau se leva sur leurs salutations répétées à l'assistance.

Les gens se parlèrent, s'étonnèrent d'un si beau spectacle, se réjouirent par le souvenir et quand il y eut réunion du petit cercle entourant Clara qui avait gardé son costume, Samuel soudain fut saisi d'une autre vision prémonitoire. Il les reconnaissait par cette impression de déjà-vu. Mais rien d'apocalyptique cette fois et bien au contraire, une scène heureuse lui permettant de voir Clara le jour de son mariage au bras d'un homme qu'il ne parvenait pas à identifier. Il hocha la tête et se dit que c'était la robe d'Iphigénie qui lui suggérait cela. Et que le mari serait quelqu'un qu'il ne devait pas connaître encore.

Puis il s'étonna. C'était la première fois depuis son adoption, qu'il imaginait sa fille en mariée. Il décida d'en parler et quand vint l'occasion, il dit à Armandine :

–Vous pensez pas, maman, que notre Clara va faire une belle mariée ?

Clara adressa un regard complice à Lucille en disant :

–'Pa, vous avez le temps de vous marier bien avant moi. Il me reste encore trois ans d'études.

Il n'y eut pas de suite à ce propos comme si souvent dans les échanges à plusieurs. Laval s'éloigna du petit groupe formé autour de sa soeur pas loin et vint vers celui de Clara. Elle se détacha des siens et alla lui parler à l'écart. À les voir, Samuel et sa mère s'échangèrent un regard entendu. Mais la personne qui retirait le plus d'agrément à les savoir ensemble était emmurée dans sa solitude et, bras croisés, debout, sans personne autour, s'abandonnait à son plaisir caché. Et son costume ne rappelait en rien un personnage de tragédie grecque : c'était Cornemuse.

Ernest, comme s'il avait été doté d'antennes, la repéra et en prétextant chercher la salle des toilettes s'arrêta pour lui parler. Elle lui rappelait Elmire Page qui le faisait si souvent rire à la boutique quand elle le visitait pour trois fois rien...

*

Sur le chemin du retour, on se parla encore de la performance des comédiennes. Ernest ne tarit pas d'éloges à propos de Clara. Il ne dit toutefois pas un seul mot de la mise en scène. Ignorant ce qu'était la mise en scène d'une pièce, comme si cet élément important de sa construction relevait uniquement des acteurs, il fut surpris d'entendre les bons mots dits à propos de la participation de Fernande.

Puis il se tut et se mit à regarder les granges et à rêver d'en bâtir une au lieu de la vieille qui se trouvait sur sa terre. Mais en même temps, il prit la résolution de ne plus exercer de pression sur sa femme pour quitter le village et aller vivre sur la terre de la Grande-Ligne. Seul de la famille à vouloir déménager, il ne serait pas un Agamemnon beauceron et on ne dirait jamais de lui qu'il sacrifiait les siens...

***

Chapitre 26

Le départ de Clara de l'école pour le congé de Pâques fut retardé d'une journée, ce qui déplut à l'une des Fernande. Mais pas Fernande Maheux qui en profiterait pour entrer en contact avec le professeur Goulet, espérant qu'il leur soit donné de se parler. Car elle voyait venir trop vite la fin de l'année scolaire et de ses études. Elle avait construit en sa tête un plan bancal pour qu'il se rende à l'école. Tant mieux si ça devait marcher et tant pis sinon. Son sentiment pour lui en était un d'admiration sans bornes, aux limites de l'amour, et sa composante principale, mais pas l'amour intégral, si tant est qu'il puisse exister, se disait-elle. Encore lui fallait-il l'exprimer, cet élan grandiose aux vagues incessantes qui durait depuis deux ans.

C'était au tour de Samuel de se rendre à Beauceville quérir les pensionnaires. Clara avait confié à Armandine au téléphone qu'elle avait l'intention de se rendre au cinéma avec son amie Danielle et de coucher chez elle. Il lui fallait une permission et la femme l'accorda via un appel logé à la soeur directrice. Ce que l'on devina mais que n'avait pas déclaré la jeune fille, c'est qu'elle irait voir le film aussi avec Laval, et peut-être seulement avec lui sans la présence de Danielle.

"Elle a tout de même dix-huit ans asteur,," dit Armandine

313

à Samuel qui s'inquiétait. "Et c'est une bonne fille."

Il y avait mieux encore et c'était que Danielle aussi avait un ami de coeur maintenant. Ils seraient donc deux couples à se rendre à la salle de cinéma où on présentait ce soir-là *Le courage de Lassie*, film mettant en vedette outre la chienne-star, une jeune actrice déjà connue avantageusement, au nom d'Élizabeth Taylor, elle même appelée à devenir un spécimen-icône de la faune hollywoodienne.

Il fut pris la même décision par le couple Samuel-Lucille, soit celle de passer leur soirée du jeudi saint dans une salle de cinéma, mais à Saint-Georges et non à Beauceville, et devant la production *Gilda* ayant pour vedette féminine Rita Hayworth qui donnait la réplique à Glenn Ford dans un univers loin de celui de Lassie.

—On est mieux assis qu'à l'école, souffla Danielle à l'oreille de son amie quand les deux couples furent installés dans le parterre central.

Danielle et Clara se voisinaient, séparant les deux adolescents qui les encadraient. Il y avait cent cinquante personnes en attente dans cette salle à capacité de plus de trois cents. Une rumeur composée de voix basses flottait dans l'air. Rares étaient les quarante ans et plus parmi les spectateurs. Tout aussi rares étaient les coiffures féminines; on se réservait les chapeaux fleuris pour l'église et c'est tête nue qu'on assistait aux petites 'vues' afin de ne pas se faire injurier par ceux de la rangée arrière.

Il tardait à Laval que s'éteignent les lumières afin qu'il puisse s'emparer de la main de Clara et qui sait peut-être lui caresser le poignet avec son pouce en érection. Personnage plus réservé, timide, Julien, le copain de Danielle, était et en ce moment même, était à se demander s'il oserait toucher le bras de sa compagne par accident provoqué. Mais sûrement pas autrement ou alors il pourrait perdre conscience.

La fébrilité de tous baissa d'un cran lorsque les Actualités Gaumont ouvrirent la soirée à l'écran. On y faisait état du procès de Nuremberg qui durait depuis plus de six mois et mettait en vedette Hermann Goering, Rudolf Hess, Von Papen et autres stars déchues de la terrifiante machine nazie.

Voilà quand même qui intéressa bien peu de gens venus voir *Le courage de Lassie*. Toutefois, à quelques milles de là, dans la salle de Saint-Georges, les mêmes Actualités captèrent l'attention d'au moins un personnage : Samuel Goulet. Pour lui, la guerre et ses malheurs restaient bien présents, tandis que pour ceux n'y ayant pas participé, elle n'était plus que de l'histoire... presque ancienne.

Clara reçut un coup de coude. Sans se pencher sur elle, Danielle dit en tâchant de diriger sa voix à l'aide de sa main devant sa bouche :

–T'as-tu vu qui c'est qui est juste en arrière de nous autres ?

–Non.

Et Clara n'osa tourner la tête encore.

–La grosse Ti-Tine.

–T'es sûre ?

–C'est qu'elle fait ici ?

–Même chose que nous autres... mais en plus, elle nous surveille.

–Non.

En Clara, il y avait le goût de se faire prendre la main par Laval et voici que sous le regard de ce chaperon de pacotille, improvisé de surcroît, il faudrait garder ses distances. Albertine verrait tout et irait ensuite vider son panier devant toutes les filles de la classe et probablement, comme on la soupçonnait de le faire régulièrement devant Cornemuse.

–On devrait changer de place.

–Oui, je pense.

–Parle à Laval, je parle à Julien.

Ce qui fut fait. Et l'on décida d'aller s'asseoir dans la rangée de côté où il ne serait plus possible à la fouine de les épier, puisque la rangée derrière celle qu'on occuperait sauf le siège du mur, était déjà remplie. Ce serait bien fait pour elle, pensèrent en chœur les deux amies. Et l'on se leva tous ensemble et l'on se rendit occuper les banquettes libres. Et les deux amies s'en amusèrent jusqu'à la fin des actualités.

Le film *Gilda* commença. Quand parut la vedette féminine, Samuel glissa à l'oreille de sa compagne :

–Savais-tu que Rita Hayworth, c'est une fille d'origine mexicaine ? Elle dansait avec son père depuis qu'elle était encore une petite fille. Aujourd'hui, elle est devenue une étoile de cinéma et son père est oublié de tout le monde.

–Ah bon !

Ça n'intéressait guère Lucille, mais elle fit semblant d'apprécier les renseignements. Ce ne sont pas les mots qu'elle aurait voulu entendre. Loin de là. Ceux qu'il ne lui disait jamais, elle se les répétait à elle-même pour se faire illusion. À la manière de Laurent-Paul qui dans sa chambre chaque soir regardait la fenêtre éteinte de sa chère Clara, absente pour encore trois années et plus. Pour Lucille, il y avait chez Samuel cette même absence, cette même fenêtre noire, et si au moins, il y avait eu parfois présence comme pour Clara dans ses congés et vacances. Quand donc Samuel lui dirait-il qu'il l'aimait ? Quand il l'aimerait, lui répondait une partie de sa raison. Mais il devait l'aimer puisqu'il la fréquentait assidûment, lui répondait une autre partie de sa raison. Elle se promettait chaque semaine de le provoquer à en dire plus sur le fond de son cœur. Elle avait besoin de savoir où il allait dans cette amitié avec mère Paul-Arthur, qui en faisait jaser encore d'aucuns.

–Wouf ! Wouf ! Wouf !

Enfin, la voix familière de la chienne ! On l'entendit avant même de 'voir l'animal en personne' sur le grand écran. Les dernières voix humaines à se faire valoir dans la salle se turent et les fidèles amis du chien se prirent d'admiration pour les qualités humaines de la vedette canine. Un peu plus et certains auraient jappé de plaisir dans la vaste salle sombre. Laval se dit qu'après quelques sentiments exprimés, il prendrait la main de Clara. Et Clara concentrait sa pensée sur l'écran pour nourrir son coeur et sur ses doigts pour les réchauffer au cas où son ami les toucherait. Danielle savait bien que Julien n'aurait pas l'audace de prendre sa main et se disait que le moment venu, c'est elle qui prendrait la sienne, sous un prétexte ou un autre. Et Julien gardait son corps engoncé, son dos enfoncé, ses bras enlacés : il n'était tout qu'à lui-même. Prisonnier de son ego frileux. Figé...

Soudain, il leur fallut tous bouger, laisser passer quelqu'un, un nouveau spectateur qui désirait occuper la dernière banquette de leur rangée de cinq, celle le long du mur, de l'autre côté de Julien.

Et ce n'est qu'au moment où elle passa devant eux que les deux filles reconnurent Albertine. Et plus moyen de trouver une autre rangée où il se trouvait quatre sièges libres situés côte à côte.

–Mosus de Ti-Tine ! glissa Danielle à l'oreille de Clara. On va l'avoir sur le dos tout le temps du film.

Toutefois, Clara et Laval étaient à l'abri de ses regards par la distance et la présence de l'autre couple. Aucun ne modifia ses intentions. À l'écran, Lassie courait comme une folle contre le vent pour dépasser un train avec l'évident dessein de traverser la voie ferrée devant la locomotive afin de se rendre plus vite auprès d'un enfant blessé qui ne saurait survivre sans la chienne héroïque.

Gilda eut une première rencontre avec le personnage masculin central dont on pouvait d'ores et déjà deviner qu'elle tomberait amoureuse au point de quitter son mari adipeux, trop vieux pour elle et hargneux à la Ernest Maheux. Tout passa par les yeux. On put voir que le héros évaluait le corps de la jeune danseuse. On put constater que l'héroïne évaluait les épaules du jeune homme. Héroïsme sur l'écran du théâtre Beauceville, érotisme sur celui du théâtre Royal de Saint-Georges. Les spectateurs en salle étaient servis à souhait. Toutefois, cette sensualité provocante du personnage de Rita Hayworth rendait Lucille un peu mal à l'aise. Même une femme mariée aurait frôlé le péché mortel à se conduire ainsi. Elle s'étonnait de voir qu'on puisse présenter pareil film en pleine campagne québécoise sans qu'une voix d'évêque ne se soit élevée pour en condamner la chose. Il en faudrait plus pour scandaliser Samuel. Violé à maintes reprises durant la guerre par deux 'agresseures' différentes, il en avait gardé pour séquelle une aptitude bien plus grande à dédramatiser tout ce qui avait une connotation sexuelle. Et les scènes de Gilda, à part aiguiser quelque peu son appétit, n'avaient rien pour le choquer ni offenser sa pudeur. Il se surprit à souffler à l'oreille de sa compagne :

–C'est madame Rose qui devrait voir ça.

–Oui ? Et pourquoi ça ?

Il en avait déjà dit trop.

–Je t'expliquerai plus tard...

Élizabeth Taylor serrait la tête de Lassie contre la sienne. La gratitude des spectateurs, passant par les larmes de certains, par les raclements de gorge masculins, atteignit la bête à travers la personne de la fillette au comble du soulagement et de la joie.

C'est à ce moment que Laval osa mettre sa main sur celle de Clara qui reposait sur l'appui entre les deux sièges. Elle frissonna. Il regarda ailleurs pour être sûr que personne dans la salle ne soit à les épier plutôt que de regarder la star à longs poils. La jeune fille avait le goût de fermer les yeux, mais la suite des événements au pays de Lassie la courageuse les lui agrandissait encore davantage.

Le courage atteignit aussi le coeur de Lucille qui fit de même à Saint-Georges. Sa main recouvrit celle de Samuel qui s'en étonna. Il n'était pas dans son entendement des choses et des moeurs que la personne du sexe féminin initie pareille entreprise. Il regarda leurs mains, regarda Lucille qui lui offrit un sourire aux allures d'une rose tout juste cueillie.

Et il lui parut que ce contact était une infidélité du coeur envers Catherine et même envers la petite religieuse. D'un autre côté, Marlène l'Alsacienne et Gretel l'Allemande avaient fait bien pire. Il laissa faire. Elle en fut contente. Mais elle se prit à espérer qu'il retirât sa main de sous la sienne à elle pour la recouvrir de la sienne à lui.

Dans l'histoire des jeux de mains au Québec, il se produisit un événement unique au théâtre Beauceville ce jeudi saint. Albertine glissa la sienne sur son voisin, trouva son bras et descendit jusqu'à la main dont elle s'empara. Trop intimidé pour refuser, lui qui n'aurait jamais osé toucher à celle de Danielle sur sa droite, laissa faire. Et la compagne du jeune homme ne vit pas le manège, elle que Lassie maintenant faisait nager à ses côtés dans une rivière tumultueuse à la rescousse d'un pauvre vieillard impuissant emporté par les eaux traîtresses. Ce vieillard étant nul autre que le grand-père d'Élizabeth, la scène s'avérait d'autant plus poignante.

Et Albertine eut la sagesse de faire glisser leurs deux mains entre eux contre sa cuisse épaisse. Julien ne put faire autrement que de laisser travailler ses glandes les plus secrètes et intimes.

Et c'est ainsi que ce jeudi saint 1946, Ti-Tine Gagné de Saint-Victor s'empara de Julien Bolduc de Beauceville au grand dam de Danielle quand elle l'apprendrait... quelques jours plus tard. Ça n'avait pas été un vol mais plutôt une escroquerie...

Le rêve de Gilda finit mal. Celui de Lucille ne finit pas. Le bonheur de lui toucher se termina avec le film et la jeune femme se promit en sortant de se jeter dans les bras de son ami quand il la reconduirait pour qu'il sorte de son mystère enfin. Mais elle n'oserait pas. Pas encore...

Fernande ne put obtenir de son cher professeur Goulet qu'il se rende à l'école. Elle s'y était pris trop tard. Lui aussi était parti au cinéma. Seul sans son épouse qui le dit à l'étudiante et lui révéla même le film qu'il était allé voir : *Le facteur sonne toujours deux fois*. L'écran sur lequel on le projetait était celui d'une salle de Saint-Joseph...

*

Julien, troublé au plus haut point par les gestes osés d'Albertine, ne veilla pas tard chez les Morin en compagnie de Danielle et du couple Laval-Clara. Il avoua devoir se lever tôt pour aider son père, un ébéniste, et il partit sans le moindre signe d'affection pour sa blonde. Elle annonça qu'elle allait se coucher. Suffirait à Clara de la rejoindre quand elle le voudrait, puisqu'elles partageraient la même chambre: celle de Danielle.

Clara veilla au salon pour la première fois de sa vie avec un garçon. Tout d'abord, ce fut agréable voire excitant. Et pourtant, il ne se produisait rien. Assis sur un long divan, distancés par l'espace d'un enfant au moins, ils se parlèrent à voix retenues pour faire discret et ne pas déranger les parents endormis, ou qu'on croyait l'être.

–Contente de ta soirée ?

–Bien sûr ! Et toi ?

–Sûr...

–Les films de Lassie... j'peux pas m'empêcher de pleurer.

–Y a pas de théâtre dans ton village.

–On va à Saint-Georges avec 'pa et Lucille. Mais avant que 'pa revienne, on y allait ensemble, m'man et moi. Je conduisais l'auto. C'était bien plaisant. Ensuite on allait au restaurant Royal.

–Sais-tu que t'es une fille gâtée, toi ?

–Suis chanceuse, je le sais. C'est moi qui a eu le plus de chance quand ma mère est morte. On était pauvre. Et là, suis tombée dans une famille à l'aise. Mais c'est pas ça le plus important, tu sais. Y a autre chose...

–Comme quoi ?

–Ben... c'est l'amour que j'ai trouvé avec mes parents adoptifs. Ensuite, j'ai perdu 'pa. Ma mère, comme elle me disait des fois, pas souvent par exemple, a tout jeté son amour sur moi.

–Tu veux-tu une cigarette ?

–Depuis quand que tu fumes, toi ?

–Rien que des fois comme ça.

–Non, merci ! J'pense que 'pa aimerait pas trop ça de me voir fumer.

–Il te verrait pas justement.

–Ah non, j'aime mieux pas. J'sais pas fumer en plus, je m'étoufferais avec la boucane.

–C'est pas dur, regarde.

Il sortit cigarette et allumette et enflamma le tabac.

–Tiens, essaie ça !

–Je t'ai dit non, c'est non !

Il osa protester plus fort par voie de chantage :

–T'as ben peur de ton père !

Elle s'affirma :

–Je t'ai dit non, c'est non, Laval, c'est non... n-o-n...

Une voix forte se fit entendre par-dessus la sienne :

–Elle a dit non : t'es ben tête de cochon !

C'était le père de famille, un très grand personnage aux cheveux noirs, revêtu d'une robe de chambre bleue. Il parut au sortir du couloir menant aux chambres et ajouta :

–Y a assez que je te laisse fumer de temps en temps dans la maison, Laval, entraîne pas les autres là-dedans.

Le jeune homme que son père effrayait par sa sévérité se hâta d'aller écraser la cigarette dans un cendrier sur le piano et revint au divan, honteux et confus.

–As-tu compris ?

–Ben oui.

–Pis je pense qu'à l'avenir, tu ferais mieux de pas fumer en dedans. On s'entend là-dessus ?

–O.K. d'abord !

L'intervention était humiliante pour le jeune homme. Il se

rassit et haussa les épaules en se frottant les deux mains, tête en avant. Quand son père fut reparti, il jeta à mi-voix :

–Mon Dieu, il se pense dans les années 30, lui.

–Écoute, Laval, je t'avais dit non. T'avais rien qu'à pas insister.

Il haussa les épaules :

–Ben... j'pensais que tu voulais dire oui.

Elle voulut temporiser quelque peu :

–Je te comprends un peu : nous autres, les filles, on a souvent un langage indirect. Comme de dire... par exemple : 'as-tu froid' au lieu de dire 'j'ai froid, va chauffer le poêle'...

Ils se rapprochèrent lentement par les mots. Même qu'il finit par lui prendre la main et alla jusqu'à lui caresser le poignet avec son pouce. Mais le pauvre pouce demeura sans beaucoup d'énergie et d'efficacité...

***

Chapitre 27

–Une grosse noce !

–Ben... c'est deux grosses familles itou. Les Grégoire, y a pas mal de monde. Les Maheux, c'est pire.

–C'est pour ça que le banquet se fait ici, à la salle paroissiale.

–Y a pas de place à l'hôtel pour loger tout ce monde-là dans la même salle.

Rose et Gus se parlaient dans la cuisine de leur nouveau logis sis au premier étage de la grande salle paroissiale. Josaphat Quirion était parti avec sa famille vers d'autres cieux et on avait pris la place. Le garage avait été vendu et même déménagé. Et Gus agissait maintenant comme bedeau tout en faisant des heures de mécanique pour Jean Nadeau. Le printemps 46 avait vu les plans de la femme se réaliser au grand complet. Et voici qu'elle-même allait picorer des petits revenus d'appoint en préparant des mets à l'occasion de célébrations survenues là-haut dans la grande salle comme en ce beau jour de juillet.

Le gros du manger était quand même préparé à l'hôtel et apporté par du personnel, mais à Rose, on avait confié la tâche de préparer les breuvages, thé, café, limonade et les desserts, à l'exception du traditionnel gâteau de noce 'acheté fait' à Québec.

Jeanne d'Arc et Luc venaient de convoler en justes noces après toutes ces années de fréquentations. Aucun véhicule automobile n'avait été impliqué dans l'événement ni ne le serait avant le lendemain alors qu'ils partiraient en voyage. C'est qu'il y avait une si faible distance entre l'hôtel et l'autel à Shenley qu'il avait suffi au marié et à ses parents de traverser la rue pour atteindre l'église. Quant à la mariée, escortée de son père, elle n'avait pas eu à marcher soixante secondes de plus que son futur. À la sortie de l'église, après les photographies usuelles, on avait marché le long de l'église jusqu'à la salle.

Pampalon, ce passionné d'automobiles, aurait voulu qu'il en soit autrement. Même Éva qui aimait tant monter dans une auto avait questionné sa fille sur le sujet. Mais la décision des jeunes mariés restait coulée dans le béton : ils se mariaient pour eux-mêmes, pas pour leurs parents ou n'importe qui d'autre.

Voici qu'ils se trouvaient à la table d'honneur, arrivés depuis peu. Et les invités achevaient de prendre les places qui leur étaient assignées : identifiées par des cartons. À l'arrière, derrière des paravents de fortune se trouvaient les chaudrons contenant patates pilées, poule bouillie, légumes et soupe aux légumes. Le personnel attendait que tous soient prêts aux tables. Un frère de Luc viendrait donner le signal de servir au moment opportun.

Mais on ne mangerait que lorsque l'invité d'honneur serait là, soit le curé Ennis qui avait officié à la cérémonie de mariage et qui devait passer par le presbytère avant de venir. En attendant, il y aurait encore des photos. Jeanne d'Arc n'avait eu aucun mal à convaincre Luc de ne pas lésiner à ce chapitre pas plus qu'aux autres. C'était la prospérité d'après-guerre; l'argent roulait, coulait.

Catherine avait du mal à s'approcher de la table tant son ventre était important. Elle accoucherait d'une journée à l'autre et Jeanne d'Arc lui avait téléphoné pour lui dire qu'elle comprendrait leur absence aux noces.

"Y aura rien pour m'en empêcher, c'est sûr !" avait-elle répondu.

Rien sauf la maladie. Mais elle se sentait bien quoique lourde comme toutes les femmes en fin de grossesse.

Ça jasait fort dans la salle et sans la hauteur d'une vingtaine de pieds de l'édifice, certaines oreilles sensibles comme celles d'Ernest Maheux auraient gémi et grimacé. C'est que les Grégoire possédaient tous des voix énormes, surtout les hommes, et toutes tâchaient de prendre leur place dans la ronde des échanges. Et leurs rires éclataient parfois et sortaient par les minuscules fenêtres coulissantes toutes ouvertes à laisser entrer un peu d'air pour rafraîchir l'air ambiant que surchauffait l'été convaincu de cette année-là.

Les gens se faisaient des présentations les uns aux autres. Les Grégoire et les Maheux d'ailleurs ne connaissaient pas le fameux docteur dont les journaux et la radio avaient tant parlé et ils voulaient tous lui serrer la main, lui dire un mot, s'en faire remarquer et partager un brin de sa gloire le temps d'une poignée de mains.

Le bonheur éclatait dans tous les regards ou presque. Jeanne d'Arc souriait ou riait, et jamais son visage ne reprenait une mine sérieuse. Plus aucune jeune femme ne lui disputerait jamais le plus beau garçon de la paroisse et homme de commerce accompli. Luc avait de quoi se sentir fier de son épouse, une jeune femme d'une beauté peu commune et avec du caractère. Elle attirait les garçons comme des mouches à miel; cet avantage se transformerait désormais en argent généré par la clientèle de leur établissement.

Mais par-dessus tout, ils s'aimaient. Et toutes leurs bonnes raisons de s'être mariés constituaient la solide armature de leur relation et de leurs sentiments réciproques. Pour l'avoir attendu longtemps, leur oui au pied de l'autel n'avait été que mieux réfléchi, que mieux senti.

Fernande avait été mobilisée pour jouer à la bonne d'enfants en même temps que de participer à la fête. Mais la tâche ne lui pesait aucunement. Et pour maintes raisons. D'abord le seul enfant qu'il lui fallait surveiller et suivre pour que sa mère soit tout entière à ses occupations d'honneur était le cadet de la famille, déjà rendu à ses quatre ans.

L'autre, son aîné de deux ans, et qui avait même terminé sa première année d'école, se considérait comme un homme fait; et du haut de ses six ans, il aurait refusé tout encadrement au sein de la famille. Il grandissait libre comme l'air. Et parce que vers les deux ans, il avait pris conscience qu'il est plus drôle de rire que de pleurer, il avait transformé tous ses hurlements en éclats de rire qui se répercutaient comme des galets sur l'eau partout où il mettait le pied.

Et comme Éva sentait ses épaules s'alléger ! Sa ménopause avait libéré son ventre. Ernest ne lui parlait plus de déménager du village. Une des grandes filles de la maison s'était mariée en 1943 et avait fait de sa mère une grand-mère depuis deux ans déjà. Et voici qu'une autre fondait famille. Chaque année la délivrerait un peu plus du joug familial. Elle ne s'en voulait pas de le penser pour avoir fait plus que son devoir en la matière.

Fernande était accompagnée du frère de son beau-frère, un jeune homme de belle apparence, doux comme un agneau, fort comme un ours, tout sourire pour tout le monde. Tous deux avaient encadré le petit André à l'église et la jeune maîtresse d'école se disait que ce geste donnerait à Raymond le goût de la famille. Il serait son mari : ainsi en avait-elle décidé quand Luc avait passé la bague au doigt de Jeanne d'Arc. Mais elle ne se hâterait pas et voulait aussi de longues fréquentations afin de se bien connaître tous les deux. Mais ignorait que le sexe masculin à cet âge est quémandé par des besoins autrement plus durs à museler que ceux bien plus romantiques du beau sexe.

Parmi les heureux de cette journée, le plus heureux de tous était peut-être Laurent-Paul en ce moment. Un complot ourdi par Samuel et Bernadette avait abouti au résultat que le jeune homme accompagnait Clara pour la journée. Le stratagème avait tenu compte de la personnalité des deux et s'était avéré simple comme bonjour. Bernadette s'était faite courrier verbal et avait fait la demande d'accompagnement au jeune homme au nom de Clara. Tournant les talons, elle avait couru chez les Goulet et fait la même demande à Clara au nom de Laurent-Paul. Puis craignant qu'il ne se trouve des excuses pour avoir peur et se cacher, elle était retournée chez les Maheux et lui avait dit que Clara attendait son appel immédiatement.

Mille fois depuis ce jour de la semaine précédente, il s'était dit comme il le faisait toujours au moindre signe favorable de sa part: elle m'aime, elle m'aime, elle m'aime... De plus, il étrennait un habit neuf. Il avait travaillé fort depuis les sucres au moulin à scie et ramassé les sous qu'il fallait pour être chic aux noces. Et il l'était, oh ! qu'il l'était!

Clara le trouvait beau. Mais en son coeur, elle le considérait comme un frère, pas un amoureux. Elle fréquentait toujours Laval mais pas assidûment comme s'ils avaient été de la même paroisse. Et puis comment se voir en été ? Ils ne se rencontreraient qu'une seule fois au pique-nique planifié et promis à la condition que Samuel lui accorde sa bénédiction pour emprunter l'auto et se rendre à Beauceville, ce qui, elle le savait, ne présenterait aucun problème. D'autant qu'elle possédait maintenant son permis de conduire comme bien des hommes.

Assise près de Catherine à la table, elles se parlaient tandis que son cavalier restait sans dire, sans faire, les bras mal pris dans ses épaules. Prisonnier aussi de sa fierté qu'il ne savait pas trop gérer. Par chance, Samuel, assis en face de lui, le sortait de son malaise en lui adressant la parole quand il ne jasait pas avec sa compagne ou sa mère dont il était encadré.

Enfin parut le prêtre. Il arriva en grande pompe, pipe devant, par la porte béante côté presbytère. On papota moins dans la salle; le ton général baissa d'un cran. On voulait offrir ce signe de respect à la soutane noire.

Luc et Pampalon se levèrent ensemble pour aller l'accueillir et le conduire à la place qui lui avait été attribuée, à la table des mariés, près des parents du jeune homme. Ernest grimaça quand il prit conscience de la chose. Pourquoi de ce bord-là et pas de ce bord-ci ?

Il le glissa à sa femme en prenant soin de n'être pas entendu :

–Le curé : pourquoi de c'te bord-là pis pas de c'te bord-citte ?

–C'est Jeanne d'Arc qui l'a placé là.

–Ouais... on sait ben...

–Fais donc pas de trouble aujourd'hui encore !...

–Tu sauras que le curé, moé, j'sus capable d'y parler autant que Pampalon Grégoire.

–As-tu vu Lucille Lapointe ? Une vraie actrice...

–Ouais, est pas lette...

Pampalon demanda au curé de dire un mot et le bénédicité selon l'usage et le prêtre s'exécuta. Il vanta les mérites de la salle paroissiale et félicita ceux qui avaient la bonne idée de l'utiliser. Il vanta aussi l'art qu'il avait pu déceler dans le gâteau de noce à quatre étages. Puis il fit la brève prière et prit place.

Le personnel attendait davantage ce geste qu'un mot d'Yves pour commencer à servir la soupe. Les bols étaient déjà remplis, prêts sur des cabarets, et les trois serveuses sous la direction du fils à Boutin-la-Viande se dirigèrent vers les tables en commençant par celle d'honneur.

Les Goulet avaient pris place du côté des Maheux. Cela consolait un peu Ernest de voir le curé de l'autre côté. Lucille prit sa serviette de table qu'elle déploya sur ses genoux puis choisit la bonne cuillère pour entamer son potage. Laurent-Paul la surveillait discrètement du coin de l'oeil et imitait ses gestes pour montrer à Clara qu'il savait vivre. Mais la Clara n'en finissait pas de raconter son année scolaire à Catherine qui l'alimentait sans arrêt de questions et d'un intérêt soutenu.

Pour voisin de gauche, Lucille avait hérité de Gilles Maheux qui respirait son parfum, s'imaginait son cavalier, jetait un oeil parfois sur les autres garçons de son âge afin de les narguer et leur faire savoir par son seul regard : voyez, je suis près de la plus belle fille de la paroisse.

Il est vrai qu'elle resplendissait dans la blondeur de ses

cheveux, dans ce visage si classique et calme, dans la chaleur de ses sourires. Mais une inquiétude jetait de l'ombre sur son bonheur du jour. Samuel ne la serrait pas assez souvent dans ses bras et quand il le faisait, elle avait l'impression que c'est quelqu'un d'autre qu'il étreignait alors. Et puis mère Paul-Arthur était plus que jamais entre eux avec son innocence, sa culture, son charme, et cette inaccessibilité qui la rendait encore plus attirante pour lui. Et quand il parlait de Catherine donc ! Elle avait le sentiment de faire partie d'un ménage à quatre : ça la tracassait au plus haut point. Il fallait qu'enfin Samuel et elle aient une bonne explication en profondeur. Il fallait qu'elle sache à quoi s'en tenir. En route vers la trentaine, elle n'avait pas de temps à perdre avec un homme, si intéressant soit-il, qui n'avait aucune intention de l'épouser. Et c'est avant la fin du jour qu'elle la voulait, cette explication. Certes, on ne pouvait le faire durant le repas ni même après alors que les musiciens s'installeraient et que la danse conscrirait tout le monde, mais en soirée, elle aurait sûrement sa chance.

Armand Grégoire avait pour tâche d'animer la journée. Il se rendit sur la scène et parla au micro.

–C'est un grand jour pour les mariés. Pour nous autres aussi. D'aucuns me disent : qu'est-ce tu fais, Armand, pas marié à trente-neuf ans ? Je leur dis que j'ai ben le temps d'abord que j'ai l'intention de vivre jusqu'à cent ans.

Luc eut le frisson quand il entendit ces mots et pourtant ce n'était pas le froid puisque la température intérieure devait avoisiner les quatre-vingt-cinq degrés Fahrenheit.

–Mais je pense que fortement constitués comme ils sont, nos deux mariés vont me dépasser en âge et qu'ils vont, tout comme moi, se rendre à l'année 2000.

Une rumeur parcourut l'assistance. À chacun, en 1946, l'an 2000 apparaissait comme un temps où peu d'entre eux seraient encore, à l'exception des moins de vingt ans comme Clara ou les enfants.

–Je vous demande une bonne main d'applaudissements pour nos mariés promis à un long, long bonheur...

De nouveau Luc eut le frisson. Il salua en biais d'abord les invités puis son oncle Armand.

–Et laissez-moi vous dire qu'on a hâte de voir quelle sorte de petit gars ou de petite fille va courir dans l'hôtel dans deux ou trois ans.

Il en aurait fallu plus pour embarrasser Jeanne d'Arc qui fit un signe de tête en la direction du maître de cérémonie voulant dire : *hé là, de quoi on se mêle* ?

Son geste fit rire l'assistance.

Bernadette ajouta au sien un clin d'oeil à l'intention du curé qui lui, gardait un sourire mince accroché à son visage. Il ne pouvait tout de même pas se réjouir officiellement d'un humour qui faisait allusion à l'amour. Pour rester sacrées, ces choses-là devaient rester secrètes.

Armand lança ensuite un appel aux conteux d'histoires. Chacun savait que le réservoir de drôleries devait être plein à capacité, surtout du côté des Grégoire, Pampalon en tête de liste.

–Envoye, mon frère, viens briser la glace. C'est pas parce que t'es à la table d'honneur que tu dois nous faire déshonneur...

On applaudit.

Pampalon ne se fit pas prier trop longtemps; il se leva et s'engagea dans l'escalier central menant sur la scène. Au beau milieu, il s'enfargea et trébucha et tomba. Puis se releva sans mal et dit en arrivant au micro :

–Je vous ai fait peur, hein ! Vous voyez qu'un accident, c'est vite arrivé. Mais je dois vous dire que c'était pas un accident : j'ai voulu vous énerver un peu.

Il obtint quelques rires puis lança sa première farce :

–C'est le type qui gagne un million au sweepstake. *C'est quoi la première affaire que tu vas faire ? Je vas dire à tous mes amis que j'ai pas gagné un million au sweepstake.*

On ne la comprit pas. Il en proposa une autre :

–On demande à une veuve si elle croit à la *vie* après la mort. Elle dit : *certainement ! La preuve, depuis que mon mari est mort, moi, je vis...*

Peu de rires là encore. Pampalon reprit :

–C'est vrai que c'est pas une histoire à conter aux noces. Nos mariés sont appelés, comme disait Armand, à vivre jusqu'à cent ans tous les deux... Tiens, une histoire de maîtresse d'école, ça vous dit quelque chose ?

Quelques-uns dirent oui. Il raconta :

–C'est Fernande, la maîtresse qui prépare les enfants pour la visite de l'inspecteur. Elle dit à Ti-Gilles : *il va te demander ton âge et tu vas dire six ans, monsieur l'inspecteur. Il va te demander en quelle année tu es; tu vas dire en première année, monsieur l'inspecteur. Il va te demander aimes-tu mieux le français ou l'arithmétique et tu vas dire : les deux, monsieur l'inspecteur...* Bon, l'inspecteur s'amène et devant Ti-Gilles, il s'arrête et dit : *quel âge as-tu ? Un an, monsieur l'inspecteur. En quelle année es-tu ? En sixième année, monsieur l'inspecteur. Dis donc, ris-tu de moi ou si tu me prends pour un fou ? Les deux, monsieur l'inspecteur...*

Ce fut un rire énorme par Gilles Maheux. Il remplit toute la salle, remplit les silences, remplit les mots qu'on s'échangeait un peu partout sans trop écouter Pampalon, remplit de bonheur le conteur, remplit bien sûr ceux que le jeu amusait et qui prêtaient oreille. Même lui avait compris la blague. Prendre l'inspecteur pour un fou, c'était le comble de l'espièglerie. Tout le monde lui emboîta le pas. Et ce fut un des grands moments de la journée. Un délice pour le coeur.

Luc éclata de son rire raz-de-marée qui rehaussa celui de l'enfant et l'emporta encore beaucoup plus loin.

Une seule personne dans toute l'assemblée fut empêchée d'embarquer dans la liesse générale. Ce fut Samuel Goulet. Encore une fois pour lui, le moment de bonheur fut gâché par une de ces prémonitions insupportables. Aussitôt venue à son esprit, aussitôt chassée, cette vision de mort. Et il analysa pourquoi il l'avait eue. C'était la parole de Pampalon : un accident est si vite arrivé. C'était le mot d'Armand sur la longévité présumée du couple de mariés. C'était enfin le grand rire de Luc. Ce mélange de trois éléments lui avait fait voir quelque chose dans l'avenir. Il refusa d'y croire. Mais le temps que son cerveau travaille sur les images, l'éclat général avait passé.

On servit ensuite le plat principal. Assiette bien garnie. Viande de poule. Patates en purée. Petits pois verts. Sauce. Un vrai repas du temps des fêtes. Mais pas de légumes à part les pois. Il ne restait rien dans les carrés de sable de l'année précédente et on était trop tôt en saison pour avoir quoi que ce soit dans les jardins potagers.

Après Pampalon, ce furent d'autre conteurs : Yves, le frère de Luc, l'oncle Johnny Grégoire et un récit américain, Armand lui-même qui allait en coulisse quand quelqu'un était au micro et y prenait des rasades de gin à même une bouteille cachée là au préalable. Son sens du comique augmentait à chaque gorgée avalée.

Il suffit à Clara de dire un mot de temps en temps à son compagnon pour que celui-ci retrouve son bonheur et ses espoirs. Elle l'entretenait.

Assis un en face de l'autre, Armandine et Roméo abordèrent maints sujets. Ils s'entendaient plutôt bien, comme de coutume, ces deux-là. Il fut question des enfants du premier lit dispersés aux quatre vents, de ce qu'il advenait de chacun, de leur santé. Il n'en savait pas énormément et devait souvent faire appel à Clara pour en dire davantage. Roméo parla de son troupeau, des difficultés en agriculture, du soin que prenait le gouvernement Duplessis des cultivateurs.

–Chacun a droit à douze heures de bulldozer par année asteur. Les grosses roches à traîne pis les tas de roches, on va s'en débarrasser. Ça va être pas mal moins long pour faucher une prairie. Pis ça va être autant de gagné en bon foin pour les animaux.

La vieille dame cherchait des sentiments à tourner et retourner derrière les mots et phrases entendus. Et parvenait à en trouver. Ou bien faisait en sorte qu'ils se pointent le nez en plaçant une question au bon endroit et au bon moment.

Gus, embusqué derrière le paravent, comprit que le moment des breuvages et du dessert était venu. Il demanda au fils Boutin de venir avec lui pour quérir théières et cafetières, et aux serveuses de les suivre avec les cabarets. Il y avait du gâteau au chocolat, des fraises et de la crème fouettée. Deux tables montées dans la cuisine en étaient garnies.

–Que c'est beau ! s'exclama une des serveuses devant les assiettes à dessert.

–Pis c'est ben plus bon que beau encore ! fit Gus qui en passant derrière sa femme lui passa la main sur une fesse.

Elle en fut irritée mais ne dit rien. Il crut à un encouragement et recommença à la première occasion. Quand le personnel fut parti, elle protesta :

–Fais donc pas des affaires de même devant le monde ! Si ç'a du bon sens !

–Quoi ?

–Ton 'poignassage' de fesses tout à l'heure.

–Y a personne qui s'en est aperçu, Rose, voyons.

Mais quelqu'un avait connaissance de leur échange et se tenait dans la porte, les mains sur les reins. On prit conscience de sa présence et la femme s'adressa à eux :

–J'connais pas trop les airs dans la salle et je voudrais aller aux toilettes.

C'était Catherine. Rose s'empressa auprès d'elle :

–Toi, tu vas venir dans notre toilette. Les toilettes publiques, c'est pas pour une femme dans ton état. Suis-moi de l'autre côté.

Le logement était scindé en deux parties par le couloir. D'un côté la cuisine et de l'autre le reste soit un salon, une chambre à coucher et une salle de bain. Elles furent bientôt là. Rose ouvrit la porte des toilettes. Catherine y entra dans la démarche caractéristique d'une femme à ce stade de sa grossesse, une main derrière son dos, ventre devant, sous le regard songeur de l'autre femme. Et elle y demeura un temps si long que Rose se pointa le nez en tout respect, ouvrant doucement la porte.

–J'pense que j'viens de perdre mes eaux.

–T'es sûre ?

–Certaine.

–Je vas chercher le docteur en haut.

Mais Clara, inquiétée par l'absence prolongée de Catherine, arrivait. Rose l'informa de la situation. La jeune fille courut chercher Samuel. A ce moment, en haut, on quittait les tables pour laisser le personnel desservir et c'était le brouhaha, si bien que Roméo, toujours en grande conversation avec Armandine à qui se joignit un couple de Grégoire, ne se rendit compte de rien, pas plus que la vieille dame et pas même Lucille partie saluer la femme d'un des musiciens.

L'on fit étendre Catherine sur des serviettes mises sur le lit par Rose. Samuel vérifia la fréquence des contractions et leur durée. Elle lui apprit qu'elle n'en avait ressenti aucune avant la perte des eaux, ce qui lui était inhabituel et ne s'était jamais produit à ses cinq autres accouchements. Il tendit ses clefs de voiture à Clara et lui demanda d'aller la chercher à la maison. Elle y courut. D'une fenêtre de la salle, Laurent-Paul regardait aller la jeune fille et un affreux mystère le happait tout entier. Il alla s'asseoir à l'écart pour attendre qu'elle revienne et pour se questionner, l'air bête, le coeur pauvre et abandonné.

On emmena bientôt Catherine au bureau de Samuel. Il l'aida à se dévêtir, la fit coucher sur la table d'examen où Clara avait étendu quelques épaisseurs de drap. Maintenant, les contractions arrivaient aux deux minutes.

L'heure qui suivit serait inoubliable pour les trois personnes présentes dans cette pièce. Une femme en douleurs. L'homme de sa vie pour la réconforter et l'aider à donner la vie. Et Clara...

Un ange, voilà ce qu'était Clara pour Catherine.

Une sainte, voilà ce qu'était Catherine pour Clara.

Elles ne s'étaient jamais déplu, jamais fait de tort, jamais le moindre mal. Plutôt de rivaliser comme l'auraient fait la plupart des femmes de la création en raison de leur animalité profonde, afin de garder chacune pour soi le coeur de Samuel, ces deux-là avaient fusionné les sentiments qui les liaient à cet homme : l'amour filial pour Clara puisait à l'amour passionnel de Catherine et vice versa. Un phénomène unique, réponse à une situation unique. Et que ne pouvaient dénigrer ni même atteindre les diktats de la religion, les gros yeux de la morale de l'époque, les convenances des bonnes moeurs. Un sentiment neuf qui échappait à tout entendement de ce temps victorien attardé sur le territoire de la province de Québec.

Chacune de ces femmes passait par l'être de l'autre pour aimer un même homme. Et quelque part, Catherine allait jusqu'à se dire lors de relations intimes avec Roméo que s'il devait résulter un enfant de cet acte, ce serait celui de Clara bien plus que celui du père charnel de cet enfant.

Et Clara, en superposant son image spirituelle à celle de Catherine, en s'identifiant à cette femme, en s'inspirant de sa vie, recevait chaque fois de la part de son père adoptif quand cela transparaissait, de pleines charges émotives dépassant une relation 'normale' de ce type. La paix alors la visitait sous la forme d'un ange qui ressemblait à Samuel.

Catherine livra sa main droite à Samuel et sa main gauche à Clara. Et il arriva à quelques reprises que les mains libres de ces deux-là se rencontrent sans se toucher directement sur le ventre rebondi de la femme en travail, pour le masser gentiment afin d'y calmer tant soit peu la douleur insupportable.

Un gars, une fille, ça n'avait aucune importance, le sexe du bébé à naître. Catherine avait trois filles déjà et deux garçons. Elle les aimait tous, chacun d'une façon unique. Son inclination particulière pour Emmanuel n'était pas visible aux autres enfants. Elle prendrait bon soin du nouveau-né comme de tous les autres. Tout ce qu'elle souhaitait, c'est qu'il ne se présente pas une autre handicapée comme cette pauvre Jeannine.

Entre deux contractions, elle dit :

–Des plans pour faire peur à Clara qui voudra jamais avoir de bébés plus tard...

–Quand elle va voir le résultat de ta souffrance tout à

l'heure, elle va oublier ta douleur.

–Comme moi ! d'ajouter Catherine.

–C'est pas le premier accouchement que je vois faire, dit Clara en regardant Catherine puis Samuel.

Le visage de l'homme s'éclaira :

–Oui, je me rappelle en 38, non 39...

–Je m'étais cachée au bord de la fenêtre...

–Et moi, je t'avais surprise en train de sentir... Mais Catherine sait ça, je lui ai déjà raconté.

–Et moi aussi, je lui ai raconté...

–Où c'est qu'est ma femme donc ? s'enquit Roméo qui explorait du regard toute la salle.

En sa compagnie, Armandine, sur le point de se rasseoir à une table plus petite que celles du banquet, commenta, le regard songeur :

–Clara aussi a disparu. Et...

–Pis Samuel...

–J'me demande si c'est pas...

–Si c'est pas quoi ?

–Si elle serait pas en train d'accoucher quelque part en bas, elle.

–Ben voyons donc, madame Goulet, c'est pour la semaine prochaine.

–Proche neuf mois, une semaine de plus, une semaine de moins, tu devrais savoir ça, Roméo.

–Est descendue aux toilettes tantôt...

–Quen, je vois le Ti-Paulo Maheux là-bas dans le coin, il va savoir où c'est que Clara est partie pis tout le reste, des fois ?...

–Moi, je descends. Je vais voir madame Rose. Elle saura peut-être ce qui se passe. Je vas t'envoyer avertir par Clara, Roméo.

–C'est bon d'abord !

Au bureau, Catherine poussait une autre fois de toutes ses forces. Clara lui épongeait le front. Par chance que la maison était enterrée de grands arbres qui apportaient un peu de fraîcheur à l'intérieur ou bien la femme aurait souffert doublement de la chaleur du jour. Le docteur inséra une main gantée dans la vulve et repéra la tête. La naissance était imminente. Mais en de telles circonstances, ce sont le plus souvent les bébés qui ont le dernier mot malgré leur faiblesse et leur vulnérabilité. Ils ont la nature de leur bord. Heureusement pour eux...

La douleur se résorba une fois encore.

–Quand je vas conter ça aux filles de l'école, que j'ai assisté 'pa dans un accouchement, elles vont faire les yeux grands comme des piastres dures.

Catherine sourit. Samuel non. Car quelque chose l'inquiétait chez sa patiente. Il lui paraissait que la douleur était trop forte pour elle. Que son pouls manquait de régularité, signe que son coeur avait de la misère à supporter le travail qu'il devait assumer. En même temps, il se disait que ses perceptions étaient biaisées du fait que cette femme se trouvait être aussi celle qu'il aimait et aimerait pour l'éternité. Il se souvenait vaguement avoir entendu dire que les médecins accouchant leur propre femme passaient par les mêmes réactions, exagérées ou pas.

–À quoi penses-tu, Samuel ? demanda Catherine.

–Que j'ai hâte que ça soit fini... même si on vit un grand moment de notre vie, tous les trois.

–Tu t'inquiètes pour moi ?

Il haussa une épaule. Elle reprit :

–Je me sens tellement en sécurité, moi.

–J'espère.

–Je l'ai jamais été autant à aucun de mes accouchements, vous savez.

–Tout ira bien, tu verras.

–Tout VA bien, dit-elle.

Clara intervint avec son plus large sourire adressé aux

deux :

–Ça ferait pas de mal au nouveau-né que de faire dans votre tête un transfert et de vous dire que c'est... Emmanuel qui va venir au monde dans quelques minutes.

Samuel et Catherine se regardèrent. Le sourire de complicité devint sourire d'amour en chacun.

–Accepté ! dit Samuel.

–Accepté ! redit Catherine.

Rose apprit à Armandine que les trois personnes recherchées étaient parties au bureau du docteur puisque l'accouchement allait se produire. La femme demanda à téléphoner chez elle et utilisa l'appareil mural dans le couloir. Elle ne tarda pas à obtenir la ligne. Samuel lui répondit :

–T'aurais pas eu envie de nous avertir, moi et Roméo ? lui reprocha-t-elle aussitôt.

–Pas le temps, maman, les eaux étaient crevées. J'aurais pu demander à Clara de retourner à la salle, mais j'en ai fait mon assistante.

–Je te dis...

–Écoutez, je pensais sincèrement que madame Rose vous avertirait, mais j'avoue que j'ai pas songé à le lui demander. Vous ne me demandez pas si tout va bien pour Catherine ?

Un peu culpabilisée, la femme jeta :

–Ben... oui, je te le demande.

–C'est pas fait encore... dans dix ou quinze minutes selon moi. Mais tout se passe bien. Je vais retourner auprès d'elle : les contractions sont très rapprochées maintenant. Dites à Roméo qu'il peut rester à la noce... Attendez, je vous passe Clara...

Et l'homme se hâta de retrouver sa patiente. La jeune femme parla :

–M'man, vous direz à Laurent-Paul que j'ai dû partir pour venir ici. Je vais retourner plus tard dans l'après-midi. Qu'il s'inquiète pas !

–Bon...

–Suis une sage femme en deux mots, m'man... et en un nom composé avec trait d'union.

–Si tout va bien... Faut bien qu'une vieille femme comme moi finisse par céder sa place.

–Mais non, m'man ! C'est un adon.

–Je sais, ma grande fille, je sais. Je t'en veux pas, ni à Samuel non plus. Caprice passager.

–Vous voulez un garçon ou une fille pour Catherine ?

–Ah, moi, un ou l'autre. Mais pour ton père Roméo, ça serait mieux un garçon...

Armandine fut sur le point de dire que ce serait le premier garçon vraiment à lui et Catherine, mais se retint. Le silence qui sortait de la porte de la cuisine en disait long sur les oreilles aux aguets s'y trouvant.

–Bon, je vais y aller...

–Donne-leur donc du temps un peu...

–Oui, je vais le faire, m'man.

–Je te laisse.

–À plus tard !

–C'est ça : à plus tard.

La femme raccrocha. Elle vint remercier Rose, mais dut répondre à ses questions :

–Le bébé est arrivé ?

–Pas encore.

–Tout se passe comme il faut ?

–Tout.

Gus bougea sur sa chaise qui craqua :

–Vous étiez pas par icitte, vous autres, quand ma femme a eu ses enfants. Elle a pris ça dur, hein, Rose ?

–Pas plus qu'une autre femme, ça doit.

–Ah, j'vous dis que...

–Je vous laisse, je vais avertir Roméo de ce qu'il se passe. Il est pas encore au courant.

–Ben oui, ben oui, ben oui, dit Gus qui au fond se désolait du peu d'intérêt de madame Goulet autant que de sa
femme pour son propos.

Armandine retrouva Roméo dans la grande salle et l'informa. Il s'apprêta à partir pour le bureau.

–Ta fille Clara est là : tout est sous contrôle. Reste ici.

–Oui, mais...

On entendit quelques notes jouées par l'accordéoniste en
train de régler son instrument. Armandine prit Roméo par le
bras :

–Ça va me prendre un cavalier pour danser, là. Et tu peux
rien faire au bureau.

–Coudon, j'veux pas passer pour un père infâme.

–T'as ma bénédiction pleine et entière, mon ami. Viens,
viens, on va aller mettre monsieur le curé de notre bord...
Attends, je vais dire un mot au petit Maheux. Il est en peine
pas mal...

Un quart d'heure passa. Les musiciens y allèrent d'une
valse et les mariés tournèrent dans l'espace réservé à la
danse. D'autres les accompagnèrent. Armandine y entraîna
Roméo qui dansa comme une marionnette. Pendant ce
temps, Gus vint glisser quelques mots à l'oreille du curé qui
monta aussitôt sur scène et se mit derrière le micro quand la
musique s'arrêta.

–Mes bien chers amis, cette noce est doublement bénie.
Tandis qu'on fête Jeanne d'Arc et Luc, un très heureux événement vient de se produire. Un enfant nous est né. Vous
devinez tous qu'il s'agit d'une naissance chez monsieur Roméo Boutin, mais qui s'est faite au bureau de notre bon docteur Goulet. Ne prenez pas Roméo pour un indifférent parce
qu'il se trouve ici : on l'a empêché de s'y rendre. Il n'aurait
rien pu faire là-bas parce que madame Catherine était entre
bonnes mains, soit celles du docteur et de Clara, la fille de
Roméo qui se trouve être comme vous le savez tous la fille
adoptive du docteur Goulet. La mère qui donne naissance à
un enfant a besoin de soutien mais aussi le père et tous ici,

340

nous soutenons Roméo...

Il y eut des applaudissements.

–Remercions le bon Dieu de nous donner des journées ainsi doublement bénies. Et je suis à même de lire la grande question au-dessus de vos têtes : s'agit-il d'un petit garçon ou d'une petite fille ? Eh bien, je vais vous le dire. Mais avant, je vous rappelle que monsieur et madame Boutin sont les parents de onze enfants en tout, soit deux du premier lit de madame Catherine, six du premier lit de monsieur Roméo et maintenant quatre du deuxième lit de chacun.

–Ça fait douze, lança Pampalon.

–Dites donc, mais je ne sais plus compter. Deux plus six plus quatre, ça fait bien douze. Un curé qui ne sait plus compter ses paroissiens commence à se faire vieux...

Des non fusèrent de partout. Le prêtre sourit un brin et poursuivit :

–C'est grâce à des âmes comme celles de madame Catherine et de monsieur Roméo que sont réparées les fautes du passé et je ne parle pas bien sûr des fautes de cet homme et de cette femme, mais bien d'autres âmes pour lesquelles il nous reste à prier... et vous savez tous de qui je veux parler.

Des bouches livrèrent à des oreilles ignorantes le secret des Bougie. Le prêtre parla encore un peu de la grandeur de Dieu et termina avec un mot sur le miracle de la vie.

–Monsieur le curé, lança Luc, c'est un garçon ou bien une fille ?

–Je ne l'ai pas dit ?

–Non...

–C'est... un garçon. Une main d'applaudissements pour Roméo et pour sa courageuse épouse...

Au bureau de Samuel, quand l'essentiel fut terminé, que le bébé emmailloté fut à côté de sa mère, Clara se retira. Elle songea retourner à la salle puis se dit qu'il valait mieux attendre. Au cas où on aurait besoin d'elle...

Elle se rendit au salon, s'installa au piano et joua quelque chose de très doux.

Samuel épongeait encore le front de Catherine, mais bien inutilement. Un geste de tendresse pure. Cernée, pâle, sans la moindre énergie, elle murmura, la voix éteinte :

–Tu es... mon seul... époux... et c'est pour l'éternité...

Des larmes montèrent aux yeux de l'homme. Il se pencha au-dessus d'elle et lui déposa sur la bouche le baiser le plus tendre qu'il ait jamais donné à quelqu'un de toute sa vie.

Pendant ce temps, et on pouvait l'entendre depuis le bureau du docteur, Clara jouait et fredonnait l'*Ave Maria*.

***

Chapitre 28

La veille et l'avant-veille, et même tôt ce matin-là, réveillé par l'émotion, Paulo avait osé faire le rêve ultime, celui d'embrasser Clara à la fin d'une journée toute en couleurs qu'il imaginait sous la forme d'un arc-en-ciel dont le demi-cercle allait depuis sa personne timide à la personne délurée de sa compagne, aux noces de sa soeur.

Pourtant, après la fête, c'est penaud et rapetissé qu'il parvint à la porte de chez lui par petits pas, les mains vides, le coeur triste, et entra sans bruit dans la maison qui avait l'air d'une morte tant l'envahissaient la noirceur et la tranquillité. Ses parents dormaient dans leur chambre close. Fernande et Raymond veillaient au salon, la porte close. Et là-haut, les autres enfants dormaient, les yeux clos.

Il se rendit à sa chambre, celle que sa soeur aînée avait délaissée pour déménager ses pénates à l'hôtel auprès de son époux adoré.

Comment donc le bonheur pouvait-il n'être réservé qu'à d'aucuns ? songea-t-il en s'agenouillant devant sa fenêtre ouverte pour tâcher de voir, à travers les feuilles, des étoiles de lumière en provenance de la chambre de Clara là-bas.

Clara avait eu besoin d'un chevalier servant pour l'accompagner aux noces et l'avait choisi parce qu'il était frère de la mariée, disponible... Son amour-propre lui disait plutôt et pire, que c'est pour un valet de service qu'elle l'avait pris sinon pour un imbécile de servitude.

Question fondamentale: comment pouvait-elle ne pas aimer du grand amour un être qui l'aimait du grand amour ? Jeanne d'Arc avait aimé Luc du grand amour et Luc lui avait répondu en l'aimant du grand amour en retour. N'était-ce pas la règle du jeu, la norme, la loi régissant et régulant la grande circulation des sentiments sur le vaste territoire de l'Amour ? Il suffit d'aimer pour que l'on t'aime en retour... tôt ou tard...

Mais Paulo ignorait encore que le choix est souvent fait en premier lieu du côté féminin et non de l'autre... Et que les messieurs ayant la prétention de trier se rivaient le nez plus souvent qu'à leur tour, criaient alors à tout vent que les raisins de la belle n'étaient pas assez mûrs et finissaient par se faire épingler par une femme les ayant repérés.

Et, l'oeil rempli de lassitude, il repassa dans sa mémoire les divers événements de la journée...

C'est au moment où dans sa jolie robe blanche, Jeanne d'Arc s'apprêtait à partir pour l'église au bras de son père qu'il avait couru chez les Goulet chercher son escorte.

–Hé, j'ai eu peur que t'arrives en retard ! lui dit-elle en guise de bonjour.

Par le moindre regard parlant sur son habit neuf, sa cravate bleue, sa chemise blanche au col empesé et ses boutons de manchettes payés trois dollars et demi.

–Entre, le temps que je mets mon chapeau !

Il soliloqua :

"T'as peur que j'arrive en retard pis t'es même pas prête."

Il chassa aussitôt de son esprit cette odieuse pensée. Et puis Clara était si belle toute en rose, chapeau de paille rose, fichu rose autour du cou et même souliers roses. S'il n'y avait eu Dolorès pour agir comme demoiselle d'honneur, on aurait pu faire appel à elle tant elle avait de la classe.

La jeune fille était la dernière des Goulet à partir de la maison pour aller à l'église. Un bon moment plus tôt, Armandine avait quitté et Bernadette l'avait rejointe pour marcher en sa compagnie. Quant à Samuel, il avait rejoint Lucille et conduite à l'église déjà.

Tout se passerait à pied avant et après cette noce, car toutes les personnes impliquées vivaient en ce coeur de village à pas deux minutes de l'église. Les Goulet, Bernadette, le magasin, l'église, le couvent du côté nord. Et du côté sud, les Lambert, Marie-Anna, les Maheux, les Pelchat, l'hôtel et trois maisons plus loin, les Lapointe. Et au fond du décor, côté nord, la salle paroissiale, le cimetière, le presbytère.

Enfin on fut sur le trottoir. Paulo à la droite de Clara. Fier. Gonflé d'espérance. En fait, il volait comme un oiseau. Au camion qui passait, il eut envie d'envoyer la main. Aux grands arbres sur le terrain des Goulet et de Bernadette, il avait le goût de dire qu'il les aimait de tout son coeur.

–Dépêchons-nous ! Regarde Jeanne d'Arc et ton père qui entrent à l'église. On va se faire regarder de travers.

Il était sur le point de lui dire à quel point il la trouvait jolie dans sa toilette quand elle avait dit qu'il fallait presser le pas. Et son reproche de première vue quant à son retard lui revint en mémoire. On pressa le pas sans rien se dire d'autre.

Dans l'église, le silence s'imposait. On tolérait les murmures qui ne constituaient même pas une offense vénielle. Il chercha quelque chose à glisser à l'oreille de la jeune fille, mais en vain. Et avant qu'il n'ait repris conscience de la réalité, il était dans le banc qui leur était réservé du côté des Maheux, le cinquième. Et comme la mariée était déjà en place, le jeune homme se dit que le retard de Clara lui était vraiment imputable; il aurait dû prévoir qu'une jeune femme a droit à une réserve de temps, elle, dans sa préparation aux événements...

Durant toute la cérémonie, il resta empesé dans son col et ses pensées. Il restait dans l'expectative. Il suivait la houle. Et se demandait comment il ferait à la place du marié pour savoir quand se lever, s'asseoir, quand regarder sa douce moitié, où tenir ses bras...

Vint la fin.

Marie-Anna enfonça ses doigts sur les touches de l'orgue tandis que les mariés, bras dessus, bras dessous, entreprenaient leur marche nuptiale vers une vie de bonheur, de fertilité et de prospérité. Le père Lambert et les autres sonneurs tirèrent les câbles en biais sur les côtés et se rangèrent pour laisser passer le couple puis les invités au mariage.

Il arriva un moment où Laurent-Paul entendit d'une oreille les cloches et l'orgue de l'autre. Un mélange spectaculaire dont il rêva qu'il se reproduise un jour pour lui et Clara. Mais sa rêverie fut brusquement interrompue par la jeune fille qui lui dit tout haut :

–Je reviens tout de suite, je vais prendre une photo avec mon Kodak.

Elle lui montra l'appareil noir qu'il n'avait pas vu encore et qu'elle avait emporté dans sa vaste sacoche blanche. Il en voulut à la caméra de le priver d'elle, ne serait-ce que durant quelques minutes. Il soupira en pensant qu'elle reviendrait auprès de lui pour la photo de groupe.

Et elle y fut. Mais devant eux, il y avait le grand Gilles Grégoire avec sa soeur, la grande Huguette; il fallut se mettre la tête en biais pour voir l'oeil de la caméra du photographe. Saurait-on en voyant la photo de noce qu'ils étaient ensemble, Clara et lui. Peut-être même qu'on ne la verrait pas elle, puisque le Gilles Grégoire bougeait sans arrêt ses larges épaules comme s'il l'avait fait exprès. Et le photographe Gamache, en bas des marches, ne semblait pas se préoccuper trop de la disposition des gens.

Un moment fut meilleur pour Laurent-Paul et ce fut quand le cortège nuptial se rendit à la salle paroissiale. Elle lui dit quelques bons mots :

–Bien contente d'être avec toi.

–Ah !

–Une belle journée : le soleil et tout.

–Ouais.

–Ta grande soeur est belle en mariée, trouves-tu ?

–Ben...

–Et Luc... le plus bel homme de la paroisse.

–Ben...

Les amours les plus intenses, tout comme les grandes douleurs, sont muettes. Et ce pauvre Paulo n'avait pas grand-chose à dire.

–Savais-tu que 'pa veut s'acheter une nouvelle auto ?

–Ouais ?

–Une 47. Quand les 47 vont sortir. J'te ferai faire un tour.

Le jeune homme se sentait dépassé. Elle conduisait depuis six ans et lui n'avait jamais pris le volant.

–Mieux, ajouta-t-elle, je te ferai conduire.

–Hein ?

–C'est le temps que t'apprennes.

–Si j'fais un accident...

–C'est pas ça qu'il faut que tu te dises. Faudrait peut-être pas regarder la lune parce qu'elle pourrait nous tomber sur la tête...

La comparaison était boiteuse, mais devant la beauté de sa compagne et sa fierté de l'accompagner, Laurent-Paul ne parvenait pas à s'opposer, ni même à formuler un argument qui soit apte à remettre les choses en perspective.

Quand ils furent attablés, Clara le délaissa presque complètement pour ne plus s'intéresser qu'à la Catherine Boutin dont le jeune homme se disait secrètement, chaque fois qu'il la regardait, qu'elle avait le ventre par-dessus la tête. C'était sa manière de se venger d'elle.

Puis, sitôt le repas achevant, Clara disparut. Par la fenêtre de la salle, il la vit courir. Mais pas revenir au volant de l'auto ni les voir partir pour aller vers l'éclosion d'une nouvelle vie humaine. Et il apprit en même temps que toute la salle par la bouche du curé la nouvelle de l'accouchement, sinon prématuré du moins imprévu, de Catherine Boutin.

Il se passa plusieurs échanges téléphoniques entre Clara et sa mère adoptive, et ce furent eux qui régirent la suite des événements de l'après-midi. Sa compagne ne reparut pas. Mais il reçut d'Armandine une invitation à souper. La femme le confia en quelque sorte à Roméo et retourna à la maison, emmenant Lucille avec elle, pour s'adonner aux préparatifs de ce repas prévu.

C'est seul avec le père de Clara que le jeune homme marcha de la salle à la maison Goulet. Roméo n'eut aucun mal à lire le désappointement dans le regard, les gestes et les propos pour le moins en abrégé de Laurent-Paul.

–Viens voir le beau petit bébé, lui dit Clara dès qu'il eut franchi le seuil de la porte.

Elle le conduisit à la chambre d'Armandine où reposaient Catherine et le nouveau-né que l'on avait installé dans la couchette médicale du bureau transportée là pour l'occasion.

–Regarde : il est... il est magnifique...

–Ah !

"Comment pouvait-on se pâmer d'admiration devant une telle petite boule de plis ?" pensait-il.

–Trouves-tu ?

–Certain !

–T'as du goût, Paulo. Viens au salon asteur...

Et ce qui avait commencé en déception pour lui se poursuivit sur la même lancée, encore et encore. Clara fut rarement avec lui et allait de la cuisine à la chambre. Elle parla longuement avec Catherine. C'était comme si la mouche de la bougeotte l'avait piquée à plusieurs reprises. Il ne la connaissait pas aussi excitée. Même à l'heure du souper, c'est elle qui prépara un cabaret pour la femme accouchée et alla lui porter. Elle resta un autre temps interminable, tandis qu'il se sentait poireau à la table. Et dans la soirée dès que le bébé faisait entendre ses faibles 'coui coui' d'oiseau, Clara accourait aussitôt comme une mère-poule.

Quand Armandine mit fin à la soirée en annonçant qu'elle allait se coucher, Clara entraîna son père naturel et son ami dans la chambre pour leur faire partager quelque chose de grand au-dessus de l'enfant endormi.

Il était entendu que Catherine passerait là trois jours avant de retourner chez elle. On alitait les femmes en couches au moins plusieurs jours en ce temps-là. Armandine dormirait donc avec Clara et Roméo dans la chambre à débarras ce soir-là avant de retourner à la maison où Carmen avait la garde des autres enfants.

Ces arrangements avaient été discutés devant Laurent-Paul et là encore, il se sentait hors-jeu. Et avait hâte de retourner à la maison pour écouter le hockey à la radio. Maurice Richard l'électrisait tant, lui redonnait conscience de sa valeur en rehaussant celle du peuple dont il était issu.

–Regardez comme il est beau...

Plus bouffi et plus laid encore qu'à sa première visite, ce qu'accentuait la pénombre, le jeune homme pensa de ce visage de nouveau-né qu'il était le jumeau de François Bélanger. Mais il dut dire :

–Hum hum...

–Papa, comment vous le trouvez-vous ?

–Il te ressemble quand t'es venue au monde ?

–Qui, moi ?

–Un bébé, gars, fille, ça se ressemble.

Elle hocha la tête :

–J'ai hâte de savoir comment il va s'appeler...

–Jean-Paul, dit Catherine qui ne dormait pas et les observait en silence, heureuse et triste à la fois.

–Ben on va pouvoir l'appeler Paulo, dit Roméo à Paulo.

"D'la marde !" songea le jeune homme, mécontent de lui-même à cause d'une journée si décevante pour lui, son estime de soi à son degré le plus bas, et se sentant de plus en plus incapable de s'en relever sans Maurice Richard...

Une semaine plus tard, Paulo devait se faire 'rentrer dans la bande' encore plus d'aplomb par l'attitude de Clara. Tout d'abord, il vit l'auto des Goulet devant leur porte et la jeune femme qui y portait des choses dont un panier à pique-nique. Ce samedi après-midi, il était fourbu de sa semaine de travail au moulin à scie. Néanmoins, au lieu de se reposer, il traversa au magasin et s'embusqua à côté de la porte principale. Il ne fut pas long à voir passer la jeune fille, seule dans l'auto, joyeuse au volant, les mains et le regard fixes, la tête droite, en route pour une destination inconnue. Et les lèvres en marche comme quelqu'un qui prie ou bien qui fredonne...

Il ne resterait pas bien longtemps dans l'ignorance. Bernadette survint et entra en coup de vent sans même le voir, lui qu'on ne voyait jamais tant il était effacé. À mi-chemin du bureau de poste, au coeur du magasin, elle cria à Freddé :

–J'te dis que la Clara Goulet est pas achalée, celle-là. Elle part en pique-nique à Beauceville, imagine. C'est elle qui mène la machine. Paraît qu'elle a un ami de coeur dans ce bout-là... La jeunesse d'aujourd'hui : rien à son épreuve... Va falloir que le docteur, il s'achète une autre machine... Vois-tu ça, deux chars à porte ?... J'te dis que c'est loin, le temps de la crise...

Consterné, dévasté, abandonné, Laurent-Paul sortit et vit là-bas s'en aller en se dandinant la vieille teuf-teuf du docteur –pas si antique tout de même mais qu'il voyait telle– et des larmes sortirent de lui en des mots durs et agressifs :

–Va donc faire un accident avec ta maudite barouche !...

***

350

Chapitre 29

Au printemps 1947, ce fut au village la grande invasion. De flamboyantes Américaines ayant pour nom Chrysler. Spacieuses, longues et larges, dont le grillage avant, tout de chrome rutilant à motifs dentelés avait allure, vu de profil, de gueule de crocodile.

Trois d'entre elles firent leur apparition en l'espace de peu de temps.

"Des machines flambantes neuves !" disait Ernest à tous ceux à qui il annonçait la venue dans la paroisse de cette époustouflante trinité de tôle et de luxe.

Le curé eut la toute première : noire comme sa soutane, brillante comme le paradis. Uldéric Blais eut la seconde : verte comme la forêt de la concession, luisante comme un ostensoir. Et Samuel Goulet eut la troisième : bleue comme le ciel du printemps, flamboyante comme un collier de diamants. Et toutes trois passaient et repassaient, se croisant et se suivant, le soir à la brune, les yeux allumés comme ceux des chattes en chaleur.

Et c'est ainsi que la vision de Bernadette devint réalité : il y eut deux 'chars' à la porte des Goulet. En fait, la 'vieille' comme se mit à l'appeler alors le docteur, fut remisée dans le hangar en arrière de la maison et, en attendant que celle-là soit vendue à quelqu'un qui la respecterait, l'autre dormirait dans l'entrée, près de la maison.

–Pourquoi ne mets-tu pas la vieille dehors avec un écriteau "à vendre" et la neuve dans le garage à l'abri des intempéries ? demandait Armandine au moins une fois par jour à son fils qui lui répondait avec humour.

–J'ai de l'attachement pour la vieille, maman... Elle a été bonne pour nous pendant si longtemps... Elle a traversé le pire avec nous, la guerre, le temps...

*

Sans l'avertir au préalable, ce dimanche-là, on rendit visite à Clara à l'école Normale. Après quelques mots au parloir, elle flaira quelque chose de pas catholique :

–Vous avez l'air drôle, 'pa.

–On a une bonne nouvelle pour toi.

La jeune fille regarda ses trois visiteurs, Armandine, Lucille et Samuel tour à tour. Puis elle échappa, mi-rieuse, mi-incrédule :

–Non, vous allez vous marier...

–Pas cette année encore, dit Samuel sans penser que cette réponse impliquait que la chose se produirait probablement une autre année.

Lucille ne le prit toutefois pas ainsi et se dit qu'il cherchait à gagner du temps, et se promit une fois de plus de maintenir son intention –encore inavouée– de mettre un terme à leur relation dans les mois à venir à moins qu'il ne se passe des développements très favorables à leur union. On avait beau jaser ensemble, patiner ensemble, marcher ensemble, voyager ensemble, entre le mot jaser et le mot ensemble, entre le mot patiner et le mot ensemble, entre le mot marcher et le mot ensemble, entre le mot voyager et le mot ensemble, il y avait encore et toujours plein de fantômes : celui de sa chère Elzire, celui de sa très chère Catherine, celui bien trop impeccable de sa trop chère soeur Paul-Arthur et jusque celui grandissant de sa propre fille adoptive. Lucille ne se sentait pas les forces de lutter contre l'ensemble et chacune de ces entités.

–Viens voir...

L'homme prit la main de Clara comme si elle avait été une enfant de cinq ans et la conduisit à la fenêtre haute du large parloir.

Et tandis que Lucille et Armandine les regardaient faire, il lui montra quelque chose de l'index dans l'aire de stationnement. Le visage de la jeune fille s'éclaira aussitôt. Elle battit des mains, sautilla comme une gamine et dit quelque chose qu'on devina être :

–On pourrait-il l'essayer ?

En lui brandissant ses clefs devant le bout du nez, il lui répondit quelque chose qu'on devina être :

–Et c'est toi qui vas la conduire.

Ils revinrent auprès des deux autres.

–C'est quand je vas montrer ça à Danielle...

–Elle est pas là ? demanda Armandine.

–Elle est à la maison chez elle. C'est qu'elle a commencé une gastro vendredi soir et elle a eu la permission de passer la fin de semaine à domicile. On pourrait arrêter une minute devant sa porte... si ça vous fait rien... ça va lui faire grand plaisir...

Quand elles se trouvaient en la compagnie de leurs parents à l'heure des visites, les pensionnaires n'avaient pas à solliciter la permission de Cornemuse pour sortir de l'école et s'en éloigner pourvu qu'elles ne prennent pas de retard. On avait donc devant soi deux belles heures de ce magnifique après-midi, un dimanche de fin avril.

Clara se détacha de Samuel et prit doucement Armandine par le bras :

–Et vous, m'man, votre angine de poitrine ? C'est pas pire qu'avant toujours ?

Armandine la regarda avec gratitude pour l'intérêt que sa fille lui portait.

–Tu sais, je fais les pas moins longs. Et pas de jardinage cette année. Non, impossible! On va acheter tous nos légumes de Catherine. Et Bernadette avec sa grande générosité va nous en apporter, je le sais d'avance.

–Si vous avez des douleurs, vous me le dites et on arrête un moment.

–C'est pas encore rendu à ce point-là... mais les soixante-quinze ans se font sentir. C'est pas mal plus beau en arrière qu'en avant.

On sortit. Il paraissait à Lucille que Samuel était trop joyeux, trop heureux, et qu'une voiture neuve ne pouvait pas apporter autant à un homme. Ce n'était tout de même pas le jour de son mariage.

On monta. Clara au volant. Armandine côté passager. Et le couple à l'arrière.

–C'est pas plus compliqué que la vieille, dit Samuel. Ça l'est même moins.

–Mais le bras de vitesses est pas à la même place...

–Non, et les vitesses embarquent bien mieux, tu vas voir. Ça... ça 'griche' pas comme la vieille. Des fois, ça nous faisait mal dans le bras tant ça vibrait, cette histoire-là. Ça se conduit comme un charme.

Il n'y avait plus de traces de l'hiver, pas de neige nulle part, et un superbe soleil réchauffait la terre et les gens. Des normaliennes se promenaient par petits groupes à l'arrière et à l'avant de l'école, les épaules dégagées de leurs manteaux Plusieurs recevaient des visiteurs. Il faisait bon et les coeurs rayonnaient dans le printemps.

Clara mit ses pieds sur les pédales de frein et d'embrayage et tourna la clef de contact. La moteur se fit entendre : puissant, généreux, fier. Elle fit reculer le véhicule en tournant pour le remettre ensuite en marche avant, le tout en grâce et en harmonie, comme si elle l'avait conduit depuis un quart de siècle.

–En tout cas, dit d'elle Lucille, c'était pas mal drôle de la voir passer, assise en arrière du volant quand elle avait une douzaine d'années.

–Le départ de Samuel a eu du bon, fit Armandine. Parce que j'pense pas qu'on aurait donné la roue à notre grande avant justement qu'elle soit grande.

–Peut-être que oui, maman, dit Samuel qui regardait à l'extérieur de l'auto.

Lucille emmagasina cette réflexion.

On fut bientôt devant le résidence des Morin. Il y avait la mère sur la galerie qui se berçait au soleil. Éblouie par les rayons sur la tôle éclatante, elle demeura interdite pendant un court moment. Puis reconnut Clara qui descendait et qui resta debout entre la portière ouverte et le châssis de l'auto afin de lui parler :

–Bonjour, madame Morin. Ça va bien ? Danielle est encore malade ?

–Non... pas trop depuis hier.

–Elle est à la maison ?

–Dans sa chambre. Attends, je vas aller te la chercher. Ça sera pas long.

–Je voulais avoir de ses nouvelles. Peut-être qu'elle voudrait venir faire un tour avec nous autres ?

Un léger problème parut à la fenêtre et il avait pour prénom : Laval. Les amours entre Clara et lui s'étaient terminées abruptement quand elle avait pris conscience qu'il cherchait à l'entraîner vers des actions qu'elle ne voulait pas poser. Il avait la main trop longue et insistante et c'est dans sa main que l'essentiel de son coeur se trouvait. Et ce qui lui était refusé le mettait hors de lui. Elle avait donc rompu à la veille de Noël 46. Ulcérée par la perte de Julien, Danielle avait juré de ne plus se laisser prendre avec ces gars qui se comportaient comme des enfants de nanane. Et c'est ainsi que l'amitié des deux jeunes filles s'était encore renforcée de par leurs décisions de s'isoler des garçons de leur âge. Elles auraient bien le temps après leurs études, se disaient-elles à tout bout de champ.

Le jeune homme était fort impressionné. Clara dans son costume de normalienne au volant d'une superbe voiture de l'année : image incroyable et rare dans son genre. Il lui adressa un salut de la main. Elle lui répondit faiblement.

Il y avait, comme il se doit en de tels cas, gêne évidente entre ces deux-là qui avaient mis fin à leurs 'amours' avec, pour prétexte féminin (fondé) qu'il ne respectait pas les règles des bonnes moeurs et donc ne la respectait pas, elle, et pour prétexte masculin qu'elle s'en faisait trop accroire avec ses beaux résultats scolaires, sa voix de chanteuse, ses talents de musicienne et de comédienne et, comble de tout, son père, héros de guerre. Trop d'atouts pour une même jeune femme, c'était trop pour lui...

Il l'avait même lancé à sa soeur en ajoutant que la Clara Goulet-Boutin devrait se rappeler un peu plus souvent ses origines : née dans un fond de rang, d'un père squatteur, et ayant vécu dans l'extrême pauvreté jusqu'à l'âge de dix ans. Laval ignorait toutefois que la vraie richesse intérieure de la jeune fille s'enracinait précisément dans la misère de ses débuts dans la vie. Et que c'était grâce à ce dénuement si elle ne s'était jamais montrée arrogante ou prétentieuse ni n'avait fait étalage de ses dons pour en récolter les plaisirs de l'ego et, bien au contraire, les avait voulu partager avec tous à l'église paroissiale, en concert ou avec d'aucuns en privé. Certes, elle se montrait fière de son père adoptif, mais son admiration pour lui n'était autre que de la reconnaissance transformée. Et quand elle avait montré les découpures de journaux le concernant, toujours ç'avait été dans une sorte d'altruisme par lequel ce qui lui rapportait le plus était de faire partager avec d'autres son sentiment, jamais pour brandir une gloriole et s'en montrer seule détentrice.

Voilà ce que Danielle avait perçu en elle dès leur première rencontre. Ce don rare que possédait Clara d'enrôler les autres dans son bonheur, sa joie de vivre et parfois dans ses peines et tracas, sans pour autant les exclure comme le font si bien et avec tant de compétence les êtres égocentriques, capricieux et orgueilleux.

Le jeune homme osa quand même sortir après que sa mère fut entrée et il dit à la jeune fille restée en attente, debout, sous le soleil, des verres fumés qu'elle avait oublié de mettre devant ses yeux et qui brillaient sur sa tête :

–On se promène dans un beau char.

–C'est mieux que la vieille. 'Pa a changé d'auto cette semaine.

–Flambant neuve, on dirait.

–Oui... Si on avait de la place, je t'offrirais de venir faire un tour, mais avec Danielle, on aura... notre voyage, si on peut dire.

Il y avait un petit côté punitif dans la réflexion de la jeune femme. "Tu vois, ça fait partie de ce que tu perds pour ne pas m'avoir respectée," cachaient les mots dits.

–C'est pas grave. De toute façon, j'ai pas le temps...

–Occupé tant que ça ?

–J'étudie la mécanique, Danielle te l'a pas dit.

–Non. Elle ne me parle jamais de toi.

Il fut ébranlé puis se remit en équilibre :

–C'est mieux de même.

–Mais tu travailles le dimanche ou quoi ?

–J'étudie, je t'ai dit. Ça, j'ai le droit.

–J'ai toujours su que t'étais habile de tes mains.

Il ne comprit pas l'allusion et n'eut même pas le temps de répliquer. La porte le frappa au mollet. C'était Danielle qui s'écria :

–Tasse-toi, le grand frère, que je passe !

–Salut, Dan ! lança Clara.

–Salut, Clarinette ! Hé, mais tu te promènes pas à pied aujourd'hui.

–Viens-tu faire un tour ?

–Si je viens : certain que je viens...

Et la jeune fille éclata de rire tout en dévalant les marches de l'escalier puis en courant jusqu'à l'auto. Samuel ouvrit la portière arrière et se poussa au milieu.

–Elle pourrait embarquer en avant, fit Armandine.

Il était déjà trop tard. Et c'est ainsi que le docteur fut encadré par deux fort jolies personnes sur la banquette arrière, pour le plus grand plaisir de Clara devant.

–C'est 'pa qui va prendre ça chaud ! dit-elle en regardant Samuel par le rétroviseur.

–Toi, tais-toi, dit-il, et conduis-nous à bon port. Et regarde en avant...

–Où est-ce qu'on va ? Danielle, tu connais Beauceville, dis-nous où aller...

–On peut aller vers Saint-Georges, vers Saint-Victor, vers Saint-Joseph ou vers...

Elle eut un petit rire et termina :

–Dans le rang Fraser, le rang des boulés...

–Les boulés ?

–Les chicaniers de Beauceville. Je t'en ai déjà parlé, Clarinette, voyons.

Le rang avait mauvaise réputation. Un clan en était issu qui à chaque occasion propice, tout particulièrement les matchs de hockey inter-paroissiaux, se présentait quelque part pour initier la bagarre et montrer que la Beauce ne pouvait pas receler de fiers-à-bras plus solides qu'eux. Des compétitifs que la crise avait refoulés et que la guerre avait inspirés.

–Va pour le rang Fraser ! On verra bien dans quelles sortes de maisons vivent les boulés de Beauceville...

Et l'auto se mit doucement en marche sous le regard esseulé de Laval et celui amusé de sa mère qui venait de sortir pour reprendre sa place au soleil. Danielle se fit guide et l'on fut bientôt à franchir la côte de l'est en direction du rang fameux que l'on devait atteindre sous peu, la petite conversation à l'intérieur de l'auto raccourcissant pas mal les arpents franchis.

Le rang allait en parallèle avec la voie principale le long de la Chaudière, colonne vertébrale de la petite ville du coeur de la Beauce et son chef-lieu.

–Pauvre 'pa, on va empoussiérer l'auto.

Il s'en amusa :

–Nous sommes tous poussière et nous retournerons tous en poussière.

–On croirait entendre mère Paul-Arthur, ne put s'empêcher de glisser Lucille sans tourner la tête et avec un sourire fin et acidulé à l'endroit des vaches dans le champ longé.

–Ou monsieur le curé, dit aussitôt Clara pour récupérer la réflexion de Lucille, sentant qu'elle devait contrarier son père adoptif et le mettre dans l'eau chaude.

–Et vous savez quoi, dit-il, si je ne me trompe, le vicaire Gilbert est originaire de ce bout-ci. Le connais-tu, Danielle, toi ?

–Non. Clara m'a parlé un peu de lui, mais je ne savais pas qu'il venait de par ici.

–Suis à peu près sûr qu'il m'a parlé du rang Fraser. Il a pas trop l'air d'un boulé en tous les cas.

La conductrice garda l'auto embrayée en grande vitesse, mais la réduisit au minimum, cette vitesse, juste bien pour ne pas devoir en changer et mettre en seconde. C'était pour éviter de soulever trop la poussière et aussi pour l'agrément de la randonnée. On pouvait mieux se parler, voir passer les maisons, laisser abaissées les vitres des portières, examiner les gens qui s'affairaient à ne rien faire ou à faire semblant de faire...

–Tiens, s'exclama tout à coup Danielle par-dessus les voix mélangées des passagers, sont là, les boulés du rang Fraser. Trois dans la même maison. Des Maheux. Surnommés les Patates. Gros bras, petites têtes.

–Sais pas si c'est parent avec les Maheux d'en face de chez nous, dit Clara. Le dernier de famille, il a une grosse tête et des petits bras. Il a donc l'air en peine. J'ai toujours envie de lui dire : une pomme, Aurore ?

Armandine intervint et ses mots eurent le parfum de la protestation et du reproche :

–Clara, c'est pas bien de dire ça. C'est pas de sa faute, le petit gars, s'il a une tête comme ça...

–Suis d'accord avec vous, approuva Samuel.

–C'était juste pour rire, mais je vois que c'est pas drôle, dit la jeune fille qui haussa une épaule et mit sa tête en biais.

Pardonnée ?

–Pardonnée ! dit l'homme.

Armandine soupira. Elle savait que sa fille n'était pas méchante et que l'irréflexion de la jeunesse la faisait gaffer parfois comme tous les autres du même âge. Et tant mieux, se disait-elle, car les être parfaits sont exécrables. Et puis les fautes de Clara lui donnaient le sentiment de la bien diriger et de lui apporter quelque chose quand elle l'en corrigeait. Et ce, jusque maintenant alors que la jeune fille avait ses dix-neuf ans.

Il y avait plusieurs jeunes gens aux bras croisés sur la galerie noire de la maison grise. Des gars entre vingt et vingt-cinq ans, un peut-être au seuil de la trentaine, sans doute le chef de gang.

–Arrête, Clara, dit Samuel. Et recule. Et entre dans la montée, je vais leur parler.

–Hein ! Quoi ?

–Oui, oui, recule...

Elle le fit au grand étonnement de tous et à celui encore plus grand des jeunes gens qui discutaient entre eux. Ils reconnurent Danielle qu'ils avaient vue parfois à l'église ou dans des fêtes populaires sans jamais lui parler toutefois. Mais de voir cette jeune personne en costume d'école Normale, au volant d'une pareille voiture, faillit les faire tomber tous à la renverse comme des quilles frappées par une boule lancée adroitement.

–Descendez pas, ils vont vous battre, fit Danielle quand le docteur lui demanda d'ouvrir la portière.

–Quand on a eu devant soi à maintes reprises des pelotons de S.S., on a pas trop peur des boulés du rang Fraser. La guerre te donne au moins ça...

Elle descendit et il la suivit :

–Bonjour, messieurs...

–Ouais... Salut... Hein hein...

Chacun répondit à sa façon très écourtée.

–Paraît qu'il y a des boulés par ici ? C'est pas vous

autres, toujours ?

–Qui, ça, nous autres, des boulés ?

–Ça m'a été dit.

–Ben... non...

Le chef présumé lança sa tête vers les autres :

–On est-il des boulés, nous autres ?

–Ben... Bah... N...

Tout à coup, on entendit une moto démarrer. Le bruit provenait de l'arrière de la maison. Et bientôt un quatrième comparse apparut sur son engin noir, manches de chemise roulées, pantalons de travail troués et bottes crottées. Un jeune fermier en Harley.

Il avait plus la tête d'un chef de clan que l'autre, quoique plus jeune de quelques années et pas plus âgé que vingt-cinq ans. Il fut surpris de voir la Chrysler et encore bien plus d'apercevoir cette si jolie personne au volant. Et s'arrêta devant l'auto, comprenant que l'homme voulait savoir quelque chose, sans aucunement s'imaginer la question qui serait répétée pour lui :

–On m'a dit qu'il y avait des boulés par ici. J'ai eu envie de les connaître. C'est pas vous autres, toujours ?

Le jeune homme arrêta le moteur de la moto et demanda à Samuel de répéter. Ce qui fut fait. Embarrassé, et surtout subjugué par la personne de Danielle, il balbutia :

–Ben... ben... quand quelqu'un nous cherche... ben... il nous trouve... Hein, mes fréres ?

–Ouè... Ben... Ouen...

–Comme ça, on vous a trouvés.

Un des Maheux sur la galerie sauta en bas et accourut vers Samuel en bégayant :

–Ça serait-t-y pas toé, le docteur... qu'a passé cinq ans dans un camp de concentration ?

–En plein lui !

Le bras du jeune homme se détendit alors comme un ressort, poing fermé et qui s'ouvrit :

–Je peux-t-y vous serrer la main ?

Bientôt le clan Maheux entoura le héros de guerre qui n'était pas du tout venu pour se faire louanger, mais pour amuser les siens. Celui de la moto avait pour prénom Maurice et il regarda autant du côté de la conductrice que vers Danielle...

Chacun devinait que les choses n'en resteraient pas là...

**

Chapitre 30

En quelques heures, le temps d'été à ses débuts passa au temps d'un hiver à sa fin. Le ciel se graissa. Des nuages lourds truffés de gouttelettes glaciales envahirent l'espace beauceron et se firent encore plus menaçants sur les hauteurs que dans la vallée.

Laurent-Paul avait recommencé à travailler au moulin après les sucres alors que son père l'avait réquisitionné pour le seconder à la récolte. Ce jour-là, Raoul Blais qui agissait comme petit contremaître à la place de son père absent parti montrer sa nouvelle voiture à des hommes d'affaires de Québec, confia au jeune homme la tâche de rouler les billots sur la chaîne d'amenée du convoyeur montant pour les entraîner jusque là-haut à portée du chariot de la grande scie en vue de leur débitage.

Paulo oeuvrait comme un bon, s'aidant d'un cannedogue pour tourner les billes et ainsi fournir à la demande incessante de la scie ronde. Raoul lui-même donnait à manger à la dévoreuse aux dents longues et acérées. Quand il y avait assez de billes sur le convoyeur, celui-ci était mis au neutre par le scieur et alors, le jeune homme approchait d'autres billots ou bien s'il jugeait qu'il en avait le temps, il allait se réchauffer près de la bouilloire à l'intérieur du moulin en bas. Mais Raoul, en bon employeur de son époque, ne prisait guère de voir un employé se reposer sur son temps de travail, tandis que lui, fils de patron, ne s'arrêtait que pour le repas du midi et les dix minutes aux quarts de jour.

–Maheux, y a de l'ouvrage dehors ! lança-t-il à Paulo en train de fumer une cigarette près des portes brûlantes du grand feu qui chauffait l'eau de la bouilloire pour en tirer de la vapeur acheminée sous pression au gros engin noir animant de son pouvoir tout le moulin.

Surpris, le jeune homme qui ne s'y attendait pas, se leva, culpabilisé. Il sortit pour aller rouler des billes. Il tombait un de ces crachins de printemps. Et il se rendit compte qu'il n'avait pas des vêtements assez épais pour le tenir au chaud et au sec bien longtemps. De plus, il n'y avait même pas de billes à manoeuvrer, puisque le convoyeur en était encore presque rempli jusqu'au second étage du moulin.

Alors il fit semblant de travailler avec son tourne-billes tout en ruminant ses déboires récents et anciens. Toujours amoureux de Clara, il ne l'avait presque pas vue de l'année scolaire. Après son pique-nique à Beauceville l'été d'avant, il avait attendu dans l'ombre qu'elle lui donne signe de vie, mais en vain. Par contre, il en fallait si peu pour maintenir sa flamme allumée. Et ce peu avait été les souhaits qu'elle lui avait faits au jour de l'An au magasin, allant même jusqu'à prendre l'initiative de l'embrasser. Mais l'hiver, silencieux et interminable, avait peu à peu refroidi ses espérances. Il avait travaillé dans les chantiers des Blais qui exploitaient des droits de coupe à même la grande concession forestière des Breakey. Dans leur camp de bûcherons, parmi les poux et les hommes, il avait été aide-cuisinier : on l'y désignait sous l'appellation de cookie.

Puis son père l'avait requis pour faire les sucres avec lui en promettant de lui donner le produit de la râche. Mais déjà la récolte de sirop était vendue, tout compris et à bon prix, sans que l'homme n'ait versé le moindre sou à son fils aîné. Et lui n'osait le demander de crainte de se faire rabrouer, conditionné à se taire par les nombreuses raclées qu'il avait reçues dans son enfance jusque vers ses douze ans. Au moins l'année d'avant, avait-il touché quelques dollars pour son labeur...

Sous cette pluie froide, baigné par ce temps limoneux, se sentant floué par son père et celle qu'il aimait si profondément, affaibli dans son système immunitaire par ses états d'âme toujours plus noirs que roses ces dernières années, chassé par son employeur de l'occasion de se laisser sécher et réchauffer, il resta dehors toute la journée... Le reste de la semaine, il se traîna les pieds et le samedi, il resta au lit.

–C'est qu'il fait, le grand hère, qu'il se lève pas de la journée ? dit Ernest en entrant manger ce midi-là.

–Fatigué, dit simplement Éva.

–Fatiké de rien faire ? Faudrait que j'bande une roue après-midi, j'ai besoin d'aide...

–Je vas aller le voir, dit la femme, quittant les alentours de la table puis montant au deuxième.

Peu de temps après, elle reparut dans l'escalier, le visage dévasté, blanche comme la mort, comme si un spectre venait de lui apparaître. Et c'était le cas. Elle dit :

–Il va pas t'aider... il est malade...

L'homme engouffra un morceau de beurre avec son couteau, demanda le ton gros et lourd :

–Quoi c'est qu'il a tant à être malade ?

–Il crache le sang.

Ernest figea, demeura bouche bée, stupéfait. Il sut immédiatement ce qui se passait. La redoutable consomption venait de frapper sa maison. Il se leva de table sous le regard interrogateur des enfants qui ne comprenaient pas le sens de tout ça. Machinalement, l'homme fouilla dans ses poches à la recherche de son tabac et regarda sur une tablette du poêle pour y repérer sa pipe.

–C'est qu'on va faire de ça ? demanda Éva.

–C'est que tu veux qu'on fasse, maudit torrieu, à part que faire venir le docteur ?

–Je vas lui téléphoner.

–C'est ça: occupe-toi-z-en ! C'est ton devoir de mère de

famille d'y voir.

Elle émit plusieurs soupirs et alla téléphoner, refermant la porte de la petite salle pour que personne n'entende ce qu'elle dirait au docteur Goulet. Même à lui, elle parla à mots couverts de peur que l'opératrice Cécile ne mette son nez sur la ligne.

*

Le jeune homme fut sondé, ausculté, écouté et ce que l'on savait déjà fut confirmé: il faisait une pleurésie. Il fut recommandé de le mettre en isolement dans un espace entouré de draps, d'empêcher les enfants de s'approcher de lui, de le nourrir dans de la vaisselle qui ne servirait qu'à lui, de tout désinfecter ce qui lui servait, objets, vêtements, et d'attendre.

Le nécessaire fut fait par Éva qui évita de répondre aux questions trop directes du jeune homme et lui parla de précautions sûrement pas si utiles que ça. Dans son coeur de mère, elle savait que la santé de son fils aîné était gravement atteinte. Le docteur revint le jour suivant. Personne n'avait encore prononcé le mot consomption devant le malade. Cette fois, il en entendit parler quand, après la visite du médecin, Ernest eut avec Samuel un entretien dans la chambre voisine. Laurent-Paul, malgré ses quintes de toux et bruits d'expectoration, prêta donc oreille. Il n'aurait pas eu à le faire vu la légendaire discrétion de son père.

–Coudon, fit Ernest sans aucune mesure dans le ton, il serait-il consomption, là, lui ?

–Une pleurésie est pas forcément rattachée à la tuberculose, mais le sang craché...

–Ou ben il est consomption ou ben il l'est pas.

–Pour en être sûr, faudrait lui passer des rayons X...

–À l'hôpital ?

–À l'hôpital, oui, bien entendu.

–Pas d'hôpital à Saint-Georges, va falloir aller à Québec.

–Il y a un dispensaire à Saint-Georges et une machine pour les rayons X.

–Ben on va y aller. On niaisera pas avec ça, là. J'sais pas si le taxi Drouin va vouloir...

–Je vais y aller avec lui, vous pensez bien. Pour éviter la contagion si jamais... Je suis immunisé depuis longtemps contre le bacille de la tuberculose, depuis le temps que je suis en contact avec cette maladie. Si j'avais eu à en mourir, je serais mort depuis belle lurette.

Ces mots redonnèrent espoir au malade après la tonne de briques qui venait de lui tomber sur la tête au mot terrible dit par son père: la consomption. Il se faisait illusion. Le docteur avait bien dit 'immunisé' et non pas 'affecté'. Laurent-Paul aurait dû penser qu'il se trouvait en ce temps-là une personne tuberculeuse par deux ou trois familles, tandis que les autres membres de cette même famille résistaient, eux, à la contagion et donc au bacille.

Consomption était synonyme de mort une fois sur deux après un temps d'hospitalisation plus ou moins long. Ça au moins, le jeune homme le savait, et c'est la raison pour laquelle il s'était battu contre l'affreuse image du spectre funeste depuis son tout premier crachat sanguinolent suite à une quinte de toux sèche le samedi...

*

Jeanne d'Arc traversa à la maison en sortant du magasin au lieu de filer tout droit à l'hôtel, chez elle. Bernadette lui avait posé une question pour le moins surprenante à laquelle elle n'avait pas pu répondre :

"Coudon, y a-t-il quelqu'un de malade chez vous ? Ça fait deux fois que le docteur y va dans deux jours..."

Éva comprit que sa fille aînée savait quelque chose quand elle la vit debout, devant la porte, étrangement silencieuse mais affichant un regard scrutateur.

–Il se passe quoi ? finit-elle par demander. Papa est là, à la boutique; vous êtes là... pis le docteur vient ici aller retour.

Éva se mit à hocher la tête. Puis elle regarda au ciel.

–Parlez... c'est un des petits gars qui est malade ?

–Non... notre grand gars...

–Paulo ?

–Pleurésie.

–Dites-moi pas ça !

–C'est ça pareil ! A passer une journée de temps à la pluie en glace, au grand vent, dans la cour du moulin...

Si le jeune homme devait être atteint de tuberculose, ce n'était pas la pluie récente qui l'avait infecté, mais on comprenait les choses par leurs causes les plus rapprochées et cette journée désastreuse pour lui n'avait servi qu'à déclencher les symptômes de la grande maladie. C'est dans les causes immédiates que l'on trouve les meilleures têtes de Turc et la femme ne s'en privait pas :

–Les Blais sont donc durs avec leur monde engagé.

–Mais... il est pas encore déclaré consomption... c'est les rayons X qui le diront... demain...

–Quand je vas dire ça à Luc, il va vouloir venir le voir.

–Faut pas... il est en isolement... en quarantaine comme disent les docteurs.

–Luc va me dire qu'un petit microbe mange pas un gros comme lui.

–Qu'il fasse ben attention, lui ! Qu'il vienne pas, je vas lui dire de pas monter en haut.

La jeune femme regarda vers l'escalier. Sa mère reprit :

–Tu iras pas non plus.

–Les enfants, eux autres ?

–Sont ben avertis... Lui aussi... Il va les empêcher de passer les draps.

–Passer les draps ?

–A fallu lui faire une cabane pour les microbes... une cabane avec des draps suspendus au plafond.

–Si c'est pas drôle !

La jeune femme eut du mal à retenir ses larmes. Elle poussa la porte en disant :

–Vous me le direz pour les rayons X...

–Je vas t'appeler...

La jeune femme retourna à l'hôtel, atterrée. Luc eut beau la questionner sur son attitude, elle demeura muette jusqu'au soir, jusqu'au lit alors que devant sa distance, il insista. Et elle dut lui dire la vérité. Luc se fit encourageant :

–C'est pas la mort ! Il pourrait s'en remettre. Je peux t'en nommer plusieurs qui sont passés par le sanatorium et qui ont fini par s'en sortir. Des fois, c'est long, mais...

Elle éclata en sanglots :

–C'est pour toi que j'ai peur, Luc. Tu devrais pas aller le voir, tu vas l'attraper.

Il éclata de rire :

–Ton frère est pas bâti fort. C'est de valeur pour lui, mais c'est de même. J'ai pas peur de ça pantoute...

Elle éclata de colère :

–J'veux pas que t'ailles le voir, m'entends-tu ?

Il éclata de rire encore :

–Mets-toi pas dans tous tes états.

Elle devint tendresse :

–Tu me promets de pas aller le voir ?

Il devint caresse :

–Je te promets...

Elle se blottit contre lui :

–... que je vas y penser solide avant d'aller le voir.

Elle se fit bébé :

–Reste avec moi jusqu'à cent ans...

–Non... jusqu'à cent dix... Ça va nous mettre en 2033...

–En 2000, tu penses qu'on va se rendre là ?

–C'est quasiment fait... on est déjà en 1947...

*

Le malade fut emmené. Il subit ses rayons X. Revint avec Samuel à la maison. S'alita. S'isola. Attendit, la mort

369

dans l'âme. Lut les résultats dans le regard de Samuel à sa visite suivante. Le médecin n'eut même pas à dire un mot. Éva comprit. Elle parla à son mari par un regard elle aussi. La consomption se disait si mal par la bouche et les mots et si cruellement par le silence.

Luc, embusqué chez son oncle Freddé, derrière la vitrine du magasin, attendit que sorte le docteur et il traversa tout droit chez ses beaux-parents. Il avait pris le temps de rassurer Jeanne d'Arc les jours précédents. C'est ainsi qu'il y avait pensé comme il faut avant de visiter son jeune beau-frère dont le sort l'émouvait tant.

Il frappa. Pas de réponse. Entra sur le bout des pieds. Écouta un moment. Entendit un bruit léger, un silence, un rien, un souffle... Et aperçut dans le coin de la laveuse, assis par terre parmi ses blocs de bois lettrés, le dernier-né de la famille qui se fabriquait des mots sans rien dire, sans rire, sans s'inquiéter du sort de son grand frère.

–Quen, salut, André.

Le garçonnet lui sourit.

–Ta mère est pas là ?

L'enfant leva les yeux vers l'escalier.

–Toujours aussi jasant, toi !

Le petit sourit et se pencha sur ses mots secrets.

Puis on entendit le bruit de chaîne des toilettes et celui de la chasse d'eau. Luc comprit que sa belle-mère était là-haut où se trouvait la salle des toilettes. A longues enjambées, il gravit l'escalier trois marches à la fois et fut vite dans la première chambre. Puis il continua, passa sur la grille dans l'entrée de la chambre du malade. Une voix qui se voulait autoritaire l'arrêta :

–Va pas plus loin, Luc ! Va pas plus loin !

–Ben voyons...

La femme parut devant lui.

–Va pas plus loin.

–Je viens voir notre malade.

Paulo parla :

–Reste en dehors de ma maison blanche... si on peut se parler de même...

–O.K! d'abord que personne veut qu'on t'approche. Prenez pas d'inquiétude, madame Maheux.

Il s'adonna à de la petite conversation le temps qu'elle disparaisse et redescende dans sa cuisine, puis il ouvrit le drap-rideau et parut devant son jeune beau-frère. Pas question qu'il respecte cette quarantaine. Il se mettait à la place du jeune homme et se disait que le pire qui puisse lui arriver à part la terrible maladie, était qu'on le tienne en dehors de la vie ou presque. Luc avait hérité de la générosité naturelle des Grégoire et aussi de leur entêtement. Il redit une fois encore :

–Suis trop un gros morceau pour les microbes. C'est pas malade que je vais mourir...

Il eut beau crâner, l'état du malade l'affecta au plus haut point. Il le vit cracher du sang. Il vit les mouchoirs tachés. Il entendit la toux étouffante qui faisait jaillir les veines du coup du jeune homme. Il lut dans ses yeux un air funèbre. Il lui parut que la mort rôdait autour d'eux. Il lui vint même en tête l'idée qu'il donnerait sa vie pour que les plus jeunes que lui, atteints de ce mal immonde, survivent...

Il réconforta Laurent-Paul. Retint ses larmes, les mâcha solide entre ses dents, les écrabouilla... Mais quand il retourna en bas, quelques-unes parurent qui n'échappèrent pas à l'attention de la mère de famille. Elle ouvrit ses deux bras en signe de résignation. Mais ne dit mot. Lui non plus. Il quitta les lieux en murmurant :

–Pauvre lui ! Pauvre lui ! Si jeune ! Si jeune !

*

Une visiteuse bien inattendue se rendit chez les Maheux ce samedi-là. Mise au courant du mal de Laurent-Paul, Clara avait obtenu la permission de se rendre à la maison. Elle y était venue par le taxi du vendredi qui faisait la navette ce jour-là de son village à Québec. On la reconduirait dimanche à l'école Normale.

Son père adoptif ne lui fit aucune mise en garde avant sa visite. Il croyait que Clara pour avoir vécu dans une maison de docteur était immunisée contre le bacille. Des malades de la tuberculose étaient venus combien de fois chaque année. Et combien de visites avait-il faites à des personnes atteintes en auto, auto qu'on ne pouvait nettoyer à mesure et que sa fille adoptive avait empruntée par la suite. Non, Clara possédait un corps en tous points dans la moyenne, mais il semblait que sa résistance aux microbes était supérieure à la moyenne. Si souvent elle traversait les épidémies sans en être affectée.

"On la laisse aller !" lui avait demandé Armandine.

"Elle est capable de se défendre, maman."

Éva fut subjuguée par l'esprit de décision de la jeune femme qui exprima son désir de voir le malade dès son entrée et n'en sollicitait pas la permission :

–Suis venue voir Paulo.

–Il est en haut: deuxième chambre.

–J'y vais.

Rien de plus n'avait été échangé. Et voici qu'elle arrivait à la grille, au pied de l'enclos du malade qui somnolait. Elle trouva la séparation entre les draps-rideaux et entra. Il y avait une chaise à côté du lit. Elle y prit place sans dire encore un mot.

Il faisait si doux dehors en ce délicieux mois de mai qu'elle portait des vêtements légers d'été : une robe blanche avec de petites fleurs du même rouge que celui de ses lèvres. Et assez moulante pour que sa poitrine, bien affirmée maintenant, ajoute à sa délicate féminité. Comme Luc, elle vit des guenilles sanglantes. Mais pour elle, cela faisait partie de la routine de sa vie.

Le malade reprit conscience grâce au parfum subtil qui vint baigner son odorat et se transforma en une image aux couleurs de l'arc-en-ciel... Il en percevait le point d'origine, soit lui-même, en voyait le cercle irisé s'élever dans les airs, mais ne pouvait apercevoir le point de destination. Il soupira longuement et ouvrit les yeux.

–Allô !

–Clara...

Le mot sonna tout en douceur et en surprise. Ses lèvres sèches bougèrent à peine. Le jeune homme sourit au sourire si beau qui lui était donné de tout coeur.

–Suis descendue de Beauceville pour te voir quand j'ai su...

–J'pense qu'on pourra pas aller aux noces cette année.

–Qu'est-ce que t'en sais ?

–Approche pas trop...

–T'inquiète pas : je reste à la bonne distance.

–T'es déjà trop proche.

–Donne-moi la main.

–Non.

–Donne, donne...

Elle la prit malgré lui :

–Je veux te dire que je vais prier pour toi. Et que... ben tu vas passer à travers.

–Ton père sait que t'es venue me voir ?

–Certain qu'il le sait !

–Suis contagieux.

–'Pa dit tout le temps que j'suis faite forte.

Il sourit et retira sa main. Puis il se souleva un peu pour la voir sous un meilleur angle. Et ils furent un moment sans rien se dire. Des larmes alors vinrent aux yeux du jeune homme. Elle se souvint de cette scène cruelle à la mort de sa mère.

Elle était au bord du lit, Samuel s'était mis derrière elle et, enveloppant ses épaules de ses mains, avait dit:

–Ta maman est au ciel. Toutes ses souffrances lui ont valu le ciel.

La petite s'était effondrée en larmes, et assise sur le bord du lit. Puis elle avait couché sa tête sur le ventre inerte et s'était vidée d'une mer de sanglots. Comme si toutes les mi-

sères de sa vie et de la vie de cette maisonnée avaient dé-
ferlé en trombes depuis son coeur vers celui, arrêté, de sa
mère...

Et elle pleura aussi. Et dit les yeux baignés :

–Tu sais ce que 'pa m'a toujours dit ? Les plus belles fleurs du coeur sont celles qu'on arrose de nos larmes. Quand j'aime beaucoup quelqu'un, je lui dis la même chose. Tu es mon grand ami d'enfance et d'adolescence, tu sais. T'étais trop gêné pour me parler et moi aussi, mais on s'aimait bien tous les deux, hein ?!

Enfin, après toutes ces années d'hésitations, de manque de courage, de peurs et de crans d'arrêt, il se lança dans une phrase bourrée de sens et de coeur, les yeux tout aussi mouillés que ceux de la jeune femme :

–De t'entendre me dire ça... ben ça vaut d'être malade pis de mourir. Parce que je mourrais heureux...

Et ils se mirent à sourire à travers leurs larmes puis à rire un peu...

***

Chapitre 31

Dans les jours ayant suivi la randonnée des Goulet dans le rang Fraser, il se produisit des bruits intempestifs, indésirables dans l'aire de stationnement de l'école Normale. La pétarade d'une Harley avait de quoi éveiller l'attention de plusieurs, l'inquiétude de certaines et l'intérêt de quelques-unes. Mais en ce temps-là, l'on associait davantage les motos aux bons policiers provinciaux dits les 'spotteurs' qu'aux rebelles et rebuts. Et puis il y avait eu durant une partie de la guerre tous ces capitaines et caporaux en kaki courant au cul des conscrits et déserteurs. On avait une certaine habitude de ces engins et de leurs saccades sonores. Mais pas à ce point-là.

Maurice Maheux espérait se faire voir de ces jeunes personnes venues jusque chez lui, surtout la conductrice de la Chrysler avec qui il se reconnaissait une affinité de taille, sorte de parenté motorisée. Car il fallait de la rébellion, de l'énergie à revendre, de la détermination pour conduire ainsi une Chrysler flambant neuve en un temps où les femmes au volant se faisaient rarissimes. On voyait ça dans les films américains seulement.

Le jeune homme crut voir l'une ou l'autre de Clara et Danielle ou même les deux par les fenêtres de la bâtisse. Il tournait alors en rond doucement, espérant qu'elles sortent, qu'elles signalent leur présence, espérant un rien qui l'encourage à continuer de tourner ainsi en rond.

Mais Cornemuse intervint et voulut le chasser. Elle se rendit auprès du jeune homme et lui fit reproche de son bruit et de son audace. Il s'en moqua. Ce ne fut pas bien long qu'un autre motard intervint : celui-là était de la police et Maurice dut aller se faire voir ailleurs.

Entêté, il situa la maison des Morin et fit en sorte d'entrer en contact avec le frère de Danielle qui lui fit aveu d'avoir fréquenté cette jeune personne capable de conduire une voiture automobile et qui portait le nom de Clara Goulet. Servile, Laval dit tout ce qu'il savait d'elle, y compris de sa pruderie avec les gars.

Le motocycliste fit semblant de se lier d'amitié avec le frère de Danielle et il attendit un congé pour se manifester et entrer en contact avec elle, comme par hasard. Il ne tarda pas à montrer ses vraies couleurs et se déclara intéressé de communiquer avec Clara. Voilà qui étonna autant une que l'autre des deux jeunes filles. Elles en discutèrent tout en mettant dans la balance leur accord tacite à propos de l'amour et des garçons, et par lequel toutes deux avaient l'intention de s'en dispenser jusqu'à la fin de leurs études dans deux ans. Il fut résolu de policer Maurice, de le civiliser un peu avant de le décourager dans son entreprise. Le jeu serait amusant. Et puis un gars de cette envergure, de cette virilité ne se ferait pas amocher par si peu.

Clara lui fit savoir qu'elle accepterait du courrier de lui. En reçut. Y répondit. Il se montra d'accord avec tout. S'habilla mieux pour passer dans la rue devant l'école. Apprit à se laver tous les jours. Fit faire des tours de moto à ses petits frères et soeurs. Aida même sa mère au jardin potager pour être capable d'en dire quelque chose à celle qu'il considérait comme son amie de coeur. Promit de ne plus se battre ni de provoquer la bagarre. Une femme du rang Fraser lui donna bientôt le surnom de Maurice 'Modèle' Maheux.

Mais voici que Clara visita ce pauvre Laurent-Paul cloué sur son lit de tuberculeux et au retour, elle eut à réfléchir en profondeur. Il s'était créé un certain lien quand même avec Maurice. C'était un beau gars, plein de vie, de santé, d'avenir, de volonté. Ils eurent l'occasion de se parler le dimanche de son retour de cette visite au malade. Elle descendit chez les Morin. Tout était arrangé d'avance. Elle ne savait plus où donner de la tête, encore moins où donner du coeur...

C'est la vie de son père adoptif qui lui apporta la réponse. Pendant quatre ans, il avait été fidèle à sa chère Elzire malade et cela, de son aveu sincère, avait été une des plus belles périodes de sa vie, quoique la plus douloureuse aussi, et lui avait laissé une richesse incomparable, un amour de ses semblables augmenté, et de nouvelles dimensions à la valeur des choses. Et puis, il y avait en elle cet incessant souci de plaire à cet homme, ce qui était la transformation, sorte de sublimation de son inépuisable reconnaissance pour son geste d'adoption alors qu'elle se trouvait prisonnière au fond de ce puits du désespoir le matin de l'enterrement de sa mère.

Elle écrivit donc deux lettres, l'une à Maurice et l'autre à Laurent-Paul. Le même soir, l'une à la suite de l'autre, et se servant de chacune pour remodeler l'autre jusqu'à ce qu'elles prennent leur forme définitive.

"Maurice,

J'avais un ami. Je ne voyais pas son coeur. Il a fallu qu'il tombe gravement malade. Je sais qu'il y a en toi beaucoup de générosité derrière les apparences parfois dures et que tu me comprendras de garder mes pensées pour lui, ce qui ne m'empêchera pas d'en avoir aussi pour toi. De mes prières aussi. Tu deviens rapidement quelqu'un de bien. Plusieurs jeunes personnes s'intéresseront à toi, à commencer peut-être par Dan.

Je te souhaite bonne chance. Mais je ne serai plus disponible pour toi à partir de maintenant."

—

"Laurent-Paul,

Tu es mon ami. Je ne voyais pas ton coeur. Il a fallu

377

que tu tombes malade. Beaucoup de mes pensées et prières iront vers toi désormais. Je te visiterai aussi souvent que possible tant que tu seras à la maison et que moi, je serai chez moi. J'espère de toutes mes forces que tu guériras sans avoir besoin de te faire hospitaliser au sanatorium. Le plus important pour toi, c'est de toujours avoir à l'esprit que tu n'es pas seul, que tu n'es pas confiné à ta maison de draps même si tu dois y demeurer, que si d'aucuns ont peur de s'approcher de toi, ce n'est pas mon cas, ni celui de 'pa qui, il me l'a dit, va te soigner avec une attention bien spéciale. Savais-tu qu'il a été amoureux d'une jeune femme atteinte de tuberculose autrefois? Je t'en ai parlé, je crois. Elle s'appelait Elzire et lui, quand il en parle, dit toujours sa chère Elzire, se rappelant chaque fois les mots d'un de ses poètes préférés, Lamartine, qui a tant parlé de sa chère Elvire.

Tu sais ce que tu devrais faire pour mieux vivre ton temps, tu devrais lire. Quand on ira à Québec avec 'pa et m'man, je vais t'acheter quelques livres. Que dirais-tu de 'Les trois mousquetaires' ? Et pourquoi pas 'Les méditations poétiques' de Lamartine par exemple ? Je vais le faire cet été, tu verras.

Et je vais t'écrire au moins tous les mois.

Et je vais prier pour toi.

Et tu vas remonter la côte avec l'aide de tous ceux qui le voudront.

J'ai su, par exemple, que Luc Grégoire te supporte beaucoup. Il est fort non seulement dans son corps mais dans son coeur et son esprit. Un allié comme lui pour te soutenir est si précieux. Maintenant, je te serre la main bien fort.

Clara."

Aucune des deux lettres ne produisit de si bons effets qu'elles auraient dû. Se sentant éconduit, Maurice eut les réactions normales des gens éconduits : son fiel jaillit. Il redevint malpropre. Et ses vêtements de fermier firent place à des vêtements de cuir noir. Et il prit l'habitude de passer devant l'école Normale en décélérant puis accélérant pour mieux déranger avec son bruit agressif. Et plus jamais il ne devait planter de navets pour aider sa mère... Des limites pour faire rire de soi !...

Laurent-Paul fut pris de regrets. Et ne cessa de remuer dans le creuset de ses peines les reproches qu'il s'adressait à lui-même. S'il avait donc pris son courage à deux mains toutes ces années, s'il avait donc pris les devants au lieu de se cacher à tout venant, s'il n'avait pas fui ce jour-là dans le bocage du cap à Foley quand Clara s'était réfugiée derrière un rocher pour chanter... Il se disait que même la santé, il ne la méritait pas...

*

Roméo attacha la jument à une branche du laurier devant la porte des Goulet et il se rendit aider à sa femme à descendre de la voiture. Le couple était attendu. Samuel ouvrit lui-même la porte du bureau et sortit sur la galerie pour accueillir.

–Bonjour, vous deux ! Belle journée, n'est-ce pas ?

–Ouè...

–Bonjour, dit faiblement Catherine.

À l'évidence, la femme n'avait pas beaucoup de forces. Elle dut s'accrocher au bras de son époux et marcher avec lenteur pour se rendre au pied de l'escalier où l'attendait maintenant le docteur qui leur fit reproche :

–J'aurais pu monter chez vous en automobile. Tu as tellement l'air affaiblie, Catherine.

–J'avais envie de monter au village, dit-elle à mi-voix.

–J'aurais pu aller vous chercher et vous ramener à la maison.

–Ben voyons, fit Roméo, c'est sans bon sens. On peut pas tout le temps se faire trimbaler par les autres.

–Oui, mais vous êtes pas n'importe qui... C'est Carmen qui s'occupe des jeunes enfants ?

–Oui.

Ils entrèrent sans en dire plus pour le moment. Samuel avait une bonne idée de ce qui les amenait ce jour-là. Et cela lui fut redit par la femme quand elle eut pris place dans la chaise-fauteuil devant son bureau. Le docteur avait eu soin de ne prendre aucun autre rendez-vous à cette heure afin de se consacrer tout entier à Catherine et à son mari.

–Je l'ai passé dans le milieu de la nuit, confia-t-elle en parlant d'un foetus de quelques semaines que son organisme avait rejeté lors d'une fausse couche précédée et suivie d'hémorragies... Il devait avoir cinq, six pouces de longueur...

Samuel regarda Roméo resté debout derrière elle, comme pour lui dire qu'il ne faisait pas tout son possible pour prendre soin de cette femme qui de si forte qu'elle était en 1938 devenait de plus en plus fragile avec le temps, les accouchements, les travaux pénibles, les nombreux enfants parmi lesquels cette handicapée si exigeante malgré elle.

–Le petit coeur battait encore. Je l'ai sorti du bol des toilettes pis je l'ai mis dans une serviette et je l'ai ondoyé. J'ai pas pris de chance. Peut-être qu'il est au ciel... si tout ça est vrai comme on le dit.

Elle eut alors les yeux ras d'eau et reprit, à mi-voix toujours :

–Le petit coeur a battu encore pas mal de temps avant de s'arrêter, hein, Roméo ?

L'homme fit signe que oui.

–Aide-moi, Roméo, dit Samuel, on va la faire coucher. Elle a besoin d'un curetage pour faire sortir le placenta.

–Comment ça ?

–C'est comme ça qu'il faut faire, autrement, elle va saigner encore et encore et mourir au bout de son sang.

Ils l'aidèrent à s'asseoir sur la table.

–Aide-la à enlever ses vêtements, demanda Samuel à Roméo.

Et lui se rendit de l'autre côté avertir Armandine que le couple était là et qu'il procéderait à un curetage. Il fut convenu que Catherine récupérerait comme lors de son accouchement de juillet 46 dans la chambre de la vieille dame. Il fallait préparer le lit, changer les draps, mettre deux épaisseurs de piqués. On la garderait jusqu'au lendemain et alors on la reconduirait chez elle si tout allait sur des roulettes.

La femme était de moins en moins apte à assister son fils dans les soins qui requéraient plus que deux mains et quand cela était possible, Samuel se faisait seconder par quelqu'un d'autre, souvent Clara et elle de plus en plus quand elle était à la maison, à l'occasion Bernadette ou bien un proche accompagnant le patient.

Il avait une autre bonne raison de mobiliser Roméo. Ce que l'homme verrait de l'opération faite sur sa femme ancrerait peut-être en lui l'idée de la laisser reposer un temps, de voir à y mettre du sien pour que s'espacent les naissances, de se soumettre à la méthode Ogino-Knaus dite du calendrier, la seule le moindrement acceptable pour la religion catholique. Et puis de toute manière, ce n'est pas Catherine qui avec son esprit large sur les questions de morale aurait fait objection à l'utilisation de moyens contraceptifs.

Catherine attendit, un drap étendu sur sa personne nue, que les deux hommes se soient revêtus d'uniformes verts. Et quand ils eurent tous deux leur masque et leur chaloupe, gants dans les mains après un lavage intense au lavabo, elle fut lavée par son mari qui, à la demande de Samuel, dut s'y reprendre à trois reprises.

"Pour éviter, par insuffisance d'hygiène, un décès comme celui de ta première femme," lui dit le docteur.

Puis Catherine fut mise en position opératoire. Dès lors, Roméo n'avait guère plus à faire que de mettre sur le visage de sa femme le masque à chloroforme et de le retirer, ainsi que de regarder le médecin travailler avec la curette qui pénétra par la vulve et le vagin pour se rendre nettoyer l'utérus par grattage du placenta et résidus.

Il coulait du corps du sang et encore du sang. Roméo avait du mal à le supporter. Il voulut parler :

–C'est pas normal, on dir...

–Chut ! Pas un mot ! Faut une grande concentration pour accomplir ce travail à la perfection. Pas un seul mot !

Et le travail fut accompli à la perfection.

Catherine, encore dans les vapeurs, fut ensuite remise sur le dos, transférée sur la table roulante et emmenée à sa chambre où, une fois au lit, elle fut prise en charge par Armandine. Les deux hommes retournèrent au bureau et ôtèrent les vêtements aseptisés. Puis Samuel s'adressa à Roméo assis devant lui :

–Tu vas pas me dire de me mêler de mes affaires, parce que ça me regarde en tant que médecin et en tant qu'ami, mais va falloir que tu laisses reposer son ventre un bout de temps... et surtout son coeur. Elle a pas les battements les plus réguliers qu'il faut. C'est une source d'inquiétude. Je ne dis pas que sa vie est en danger immédiat, mais il faut la ménager.

–Faut ben faire son devoir de bon catholique !...

La moutarde monta au nez de Samuel :

–Mets pas de religion là-dedans, Roméo ! Si la religion considère les femmes de ce pays comme des bêtes à mettre bas, comme des truies, faut pas jouer son jeu jusqu'au bout. Je sais que t'as beaucoup souffert de la mort de Maria, fais donc en sorte de ne pas épuiser Catherine. Y a des femmes qui résistent pas aux grossesses à répétition... Comprends-tu ce que je dis ?

–Je le comprends certain, j'ai passé par un gros deuil. Comme d'aucuns disent : on a le doigt entre l'arbre pis l'écorce. Empêcher la famille, ça serait péché mortel... tuer du monde, c'est pire encore... faut se tortiller entre les deux.

–Tortille rien du tout: va droit. Va droit... Va dans le sens de la vie. La vie de ta femme vient avant, bien avant celle-là des enfants que t'as pas encore et qui existent pas.

–Quant à ça...

Roméo pencha la tête et se mit d'accord avec Samuel sur à peu près tout, en tout cas sur l'essentiel...

***

382

Chapitre 32

L'avertissement du docteur ne tomba pas dans l'oreille d'un sourd. Roméo jongla fort aux conséquences possibles de grossesses à répétition pour Catherine.

"Faut laisser reposer son ventre... et son coeur."

Cette phrase ajoutait un petit quelque chose à son autorité qui, tout doucement, s'était affirmée avec le temps, à mesure que le labeur quotidien, les embûches et souffrances avaient grignoté, chaque jour un peu plus, la volonté de sa femme. À force de se faire marteler en tête chaque dimanche et en confession les 'vérités' de la morale catholique, à force d'entendre ses mérites de mère de famille accomplie, à force de "voir faire autour", Catherine avait abdiqué à sa vraie personnalité et laissé loin derrière elle la jeune quêteuse rebelle, libre comme l'air au moins quelques mois par année. Son dernier grand sursaut d'autonomie s'était produit ce jour où Roméo avait battu Emmanuel sans raison valable. Et puis chaque enfant, du plus fantasque au plus discret, ponctionnait en elle sueur et sang. Mais ce qui avait cassé sa vie par le milieu avait laissé en tout son être physique et mental des séquelles graves, indélébiles: cette rupture de lien que la guerre avait provoquée entre l'homme de son coeur et de sa vie, et elle-même alors tout à fait offerte à ce personnage haut de qualité. Elle n'en voulait pas à Samuel d'avoir lui aussi accompli son devoir et probablement à juste titre, elle en voulait aux hasards de la vie et à certains hommes. Si seulement il n'y avait pas eu cette lettre de Londres annonçant faussement sa mort. Et s'il n'y avait pas eu la copie de la lettre de Clara à son père adoptif pour preuve additionnelle quasi irréfutable de son décès sous les bombardements. Si elle avait donc pu s'accrocher au moindre espoir, elle aurait gardé espoir et attendu son retour, toute sa vie s'il avait fallu. Leur fils serait venu au monde hors mariage et qu'importe ! Tout aurait été possible, même avec la guerre, mais sans la méchanceté des autorités qui la menaient et avaient pour plus grand don de lui offrir, au nom du bien de l'humanité, d'inimaginables sacrifices parfaitement inutiles.

Quand il n'y a plus rien, il reste les rêves brisés.

Ces rêves vous consolent parfois d'un quotidien encore plus douloureux et alors, on les caresse. Quand le chagrin journalier l'accablait trop, cette femme, sacrifiée plus encore que ses congénères de la même époque, imaginait sa vie chez les Goulet auprès de son mari, de leur fils, de Clara, de ses enfants de son premier mariage et des autres à venir. Trimer dur dans la tristesse et l'amertume, c'est trimer au centuple. Trimer dur dans la joie et l'amour, c'est ne pas trimer.

"Faut laisser reposer son ventre... et son coeur."

Catherine ne s'en préoccupait pas elle-même. Comme si tout était déjà perdu. Elle n'était pas loin de considérer son ventre comme un objet réutilisable suivant les besoins de son mari et de la nation. Avec la bénédiction de Rome...

Il fallait agir maintenant, se dit Roméo. Il en discuta avec elle. On se renseigna sur la méthode Ogino-Knaus et on commença de l'appliquer. Mais sa conversation avec le docteur Goulet lui avait inspiré mieux encore et ce, à l'insu même de Samuel. Pour que le ventre de son épouse se repose encore davantage, il y aurait lieu qu'elle n'ait plus à voyager en voiture à chevaux, du moins pour se rendre au village, avec toutes ces ornières de la route, ces milles interminables, les rayages du printemps et les vallonnements de l'hiver. La solution: une 'machine'. Il était temps, se dit l'homme dans un raisonnement d'adolescent, qu'ils se procurent une automobile. Et puis Lucien terminait ses études et quitterait définitivement l'école le mois suivant : une 'machine' le ferait rester plus longtemps à la maison avant qu'il ne la quitte pour aller gagner sa vie ailleurs, dans les chantiers ou en ville. Certes, ils n'avaient pas les sous du curé, de l'industriel ou du docteur pour s'acheter une flambante neuve', mais il y avait en attente, comme faite exprès pour eux, dans le hangar de Samuel, sa vieille Chrysler à vendre. Ce serait encore bien plus facile de négocier s'il argumentait à partir de la santé et du bien-être de Catherine. Et ça devait réussir à merveille. Il entra en contact téléphonique avec Samuel qui fut ravi de l'idée, au point qu'il céda 'la vieille' à raison de cent dollars payables à tant par mois sur un an.

Une aubaine !

Même que Samuel joua un bon tour à Roméo après qu'il eut examiné l'auto en faisant installer quatre pneus neufs à la place des usagés. Du même coup, il demanda à Philias Bisson, nouveau garagiste, de faire une révision complète du véhicule afin que l'acheteur ne risque pas de tomber en panne au moins avant une année. C'était là une sorte de garantie non écrite.

Roméo et Lucien vinrent ensemble au village pour la prise de possession du véhicule. Lucien ramènerait l'attelage à la maison. Mais il y avait problème : Roméo ne savait pas conduire une automobile tandis que sa propre fille Clara avait, elle, une expérience de sept années derrière le volant. Il n'en avait pas honte car il n'était pas le seul.

—Je vas te montrer ça dans dix minutes, lui dit Philias, un petit homme rondouillard à la chevelure noire, vaguée depuis le front jusqu'à la nuque.

—Si ma fille a appris à l'âge de douze ans, je dois être capable à mon âge.

Philias pencha la tête en avant et regarda par-dessus ses lunettes en prononçant avec toutes les certitudes :

—Ce qu'une femme peut faire, un homme peut le faire trois fois mieux.

–Ça dépend quoi.

–Quasiment tout !

–Ben... disons...

Philias passa à autre chose tout en marchant, ventre en avant, vers une porte de son garage qui menait autre part :

–Suis-moé, mon ami, je vas te montrer quelque chose avant de te montrer à mener un char.

Il entraîna son visiteur dans une annexe et referma la porte derrière eux, tout en jetant un dernier coup d'oeil par la fenêtre pour voir s'il se trouvait quelqu'un pas loin. Et il abaissa la toile de la porte.

Roméo arriva nez à nez avec une voiture recouverte d'une très grande bâche bleue qui la cachait entièrement.

–Je te présente ma nouvelle 'machine'...

Il tira sur la couverture pour laisser voir une autre Chrysler de l'exact même modèle que celles du curé, du docteur et de l'industriel. Celle-ci était grise.

–As-tu déjà vu mieux ?

Le garagiste guettait des lueurs dans le regard du visiteur qui en émit en abondance d'ailleurs.

–Tu fais de l'argent, mon Philias... pas comme les cultivateurs... nous autres, on tire tout le temps l'yable par la queue...

–Comment que tu la trouves ?

–Ça reluit en maudit.

Le garagiste éclata de rire :

–C'est quasiment plus beau qu'une femme.

–Pis ça se laisse mener comme on veut.

–Ha ha ha ha... j'aurais pas dit mieux. Veux-tu, je vas te dire une affaire ? T'es le premier à la voir. Dis-le à personne. Le curé le sait pas. Le docteur le sait pas. Déric Blais le sait pas. C'est quand ils vont me voir passer dans le village dimanche, ils vont voir qu'un garagiste, c'est pas le dernier venu dans sa paroisse.

–Un garagiste, dans quelques années, quand c'est que

tout le monde aura un char, ça sera plus important que le curé ou même que le docteur.

–Ben j'aime ça, c'est que tu dis là, mon Méo. Aide-moé à y remettre la couverte sur le dos pis j'vas aller te montrer à chauffer ça, une machine.

Roméo apprit vite. Mais pas très bien. Malgré les conseils de Philias, il n'arriva pas à se sentir confortable derrière un volant. Ça lui était bien moins naturel de conduire une automobile qu'à sa fille aînée.

C'est le visage rouge de fierté néanmoins qu'il franchit la distance séparant le village de chez lui. Enfin, il se sentait un vrai homme. Il pensait depuis longtemps qu'un homme de son époque ne possédant pas une automobile était un être incomplet, handicapé, démuni quelque part...

Sans avoir consulté Catherine à ce propos, il la savait d'accord, elle qui avait souvent initié les progrès chez eux. Elle sortit pour voir son contentement et parce qu'elle l'aimait, cette voiture qui avait si souvent transporté l'homme de son coeur et aussi Clara qu'elle considérait à la fois comme sa fille et sa soeur. Chaque fois qu'elle la verrait, c'est lui qu'elle verrait et Roméo n'avait pas songé à cela ou bien il y aurait pensé à deux fois avant de l'acheter.

–Tu sais déjà chauffer ?

–Bah... ça s'apprend le temps de le dire.

–Faut quand même pas être trop gauche.

–Ben certain...

–Je disais ça à Carmen... va falloir que tu lui montres à chauffer comme Clara...

–Là, là... tant qu'à faire, j'pourrais montrer à Lucien itou, pis à toé avec, pis pourquoi pas au p'tit Manu ? Un char, c'est comme un cheval, c'est mieux un seul chauffeur... Ah, si tu veux absolument, je vas te le montrer...

–Moi ? Non. Mais Lucien...

–Ben Lucien... j'dis pas non... On va voir à ça...

Il y a un besoin irrésistible chez l'homme qui vient de s'acheter un 'char' et c'est de le montrer à tous ceux qu'il connaît, comme si c'était là la plus grande preuve de sa valeur, de sa virilité et pour l'un, de sa grandeur. Il fallait y consacrer du temps et Roméo pensa le faire cette fin de semaine, le samedi après-midi d'abord puis le dimanche en après-midi. On irait jusqu'à Saint-Benoît...

Il y avait son frère habitant la rue des Cadenas et c'est là qu'il décida de se rendre en premier par ce si beau jour d'été, le vingt et un juin 1947. Comme toujours, Carmen eut à s'occuper des enfants à la maison. Toutefois, on emmena Emmanuel maintenant âgé de six ans. L'enfant prit place sur la banquette arrière. Catherine l'avait endimanché dans son petit habit matelot à culottes courtes et peigné soigneusement avec de l'eau pour que ses cheveux noirs se tiennent bien.

Certes l'enfant avait déjà vu les maisons du rang, les paysages, les arbres, la sucrerie, le village en bas de la grande côte, mais jamais ainsi, depuis la vitre d'une 'machine' en marche alors que le décor prenait d'autres teintes, d'autres dimensions, se parait d'ornements nouveaux. Il était au comble du bonheur. Sa mère sentait sa joie, elle en ressentait aussi de celle de son mari comblé et quand on arriva devant la maison du docteur, elle goûta un morceau de sa propre joie.

On s'arrêta un court moment chez les Goulet afin de saluer Clara de retour de l'école Normale la veille. Elle s'était absentée avec Samuel pour l'assister à un accouchement dans le rang quatre.

Puis on continua tout droit...

Devant la demeure des Maheux, à hauteur du magasin général, Emmanuel aperçut, qui attendait pour traverser la rue, un étrange enfant. On passait si lentement que leurs yeux se rencontrèrent un long moment. Le regard était familier et la tête bizarre, si longue, oblongue. Comme un personnage de bande dessinée dans le journal des bonshommes rouges du jeudi. Et puis comme une peur animale dans les yeux. Ça, le petit garçon connaissait pour avoir assisté à la boucherie d'avant Noël et avoir vu dans les yeux des deux bêtes abattues semblables lueurs d'angoisse retenue.

Sitôt l'auto passée, l'enfant fonça vers le magasin puis bifurqua soudain sous le regard attentif de l'autre dans l'auto et il disparut à sa vue, caché par le magasin, sans doute en train de courir vers les entrepôts.

On arriva à hauteur de l'hôtel. Il était près de deux heures de l'après-midi et la chaleur se faisait sentir quoique pas trop lourdement pour cette période de l'année. Sur la galerie, à l'ombre car du côté nord de la bâtisse, Jeanne d'Arc et Luc se berçaient après les travaux du midi et en attendant de se mettre à ceux du soir.

L'auto s'arrêta à leurs pieds. Catherine l'avait demandé à son mari. Elle salua le couple :

–Comment ça va, vous autres ?

–Vous avez acheté la machine du docteur : on a su ça, dit Jeanne d'Arc.

–Elle est pas neuve, mais est en ordre, dit Roméo, penché devant sa femme pour voir leurs jeunes amis.

–Est bonne pour des années encore, argua Luc.

–C'est ben pratique, une machine, dit Catherine.

–J'en reviens pas de voir ça, dit Luc, y a une douzaine de machines neuves dans la paroisse ce printemps. Pis pas de la cochonnerie. Avez-vous vu la Chrysler à Philias Bisson ?

–J'ai été le premier à la voir, dit Roméo.

–Ça reluit devant le soleil, ça, que tu viens les yeux tout croches.

Et Luc s'esclaffa.

–Bon, on va continuer, on va voir mon frère Jos dans la rue des Cadenas.

Jeanne d'Arc demanda :

–C'est le petit Manu avec vous autres ? Mon Dieu qu'il ressemble donc à son père !

La jeune femme s'en voulut aussitôt. Elle n'ignorait pas la rumeur qui courait sous cape en riant un brin, voulant que le vrai père d'Emmanuel soit Samuel et non pas Roméo. Rumeur qui avait pris des airs de vraisemblance lorsqu'elle rapprochait l'un de l'autre le visage du petit garçon et celui du docteur. Mais elle n'y avait pas songé et avait voulu 'faire sa fine'.

Catherine fit une moue significative voulant dire 'tu dois bien savoir qui est le vrai père'... mais aussi 'et après'...

Et l'auto reprit son lent chemin sur des salutations de la main et des 'à plus tard'.

Roméo maugréait :

–Qu'ils disent donc en pleine face c'est quoi qu'ils pensent !

–Tu parles de quoi ?

–De ce que la Jeanne d'Arc vient de nous garrocher par la tête encore.

–C'est pas grave, ça, c'est rien : elle a pas pensé à ce qu'elle disait. Au contraire, elle a pensé à ce qu'elle disait... Elle voulait pas dire autre chose que ce qu'elle a dit.

–J'pense pas, moé...

Il engagea la voiture dans la rue transversale gravelée où se trouvait d'abord une descente jusqu'à hauteur d'une bâtisse dite la 'shop à Bellegarde', sorte d'atelier affecté au travail du bois. Et parce que le conducteur regardait par le rétroviseur le visage de l'enfant aux fins de savoir quelle ressemblance pouvait donc lui trouver Jeanne d'Arc avec lui-même, la voiture dévia de la ligne droite, et malgré le cri avertisseur de Catherine, entra de travers dans le fossé du côté gauche de la rue et y demeura, la roue arrière enlisée.

–C'est pas grave, on va sortir de là.

Les manoeuvres de Roméo s'avérèrent vaines. Un conducteur plus expérimenté que lui aurait usé du va-et-vient et en vertu du principe d'oscillation aurait pu dégager l'auto, mais pas lui, trop novice au volant. Et sa fierté se mua en honte quand il descendit et s'adressa à Bellegarde à qui l'incident n'avait pas échappé et qui venait y voir de plus près.

–Falloir appeler le garage...

Dans l'auto, la mère rassura le petit garçon :

–C'est pas grave, on va faire venir quelqu'un pour nous

sortir de là.

Elle lui adressa un clin d'oeil d'affection :

–On va attendre.

–Ah !

–Arrête donc, grand fou, le monde nous regarde...

Debout en arrière de sa jeune épouse assise sur une berçante, penché sur elle, Luc lui léchait le lobe d'une oreille pour s'amuser et la taquiner. Elle reprit :

–Au lieu de me lécher de même, on devrait lécher une grosse boule de 'crème à glace'.

–Quelle sorte de boule ?

–Mardi fou : une boule de 'crème à glace'...

–Oui, mais... vanille ou noix ?

–Fraises.

–Qu'est-ce tu dirais d'un cornet à deux boules ?

Il glissa ses mains sur elle et lui enveloppa les seins avec ses longs doigts.

–Arrête ça : y a des yeux tout partout qui nous regardent.

–J'en vois nulle part, moi, dit-il en promenant son regard aux alentours.

L'on pouvait entendre régulièrement le bruit strident d'une scie, indiquant que quelque part dans les environs, quelqu'un était à couper du petit bois.

C'était le cousin de Luc, fils de Freddé, dans le champ derrière le magasin, et qui y transformait des lattes achetées au moulin en bois d'allumage. Il avait pour l'aider un garçonnet de sept ans, Gilles Maheux et son petit frère, l'un qui approchait les lattes par paquets et l'autre qui prenait les morceaux sciés des mains du jeune homme pour les corder plus loin sous le soleil qui les sécherait en quelques jours.

–Viens pas trop proche du banc de scie, répétait-il chaque fois qu'il confiait un petit paquet au garçon de cinq ans.

En réalité, les deux enfants retardaient le processus plus

qu'ils ne l'accéléraient, mais de les voir se sentir utiles à son oeuvre et se montrer comme des petits 'travaillants' apportait du contentement au jeune homme qui avait jusque promis aux deux frères une pièce de dix cents à chacun pour les récompenser de leur travail; et eux se désâmaient pour mériter leur salaire.

Et André, tout comme sa soeur aînée là-bas sur la galerie de l'hôtel pensait lui aussi à un cornet de crème glacée aux fraises.

–Je vas en chercher deux cornets à deux boules : un aux fraises et un aux noix pour moi.

Luc descendit les marches de l'escalier et s'empara de son vélo noir appuyé à la galerie.

Son épouse lui dit en riant de lui :

–Prends pas ton bicycle : le restaurant à Jos Lapointe est là, à trois maisons, de l'autre côté de la rue des Cadenas.

–J'ai un peu trop mal au pied pour marcher.

–Tu vas t'y prendre comment pour ramener les cornets ?

–Un morceau de papier sur chacun pis je chauffe le bicycle avec ma main droite. Simple comme bonjour !

Jeanne d'Arc quitta sa chaise :

–Je vas finir de nettoyer la cuisine...

Il lui cria sans s'arrêter :

–Si jamais y en a pas aux fraises ?

–Aux noix...

Il poursuivit son chemin tout tranquillement, bougeant les guidons sans arrêt pour maintenir l'équilibre. À hauteur de la rue des Cadenas, il aperçut l'auto de Roméo et quelques hommes qui faisaient une tentative des bras et du corps pour l'extraire de sa fâcheuse position. Peut-être que des bras supplémentaires et pas des pires, puisque les siens étaient à la fois des bras de Grégoire et de débardeur, permettraient de remettre le véhicule en chemin.

Et il fourcha en direction d'un bon geste à poser. On

abandonnait la tentative. Roméo qui avait pris le volant pour combiner la puissance de la voiture à celle des hommes en descendit en hochant la tête :

–Forcez pas pour rien, les gars, on va attendre le 'truck' de l'armée à Jean Nadeau.

L'homme avait déjà téléphoné au garage et Gus lui avait promis d'envoyer un jeune homme, Benoît Quirion, avec le camion militaire qui servait de dépanneuse.

Luc arriva, salua, s'arrêta, et sans descendre de son vélo, mit le pied à terre à côté du pare-chocs arrière.

–Je peux vous aider ?

–Non, laisse faire, c'est ben trop calé. Le char porte sur le 'frame' : faudrait le lever carré.

Malgré la situation, c'était presque un événement joyeux qui donnait l'occasion à des hommes du voisinage de se rencontrer et de jaser un peu. Il y avait deux gars de l'abattoir voisin et un de l'atelier. Chacun tâchait de trouver quelque chose à dire sur un incident si banal qu'il n'inspirait pas grand-chose à quiconque.

Catherine attendait patiemment. Emmanuel s'était agenouillé sur la banquette et regardait par la lunette arrière. Luc l'aperçut, lui sourit et lui fit un signe de la main. L'enfant fut tout surpris et tourna la tête, intimidé.

–Bonjour, Catherine ! dit le cycliste sans toutefois avancer et pour attirer l'attention de la passagère.

Elle tourna la tête et lui répondit par la vitre abaissée :

–Salut, Luc ! Ça fait longtemps...

–Au moins dix minutes, hein !

Et il rit fort. Son rire égaya tout le monde. Au coin de la rue, le camion de l'armée se présenta. Beige foncé, massif, agressif. Emmanuel regarda de nouveau de ce côté et son coeur s'accéléra. Puis se serra. Il lui semblait que ce gros 'personnage' d'acier constituait une menace. Mais en même temps, il ne parvenait pas à bouger, à se sauver, à se réfugier auprès de sa mère sur la banquette avant. Peut-être avait-il hérité du don de prémonition de son père, mais ni lui ni personne n'en savaient rien.

Luc entra dans le propos des hommes. L'un déplorait le centre de gravité trop bas des nouvelles voitures et disait que dans pareille situation, une auto de l'année aurait vu sa panne à l'huile se faire défoncer. Voilà qui encourageait Roméo en lui faisant penser que rien sous le véhicule ne devait avoir été endommagé.

Et le camion drabe à la grille avant noire grossissait dans le regard du garçonnet, et la bouche de l'enfant restait grande ouverte, un grand cri resté figé dans sa poitrine :

"NON."

Catherine eut une pensée pour Samuel. Le premier accouchement pour lequel il avait eu Clara pour assistante avait été le sien, le jour des noces de Luc et Jeanne d'Arc. Et ce jour-là, il lui avait prodigué le geste de tendresse le plus fort de la vie de chacun : ce baiser tandis qu'elle reposait après la naissance du bébé. Ce morceau de pur amour demeurerait en elle pour l'éternité.

La descente ajouta un peu plus à la vitesse du camion à mesure qu'il s'approchait de la scène du léger accident. Le jeune homme au volant ne possédait aucune expérience sur ce véhicule. Mais il se sentait bien en contrôle...

À l'hôtel, en ce moment même, Jeanne d'Arc fut prise d'un malaise moral dont elle ne comprit pas l'origine et qui lui parut fort insolite vu les circonstances heureuses en lesquelles baignait ce si beau jour, dernier du printemps et premier de son été. Depuis longtemps, avec Luc, c'était le parfait bonheur. Comme à toute femme, il lui arrivait des sautes d'humeur et bizarreries, mais tout avec lui tournait toujours à la joie, au plaisir, à l'optimisme. Alors elle se remit en tête la scène anticipée d'elle et lui sur la galerie, assis à se bercer en mangeant leur crème glacée...

Il s'écrivit d'autres grands NON dans la tête du petit garçon, tandis que le camion arrivait, se dirigeant tout droit sur l'auto. Donat Bellegarde, un des jeunes hommes venus là, leva la tête en direction du conducteur et fronça les sourcils comme pour lui dire de voir à freiner ou bien ce serait l'impact avec l'automobile. Il le vit s'agiter, regarder vers ses pieds plutôt que devant le véhicule...

Le jeune homme au volant venait de se rendre compte que les freins ne répondaient absolument pas et que la pédale s'enfonçait au plancher sans que rien ne se produise, et comme dans le vide total. À croire que toute l'huile du système avait coulé.

–Luc, tasse-toé de là, cria Roméo devant l'imminence du danger.

L'autre pensa que c'était parce qu'il avait posé son pied sur le pare-chocs et que cela mécontentait le nouveau propriétaire de la Chrysler. Et c'est à ce moment qu'il perçut le ronronnement du moteur du camion et le bruit de ses pneus sur le gravier. Il décida de s'en aller à l'avant de l'auto et entama le geste de partir quand il sentit une poussée derrière lui...

Au dernier moment, se rendant compte qu'il heurterait la voiture, Quirion tourna brusquement le volant et le camion dévia de sa course : assez tôt pour éviter un impact avec l'auto, mais trop tard pour le cycliste. Luc perdit une maîtrise qu'il n'avait pas eu le temps de prendre tout à fait et, entraîné par le vélo, il tomba devant le camion...

Emmanuel bougea enfin : il alla coller son visage à la vitre du côté. Catherine était toujours perdue dans ses rêves. Le fils du marchand sciait encore et encore. Dans le magasin, son père était à diviser un sac de cent livres de sucre en paquets de cinq livres. Éva, chez elle, préparait un bouillis qu'elle mettrait au feu une heure plus tard. Laurent-Paul là-haut écoutait la radio dans son univers fermé. Et Ernest, à trois milles de là, semait des pommes de terre, aidé par deux de ses fils. Et Jeanne d'Arc, ragaillardie, consulta l'horloge pour savoir en combien de temps son mari serait de retour. Un homme, Pit Roy, entrait à son tour dans la rue des Cadenas, amené par la curiosité après avoir appris au garage la nouvelle de l'incident.

Luc ne ressentit aucunement la peur. Sa tête avait à peine heurté le sol et il n'était même pas abasourdi par le choc. La seconde suivante fut tout entière accaparée par les sensations et aucunement par la réflexion. Images succédèrent aux images. Sons aux sons. Ombre au-dessus de lui. Bruit du gravier écrasé. Un immense HUHAU hurlé par Roméo. Image des crénelures dans le pneu noir. Chaleur au front.

Réflexe pour bouger, se lever...

Images, bruits... Immense poids sur l'épaule. Noir total. Brûlure au front. "Simple comme bonjour !" Des mots venus de sa propre bouche à son départ de l'hôtel et qui avaient été retardés par le temps pour parvenir à ses oreilles en ce moment ultime. Image de lui-même tenant à bout de bras les deux cornets de crème glacée. Et cet incommensurable bruit qui se transforme en sifflement :

"Crac!" "Ssssss !"

Emmanuel vit la roue mordre lentement l'épaule puis écraser la tête. Et des substances jaillir du crâne évidé : sang, écume, matière grise. Cela ressemblait à ce qu'on avait arraché du ventre des animaux qu'il avait vu abattre avant Noël.

Catherine tourna la tête. Le camion frappait le mur de l'atelier pour s'y arrêter aussitôt tant sa vitesse était réduite. Elle abaissa les yeux et aperçut le corps inerte au visage aplati comme une baudruche dégonflée. Tout son être fut glacé d'effroi; elle demeura figée sur place.

L'arrière du camion cachait encore la victime aux hommes. Pas un ne croyait au pire. Roméo se glissa entre les deux véhicules et tomba sur une scène difficile à supporter qui ne quitterait jamais complètement ses nuits dans le futur. Il y avait le corps de Luc encore agité de soubresauts et le conducteur du camion descendu et au regard effaré. Même terreur dans les yeux de sa femme. Et le visage du petit Manu collé à la vitre et qui semblait enfermé dans un autre univers que celui de la réalité.

—Faut appeler le curé pis le docteur, vite, cria Donat Bellegarde à son oncle Joseph, propriétaire de l'atelier et qui venait de s'approcher à son tour.

—Vas-y, ça va être plus vite que moé, dit l'homme.

Donat se heurta à Pit Roy en se glissant entre les deux

véhicules et lui dit sur un ton faussement calme :

–Luc Grégoire est mort.

–Arrête donc !...

Clara conduisait la voiture neuve. On arrivait au coeur du village. Tout s'était bien passé à l'accouchement. Il se produisait quelque chose d'étrange : les gens sortaient des maisons et emboîtaient le pas à d'autres qui s'engouffraient dans la rue des Cadenas.

Pit Roy en sortit, lui et, emporté par ses nerfs, tournant le chapeau de paille dans toutes les directions, il repéra la Chrysler bleue et accourut au-devant pour la faire s'arrêter.

–Mon Dieu, c'est qu'il veut, lui ? dit Clara en freinant.

–Luc Grégoire est mort, ça prend un docteur. Dans le bas de la rue, là...

Samuel descendit aussitôt de voiture; il prit sa trousse sur la banquette arrière et courut vers les lieux de l'accident sans avoir dit un seul mot à Clara qui choisit de garer l'auto en bordure du trottoir, là même.

Le vicaire Gilbert passa devant elle, au pas de course et il doubla les badauds qui à leur tour pressèrent le pas.

Pit Roy courut au magasin général annoncer la nouvelle à Freddé qui en échappa un sac de sucre par terre, pila dedans et courut à l'arrière du magasin crier à son fils :

–Luc Grégoire est mort.

–Quoi ?

–Ton cousin Luc s'est fait tuer dans la rue des Cadenas.

Gilles Maheux laissa tomber des lattes qu'il tenait entre ses mains et courut, pattes aux fesses, vers chez lui, suivi à peine par son jeune frère. Éva était déjà sur la galerie, se demandant pourquoi les gens accouraient dans la direction du haut du village, alertés les uns les autres par le téléphone. Et Jeanne d'Arc se mit le nez dans la moustiquaire de la porte avant de l'hôtel pour se poser la même question angoissée.

Armand Grégoire, Bernadette, Raoul Blais, les Lambert, bras dessus, bras dessous, les Grégoire de la famille de Louis, les Pelchat et combien d'autres allaient comme un troupeau de fourmis vers un événement unique à survenir dans leur vie : la mort accidentelle d'un jeune homme d'à peine vingt-quatre ans, plein de vie, de santé, de joie de vivre.

–Maman, Luc est mort, Luc est mort, cria Gilles à sa mère en traversant la rue.

–Fais donc attention aux machines...

–Luc est mort, Luc est mort...

–Dis donc pas une affaire de même !

Et la femme regarda le plus jeune qui ne savait pas mentir, contrairement à son frère aîné, joueur de tours et menteur comme un arracheur de dents. Elle lut la vérité dans son signe de tête affirmatif et ses yeux alanguis. Puis elle aperçut sa fille qui venait en courant vers la maison en criant :

–Maman, il est arrivé quelque chose à Luc... il est arrivé...

–Vous autres, taisez-vous, pas un mot, dit Éva avec toute son autorité aux deux gamins.

La jeune femme monta sur la galerie et prit sa mère par les deux bras en la pressant de questions :

–C'est qu'il y a ? Luc a eu un accident ? Dites-le. C'est quoi qu'il est arrivé ? Pourquoi tout le monde s'en va par là ?

–Ben... sais pas... sais pas...

–André, tu le sais ? Luc a...

Le garçon s'enferma dans l'interdiction de sa mère et baissa la tête tout en se glissant peureusement derrière elle, hors de vue de sa grande soeur.

–Gilles, tu le sais, toi... Luc est mort ?

Le garçonnet fit plusieurs signes de tête affirmatifs. Et sa grande soeur entra aussitôt dans un état de crise. Elle avait tout deviné, tout senti et voici qu'un enfant lui confirmait son insupportable pressentiment. Elle se dégagea et courut dans l'autre sens, descendit l'escalier avant et se mit à marcher douloureusement dans la direction opposée à la rue des Cadenas, croisant des curieux qui n'y comprenaient plus rien, gémissant, se plantant les ongles dans la peau des bras.

Pit Roy qui avait tout vu faire depuis le perron du magasin, hésitant entre son retour sur les lieux de la tragédie et la situation en face, rajusta son chapeau de paille pour signaler sa présence à Éva en même temps que pour raffermir sa volonté. Car il était de ceux qui craignent la mort et ses images plus que tout autre, à l'égal sans doute de Philias Bisson et de madame Rose.

Éva l'interpella :

–Essaye donc de la rattraper, veux-tu ?

Investi d'une mission de vie, l'homme s'élança aussitôt à la suite de la jeune femme qui s'arrêtait devant chaque porte pour crier des incohérences, et il la rattrapa vite. Il lui toucha les épaules. Elle se retourna. Le frappa à la poitrine. S'y réfugia en sanglotant frénétiquement. Pour une fois dans sa vie, l'homme se sentit plus important que son idole, le Premier ministre Duplessis. Et il l'était plus...

Samuel ne put que constater le décès comme tout observateur aurait pu le faire devant pareil dommage à la tête d'un homme. Un drap blanc fut amené, posé par terre et le corps fut mis dessus. Le docteur se chargea d'y inclure les morceaux du cerveau détachés, asséchant sa main ensuite avec de la ouate de sa trousse médicale. Puis on porta Luc sur l'herbe entre la rue et l'atelier où le prêtre administra les derniers sacrements. Au milieu des onctions, le corps se retourna tout seul sur lui-même, spasme à retardement qui impressionna fort les curieux aux alentours.

Clara qui sentait des épines par tout son corps, prit son temps pour venir sur la scène de l'accident funeste. Et quand elle y fut, regard figé un moment sur le cadavre bientôt recouvert d'un autre drap, elle se retrouva encadrée par Samuel et Roméo. Chacun la prit par un bras comme pour la réconforter, geste que Roméo n'aurait jamais posé en d'autres circonstances, et Samuel très rarement. Mais le vrai motif de chacun était plutôt de rechercher du réconfort depuis un être qu'ils percevaient tous deux plus fort qu'eux-mêmes.

Puis la jeune femme se tourna vers Catherine restée dans l'auto et qui sanglotait comme si elle avait été l'épouse du défunt ou bien sa mère, sous le regard silencieux, mais si expressif, d'Emmanuel. Elle introduisit ses mains et sa tête à l'intérieur et toucha l'autre qui prit conscience de sa présence. Leurs mains se rencontrèrent. Et leurs yeux. Leurs pensées. Leurs coeurs. Leurs silences. Leurs sourires en larmes.

Un cri fut lancé par Philias Bisson venu parmi les badauds et qui voulait se faire utile. Il avait rallié autour de ses bras plusieurs hommes, en fait un de plus qu'à la première tentative pour dégager l'automobile :

–Méo, tire-moé tes clefs de machine : on va clairer le chemin, nous autres.

Roméo obéit devant tant d'autorité. Ce fut un rien de dégager la voiture.

Une pelletée de bran de scie fut mise sur les humeurs sanguinolentes souillant la chaussée et Philias se mit au volant du camion qu'il fit reculer puis avancer plus loin en tenant compte du problème de freins. Plus tard, le 'spotteur' prendrait ses renseignements de la bouche des témoins pour établir son rapport d'accident.

Un philosophe prenant tout en compte et travaillant sur le phénomène dit 'cause à effet', aurait vu le lien entre la naissance illégitime d'Emmanuel et la mort tragique de Luc. Un lien passant par ce regard de Roméo dans le rétroviseur pour évaluer la non-ressemblance de cet enfant avec lui-même, regard qui avait provoqué l'enlisement de son auto et l'enchaînement funeste des événements par la suite. Oui, mais il y avait des causes plus immédiates. Sans cette réflexion de Jeanne d'Arc voulant que le petit garçon ressemble à son père, Roméo n'aurait pas eu ce regard imprudent... et donc, sans le vouloir, Jeanne d'Arc avait provoqué la mort de son mari.

Un philosophe judéo-chrétien y aurait vu aussi sans doute une punition du ciel et le salaire du péché. Le péché de Catherine et Samuel... péché devenu enfant innocent, si beau, même saisi d'effroi comme maintenant...

Si un tel philosophe était absent de la scène, cette philosophie-là était bien présente, elle, bien incrustée dans les âmes; et chacun sentait en soi une certaine culpabilité devant le drame, pointant du doigt pour cause secondaire ou tertiaire quelque vieux ou récent péché caché dans son placard moral intérieur...

Le curé Ennis se chargea d'aller prévenir les parents de Luc à Saint-Évariste. Pit Roy nolisa une auto et son conducteur et on se rendit au Petit-Shenley prévenir Ernest qui fit une drôle de déclaration spontanée :

–Maudit torrieu, j'pourrai pas finir de 'sumer mes péta-ques'...

Luc fut embaumé durant la nuit et son corps revint le jour suivant passé midi. Le cercueil ouvert fut exposé dans la salle d'entrée de l'hôtel transformée en chapelle ardente, et tout l'après-midi de ce dimanche de grand soleil et toute la soirée, la paroisse en deuil défila afin de prier pour le repos de l'âme du défunt et pour témoigner aux deux familles des sympathies réconfortantes.

C'était l'époque où tous savaient encore que la meilleure façon de briser l'effroyable sentiment de solitude qui étreint les proches d'un être cher disparu est de les entourer de sollicitude, ce pour quoi la présence humaine est essentielle...

Un petit garçon de cinq ans fut conduit par sa mère auprès du corps de son beau-frère décédé. Il chercha à trouver un sens au mot mort qui s'écrivait grâce à son jeu de blocs présent dans sa tête. Sa mère lui dit sans trop y réfléchir :

–Tu vois, Luc, il reviendra jamais.

Mais l'enfant ne savait pas non plus ce que voulait dire jamais. Toutefois, il sentait que cela était terriblement important et tout aussi terriblement navrant. Il fut pris de l'envie de pleurer, mais d'autres personnes vinrent se mettre devant lui. Et sa mère fut prise par d'autres voix. Lui s'éloigna à travers les jambes des gens à la recherche d'un visage. Il devait en trouver un en la personne d'une petite fille noiraude de son âge, une petite Bisson de la parenté éloignée, interdite de bouger en attendant le retour de sa mère rendue près du cercueil, si belle dans sa petite robe grise et son regard perdu et apeuré. Et toute la charge émotionnelle baignée de tristesse et de détresse devant l'inconnu, se transforma chez le petit garçon, par réflexe de défense et d'autoprotection devant le poids du désarroi, en un amour grandiose, pur comme l'azur de ce jour, autrement plus grand que les mots 'mort' et 'jamais' combinés.

Si bien que dans sa vie future, chaque fois qu'il irait à un salon funéraire, il trouverait une nouvelle personne avec qui tomber dans ce même amour infini et impalpable...

***

Chapitre 33

En automne 47, Clara entreprit sa troisième année d'école Normale. Souvent durant l'été, elle s'était rendue voir Laurent-Paul dont l'état de santé demeurait stationnaire. Elle lui apportait des livres, du chocolat, du fudge fabriqué de ses propres mains, de l'encouragement, des rires, des idées neuves, du bon et beau temps.

Elle eut comme nouveau professeur ce monsieur Achille Goulet que Fernande Maheux avait peut-être aimé, elle qui avait transporté son amour loin de Beauceville, de l'autre côté de Mégantic, le transformant en réalité pour le projeter sur son bel ami de coeur, Raymond, qu'elle avait décidé d'épouser en son temps.

L'amitié de Clara pour Danielle demeurait. Mais elle s'enferma derrière le mur de ses études et s'y retrancha à l'abri des regards allumés des jeunes gens qui rôdaient comme des loups dans les alentours en quête de chair fraîche et tendre. Et puis Cornemuse veillait, qui parfois chassait l'un d'eux en faisant grêler sur lui des menaces et d'autres fois en faisant venir la police pour intimider les coeurs indisciplinés.

Clara correspondit toutes les semaines avec Laurent-Paul pour lui remonter le moral et l'aider à combattre le grand mal comme avait si bien su le faire son père adoptif autrefois auprès de sa chère Elzire.

L'automne présenta de nouveau sa parade de mode aux riches couleurs qui ne se démentaient pas d'une année à l'autre. Mais Lucille était fatiguée du beau fixe, et, suite à des suggestions de sa mère, elle accula Samuel au pied du mur un de ces soirs de douce fraîcheur tandis qu'ils se balançaient sous les arbres d'or et de feu, tous deux revêtus d'automne, devant le regard ému de la femme de l'aveugle qui informait son mari aux cinq minutes à propos des gestes aperçus dans l'ombre montante.

–Y a Roland qui m'a demandé pour passer Noël avec lui.

–Ah !

–Ça te fait pas plus d'effet que ça ?

–Chacun est libre de demander ce qu'il veut à qui il veut.

–Et... si j'acceptais ?

–Chacun est libre d'accepter ce qu'il veut...

Elle s'impatienta. Chose rare.

–Suis tannée de ma liberté d'accepter ce que je veux...

Il profita d'une courte pause pour réfléchir :

–Je pense que tu penses au mariage... moi, suis pas encore prêt pour ça.

–Le seras-tu un jour ? Y a toujours un obstacle insurmontable... Y a eu la tuberculose de ta chère Elzire... y a eu Clara entre Gaby et toi... y a eu la guerre qui vous a séparés, Catherine et toi... y a quoi entre toi et moi ?

–L'incertitude... peut-être...

–Non, je crois qu'il y a mère Paul-Arthur. Et entre toi et elle, il y a son Seigneur et ses voeux. Tu veux pas du mariage, Samuel. Faut que tu en prennes conscience. Tu n'en veux pas. Tu aimes les femmes, tu aimes les enfants, mais tu n'aimes pas le mariage... Et au fond de moi, tu sais ce que je crois ?...

–J'écoute...

–J'ose pas le dire : j'ai peur que tu te fâches.

–Je me fâche rarement, tu le sais bien. Et jamais contre

toi, jamais...

–Je crois que c'est pas la tuberculose qui t'a empêché d'épouser ta chère Elzire, que ce n'est pas Clara qui t'a empêché d'épouser Gaby, ni la guerre qui t'a empêché de te marier avec Catherine et même pas le Seigneur qui t'interdit de prendre mère Paul-Arthur pour femme, je crois que l'obstacle, toujours le même, c'est ta propre mère. Si madame Armandine...

Il l'interrompit :

–Mais non, Lucille ! Qu'est-ce que tu vas donc chercher là ? Maman veut que je t'épouse, elle veut que mon lien se termine avec la religieuse...

–Alors pourquoi restes-tu... cloué dans... l'immobilité ?

–Dis plutôt l'incertitude.

–Alors l'incertitude.

–Je ne peux pas répondre à ça.

–Et pourquoi ça ?

–Parce que... je suis dans l'incertitude.

Lucille redevint impatiente :

–Un autre paravent.

Il ouvrit les bras :

–Comment veux-tu que je te réponde quelque chose de sûr d'abord que je te dis que je suis incertain ?

–Ah, ah, ah... Seigneur, qu'est-ce qu'il faut pas entendre !

–Je t'aime beaucoup, tu sais.

–Sais-tu que j'aimerais beaucoup mieux t'entendre dire simplement 'je t'aime' que ton sempiternel 'je t'aime beaucoup' qui ne veut rien dire du tout ?

Deux feuilles écarlates tombèrent sur eux coup sur coup et l'une accrocha ses pointes séchées dans la chevelure de la jeune femme. Elle leva la main pour l'ôter.

–Non, fit-il, laisse-la sur toi. Tu es si magnifique à voir, si magnifique...

Elle fut sur le point de lui dire : "C'est la romance que tu aimes, le décor, tout à part moi." Mais elle garda le silence, sentant que tout était perdu.

—Comme ils ont l'air de s'aimer, ces deux-là ! soupirait Anne-Marie Lambert, embusquée assez loin derrière sa fenêtre pour être sûre de n'être pas vue par le couple.

—Asteur que Luc Grégoire est mort, c'est eux autres le plus beau couple de la paroisse.

—Leur manque rien que la bague au doigt, soupira de nouveau la femme.

—Mais ça arrivera pas...

Elle se moqua de lui :

—Comment ça ? T'as vu ça dans tes urines, toi, je suppose ?

—Pantoute! J'ai vu ça dans la voix du docteur quand on lui parle de Lucille.

—Si c'est pas elle, sa future femme, ça sera qui donc, grand voyant ? La petite soeur du couvent peut-être ?

—Elle non plus ! Il manque quelque chose dans sa voix quand il parle avec elle.

—Comment que tu le sais ? T'écornifles à l'orgue quand ils se parlent ?

—J'écornifle pas, je fais c'est que j'ai à faire. L'ordre à l'orgue, c'est moé, pis après, je m'en vas...

—C'est qu'il manque dans sa voix pour te faire parler de même ?

—Il a pas l'air certain à cent pour cent... ça doit être parce qu'elle est engagée par ses voeux de bonne soeur... Ça met un mur entre eux deux, ça.

—Mariée avec le Seigneur, comme on dit.

—En plein ça ! Son voeu de fidélité...

—Ça existe pas, un voeu de fidélité. Un voeu de chasteté, de pauvreté, d'obéissance, mais pas de fidélité, voyons.

—Oui mais si tu mélanges chasteté avec obéissance, ça égale fidélité, ça.

–J'te dis que t'en as, des idées de nègre, toi !

–Ben quoi, les nègres, ça pense comme nous autres....

Pauvre Anne-Marie qui soupira pour la troisième fois. Elle n'avait pas toujours besoin de se rendre à l'église pour faire son chemin de croix; Napoléon l'obligeait parfois à s'arrêter à plusieurs stations dans son propos avant d'arriver au but et à la convergence des pensées... Et même en ce cas, pas toujours...

–Je dois partir, dit Lucille qui se leva et se débarrassa de la feuille tombée. Il faut téléphoner à Québec et je dois donner réponse à Roland. Je pense que... je vais lui dire oui pour les fêtes...

Elle s'était arrêtée et faisait dos à Samuel qui se mit à hocher la tête. Elle reprit comme dans une requête ultime :

–T'as rien à me dire ?

–Dès que j'aurai une certitude dans le coeur, je te le ferai savoir... sans attendre une minute de plus.

–Y a des certitudes qui viennent trop tard, mon ami...

–Bonne soirée et bonne nuit quand même. Tu es belle, Lucille, magnifiquement belle.

Elle ne répondit pas et pressa le pas, le coeur en larmes...

Lui se dit que quoi qu'il advienne, ce serait ce qui doit arriver : soit qu'elle lui revienne ou pas...

*

–Je pense bien que c'est fini entre Lucille et moi, tu sais.

–Faudrait pas, il faudrait pas, Samuel.

La messe venait de se terminer. Les derniers à partir du jubé de la chorale étaient partis: l'aveugle, l'organiste, la maître de chapelle. Comme chaque dimanche, le curé avait jeté là-haut un ultime coup d'oeil en prière, demandant instamment au ciel d'intervenir afin de séparer ces deux-là qui ne pourraient jamais s'appartenir. Cette fois, le prêtre avait exercé plus de pression sur le Seigneur, l'enjoignant d'y mettre la main sous peine de voir un scandale éclater dans la paroisse. Car il avait appris par la bouche de la mère de Lucille que la jeune femme ne verrait plus Samuel et avait accepté l'invitation de Roland Gosselin pour les fêtes. Et comme il se retenait de s'en mêler lui-même ! Cette relation discutable entre la jeune soeur et le docteur n'allait pas assez loin encore pour qu'il soit de son devoir d'intervenir. Et puis risquer de mécontenter Samuel et de voir peut-être la paroisse de nouveau privée de son médecin... À mère Supérieure d'agir selon ses vues à elle seule. Oui, mais voilà, il savait fort bien qu'elle attendait son feu vert à lui pour bouger. Et enfin, cette amitié particulière durait et faisait maintenant partie des routines paroissiales au même titre que la sienne avec Marie-Anna, l'organiste dont il admirait tant le talent et la grâce. Mais il y avait entre eux, grâce à Dieu, pour mettre leurs émois à l'abri, son mariage avec Raoul...

Entre la soeur et le docteur, il y avait eu évolution du sentiment au fil des mois. Les deux amis se tutoyaient maintenant et il l'appelait par son doux prénom: Alice. Un lien lumineux s'était établi entre eux. Chaque soir, à la brunante, Samuel faisait sa marche et toujours passait près du couvent. Et quand elle, discrètement cachée derrière ses rideaux, l'apercevait, elle signalait sa présence en levant et abaissant le commutateur à deux reprises. C'est la goutte qui avait fait déborder le vase dans le coeur de Lucille à qui le manège, situé quelque part entre l'amitié que Samuel proclamait et l'amour qu'il niait, n'échappait pas. Comme la religieuse, elle s'embusquait derrière une fenêtre à la même heure pour veiller sur ses intérêts. Il n'en manquait pas de postes d'observation derrière les façades du restaurant de son père qu'elle 'tenait' souvent le soir et de leur magasin voisin.

Voici qu'une autre fois, ce dimanche d'octobre, à l'ombre de Dieu, ils échangeaient, elle dans un banc et lui dans un autre, une allée pudique les séparant comme d'habitude:

–Ta voix était superbe aujourd'hui.

–La tienne donc !

–Tu me dis rien de plus à propos de Lucille ?

–Elle souffre d'impatience et moi d'incertitude. Un mauvais mélange.

–Impatience ?

–Elle voudrait que les choses aillent plus vite et plus loin entre elle et moi.

–Et ton incertitude t'en empêche.

–Est-ce que tu avais la certitude, toi, quand tu as épousé... ton Seigneur, pour ainsi dire ?

–Oui.

–Mais tu étais si jeune ! Comment avoir une certitude à cet âge ? Ou bien c'est à cet âge qu'on a les plus grandes certitudes...

–Il a tout, le Seigneur: c'est l'être de ma vie. Avec lui, c'est tous les jours... comment dire... l'apothéose.

–Oui, mais... les appétits charnels...

–C'est Lui qui m'aide à les combattre, à les sublimer.

–Tu lui offres ta chair en sacrifice.

–Comme Il l'a fait pour moi sur la sainte croix.

–Et tout cela est une... certitude en ton esprit ?

–Une grande certitude.

–Une absolue certitude ?

–Une absolue certitude.

–Alors tu fais fausse route.

–Ne me dis pas ça.

–On ne peut avoir d'absolues certitudes. On est humain.

–Notre très Saint-Père le pape est infaillible, lui. Il possède l'absolue certitude. Et il est un être humain...

–Cela fut décidé par un autre pape avant lui et jamais révélé dans la bible.

–Mais...

–Et puis c'est de toi dont on parlait, pas du pape.

–C'est un exemple que je donnais.

–Il est boiteux.

Elle hocha la tête, la pencha en avant comme pour exprimer le doute et dit pourtant:

–Non, je suis sûre de mes voeux, je suis sûre de ma fidélité.

–L'es-tu toujours dans toutes tes pensées ?

–Ne me torture pas ainsi !

Il se fit une pause. Il soupira à plusieurs reprises. Elle demeura prostrée. Puis il lança sur elle un poids de millions de tonnes :

–Est-ce que tu sais que je t'aime, Alice ? Et que c'est de cet amour que provient mon incertitude envers Lucille...

Le coeur projetant dans toutes ses veines un sang brûlant, elle se leva brusquement et quitta. Mais il eut tôt fait de la rattraper. Et de l'attraper par les épaules au moment où elle parvenait devant l'orgue pour lui dire :

–Va falloir laisser tomber les écailles de nos yeux comme saint Paul sur le chemin de Damas. Nous sommes éperdument amoureux l'un de l'autre. Alice... ma fleur, mon lys... tu es pureté et amour... tu es beauté et générosité... tu es celle que j'ai attendue toute ma vie... je savais que je te croiserais un jour...

–Non, non... je ne suis pas celle-là, je ne dois pas être celle-là... Je suis à Dieu, pas aux hommes...

Il l'attira contre lui et lui souffla des mots sur le côté du visage :

–Qu'est-ce que tu ressens maintenant ?

–Je ne peux te le dire.

–Tu ne le veux pas, mais tu le peux. Dis-le moi... Dis-moi ce qu'il y a en toi en ce moment et chaque soir quand tu me salues par ta lumière de chambre... Dis-moi, Alice...

Il l'emprisonna contre lui. Elle se mit à balancer sa tête d'avant en arrière jusqu'à la poitrine tant aimée puis s'efforçant de ne pas l'y laisser reposer trop près de ce coeur d'homme qui battait trop fort. Il parla encore et encore :

–Tu peux continuer d'aimer le Seigneur autant et m'aimer aussi. Le Seigneur n'est pas un mari jaloux, c'est un être de qualité pure. Il a le sens du partage que n'ont pas les humains. Je t'aime, Alice, je t'aime...

–Ce n'est pas moi que tu aimes, ce n'est pas moi...

–Si c'est pas toi, c'est qui ?

–C'est l'impossible amour. Tu aimes l'inaccessible...

–Rends possible cet amour, tu verras bien.

–Tu aimes le futur bien plus que le présent.

–Ah, Seigneur, pourquoi philosopher en un pareil moment ? Tu fuis, Alice, tu fuis mon coeur que tu recherches.

–Ce que tu dis de moi est vrai. Mais ce que je dis de toi l'est aussi.

–Est-ce que tu sens mon corps contre le tien ?

–Nous commettons un péché grave, Samuel, en ce moment et cela frôle le sacrilège compte tenu du lieu où cette... étreinte... se produit.

–Qu'est-ce que tu viens de cacher dans ce demi-silence avant et après le mot étreinte ?

Elle gémit:

–Je ne peux le dire.

–Dis... dis... dis... étreinte quoi...

–Magnifique... magnifique... merveilleuse... merveilleuse...

Il manoeuvra de sorte qu'elle se tourne vers lui. Elle n'en profita pas pour s'échapper et fut aussitôt dans ses bras, abandonnée. Ce n'était pas le démon de la chair qui la tourmentait ni le démon de l'amour, mais le grand besoin humain d'aimer et d'être aimé.

Leurs lèvres s'unirent. Longuement, délicatement, passionnément, amoureusement. Mais le baiser une fois bu leur parut de si courte durée. L'étreinte se poursuivit encore un moment, sa tête qui tournait posée sur l'épaule de l'homme dans le plus grandiose des silences.

Elle ouvrit les yeux et un événement la sidéra. Si on se savait à l'abri des regards indiscrets vu la distance les séparant de la rambarde en avant du jubé, on avait omis de tenir compte du miroir de l'orgue. Par lui, elle aperçut un prêtre là-bas en bas à côté de l'autel, et qui semblait les observer à travers le même instrument de réflexion.

–On nous voit, dit-elle en reculant la tête. En bas, près de l'autel... Par le miroir...

Il se tourna pour voir, mais le prêtre, se sentant repéré, fit demi-tour et Samuel n'en put voir que la soutane et le surplis. Impossible de savoir à coup sûr s'il s'agissait du curé ou du vicaire. Elle l'ignorait aussi.

–Tu penses qu'il nous a vus ?

–C'est certain.

–Si mère Supérieure l'apprend...

–Faut pas se mettre martel en tête.

–Peut-être est-ce un signe du ciel, un avertissement, une bouée de sauvetage ?...

–C'est rien de tout ça, c'est un hasard... ou peut-être de l'espionnage... Je vais affronter la situation et parler aux deux prêtres... Je vais sonder les reins et les coeurs...

–Tu vas dire ce qui s'est passé ?

–Aucunement ! Je vais lire dans les regards et glisser les allusions qu'il faut pour sonder les intentions.

L'incident qui avait coupé court à leur étreinte physique, mit un holà contrariant à celle des âmes. Une réalité nouvelle entrait dans le décor de leur sentiment. Ils devraient en tenir compte...

*

Les allées et venues de Samuel le soir n'étaient pas que dans les seuls collimateurs de Lucille et de soeur Paul-Arthur, Rose l'avait dans le sien, tout aussi bien placée que les deux autres pour le voir passer, car il marchait toujours vers la salle, tournait derrière le presbytère et revenait à la rue principale en passant devant le couvent pour ensuite se diriger dans une plus longue marche vers le haut du village et la Grande-Ligne ou vers le bas et l'autre partie de la Grande-Ligne. Toutefois, elle qui marchait aussi beaucoup après souper, s'était rendue compte qu'il empruntait le Grand-Shenley certains soirs et le rang 9 certains autres. Si bien qu'elle finit par connaître ses habitudes. En fait, pour chaque jour, il avait une destination précise, toujours la même d'une semaine à l'autre.

Maintenant qu'il ne 'sortait' plus avec Lucille Lapointe, elle résolut de s'arranger pour le croiser comme par hasard. Pas trop souvent pour que cela paraisse réellement le fruit du hasard et assez pour lui permettre, peut-être, d'entrer en contact avec lui en dehors des lieux fréquentés.

Quand elle sut, grâce à des lunettes d'approche, que le mardi, invariablement, il prenait sa marche dans le rang 9 jusqu'au deuxième ruisseau, dans une portion longuement inhabitée, elle le devança quelque temps plus tard, un soir froid de la mi-octobre. Ce qu'elle n'avait pas obtenu à le visiter dans son bureau et à l'y provoquer, peut-être qu'elle s'en approcherait en des lieux et temps distants de sa profession médicale. Dehors, là-bas, ils partageraient le même air, le même souci de santé, le même moyen d'y accéder, le même isolement du monde du village.

Quand Samuel atteignit la côte au pied de laquelle coulait le premier ruisseau il fut étonné d'apercevoir la silhouette d'une femme venir vers lui. Il faisait déjà assez sombre pour ne pas reconnaître la personne avant qu'elle ne soit assez près. D'ailleurs, il avait comme toujours sur lui sa lampe de poche dont il se servait quand la noirceur des soirs sans lune rendait la progression tâtonneuse.

L'ombre chinoise se précisa à mesure que chacun approchait du pont étroit où vraisemblablement, ils se croiseraient. Des résidus de lueurs solaires passaient par la monture des lunettes de la femme et parvenaient au marcheur qui, le doute aidant, la reconnut enfin.

–Madame Rose, comment allez-vous ?

Ils finirent de s'approcher au milieu du pont et s'arrêtèrent un devant l'autre.

–Ah, c'est toi, Samuel ?

–Depuis quand marchez-vous le soir ?

–D'habitude, c'est le jour, mais souvent le soir aussi. Ça

dépend de mon ouvrage à la salle pis à l'église...

–À l'église ?

–J'aide Gus dans son ouvrage de bedeau.

–Ah bon !

–Puis y a toujours quelque chose à la salle. Des réunions de fermières, de Chevaliers de Colomb... Ça fait du ménage à faire et tout...

–C'est froid, mais on est bien dehors ce soir.

–Je te pense... Tu marches pas avec ta blonde ?

–Ma blonde ?

–Ben... Lucille voyons.

–C'est fini avec elle.

–Hein ! tu me dis pas !

–Vous devez être la seule à l'ignorer encore.

–Je te jure que je le savais pas. C'est du nouveau, ça.

–Ben... quelques semaines déjà.

–Y en a qui ont dû être surpris de ça ?

–Comme ?

–Sais pas... ta mère en premier...

–Elle s'y attendait.

–Pis Clara qui avait hâte d'aller à vos noces.

–Elle vous a dit ça ?

–Ah oui, oui...

Rose n'était pas de ceux qui croient que le mensonge est une abomination chez les autres et un incontournable pour soi-même, elle s'en servait pour faire plaisir et, parfois, pour se faire plaisir et arriver à ses fins ou bien les poursuivre avec plus de chances de succès. Il dit :

–Jamais à moi en tout cas !

–Les enfants, ça dit à d'autres des choses que ça dit jamais à leurs parents. Surtout que c'est toi le concerné, là... Dis donc, toujours pas décidé de me dire tu ? T'aimes donc ça me faire sentir que je suis plus âgée que toi de quatre, cinq ans. Je parais si vieille que ça ?

–Non, bien sûr que non ! Mais c'est une habitude. Un docteur ne doit jamais se tenir trop proche de ses patients.

–Mais là, suis pas une patiente... j'serais plutôt... une impatiente...

Elle se mit à rire. Il soupira :

–Va faire noir comme su'l'loup bientôt, on ferait mieux de retourner au village.

–Voyons, t'es pas si pressé ? Accotons-nous un peu sur le bord du pont. C'est pas si souvent qu'on peut placoter un peu.

Elle joignit le geste à la parole et s'appuya contre le parapet chambranlant. Et lui prit le bras pour qu'il fasse de même. Ils se retrouvèrent côte à côte dans le soir profond. Lui sortit sa lampe de poche et l'alluma.

–Regarde-moi donc ça, toi, t'as ce qu'il faut pour pas te perdre... Plus 'smart' que moi.

–Mais vous avez du flair, c'est pas pareil, vous avez pas besoin de ça...

Elle éclata de rire et donna un coup de reins vers l'arrière. La rampe céda sous leur poids et sans savoir ce qui leur arrivait, ils se retrouvèrent en bas du pont, le postéieur dans l'eau. Aucun ne fut blessé car la hauteur était d'à peine quelques pieds.

–Mon doux Seigneur, mais qu'est-ce qui arrive ? dit-elle en retrouvant ses esprits plus vite que lui.

Il brandissait toujours la lampe et le faisceau répondit pour lui. Rose prit conscience que la situation était en or et voulut en profiter. Elle posa la main sur l'homme, sur sa cuisse en remontant rapidement entre les jambes jusqu'à son sexe en disant :

–Aide-moi à me relever...

Malgré la froideur de l'air et de l'eau, malgré le choc subi, Samuel réagit à ce toucher qui pouvait s'expliquer par l'imbroglio des gestes induits par l'accident. Et de deux façons. Possédant un corps d'homme, le main eut l'effet d'un bâton électrique sur lui. Surtout qu'elle frotta, augmenta et relâcha la prise. Mais deux images désagréables lui vinrent en tête du même coup: celles de Marlène et Gretel qui, toutes deux, avaient profité de lui et abusé sa volonté.

Et puis dans pareille situation précaire, on ne pouvait aller plus loin. Le toucher de Rose pouvait être un accident ou bien... un message... Pour l'heure, il fallait s'extraire de cette mésaventure et aller se sécher au plus vite.

Ils s'aidèrent mutuellement et furent bientôt de nouveau sur le pont. Elle éclata de rire :

–Des plans pour que demain, on se ramasse avec le derrière grippé...

–C'est pour ça qu'il faut se dépêcher à s'en aller au chaud.

–Suis pas trop trempée : mon manteau est imperméable un peu...

–Le mien aussi m'a protégé.

Ils se remirent en marche en s'amusant et en se parlant de tout et de rien.

Elle se demanderait dans les semaines à venir s'il avait compris le message de sa main dans le ruisseau. Lui ferait en sorte de montrer qu'il ne l'avait pas compris et il éviterait les chemins qu'elle risquait de prendre pour croiser le sien et chercher une autre situation dont elle pourrait tirer profit...

***

Chapitre 34

Donc elles furent nombreuses en ces années-là à l'école Normale à 'tomber' en amour avec le professeur Goulet. Des filles de troisième et dernière année à qui l'homme enseignait l'histoire et l'anglais. Et même quelques autres de première et deuxième qui attendaient patiemment leur heure de se laisser bercer à son charme dans ses cours et, pour certaines même, qui le faisaient déjà en secret, sachant toutefois qu'elles en avaient moins le droit que leurs aînées.

Clara et Danielle s'étaient dit et redit qu'elles "laisseraient ça à d'autres" et que le sentiment impossible devrait passer son chemin devant la maison de leur coeur. Sauf que le charme exercé sur elles comme sur toutes par un si bel homme, si paternel, si fort, fondit sur elles comme la misère sur le pauvre monde...

Il y avait toutefois une différence majeure entre la façon de chacune des deux amies de le ressentir. Pour Danielle comme pour Fernande Maheux avant elle et tant d'autres, il s'agissait d'un transfert, d'une substitution. Achille Goulet représentait leur père, défauts et consanguinité en moins. Les religieuses ne voyaient pas ces engouements d'un si mauvais oeil, qui toutes, nourrissaient elles-mêmes quelque part dans les tréfonds de leur coeur, un petit béguin secret pour cet homme d'exception.

Si pour les autres filles, aimer le professeur était aimer un père idéalisé, tel n'était pas le cas pour Clara. Ce qu'elle aimait chez cet homme n'était en rien ce qui manquait à son père adoptif mais au contraire, ce qui lui ressemblait. Sa tenue. Son langage châtié. Son raffinement. Ses talents artistiques, oratoires, manuels. Sa bonté naturelle. Sa solidité.

Et comme ça la mettait à l'abri !

À l'abri des poursuites de tous ces Laval et Maurice rencontrés sur sa route. Car ceux-là ne craignaient aucunement la présence de Laurent-Paul dans le décor et ils considéraient ce pauvre garçon malade de consomption comme un atout dans leur jeu...

À l'abri surtout de ce sentiment toujours associé à de la reconnaissance éternelle envers les Goulet, mère et fils, sentiment qui avait fini par prendre une autre teinte. Depuis qu'elle était femme, il lui arrivait des pensées fugitives, combattues, inavouables, des images taboues qui hantaient ses rêves les plus intimes et allaient jusqu'à lui faire voir Samuel à son bras, parfois même la prenant dans ses bras pour l'aimer d'amour...

Clara choisit une spécialité comme il se devait et elle opta pour celle dite 'arts et lettres', ce qui ne l'empêcherait pas d'enseigner bien d'autres matières une fois diplômée. Ou bien et probablement d'enseigner toutes les matières comme la plupart des maîtresses d'école. Et Danielle, entraînée par un élan mystique, prit l'option 'morale et sciences religieuses'.

Et pourtant, les soeurs de l'école qui avaient pour mission, annexe aux autres, de repérer les vocations puis de les cultiver, virent en religieuse bien plus Clara que son amie. C'est Cornemuse qui affermit la perception de la soeur directrice à ce sujet. Lors d'une réunion de religieuses, on mit la jeune fille sous observation. Et quelques semaines plus tard, elle fut convoquée au bureau de soeur Marie-du-Bon-Conseil.

–Tout vous réussit, jeune fille. Il semble que le Seigneur se soit montré particulièrement généreux envers vous. Ne de-

418

vriez-vous pas en retour lui être d'une grande reconnaissance en lui offrant quelque chose de plus que vos consoeurs ne sont appelées, elles, à le faire ?

La soeur renifla un peu et ses deux poireaux bougèrent, celui du front comme celui de la joue droite.

Piquée au vif d'un sentiment profond, redevable de tant de choses aux autres, surtout à ses parents adoptifs, Clara fut ébranlée et la directrice connaissait ce point faible de la jeune fille.

–J'ai pensé devenir religieuse déjà, mais...

–Mais peut-être que si les soeurs de votre paroisse natale avaient cultivé cette vocation en vous... Car la culture d'une plante est aussi importante que la plante elle-même qui sans culture finit par sécher et mourir. Qu'est-ce que vous diriez, mademoiselle Goulet, de passer une fin de semaine à notre maison mère à Québec ? Si vous saviez comme la grâce y est partout présente. Dès que vous entrerez là-bas, vous sentirez la présence du Seigneur dans les moindres recoins. Vous vivrez dans le silence, la paix et la bonté de Dieu. Dans la sécurité et le contentement. Vous n'aurez qu'à prier pour la rédemption des péchés du monde, associer votre coeur à celui de Notre-Seigneur, pleurer avec Lui et être consolée par Lui.

–Oui, mais je veux finir mon école Normale et devenir enseignante, moi...

–Mais bien entendu ! Rien ne vous en empêche, bien au contraire. Après votre graduation, dans deux ans, en 1949, vous opterez pour le monde ou bien... pour un état tellement plus élevé. La vie religieuse, c'est comme si vous viviez déjà votre salut sur cette terre. La vie civile est remplie de vicissitudes et les obstacles sont nombreux entre vous et votre salut. Non pas qu'il y soit impossible mais plus difficile et plus lointain. Dans la vie religieuse, vous vous sentez sauvée chaque jour que le bon Dieu amène et vous prête vie.

–Je serais religieuse enseignante ?

–Et peut-être même que vous pourriez aller en mission en Afrique et vous pourriez rendre aux petits Noirs et aux petites Noires ce qui vous a été donné par vos parents adoptifs et par le Seigneur.

La soeur restait à l'affût de toute réaction chez la jeune femme, de la moindre lueur dans son regard, de la plus petite teinte dans l'intonation, et elle savait qu'elle misait au bon endroit. Le visage de Clara témoigna d'un réveil mystique.

–Et puis la vie est si courte, vous savez. Quand je vous vois, Clara, je songe toujours à ce jeune homme de votre paroisse décédé tragiquement le lendemain de votre départ pour les vacances d'été.

–Luc Grégoire.

–Je me souvenais de son nom. J'ai tout lu dans L'Éclaireur. J'ai su que c'était un jeune homme bien. Mais s'il avait fait une erreur la veille, les jours précédents... je veux dire s'il avait commis un seul péché mortel... son salut aurait été compromis puisque la mort fut si soudaine... Mais quelqu'un qui reste pur toujours et qui consacre sa vie au Seigneur n'a pas à craindre une mort rapide...

Cet argument frappait bien moins l'imagination de Clara, et la soeur en prit conscience qui revint frapper sur le clou de la reconnaissance pour ce que la jeune fille avait reçu et ce pourquoi elle avait pour devoir de payer aux suivants soit à tous ceux qu'elle enseignerait, au pays ou ailleurs dans le monde.

Mais il se trouvait dans le coeur de Clara un troisième argument, bien plus fort que les deux précédents à lui avoir été servis par mère Marie-du-Bon-Conseil, et c'était son rapport avec son père adoptif. Il lui semblait que pour l'enfermer à jamais dans le secret, les portes du couvent pourraient bien être la solution finale.

–Vous avez tout le temps d'y penser, Clara. Et deux belles années encore pour évaluer. Et pour décider. L'important, c'est d'en parler. Attention, pas avec n'importe qui, mais avec des personnes de bon conseil... oui, des personnes de bon conseil...

En prononçant ces mots, la soeur entra dans le regard de

Clara comme pour la subjuguer et la pénétrer jusqu'au fond du coeur et de l'âme.

–Mais qui ? Le prêtre en confession ?

–Oui, peut-être. Aussi les religieuses qui éclaireront votre lanterne.

–Et vous, mère ?

–Certainement ! Nous pourrons nous rencontrer une fois par mois. Je vous inscrirai à mon agenda. Et je vous convoquerai le moment venu.

Puis son attaque finie, la soeur passa à des sujets divers. Elle questionna Clara sur son père adoptif, sur son père naturel et sa famille, sur ce qu'il advenait de la veuve du jeune homme décédé par accident, Jeanne d'Arc, soeur de Fernande que mère Marie-du-Bon-Conseil portait en haute estime. Elle rappela que Jeanne d'Arc avait aussi fréquenté l'école Normale, en 1936-37, soit quelques années avant qu'elle-même n'en devienne la directrice. Puis elle rangea quelques affaires et donna congé à la jeune fille.

Quand elle fut seule, la soeur toucha à chacun de ses deux poireaux: un geste superstitieux. Toutefois, elle y adjoignit une invocation à la Vierge Marie pour que s'épanouisse en Clara cette vocation dont elle était sûre.

*

Avec Danielle, ce fut l'amitié indéfectible. Elle et Clara se confiaient tout, y compris leur admiration pour le professeur Goulet, sans jamais pourtant prononcer le mot interdit : amour.

Elles se faisaient des commentaires sur ses vêtements. Elles supputaient sur ses penchants vers l'une ou l'autre de leurs consoeurs qu'elles jalousaient bien un tout petit peu alors. Parallèlement, elles se parlèrent de vocation religieuse. Et un jour, à l'approche du congé de Noël, il surgit une idée dans l'esprit en effervescence, parfois même en turbulence, de Clara. Il lui parut que la meilleure personne avec qui parler de vocation religieuse ainsi que mère Marie-du-Bon-Conseil souhaitait qu'elle le fasse, était soeur Paul-Arthur, l'amie de son père adoptif. Elle la savait par Samuel et par quelques contacts directs à l'occasion, un être de qualité, de grand intelligence, de culture et de vérité. Et puis, sous le couvert d'un échange sur sa vocation, elle pourrait sonder son coeur de femme en les fibres qui parlaient de son père adoptif. Cela satisferait sa curiosité mais aussi lui donnerait un éclairage de plus sur son rapport avec lui. Mais comment faire pour la rencontrer ? Mère Paul-Arthur avait l'habitude de passer son temps des fêtes, partie dans sa famille et partie en retraite à la maison mère. Il fallait organiser quelque chose qui sorte de l'ordinaire et le mieux était d'en parler avec Armandine. Ce qu'elle fit au téléphone.

Noël tombait un jeudi en 47. C'était la chance de Clara dont les cours se termineraient le vendredi précédent, soit le 19 du mois. Armandine dit qu'elle entrerait en contact avec la supérieure du couvent de Saint-Honoré pour lui parler et lui demander la permission d'inviter mère Paul-Arthur à un repas avant qu'elle ne quitte la paroisse pour la période des fêtes. Voilà qui permettrait à tous, à la religieuse et à Samuel tout autant qu'à Clara, de faire le point. Cette longue amitié trop intense devait déboucher quelque part selon elle et selon tous : ou bien une séparation par éloignement ou bien un rapprochement qui obligerait la soeur à briser ses voeux et à quitter sa communauté, solution détestable et scandaleuse.

À son grand étonnement, Armandine convainquit mère Saint-Théodore de permettre à mère Paul-Arthur d'assister seule, sans soeur d'accompagnement, au souper du dimanche 21 décembre. Mère Supérieure n'y posa qu'une seule condition : que Clara vienne au couvent chercher elle-même leur invitée et l'y reconduise ensuite.

Samuel faillit tomber en bas du jubé de l'orgue en apprenant la nouvelle de la bouche même de son amie religieuse après la messe du dimanche 14. Depuis leur étreinte d'octobre, ils n'avaient jamais plus jasé longuement après la messe et s'étaient contentés de quelques mots nécessaires, leurs lettres compensant pour ces douloureux silences.

Poussant loin son raisonnement voulant que le choc des coeurs et des sentiments soit plus productif encore que le choc des idées, la vieille dame invita Catherine et Roméo à ce repas, sans prévenir son fils ni même Clara, et elle leur demanda d'amener avec eux le petit Emmanuel. Et advienne que pourra dans la chaumière des Goulet ce jour de la plus longue nuit de l'année !

À soixante-quinze ans passés et maintenant diabétique déclarée, Armandine, astreinte à un régime alimentaire rigoureux, avait besoin d'aide pour les préparatifs. Elle l'obtint au-delà de ses espérances. Après avoir mis Clara au parfum quant aux invités spéciaux, et avoir demandé à la jeune fille de garder le secret, histoire de faire une surprise à Samuel, Armandine confia le gros de la tâche à la jeune femme. Tout le samedi et le dimanche avant-midi après la messe basse, Clara travailla comme une fourmi. Elle vit à tout avec le même empressement et le même art que si elle avait fait la mise en scène d'une pièce de théâtre.

Il y aurait une grosse dinde et tout ce qui va avec, une bûche de Noël, des cadeaux, des surprises, des chants au salon. Le samedi soir, elle fit même pratiquer quelques airs par son père adoptif, l'accompagnant au piano.

On savait que Samuel n'aurait pas la vedette à la messe de minuit et que c'est Roland Gosselin, le nouvel ami de Lucille Lapointe et ténor de grand talent, qui chanterait le *Minuit Chrétiens*. Personne n'avait rien à redire quant aux choix de Gaby Champagne à propos du chant choral prévu pour la messe de minuit. Et puis Lucille avait insisté auprès de la maître de chapelle qui ne s'était pas fait prier trop longtemps. Il ne s'agissait pas d'évincer Samuel pour le blesser, mais de faire savoir à toute la paroisse qu'il n'était plus l'homme de coeur de Lucille, et qu'un autre avait pris sa place.

*

Les Boutin se présentèrent au milieu de l'après-midi alors que Clara et son père adoptifs étaient absents, partis patiner non sans avoir fait une visite amicale à Laurent-Paul en passant.

Ému aux larmes, le jeune homme fut consolé autant par Samuel que par Clara. Il lui parla des récents progrès de la recherche et de réussites de plus en plus nombreuses des chirurgies requises pour éradiquer le grand mal des poumons atteints. Clara lui promit de lui faire une visite le jour même de Noël, quelque part entre les repas de famille qui exigeraient sa présence.

Au retour de la patinoire, par ce beau jour de grand soleil et de froidure, le couple se sépara. Clara se rendit droit au couvent chercher mère Paul-Arthur et Samuel retourna à la maison où il fut fort étonné de trouver les Boutin et le petit garçon.

–C'est une surprise organisée par Clara, se défendit la mère de Samuel.

–Une belle surprise en tout cas ! dit-il en serrant la main des deux époux dans l'entrée du salon.

Voilà qui brouillait quand même les cartes, songea-t-il. Catherine et Alice à la même table... Quelqu'un, Clara sans doute, cherchait-il à lui imposer de s'adonner à une prise de conscience quelconque ?

–Vous avez pas les enfants ?

–On a Emmanuel : il joue en haut dans la chambre de Clara, dit Catherine.

Là, Samuel eut des doutes importants. Pourquoi son fils illégitime et pas un ou plus des autres enfants ? Comment tirer tout ça au clair ? Il verrait à mesure.

–Je ne savais pas et ça vous indique que c'est pas moi le maître des invitations ici. Pauvre maman, elle n'est plus très solide et je ne veux pas lui imposer de fardeaux trop lourds à porter.

–Inquiète-toi donc pas pour moi, Samuel ! dit la vieille dame qui se tenait dans l'embrasure de la porte de la cuisine au pied de l'escalier.

–Saviez-vous qu'on a une invitée particulière...

–Oui, oui, ton amie la petite religieuse, dit Catherine en riant. Peut-être ta future femme ?...

Armandine observa la réaction de son fils. Elle ne s'attendait pas à du brasse-coeur aussi rapidement et s'en réjouit tout en retournant préparer des breuvages pour les invités. Mais Samuel ne trouva pas drôle cette réflexion, surtout dans la bouche de celle qu'il considérait toujours comme la femme de sa vie. Il garda son sérieux et fit un coq-à-l'âne :

–Et toi, Roméo, tout baigne ?

–Ça marche sur des roulettes.

–Les enfants, la santé ?...

–Y a notre Jeannine... souvent malade, mais jamais gravement, dit Catherine.

–Est donc pas chanceuse, la pauvre enfant !

–Et Clara, elle est pas avec toi ?

–Elle s'en vient, là... est allée chercher Paul-Arthur... Comme ça, pas besoin de soeur chaperon... Une permission spéciale de la Supérieure. Ça montre qu'on respecte l'amitié qu'on se porte, elle et moi. Et c'est le meilleur moyen de faire taire les ragots qui courent et courent encore...

–Les ragots ?

–Ça me revient souvent aux oreilles dans ma pratique médicale. Mais je passe par-dessus ça. Les gens aiment les petits scandales et ils en imaginent aisément. Ça les sort de leur quotidien ennuyeux.

–Pas pire que le curé qui est comme ça avec Marie-Anna, intervint Armandine revenue et qui montrait les deux doigts de sa main sans toutefois les coller l'un contre l'autre.

Samuel accrocha son parka et dit, le dos tourné et le regard à l'abri des questions profondes de celui de Catherine :

–L'amitié, c'est une chose; l'amour, c'est autre chose.

On attendit qu'il commente, mais il fit un autre coq-à-l'âne :

–Sont-ils passés pour la guignolée, maman ?

–Pas encore.

Roméo se sentit interpellé. Il se demanda combien d'argent il avait en poche.

–On va sortir notre portefeuille.

–On est pas si riches, fit Catherine. C'est pour nous

autres qu'ils devraient passer la guignolée.

Piqué au vif de son ego mais aussi touché par le souvenir des misères endurées par lui et les siens au temps de la crise, Roméo déclara :

–Y en a pas mal des plus mal pris que nous autres.

–Vous savez quoi ? dit Catherine. Lui, il donne à tout le monde à tout bout de champ.

–Je donne à ceux qui sont plus pauvres que nous autres. Pis j'fais pas ça pour me relever dans mon estime... pis me faire accrère...

Samuel, maintenant debout au tiers du salon devant les visiteurs assis, dit avec des gestes de la main :

–Ben Roméo, laisse-moi te féliciter ! T'as la bonne manière de faire. Suffit pas de donner un petit quelque chose au temps des fêtes pour se payer une bonne conscience pour ensuite oublier la pauvreté le reste de l'année... Je vais même aller jusqu'à dire : "Tel qui fait la charité rien qu'à Noël méprise la pauvreté au jour de l'An."

–C'est toujours à peu près ça que j'me suis dit.

Catherine intervint :

–Dans le fond, vous avez raison tous les deux. Dans le temps que je faisais les portes pour nourrir mes enfants, je le faisais en plein été. Jamais eu un refus nulle part. Sauf une fois, mais ça, on oublie...

Et la petite conversation se poursuivit. Armandine servit des breuvages. Elle fit même descendre Emmanuel pour lui donner un verre de coca-cola. On sonna à la porte. C'étaient les gens de la guignolée. Samuel alla ouvrir et remit sa contribution. Roméo accourut, tendit un billet de deux dollars :

–D'abord que vous passez pas par chez nous dans le fond du Grand-Shenley...

Pour les gens des rangs, il y avait une boîte à l'église...

Roméo ne se laissait pas aller à la générosité dans tous les domaines. S'il s'empressait au-devant de ceux traversant les mêmes souffrances que les siennes au temps jadis, il manquait d'empathie en d'autres cas. Comme à propos des grossesses à répétition de sa femme. Il recommençait à céder à sa gourmandise et donc à lui faire prendre des risques de retomber enceinte. Samuel avait chargé sa mère de savoir si tout restait sous contrôle chez les Boutin, grâce à la méthode du calendrier et à une certaine abstinence. La femme questionnerait Catherine plus tard sans en avoir trop l'air...

Et voici que retentit la sonnerie de la porte. Un coup tout bref qu'on savait être celui de Clara. Mais sachant que la religieuse serait avec elle, Samuel se leva quand même pour se rendre au-devant des arrivantes. Déjà on ouvrait. Clara tint la porte et invita la soeur à entrer. Au même moment, Armandine s'approchait de Samuel.

–Quelle belle visite ! dit-il en tendant la main.

–Bonjour à tous ! C'est pas souvent que je peux sortir toute seule... je veux dire sans une autre religieuse avec moi. La règle veut ça. Mais mère Supérieure a voulu faire une exception pour cette fois-ci.

–Mère Saint-Théodore est compréhensive, fit Armandine.

–Surtout avec vous, madame Goulet.

–Donnez-moi votre manteau, dit Clara.

–Il doit faire froid dans votre couvent mal isolé ?

–Surtout au troisième étage. Là où j'ai ma chambre...

Samuel lança un hypocrite constat :

–Ah, vous avez votre chambre au troisième étage...

Ce que la soeur remarqua plus que l'insincérité joyeuse et complice de son ami fut son retour au vouvoiement qui lui aussi camouflait leur coeur. Mais elle comprit qu'il valait mieux pour tous qu'elle fasse de même et demanda pardon au Seigneur pour les inévitables restrictions mentales à venir, à commencer par la première inscrite dans son propre vouvoiement :

–Vous avez une belle maison, docteur.

–C'est pas ma faute, c'est la faute à maman et c'est la faute aussi à Clara qui y met beaucoup de beauté depuis qu'elle est avec nous.

–Tiens, tiens, dit la normalienne, il veut me faire rougir encore. Mais... j'ai déjà la visage tout rouge à cause du froid dehors.

Les deux arrivantes finirent d'ôter leurs dessus. Clara prêta une paire de pantoufles en laine blanche à la religieuse et toutes deux purent s'avancer et saluer le couple Boutin quelque peu intimidé par le costume noir de mère Paul-Arthur. On l'avait vue de loin, on la savait jolie, mais pas autant. Son lumineux sourire à si belles dents blanches éclairait toute la pièce. Et le timbre de sa voix dans des mots nettement prononcés et sonores embellissait singulièrement sa personnalité.

Catherine fut la première à lui serrer la main après les Goulet, en disant :

–Ça me fait grand... grand... grand plaisir de vous voir.

–Et à moi tout autant, j'en suis certaine.

Cette poignée de main très chaleureuse et appuyée, soutenue par leurs mots, leur voix, leurs regards, en dit long à chacun sans révéler la même chose à l'un ou l'autre. Armandine y comprit le partage d'un sentiment commun à l'endroit de Samuel, à l'exclusion de toute rivalité entre elles. Lui ressentit du respect mutuel entre ces deux femmes et une affinité naturelle. Roméo attribua le geste de la soeur à son éducation de niveau supérieur et la réponse de Catherine à sa joie de se retrouver dans un monde à l'aise et de s'y sentir bienvenue. Clara vit l'échange d'un tout autre oeil et pour elle, c'est son père adoptif qu'il y avait dans ces mains affectueuses; elle savait qu'il aimait chacune d'elles et c'est son sentiment à lui pour les deux qui transcendait.

On était au coeur de l'après-midi. Le voisinage avait vu arriver Catherine et Roméo, puis le docteur rentrer à la maison et enfin la petite soeur accompagner Clara. Et les questions tournoyaient au-dessus des chaumières avec les fumées des cheminées. Qu'est-ce qui avait motivé cette rencontre ? Qui en avait été l'inspiration ? Armandine ? Clara ? Ou bien Samuel ? On savait que les décisions dans cette maison du docteur ne relevaient pas d'une seule personne. D'aucuns parmi les paroissiens, des hommes, en avaient même fait des gorges chaudes. *Le docteur se fait "bosser" par sa mère... par sa fille adoptive... C'est pas mes enfants qui me mène-raient par le bout du nez de même...*

Mais chez l'aveugle, on n'était pas de cet avis. La femme Lambert avait toujours admiré la façon des Goulet d'élever leur fille adoptive. Et Napoléon contredisait sans se gêner tous ceux qui émettaient une opinion défavorable sur la question, y compris Ernest au-dessus de son feu de forge et qui parfois traitait l'aveugle 'd'homme qui voit pas clair'.

On jasa de riens. On se partagea d'autres breuvages. Puis Samuel se leva et fit une demande :

–On a besoin de volontaires.

–Ça dépend pour quoi faire ? dit Armandine.

–Pour faire l'arbre de Noël.

–Pas moi, j'ai les os qui craquent comme les branches d'un sapin sec.

–Moi, dit Clara qui leva la main, mais pas toute seule.

–Moi, je veux bien t'aider, fit Catherine.

–Moé, j'laisse ça aux femmes, dit Roméo.

–En ce cas, je me porte volontaire aussi, dit soeur Paul-Arthur.

–L'arbre est coupé déjà. Il est sur la galerie en arrière. On devait le faire demain, Clara et moi. J'ai pensé que ça vous ferait plaisir de montrer vos talents.

–Quoi, fit Catherine en sautant sur ses jambes, tu savais qu'on accepterait ?

–Les femmes aiment tout ce qui brille.

–Même les religieuses, vous pensez, docteur ? demanda Sr Paul-Arthur.

–Ça, à vous de me le dire !

–L'intelligence qui brille dans les yeux d'une jeune fille comme Clara, oui.

–Encore une autre qui veut me faire rougir jusqu'aux

oreilles, dit la jeune femme.

–Si tu veux, j'peux aller chercher le sapin, dit Roméo.

–Bonne idée! Sur la galerie en arrière. Durant ce temps-là, je vais aller chercher les boîtes de décorations. On a des nouvelles boules superbement belles. Demandez à maman. Même Clara les a jamais vues. Viens-tu, Clara, chercher les boites avec moi dans la chambre à débarras ?

–Sûr !

La jeune femme portait un pantalon qu'elle avait mis pour aller patiner et un chandail de laine blanche à motifs triangulaires de couleur rouge. De tels vêtements rappelaient de beaux souvenirs à la religieuse qui ne les regrettait pas vu son voeu de pauvreté et son détachement des biens de ce monde, mais qui leur portait un regard en accentuant le charme, surtout sur la personne de plus en plus féminine de Clara.

–Vous êtes pas capable de me rattraper, lança la jeune fille à son père adoptif en escaladant l'escalier à pleine vitesse.

Ils n'avaient pas joué à ce jeu depuis qu'elle était enfant, dans l'année qui avait suivi son adoption alors qu'il cherchait à l'apprivoiser et à lui faire comprendre qu'un père n'avait pas besoin de se montrer austère et bourru pour se faire obéir et respecter. Ni l'âge ni la guerre n'avaient altéré le côté ludique de l'homme qui se mit en frais de la pourchasser joyeusement en faisant exprès de ne pas la rejoindre pour augmenter les rires.

–Deux vrais enfants ! s'exclama Armandine devant ses invités au salon.

Mère Paul-Arthur se sentit tout à coup libre. Loin des chaînes de la vie religieuse, oubliant jusque son costume. En fait ne l'oubliant pas tout à fait et se disant qu'elle devrait enlever son voile de tête noir, sa cornette blanche et sa bavette. Après tout, ses voeux ne demandaient pas qu'elle portât à tout prix ses vêtements les plus incommodants. Personne en cette famille ne lui ferait grief d'ôter ceux qui brimaient sa liberté du moment. Et n'ayant pas de chaperon pour la surveiller... D'ailleurs, entre religieuses, on chuchotait de plus en plus à propos des costumes qui favorisaient les inconvénients : chute des cheveux prématurée, transpiration et odeurs nécessaires, psoriasis pour certaines dont elle-même.

Catherine s'imagina à la place de Clara, à jouer avec lui dans sa maison, sans la guerre pour empêcher leur union, des enfants à eux pour augmenter leur bonheur et non y faire peser un poids.

–C'est beau l'enfance à vingt et à quarante ans.

–Je l'ai encore, moi, parfois et je passe soixante-quinze, fit Armandine.

–Si Roméo avait vu faire ça...

Mais Roméo était dehors à l'arrière, en train de secouer l'arbre pour le débarrasser de la neige et de la glace. Il le souleva par le tronc qu'il tenait entre les branches d'une seule main et en frappa le pied contre le plancher de la galerie. Puis il le pencha et entra en le tirant par le bon côté afin que les branches ne s'empêtrent pas dans le cadre de la porte.

Une fois à l'intérieur, il cria vers le salon sans y voir personne, du point où il se trouvait :

–Samuel, on le met où, l'arbre ?

Armandine vint lui dire de l'apporter au salon. On l'installerait à côté du piano dans le grand coin entre l'instrument et le mur du bureau médical.

Là-haut, Samuel atteignit la chambre à débarras et en ouvrit la porte pour n'y voir personne. Clara avait dû s'engouffrer dans sa chambre pour le tromper et lui jouer un joyeux tour. En temps normal, il n'aurait jamais osé se rendre dans la chambre de la jeune femme, mais là, sachant que le petit Emmanuel s'y trouvait à s'amuser dans les livres en couleurs de Clara qui les avait sortis exprès pour lui avant leur départ pour la patinoire, et s'adonnant au jeu du chat et de la souris avec tous ceux d'en bas comme témoins et complices souriants, il s'y rendit et sans frapper ouvrit la porte.

L'image qui lui sauta au visage le cloua sur place. Non

qu'elle fut déplaisante mais au contraire magnifique par la beauté, la jeunesse, la grâce qui s'en dégageaient. Une image de carte postale. Ou plutôt de peintre. Clara se tenait debout, droite, un petit sourire narquois de personnage de tableau, tenant le petit garçon contre elle, sa main qui enveloppait la tête de l'enfant, tout heureux, lui, de se sentir autant aimé soudainement.

Elle pencha un peu la tête voulant dire : vous m'avez pas rattrapée et vous le pourrez pas. Samuel prit conscience de son âge. Clara aurait pu être sa fille naturelle tout aussi bien qu'adoptive et l'enfant pourrait être son petit-fils tout aussi bien que son fils illégitime.

Leurs yeux se rencontrèrent avec la même intensité que ce triste matin de l'enterrement de Maria Boutin, mais l'homme ne put discerner la moindre lueur de détresse, ni récente ni ancienne, ou le moindre reflet de l'angoisse dans les yeux de sa protégée. Par contre, elle fut à même de lire la même tendresse que ce jour lointain dans le regard de cet homme au coeur large et généreux.

Il ferma les yeux, les rouvrit pour se rendre compte qu'il ne rêvait pas. Et il fit une autre prise de conscience. Malgré les événements, malgré son absence de cinq longues années, il avait réussi, par son geste d'antan, alors secondé par sa mère, à transformer cette petite malheureuse de 1939 en femme heureuse et accomplie, sur le point d'entrer dans la vingtaine...

Puis il regarda son fils avec amour...

***

Chapitre 35

–Tiens l'étoile, Clara, fit Catherine qui tendait l'ornement à la jeune femme montée dans un escabeau.

Malgré deux tentatives, Clara, trop à bout de bras, ne parvint pas à fixer l'étoile.

–Ça va prendre un homme ici ! dit-elle en tournant la tête vers ses deux pères qui discutaient et jetaient un coup d'oeil à l'occasion sur ces trois femmes butineuses et joyeuses en train de décorer l'arbre de Noël.

Tandis que Catherine montrait à son fils à installer une boule dans les branches, mère Paul-Arthur, un faisceau de brindilles de plomb sur la main gauche, évaluait l'équilibre des choses afin d'ajouter une autre lanière d'argent au meilleur endroit possible. Elle avait ôté les vêtements contraignants qui emprisonnaient sa tête et, aidée par Armandine de quelques coups de brosse, avait donné du corps à sa chevelure brun roux.

Il arrivait que Samuel lui jette un coup d'oeil à la dérobée ou bien quand leurs regards se croisaient, de lui dire son admiration silencieuse qu'il ne pouvait exprimer autrement. D'ailleurs, personne à part Armandine –et elle en privé– n'avait fait le moindre commentaire sur cette nouvelle image que présentait la religieuse. Clara n'aurait pas osé. Catherine avait peu vu la soeur dans son costume et ça ne lui faisait pas image d'exception.

Samuel se crut le devoir d'y aller avant Roméo pour ne pas en imposer trop à son invité qui comptait déjà le mérite d'avoir entré le sapin et assujetti dans sa base de bois cloué.

Tous le regardèrent faire pendant un moment. Roméo qui comparait l'habileté du docteur à la sienne. Armandine qui de son fauteuil de velours rouge évaluait la scène en se demandant comment la journée ferait évoluer son fils tout en étant certaine qu'il se passerait quelque chose d'important en lui. Clara qui maintenant avait le coeur à la fête et à l'action, pas à la réflexion. Catherine, envahie par un sentiment de sur-protection envers son fils. Et soeur Paul-Arthur qui s'avouait à elle-même aimer cet homme.

–Coudon, suis pas meilleur que toi, Clara, dit Samuel qui dut s'y reprendre à deux fois avant de fixer l'ornement suprême.

–Est pas tout à fait droite, commenta Armandine.

–C'est vrai, approuva Paul-Arthur.

Il retoucha l'objet ainsi que la branche qui le supportait.

–Comme ça, c'est mieux, dit Catherine.

–C'est même très mieux, blagua Clara.

Puis l'homme descendit et mit un genou à terre devant son fils qu'il prit par les deux épaules :

–Mon petit Emmanuel, vas-tu aider ta mère à faire la crèche ? Sais-tu qu'est-ce qu'il y a dans la crèche ?

–Joseph, Marie, l'Enfant Jésus, le boeuf et l'âne.

La réponse directe et sans hésitation surprit agréablement tout le monde.

–T'en sais, des choses, toi.

–Il a six ans, dit Catherine, c'est plus un enfant.

–Peut-être, mais il oublie trois autres personnes dans la crèche.

–Les trois rois mages, dit le garçon.

–Il sait tout, on ne peut rien lui montrer.

La scène en rappelait une autre à mère Paul-Arthur et son

regard se perdait entre les branches du sapin. Un dimanche après la messe, Samuel lui avait confié être le père de cet enfant et ne l'eût-il jamais fait qu'à les voir ainsi l'un devant l'autre, si ressemblants, elle l'aurait su quand même, que le lien du sang les unissait.

C'est la raison pour laquelle dans ses prières quotidiennes, la religieuse avait inclus le prénom de l'enfant dans la longue liste de ceux qui s'y trouvaient déjà, à commencer par sa famille, ses consoeurs et les Goulet.

Il parut à Catherine que ce moment revêtait une importance capitale dans sa vie, mais elle ne parvenait pas à expliquer pourquoi. Un événement était à se produire même si rien de spectaculaire ne l'indiquait. C'était comme un rêve dont on ne comprend pas les tenants et aboutissants. Il lui semblait que Samuel prenait le garçonnet par la main et que tous les deux sur le quai de la gare regardaient le train partir, un train à bord duquel la femme se trouvait avec ses bagages. Elle leur soufflait des baisers et des joyeusetés par des signes de la main et eux ne bougeaient pas, semblaient figés dans le temps...

Clara souriait. Elle avait le coeur à la tendresse. Mais une certaine tristesse de savoir ces deux-là séparés par le vie imbibait ses autres sentiments. Elle eut une pensée pour ses soeurs qu'elle verrait toutes au cours des fêtes dans une réception donnée par Catherine chez son père Roméo. Combien elle avait conservé d'amour pour elles ces huit années passées depuis leur déchirante séparation à la mort de leur mère!

–Tu veux un verre de Kik ? demanda Samuel à l'enfant.

–O.K !

Il avait dit ça comme un homme et des rires émerveillés allèrent d'un visage d'adulte à l'autre.

Quand l'arbre fut entièrement décoré, crèche montée, boîtes d'ornements rangées, Roméo demanda l'attention et fit une proposition :

–Asteur, on voudrait entendre chanter Samuel pis Clara.

–Bonne idée ! applaudit Catherine.

–Attention, dit Samuel, il y a avec nous aujourd'hui une voix aussi agréable à entendre que celle de Clara et c'est celle de mère Paul-Arthur.

–Non, non, protesta l'intéressée, je ne suis qu'une choriste bien ordinaire.

–On veut un trio, lança Armandine. Mère Paul-Arthur, Clara et toi, Samuel.

–Oué oué oué, dit Roméo.

–Mais faut quelqu'un au piano, dit Clara. M'man...

–Tu te souviens de ma vieille promesse, toi... et puis j'ai les doigts croches... pleins d'arthrite... non...

Samuel intervint :

–Mais... mère Paul-Arthur sait accompagner... Tiens, on va faire deux chansons... Mère Paul-Arthur accompagne la première et Clara la seconde... Comme ça, tout le monde est content.

Ce qui fut fait. On livra tout d'abord *Mon beau sapin* puis *Les anges dans nos campagnes*.

Catherine se laissa transporter dans un univers céleste. Elle se sentait merveilleusement bien, ainsi assise sur le divan, son fils sagement installé près d'elle et Samuel qui souvent la regardait jusque dans le coeur en lui disant, par les mots du chant, son bonheur de la voir et son amour éternel...

*

Ce fut ensuite le repas du soir. On donna congé à Armandine et ce furent Clara et Catherine qui s'occupèrent du service en son entier. Soeur Paul-Arthur voulut aider, mais on lui ordonna d'ensoleiller la table et de se laisser aimer par tous et chacun. Elle eut beau protester, dire qu'elle n'était pas un prêtre après tout, rien n'y fit.

–J'ai été nommée générale de la cuisine, argua Clara. Et je prends Catherine comme adjointe.

Personne ne fut lésé. Chacun y trouva la niche de son bonheur du jour. La soeur parla de sa famille qu'elle verrait une fois encore à Noël et dit du bien de chacun, surtout de son père qu'elle présenta comme son idole d'enfance et l'être qui lui avait tant apporté. C'est sa mère qui avait tenu le rôle plus ingrat du parent plus autoritaire et préfet de discipline. Samuel en apprit sur elle et les siens, des choses qu'elle avait toujours tenues à l'ombre de sa plus grande discrétion, et croyant qu'elles manqueraient d'intérêt pour lui.

Ce fut à partir de cette conversation et du bonheur apparent de mère Paul-Arthur que devait s'amorcer l'entretien prévu entre elle et Clara quant à la vocation possible de la normalienne. On rangea la cuisine et pendant qu'un joyeux quatuor s'attablait pour une partie de whist, Samuel ayant Catherine pour partenaire tandis que sa mère ferait équipe avec Roméo, elles se rendirent dans le bureau du docteur et y restèrent dans l'ombre pour échanger plus aisément des confidences et même des aveux comme au confessionnal.

Clara répéta ce que Sr Paul-Arthur savait déjà, soit que les religieuses de l'école Normale voyaient en elle la candidate idéale pour la vie en communauté. Elle dit qu'on voulait qu'elle en discute avec des soeurs ou des prêtres... d'où son idée d'inviter mère Paul-Arthur.

–Et avec d'autres, il faut en parler avec d'autres... Et c'est quand on a toutes les opinions qu'il faut qu'on est prête à prendre une décision. On ne devient pas soeur sur un coup de coeur. Faut y réfléchir longuement et encore, la vie se charge de vous diriger la tête dans le mur de l'incertitude... comme pour que tout soit remis en question là-dedans et que soit renouvelé votre engagement envers le Seigneur.

–Et... vous traversez une telle période ces temps-ci ?

–Oui, Clara.

–Et... c'est à cause de mon père ?

–En effet !

–Vos sentiments dépassent l'amitié ?

–De bien trop, de bien trop...

–Pourquoi ne déposez-vous pas le voile ?

–On ne brise pas ses voeux aussi simplement.

–Depuis le temps que vous êtes des amis et plus... vous

avez eu le temps d'y penser des centaines de fois... de voir comment a évolué son sentiment envers vous et le vôtre envers lui, n'est-ce pas ?

–Dis donc, est-ce qu'on a cet entretien pour parler de moi ou bien de ta vocation ?

–Faisons d'une pierre deux coups.

–Bon...

Il y eut une pause. On entendait les éclats de joie de l'autre côté de la porte et du couloir de l'escalier.

–Ça joue fort de l'autre bord, commenta Clara.

Elle se redressa sur son fauteuil à bras après avoir été appuyée, coudes en avant, sur le bureau de Samuel, depuis leur arrivée dans la pièce. La soeur occupait une chaise confortable de l'autre côté et y restait sans jamais bouger.

–On dirait que je suis en train de consulter un docteur.

–Essayons donc d'être un docteur de l'âme, l'une pour l'autre !

–Je veux bien. J'ai confiance en toi. Si tu savais tout le bien que cet homme m'a dit de toi, Clara... Si tu avais l'âge, c'est toi qui devrait devenir son épouse un jour.

Comme un coup de tonnerre accompagné d'un éclair, la phrase envahit tout l'être de la jeune femme. Comment une soeur et de surcroît une personne aussi attachée à cet homme pouvait-elle asséner un pareil coup de hache dans un pareil tabou ? Épouser son père adoptif, mais l'idée même d'un tel mariage relevait de l'illusion la plus pure, comme celle d'un voyage de la terre à la lune.

Elle ricana :

–Soyez donc sérieuse, mère Paul-Arthur ! On n'épouse pas son père adoptif tout de même.

–Qu'est-ce que tu vas chercher là ? Dans les siècles passés, bien des hommes ont épousé leur pupille. Lis un peu l'histoire et tu verras bien.

–Pour le plus grand malheur de la pupille.

–Parce que le mariage était obligé... Mais il y a eu des

beaux cas où l'amour était présent et ce furent des unions réussies.

–À mon tour de vous dire qu'on n'est pas là pour parler de mariages passés ou futurs, mais de vocation. Rien que de songer à ce que... vous dites, mère Paul-Arthur, me pousse encore plus sûrement vers le voile.

–Et nous y sommes : en plein dans l'erreur ! Bien des religieuses ont choisi cette vie en réponse à quelque chose de leur vie bien plus qu'à un appel du Seigneur. Et ça ne devrait pas être. Ce ne fut pas mon cas, mais j'en connais tellement. Au moins la moitié des soeurs sont passées par le processus action-réaction. La peur du père par exemple. Une enfance agressée. Jeunes années pénibles. Tout ça ne devrait pas entrer en ligne de compte. Seul compte l'appel du Seigneur. Le Seigneur est notre Père, tu sais. Il ne nous déçoit pas. Moi, Il a remplacé mon père. Il me comble... Tu sais ce que je dis parfois ?

–Non.

–Il n'y a que la cuisine que le Seigneur ne fait pas pour moi. Tout le reste, il s'en occupe.

Elles rirent toutes deux. Puis Clara redevint sérieuse:

–Comment le reconnaître, cet appel du Seigneur ?

–Ça se passe dans le fond de ton coeur. Une voix intérieure. À force de prier. La lumière se fera, tu verras. Ou bien quelque chose t'empêchera de voir cette lumière et cela voudra dire que tu n'as pas été choisie par le Seigneur pour le servir en communauté, ce qui ne t'empêchera pas de le servir autrement et peut-être bien mieux encore.

–Mais... la vie religieuse n'est-elle pas un état supérieur à la vie civile ?

–Aucunement ! C'est un mythe. Faut pas le croire. Tu sais, je pense qu'il est beaucoup plus difficile de vivre dans le monde que dans un couvent. Bien plus facile d'obéir que de décider. Laisse-moi t'expliquer comment ça se passe...

Ce qui devait rester profondément ancré dans l'âme de Clara, comme une impression photographique, suite à cet échange, n'était pas ce qui regardait sa possible vocation mais plutôt cette pure vision de l'esprit lancée par la religieuse à propos d'une chose hypothétique la concernant, elle et son père adoptif, chose qu'elle n'osait même pas appeler mariage... Et comme pour donner une réponse à cette évocation, elle dit à la religieuse de rester sur place et de l'attendre, avec pour intention toutefois de lui envoyer Samuel.

Ce qu'elle fit. Et elle le remplaça au whist...

*

–Tu voulais me voir ?

–Ben... je suis contente de te voir en privé, mais je l'ai pas demandé.

–Un joyeux tour de Clara.

–Je... je sais pourquoi elle l'a fait.

–Et... pourquoi elle l'a fait ?

–Je ne veux pas trahir ses secrets, tout de même.

–D'accord ! Alors profitons-en ! Ah, elle a dit que c'était à cause de ton psoriasis...

–Allons pour mon psoriasis.

–Je peux t'examiner ?

–Si tu veux, mais c'est pas nécessaire : suis en phase de rémission et tu ne verras presque rien. Ma peau est presque tout à fait lisse.

–Ça faisait tout drôle de se dire vous.

–En effet !

–Et... crois-tu qu'elle l'a, la vocation ?

–J'en doute fort. C'est les soeurs de Beauceville qui essaient de l'embrigader. Elles ont joué sur la reconnaissance qu'elle devrait avoir envers le Seigneur pour tout ce que la vie lui apporte.

–Quel beau truc de manipulation !

–Il y a de moins en moins de vocations religieuses et les autorités ont de plus en plus peur pour la survivance de nos communautés.

–De moins en moins de religieuses ?

–Le déclin a commencé en 45 après la guerre.

–Avec le boom des naissances, ça va se replacer dans une décennie ou deux.

–En attendant, c'est le krach des vocations religieuses.

–On peut nourrir les vocations, les arroser et les faire surgir de terre... mais on peut pas les faire croître à l'aide d'engrais artificiels et sur des motifs qui n'ont rien à voir...

–Tu as bien raison, Samuel.

–Je vais lui parler, à Clara.

–Tu sais ce que je lui ai dit ?

–Je devine... De finir ses études et de se trouver un mari, ce qui ne lui sera pas bien difficile dans un cas comme dans l'autre.

–Oui, et plus encore. Je lui ai dit de t'épouser, toi...

Samuel éclata d'un rire à la Grégoire. Plus que vrai même. Surfait. Qui courut sous les portes et, passant par le salon d'un côté et le couloir de l'autre, se termina en boucle à la table de whist...

Roméo y ajouta le sien, lui qui faisait retentir, comme un excité vindicatif, ses cartes gagnantes sur le tapis de plastique.

–Seigneur, ça rit fort ! s'exclama Catherine en scrutant le regard de sa partenaire.

Clara sourit un brin, inquiète. Elle se demandait ce qui avait bien pu provoquer cet éclat chez son père adoptif. Et alla jusqu'à craindre que Sr Paul-Arthur n'ait fait à Samuel la même suggestion qu'à elle-même, ce qui créerait en son âme un tel embarras. Il lui serait difficile désormais, même si elle se trompait en ce moment sur la raison de ce rire, d'envisager Samuel, et chaque fois qu'elle serait devant lui, cette phrase de plomb lui tomberait sur les paupières pour les abaisser: ''Si tu avais l'âge, c'est toi qui devrais devenir son épouse un jour.''

–C'est pour me pousser à te dire de t'épouser ? dit-il. Tu

me mets devant une image de l'impossible ? Il est vrai que ce serait plus facile de t'épouser, toi. Tu peux sortir de ta communauté, mais Clara ne peut sortir, elle, de sa condition de fille adoptive ni de son âge.

–Je ne doute pas de ton sentiment envers moi, mais je doute que tu m'épouserais.

Il s'écria :

–La semaine prochaine ! Demain matin !

–Samuel ! Samuel ! Samuel !

Il quitta promptement son fauteuil, contourna le bureau et allas se mettre debout derrière elle qui protesta :

–Faut pas recommencer ça, Sam...

–Je le fais pour exprimer mon sentiment ET ma conviction. Je t'épouserais demain, demain, demain...

–Je suis mère Paul-Arthur, épouse du Seigneur...

–Tu es... Alice... Alice Fortin, épouse future de Samuel Goulet.

Il posa ses mains sur ses épaules et poursuivit, le souffle raccourci :

–Je te devinais plus jolie encore sous ton voile, tu l'es un millier de fois plus que je ne l'avais imaginé.

–La beauté du corps n'est rien.

–Non... elle a sa valeur...

–Si éphémère...

–Non, elle est durable dans l'âge, car elle est le reflet de la beauté intérieure. Et tu en as tellement à revendre, de cette beauté-là...

Il se pencha et lui parla à l'oreille :

–Je vous aime, soeur Paul-Arthur. Je t'aime, Alice. Veux-tu m'épouser demain ?

–C'est la première fois que je sens ton haleine si proche de...

–Si proche de quoi ?

–De... ma chair de femme.

–Épouse-moi...

–Je ne suis pas celle qui t'est destinée. Je ne suis qu'une fleur bleue dans ton jardin de roses.

Il fit courir ses lèvres sur l'oreille, le cou, la joue aimée :

–Un homme doit finir par s'occuper d'une seule fleur qui sera la plus importante : sa fleur, comme l'a écrit Saint-Ex.

–Tu verras, elle a pour nom Clara, et c'est une rose, pas une petite fleur bleue ou un lys comme moi.

Il s'impatienta :

–Tu te défiles. Tu as peur. Tu aiguilles le train de ma vie sur une voie qui ne mène nulle part... droit dans un cul-de-sac... Tu me choques...

–Demain tu verras.

–Demain je t'épouse.

–Je suis fidèle à mon Seigneur.

–Je te l'ai dit: tu peux aimer le Seigneur et moi à la fois. Il n'est pas jaloux ni moi non plus.

–À lui mon âme, à toi mon corps ? Non, un tel arrangement n'est pas possible.

–C'est pas ce que je veux dire et tu le sais bien...

De nouveau impatient, il enveloppa sa tête et l'obligea à se tourner vers ses lèvres et il lui donna un baiser profond en pensant que cette fois, le lieu ne ferait pas obstacle, encore moins le regard d'un prêtre dans un miroir.

À cet effet, rien n'avait transparu dans les attitudes du curé, du vicaire et de la Supérieure du couvent. Celui qui les avait surpris attendait dans l'ombre pour utiliser l'événement ou bien il se tairait à jamais.

C'est elle qui fit obstacle en se dérobant :

–Suis venue pour avoir un entretien avec Clara. Ce serait tromper mère Supérieure, tromper le Seigneur et me tromper moi-même que d'aller plus loin avec toi. J'ai déjà péché...

–Ah, le péché, le péché ! Si tu avais vécu dans un camp de concentration, tu saurais ce qu'est le péché ! Qui n'a pas connu la misère ne sait pas ce qu'est la pauvreté. Qui n'a pas vu le vrai péché en imagine pour se flageller. Quelle religion que la nôtre !

–Tu la renies ?

–Suis pas un renégat et tu le sais. Mais cette religion abuse de nous tous et nous laissons faire les choses. Ce n'est pas bien, ce n'est pas bien du tout.

Elle se leva :

–Faut retourner avec les autres.

–Ne gaspillons pas ces rarissimes minutes à deux, rien qu'à nous deux, sans Dieu pour nous regarder depuis l'autel de l'église quand c'est pas un prêtre, sans nous inquiéter des qu'en-dira-t-on à la sortie...

Il la prit dans ses bras. Elle resta sur place mais détourna la tête.

–Je t'aime, ma petite fleur bleue.

–Restons amis.

Ils retournèrent dans la maison par la porte du salon. Le discours devint superficiel et inutile. Catherine prêtait oreille entre les éclats de son mari. Elle et Clara se questionnaient du regard. Elles se sentaient si proches l'une de l'autre...

***

Chapitre 36

Roméo avait pris la décision de se faire un 'pot' cet hiver-là. Et la seule façon, c'était de monter dans les chantiers. Pas ceux des Blais tout près, qui ne duraient pas et qui ne payaient pas beaucoup, mais ceux de La Tuque au loin, à vendre son labeur, sa sueur et son 'bogsaw' à la compagnie International Paper. Quand on a autant d'enfants à nourrir et une 'machine' à entretenir, il faut du gagne. Et c'est trois cents piastres pas moins qu'il anticipait rapporter à la maison en avril.

Pour la forme, il demanda à Catherine son accord. Elle le lui donna. Son ventre se reposerait au moins jusqu'au printemps. Mais l'homme partit inquiet après le jour de l'An. Il y avait toujours ce vieux fond de jalousie en lui; toutefois, il pouvait compter sur trois alliées de taille pour surveiller sa femme et Samuel : Armandine, Clara et la petite religieuse. Comptant sur pareille garde à laquelle s'ajoutaient le pouvoir de la morale et celui, bien plus fort encore, de la religion, l'homme boucla son pacsac et prit le train : direction les sous et les poux.

Et l'hiver 48 fut froid.

Pendant que les uns se désâmaient à travailler, les autres hivernaient dans le silence et la glace. Samuel se donna à sa pratique. Il assista six mourants. Il aida à mettre au monde une douzaine de nouveau-nés. Il eut à émettre un certificat de décès pour un homme gelé et dut faire enquête à ce propos. Paul Gilbert de Saint-Évariste avait quitté le camp du chantier des Blais dans la concession des Breakey au début d'une tempête. À l'évidence, il avait perdu son chemin puis la vie. On avait trouvé son corps appuyé contre un arbre à peu de distance du chemin de bois. Quelle triste fin pour un homme d'à peine cinquante ans !

Clara aussi se claustra. Elle se réfugia dans ses livres. Son âme connut un hiver tourmenté. Tiraillée entre ce qu'elle pensait être une vocation d'une part et ce qu'elle croyait être un sentiment coupable envers son père adoptif d'autre part. Elle se confia à Danielle qui lui conseilla de n'aller ni vers le voile ni vers le scandale.

"Dans les deux cas, c'est ta dette de reconnaissance qui te demande d'agir, mais tu dois payer à quelqu'un d'autre pour ce que tu as reçu."

Voilà ce que Danielle dit. Voilà ce que Clara entendit.

Vint avril.

La rivière Chaudière enfla, craquela, gronda, se mit en marche, passa des nuits à piétiner puis un matin fonça vers le printemps, entraînant sur son dos les plus imposantes certitudes de l'hiver. Une débâcle menaçante mais rien de comparable, suivant les dires des témoins de l'histoire, avec celles de 1945, 1929, 1896 et 1885. Et une fleur à côté du déluge de la fin juillet 1917.

Samuel eut le goût d'aller voir descendre les glaces à Saint-Martin. Personne ne put ou ne voulut l'accompagner. Clara était à Beauceville. Armandine se plaignit de son diabète. Soeur Paul-Arthur déclina l'invitation comme il s'y attendait. Il osa même téléphoner à Catherine. Mais le Grand-Shenley était impraticable, sinon en voiture à chevaux. Il n'imposerait pas un tel voyage à cette femme et de toute façon, les gens auraient jasé et il le savait. Mais il profita de l'appel pour s'enquérir de sa santé et de celle d'Emmanuel, puis de tous.

–On vous voit pas depuis le jour de l'An, se plaignit-il

sur la ligne.

—Suis allée à la messe qu'une fois par mois.

—Tu ne m'as pas dit : comment ça va ?

—Très bien ! Les enfants aussi. Tu as dû voir Carmen et Lucien tous les dimanches.

—En effet ! Mais pas leur mère et je m'inquiétais au plus haut point tout en me rassurant par la suite en me disant que rien de terrible ne saurait t'arriver sans que je ne sois le premier à le savoir.

—Tu m'as demandé de me reposer le coeur...

—Je vais aller te voir ces jours-ci; je dois aller dans ton rang.

—Attends le retour de Roméo. Il va revenir d'un jour à l'autre.

Cela voulait dire le contraire : n'attends pas le retour de Roméo et dépêche-toi de venir. Mais il y avait les nez de fouines sur la ligne...

Catherine avait besoin d'une rencontre avec lui. Seuls tous les deux. Elle ressentait cela depuis ce dimanche avant Noël, depuis cette image d'un train l'emportant vers ailleurs... Tout l'hiver, elle avait attendu, espéré sa visite. Et avait fait exprès de se rendre au village le moins possible pour qu'il soit tenté de se rendre chez elle. D'un autre côté, elle voulait laisser tout l'espace du chemin à Sr Paul-Arthur dont elle avait le plus grand respect et pour qui elle ressentait de l'admiration.

Les événements ne tournèrent pas en sa faveur. Plusieurs urgences accaparèrent Samuel et quand il eut quelques heures pour visiter Catherine, Roméo était de retour des chantiers.

*

—C'est pas le bon temps, dit-elle à son mari après l'avoir épouillé et après que l'homme eut pris deux bains à une demi-heure d'intervalle.

Il gémit :

—Ça fait quasiment quatre mois, là, coudon...

447

–Tu devrais attendre deux jours... C'est pas si long, deux jours.

Ils étaient au lit. Dans le noir. Dans la nuit.

–Quoi, ça t'a pas manqué, toé ?

–Ben... c'est pas ça l'idée...

–C'est pas une idée, ça, c'est un besoin.

Elle commit l'erreur de le toucher :

–Je pourrais... t'aider à attendre deux jours...

–Non, non, non, faut faire les afféres comme il faut les faire.

Elle dut se soumettre. Avec un peu de chance, elle ne tomberait pas enceinte. Elle n'eut pas de chance...

*

Quelques jours plus tard, Laurent-Paul quitta son village natal pour aller vivre au sanatorium. Un an s'était écoulé depuis sa pleurésie et il n'avait jamais remonté la pente vraiment. Quand il sortait de la maison en l'absence des enfants partis pour l'école, les gens le fuyaient comme la peste. Il se rendait au magasin, achetait un paquet de tabac Lasalle et du papier à cigarettes Vogue et, blanc comme un drap, ne tardait pas à retourner dans sa chambre de draps blancs où il fumait, pleurait et écoutait les prouesses de Maurice Rocket Richard à la radio.

Le docteur recommandait depuis longtemps son hospitalisation, mais le jeune homme refusait et ses parents priaient pour sa guérison, croyant sans trop de conviction que cela suffirait.

Clara l'encouragea dans ses lettres qu'elle lui expédia à intervalles réguliers. Quand elle vit qu'il espaçait les siennes et parlait de nouveaux amis à l'hôpital Laval, et même de jeunes femmes souffrant du même mal que lui, particulièrement celle-là au nom de Anita Gagné, elle ne voulut pas imposer sa présence et lui écrivit moins souvent.

*

Un autre départ tout aussi discret mais aux allures de catastrophe pour Samuel fut celui de son amie la petite religieuse. Le pire, c'est qu'elle ne le lui annonça pas à l'avance. Et ne le fit qu'une fois partie, par lettre. L'homme relut mille fois ces mots sans comprendre, sans cesser de pleurer, sans pouvoir dénouer cette chaîne effroyable qui lui serrait la gorge et le coeur. Il lui semblait que ce départ réunissait en lui seul la mort de trois êtres si chers : Elzire, Catherine et Alice elle-même.

C'est pire que la mort, dit-il tout haut une fois encore quand dans la solitude de son bureau après les heures de labeur, un soir de juin, il relut la lettre.

"Cher ami, très cher ami,

Non, ma fenêtre ne s'allumera plus le soir, mais je serai là quand même. Dans ton âme. Dans ton coeur. Dans tes lèvres aussi. Dans tes souvenirs. Dans ton éternité. Et si tu sais la voir, la lumière de ma fenêtre, tu la trouveras au fond de toi, au même rendez-vous tous les soirs de tes marches au grand air.

Il ne fallait pas que je te parle de mon départ avant que ça n'arrive. Il y avait danger. Danger de te faire trop souffrir. Les malheurs annoncés sont tellement plus douloureux. Certes, l'amitié entre nous est offensée, choquée par cet événement si triste. Mais c'est la faute d'un autre sentiment, bien trop profond et intense pour demeurer pur et beau, et bien trop beau pour demeurer aussi intense tout le temps à venir. À moins d'une séparation définitive qui, comme la glace qui conserve tout, le gardera à jamais enfoui dans le chaud de nos coeurs profonds.

J'ai tellement prié mon Seigneur, tellement, pour qu'il m'éclaire et me montre la voie à suivre. Il me l'a montrée à travers toi, à travers ta propre voie qui est ailleurs que sur mon chemin. Il fallait qu'on se rencontre. Il fallait qu'on soit les amis qu'on a été. Je suis meilleure de t'avoir connu. Et je remercierai le ciel jusqu'à la fin d'avoir mis sur ma route un homme de ta valeur. Ce que tu m'as dit de la guerre, de ta guerre à toi, m'a révélé autant les cicatrices que les richesses de ton coeur. Tu as beaucoup reçu du ciel; tu as donné de toi-même sans compter. Je sentais mon âme s'élever en ta présence...

Nos conversations du dimanche, nos correspondances me manqueront comme à l'assoiffé du désert l'eau fraîche et pure d'une oasis de verdure et de lumière.

Mon Seigneur Jésus qui est aussi ton modèle et ton guide, je le sais malgré tes révoltes exprimées parfois, te conduira à bon port: Il est nul autre que ta petite voix intérieure. Laisse-toi aller à la suivre, à le suivre, Lui, à travers toi.

Elzire a passé, Gaby a passé, Catherine a passé, Lucille a passé et maintenant c'est Paul-Arthur qui aura passé : nous avons toutes été les maisons aux fenêtres allumées, balisant ton chemin afin que tu puisses porter à quelqu'un d'autre ta sollicitude, ta bonté et ton amour.

Tu t'arrêteras bientôt pour mieux poursuivre ta route ensuite. Et je serai avec toi par tout ce qui nous a unis et tant fait vibrer.

Il y aura un rituel de renouvellement de nos voeux perpétuels à la maison mère en décembre, le jour de la fête de l'Immaculée Conception. 'Nos' concerne quatorze religieuses de notre communauté qui, comme moi, ont manifesté le désir de redire leur fidélité à leur Seigneur et au mien.

Je prierai Marie pour toi ce jour-là...

Clara sera une grande source de lumière pour ta petite voix intérieure. Cette jeune femme est tellement lumineuse. Il n'est pas impossible qu'une vocation religieuse soit endormie dans son âme profonde; il est bien possible aussi que le Seigneur l'appelle dans une tout autre direction...

Madame Goulet ne voyait pas nos amitiés d'un très bon oeil, comme bien d'autres paroissiens, et je les ai compris, mais je me savais tout de même une très belle place dans la maison de son coeur. Je crois que son invitation d'avant Noël avait pour but de nous faire comprendre quelque chose.

Quelques mots de Catherine en finissant. C'est un coeur noble et sacrifié. Une héroïne comme on se l'est dit parfois. Notre Donalda paroissiale. Je voudrais avoir son mérite. Je

450

voudrais prendre sur moi la moitié de sa souffrance. Je dis la moitié car plus que cela, j'en mourrais aussitôt. Quel être magnifique ! Quel être douloureux ! Quel être d'exception ! La quintessence de la femme en ce pays !

Tout est consommé ! Tout a été dit ! Je ne saurais lire de lettres que tu m'adresserais. Le Seigneur se chargera bien de me faire parvenir des nouvelles de toi s'Il le juge nécessaire à mon parcours. Et des nouvelles de ta mère, de Catherine et de Clara.

Embrasse Emmanuel pour moi quand tu le verras. Et vois-le souvent.

Alice. "

Clara vit ses yeux rougis quand Samuel quitta son bureau et s'assit au salon. Comment consoler un être inconsolable ? Il lui parut qu'elle devait chanter. Et elle choisit une fois de plus, comme dans toutes les afflictions grandioses, l'*Ave Maria*. Elle se mit au piano et prit le coeur de son père adoptif sur les ailes du sien pour le transporter hors du temps. L'homme pleura et pleura encore...

*

Clara put consacrer son été aux choses de la maison. À part trois accouchements où elle assista Samuel, ses contacts avec lui furent peu fréquents. Chacun sans le faire voir clairement évitait l'autre. Un tabou rôdait dans la maison, comme un spectre indésirable. Seule Armandine n'en était pas inquiétée.

Revint septembre. Un autre départ. On reconduisit la normalienne à son école pour qu'elle y entreprenne enfin sa dernière année. Dix mois d'études encore et ce serait la graduation. Clara avait la ferme intention de parler de Samuel au professeur Goulet. Et de sa vocation religieuse, si vocation il y avait. Beaucoup de confusion restait en elle suite à son entretien avec mère Paul-Arthur. Peut-être fallait-il qu'il en soit ainsi afin que lumière vive se fasse après que les propos se seraient décantés. Mais en combien de temps ?

Vivre et attendre. Ne pas faire de vagues. Elle poursuivit

son amitié avec Danielle. On s'amusa aux dépens de Corne-muse. On s'enferma dans les livres. Dans les rêves anodins. Les jours s'égrenaient comme des Avé: tous semblables, beaux et bons...

***

Chapitre 37

Le 30 octobre 1948

Ce samedi-là s'annonçait comme tous les autres chez les Goulet, si ce n'est que Clara était revenue de Beauceville la veille pour passer chez elle le congé de la Toussaint. Ce samedi s'annonçait comme tous les autres aussi chez les Boutin. Il ne le serait pas. Plusieurs êtres verraient leur destinée prendre un tournant brutal et le virage leur serait extrêmement pénible.

L'événement se préparait depuis longtemps dans l'ombre du temps et de l'imprévisible, même si certaines personnes en avaient eu le lourd pressentiment, si lourd qu'elles ne l'avaient pas supporté et toutes, l'avaient chassé de leur tête comme un indésirable, à commencer par le docteur Goulet.

Voici ce qui arriva en ce si triste jour.

Enceinte de six mois, Catherine n'allait plus à l'étable à la demande de son mari. Pour ménager son coeur dont on savait qu'il ne battait pas toujours régulièrement. Il lui arrivait en effet de faire de la tachycardie. Et puis Carmen, Lucien et Roméo avaient assez de mains pour voir à tout.

Ce matin-là, après le train, l'auto traînant une voiture à pneus chargée d'une douzaine de billots de douze pieds, fut amenée par Lucien devant la porte. Roméo sortit et monta du côté passager. On se mit en route, direction le moulin à scie où les billes seraient mises en planches. C'était la dernière occasion qu'on avait de faire scier le bois à la scierie des Blais au village ou bien il faudrait aller dans une autre paroisse. L'avant-midi avait été gelé par Raoul pour les lots de billots appartenant à des particuliers. Mais il fallait que les chargements soient dans la cour au plus tard à huit heures. On se dépêcha. On avait tout juste le temps d'arriver dans les délais imposés.

Catherine se mit à la fenêtre et les regarda partir. Il y avait des lueurs d'inquiétude dans ses yeux. Tout était d'un certain calme à l'intérieur de la maison. Sitôt après le déjeuner, Carmen était partie à pied pour aller passer quelques heures chez des voisins du rang, plus loin que les Boulanger où elle avait une amie. Emmanuel était dehors, occupé à des tâches importantes d'enfant de sept ans. Et les trois autres enfants étaient là-haut, sous la garde de Jeannine qui, malgré son handicap, avait un esprit plus vieux que son âge chronologique et cherchait par tous les moyens à faire oublier son terrible mal. Il lui paraissait que le meilleur de tous ces moyens était de surveiller Denise et Jean-Paul dans leurs jeux de bambins et de crier à sa mère s'il advenait quelque chose ayant l'air questionnable.

Il était donné à Catherine une heure de répit peut-être. Elle voulut en profiter pour écrire à Clara une lettre qu'elle mettrait à la poste le mercredi suivant, trois novembre. Car le postillon ne passerait pas par les rangs avant le surlendemain de la Toussaint et lendemain du jour des Morts. À moins qu'elle ne la laisse directement au bureau de poste sur le chemin de l'église le jour suivant... Elle n'avait pas pensé un seul instant que la normalienne était revenue chez elle pour y passer cette longue fin de semaine du début novembre, comme chaque année pourtant.

"Chère Clara,

Tu me manques beaucoup. Tu sais pourquoi je t'écris aujourd'hui à part te donner de mes nouvelles et en prendre des tiennes, c'est pour te confier une tâche. Pas lourde. Belle, je dirais. J'aimerais que tu choisisses un prénom pour l'enfant que je porte. Et si tu veux, consulte ton père adoptif, mais de grâce, que ce soit plus beau que le nom Elzire comme il l'avait fait pour ta petite soeur à la demande de ta maman Maria.

Est-ce que tu as des nouvelles de toutes tes soeurs ou bien d'aucunes restent-elles muettes, enfermées par la prison du temps perdu ? Rolande et Carmen se parlent souvent au village ou quand Rolande vient. Elles s'entendent bien. Elles font le projet de partir ensemble travailler à Montréal. As-tu vu pire ? Elles n'ont même pas encore dix-huit ans, imagine. Bon, et Françoise ? Déjà 15 ans. Si jolie, la Françoise !... Et Colette, si loin. On la voit si peu qu'on la reconnaît pas d'une fois à l'autre. J'ai l'idée qu'elle ferait une bonne religieuse, la Colette. Si réservée pour une fille de 14 ans !..."

Catherine dut s'arrêter un moment. Son écriture se mit à trembler. Elle porta la main à sa poitrine et prit plusieurs respirations à fond. C'était la meilleure façon qu'elle avait de mettre fin aux folies de son coeur. Mais quand la tachycardie s'arrêtait, c'est le bébé qui s'agitait dans son ventre.

"Et toi, comment c'est, ta dernière année ? Tu dois corriger des fautes dans ma lettre. Je n'ai pas fait de longues études comme tu sais, mais j'ai beaucoup lu et j'ai appris à écrire un peu. Ton père corrigeait mes fautes quand on s'écrivait avant son départ pour la guerre..."

De nouveau l'écriture se mit à vaciller et le coeur à battre trop vite. Respirations. Retour à la normale.

"J'ai quelques problèmes avec mon coeur aujourd'hui. Il s'emballe sans la moindre raison. Je ne suis pas fatiguée, en tout cas pas plus qu'en un autre temps. Mais quand il s'énerve et qu'il m'énerve, je lui joue un bon tour et il se couche et arrête de japper. Je parlais de Samuel. T'a-t-il déjà confié qu'il avait des prémonitions ? Il a vu longtemps d'avance la mort de Luc Grégoire. Il m'a dit que c'était fréquent au camp de concentration. Il a dû te le dire aussi. Maintenant que soeur Paul-Arthur est partie, tu restes sa seule confidente. Mais je sais qu'il ne veut pas parler de cette période de sa vie pour mieux l'oublier..."

Nouvelle attaque. Nouvelle défense.

"Mon propos est décousu aujourd'hui. Je dois m'arrêter à tout moment et la suite de mes idées est maganée par les distractions venues de l'intérieur de mon corps. Je ne sais pas si Samuel a eu une prémonition à mon sujet, mais moi, j'en ai une. C'est une sorte de rêve éveillé. Ton père est sur le quai de la gare avec le petit Manu et tous les deux me regardent partir par le train dans lequel je suis avec mes bagages. Cette image me revient toutes les semaines et de plus en plus claire. Mais ce n'est peut-être pas une prémonition non plus. C'est comme si j'allais mourir. Mais il manque quelque chose qui devrait se trouver sur le quai de la gare. Ou plutôt quelqu'un. Toi. Quelque chose me dit que tu devrais te trouver là avec ton père (Samuel) et ton "demi-frère" à me regarder m'en aller. Quoi qu'il arrive, souviens-toi de cette image, non celle que je vois, mais celle que je devrais voir ! Et si je ne la vois pas telle qu'elle devrait être, c'est qu'il y a un blocage en moi, un tabou qui me voile la vue. Et s'il me voile la vue, il voilera la tienne tant que tu ne le jetteras pas dehors.

As-tu hâte à ta graduation ? As-tu hâte de faire l'école enfin ? Tu aimes tellement les enfants depuis que tu es toute petite. Ton père me l'a souvent dit. Tu avais huit ans et tu étais déjà une petite mère pour tes petites soeurs et ton petit frère... Et une petite maîtresse d'école aussi... Mais tu verras, le jour où tu auras ton enfant à toi dans tes bras, ce sera encore plus grand, surtout si le père est l'homme de ton coeur et de ta vie.

Tiens, mon coeur qui fait encore des siennes. Je ne sais pas ce qui lui prend aujourd'hui. C'est un beau jour clair. Tout est calme. L'air dehors est un peu frisquet, c'est tout. Il me vient une idée pour le faire tenir tranquille: une bonne marche à l'étable. Je vais aller chercher les oeufs. Carmen a oublié de le faire ce matin. Il doit bien y en avoir une bonne douzaine et plus qui m'attendent. Je vais te revenir, Clara. J'espère avoir assez grand de mains pour rapporter toute la ponte de nos vieilles pondeuses grises..."

Catherine se proposait de revenir terminer sa lettre. Elle

laissa donc la tablette à écrire grande ouverte sur la table et son crayon à mine posé sur les mots. Et se rendit mettre une veste d'homme par-dessus sa robe couleur feuille-morte qu'elle portait tous les automnes depuis trois ans au moins les jours de grand soleil.

Sur une ferme, en ce temps-là, on ne surveillait pas tous les gestes des enfants de sept ans. Et il arrivait souvent qu'on les perde de vue. Mais d'une heure à l'autre, on se demandait où ils se trouvaient et s'il y avait quelqu'un de responsable aux alentours, soit un autre enfant d'au moins une douzaine d'années.

–Emmanuel !?

Nulle réponse.

–Emmanuel ?!

Cette fois le garçon se manifesta. Par son silence d'entrée de jeu, il avait voulu montrer son autonomie, son esprit d'indépendance. Après tout, il avait sept ans faits déjà. Et il venait de commencer sa deuxième année de classe. Il savait lire, écrire, compter et connaissait par coeur une trentaine de répons de la messe et réponses du petit catéchisme. Il avait pour modèle son grand frère Lucien et s'efforçait de se conduire comme lui en toutes choses. Quant à Roméo qu'il croyait être son vrai père, il le craignait en silence et ne parvenait pas à se laisser transpercer par ses sourires et ses propos mielleux à son endroit. Cela ne lui paraissait pas naturel du tout. La volée reçue trois ans auparavant avait laissé en lui des traces indélébiles, et noueuses comme des cicatrices.

–Icitte, maman !

Elle s'avança jusqu'à voir derrière le hangar et l'aperçut qui s'affairait le plus sérieusement du monde à la construction d'une petite cabane attachée au mur de la bâtisse. Le garçon était vêtu de culottes d'étoffe brune et d'une chemise à carreaux à deux couleurs: le vert et le rouge séparés par de larges lignes noires. Convaincu d'être un homme; vêtu comme un homme; tâchant de manier le marteau comme un homme.

–Pourquoi que tu dis pas 'ici' au lieu de 'icitte' ? C'est

plus beau.

–Ben... Lucien dit 'icitte', lui... Pis papa itou...

–Faut dire 'ici'. Comme moi, comme Clara, comme le docteur Goulet. Ça témoigne d'une belle éducation.

–Ben O.K. d'abord !

Elle examina son oeuvre pendant une seconde ou deux :

–Veux-tu ben me dire après quoi que tu vernousses de même ? C'est quoi, ça ?

–Une cabane à chien.

–Le chien... mais il est tout le temps dans la maison à part que le jour.

–C'est Lucien qui...

–Comment ça se fait que t'es pas allé au village avec eux autres ? Je les ai vus partir sans toi tout à l'heure.

–Pas vus partir, moé.

–Ils ont emmené le chien ?

–Ouè...

–Ben fais attention pour pas te donner un coup de marteau sur les doigts, là. Parce que tu vas trouver que ça fait mal pas mal...

–Ouen...

La femme fit demi-tour. Et, brimbalant son ventre sur lequel son fils avait jeté plusieurs coups d'oeil inquisitifs sans toutefois comprendre, elle se rendit à l'étable ramasser les oeufs frais comme elle l'avait dit à Clara sur sa lettre.

Les pondeuses accomplissaient leur tâche dans de petits nids étroits aménagés en une rangée juchée contre le mur d'une section de l'étable dite le poulailler, mais qui n'était vraiment séparée du logis des vaches, chevaux, cochons et moutons que par une frontière virtuelle.

C'était l'endroit le plus malpropre et malodorant de toute la bâtisse à cause de la fiente séchée sur les traverses et çà et là par terre dans la section. Mais Catherine portait des bottes d'étable et au sortir de la bâtisse, elle les décrotterait comme d'habitude à l'aide d'un bâton et d'eau courante venue d'une champlure extérieure.

Au moins trois poules grises cacassaient, signe qu'elles étaient à pondre ou venaient de le faire. La femme glissa sa main sous chacune et trouva au creux du nid parmi le duvet ventral un oeuf encore humide et tout chaud. Puis elle passa aux nids déserts, et y trouva dans presque tous un ou deux oeufs, à telle enseigne que bientôt elle en eut plein les mains et une rangée sur les bras. La cueillette étant tardive, il y en avait quatre de plus qu'à l'accoutumée de ces semaines-là et il aurait fallu que Catherine apportât avec elle un récipient pour contenir les oeufs et ne pas risquer d'en faire une omelette avant l'heure.

Quand elle prit le dernier, une volée de coups de pied lui fut donnée par le foetus en elle et cela ne suscita dans tout son être qu'une infinie tendresse. Car elle était femme à aimer de toutes ses forces l'enfant en devenir dans son corps. Mais le temps d'y songer ne lui fut pas donné. Le foetus avait-il pressenti le pire et voulu sortir d'elle à tout prix pour préserver son existence ? Quoi qu'il en ait été, c'est le coeur qui fut pris d'une nouvelle attaque de tachycardie et cette fois, ce n'était pas une simple affaire. Le battement s'accrut encore et encore et les manoeuvres respiratoires de la femme n'y faisaient plus rien. Des oeufs commencèrent de tomber. Les uns se brisaient sur le ciment, d'autres pas, qu'un lit de foin protégeait s'ils heurtaient le sol sur la partie forte de leur coquille.

Catherine était près de paniquer. Elle se dit que de crier permettrait peut-être l'arrêt de la crise et le fit :

–Emmanuel ! Emmanuel ! Emmanuel !

La voix sortit à l'extérieur par la porte ouverte. Elle atteignit le garçon tant elle était pointue, alarmante. Il eut le réflexe de l'indépendance et continua ses travaux dérisoires...

Catherine se pencha à demi pour laisser tomber ses oeufs sur une surface moins risquée où un petit amas de paille humide se trouvait. Mais ils se fracassèrent les uns contre les autres et elle dut s'en débarrasser pour se frapper la poitrine afin de choquer son coeur et le forcer à revenir à la normale.

Car elle avait glané des renseignements sur la tachycardie, de Samuel qui s'en inquiétait souvent et le lui disait, et la suivait par des interrogatoires fréquents à ce propos.

Le foetus reprit sa danse désespérée dans son ventre. La femme se mit à voir noir tout autour. Les choses valsaient dans le brouillard. Elle trouva moyen de s'agenouiller en s'appuyant contre le mur sali, et ses genoux finirent de briser les oeufs qui ne l'étaient pas encore.

Puis elle tomba assise, frappant sa poitrine à coups répétés, grands pour elle, mais qui auraient paru dérisoires à l'observateur. Le pouls devait dépasser les 200 battements à la minute maintenant. La noirceur prit tout l'espace dans ses yeux. Elle demeura un moment ainsi assise, hébétée, le regard fixe, les bras tombés, puis elle s'écroula sur le côté. Sa tête heurta le ciment et la peau du crâne s'ouvrit pour laisser passer un filet de sang qui ruisselait doucement à travers les déjections blanches des poules indifférentes tout autour. Le foetus se débattait encore davantage et les spasmes cardiaques se poursuivaient. Mais Catherine Bussière, la quêteuse de grands chemins, avait terminé sa vie de souffrance même si la vie s'agrippait encore à elle et en elle.

Avant de rendre l'âme, elle eut une vision. Il lui parut qu'une couple de mariés marchait dans l'allée centrale de l'église vers la sortie et vers une vie de bonheur paisible. Elle reconnut les partenaires qu'elle voyait de dos: c'était Samuel et elle-même dans une magnifique robe blanche. Une joie incommensurable la prenait toute. Puis la magie du rêve l'emporta sur ses ailes et la fit voler jusque devant ce couple et alors, le personnage de la mariée lui parut ne pas être elle-même mais quelqu'un d'aussi familier que Clara... en fait, il s'agissait de deux personnes en une seule, ce formidable mélange de Clara et d'elle-même dont il lui était arrivé déjà de rêver tout éveillée. Cette prise de conscience augmenta encore son bonheur déjà immense...

Le garçon se pencha sur sa mère et la toucha, la secoua en la prenant par le bras :

–Maman, maman... réveillez-vous... réveillez-vous...

Il aperçut un mouvement de son bras gauche et comprit à voir le sang qu'elle était tombée et s'était assommée. Et il dut réfléchir. Comme un homme. Pas un adulte ne se trouvant à la maison, il fallait qu'il entre en contact avec quelqu'un de responsable. Carmen, Roméo, Lucien, tous les noms passèrent à la vitesse de l'éclair et la solution lui vint : il fallait téléphoner au docteur tout de suite. Il se leva et courut à la maison. Ça aussi, on lui avait montré à le faire, et il décrocha le récepteur et tourna la manivelle de la sonnerie. Cécile Jacques lui répondit. Le garçon demanda :

–Le docteur...

–Qui c'est qui parle, là ?

–M'manuel Boutin... ma mère est malade...

–Quoi ? Elle est où, ta mère ?

–Dans le poulailler... Couchée à terre...

Cécile qui avait failli raccrocher la ligne pensant avoir affaire à un enfant curieux, brancha aussitôt sur celle du docteur Goulet et resta à l'écoute.

Clara répondit :

–Bureau du docteur Goulet.

–C'est M'manuel...

–Bonjour, toi, c'est Clara.

–Maman est malade dans l'étable...

–Ta mère est malade ?

Clara pensa aussitôt à la grossesse de Catherine et à une possible fausse couche.

–Elle est debout ?

–Non... à terre.

–Papa Roméo, il est où, lui ?

–Parti au moulin avec Lucien.

–Pis Carmen ?

–Partie...

–Où ?

–Sais pas...

La jeune femme ne voulut plus perdre une seule seconde à questionner. Elle coupa court à l'appel :

–Ben va vite l'abrier comme il faut, ta mère, on arrive, 'pa et moi.

Armandine avait entendu et demeurait debout, silencieuse, dans le couloir à côté de l'escalier, terriblement inquiète et n'osant aller vers la porte donnant sur le bureau du docteur.

–C'est le petit Manu. Sa mère est étendue dans le poulailler... Ça doit être une fausse couche... Je cours chercher 'pa...

Ce qu'elle fit. Samuel blêmit en apprenant la nouvelle. Il commença de mettre dans sa trousse le nécessaire en vue d'un avortement à traiter et demanda à Clara de se rendre mettre l'auto en marche et de l'avancer près de la porte.

–Sais pas ce qui se passe, mais ç'a l'air urgent pas pour rire, dit la femme de l'aveugle à son homme en regardant la Chrysler s'élancer dans la rue puis vers le bas du village.

–Sors voir s'ils prennent le 9, le Grand-Shenley ou ben la Grande-Ligne...

Elle le fit et cria à Napoléon :

–La Grande-Ligne...

Mais elle se trompait. On allait prendre Roméo au moulin. Il suffirait de deux minutes et on sauverait peut-être énormément de souffrances futures à Catherine en mettant son mari devant celles du moment. Car Samuel, entraîné sur une fausse piste par une supputation de Clara, ne songeait qu'à un avortement et aucunement à une attaque grave de tachycardie.

Clara, au volant, klaxonna encore et encore jusqu'à alerter non seulement son père naturel qui était à rouler des billes vers le convoyeur, mais aussi Raoul Blais à la grande scie en haut et François Bélanger qui émergea de son réduit sous la bâtisse. Lucien, lui, était à l'autre bout du moulin pour recevoir les planches et les cager sur la voiture à pneumatiques. On n'avait pas le temps de se préoccuper de lui.

Roméo accourut, fut informé, monta sans délai à l'arrière avec le docteur. Habilement conduite par la jeune femme, l'auto reprit la route principale puis le rang et passa à vitesse maximale.

Au milieu de la côte, Samuel n'y tint plus : il attaqua Roméo avec plus de mordant encore que l'automobile ne le faisait avec la pente.

–Je t'avais demandé de laisser reposer son ventre et son coeur... tu vois là... elle est en train de faire une fausse couche dans l'étable...

L'homme se contenta de hausser les épaules. Lui qui avait passé par la mort de sa première femme des suites d'un accouchement, songeait au pire. Et son malaise intérieur l'emportait sur toute forme de remords de conscience. Il se renfrogna et porta son regard vers les champs et les bois, puis les maisons du rang qui défilaient à vive allure.

Aucun des deux hommes ne se plaignit de la vitesse jusqu'à laquelle Clara poussa l'auto. Et puis les fraîches de l'automne écrasaient la poussière au sol. On arriva enfin. Et on se rendit jusqu'à la grange. Assis devant la porte aux trois quarts fermée, Emmanuel avait l'air anéanti.

Samuel fut le premier à l'intérieur de l'étable. Il trouva Catherine couchée sur le côté, la tête seule visible et le reste de son corps enterré d'une couche de foin qu'il dégagea d'un coup de main en s'agenouillant auprès d'elle pour trouver en plus, sur le corps, plusieurs poches de jute.

Il porta la main au cou et ne trouva pas le pouls. Jamais le médecin qu'il était n'avait ressenti pareil choc, pas même quand il avait constaté la mort de son ami le prêtre au camp de Dachau. Tremblant, il mit le stéthoscope sur ses oreilles et sonda la poitrine sans trouver de battement cardiaque. Puis défit la chemise et ausculta le ventre. Là, il y avait un coeur qui battait faiblement. Il savait que c'était celui du foetus. Il fallait ramener l'autre à battre ou bien celui-là aussi s'arrêterait. Peut-être qu'il n'était pas trop tard ! Peut-être que le coeur avait un battement de temps à autre et que cela permettait d'irriguer au minimum le cerveau ! Peut-être que le battement venait tout juste de cesser !

Emmanuel restait debout, l'air effaré. Roméo tout autant. Clara ne parvenait pas à retenir ses larmes. Cela la ramenait loin en arrière, si loin et si près... des affreux moments ayant suivi la mort de sa mère...

La petite Clara s'effondra en larmes et s'assit sur le bord du lit. Puis elle coucha sa tête sur le ventre inerte et se vida d'une mer de sanglots. Comme si toutes les misères de sa vie et de la vie de cette maisonnée avaient déferlé en trombes depuis son coeur vers celui, arrêté, de sa mère...

Le docteur posa son poing droit sur la poitrine immobile et y appuya la main. Il donna un premier coup, un deuxième, un troisième, un quatrième... Et il mit le récepteur de son du stéthoscope sur la poitrine sans rien recevoir.

–Fais queuq' chose, fais queuq' chose, se mit à répéter Roméo comme si Samuel avait été passif devant la situation et parfaitement inutile.

Il voulait dire 'sauve-la', 'sauve-la'...

Mais les embouts auriculaires de l'appareil empêchaient le docteur d'entendre. Puis une vache parfois meuglait. On ne les avait pas toutes mises au clos après la traite matinale. Et les cochons grognaient. Et quelques poules caquetaient en marchant sur leurs pattes prudentes qui mesuraient les pas et sondaient la surface où elles se posaient avant de s'y appuyer de tout leur poids.

–Reprends vie, reprends vie, se mit à gémir Samuel qui poursuivait son manège sans relâche.

–Je peux t'aider, Samuel ? dit une voix forte très près de l'oreille du docteur. Je peux travailler sur le coeur et toi à la respiration artificielle.

Les mots resteraient à jamais gravés dans l'âme du docteur. Sa fille adoptive venait de le tutoyer pour la première fois, mais il n'en prendrait conscience que plus tard. Elle l'avait fait sans y penser, toute à sa préoccupation de se rendre utile, de le seconder et de sauver la vie de cette pauvre femme qu'elle aimait tant depuis toutes ces années et à qui elle vouait une telle admiration et une si grande reconnaissance.

C'est en pleurant que Clara prit la place du médecin tandis que lui s'accroupissait sur elle pour pratiquer la respiration bouche à bouche.

On tenta l'impossible. À l'impossible nul n'est tenu.

Après une heure d'essais perdus, d'écoute silencieuse du coeur éteint, de colère et de prière mélangées, Samuel se rendit compte que même le foetus avait cessé de vivre et qu'il ne se trouvait plus aucune vie dans la poitrine de celle qu'il avait tant et si mal aimée.

Alors il s'assit par terre, à côté d'elle, sur le foin et la fiente des poules, et il se mit à pleurer, épaules rabattues en avant, stéthoscope accroché au cou et dont le tube flexible pendait dérisoirement devant sa poitrine compressée. Clara qui n'avait pas cessé, elle, de verser des larmes depuis son arrivée en ce lieu funeste, n'en versa plus. Il lui parut recevoir d'en-haut, de Catherine sans doute, se dit-elle, la force nécessaire pour traverser l'épreuve terrible. Quant à Roméo, il tourna le dos à la scène comme pour en refuser l'horreur. Il appuya ses mains contre le cadre encroûté d'un châssis et sanglota. Emmanuel qui était resté figé comme une petite statue de sel tout le temps du travail de réanimation, s'agenouilla auprès du corps de sa mère et il gémit, suppliant par des sons inintelligibles. Il comprenait l'enfermement de la solitude profonde. Qu'adviendrait-il de lui sans sa mère ? Et il touchait la main inerte, le bras inerte, le ventre inerte sans parvenir à transmettre de son âme propre qui puisse redémarrer la vie en elle.

Quand ils pleurent, les petits hommes ne sont plus que de grands enfants.

Mais les pleurs n'empêchent pas les coeurs de battre ni les pensées de naître. Samuel se souvint d'Elzire à qui, pour la première fois, il ne songea plus comme à sa 'chère' Elzire et cela permit à sa douleur de s'amenuiser un peu. Il avait fait connaissance depuis longtemps avec les grandes souffrances lors de ses visites au Mont Sinaï puis à Dachau et à son retour en 1945 devant le perte de Catherine, et dans une moindre mesure, il avait vu et fréquenté la douleur des autres dans sa pratique médicale : tout ça le prit par le bras et l'aida à se relever. Il songea à déterminer la cause exacte du décès qui n'était visiblement pas un avortement mais ressemblait à une perte de conscience suivie d'une chute et d'un choc mortel de sa tête contre le ciment.

–Je vais téléphoner à...

Il ne termina pas sa phrase. Il s'agissait de Dominique Blais, le représentant des pompes funèbres. Puis il reprit la parole avant de s'éloigner et de sortir de la grange :

–Clara, occupe-toi de consoler ton... petit frère.

C'était un lapsus voulu. Bien sûr que Clara, fille de Maria et Roméo, n'avait aucun lien du sang avec Emmanuel, fils de Catherine et Samuel, et qu'elle et lui étaient en quelque sorte des enfants échangés entre les deux pères par les circonstances dramatiques de la vie ! Mais il s'agissait là des deux premiers mots en vue de l'adoption de l'enfant.

Non, il ne laisserait pas son fils entre les mains de n'importe qui, sans quelqu'un d'aussi grand que Catherine pour en faire un homme. Voilà à quoi il pensait en entrant dans la maison où son regard tomba aussitôt sur la tablette à écrire. C'était la main de Catherine, c'était à l'adresse de Clara. Il en prit connaissance, cherchant à y trouver des renseignements susceptibles de le guider. La réponse à sa question était claire et nette, noir sur blanc, inscrite par la morte elle-même en ses mots: une attaque de tachycardie.

–Il aurait donc fallu ménager ton ventre et ton coeur ! dit l'homme penché sur la table, mains appuyées de chaque côté de la lettre, le regard qui s'embrouillait de larmes de nouveau.

Et après l'appel téléphonique, il songea à toutes ces femmes de ce pays qu'une religion concentrationnaire forçait à trop d'enfantements, à trop de misère, à trop...

*

Carmen hérita des responsabilités de sa mère en attendant que son père reprenne femme. Un seul enfant partirait de la maison: Emmanuel. Il y avait eu consensus immédiat chez les Goulet, entre Clara, Armandine et Samuel. Dans huit mois, la jeune femme serait de retour et ses études auraient pris fin; et elle tâcherait de trouver du travail dans les environs. Entre-temps, Armandine, affaiblie par l'âge et son diabète, pourrait compter sur autant de support qu'elle en aurait besoin. Imelda Lapointe viendrait aider. Bernadette appela pour offrir quelques heures par semaine. Et jusque Éva qui proposa de garder le petit Manu quand les Goulet auraient à s'absenter sans pouvoir l'emmener avec eux. Il ferait ami avec son dernier...

*

Catherine fut enterrée le deux novembre, jour des Morts, aux côtés de Maria, première femme de Roméo, dans le lot des Boutin. C'était une journée pluvieuse, venteuse, tordue. Les assistants à l'enterrement avaient du mal à contrôler leur parapluie noir ou gris qu'il fallait pencher pour que la pointe menaçante tienne un peu le vent à l'écart...

Carmen et Lucien se soutinrent l'un l'autre. Roméo resta fin seul au bout de la fosse dans son manteau noir trop long. Il eut une crise de larmes et quand fut terminée la cérémonie, il prit presque la fuite. C'était sa seule porte de sortie. Tout le temps des prières du prêtre, deux noms sur le monument, l'un déjà là, celui de Maria, et un autre à venir, celui de Catherine, lui avaient asséné sur le coeur et l'âme les incessants coups de merlin de la culpabilité.

Il ne resta bientôt sur place, à côté du tas de terre, que Clara et Samuel, aux imperméables marine battus par le vent, mal protégés par un grand parapluie profond tenu par elle, et qui devaient se tenir l'un contre l'autre pour faire face aux violences du ciel. Et tous deux, sans même qu'ils ne se le disent, partageaient un semblable sentiment : il leur fallait parler ensemble à Catherine et Maria. Leur parler de coeur. Et de concert. Il paraissait à Samuel que ces deux femmes avaient trouvé la liberté. Et que le silence éternel de la mort remiserait l'amour ressenti par Clara pour elles et le sien pour Catherine, dans la grande chambre des grands souvenirs.

Si le coeur de Clara était bouleversé depuis le moment où elle avait entendu Emmanuel appeler à l'aide, son âme était restée comme immobile. Il s'y tramait des complots entre le vent et la pluie, et la foudre elle-même assistait aux réunions secrètes, mais l'esprit de la jeune femme demeurait dans l'oeil de la tornade. L'enfant qui se trouvait en elle depuis toutes ces années vint la prendre par la main et elle se mit à fredonner doucement l'*Ave Maria* sans dire les mots, seulement à faire entendre la mélodie à bouche fermée.

Samuel glissa son bras autour de ses épaules. Il leur parut à tous deux que cela allait de soi. C'est alors qu'on s'approcha d'eux par l'arrière. Un pas court et léger. Comme celui d'un vent d'été. Un pas feutré, cloîtré. Le couple n'en prit pas conscience sur-le-champ. Quel retardataire aurait bien pu se trouver là à part Bernadette Grégoire qui à chaque cérémonie d'enterrement –elle assistait à toutes– était la dernière à quitter le cimetière pour devoir frapper à trop de portes tombales afin de rapporter aux défunts les bonnes nouvelles de la paroisse.

L'homme ajouta sa voix à celle de sa fille adoptive. Puis, venue de l'inconnu, de l'au-delà peut-être, une autre voix entra dans le chant céleste de Schubert. Elle s'introduisit avec tant de finesse, comme sur le bout des pieds dans les fleurs, qu'on la crut venir de l'imagination jusqu'au moment où, ensemble, les Goulet s'arrêtèrent... Ils se tournèrent et virent près d'eux soeur Paul-Arthur qui les regardait tous les deux avec une infinie tendresse.

–Alice ! s'étonna Samuel.

–Suis venue déposer une fleur sur la tombe de Catherine. J'ai pas voulu venir au corps ou à l'église ni même à la cérémonie de tout à l'heure.

–Voulez-vous être seule avec elle ? lui demanda Clara.

–Non... il semble qu'elle a guidé mes pas vers vous deux tout en m'appelant à elle.

Protégée par un parapluie noir, toute de noir vêtue, le visage plus pâle que jamais, la religieuse tenait dans sa main droite une rose. D'où pouvait donc venir cette fleur en cette saison ? Elle la leur tendit sans rien dire. Ils comprirent que c'était pour qu'ils la déposent sur Catherine. Ils se demandèrent s'ils devaient la jeter sur le cercueil dans la fosse pour qu'elle soit le plus près possible du corps. Puis convinrent qu'il valait mieux en faire un témoignage d'amour à montrer aux vivants. Et ensemble, ils allèrent la placer sur la petite pierre tombale de forme carrée qui porterait bientôt le nom de cet être devenu martyre de son temps.

Quand ils firent demi-tour, la religieuse s'éloignait déjà. L'on comprit qu'il serait vain et inopportun de la rappeler, de lui crier quelque adieu que ce soit. Son choix était de partir ainsi, de s'évanouir en silence à jamais dans la grisaille de la vie terrestre...

*

Ce soir-là, Samuel se mit à la cuisine avec Clara. Il avait pris la décision d'apprendre à préparer les repas afin de dégager Armandine et faire en sorte que son fils soit nourri sainement et convenablement. On tâcha ensuite de ranger le deuil avec la vaisselle, sachant qu'on devrait bien continuer de le subir tous les jours pendant longtemps.

De retour à la maison après ce pénible voyage au pays de la tristesse profonde, il fallait maintenant ramener un peu d'ordre dans les coeurs. L'on se rendit au salon où fut interprété en duo un chant qui portait le titre de *Alice*∗ et dont le personnage donnait à penser non pas qu'à soeur Paul-Arthur, mais tout autant à Catherine. Comme si le deuil avait fait d'elles une seule et même personne...

Au loin tout sommeille,
Du jour l'astre s'enfuit,
Phébé luit vermeille,
Tout semble heureux la nuit.
Moi seul à cette heure,
Moi seul, triste, abattu,
Je souffre et je pleure,

∗paroles C.E. Gadbois

Alice, où donc es-tu ?
Ici, chaque soir,
Ta voix m'a dit : "Je t'aime."
Ah ! près de moi reviens t'asseoir.
Ah ! viens, toi que j'aime,
Mon coeur est le même hélas ! et chaque soir
Seul en ces lieux, seul à présent, je viens m'asseoir !
La fleur s'est fanée,
Mais c'est jusqu'au printemps,
Depuis une année
Ma rose, te t'attends.
Tu restes cachée,
Ton chant même s'est tu;
Partout je t'ai cherchée,
Alice, où donc es-tu ?
Faut-il que mes yeux
Des nuits percent les voiles ?
Faut-il chercher aux cieux ?
Ah ! viens, luis sans voiles.
Parmi tant d'étoiles
Tu brilles dans les cieux,
Ô douce étoile, ô douce étoile, tu luis aux cieux.

Emmanuel écouta religieusement. Il avait un peu moins peur maintenant...

***

Chapitre 38

Tout l'hiver, Clara relut et relut la lettre de Catherine afin de s'imprégner de tout son sens profond. Et elle se demandait quel prénom elle aurait choisi pour son enfant s'il était né. Pour une fille, sûrement qu'elle aurait voulu Alice, mais pour un garçon... Ce qui la préoccupait bien davantage était ce passage un peu obscur dont elle devinait le sens mais qu'en fait, elle refusait d'envisager:

Quelque chose me dit que tu devrais te trouver là avec ton père (Samuel) et ton "demi-frère" à me regarder m'en aller. Quoi qu'il arrive, souviens-toi de cette image, non celle que je vois, mais celle que je devrais voir ! Et si je ne la vois pas telle qu'elle devrait être, c'est qu'il y a un blocage en moi, un tabou qui me voile la vue. Et s'il me voile la vue, il voilera la tienne tant que tu ne le jetteras pas dehors.

Mais la vérité commença d'émerger dans son analyse le jour où elle décida de l'assumer pleinement. Deux femmes aimées de son père adoptif, l'une maintenant plongée à jamais dans le silence de la vie et l'autre dans celui de la mort, avaient voulu continuer de se savoir aimées à travers elle. Par procuration. Catherine et Alice lui ouvraient les bras de Samuel. Voudrait-il les ouvrir lui-même ? Rien n'était moins certain. Il ne s'agissait pas d'abattre entre elle et lui une barrière mais au contraire d'en ériger une. En finir avec cette

471

histoire de fille adoptive. Prendre une parfaite conscience de l'absence du lien du sang pour mieux réunir leurs sangs un jour ou l'autre... Idées qui avaient changé si souvent de teinte au fil des semaines, des mois et des ans, allant de la monstruosité à la beauté en passant par le brouillard et le gel longue durée...

La jeune femme se tourna de nouveau vers le professeur Goulet pour éclairer sa lanterne et lui adressa une lettre confidentielle dans laquelle, au mieux de ses connaissances, elle dressa un portrait de la situation. Il y fut question de sa vocation latente, si vocation il y avait. De l'adoption d'Emmanuel qui l'obligerait à reporter aux calendes grecques son entrée au couvent si la dite vocation existait. Des conseils de mère Paul-Arthur. Du mystérieux message de Catherine tandis qu'elle avait le pressentiment de sa mort prochaine, et qui allait dans le même sens que les embarrassantes suggestions de soeur Paul-Arthur.

Certes, Clara avait confié toutes ces choses à Danielle, mais l'opinion de son amie ne suffisait pas à répondre à ses interrogations. Il lui apparaissait qu'il lui fallait en discuter avec un être le plus ressemblant possible de son père adoptif, afin de sonder Samuel à travers lui. Et comme la confiance des normaliennes en ce personnage était inébranlable et surtout méritée...

–Je viens d'avoir vingt et un ans et lui, il en a quarante-deux.

–Ce n'est pas une question d'âge. L'âge ne doit aucunement entrer en ligne de compte dans l'évaluation de cette situation.

L'homme et la jeune femme se parlaient dans une classe autrement déserte après un cours qui terminait une journée. Cornemuse avait mis son nez dans la vitre de la porte mais sur un signe du professeur, elle avait compris qu'il se trouvait là une priorité et s'était esquivée avec un sourire de mécontentement qui pourtant révélait le contraire de sa pensée profonde.

Clara était assise dans le premier pupitre devant le bureau

juché sur une tribune et il ne passait encore entre eux que des considérations purement intellectuelles dépourvues de toute nuance à caractère sentimental.

On était en mars 49 et la toiture laissait tomber quelques larmes à entendre l'hiver essoufflé annoncer son départ prochain.

–Mais je suis une adoptée...

–Ça non plus ne devrait pas compter. Mais si vous ou lui, ou les deux, le faites compter, alors ça va compter. Écoute bien ce que cette femme que vous aimiez et respectiez, Catherine, vous a écrit juste avant de mourir... "*Et si ce tabou me voile la vue, il voilera la tienne...* "

L'homme se leva de son bureau et indiqua la porte tout en quittant la tribune pour se mettre à la hauteur de la jeune femme, ajoutant à voix plus forte:

–... *tant que tu ne le jetteras pas dehors.*

Il marcha jusque devant elle et lui sourit en coulisse.

–Savez-vous comme c'est fort, ce langage ? Et n'oubliez pas, Clara, c'est une personne qui va mourir dans quelques minutes qui l'a écrit. Elle sentait ce qu'elle disait, elle le sentait jusqu'au fond de son âme...

Achille Goulet ne fit que brasser de nouveau ce qui bouillonnait déjà en Clara, et avait commencé par des bulles çà et là, apparues à la surface de son coeur pour aussitôt crever sous le souffle de la raison et du préjugé, et s'effacer sans jamais disparaître, prêtes à s'unir à d'autres en profondeur pour ressurgir et finir par provoquer une sorte d'ébullition des pensées et sentiments jaillissant d'elle à la façon d'un geyser parfois incontrôlable...

La première petite bulle venait de bien loin, de ce jour ou Samuel l'avait surprise, embusquée à la fenêtre quand à dix ans à peine, elle avait voulu entendre sinon voir l'accouchement de sa mère. Cette bulle avait pour mots:

Le ton bas, mesuré et si doux utilisé par Samuel n'évoquait rien de semblable aussi loin qu'elle se souvienne... Elle fut vite apprivoisée.

Mais Achille Goulet rassura la jeune femme et l'amena à comprendre clairement ce qu'elle espérait déjà et reconnaître que tout était possible entre elle et le docteur Goulet. Pas une seule fois il ne désigna Samuel comme son père adoptif.

On prend chez soi une fillette de dix ans, on ne l'adopte pas vraiment. Elle sait ce qui lui arrive. Et les règles qui régissent les rapports entre elle et ceux qui l'accueillent viennent bien plus de l'extérieur de soi que de l'intérieur. Voilà ce que lui mit en mots clairs et nets le professeur perspicace. Pour ce qui est de la vocation religieuse, il dit n'y pas croire une seule seconde.

–Nous sommes tous appelés à servir le Seigneur, j'en conviens avec notre sainte religion, mais les moyens de le faire divergent considérablement d'une personne à l'autre et le meilleur est celui qui lui convient le mieux. Pour d'aucunes, ce sera à travers des voeux perpétuels et la vie en communauté, pour d'autres comme vous, c'est à travers l'amour humain, celui d'un homme et celui d'enfants qui seront confiés à votre charge dans votre travail d'enseignante. Mère Paul-Arthur a compris, il me semble, d'après ce que vous m'en avez dit, que l'expression 'voeux perpétuels' est d'un point de vue humain une contradiction et une impossibilité. On ne peut à vingt ans s'engager pour la vie sans questionner son choix ensuite au besoin, sans le remettre sur la table. Et c'est pour cette raison qu'après l'épreuve de l'amour... pour ainsi dire, elle va renouveler son engagement bientôt, selon ce que vous m'avez dit dans votre si longue et si belle lettre, si belle que j'aurais pu continuer à la lire encore des heures et des heures.

–Et cela vaut pour le mariage ? Vous, professeur Goulet, remettez le vôtre en question ?

–Mais bien entendu ! Et mon épouse également. Même que nous avons bien l'intention de nous rendre à Rome et en Terre sainte l'an prochain qui sera comme vous savez l'année sainte, afin de renouveler notre engagement mutuel. Mais d'ici là, nous allons drôlement l'interpeller, ce sacrement de mariage que nous avons reçu...

–Vos propos sont quasiment... révolutionnaires, monsieur Goulet, mais je les aime beaucoup. Ils me rappellent d'autres que j'ai entendus déjà dans la bouche de Catherine et de... de Samuel...

–Continuez de l'appeler Samuel et enfouissez creux dans la terre du souvenir vos charmants 'pa pour désigner cet homme... Et maintenant, je voudrais vous parler de votre ami Laurent-Paul comme vous m'avez demandé de le faire. Je vous trouve une si belle âme de vous occuper de lui comme vous le faites...

–Je ne fais plus rien, il est à l'hôpital Laval.

–Vos lettres, vos visites...

–Deux fois par saison.

–C'est beaucoup. Et c'est très beau...

Mais elle ne tomba pas d'accord là-dessus et ne parvenait pas à se dire qu'elle en faisait assez pour cet ami si cher et tant maltraité par la vie.

*

En juin, Clara gradua.

Les Goulet assistèrent à la remise des diplômes.

Ce furent des moments inoubliables.

Déjà plusieurs propositions de commissions scolaires se trouvaient sur le bureau de Samuel pour elle.

Elle aurait l'embarras du choix...

***

Chapitre 39

Une novice avait remplacé soeur Paul-Arthur en première année au couvent en automne 48. L'annonce du départ de la religieuse était survenue sur le tard au printemps et la communauté n'avait pu fournir qu'une jeune personne n'ayant pas encore prononcé ses voeux ni terminé ses études. Et aucune laïque n'avait pu être trouvée. Voilà qui laissait la porte toute grande ouverte pour Clara. Parmi les offres d'emploi, elle considéra celle-là en tout premier lieu. Samuel favorisait ce choix afin que le petit Emmanuel soit mieux encadré. Dès cette première année, ainsi dotée d'un Brevet A, la jeune femme aurait pu enseigner en onzième, mais elle se sentait attirée par les tout-petits et, dans une sorte de prolongement de son travail d'enfant auprès de ses petites soeurs naguère, elle assumerait la tâche qu'on désirait ardemment lui confier. Il ne lui restait plus qu'à signer la formule d'engagement en ce début de juillet caniculaire.

Accablé par tous ces deuils, la rupture avec Lucille, le départ de Paul-Arthur et la mort de Catherine, Samuel s'était plongé corps et âme dans sa pratique médicale. Et tout le temps qui lui restait, il le consacrait aux choses de la maison, à sa mère malade et à son fils. Il ne chantait plus et s'était retiré de la chorale paroissiale pour soi-disant soigner une laryngite sans jamais y retourner ensuite. On respectait son choix et personne ne lui en avait parlé, ni Marie-Anna, ni Gaby, et encore moins le curé.

Sa relation avec Clara depuis la mort de Catherine était empreinte de froideur. Il n'était plus le père adoptif charmant et attentif qu'il avait toujours été. Tout avait l'air de passer par le terre-à-terre et les nécessités de la vie et de la maison. Il demandait à la jeune femme d'accomplir son devoir simplement. Celui d'étudier du mieux qu'elle le pouvait. Celui de mettre la main à la pâte quand elle venait. Celui de chanter à l'église. Celui de se préparer à enseigner. Celui d'être elle-même, soit une adulte accomplie, réservée, indépendante.

On ne chanta plus jamais en duo après le jour de l'enterrement de Catherine. L'intérieur de la maison était devenu austère, endeuillé. Emmanuel vivait dans une attente inquiète. Heureusement, son père le suivait de proche et chaque soir, s'entretenait avec lui avant qu'il ne se couche dans l'ancienne chambre à débarras que l'on avait aménagée pour lui. Il parut chaque fois que Clara vint en congé, même à Noël, que la joie avait déserté cette maison; et elle-même, aux prises avec sa recherche émotionnelle, n'était pas parvenue à y faire rentrer le soleil.

Jusque le dépouillement de l'arbre qui s'était terminé abruptement par une désertion de Samuel : il avait dû s'esquiver pour aller cacher ses larmes dans sa chambre.

Le temps des lilas n'avait pas arrangé les choses et chaque fois qu'elle le voyait sortir de chez lui, la mine sombre et l'entrain absent, son pas et son regard apathiques, la femme de l'aveugle redisait à son homme :

–Pauvre petit docteur campagne, pour moi, il va retourner en ville, il a connu trop de malheurs par ici.

–Tais-toé donc, la mére, il va rester, je te le dis.

–Encore tes visions, là !...

–Il passe par un temps d'accoutumance...

–Ça veut dire quoi, ça ?

–Il s'accoutume, il s'accoutume...

–À quoi donc qu'il s'accoutume ?

–À pas voir clair... comme j'me suis accoutumé, moé.

–Il est pas aveugle, lui, il a ses deux yeux en plein dans les trous de la face...

Napoléon soupira fort et se tut. Comme il la trouvait aveugle, sa pauvre femme !

*

–T'es pas obligée de venir, tu sais.

–Quand je peux être là, je préfère.

–Quand t'es à Beauceville, je les fais tout seul, les accouchements.

–Si j'sers à rien, je vas rester à la maison.

–C'est pas ce que je veux dire... Au contraire, c'est pas mal mieux quand j'ai une assistante. Mais je veux savoir que tu viens pour toi-même, pas pour moi.

Clara était dans la porte à demi ouverte du cabinet médical et s'adressait à Samuel qui s'apprêtait à prendre la route pour aller mettre au monde un autre enfant. La deuxième femme d'Alcide Cloutier était sur le point de donner naissance à son troisième bébé et il fallait se rendre au fin fond du rang Petit-Shenley, pas loin de la lisière de Saint-Éphrem.

–Madame Cloutier est ben fine et j'aimerais y aller pour elle surtout.

–J'aime ça, ce que tu dis. Va partir l'auto, je finis de prendre mes affaires et j'arrive.

La jeune femme sourit et referma la porte. Elle prit les clefs accrochées près du téléphone et au passage, dit un mot à Armandine qui lisait le journal à la table de la cuisine, puis après avoir mis sur son bras un uniforme blanc d'infirmière, elle sortit de la maison et s'arrêta en haut de l'escalier pour respirer la vie et un si bel été.

Chaque jour, elle parlait aux arbres qui lui répondaient dans ce qui n'avait rien d'une langue de bois et qu'elle pouvait fort bien comprendre. Les feuilles vertes lui chuchotaient la renaissance. Les branches brunes lui montraient des chemins variés et heureux. Les écorces grises racontaient le temps qui passe et celui qui demeure...

Et elle parla aux fleurs du parterre qu'entretenait avec tant d'art et de coeur Bernadette Grégoire depuis que madame Goulet n'avait plus la force de le bien faire. Aux tulipes, aux roses et aux glaïeuls, elle dit quelques mots de l'*Ave Maria*...

–T'as beau me traiter d'aveugle, Poléon, ça me fait rien, mais je vas te dire que la Clara Goulet est belle pas pour rire.

–Ça je le sais itou.

–Tu le sais comment ?

–Par ses odeurs quand elle vient au bureau de poste ou que je la rencontre sur le trottoir pis qu'elle me salue.

–Tu viendras toujours pas me dire que tu vois par les narines, toi, là...

–C'est tout ce que tu peux dire...

La jeune femme resplendissait. Des rayons de soleil passant à travers le feuillage l'atteignaient aux cheveux, à la joue gauche, à une épaule et aux cuisses. Elle portait un pantalon beige à la taille élasticisée et une blouse tout-aller à devant boutonné rouge canyon. Et un fichu blanc dans la chevelure. Rayonnante comme le soleil, tout souriait à Clara qui s'apprêtait en plus à participer à l'éclosion d'une vie toute neuve.

Elle ouvrait la portière de la Chrysler pour se mettre au volant quand Samuel parut hors de son bureau. Il put ramasser d'elle une image très belle, toute de grâce, de féminité, de santé...

Mais ne s'y arrêta point. Le temps pressait. Il venait de recevoir un appel anxieux d'Alcide Cloutier. Pour faire plus vite, il monta sur la banquette arrière, et la voiture aussitôt démarra et prit le chemin du bas de la Grande-Ligne.

–Ils vont faire un accouchement, c'est certain, dit la femme de l'aveugle.

–T'as vu ça dans tes urines, là, toé ?

–Hey... vieux tannant !

Depuis le temps qu'elle conduisait, la jeune femme maîtrisait bien son véhicule et dans des circonstances qui l'exigeaient, elle avait le pied pesant sur l'accélérateur. Ce qui, ce beau matin, n'eut rien à voir avec l'imprudence de sa part et tout avec le destin. Car à plus grande vitesse tout autant qu'à moins grande, elle aurait évité l'accident en devenir.

Venant vers eux entre la côte des Talbot et celle des Poirier, deux autos se suivaient. Le conducteur de la seconde, jeune, inexpérimenté, peut-être téméraire et calculateur, doubla la première appartenant à Narcisse Jobin de la Grande-Ligne. Et s'engagea dans la côte des Poirier dans la voie de gauche, certain qu'il ne venait personne de l'autre côté, se fiant à son ultime coup d'oeil dans cette direction au moment de pénétrer dans la zone échappant à sa vision entre les deux côtes.

L'inévitable survint.

Devant Clara surgit brusquement cette voiture noire et dont la vitesse à cause de la sienne lui parut bien plus importante. Elle savait depuis toujours que le plus grave accident qui soit sur la route est la collision frontale, à l'exception d'un impact avec un arbre ou un mur de ciment.

Un ordre voyagea à la fraction de seconde dans son système nerveux après s'être forgé dans la raison alimentée par la mémoire. Les neurones agirent à la vitesse de l'éclair et le message réflexe atteignit ses bras.

Coup de volant instantané.

Il y eut quand même un léger impact. Les ailes avant de chacun des véhicules s'arrachèrent l'une l'autre. La Chrysler n'en fut que plus sûrement poussée vers un ravin de trente pieds où elle plongea après un envol de deux ou trois secondes au-dessus du sol.

Samuel qui n'avait rien vu venir devant eux nageait en plein brouillard, ignorant tout à fait ce qui leur arrivait.

Clara perdit tout contrôle de l'auto après son réflexe premier et comme pour tous les accidentés, seules les images chaotiques défilaient devant son regard et au bout de ses bras qui continuaient de tenir le volant serré.

Image de l'herbe verte... Un tas de pierres qui s'approchait dangereusement. Des sauts d'images comme au cinéma parfois et un 'sabotage' extrême tout autour, semblable à une secousse sismique interminable. Un grand bruit. Une grande nuit...

La pression subie par le corps de Clara fut énorme. D'un côté le volant. À l'arrière, la banquette poussée par la force d'inertie ayant projeté Samuel vers l'avant.

On ne survit pas à un tel impact, auraient conclu cent observateurs. Et pourtant Clara vivait encore, du moins respirait. Mais il sortait du sang de sa narine gauche. Une plaie béait à sa tête et maculait le fichu dans ses cheveux. Et son pauvre corps tuméfié était affalé contre le volant, bras tombés, privés de mouvements volontaires.

Telle fut l'image que Samuel eut d'elle quand, se glissant hors de l'auto par la portière de gauche, il prit conscience de la gravité de la situation.

–Clara, ma petite Clara... qu'est-ce qui...

Il ouvrit la portière avant sans difficulté. L'auto avait terminé sa course incontrôlée dans un terrain spongieux qui ne bloquait toutefois pas les portes...

Et Samuel Goulet, l'homme, le docteur, le prisonnier, qui ne priait plus autrement que du bout des lèvres depuis les horreurs de Dachau permises par en-haut, lança au ciel la plus intense prière de sa vie, qui jaillit du creux de sa poitrine en deux mots hurlés :

–Dieu... non !...

Aussitôt il ouvrit les paupières pour voir si les pupilles étaient ou non dilatées, prit le pouls, ausculta la tête, le cou et décida de l'extraire de cette position afin de la coucher au sol pour qu'elle respire mieux et pour amoindrir les risques en cas d'incendie du véhicule, ce qui était bien peu probable étant donné la nature du sol.

Des gens accouraient. Ceux des véhicules impliqués. Les Poirier. Des Boulanger du voisinage. Des Talbot. D'autres automobilistes y compris le Blanc Gaboury en route pour la gare.

–Faudrait une automobile pour la transporter à l'hôpital au plus vite.

Le Blanc s'offrit spontanément. Et il confia à Laurent-Paul Talbot la tâche d'aller chercher le courrier et de le ramener au bureau de poste à sa place.

Mais l'hôpital, ça voulait dire Québec. Et deux heures de route. Clara aurait tout le temps de rendre l'âme. À Saint-Georges où l'ouverture officielle de l'hôpital était prévue pour mars 1950, on aurait pu lui apporter des soins sommaires au dispensaire de l'Hôtel-Dieu mais il aurait fallu quand même la transférer à Québec. Autant y aller maintenant et directement !

Samuel palpa la poitrine de la jeune femme et constata que des côtes étaient cassées. A l'évidence aussi, ses deux bras l'étaient. Il ne pouvait qu'espérer qu'aucun organe vital ne soit endommagé sérieusement à l'intérieur de son corps. Le sang à la narine pouvait n'être qu'un coup sur le nez ou au pire, la perforation du poumon par une côte, ce qui pouvait lui être fatal, mais pas nécessairement.

Des hommes firent son transport à la voiture. On l'étendit sur la banquette arrière. Des oreillers apportés par madame Poirier furent mises sous sa tête et on l'installa au mieux. Samuel resta auprès d'elle, agenouillé, tandis que le Blanc démarrait, direction Saint-Évariste puis Québec.

C'est alors que la jeune femme reprit enfin conscience. Elle fut à même d'apercevoir le visage le plus beau jamais vu de toute sa vie. Samuel la regardait, les yeux en larmes, et dans son visage se lisait une souffrance incommensurable comme s'il avait porté en son coeur les douleurs de toute l'humanité depuis la nuit des temps, y compris les pires dont il avait été témoin en Allemagne durant la guerre.

–'Pa... faudrait avertir monsieur Cloutier...

–On n'a pas le temps, ma grande, on n'a pas le temps. Tout va se faire automatiquement... par le réseau du bouche à oreille...

Elle s'abandonna. Ses yeux agrandis par les questions regardaient à droite, à gauche. Les mots lui venaient en tête mais pas en bouche. Elle manquait de force pour les prononcer. Et Samuel se rendait compte à quel point il aimait Clara en dehors de tout amour filial. Il souffrait plus encore que devant la mort d'Elzire et celle de Catherine. Et voici qu'elle venait de faire naître en lui une admiration sans borne en se préoccupant de madame Cloutier avant de s'inquiéter à propos d'elle-même.

Il dit tout ce que son coeur ressentait dans une phrase que lui inspirait le souvenir de cette autre dite par Clara devant le corps inanimé de Catherine.

"Je peux t'aider, Samuel ? Je peux travailler sur le coeur et toi à la respiration artificielle."

–Ne me dis plus jamais 'pa ! Dis-moi Samuel comme quand on a essayé de réanimer Catherine.

Clara eut un mince sourire. Elle voulut soulever un bras, mais grimaça de douleur.

–Ne bouge pas, ne bouge pas du tout. Tes bras sont... brisés, mais on va les réparer. Et quand ils seront forts, tu me serreras dedans... encore et encore et encore...

La blessée parvint à sourire une autre fois, mais à peine. Et elle mit toutes ses faibles forces pour dire un seul mot, le plus beau du monde qui soit pour elle :

–Samuel...

L'insupportable souffrance de son corps vint la chercher pour l'emporter dans l'inconscience protectrice... Elle ferma les yeux tandis que l'homme pleurait en silence sans pouvoir la toucher comme il l'aurait tant voulu...

***

Chapitre 40

Clara était entre la vie et la mort quand on fit son entrée à l'hôpital Saint-Sacrement. Du sang s'était répandu dans son poumon droit et si les ponctions ne l'en dégageaient pas, il faudrait la transférer à l'hôpital Laval et procéder à une thoracotomie afin d'atteindre l'organe et l'opérer.

Les radiographies ne révélèrent rien d'autre que les fractures aux bras. Toutes les vertèbres avaient tenu le coup de même que les organes internes. Les bras et la cage thoracique furent remis en place et installés sous attelles.

Mais les ponctions ne suffirent pas à dégager le poumon et il fallut la transférer à l'hôpital Laval qui servait de sanatorium et où l'expertise en pneumologie était la meilleure. On y allait du soin quotidien des tuberculeux comme Laurent-Paul à la pneumectomie de ceux qui, rarement guérissaient de manière naturelle par leurs propres forces. Pneumectomie qu'il fallait faire précéder de la thoracotomie, intervention d'approche autrement plus grave que la première, mais obligatoire pour permettre l'autre.

Là, on reprit les ponctions avant d'aller en chirurgie et on obtint de meilleurs résultats. Le troisième jour, elle fut hors de danger et entra sur le chemin de la guérison, un chemin qui prendrait plusieurs semaines et se poursuivrait chez elle après une hospitalisation de vingt jours.

Samuel resta à Québec jusqu'au moment où il la sut sauvée. Tous les jours, il fut auprès d'elle qui avait repris conscience à Saint-Sacrement et la soutint en lui disant constamment des mots et des phrases qui sans exprimer l'amour directement le sous-entendaient tous et toutes.

Laurent-Paul, informé par un téléphone de sa mère, paya une visite à son amie le quatrième jour puis les suivants. Pas une seule fois il ne vint seul et toujours l'accompagna Anita Gagné, son amie de coeur. Cela plaisait à Clara qui perçut en Anita le soutien dont le jeune homme avait grand besoin pour accomplir ce long et terrible voyage au pays de la pire maladie qui soit.

Danielle Morin vint de Beauceville. Ce furent entre elles comme toujours de bons moments, des moments vrais. Puis Samuel revint tous les trois jours avec Foster Drouin en attendant que la Chrysler soit réparée, apportant des nouvelles de sa mère que l'accident avait rendue malade encore davantage et en ramenant d'autres chez lui pour Armandine, des plus en plus encourageantes. Imelda Lapointe travaillait à plein temps à la maison. Le docteur était débordé de tous les côtés et lui-même aurait besoin de s'arrêter bientôt s'il ne voulait pas tomber malade à force de tension nerveuse et de privation de sommeil.

Clara obtint son congé de l'hôpital le dernier jour du mois de juillet. Ses plâtres aux bras lui furent retirés le dix du mois d'août et le douze, elle reprenait le volant pour un long voyage. Elle, Samuel et le garçon de huit ans prirent la route pour Old Orchard à la demande même d'Armandine qui voulut pour eux trois, de belles vacances ensoleillées tandis qu'elle-même reprenait des forces et se laissait vivre aux petits soins d'Imelda et parfois de sa voisine, la si charitable Bernadette.

Une semaine de rêve attendait le trio là-bas, sur la plage du Maine. Plus d'une fois, il fut donné à Samuel de regarder la jeune femme et même de la photographier à l'aide d'une vraie caméra mais aussi avec celle de son coeur ô combien plus sensible.

C'est une image incomparable qu'il garda en souvenir de

ce voyage, plus belle encore que celle du matin de l'accident, car elle lui permit de faire en lui la jonction entre le coeur et la chair. Elle devint pour lui une femme désirable sans que rien de répréhensible ne vienne entacher ce mouvement vers elle. Seule la morale chrétienne le retint de lui proposer l'amour intégral. Il avait une dette envers Dieu qui non seulement lui avait rendu Clara mais avait déblayé le chemin entre leurs coeurs grâce à toutes les autres avant elle, Elzire, Gaby, Catherine surtout, Lucille aussi, mère Paul-Arthur si grandement et cet accident bien plus providentiel que malheureux.

Cette image d'elle fut prise par son coeur un jour de beau soleil. Clara était assise sur le sable dans son maillot de bain blanc et rose à rayures et tenait dans ses mains un parasol rouge. Des reflets rougeâtres lustraient sa chevelure qui venait tourner gaiement au-dessus de ses oreilles. Et son sourire exprimait une telle confiance, une telle chaleur, un si grand bien-être et tant de foi en la vie que Samuel en lui-même la demanda en mariage en attendant de le faire de vive voix dans quelques mois, autour de Noël.

Personne ne jasa dans le village. On interpréta ce voyage comme un temps de convalescence pour Clara et de repos pour Samuel. Pas grand-monde n'aurait pu croire que ces deux-là avaient emprunté le chemin de l'autel. Seul l'aveugle Lambert savait qu'il y avait le beau sentiment entre Samuel et Clara, mais l'homme se taisait et riait dans sa barbe muette.

Le petit Emmanuel fut ébloui par son voyage. Il le raconta à ses nouveaux amis dont le petit Maheux qui le jalousa intérieurement. "Pourquoi lui et pas moi ?" Tous ces manèges qu'il avait essayés. La grande roue. Le tunnel aux horreurs. Quand donc André verrait-il ces choses ?

Armandine ne fut pas bien longue à comprendre que l'amour avait trouvé sa niche sous leur toit. Leur façon de se regarder, de se parler, de se rechercher, tout lui *'parlait à l'âme en secret'*.

Malgré les malheurs et bonheurs de l'été, Clara fut prête à temps pour septembre. Elle prit en charge les tout-petits de première année au couvent. Ce fut un si bel automne...

Tous les soirs, la jeune femme et Samuel allaient prendre leur marche ensemble. Ils habituaient les gens à l'idée que cela puisse durer et prendre une autre tournure.

"Coudon, pourquoi qu'il chercherait ailleurs d'abord qu'il a la plus belle fille de la paroisse dans sa maison ?" dit Ernest à Éva un jour de grand vent.

"Coudon, mêle-toi donc de tes affaires, toi !"

"Jamais moyen de parler icitte..."

*

Un soir par sa fenêtre, Clara vit tomber la dernière feuille des arbres dans la cour des Martin en face. Elle savait Samuel dans sa chambre voisine de la sienne. À quoi songeait-il dans ce sombre silence ? Il y avait une année que Catherine avait rendu l'âme. La pleurait-il encore ? Et si oui, comme il avait raison de l'aimer toujours et d'aimer toujours sa chère Elzire de jadis.

Elle avait ramassé des feuilles d'automne et les avait mises dans des livres de l'encyclopédie en se souvenant que la plus belle était en page cinquante du premier tome, là où se trouvait une définition de l'amour. Une définition incroyablement intellectuelle et ennuyeuse, et qui la faisait rire chaque fois qu'elle la lisait. *Disposition favorable de l'affectivité et de la volonté à l'égard de ce qui est senti ou reconnu comme bon, diversifiée selon l'objet qui l'inspire.*

Elle porta la feuille à ses lèvres, réfléchit un court instant et son oeil brilla. Puis elle quitta sa chambre pour aller frapper à la porte de Samuel. En bas, dans le couloir, mue par une sorte de flair issu d'un instinct maternel frisant la perfection, Armandine leva la tête et vit la jeune femme tendre à son fils un objet qu'elle ne reconnut pas comme une feuille mais comme un gage de bonheur. Elle sourit, essuya une larme et trouva refuge dans sa chambre pour y être heureuse.

Et pour se reposer...

Emmanuel avait eu permission de visiter son ami André qui avait de l'avance sur lui dans son apprentissage scolaire et lui servait souvent de maître d'appoint. Il reviendrait à neuf heures seulement; or il n'était encore que huit...

Quelque chose disait à Samuel qu'elle frapperait à sa porte ce soir-là. Lui ne l'aurait jamais fait à la sienne. Il s'était revêtu de l'épais manteau de l'interdit. Non point interdiction de l'aimer mais celle de prendre les devants afin que la liberté de Clara demeure pleine et entière, afin aussi que ne soit plus confondue en lui sa vieille 'dette' de reconnaissance et qu'en tout son être soit renvoyée loin en arrière-plan la petite fille adoptée, pour laisser tout l'espace du premier plan à la femme accomplie qu'elle était devenue. Sans pour autant que son passé ne soit oblitéré et serve plutôt de moteur dans son plein gré pour bâtir le présent et envisager le futur.

Ils demeurèrent silencieux un beau moment. Leurs yeux se rencontrèrent dans la pénombre du couloir. Elle fit tournoyer la feuille autour de son pédoncule.

–Elle est pour toi.

Il regarda l'objet, regarda ses yeux, puis de nouveau l'objet et cherchait un mot quand elle reprit :

–C'est la plus belle que j'ai trouvée cet automne dans la cour de l'église.

Il eut le geste de la prendre.

–Attention, faut la prendre par la tige; elle est fragile, si fragile... et puis la mettre entre les pages d'un livre...

Il savait comment faire depuis longtemps et sourit à l'inutile mais combien généreuse leçon. Et il adorait sa manière de le dire comme à un tout-petit de première année, sachant bien qu'elle le faisait exprès pour se faire aimer encore davantage. Il ouvrit la main pour toucher la tige, mais c'est le doigt de la jeune femme, levé à dessein au dernier moment, qu'il toucha d'abord. Le courant n'a besoin chez les amoureux que d'un rien pour passer à sa pleine force. Les deux êtres en présence devinrent, par ce seul contact, presque divins et lumineux. Leur substance profonde autant que celle de surface fut envahie par des vagues et des vagues de bonheur, de désir, d'espoir en la vie.

Il prit la feuille, la fit tourner à son tour sans rien dire, la main tremblante qui parlait pour lui. Elle parla pour deux dans un doux murmure :

–Mes bras sont tout à fait guéris maintenant, tu sais. Et... tu m'as dit qu'alors, je pourrais te le démontrer... en te serrant fort contre moi... C'est ce que tu as dit dans l'auto, je me souviens bien... Tu as dit : *"Tes bras sont... brisés, mais on va les réparer. Et quand ils seront forts, tu me serreras dedans... encore et encore et encore..."* Je suis venue pour le premier encore...

D'un genou, il repoussa la porte qui s'ouvrit toute grande. Et il offrit à la jeune femme un sourire expressif, extasié. Quand elle se fut glissée devant lui à l'intérieur, il referma en douceur, tenant quand même compte de la présence d'une vieille dame dans la maison.

Il y avait un bail que Clara n'était pas entrée dans cette chambre, car Imelda Lapointe y faisait le ménage depuis au moins deux ans, et puis Samuel avait l'habitude de refaire son lit le matin et de ranger ses vêtements. Il y régnait une odeur de cèdre rouge venue d'un coffre vide qu'il avait acheté d'un artisan moyennant des services médicaux. Tout baignait dans l'ombre et dans l'ordre. La pièce avait été aménagée par Armandine onze ans plus tôt et pas grand-chose n'avait changé depuis, malgré la certitude de la mort de Samuel pendant cinq longues années. Sur le mur, face au lit, était suspendue une toile sombre représentant un coucher de soleil sur l'eau d'un lac parsemé de petites îles. Devant la fenêtre, des tentures à demi ouvertes laissaient passer un peu de lumière de la rue. Et des cadres variés, d'aucuns à thème religieux d'autres pas pavoisaient les espaces restants.

Ils attendirent l'un devant l'autre pendant un long moment, lui qui faisait toujours tourner la feuille et elle sentant son coeur emporté dans un immense tourbillon d'émotions. Il soupira fort à plusieurs reprises. Elle dit à mi-voix :

–Ne veux-tu pas protéger la feuille ?

–Notre feuille... oui... je vais la mettre dans mon livre des méditations de Lamartine. Il est là, sur ma table de chevet. Mais comme je l'ouvre souvent, demain, je vais la transférer dans un livre de la bibliothèque de la salle à manger...

Il se rendit prendre le livre, le mit sur la grande commode, l'ouvrit et y déposa le végétal en disant :

–Si l'érable qui a enfanté cette feuille pouvait parler...

–Il le peut... Il m'a dit qu'elle était pour toi, sa plus belle feuille.

La fébrilité transformait les mots qui voyageaient dans l'air comme autant de pierres précieuses allumées, scintillantes, belles comme des étoiles.

Il se rapprocha :

–Comme ça... tes bras sont tout à fait guéris...

–Plus forts qu'avant...

Il fut à un seul pas d'elle qui ouvrit ses bras :

–Assez pour m'écraser sur ton coeur ?

–Tellement que... tu ne pourras plus jamais te détacher de moi du reste de ta vie.

–C'est... exactement... ce que je veux...

Toutes les femmes qu'il avait aimées se trouvaient en elle, mais Clara possédait en plus sa personnalité propre, si riche de malheurs et de bonheurs, de talents et d'humilité, de gratitude et de joie de vivre... Il y avait aussi et déjà beaucoup de lui en elle. Et beaucoup d'elle en lui.

Ils furent dans les bras l'un de l'autre. C'était la première fois de cette façon. Il l'avait bien étreinte à quelques reprises, à sa graduation, au cimetière devant Catherine, sur la patinoire pour rire, mais toujours sans l'amour avoué pour que l'étreinte devienne fusion des coeurs et des âmes.

L'interdiction de prendre les devants tomba, emportée par leur intimité. Il dit doucement et tendrement :

–Je vais te demander officiellement en mariage à Noël. Je te donne deux mois pour préparer ta réponse.

–Elle est déjà sur mes lèvres.

–Fais-moi attendre !

La réponse de vive voix attendit comme il le voulait. Une autre fut. Clara prit Samuel entre ses bras et le serra très fort un moment puis elle déposa sur ses lèvres le plus doux des baisers, doux comme les ombres du soir, doux plus que l'odeur des lilas, des tulipes, des glaïeuls et des roses.

–Je t'aime, toi, je t'aime.

–Et je veux qu'à travers moi, tu continues d'aimer Elzire, Catherine et Alice. Elles sont en toi... et elles sont en moi...

Ils s'étreignirent encore et encore, debout au milieu de la pièce, puis s'assirent sur une peau de mouton mise au plancher à côté du lit et commencèrent de se raconter des choses de leur vie sous nouvel éclairage. Eux qui se connaissaient si bien depuis le temps en apprirent à chaque minute, à chaque seconde...

Et seul le bruit venu d'en bas, annonçant le retour de l'enfant leur demanda de se séparer. Ils eurent le temps de s'entendre sur un point : ils attendraient leur mariage pour unir leurs corps. Et ce, même s'il n'avait pas encore sa réponse de vive voix... et désirait toujours qu'elle la lui réserve pour Noël...

Ils se donnèrent un dernier baiser près de la porte.

–Dis-moi Samuel encore, demanda-t-il.

–Samuel... dis-moi Clara...

–Bonne nuit, Clara !

***

Chapitre 41

En cette année 1949, Noël serait bien différent du précédent tout de deuil et de tristesse.

Gaby avait demandé aux Goulet de participer au chant choral et tous deux avaient accepté volontiers. Pas pour le *Minuit Chrétiens* toutefois que l'on confia pour la deuxième année de suite à Roland Gosselin, ténor reconnu à l'échelle provinciale, maintenant à l'emploi régulier de Radio-Canada, mais pour l'*Adeste Fideles* à être chanté en duo ainsi qu'avec un important soutien du choeur tout entier, au milieu même de la messe, au début en fait de la période de la communion qui appelait les fidèles à l'avant.

À l'orgue, Marie-Anna saisit toute l'église par son intro profonde et imposante. Si les pas continuèrent depuis les bancs jusqu'à la sainte table et retour, les coeurs s'arrêtèrent. Puis Clara et Samuel chantèrent en duo à l'étonnement général, eux dont les voix s'étaient faites silencieuses depuis plus d'un an.

> *Adeste fideles, laeti, triumphantes:*
> *Venite, venite in Bethleem.*
> *Natum videte regem angelorum*
> *Venite adoremus, venite adoremus*
> *Venite adoremus Dominum.*

Duo céleste.

Musique céleste.

Nuit magique, saupoudrée de neige légère qui enchantait Armandine derrière sa fenêtre et gardait Emmanuel bien au chaud dans la profondeur de son sommeil.

Il y eut des fiançailles à ce moment en plusieurs bancs. Des bagues glissées avec bonheur en des annulaires consentants et heureux. Mais pas celles de Clara et Samuel. Pas encore.

En grege relicto, humiles ad cunas
Vocati pastores approperant :
Et nos ovanti gradu festinemus
Venite adoremus, venite adoremus
Venite adoremus Dominum.

Quand le chant fut terminé, Clara et Samuel à leur tour descendirent et se rendirent recevoir la sainte communion. Au moins la moitié de l'assistance, la partie féminine, comprit que ces deux-là ne se quitteraient plus et qu'ils feraient de l'année sainte l'année de leur union sacrée et définitive.

Il y eut battement à l'autel. Le curé dans ses habits d'officiant vint remplacer le vicaire pour la messe de l'aurore à laquelle assistaient au plus une vingtaine de personnes perdues dans leurs dévotions aux quatre coins de l'église.

Les Goulet furent les derniers à quitter le jubé de l'orgue. Dans l'allée, ils s'échangèrent deux mots. Clara lui chuchota avec un regard tout plein de tendresse :

–J'aimerais que tu dises quelque chose à mère Paul-Arthur et aussi à Catherine et à Elzire, veux-tu ? Moi, je vais descendre tranquillement et t'attendre dans le tambour.

–C'est vraiment ton voeu, Clara, vraiment ?

–Oui, c'est mon voeu de Noël à toutes les trois et à toi. Ce temps... est à vous quatre... Il n'appartient qu'à vous... Prends-le, nous deux, on aura toute la vie ensuite...

Avant la grande demande, il devait révéler une dernière fois son coeur à ces femmes de sa vie. Et leur murmurer à elles seules à travers le ciel témoin ce qu'il avait tant aimé en elles. Clara comprenait toute la richesse qu'il irait chercher dans ces sentiments ultimes pour ajouter autant de fleurs au bouquet enivrant de leur amour.

Quand la porte donnant sur le tambour fut poussée et qu'il parut devant elle, la jeune femme vit un homme au comble du bonheur. Elle le prit par le bras, ils sortirent dans la nuit et marchèrent bras dessus bras dessous jusqu'à la maison.

À l'intérieur, ils ôtèrent leurs dessus sans faire plus de lumière que les veilleuses n'en dispensaient déjà. Et c'est au pied de l'escalier, dans le couloir sombre qu'eut enfin lieu la grande demande officielle. Ils se prirent dans les bras l'un de l'autre et il commença avec des mots bien prononcés auxquels Clara ajouta sa voix pour faire duo :

–Est-ce que... tu veux... m'épouser... pour le meilleur... et pour le pire ?

Puis en duo, ils se dirent plusieurs fois le même mot, le plus grand et le plus doux de tous les mots d'amour :

–Oui... oui... oui... oui...

Dans sa chambre, dans son lit, Armandine entendit sans l'avoir cherché. Peut-être qu'ils avaient fait en sorte, inconsciemment, qu'elle entende...

Elle se dit alors que son temps avait vécu et que l'heure arrivait pour elle de s'en aller pour de bon...

*

La vieille dame fit ses bagages une nuit d'avril. Elle avait pris quelques mois encore pour assister au bonheur de son fils et de sa chère Clara. Mais pas besoin d'assister d'en bas à leur mariage, elle le ferait d'en haut. Et qu'ils ne modifient surtout rien à leurs plans sous le prétexte d'un deuil ou bien elle viendrait leur grignoter les orteils durant leur nuit de noce ! Et pour bien s'en assurer, elle leur avait fait ses re-commandations dans une lettre qu'ils trouveraient après sa disparition.

"Je veux voir Clara en robe blanche. Je veux que votre liste d'invités demeure la même. Ou plus longue si vous le désirez. Musique. Fleurs. Danse. Le mariage de l'année sainte par ici. Et pour ne pas faire scandale parce que d'aucuns penseront que votre deuil n'est pas assez noir, lisez cette lettre de mes dernières volontés à vos invités. Et vous me verrez sourire au-dessus de vous tous..."

***

Chapitre 42

Afin de tuer dans l'oeuf tout ragot à naître parce que Samuel et Clara vivaient sous le même toit, sans la mère du docteur pour les chaperonner, on embaucha Imelda Lapointe à plein temps à la condition qu'elle couche là. Ce qu'elle fit. Et qui eut pour avantage d'augmenter encore l'attrait qu'exerçaient l'un sur l'autre les fiancés en leur imposant de se tenir à distance. Et Imelda parut comprendre cette partie de son rôle qui la poussait à les avoir à l'oeil. Qu'ils partent marcher ensemble le soir à la brune, soit; qu'ils se rendent au chevet d'une personne malade, soit aussi; qu'ils patinent ensemble le dimanche, soit toujours; mais qu'ils dorment chacun dans leur chambre, ça, il le fallait à tout prix. Investie d'une mission presque divine, elle les surveillait donc et ils se sentaient surveillés par elle. Souvent, le soir assez tard, quand Clara ouvrait sa porte de chambre pour aller à la salle des toilettes, elle surprenait la vigilante demoiselle dans l'ombre du couloir, près du téléphone, et qui regardait là-haut, trahie par la brillance de ses lunettes.

Cela devint une sorte de cache-cache. Mais voilà que ce jeu aidait les fiancés à rester 'purs' et chastes jusqu'à leur mariage annoncé pour le samedi 8 juillet 1950, une semaine avant celui de Fernande Maheux qui épouserait son cher Raymond le 15 du même mois, donc sept jours plus tard.

Ce serait la grosse noce. Pas moyen et pas question de donner la réception à la maison. Non plus à l'hôtel, maintenant propriété de la famille Fortier, et où aucune pièce n'était assez grande pour une assemblée de cette importance. On choisit donc, pour le plus grand plaisir du curé, tout comme Jeanne d'Arc et Luc l'avaient fait quatre ans plus tôt, la salle paroissiale.

La liste des invités n'avait pas été raccourcie en raison du deuil et au contraire, avait été allongée de quelques noms. Parmi ceux-là, celui de François Bélanger. Le pauvre homme à cause de sa hideur ne recevait d'invitation de personne, au grand jamais. D'aucuns auraient même poussé la répulsion jusqu'à prétendre que sa présence à un mariage ou une réception de noce ou même aux alentours des lieux témoins d'une union matrimoniale, risquait de se répercuter défavorablement sur la conception du premier enfant ou pire de faire naître un monstre de son indésirable espèce. De quoi avoir froid dans le dos.

Pour lui donner un compagnon du jour, faute d'une compagne impossible à trouver, on appela le Blanc Gaboury dont la tuberculose était maintenant déclarée, et qui envisageait son mal avec le plus grand cynisme et sa mort prochaine avec stoïcisme. On avait une dette envers cet homme grâce à qui avait pu être sauvée Clara après son accident de juillet 49 alors que chaque minute gagnée avait ajouté à son si mince capital de survie.

Clara et Samuel s'entendirent aisément quand l'idée d'inviter ces deux hommes défavorisés par le sort fut mise sur la table. Leur faire honneur dans l'état où ils se trouvaient porterait chance aux mariés et ce serait inscrire la noce sous le signe de la charité chrétienne.

Parmi les invités de marque, il y avait bien entendu le curé Ennis, mais il ne serait pas le seul en vue. On aurait aussi le docteur Poulin devenu député au fédéral l'année précédente et son épouse. On aurait également le professeur Achille Goulet de Beauceville et son épouse. Et parce qu'on aurait le professeur Goulet, on décida d'inviter Jeanne d'Arc Maheux, maintenant remariée, et surtout Fernande qui avait tant parlé de son cher professeur Goulet à tous quand elle fréquentait l'école Normale.

Une belle brochette.

Et tout le voisinage. Les Maheux, Éva et Ernest. Leur fils André, meilleur copain d'Emmanuel. Et puis Bernadette et son frère Armand. L'aveugle et son épouse. Marie-Anna et Raoul.

Du côté des Boutin, seule Carmen qui vivait maintenant à Montréal serait absente. Elle qui avait passé son adolescence à aimer Samuel en secret préférait ne pas être là, témoin de son bonheur et de celui de Clara, la fille qui avait tant reçu du ciel. Il y aurait Roméo et sa troisième épouse ainsi que les enfants de lui et Catherine mais également toutes les soeurs de Clara et son frère Eugène. Et des oncles, tantes, cousins, cousines en grand nombre.

La plus étrange invitation fut celle faite à mère Paul-Arthur qu'on parvint à rejoindre via la supérieure du couvent. Voilà qui risquait de paraître inconvenant vu l'amitié si profonde que bien des âmes avaient jugée comme de l'amour défendu, ayant tissé un lien éternel entre cette religieuse et le docteur Goulet. Mais l'on ne reçut aucune réponse de sa part et il parut aux futurs qu'elle resterait dans son enfermement, seule avec son Seigneur à la maison de Bienville... Au moins si son coeur venait bénir cette union qu'elle avait été la toute première à souhaiter, et à évoquer comme possible à la Noël 1947 !...

Histoire de faire grand plaisir à Armandine dans l'au-delà, la robe de mariée serait d'une exceptionnelle beauté et donc d'un prix plutôt élevé. On la choisit au mois de mai chez Paquet à Québec. Il lui fallait quelques petites retouches. Une jeune femme habile du village, Fernande Campeau, s'en chargea.

Le fils de Boutin-la-viande reçut pour tâche de préparer la nourriture et de trouver du personnel pour le service aux tables. Il travaillerait en collaboration avec madame Rose qui s'occuperait des breuvages et du dessert comme elle et son mari le faisaient plusieurs fois par année en maintes occasions.

Parmi ceux qui ne seraient pas là et qu'on aurait aimé y voir, il y avait, outre Carmen et Sr Paul-Arthur, Laurent-Paul Maheux. Sa mère le dit en rechute. Clara pensa qu'il préférait ne pas trop s'éloigner de sa chère Anita pour venir assister au mariage de celle qu'il avait aimée si longtemps. Pourquoi se faire du mal inutilement ? Il l'avait fait bien assez tout au cours de sa jeune vie...

*

Les préparatifs allèrent du meilleur train et tout était à point ce matin du 8 juillet. Un jour radieux s'annonçait. Pas le moindre nuage. Un ciel d'une éclatante pureté. Et l'odeur de lilas qui entrait dans la maison par toutes les fenêtres ouvertes.

Imelda et Bernadette vinrent donner un coup de main à Clara pour l'habiller. Pampalon, qui avait accepté de servir de père au marié, se présenta tôt chez les Goulet. Lui et sa femme attendirent au salon. On fit en sorte que les mariés ne se croisent pas et, comme la tradition le veut, qu'ils ne se découvrent qu'à l'église dans leurs plus beaux atours.

Ce qui se produisit.

À dix heures moins cinq, tous les invités étaient en place dans les bancs, Marie-Anna en train de se délier les doigts devant les pages de musique à l'orgue et Gaby qui avait préparé le chant avec un soin particulier. Même que le ténor Roland Gosselin se ferait entendre et serait aussi de la fête à la salle paroissiale avec son amie et fiancée Lucille. Le marié fut reconduit au pied de l'autel par Pampalon. Il ne manquait plus que Clara qui viendrait la dernière au bras de son père Roméo.

C'est pendant l'exécution d'un premier chant avant la cérémonie que s'amena la mariée dans toute sa splendeur. Et pour exprimer son bonheur, elle fit ce qui ne se faisait pas et salua d'un signe de tête et de son large sourire les invités de tous les bancs qui posaient sur elle leur regard, ce que la plupart firent.

François Bélanger qui n'aurait jamais osé aller plus loin que trois bancs derrière le dernier des invités, en eut la larme à l'oeil. Clara qui le connaissait bien mieux depuis le temps qu'elle le voyait au bureau ou sur la rue, comprit son sourire derrière sa grimace et lui envoya des ondes de compassion sous forme d'une courte prière en sa faveur.

Et de l'autre côté, au fond du banc, seul, grand et pâle, le Blanc qui lui avait sauvé la vie et qui lui jeta à peine un coup d'oeil honteux. Comment Dieu pouvait-il en avoir tant donné à cette jeune femme et si peu à lui, se demandait-il sans pour cela en vouloir à Clara à qui, en son for intérieur, il souhaitait un bonheur durable, une bonne santé pour elle et son mari puis leurs enfants.

L'aveugle tourna la tête aussi bien que sa femme le faisait quand il sut que la mariée passait tout à côté. Son odeur de lilas le lui dit. Mais pas son oreille toute imbibée de ce que les gens d'en-haut jetaient en bas, toutes ces notes et ces paroles, tombant comme des pétales de rose. Il sourit, ses pauvre paupières battant sur le vide et quelque chose en son âme reçut le sourire de la mariée.

Fernande serra fort la main de Raymond quand Clara fut à leur hauteur. Il comprit qu'elle égrenait mentalement les jours qui restaient avant leur propre mariage et l'aida à le faire avec ses doigts dans les doigts de sa fiancée.

Jeanne d'Arc dut jouer du coude et réveiller son nouveau mari qui semblait dormir les yeux ouverts, afin qu'il réagisse au passage de Clara. Elle ne put se retenir de se pencher devant lui pour souffler à l'intention de la mariée :

–T'es la plus belle, Clara, la plus belle...

–R'ci...

Ernest garda la tête droite, les bras croisés tandis que sa femme souriait à Clara. Il se sentait honteux avec sa galette de cheveux rapportés que tous pouvaient voir à l'église et qu'il pouvait tenir cachée partout ailleurs sous un bonnet quelconque ou un chapeau. Quel malheur que cette calvitie lorsque tant d'autres ont la tête pleine de cheveux ! Maudit torrieu !

501

Pas plus que Samuel avant elle, Clara n'avait aperçu mère Paul-Arthur. Facile à repérer dans son costume de religieuse si elle avait été là. Le dernier espoir de la voir aux noces s'envolait. Mais il ne fallait pas en faire une ombre au tableau. Sa décision, chacun le savait, avait été prise pour leur bonheur et le sien. C'était une femme de si bon jugement et de si grande générosité.

Le curé officiait.

Beaucoup de curieux assistaient à la cérémonie, dispersés en dehors des invités. Ils répondaient simplement à l'appel de la prière et du Seigneur. En fait, leurs prières étaient des regards et leurs regards des prières. Il y avait là Irène Jolicoeur qui s'était toujours montrée si embarrassée quand elle croisait le docteur sur la rue ou bien dans le magasin, et surtout les rares fois où elle avait dû recourir à ses services. Aussi Irène Veilleux, la femme postillon qui comme plusieurs autres avait fait partie du clan non déclaré des 'fleurs du soir', toutes aptes à devenir l'épouse du 'docteur campagne'... Évelyne Gosselin et Armande Bilodeau étaient là aussi, l'une mariée et l'autre en attente, diplômées elles aussi, tout comme Clara, de l'école Normale.

Tout se déroula comme prévu. Aucun impair. Aucun imprévu. Du moins jusqu'au moment du chant solo du temps de la communion et que l'on attendait de la voix du ténor. Gaby avait prévu une voix plus appropriée. Une petite voix céleste, fine, magique, qui s'éleva pour transporter sur ses ailes les mots d'un chant profane : *Nos souvenirs**.

Les souvenirs de nos vingt ans
Sont de jolis papillons blancs
Qui nous apportent sur leurs ailes
De passé, de tendres nouvelles !
Ils repartent, font faire un tour;
Mais ils nous reviennent toujours.
Les souvenirs de nos vingt ans
Sont de jolis papillons blancs.

*paroles : E. Favard

Les mariés s'échangèrent un regard, un sourire. Ils savaient que c'était la voix d'Alice et tournèrent en même temps la tête pour regarder là-haut soeur Paul-Arthur qui entre les deux couplets leur adressa un doux sourire et un signe de tête affirmatif, approbateur et si aimant.

Les souvenirs des jours heureux
Sont de jolis papillons bleus;
Notre cerveau les accapare
Car ils sont infiniment rares !
Après un orage, un malheur,
Ils viennent égayer nos coeurs.
Les souvenirs des jours heureux
Sont de jolis papillons bleus.

D'autres levèrent la tête et furent étonnés de voir chanter une religieuse que certains seulement reconnurent. Gaby et Marie-Anna s'échangèrent un regard de complicité. Si aucune des deux n'avait eu Samuel, son bonheur et celui de Clara leur tenaient à coeur, et c'est la raison pour laquelle on leur avait ménagé la surprise de faire chanter cette personne qu'on savait leur amie à tous deux et pas seulement au docteur.

Les souvenirs de nos amours
Sont des papillons de velours
Qui par une tactique habile,
En nous ont élu domicile;
On les adore à l'infini,
Dans notre coeur ils ont leur nid.
Les souvenirs de nous amours
Sont des papillons de velours.

Le curé prit un air sceptique en attendant que le vicaire finisse la distribution des hosties consacrées. Il trouvait le chant 'un peu trop peu' religieux et les paroles pour un connaisseur de poésie comme lui, pas très géniales. Soeur Paul-Arthur était d'après lui capable de mieux, mais il pensa qu'elle n'avait pas dû choisir le chant elle-même.

Aux mariés, les mots furent de diamants et les notes d'or. Comment en une telle journée de bonheur ne pas trouver à toutes choses une aura de beauté incomparable. Chantés par leur si tendre amie, les paroles de *Nos souvenirs* leur allèrent tout droit au coeur et ils se souviendraient bien davantage de ce chant que de tous les autres.

La sortie de l'église fut un autre moment fort de ce jour aux mille merveilles. L'organiste lança la *Marche nuptiale* avec plus de conviction que jamais. Le couple rayonnant marcha plus lentement que les mariés habituels afin de saluer personnellement chacun des invités par un sourire et un regard adressés à lui seul.

Dans le tambour, une joyeuse surprise les attendait. Dominique Blais, pourtant non invité, n'étant pas un parent, un ami proche ou quelqu'un du voisinage des Goulet, les aspergea de confettis, eux et les invités du cortège. Il en avait acheté une plein boîte et la vida entièrement sur les gens pour leur plus grand plaisir à tous. En sa tâche, il fut aidé par Gilles Maheux, garçon de dix ans maintenant, et qui seconda le joueur de tours sans jamais s'arrêter de rire. Mais quand plus tard, le curé l'apprendrait de la bouche en peine de Gus, le bedeau, il téléphonerait au coupable pour le convier fortement à nettoyer ses dégâts à l'église, lui parlant même de sacrilège s'il n'obtempérait pas.

Après la grande photo, comme pour Jeanne d'Arc et Luc, on se rendit à la salle à pied. Pas d'automobiles rutilantes. Pas de criards qui se lamentent. Et là, Jeanne d'Arc compara le grandiose de son premier mariage à la simplicité ennuyeuse du second. Et elle eut des regrets. Et ces regrets ne la quitteraient jamais de toute sa vie même si toujours elle les enterrerait de rires bien placés ou... intempestifs.

À la salle, Rose fut la toute première à présenter ses félicitations au couple. À Clara, elle dit par son regard : 'chanceuse de chanceuse, un bel homme de même' ! À Samuel, elle dit par un regard semblable : 'je sais ce que t'as entre les jambes, toi'... Il ne put s'empêcher de penser à leur chute, derrière premier, dans le ruisseau du rang neuf...

Et ce fut le repas. Clara lut la lettre d'Armandine. Le curé prit la parole et en rajouta pour préserver la réputation des mariés. Pampalon raconta quelques blagues. De tous, à part probablement les mariés et encore, le plus heureux personnage de l'assistance fut François Bélanger. Et ce qui le combla une première fois dans sa vie fut la compagnie de quelqu'un soit mère Paul-Arthur s'ajoutant à celle du Blanc Gaboury.

Habituée au langage souvent balbutié des tout-petits, la jeune soeur comprit ce qu'il lui disait et lui servit d'interprète en quelque sorte auprès du Blanc.

Dès l'église, Paul-Arthur avait pris contact avec André, son élève de première année en 47-48. Cet enfant aimait les crayons au plomb au point de les grignoter comme un petit castor. Mais puisqu'il s'en servait sans arrêt, il les usait rapidement par les deux bouts et en venait le plus souvent à écrire avec un bougon. Voici qu'à la salle, dès que le repas fut terminé, il se réfugia dans un coin, loin d'Emmanuel avec qui les Goulet s'attendaient qu'il se tienne. Et il écrivait sur un sac de papier Kraft servant à l'emballage du sucre blanc. Au bout de sa curiosité, après la danse, quand les mariés quittèrent pour aller se changer de vêtements avant de revenir saluer les gens puis de partir en voyage, la religieuse délaissa ses infortunés compagnons du jour et se rendit trouver le garçon de huit ans qui faisait dos à tout le monde mais sans se faire voir pour autant.

Il ne la vit pas venir.

Elle regarda par-dessus ses épaules comme à l'école et se rendit compte qu'il écrivait en caractères si petits qu'ils en étaient pour d'autres que lui à peu près illisibles.

–Et on écrit encore et toujours ? dit-elle avec un éclat de rire bon enfant.

Le garçonnet sursauta et posa vivement les mains sur son sac sans rien dire. À l'évidence, il voulait cacher quelque chose : ou bien son texte ou bien le morceau de papier lui-même. Peut-être les deux, mais elle lisait dans le geste un embarras voisin de la honte. Elle voulut savoir et s'y prit avec une infinie douceur et toute sa subtilité naturelle, comme si l'enfant n'avait encore que l'âge d'un tout-petit :

–Tu veux me dire pourquoi tu écris aussi... petit ?

–Ben...

Elle le savait incapable de mentir, surtout si elle lui donnait le choix entre 'oui' et 'non' à une question-réponse :

–Parce que tu ne veux pas que ceux qui liront ton texte le comprennent !?

–Ben... non... oui... non...

Elle sut que la réponse était en fait son premier 'non' et qu'il avait ensuite trouvé une raison de nuancer avec un 'oui' hésitant suivi de son 'non' réaffirmé. Puis Paul-Arthur eut un éclair à voir ce qui du sac débordait des deux mains étendues :

–C'est un sac tout neuf, pas froissé du tout : tu l'as... acheté vide au magasin ?!

–Ben... non...

Il avait sûrement appliqué son 'non' au mot acheté. Elle posa une autre question-réponse :

–Tu l'as... pris au magasin sans le payer ?!

–Ben... oui...

Et il pencha la tête, rouge de honte.

Alors vinrent à l'esprit de la religieuse des images du passé. Le petit n'avait jamais ce dont il avait besoin à l'école, faute de le demander et faute pour sa mère de suivre ça de près. Paul-Arthur devait appeler à la maison pour lui qui se culpabilisait d'user si vite crayons, cahiers et gommes à effacer, afin que sa mère l'équipe en neuf. Et se dit à elle-même tout haut en soupirant :

"Et s'il avait donc du bon papier pour écrire tout son soûl, cet enfant-là !"

Car il lui semblait qu'il fallait donner toute sa chance à ce qu'il aimait le mieux faire. Alors elle se pencha et lui dit à l'oreille par derrière sa tête :

–Tu sais ce que mère Paul-Arthur va faire quand elle retournera à la maison ? Elle va t'envoyer une douzaine de gros cahiers et une douzaine de crayons. Mais tu devras les garder rien que pour toi. Je dirai un mot à ta mère.

Il tourna la tête, la regarda de ses grands yeux incrédules.

–Oui, oui, tu vas les recevoir la semaine prochaine par la malle. Je vais dire à ta mère que c'est rien que pour toi.

Mais Éva, au nom de la justice distributive, les répartirait également entre ses enfants d'âge scolaire sans jamais penser que si le dernier avait davantage besoin de papier et de crayons, il avait par contre bien moins besoin que les autres de vêtements, de limonade et de quincaillerie ludique... L'injustice de la justice : l'enfant saurait jeune ce que ça signifie.

Les mariés revinrent. On les étreignit. Clara portait un costume bleu ciel. Samuel un habit marine à fines rayures blanches avec cravate du même bleu que les vêtements de sa jeune épouse.

–Un couple exquis ! s'exclama Paul-Arthur quand ce fut son tour.

–Vous autres, vous êtes des voisins à mon goût ! déclara Bernadette.

Ernest qui avait le don d'entendre tout ce qui provoquait sa contrariété coléreuse, attrapa les mots et dit aux mariés, le ton acidulé :

–On sera peut-être pas les meilleurs voisins, mais on sera pas les pires.

Jeanne d'Arc eut son tour :

–Qui c'est qui aurait pensé en 39 que tu épouserais notre beau docteur campagne en 50, Clara ? Mais c'est si beau qu'on aurait dû y penser tout le monde...

Fernande, elle, dit à la mariée en lui adressant un sourire entendu :

–D'abord que vous revenez vendredi, tu me diras si c'est si pire que ça, le mariage... il me restera une journée pour changer d'idée...

La suivaient Raymond puis le professeur Goulet et son épouse.

–C'est grâce à vos conseils si nous sommes mariés, confia Clara à ce personnage tant aimé des normaliennes.

–Non, non, dit-il en hochant la tête, vous auriez trouvé votre chemin en passant par d'autres lieux, c'est tout. Le destin que l'on pourrait aussi appeler la Providence a ses objectifs et pour qu'ils soient atteints, peut emprunter bien plus d'une voie. Comme on dit : "Tous les chemins mènent à Rome."

–Au fait, quand est-ce que vous vous rendez à Rome ?

–En novembre. Mère Supérieure m'a octroyé une semaine de congé au milieu du mois. Et nous allons, mon épouse et moi, renouveler notre engagement matrimonial devant le très saint Père, le pape Pie XII.

–Monsieur le curé Ennis aussi doit se rendre à Rome et en Terre sainte.

Poussé par la file, l'homme ne put en dire davantage. Devant Samuel, il inspira autre chose que de la reconnaissance mais bien plutôt un sentiment d'horreur vite étouffé. C'est qu'il revint au docteur cette vision déplaisante qu'il avait eue déjà à l'endroit du même personnage : une fin semblable à celle de ce pauvre Luc Grégoire...

Mais ce moment ne fut pas inutile. Il ramena à l'esprit de Samuel une idée dont lui et sa jeune épouse s'étaient parlé lors des derniers préparatifs de leur mariage : celle de se rendre au cimetière avant leur départ en voyage pour y saluer les êtres chers et déposer sur leur tombe des bouquets de pensées et de bons sentiments.

Après en avoir terminé avec les poignées de main, ils quittèrent les lieux sous les applaudissements et se rendirent tout droit au cimetière.

Leur premier arrêt fut précisément devant la tombe de

Luc située tout près de l'entrée dans le grand lot des Grégoire. Ils se tinrent la main sans rien se dire. Clara songea un moment à Jeanne d'Arc et se désola pour elle comme tant de fois depuis la tragédie.

Puis ils marchèrent dans l'étroite allée menant au lot Boutin afin d'y parler à l'âme des deux femmes disparues trop tôt. Clara fit une prière à voix haute et son mari l'accompagna en silence :

–Maman, Catherine, voyez notre bonheur. On veut le partager avec vous deux et on vient vous voir pour ça. Toutes deux, vous nous avez montré le chemin, et par vos douleurs, vous avez payé une partie de notre bonheur. On va faire en sorte d'être si heureux, Samuel et moi, toute notre vie qu'à nous voir, là où vous êtes, vous rayonnerez toutes les deux. Maman, Catherine, nous vous aimons, Samuel et moi, de toutes nos forces, de tout notre coeur. Et chaque jour, ce chemin de roses que vous nous avez indiqué, c'est en pensant à vous que nous allons le suivre...

Mère Paul-Arthur qui les attendait à l'entrée du cimetière pour leur faire un dernier adieu, les vit s'étreindre et des larmes montèrent à ses yeux.

Le couple se rendit ensuite sur la tombe d'Armandine. Là, c'est Samuel qui s'adressa à sa mère décédée :

–On a fait ce que vous vouliez, maman : une belle grosse noce. Il manquait seulement Carmen qui n'a pas pu venir mais nous a téléphoné ce matin. Même chose pour Laurent-Paul. Y a de quoi s'inquiéter quand on est si heureux, mais vous nous avez montré à engranger du bonheur pour en utiliser les magnifiques souvenirs en temps de disette, dans les temps plus difficiles. Le petit Manu va bien. La chatte Rosette aussi. On vous raconte tout ça, mais on sait que vous étiez avec nous autres à l'église et à la salle de réception aujourd'hui. Clara a lu votre lettre et vous étiez parmi nous. Tous les deux, nous vous disons en choeur... nous vous aimons... nous vous aimons... nous vous aimons...

Mère Paul-Arthur put apercevoir de loin une autre étreinte, signe de rencontre entre deux mondes, et de jonction entre la fin et le commencement, et bientôt le couple fut à la sortie, près d'elle qui avait continué de les y attendre en priant 'son' Seigneur de sauvegarder toujours leur bonheur si beau à voir. À l'ombre des érables bordant le champ des défunts, ils eurent un ultime échange.

–Je voulais vous dire à tous les deux quelque chose de plus personnel que tout à l'heure devant tout le monde.

–Ça adonne bien : nous autres aussi, dit Samuel.

Elle sortit de sa poche intérieure un papier qu'elle déplia en disant :

–C'est un texte magnifique de madame Simone Routier et je veux le laisser parler pour moi. Et quand il sera question d'un compagnon, cela va t'inclure aussi, Clara, puisque vous êtes devenus uns et pour bien longtemps. Je vais lire. Le titre du poème est *Je demande qu'on m'oublie.*

Je demande qu'on m'oublie; un grand bonheur en moi n'a point fini sa chanson.

Un bonheur comme nul ici-bas n'en rêve et qu'on tremble de voir entre ses mains déposé.

Un bonheur pour lequel un coeur seul ne suffit plus et pour lequel le présent n'est pas assez long.

Un bonheur dont mes bras apprenaient à peine l'étreinte et qui cependant m'aura tout donné.

C'était un bonheur éclatant comme un cri de clairon et pourtant c'est à voix basse que nous en parlions.

C'était un homme périssable; mais d'une plénitude de dons qui était une sorte de défi.

C'était un oubli à la loi d'exil sur terre que cette rencontre, c'était une double trop parfaite communion.

C'était un bonheur humain qui anticipait tout désir, justifiait toute attente et nous allait tellement ancrer dans la vie...

Je demande qu'on m'oublie; un grand bonheur en moi n'a point fini sa chanson.

C'est un bonheur qui m'apprit et la découverte et l'arrachement et dont je reste l'âme à jamais enrichie.

Il bat maintenant dans ma poitrine deux coeurs d'un même départ traversé : le mien et celui de mon fier compagnon.

Le sien fondé déjà à la joie de Dieu, le mien recevant l'essence même de l'Amour à sa source infinie.

Je demande qu'on m'oublie; un grand bonheur commence à peine en moi sa chanson.

–Magnifique ! Sublime ! Divin ! disait Clara extasiée devant l'incomparable beauté de cette poésie.

–Comme je disais, elle n'est pas de moi, mais de madame Routier. Les mots parlaient avec tant de profondeur de ce que vous avons vécu au jubé de l'orgue...

Samuel essuyait des larmes issues d'un immense bonheur tout baigné de nostalgie. Il dit :

–Tu as trouvé la paix de l'âme.

–La blessure de mon coeur s'est fermée. Et c'est parce que je te retrouve en compagnie de Clara, l'être le plus pur que j'aie connu. Et je suis tournée tout entière vers Dieu dans ma propre recherche obstinée du bonheur. Maintenant que je voix clair en moi, mon bonheur ancien et mon bonheur présent se confondent en une apothéose.

–Et nous aussi, sommes dans une apothéose, dit doucement Clara. Grâce à vous, Alice.

–Mais la dernière chose que nous allons faire, c'est de t'oublier. Ça, jamais on ne le pourra...

–Même si vous le demandez, enchérit Clara. On ne le pourrait pas.

–Oubliez celle que je fus et ne pensez plus désormais qu'à celle que je suis devenue. Et maintenant, laissez-vous tous deux vous faire serrer fort dans mes bras. Toi, Samuel...

Ce fut une étreinte comme il s'en donne rarement dans deux existences. Le dernier mot entre des coeurs qui se sont tant aimés sans presque se le dire clairement. Le soupir de l'amour éternel ressenti depuis plusieurs années. Un amour éternel comme celui qui avait uni cet homme à sa chère Elzire, à sa chère Catherine et maintenant à sa si chère Clara.

–Bonne vie ! lui dit-il enfin en serrant ses mains entre les siennes pour la toute dernière fois.

Leurs yeux, sous le regard à l'infinie tendresse de Clara, se croisèrent aussi pour la dernière fois. Elle se dégagea en même temps qu'il la confiait à sa jeune épouse. Alice dit à la jeune mariée d'une voix magnifique de générosité :

–Clara, c'est avec Elzire, Catherine et moi dans son coeur qu'il va te rendre heureuse tous les jours que vous passerez ensemble, et par la suite dans l'au-delà.

Les yeux ras d'eau, la mariée eut le mot final :

–Et je vous aimerai toutes les trois tout autant que lui, toujours, tous les jours de ma vie.

Elles s'étreignirent longuement sans rien ajouter. Puis, baissant la tête, les yeux remplis de larmes de tristesse et de bonheur, la petite soeur tourna le dos et s'en alla.

Vers son destin.

Ils la regardèrent marcher sous le soleil vers le couvent jusqu'au moment où elle disparut au tournant de la sacristie. Puis, l'un contre l'autre, ils marchèrent à leur tour vers leur propre destin...

***

512

Chapitre 43

Le 16 novembre 1950

Trois jours auparavant, la nouvelle avait pétrifié tout le pays, horrifié la Beauce et frappé certaines personnes plus que les autres. Et le tragique événement était maintenant connu du monde entier. Une fierté à faire parler de soi dont on se serait bien passé.

Un avion transportant nombre de pèlerins venus de Rome dont treize prêtres, religieux et religieuses avait percuté la crête d'une montagne des hautes Alpes françaises, causant la mort de 58 personnes y compris les sept membres d'équipage. Parmi les disparus: le professeur Achille Goulet et son épouse distinguée.

La radio, le Soleil, l'Action catholique ne parlaient que de la tragédie depuis ce lundi funeste. Et voici en ce jeudi-là que la une de l'hebdomadaire beauceron, l'Éclaireur, titrait en énormes lettres noires "GRAND DEUIL". Puis écrivait : '*M. et Mme Achille Goulet, de Beauceville, père et mère de douze enfants vivants, perdent la vie dans le désastre du Mont Aubiou (Obiou), lundi dernier.*'

–Je le savais, Clara, je l'ai senti à deux reprises. La première quand il m'a été présenté à Beauceville le soir d'Iphigénie, ça fait quatre ans, la seconde à la salle... à notre réception de noce.

Ce n'était pas la première fois que Samuel se confiait à

sa jeune épouse quant à ses prémonitions. Une fois encore, il la rassura en lui disant que le phénomène ne se produisait jamais à propos de ses proches, et qu'il valait bien mieux ainsi.

Fort ébranlée depuis le début de la semaine, Clara avait eu des contacts téléphoniques avec au moins une demi-douzaine d'ex-normaliennes dont Fernande Maheux que la nouvelle assomma mais qui fut la première à s'en remettre en parlant elle aussi, comme la plupart des gens, clercs en tête, de la volonté de Dieu, de la sainteté assurée des pèlerins décédés, tous bénis par Pie XII avant leur départ de Rome et imprégnés des ondes bénéfiques de la Terre sainte.

–Cinquante-deux ans, le prof Goulet, c'est jeune.

–Pas autant que Luc... mais...

Les sempiternelles deux ou trois questions existentielles de base trottaient dans la tête de la jeune femme depuis l'arrivée de la terrible nouvelle. Et s'y ajouta l'autre : "pourquoi eux et pas nous ?" Puis se dit qu'elle n'avait pas davantage à se la poser maintenant que lors de son accident à elle quand elle avait frôlé la mort de si près.

Les deux étaient attablés dans la cuisine. Il passait neuf heures du soir. Emmanuel dormait dans sa chambre. Samuel avait devant lui une copie du journal paru le jour même et arrivé par la malle du soir.

Il avait été entendu qu'on en découperait la une pour l'insérer, en fait la coller, dans le grand album à événements importants, tenu par Armandine nombre d'années jusqu'à la fin.

–Ça fait partie du demi-siècle de ma mère. Le dernier chapitre, soupira Samuel qui ne cessait de parcourir les mots de la page sans s'arrêter à aucun en particulier.

–Je vais chercher l'album le temps que tu découpes, dit la jeune femme en touchant les ciseaux qui attendaient sur la table.

Elle se leva, tira sur les bouts du cordon de sa robe de chambre et le tissu chenillé du vêtement beige se resserra sur sa fine taille de jeune femme.

Puis elle se rendit dans leur chambre des maîtres, celle d'Armandine réaménagée à leur goût, et en ramena l'épais cahier dont il débordait des rebords frangés, jaunis, de découpures anciennes. Elle le posa sur la table et reprit sa place. Et l'ouvrit à la première page blanche rencontrée vers la fin de l'album.

–Attends, je vais prendre de la colle dans le bureau.

Il s'absenta à son tour et revint tandis qu'elle regardait pour la nième fois sur le journal la photo du professeur et de son épouse avec, entre les deux, les mots noirs : *unis dans la mort !* Et voici qu'elle repensa à ce renouvellement de leur engagement matrimonial dont il lui avait parlé ce jour où elle lui avait demandé conseil.

–Te souviens-tu de ce que monsieur Goulet m'a dit le jour de nos noces ?

Il l'interrogea du regard :

–En substance, mais... j'étais troublé en le voyant et en l'entendant... à cause de cette... espèce de vision...

–Moi, je lui ai dit que c'était grâce à ses conseils si nous nous étions mariés. Et il m'a répondu : «*Non, non, vous auriez trouvé votre chemin en passant par d'autres lieux, c'est tout. Le destin que l'on pourrait aussi appeler la Providence a ses objectifs et pour qu'ils soient atteints, peut emprunter bien plus d'une voie. Comme on dit : "Tous les chemins mènent à Rome."*»

–Et son destin à lui passait par le chemin de Rome. C'est ironique de penser cela.

Chacun pensa pour soi tandis que Samuel étendait de la colle à même un petit contenant bouché par une capote de caoutchouc rouge, fendue pour laisser passer la substance adhésive. Il dut piocher sur la table pour casser un résidu séché et laisser passer la colle. Et n'en mit pas trop afin de ne pas imbiber le papier, et se contenta de légères touches aux quatre coins et çà et là à l'arrière. Puis il tendit la une que son épouse mit en position sur deux pages dans le cahier.

–C'est une bonne idée de tout laisser en un morceau. Je

pensais que tu découperais les nouvelles secondaires...

–Il me semble qu'il faut que ça demeure dans sa présentation intégrale. Et originale.

Elle remit le cahier droit devant lui. Samuel relut tout haut, après l'avoir fait maintes fois tout bas, le résumé de la catastrophe aérienne.

Un avion monstre qui vrombissait de toute la force de ses moteurs.

Cinquante et un pèlerins, la plupart Canadiens français, revenant le coeur joyeux après un pèlerinage à Rome.

Sept membres d'équipage soucieux de conduire leur cargaison humaine à bon port.

Une montagne qui dresse orgueilleusement sa crête à 8,000 pieds.

C'est tout ce qu'il fallait pour causer le pire désastre de l'aviation canadienne et jeter de nombreuses familles dans une épreuve inouïe. De tout cela, disent les dépêches, il est resté peu de choses : des débris métalliques, quelques indices d'une terrible catastrophe, des corps déchiquetés et... un silence affreux prouvant que la Mort venait de passer par là.

Quand son époux eut entamé une pause, c'est une Clara grimaçante qui lui retira le cahier en disant :

–Va falloir arrêter de tourner le fer dans la plaie. C'est le destin et on n'y peut rien... Ou bien c'est Dieu et on ne peut Lui faire de reproches... Est-ce que le destin et Dieu, c'est du pareil au même en fin de compte ?

Elle referma à moitié l'album et allait terminer son geste quand elle tomba sur un papier replié qui n'était pas collé dans sa page. Piquée par la curiosité, sentant quelque chose de particulier, elle le déplia et reconnut aussitôt sa propre écriture. Mais si les caractères lui étaient familiers, le document ne datait pas d'hier. Même qu'en voyant son titre, elle sut aussitôt qu'il avait autour de dix ans car elle savait maintenant de quoi il s'agissait.

–Regarde ce que je viens de trouver, Samuel.

Il prit le papier ligné aux plis visibles... L'examina... C'était la deuxième partie de la lettre, la fameuse lettre qu'elle lui avait écrite la veille de son départ pour la guerre en 1940, et qu'elle avait cachée dans le fond de sa valise sous une doublure de tissu brisée. Et dont la première partie avait été lue par elle à l'église le dimanche après l'annonce de la mort de Samuel. Par quel cheminement pouvait-elle donc s'être retrouvée là ? Les responsables de l'Intelligence anglaise qui en avaient envoyé un morceau pour mieux prouver le décès de Samuel avaient-ils fini par mander l'originale en entier à Armandine pendant ou après la guerre ? Et avait-elle choisi de le taire à Clara pour des raisons qu'on ne pouvait imaginer ? La femme avait emporté ce vaste secret dans la tombe.

Une fois ces questions vite posées mais restées sans réponse, Samuel la tendit à son épouse et fit une suggestion :

–Tu devrais me la lire...

Elle la prit de ses mains et en donna le titre :

–*C'est écrit dans le ciel.*

–Attends, chérie... dis-moi, dans quelle pièce de la maison l'as-tu écrite ?

–Dans ma chambre là-haut, bien sûr.

Il lui toucha la main :

–Allons-y. Je voudrais que tu me la lises à l'endroit même où tu me l'as écrite.

–D'accord !

Il renoua à son tour le cordon de sa robe de chambre. Puis ils gravirent les marches de l'escalier, entrèrent dans l'ombre puis dans la chambre sombre où ils allèrent s'asseoir sur le lit. Elle alluma la lampe de chevet et mit la lettre sous l'abat-jour afin de pouvoir la lire. Et sa voix si douce et tendre remonta le temps.

–*Quand vous lirez ma lettre, 'pa... vous serez je ne sais où. Mais moi, je serai avec vous là... Si j'avais des mots grands comme le monde pour vous dire de rester avec nous autres, avec m'man Mandine, avec Catherine, avec moi, je* vous les dirais. Mais je ne suis qu'une petite fille de même pas douze ans et je ne les connais pas, ces grands mots-là. Mais j'en ai des bien plus simples et ils remplissent tout mon coeur. Tristesse. Peur. Solitude. Amour.

Je me sens si triste, si malheureuse, si remplie de désespoir ce soir, si perdue dans cette nuit sans fin... Peut-être que Catherine est en train de vous dire les immenses mots pour vous retenir ? Je l'aime tant, Catherine, et je sais que vous l'aimez de tout votre coeur. Restez avec nous, 'pa ! Restez...

Mais je sais que vous ne resterez pas et c'est pour ça que je vais cacher ma lettre dans votre valise. Pour quand vous la trouverez qu'elle vous prenne par la main et vous aide à traverser la guerre qui me fait si peur. La peur: l'autre mot qui remplit mon coeur...

Et puis la solitude. C'est comme le jour où vous m'avez choisie... le matin de l'enterrement de maman. Personne ne voulait de moi et vous m'avez ouvert les bras. Et toute ma peine de me sentir si seule au monde s'est envolée. Voir que vous partez demain ramène dans tout mon coeur ce mot grand comme le monde: la solitude. Si vous saviez le vide qu'il y aura en moi quand vous serez parti, 'pa, si vous saviez seulement...

Et l'amour, on dit que c'est la plus grande force ici-bas. Alors je vous aime, 'pa... je vous aime de tout mon coeur. Autant que j'aime le bon Dieu et la Vierge Marie. Et plus que tout être humain.

Et je prie le bon Dieu et la Vierge Marie pour qu'ils vous protègent et vous ramènent à nous. C'est cela qui va arriver parce que je veux que cela arrive. Si ce n'est pas écrit dans le ciel, je l'écris, moi... Avec mon doigt dans la vitre, j'écris dans le ciel ces mots grands comme le monde: «'pa reviendra et il ne me quittera jamais plus, jamais plus.»

Et maintenant, c'est écrit dans le ciel.

Je signe avec mes larmes sur le papier.

Et mes larmes sont grandes comme l'océan.

Clara."

Une longue pause suivit. Il murmura ensuite :

–Tu vois, je pense depuis longtemps que le destin n'existe pas, même si j'emploie le mot à toutes les sauces. Je pense que nous écrivons nous-mêmes les grandes lignes de notre vie future. En voici le parfait exemple... Catherine ne croyait pas vraiment, elle non plus, en l'intervention de la Providence comme la religion nous l'enseigne. Le bonheur n'est pas que de la sorte que nous connaissons. Tu as voulu ce qui t'arrive, ce qui nous arrive, et sûrement que moi aussi, je l'ai voulu dès ce jour où je t'ai ouvert les bras de l'adoption. Et c'est cette volonté ferme qui a fait que j'ai survécu à la guerre et... je dois le dire, à l'amour... pour toi, pour nous deux, pour toujours... Les grandes lignes de son destin ou plutôt de sa vie, une petite fille qui aimait profondément les a tracées un soir de tristesse... Les grandes lignes de son futur, un jeune 'docteur campagne' qui aimait profondément les a écrites dans le ciel en t'ouvrant la porte de sa maison et de son coeur un matin de tendresse.. Il était inévitable qu'un jour, tristesse et tendresse se rencontrent... et s'épousent... Mais le bonheur n'est pas que de la sorte que nous connaissons. Catherine aura le sien autrement et ailleurs. Elzire aussi. Et bien entendu notre très chère Alice... qui, tout comme nous aurons la nôtre à travers le sien, aura son bonheur à travers le nôtre... comme elle nous l'a si bien fait comprendre.

Elle posa la lettre sur la table. Et dit :

–Je n'ai pas peur. Je ne suis plus seule.

Il prit ses mains entre les siennes :

–Et nous avons l'amour.

Elle chuchota :

–Et nous avons la vie...

Leurs yeux s'unirent dans la pénombre, brillants et beaux.

Dans la maison d'en face, l'aveugle riait pour lui-même. Assis dans sa berçante basse et profonde, tourné vers la fenêtre donnant sur la maison Goulet, il ressentait un grand bonheur de vivre.

Samuel ajouta :

–La vie éternelle sur terre...

Ils s'étreignirent. Et l'homme dit :

–Les Goulet de Beauceville sont unis dans la mort; ceux d'ici le sont dans l'amour. Le professeur, dans toute sa sagesse, nous a annoncé son bonheur futur alors qu'il assistait au nôtre. L'un lui a fait comprendre l'autre...

Ils demeurèrent silencieux à s'aimer encore et encore par le regard.

Et ce fut un doux baiser, prélude à la fusion...

***

Épilogue

Le bruit courut que mère Paul-Arthur souffrait de tuberculose. Il vint par les Maheux qui l'avaient appris de leur fils Laurent-Paul qui n'était pas très sûr qu'il s'agisse bien d'elle, et le tenait de la bouche de son amie Anita Gagné, elle-même pas assez sûre pour l'affirmer hors de tout doute... On parla d'une certaine Aline Fortin, peut-être Alice... et on ne savait pas certain s'il s'agissait de la religieuse qui avait été la si grande amie de Samuel...

Et puis Laurent-Paul demanda son transfert dans un sanatorium tout neuf de Sainte-Germaine dans les Appalaches et l'obtint... Il n'eut donc pas l'occasion de croiser la religieuse dans les couloirs de l'hôpital Laval, si tant est qu'elle y fut hospitalisée, elle aussi...

Clara ne manqua pas de questionner les soeurs du couvent qui nièrent en bloc. Il n'y avait pas de tuberculose chez les soeurs de la Charité de Saint-Louis, pas de tuberculose dans cette communauté... Jamais eu...

Samuel et Clara se dirent que si tel était le cas, elle donnerait de ses nouvelles ou bien que le hasard le leur ferait savoir d'une autre façon. Cette maladie mettait tout son temps, parfois de cinq à dix ans, avant de tuer quelqu'un ou de le rendre à la vie normale...

Un matin de mai alors que Clara allait prendre sa classe

en charge pour un autre jour, elle trouva sur le bureau une lettre qui lui était destinée et venait simplement de mère Supérieure. Elle l'ouvrit et apprit la mort de mère Paul-Arthur. La soeur en attribuait la cause à une embolie cérébrale.

Ce n'est qu'en fin d'après-midi que la jeune femme transmit la nouvelle à Samuel. Il comprit qu'un événement triste s'était produit, rien qu'à la voir arriver dans son bureau avec cet air hagard. Et quand il sut, il dit en hochant la tête :

–Il faut donc qu'il en meure, des gens qu'on aime, pour que d'autres vivent... Comme cette vie est dure à comprendre, Clara, comme elle est dure à comprendre !

Il se leva et posa la main sur le ventre de sa femme enceinte en ajoutant :

–Heureusement qu'il n'y a pas que la tristesse...

Elle ajouta sa voix à la sienne pour finir la phrase en duo comme tant de leurs chansons déjà :

–... il y a aussi la tendresse. Et les plus belles fleurs du coeur sont celles que l'on arrose de nos larmes...

FIN
de la trilogie

La saga des Grégoire

en 7 tomes

La saga des Grégoire comporte 7 romans biographiques : (*recherches biographiques faites par Hélène Jolicoeur, petite-fille d'Honoré et Émélie Grégoire*)

1. *La forêt verte* (1854-1884) 2. *La maison rouge* (1884-1895) 3. *La moisson d'or* (1895-1908) 4. *Les années grises* (1908-1918) 5. *Les nuits blanches* (1918-1929) 6. *La misère noire* (1929-1950) 7. *Le cheval roux* (1950-1995)

Cette saga beauceronne compte 3,700 pages remplies de fraternité humaine, d'entraide, d'amitié, d'amour... et aussi de grands deuils. Mais à part quelques chicanes folkloriques sur fond de respect, elle est quasiment dénuée de violence, de colère et repose de tout ce qui hurle si fort de nos jours...

Au coeur de la série : le **magasin général** depuis sa fondation en 1880 par une jeune fille de 15 ans (Émélie Allaire) et son père. Un siècle en avance sur son temps, femme aguerrie par les drames incessants, Émélie épouse en 1885 leur commis Honoré Grégoire. Le couple se bâtira un avenir prospère et aura 13 enfants (1887-1910).

Tome 1

Tome 2

Tome 3

Tome 4

Tome 5

Tome 6